Nicholas Luard

Das Tal der Elefanten

Roman

Aus dem Englischen
von Barbara Schaden

Ehrenwirth

Die Deutsche Bibliothek – CIP-Einheitsaufnahme

Luard, Nicholas:
Das Tal der Elefanten : Roman / Nicholas Luard. [Aus dem Engl. von Barbara Schaden]. – München : Ehrenwirth, 1995
Einheitssacht.: Sanctuary <dt.>
ISBN 3-431-03368-7

Die Originalausgabe erschien 1994 unter dem Titel SANCTUARY bei Hodder & Stoughton, London, England

ISBN 3-431-03368-7

Umschlag: Atelier Kontraste, München
Umschlagfoto: Dieter Klingseisen, München
Satz: ew print & medien service gmbh, Würzburg
Druck: Wiener Verlag, Himberg
Printed in Austria 1995

Für Honey Luard

1

»Wie wär's denn dort drüben neben dem Tümpel?«

Der untersetzte junge Mann, der neben dem Piloten saß, zeigte in die Schlucht hinunter; er mußte schreien, um den Lärm der Rotoren zu übertönen. Der Pilot schüttelte den Kopf.

»Zu eng«, rief er zurück. »Zwischen den Felswänden ist soviel Aufwind, daß die Herrschaften Zustände kriegen würden.«

Der Pilot warf einen Blick über die Schulter. Die beiden Passagiere hinter ihm hatten ihn sicher nicht gehört, dennoch lächelte er ihnen beruhigend zu. »Wir versuchen's flußabwärts«, fügte er hinzu. »Wenn das Gelände offener wird, gibt's weniger Turbulenzen.«

Die Rotorblätter beschleunigten, der Helikopter hob sich und schoß vorwärts. Der Pilot spähte durch das Kabinenglas hinunter auf den gewundenen Flußlauf und suchte nach einem Landeplatz.

Seit fast zwanzig Jahren flog er Charterhubschrauber von Nairobi aus, aber noch nie war er so weit nordwestlich ins Hinterland jenseits der Berge des Aberdare Range vorgestoßen. Nie hatte er eine einsamere, trostlosere Gegend in Afrika gesehen: ohne besondere landschaftliche Reize, es gab keine Jagdcamps, keine Touristenunterkünfte, nicht einmal ein Eingeborenendorf. Nichts als Wildnis. Aber wenn sie tatsächlich dorthin wollten – ihm sollte es recht sein. Zumal es Boy Cameron war, der den Helikopter gechartert hatte. Verstohlen musterte der Pilot seine Passagiere im Rückspiegel.

Er wußte sehr gut, wer Boy Cameron war. Jeder kannte ihn – natürlich nicht persönlich, aber als den Multimillionär und berühmtesten Industriemagnaten Afrikas. Seine Geschäfte erstreckten sich über den ganzen Kontinent, und es hieß, seine Unternehmen beherrschten und manipulierten in mehreren Ländern die gesamte Nationalökonomie.

Cameron war angeblich neunundsiebzig, aber man hätte ihn leicht für fünfzehn Jahre jünger halten können: er war von großer und kräftiger Statur, hatte energische Gesichtszüge von gesunder Hautfarbe, eine dichte weiße Haarmähne, und er hatte eine dynamische und autoritäre, respekteinflößende Art an sich, in der gelegentlich ein Anflug von durchaus gewinnendem Charme aufblitzte.

Die Frau, die ihn begleitete, war ein Rätsel. Cameron hatte sie als seine Gattin vorgestellt, was den Piloten überraschte, denn nach allgemeinem Wissen hatte Cameron nie geheiratet. Gewiß, man kannte seine zahlreichen Begleiterinnen, deren Fotos die Presse über die Jahre regelmäßig veröffentlicht hatte, doch diese hier war neu. Der Pilot hatte nie ein Bild von ihr gesehen oder von ihr gehört, und wenn sie wirklich seine Frau war, dann mußte Cameron sie vor sehr kurzer Zeit geheiratet haben.

Er schätzte sie auf Mitte Vierzig. Bleich und angespannt sah sie aus – möglicherweise die letzten Auswirkungen irgendeiner Krankheit –, dennoch hielt er sie für die schönste Frau, die ihm je begegnet war. Sie hatte die Figur eines jungen Mädchens, fest, geschmeidig und anmutig, mit endlos langen Beinen und makellosem Teint, und in der frühen Morgensonne schimmerte ihr Haar in tiefem Goldblond. Mehr als alles andere jedoch hatten es ihm ihre Augen angetan: riesengroß und durchdringend unter halb gesenkten Lidern, und ihre Farbe war das tiefe leuchtende Blau afrikanischer Veilchen.

»Dort könnte es gehen.« Der Pilot stieß den jungen Mann mit dem Ellenbogen an, einen Jagdführer, den Cameron zur Einrichtung des Camps und zur Aufsicht über die Dienerschaft angeheuert hatte: fünf afrikanische Boys, die zusammengekauert im rückwärtigen Teil des Hubschraubers hockten. Und es gab noch einen europäischen Passagier an Bord, einen dünnen, bebrillten Mann mittleren Alters, den Cameron als Paläontologen vorgestellt hatte – was immer das sein mochte.

Er deutete hinab. Von einem kleinen Feuer auf einer breiten Sandbank in einer Biegung des Flusses stieg ein Rauchfähnchen auf. Der Führer nickte beifällig: ein idealer Ort zum Landen und um ein Lager einzurichten. Der Pilot ging tiefer und kreiste in Schräglage über dem Flußufer, um den anvisierten Landeplatz genauer in Augenschein zu nehmen. In diesem Moment stutzten beide.

Sie hatten angenommen, das Feuer stamme von einer Gruppe Nomaden, den Jägern und Sammlern, die bisweilen die Gegend durchstreiften. Das war ein Irrtum. Neben dem Feuer stand ein einsamer Weißer und starrte zu ihnen herauf. Befremdet drosselte der Pilot den Motor und setzte den Helikopter auf Grund.

Gleich darauf stiegen seine Passagiere aus, und der Mann kam auf sie zu. Er war um die Fünfzig, zäh und muskulös. Sein Gesicht war flach, mit hohen Wangenknochen und eng beieinanderstehenden, stechenden Augen, schiefergrau, unter einer tief gefurchten, narbenübersäten Stirn. Er war offensichtlich genauso verblüfft über ihr Erscheinen wie sie über ihn.

Als er noch zwanzig Meter entfernt war, erblickte er die Frau und verharrte mitten im Schritt. Im selben Augenblick sah sie ihn. Sie blieb stehen wie angewurzelt, und sie starrten einander an. Nun merkten auch die anderen, daß etwas Sonderbares im Gange war, und hielten inne, selbst das Geschnattere der afrikanischen Boys verstummte. Minutenlang standen die beiden so, stumm, wie vom Donner gerührt. Der Geruch von Holzrauch zog in Schwaden durch den heißen afrikanischen Morgen, und durch die Schlucht hallte das Rauschen des Wassers, das über die Felsen stürzte. Dann gingen der Mann und die Frau langsam aufeinander zu. Vor dem letzten Schritt verharrten sie erneut.

»Billy?« fragte die Frau zögernd.

Der Mann nickte.

Die Frau sah ihn ungläubig an, und ein Zittern lief durch ihren Körper. Sie versuchte zu sprechen. Ihr Mund öffnete und schloß sich wieder, sie brachte keinen Laut hervor. Schließlich stieß sie flüsternd hervor: »Das ist doch derselbe Ort, nicht wahr, das ist das Tal der Elefanten?«

»Ja.«

Sie riß ihren Blick von seinem Gesicht los und sah sich um. Natürlich war es derselbe Ort. Sie betrachtete die Schlucht und die Faltungen der glitzernden Sandsteinfelsen zu beiden Seiten des Flusses und erinnerte sich an jede Einzelheit. Für einen Moment schloß sie die Augen und erschauerte in einer Mischung aus Schwäche, die eine Nachwirkung ihres Zusammenbruchs war, und der Schärfe der Erinnerungen, die sie überschwemmten. Sie begann zu taumeln und glaubte, das Bewußtsein zu verlieren.

Sofort tat der Mann einen Schritt auf sie zu und griff nach ihrem Arm.

»Du bist müde«, sagte er besorgt.

Er sprach in demselben schnarrenden, nasalen Tonfall der Südlondoner Slums, an den sie sich noch deutlicher erinnerte als an die Schlucht. Sie faßte sich wieder und lächelte.

»Nein, alles in Ordnung«, sagte sie. Dann verstummte sie und sah ihn zweifelnd an. »Bist du's wirklich, Billy?«

»Ja, ich bin's – «

Er erwiderte ihr Lächeln: dieses verhaltene, vorsichtige Lächeln, an das sie sich mit derselben schmerzhaften Deutlichkeit erinnerte wie an seine Stimme. Gar nichts hatte sich verändert, auch nicht die angriffslustige Art, wie er vor ihr im Sand stand, mit beiden Füßen fest verankert wie ein Preisboxer, der seinen Gegner zum ersten Schlag herausfordert.

Sie schwankte abermals, und er hielt sie am Ellenbogen fest. »Komm, setz dich hin.«

Er nahm sie mit, führte sie fort aus den Augen der anderen. Auf einem Felsen über dem Wasser setzten sie sich nieder.

»Warum bist du zurückgekommen, Violet?«

»Warum bist du –«

Sie sprachen beide nahezu gleichzeitig. Sie brachen ab und lachten verlegen. Dann begannen sie zu reden, stockend und unsicher. Nach einer Trennung von mehr als vierzig Jahren hatte jeder ein ganzes Leben zu erzählen.

Der Garten Eden

Das Tal

Grün wie ein Garten döste das Tal unter der sengenden Mittagshitze. Die großen grauen Gestalten zogen gemächlich durch den lichtgesprenkelten Schatten am Ufer des Flusses, schon seit dem Morgengrauen waren sie hier. Viele andere Tiere kamen zur Tränke, doch älter als sie alle waren die Elefanten.

Der Anfang des Flusses und des Tals lag weit zurück, in einer Vergangenheit so fern wie der Tag in der Zukunft, der ihr Ende sein wird.

Der Anfang war, als das Gewicht des Himmels sich auf die Erde herabsenkte. Vom Westen wälzten sich die Wolken heran und brachten Regen mit. Unter dem Gewicht des Himmels öffnete sich in der Erde ein Spalt. Aus dem Spalt sprudelte eine Quelle. Die Quelle wuchs zu einem Fluß, der sich ausbreitete und die Ebene ringsum bewässerte, und aus dem fruchtbaren roten Boden sprossen Bäume, Früchte und Gräser.

Herden, Rudel, Stämme zahlreicher und vielfältiger Geschöpfe kamen hierher, aber sie kamen im Gefolge der Elefanten, die den Ort zuerst entdeckt hatten.

Weder der Fluß noch das Tal hatte einen Namen. Nichts hatte einen Namen an diesem Morgen, vor zwei Millionen Jahren. Der namenlose Ort existierte allein für sich, eine unbedeutende physikalische Erscheinung in Raum und Zeit des Planeten – für die Tiere der afrikanischen Steppe eine Quelle für Nahrung und Wasser.

Zwei Millionen Jahre später würden jene kommen, die alle Dinge benennen, und das Protein, das dieses Tal hervorgebracht hat, als den Grundbaustein des Lebens bezeichnen. An jenem weit zurückliegenden Tag aber war das Tal nichts als eine flache Senke von außergewöhnlichem natürlichem Reichtum, ein Füllhorn an Nährstoffen, einzigartig auf dem gesamten Planeten.

Während der nächsten tausend Jahre würden der Regen den Sandstein auswaschen und der Fluß sich ein tiefes Bett in den Boden fressen, eine Schlucht. An diesem Morgen aber hatte sich der Fluß noch kein Bett gegraben, dennoch markierte und umschloß er das Tal.

Die Ebene, die vom Wasser des Flusses lebte, war ein Mosaik aus Wald, Unterholz, Dornengestrüpp und Grassavanne. Manche der Tiere, die sich von ihr ernährten, waren zum Aussterben bestimmt, denn sie waren nicht fähig, sich im Lauf der Jahrtausende an die Klimaveränderungen anzupassen oder dem Konkurrenzdruck durch geschicktere und beweglichere Tiere standzuhalten. Andere, besser gerüstet, nahmen die Herausforderung an und überdauerten die Veränderungen.

An jenem speziellen Tag, dem unberührten Tag am Beginn der Welt, verschlief ein Löwenrudel die größte Hitze in einem Umkreis von einer Meile zum Fluß. Antilopenherden grasten in der von der Sonne ausgedörrten Steppe, Leoparden lagen dösend auf den Ästen vereinzelter Baumgruppen, und Nashörner, die aussahen wie die Relikte einer noch ferneren Vergangenheit, Überlebende aus dem Zeitalter der Dinosaurier, wanderten schwerfällig die Wildpfade entlang. Büffelherden durchquerten das Tal, und ihre donnernden Hufe wirbelten gewaltige Staubwolken auf. Stoßend und drängelnd und wiehernd galoppierten Zebras vorüber, Horden verwirrender schwarz-weißer Streifen. Wildkatzen, Servale, Zibetkatzen und Genetten fochten knurrend und fauchend Revierkämpfe aus. Am Himmel zogen die Geier wachsam ihre Kreise und hielten Ausschau nach Aas, genau wie unten auf der Erde die Hyänen und Schakale.

Sie alle waren Überlebende. Aber keiner von ihnen war zum Überleben so gut gerüstet wie die Elefanten.

Die Elefanten haben keine Feinde: dafür sind sie schlicht zu groß und zu stark. Sehr selten wird ein neugeborenes Elefantenkalb von einer Gruppe besonders hungriger und besonders mutiger Löwinnen angegriffen und getötet, doch meistens sind die Raubkatzen klüger und halten sich auch von den Kälbern fern. Denn die Elefanten sind nicht nur riesig und mächtig, sondern auch gut organisiert.

Sie leben nicht einfach als Herde zusammen, sondern bilden zudem eng miteinander verflochtene Gruppen innerhalb der Herde. Ein junger Elefant hat nicht nur eine Mutter. Er ist umgeben von einer umfangreichen Familie von Tanten, Schwestern und Cousinen, die ihn schützen und unterrichten. Wenn er sich im Alter von sechzehn oder siebzehn von ihnen löst, besitzt er nicht nur seine ehrfurchtgebietende Stärke, sondern auch ein breites Spektrum an Kenntnissen und Fertigkeiten, mit dem seine Großfamilie ihn ausgestattet hat. Nun kann ihm nichts und niemand mehr etwas anhaben, mit Ausnahme des Infernos: wenn die Steppe brennt. Er kann mühelos gewaltige Wegstrecken zurücklegen. Er kann sich vom Boden ebensogut er-

nähren wie von Bäumen. Er kann auf die Unterstützung und die Gesellschaft der Herde zählen, auf das angesammelte und durch Generationen von Ahnen überlieferte Wissen. Das einzige, wonach er suchen muß, ist Wasser: ein erwachsener Elefant braucht am Tag bis zu dreihundertsechzig Liter Wasser. Für die Elefanten des Tals ist der Fluß im wahrsten Sinne des Wortes der Fluß des Lebens.
Das Wissen der Herde ist den weiblichen Tieren anvertraut. Niemand wird je sagen können, weshalb die Kühe dazu ausersehen wurden und nicht die Bullen. Vielleicht geschah diese Rollenverteilung in der Urzeit der Art, Millionen Jahre früher, und war eine Folge ihrer Fortpflanzungsweise, die es mit sich brachte, daß die Kühe den Nachwuchs nicht nur austragen, zur Welt bringen und ernähren, sondern auch aufziehen und unterrichten und damit für das Überleben der Herde verantwortlich sind. Immer ist es die Leitkuh, die Stammesmutter der Herde, die die übrigen Tiere zur Tränke führte.
Der Tag verging, die Hitze ließ nach. Aus dem dunkler werdenden Himmel rann das Licht des Tages, und der Abend brach herein. Die Leoparden auf den Ästen öffneten die Augen und blinzelten. Im hohen Steppengras, das im Licht der untergehenden Sonne rotgolden leuchtete und leise raschelte, gähnten die Löwinnen und reckten ihre Glieder. In ihren hohlen Bäuchen spürten sie stechenden Hunger. Sie standen auf, witternd, und waren bereit zur Jagd.
Am Ufer des Flusses trat eine turmhohe graue Gestalt zwischen den Bäumen hervor. Sie hob den Rüssel, weitete die Nüstern und witterte. Sie prüfte gewissenhaft die Luft, untersuchte jede Geruchsspore, die der Abendwind ihr zutrug. Normalerweise pflegte sie daraufhin zu trompeten und zum Wasser hinunterzusteigen: das Signal für die anderen, daß der Weg zur Tränke frei von Gefahren war.
Heute war es anders. Die Elefantenkuh stand gespannt und reglos und erforschte die Botschaften, die der Wind ihr brachte. Ihre Sinne sagten ihr, daß ein neues Wesen sich im Tal aufhielt. Ein Aasfresser, ohne Stoßzähne, zweibeinig und schwachgliedrig und haarlos wie eine Schlange. Sie war solchen Geschöpfen schon früher gelegentlich begegnet, in den fernen Ebenen und Wäldern, die sie mit ihrer Herde bisweilen durchstreifte. Zu ihrem angesammelten Wissen gehörte die Gewißheit, daß diese Wesen nicht die Macht hatten, ihr zu schaden; dennoch war sie unsicher und argwöhnisch: sie mochten zwar harmlos sein, doch war keines von ihnen je bis hierher ins Tal vorgedrungen.
Abermals hob sie den Rüssel und witterte. Es war nur ein Wesen, und aus den Druckwellen, die sie aus der Luft empfing, diesen Vibra-

tionen, die seine Bewegungen verrieten, schloß sie, daß es schwach war, vielleicht im Sterben lag. Seine Gegenwart war zwar rätselhaft, aber sie stellte keine Bedrohung dar. Mit der Sicherheit ihres Wissens hob die Stammesmutter den Rüssel und gab das Signal. Seit Millionen von Jahren hatten ihre Vorfahren dasselbe getan, und für weitere Millionen Jahre würden ihre Nachfahren es ihr gleichtun.

Einen Augenblick später säumte die Elefantenherde den Fluß.

Das Wissen der Stammesmutter war uralt und zuverlässig. Es war jedoch nur die Weisheit der Ahnen, kein Begreifen. Hätte sie begreifen können, so hätte ihr Gehirn den ersten Schritt zu der Erkenntnis getan, daß der schwache, krummbeinige Eindringling das gefährlichste Tier war, das je seinen Fuß in das Tal gesetzt hatte. Aber das Gehirn der Elefantenkuh war nicht in der Lage, die möglichen Folgen dieses Eindringens abzuschätzen und einzuordnen. Sie konnte nichts anderes tun, als eine unmittelbare Gefahr auszuschließen und die Herde zum Fluß zu führen.

Der Aasfresser indes hielt sich still im Schatten, beobachtete und wartet, bis die großen grauen Tiere sich sattgetrunken hatten. Noch war der Aasfresser nicht der Herr der Erde. Der sechste Schöpfungstag war noch nicht angebrochen, würden seine Nachfolger sagen, die alle Dinge benennen.

Noch nicht, aber sehr bald.

Manchmal gehen Zeit und Ort eine Verbindung ein, die als Katalysator fungiert; dann verschmelzen disparate Teile miteinander, und es entsteht etwas Neues daraus, anders als alles, was es vorher gab. Dann verändert sich die Welt und vielleicht auch das Universum.

Die Ankunft des haarlosen zweibeinigen Aasfressers im Tal der Elefanten war das vielleicht folgenschwerste Ereignis in der Geschichte des Planeten. Nur die Stammesmutter der Elefantenherde hatte seine Gegenwart registriert – doch was sie bedeutete, konnte sie nicht wissen.

Erster Teil
Afrika 1944

2

»Weißt du, wie oft ich heute schon Schwarzer Peter spielen mußte? Elfmal! Und jetzt ist ihr langweilig, und bis zum Mittagessen dauert's immer noch eine Stunde. Sie bringt mich zur Verzweiflung!« Mrs Somerset schüttelte ratlos den Kopf. »Nanny, um Himmels willen, irgend etwas *muß* es doch geben, was wir tun können!« jammerte sie.
Nanny Mackenzie saß im Lehnstuhl neben dem Bullauge. Sie ließ ihr Strickzeug in den Schoß sinken und sah Margaret Somerset über den Goldrand ihrer Brille hinweg an: eine hochgewachsene, gebieterische junge Frau. Sie kannte sie nun seit dreißig Jahren, war ihr Kindermädchen gewesen und hatte sich später, als Margaret erwachsen wurde, um ihre Garderobe gekümmert, und als sie heiratete und selbst eine Tochter bekam, wurde Nanny wiederum Kindermädchen.
Violet, das Kind, war jetzt fünf. In diesem Alter war Mrs Somerset, wie Nanny zu sagen pflegte, »ärger als ein ganzes Faß voller Flöhe« gewesen. Violet konnte ihr durchaus das Wasser reichen.
»Sie braucht einen Spielkameraden«, sagte Nanny Mackenzie knapp.
»Und woher soll ich den nehmen? Es sind sonst keine Kinder an Bord.«
»Doch, eines«, erinnerte Nanny.
Margaret Somerset starrte sie an. »Du meinst sicher nicht diesen dreckigen kleinen Buben mit der Militärjacke, der ständig in der Reling neben der Küche hängt. Er sieht aus wie eine Kreuzung zwischen Vogelscheuche und Ratte. Gott weiß, welche Krankheiten er mit sich herumschleppt.« Sie erschauderte.
Nanny griff wieder zu ihrem Strickzeug. »Stimmt schon, er ist ein armes kleines Ding, aber ich finde, er sieht recht gesund aus«, antwortete sie.
»Das meinst du nicht im Ernst, Nanny, nicht wahr?« wandte Margaret ein.
»Kinder brauchen die Gesellschaft von anderen Kindern. Er ist nun mal da, und er ist das einzige Kind, und sicher ist ihm genauso langweilig wie Violet. Ohnehin ist es nur für eine Woche...« Das Klappern der Nadeln verstummte für einen Augenblick. »Wir können natürlich auch weiter Schwarzer Peter spielen, bis wir in Mombasa sind«, fügte sie beiläufig hinzu.

Margaret Somerset ballte hilflos die Fäuste. Eine Zeitlang schwieg sie. Dann sagte sie zornig: »Ich weiß genau, daß es mit Tränen enden wird, aber ich werde jedenfalls einmal mit dem Kapitän reden. So erfahren wir wenigstens, wer er ist.« Sprach's und verließ eilends die Kabine. Nanny lächelte und griff nach einem neuen Wollknäuel.

Captain Williamson überquerte die Brücke und blieb hinter dem Steuermann stehen. Er prüfte den Kompaß und ließ ein kurzes, unwilliges Schnauben hören, das bei ihm Zustimmung bedeutete. Sie hielten den Kurs exakt – wie jedes Schiff unter seinem Kommando. Williamson sah auf die unbewegte, bleierne See hinaus und den Schwarm Delphine, der vor dem Bug des Schiffes hin und her schoß.
Das P&O-Frachtschiff *Star of Russia* befand sich auf halbem Weg zwischen Indien und Afrika. An Bord hatte es eine Ladung Juteballen und Leder und in den beengten Kabinen überdies eine Anzahl britischer Passagiere, die auf der Route von Bombay nach Kenia in verschiedenen Häfen zugestiegen waren. Sie alle hatte der Ausbruch des Zweiten Weltkriegs irgendwo in Übersee überrascht und ihnen den Rückweg abgeschnitten. Jetzt, da der Sieg der Alliierten kurz bevorstand, konnten sie endlich nach Hause zurückkehren.
Mit Ausnahme einer Reisegruppe waren die Passagiere eine bunt gemischte Gesellschaft – drei Erdölingenieure mit ihren Familien, fünf Nonnen, eine Ansammlung pensionierter Kolonialoffiziere sowie etliche verwundete Soldaten, Opfer der Fernostfeldzüge. Die Ausnahme war eine gewisse Mrs Margaret Somerset nebst Begleitung: die Zofe der gnädigen Frau, das Kindermädchen der Tochter und die Tochter selbst; sie waren in dem iranischen Hafen Abadan an Bord gekommen. Mrs Somerset war die Gattin des Zweiten Sekretärs an der Britischen Botschaft in Teheran und das Patenkind des Unterstaatssekretärs im Außenministerium: dies hatte Captain Williamson durch ein Telegramm von Whitehall an das Reedereibüro in Bombay erfahren. Die Nachricht forderte P&O auf, für die bestmögliche Unterbringung und Behandlung der Dame und ihrer Mitreisenden zu sorgen.
Mrs Somerset war in der Tat eine *very important person.* Ihrem Gefolge nach zu urteilen, mußte sie steinreich sein. Davon abgesehen aber war sie – wie Williamson ausgiebig feststellen konnte, denn er hatte sie selbstverständlich eingeladen, am Tisch des Kapitäns zu speisen – eine außergewöhnlich schöne und geistreiche Frau. Mehr als außergewöhnlich: einzigartig – nie hatte er eine Frau wie sie getroffen. Wahrscheinlich war die einzige Konkurrenz, die ihr je

erwachsen konnte, ihre Tochter, dachte Williamson. Er hatte selbst fünf Töchter, doch Violet war das hübscheste und dazu das aufgeweckteste Kind, das ihm je begegnet war. Williamson grinste in sich hinein. Gott helfe dem Mann, der es auf die kleine Violet abgesehen hatte, sobald aus dem Kind eine junge Frau geworden war.

Er grinste immer noch, als sich die Tür zur Brücke öffnete. Er fuhr herum.

»Verzeihung, Captain, ich störe Sie hoffentlich nicht?«

Es war Mrs Somerset in Person. Sie war in seiner ganzen Laufbahn die einzige Mitreisende, der er je gestattet hatte, die Brücke zu besichtigen, wann immer ihr der Sinn danach stand.

»Keineswegs, gnädige Frau. Womit kann ich Ihnen dienen?«

»Es geht um Violet«, sagte Margaret. »Sie ist ein sehr aktives kleines Mädchen und wird allmählich unruhig. Das Kindermädchen meinte, sie hätte einen Spielkameraden notwendig. Nun weiß ich, daß noch ein Kind an Bord ist, ein kleiner Junge. Könnten Sie mir wohl etwas über ihn sagen?«

»Sie meinen Billy?«

»Ich weiß natürlich nicht, wie er heißt. Ich denke, ich habe ihn ein- oder zweimal gesehen, wie er sich in der Nähe der Küche herumtrieb.«

»Das wird er schon sein. Billy Ramsden.« Williamson räusperte sich verlegen. »Ich halte ihn gewiß nicht für einen üblen Burschen, aber ich bin nicht sicher, ob Sie ihn als geeigneten Spielkameraden für Ihre Tochter ansehen werden.«

Der Kapitän berichtete, was er über die Herkunft des Jungen wußte: Billy Ramsden war acht, ein uneheliches Kind und mittlerweile verwaist. Seine Mutter war bei seiner Geburt gestorben, und sein Vater, ein Hornist beim angloindischen Regiment, den Rattray's Sikhs, hatte ihn im Militärlager von Lucknow aufgezogen. Das Regiment war nach Burma geschickt worden, wo Billys Vater im Kampf gegen die Japaner fiel. Der Regimentskommandeur hatte eine Schwäche für seinen Hornisten und sorgte dafür, daß der kleine Billy nach England zurückgeschickt wurde, wo er eine Tante hatte; sie lebte in Brixton, im Süden von London. Williamson war gebeten worden, während der Reise ein Auge auf ihn zu haben.

Margaret Somerset hörte zu, und der Mut verließ sie. Das klang so schlimm, wie sie befürchtet hatte, wenn nicht noch schlimmer. Sie erinnerte sich an ihren ersten Eindruck von dem Kind: es war auf der Gangway herumgelungert, als sie an Bord gekommen waren, lauernd und in der Nase bohrend: ein dürres, hohlwangiges Kind mit ver-

drießlicher Miene und wildem, finsterem Blick. Als sie an ihm vorüberging, hatte sie sich vor Abscheu geschüttelt.
»Auch fürchte ich, daß der Junge kaum eine Schulbildung genossen hat«, schloß Williamson. »Ich bezweifle, daß er lesen und schreiben kann.«
Margaret schwieg eine Weile. Sie dachte an die sieben Tage, die ihr noch bevorstanden, an die endlosen Kartenspiele; dann sagte sie: »Danke, Captain. Sie haben mir sehr geholfen. Ich weiß noch nicht, wie ich mich entscheiden werde, aber heißt es nicht: ›In der Not frißt der Teufel Fliegen‹? Und meine Güte, manchmal habe ich sehr den Eindruck, daß meine Tochter der Teufel reitet!«
Sie schenkte ihm ein strahlendes Lächeln, entschwebte und ließ Williamson verwirrt zurück. Fünf Minuten später war sie wieder bei Nanny Mackenzie in der Kabine.
»Der Bursche ist ein kleines Monster, Nanny«, sagte sie. »Er kommt aus der Gosse, ein uneheliches Kind und vollkommen ungebildet. Ich weiß nicht«, seufzte sie. Dann fügte sie in klagendem Ton hinzu: »Glaubst du, er kann Schwarzer Peter spielen?«
Nanny sah auf. »Die kleine Madam«, wie sie ihre Herrin in deren Kindheit genannt hatte und insgeheim noch immer nannte, konnte sich soviel Sorgen machen, wie sie wollte, – ihre Tochter war darum nicht weniger halsstarrig. Wenn Violet sich etwas in den Kopf gesetzt hatte, mußte sie es haben, und jeder Widerstand machte sie nur noch eigensinniger. Nanny hatte beobachtet, wie sie den in Lumpen gekleideten Jungen beäugte. Wenn Margaret sich gegen ihn entschied und Violet beschlossen hatte, sich mit ihm anzufreunden, würde zwischen Mutter und Tochter ein erbitterter Kampf ausbrechen. Nanny zweifelte nicht, wer gewinnen würde – ihre »Madam« jedenfalls nicht.
»Wenn er's nicht kann, meine Liebe«, sagte Nanny, »werde ich es ihm beibringen.«

Billy entdeckte sie, als sie über das Deck auf ihn zukam.
Natürlich hatte er sie schon vorher oft gesehen. Normalerweise war sie mit ihrer Mutter oder mit einer der anderen Frauen zusammen. Ihre Mutter war unverkennbar – eine hochgewachsene, elegante Dame, die einen langen Rock trug wie die Frau des Colonels in Lucknow. Was die anderen Frauen anging, war er sich nicht ganz sicher: die dickliche, dunkelhaarige war vermutlich das Dienstmädchen. Die andere, die viel älter war und grauhaarig, konnte eine Tante sein, aber ebensogut eine Hausangestellte. »Nanny« sagte das kleine Mädchen zu ihr, aber für Billy war Nanny eine Großmutter, und diese Frau

konnte unmöglich eine sein – obwohl Billy nie eine Großmutter kennengelernt hatte. Eher war sie ein Kindermädchen, wie die Ayahs, deren Obhut die Gattinnen der Regimentsoffiziere ihre Kinder anvertrauten.

Das Mädchen kam näher.

Billy vollführte versuchsweise eine Felge über die untere Stange der Reling und landete, sehr zu seiner Zufriedenheit, mit gestreckten Beinen und Füßen. Er sah auf, um festzustellen, ob das Mädchen seine Leistung zur Kenntnis genommen hatte. Sie schaute in die entgegengesetzte Richtung – absichtlich, fand Billy.

Ziege! dachte er. Aufgeblasene Ziege!

Er lag bäuchlings auf der Eisenstange. Das Mädchen kam noch näher. Unmittelbar vor ihm blieb sie stehen und musterte die Reling.

»Ich wette, daß du nicht alle drei schaffst«, sagte sie.

»Natürlich schaff' ich das«, antwortete Billy verächtlich und stellte fest, daß sie ihn sehr wohl beobachtet hatte. »Das ist doch leicht!«

»Dann tu's.«

Die Reling bestand aus drei eisernen Stangen. Billy kletterte auf die oberste und ließ sich kopfüber nach vorn fallen. Er schwang sich um die erste Stange, landete mit einer blitzschnellen Drehung auf der zweiten, überwand auch sie, doch als er auf der untersten Stange angelangt war, rutschte er ab und fiel auf das Deck.

Das Mädchen brach in Hohngelächter aus. Billy wurde rot. Er biß die Zähne zusammen und versuchte es von neuem. Es erging ihm nicht besser. Er unternahm noch einen dritten Versuch, wieder mit demselben Ergebnis: diesmal stürzte er recht schmerzhaft. Er stand auf und rieb sich die aufgeschürften Ellenbogen.

»Is' ja kein Wunder, wenn die Stangen so naß und glitschig sind!« sagte er verdrossen.

Das Mädchen nahm keine Notiz von ihm. Sie warf die Schuhe von sich, schürzte ihr blaues, spitzenbesetztes Samtkleid und stopfte es in die Unterhose, dann kletterte sie auf die Reling. Bäuchlings balancierte sie auf der obersten Stange. Dann schwang sie sich kopfüber vorwärts, wand sich wie eine Akrobatin zwischen allen drei Stangen hindurch und landete elegant auf beiden Füßen.

»Waschlappen!« sagte sie.

Billy fiel keine Antwort ein. Statt dessen holte er mit dem rechten Fuß aus, um sie gegen das Knie zu treten, aber sie war schneller. Mit einem Satz war sie aus seiner Reichweite. Dann wollte sie auf ihn zustürzen und ihm mit beiden Händen das Gesicht zerkratzen.

Da erscholl ein Ruf vom Vorderdeck. »Violet, wo bist du? Violet!«

Die beiden Kinder erstarrten. Violet kannte die Stimme: das war Bobbity, die Kammerzofe ihrer Mutter, die man wie immer auf die Suche nach ihr geschickt hatte, denn Nanny war dafür zu alt, und mit ihren steifen Gelenken fiel ihr das Gehen zu schwer. Beklommen sah sie Billy an. »Wo können wir uns verstecken?« fragte sie aufgeregt.
»Da drin, beim Schweinefutter«, sagte er. »Fernando, das ist der Koch, der ist ein Kumpel von mir. Der sagt kein Wort, wenn er uns findet.«
Billy zog Violet hinter sich her über das Deck und schob sie in einen engen Verschlag, der an die Rückseite der Küche angebaut war. Zwischen den Tonnen voll von faulig riechendem Abfall kauerten die Kinder sich nieder; Billy schloß hastig die Tür.
Bobbitys Rufe kamen näher. Schrill klang den Kindern ihre Stimme in den Ohren, als sie unmittelbar vor ihnen stand, doch sie ging vorbei und weiter zum Achterdeck. Nach einer Weile stand Billy auf. Er stieß die Tür auf und spähte hinaus. »Die Luft ist rein«, sagte er.
Violet rappelte sich hoch. Sie zog den Rocksaum aus der Hose und pflückte Kohlreste und Kartoffelschalen von ihrem Samtkleid. Dann sah sie den Jungen an.
»Wie heißt du eigentlich?« fragte sie.
»Billy. Und du?«
»Violet.« Sie zögerte kurz. »Willst du mein Freund sein?« fragte sie dann.
Billy starrte sie an. Sie war jünger als er, aber fast genauso groß. Sie hatte ein feingeschnittenes Gesicht, das zart und dennoch kühn wirkte, veilchenblaue Augen und zerzauste helle Haare, die trotz ihrer Säuberungsbemühungen nach Abfall rochen.
Er zuckte die Achseln. »Vielleicht.«
Unbedingt wollte er ihr Freund sein! Aber er hatte schließlich auch seinen Stolz. Außerdem war sie ein Mädchen, und die Erinnerung an ihre Dreifachfelge durch die Reling fraß an ihm wie eine eitrige Wunde.
»Ich kann dir zeigen, wie man das macht mit dem Geländer...«
Violet erkannte im selben Augenblick, daß sie einen Fehler begangen hatte. Sie ließ Billy keine Zeit, zu reagieren und wütend zu werden, sondern wechselte sofort ihre Taktik. »Ich weiß einen Haufen schlimme Wörter«, sagte sie. » ›Verdammt‹ ist gut, oder? Ich wette, du weißt noch bessere.«
»Ja sicher!« sagte er, halb besänftigt.
»Du könntest sie mir beibringen.«
»Also, ›Saukopf‹ zum Beispiel. Das hast du nicht gekannt, was?«
»Nein. Wann sagt man das?«

»Violet!«
Der hartnäckige Ruf erscholl erneut, bevor Billy zu einer Erklärung ansetzen konnte. Offenbar hatte Bobbity das Achterdeck umrundet und kam jetzt zurück.
»Ich muß gehen...«
Violet verstummte. Dann gab sie, zum erstenmal in ihrem Leben, einem spontanen Einfall nach – mit derselben Impulsivität, die im Lauf der folgenden Jahre ihr Verhalten vielen Männern gegenüber bestimmte, doch nie mehr mit dieser Leidenschaft und Überzeugung: sie schlang die Arme um Billy und küßte ihn.
»Mir ist es gleich, ob du willst oder nicht«, sagte sie. »Du *bist* mein Freund.«
Dann schlüpfte sie durch die Tür des Verschlags und verschwand, während Bobbitys Rufe näher kamen.
Billy stand reglos in der Dunkelheit.
Er war ein Junge – eigentlich ja schon ein Mann: das hatte sein Vater ihm immer eingeschärft. Und er mochte keine Mädchen. Die Angeberei dieser dummen Kuh, die auf der Reling mit ihrer Geschicklichkeit geprotzt hatte, ärgerte ihn maßlos. Jeder konnte das, man brauchte ja bloß die Stangen vorher abzutrocknen – das war es: sie hatte die Stangen abgetrocknet! Sie war eine dumme, eitle, aufgeblasene Ziege wie alle Töchter von allen Obersten.
Dann erinnerte er sich an den unbeirrbaren Blick ihrer Augen und an die Berührung ihrer Lippen auf seiner Wange und hieb mit der Faust gegen den Türstock.

3

Eine Woche später, als Kapitän Williamson mit der *Star of Russia* den Liegeplatz im Hafen von Mombasa ansteuerte, stand der britische Konsul am Kai und strich sich besorgt über den Schnurrbart.

Der Konsul war den Umgang mit Kriegsflüchtlingen gewohnt. Die Reisenden, die er erwartete, hätten hier von Bord gehen, mit der Eisenbahn nach Alexandria weiterreisen und dort ein weiteres Schiff mit Kurs nach Großbritannien besteigen sollen. Leider hatte Hitler wenige Stunden vor der Ankunft der *Star of Russia* seine letzte Offensive im Mittelmeer gestartet: jetzt kreuzten deutsche U-Boote zwischen Istanbul und Gibraltar hin und her und griffen jedes Schiff der Alliierten an, dem sie begegneten. Es hieß außerdem, die deutsche Luftwaffe habe Befehl erhalten, die alliierten Luftstützpunkte um Kairo und Alexandria zu bombardieren. Folglich kam es – zumindest in der nächsten Zeit – nicht in Frage, die Passagiere nach Ägypten weiterreisen, geschweige denn das Mittelmeer passieren zu lassen. Bis zum Ende der Auseinandersetzungen würden sie wohl oder übel in Kenia bleiben müssen.

Normalerweise hätte der Konsul sie allesamt in einem der Hotels von Mombasa untergebracht, bis die Gefahr vorüber war. Mit den meisten konnte er das tun – ausgenommen eine Reisegesellschaft: Mrs Somerset und ihre Begleitung.

Auch der Konsul hatte wie das P&O-Büro in Bombay ein Telegramm aus Whitehall erhalten, im Tonfall noch unverblümter als die Nachricht an Captain Williamson. Unter keinen Umständen, hieß es darin, dürfe Mrs Somerset dem feuchtheißen Klima von Mombasa ausgesetzt werden, dieser Brutstätte aller Arten von afrikanischem Fieber, wie der Konsul ja selbst wisse. Statt dessen sei sie außerhalb der Stadt unterzubringen, an einem bequemen und der Gesundheit zuträglichen Ort, bis sie in der Lage sei, ihre Reise fortzusetzen.

Der Konsul hatte sich das Hirn zermartert, bis ihm endlich der rettende Einfall gekommen war. Über das primitive kenianische Telefonnetz und unter Aufbietung all seiner Überzeugungskunst hatte er dem Besitzer der Lodge im Aberdare Range so lange zugesetzt, bis der sich bereit erklärte, das seit Beginn des Krieges geschlossene

Gästehaus hoch oben in der kühlen Gebirgsluft des Nordens wieder zu öffnen und Mrs Somerset und ihre Gesellschaft aufzunehmen.
Er konnte sich freilich nicht vorstellen, was sie von dieser Unterkunft halten würde. Das Haus stand mitten im Bergwald; unten am Fuß des Gebirges breitete sich endlos die Steppe aus, ringsum wimmelte es von wilden Tieren. Viele Besucher Kenias fürchteten sich vor der afrikanischen Wildnis und ihren Tieren. Allerdings hatte Finlay Hampton, der Eigentümer des Gästehauses – ein Weißer, einst Jäger und heute noch eingefleischter Schwerenöter –, Lichtungen schlagen und säubern lassen, für annehmbare Verpflegung und immerhin die beste Dienerschaft in ganz Ostafrika gesorgt – sein Personal vom Stamm der Kikuyu und Samburu war unübertroffen.
Zumindest, dachte der Konsul, würde Mrs Somerset sich nicht beklagen können, daß er ihre Tochter dem Gestank, dem Schmutz, den Krankheiten der Hafenstadt auslieferte.
Unterdessen legte das Schiff an, die Landungsbrücke wurde herabgelassen, und der Konsul rückte seinen Hut zurecht. Nervös strich er sich noch einmal den Schnurrbart glatt und trat vor, um die Ankommenden zu begrüßen.

Finlay Hampton sah Margaret Somerset an, die ihm gegenüber am Tisch saß. »Auf Ihre Schönheit, Ihre Klugheit und vor allen Dingen: auf Ihre Gesundheit, meine Liebe«, sagte er.
Er hob das Champagnerglas, leerte es in einem Zug und warf es über die Schulter hinter sich: eine seiner Extravaganzen, für die er berühmt war. Das Glas zersplitterte an der Wand. Ein Kikuyu-Diener schlurfte herbei und kehrte die Scherben auf.
Margaret lachte glücklich. »Finlay, Sie sind tatsächlich vollkommen verrückt! Geben Sie mir noch ein wenig Champagner, bitte.«
»Für Sie tue ich alles, meine Liebe.«
Er schnalzte mit den Fingern und deutete auf das leere Glas. Ein zweiter Kikuyu, wie der erste mit einem makellos weißen Kaftan und einem roten Turban angetan, eilte herbei, öffnete eine weitere Flasche und schenkte ihr ein.
Margaret nippte an ihrem Glas und sah ihn über den prickelnden Champagner hinweg an. Er war ein Schurke, daran zweifelte sie nicht, und überdies alt genug, um ihr Vater zu sein. Andererseits jedoch war er groß, kräftig und höchst unterhaltsam, und es war Jahre her, seit irgend jemand ihr derart emsig und unverdrossen den Hof gemacht hatte – die nahezu fortwährende Anwesenheit ihres Ehemannes Michael hatte ausgereicht, um jeden Verehrer abzuschrecken.

Ein Jahr war es her, seit sie Michael zum letztenmal gesehen hatte. Jetzt, nach mittlerweile vier Monaten Zwangsaufenthalt in Kenia, nach einem dreiwöchigen Malariaanfall, der sie ans Bett gefesselt hatte, den sie jedoch nicht zuletzt dank Finlays wunderbar aufmerksamer Gesellschaft gut überstanden hatte, – jetzt war sie ruhelos. Margaret sah ihn abermals an. Sie wunderte sich.

»Ich werde Ihnen etwas sagen.« Es war, als könnte Hampton ihre Gedanken lesen. »Ich habe eine kleine Hütte droben im Wald, über einer Salzlecke. Ein wunderschöner Ort. Alle möglichen Tiere kommen dorthin, trinken, holen sich ihr Salz. Hätten Sie nicht Lust, ein paar Tage dort zu verbringen?«

»Aber was wird aus den Kindern?«

Sie hatte sich, wenn auch widerwillig, an den Gebrauch der Mehrzahl gewöhnt. Seitdem sie Violet erlaubt hatte, an Bord der *Star of Russia* mit Billy Ramsden zu spielen, waren die beiden unzertrennlich. Billy zusammen mit den anderen Passagieren in Mombasa zurückzulassen kam nicht in Frage: Violet hatte darauf beharrt, ihn mitzunehmen, und Nanny stand auf ihrer Seite. So blieb Margaret nichts anderes übrig, als sich zu fügen. Sosehr ihr der ausgemergelte und mürrische kleine Junge mißfiel, mußte sie doch zugeben, daß ihr Aufenthalt in diesem »Laager« genannten Gästehaus durch seine Anwesenheit ungeheuer gewann: seit Monaten hatte sie nicht mehr Schwarzer Peter spielen müssen.

»Nun, sie kämen hier auch ohne uns bestens zurecht«, sagte Hampton. »Aber ich habe auch für sie einen Ausflug geplant. Eine Tagesreise westlich von hier gibt es eine Schlucht und einen Fluß. Dort kann man besser als überall sonst Elefanten beobachten. Vor Jahren habe ich einen Pfad anlegen und einen Lagerplatz für Besucher roden lassen. Ich schicke sie mit dem alten Ngoro und ein paar von den Jungs hin. Sie werden einen Mordsspaß haben – das ist ein richtiges Abenteuer.«

In Margarets Gesicht trat ein besorgter Ausdruck. »Allein mit ein paar schwarzen Boys?«

Hampton lachte auf. »Ngoro ist seit vierzig Jahren bei mir. Er war mein Gewehrträger auf der Jagd. Er ist ein Massai und der beste, tüchtigste und klügste Mann, den ich je kennengelernt habe. Bei ihm sind sie besser aufgehoben, als sie's bei mir wären, – sicher wie in Abrahams Schoß.«

»Meinen Sie wirklich?« fragte sie zweifelnd.

»Meine liebe Margaret.« Er beugte sich vor und ergriff ihre Hand. »Nach Ihnen ist mir Ihre Tochter die schönste und meistgeschätzte

Dame, die ich kenne. Ich würde sie sowenig einem Risiko aussetzen, wie ich es übers Herz brächte, Sie in Gefahr zu wissen.«
Margaret zögerte. Nanny und Bobbity würden kein Hehl aus ihrer Mißbilligung machen, wenn sie allein mit einem Mann, der nicht ihr Gatte war, in die Wildnis verschwand. Doch sie waren nur Dienstboten – mochten sie denken, was sie wollten. Und wenn Finlay ihr versicherte, daß Violet kein Leid zustoßen würde, konnte sie ihm vertrauen.
»Es klingt sehr verlockend«, sagte sie schließlich und lächelte.

»Das ist Ngoro«, sagte Hampton. »Er wird euch zu einem Abenteuer mitnehmen.«
Die Kinder blinzelten verschlafen in das flackernde Licht der Öllaterne, die Hampton in der Hand hielt. Es war fünf Uhr morgens, und es herrschte noch immer die undurchdringliche Dunkelheit der afrikanischen Nacht. Zehn Minuten zuvor hatte Hampton sie mit zwei Bechern voll dampfendem Tee aufgeweckt. Jetzt standen sie, gegen die eisige Bergluft in warme Decken gehüllt, auf der vorderen Veranda des Hauses.
Undeutlich erkannte Violet am Fuß der Treppe die Schattengestalt eines Afrikaners.
»Ngoro, das ist Miss Violet«, fuhr Hampton fort. »Und das ist der kleine Billy.«
Der Afrikaner deutete eine Verbeugung an.
Er war ungeheuer groß. Obwohl er mehrere Stufen unter ihr stand, mußte Violet den Kopf heben, um sein Gesicht zu sehen. Wolliges graues Haar hatte er, tief eingesunkene Wangen und uralte, weise Augen: mahagonifarben, mit einem merkwürdig hellen, grünlichen Ring um die Iris.
»Missy. Kleiner Bwana.« Ngoro sprach langsam, mit tiefer, kehliger Stimme.
Er berührte seinen rechten Ellenbogen mit der gewölbten linken Handfläche; dann streckte er den Arm aus. Violet ergriff seine Hand. Sie fühlte sich hart und alt an, wie Stein. Er trug den ledernen Lendenschurz der Massai und hatte neben sich seinen Speer in die Erde gerammt, der beinahe so hoch war wie er selbst. Hinter ihm standen drei jüngere Afrikaner, einer trug ein Gewehr und eine Schrotflinte über der Schulter. Ein vierter Afrikaner saß am Steuer eines offenen Safari-Lastwagens.
Versteinert starrten die Kinder Ngoro an, ihre Schläfrigkeit war mit einem Schlag verflogen. In der Dunkelheit sah der Massai aus wie ein

hünenhafter ebenholzschwarzer Storch. Endlich riß Violet den Blick von ihm los und drehte sich um.

»Wo fahren wir hin?« fragte sie. »Und was ist das für ein Abenteuer?«

»Ihr fahrt ins Tal der Elefanten«, antwortete Hampton. »Ngoro weiß mehr über sie als irgend jemand sonst in ganz Afrika. Er wird euch den geheimen Ort zeigen, an dem sie leben, und euch alles über sie erzählen.«

Hampton hob die Kinder nacheinander hoch und setzte sie auf die erhöhte Bank hinter dem Fahrer. Ngoro kletterte auf den Beifahrersitz, und die drei Boys hockten sich auf die Ladefläche.

»Wirklich geheim?« fragte Violet, die vor Aufregung kaum sprechen konnte.

Hampton nickte. »Sehr bald wird es eines der letzten Geheimnisse sein, die es in Afrika noch gibt. Du und Billy werdet es kennenlernen, aber sonst weiß fast niemand davon. Ihr müßt alles tun, was Ngoro sagt, er wird sich um euch kümmern. Hört ihm ganz genau zu. Vielleicht wird es bald keine Elefanten mehr geben, nur noch Gespenster.«

Er wechselte ein paar Worte auf swahili mit dem Fahrer. Der Motor sprang an, und sie fuhren die Auffahrt hinab durch das Tor in der Umzäunung der Lodge. Die beiden Kinder wurden hin und her geschüttelt und klammerten sich an die Haltestange, während der Lastwagen schwankend und holpernd zwischen Schlaglöchern über den kurvenreichen Pfad davonfuhr.

Bis zum Morgengrauen war es noch eine Stunde. Ein Gespinst von grauem Nebel zog sich durch den Wald rechts und links des Weges. Wenn sie die Köpfe hoben, sahen sie durch Öffnungen in dem Blätterdach über sich die Sterne im nächtlichen Himmel aufleuchten, und vor ihnen bestrahlten die Scheinwerfer des Lastwagens hin und wieder die geisterhafte Gestalt einer Eule, die sich blitzartig auf eine Beute stürzte, und die funkelnden bernsteinfarbenen Augen der Ziegenmelker. Einmal brüllte ein Löwe so dicht neben ihnen, daß das tiefe, bedrohliche Grollen für kurze Zeit sogar das Geräusch des Motors übertönte.

Violet sah Billy an. Die Augen tränten ihm genauso wie ihr, und der kalte Fahrtwind blies ihm die Haare aus dem Gesicht. »Das ist ein echtes Abenteuer!« rief sie hingerissen. »Ein geheimes Abenteuer!«

Billy antwortete nicht.

Violet wußte nicht, ob er sie nicht gehört hatte, weil ihre Worte im Wind und im Motorenlärm untergegangen waren. Aber er wandte sich zu ihr, und ein flüchtiges Lächeln erhellte seine bleiche, verschlossene Miene.

Sie fuhren den ganzen Tag. Die Sonne ging auf, der Wind legte sich, und im Verlauf des Vormittags wurde die Hitze von Stunde zu Stunde brütender. Zu Mittag legten sie eine kurze Pause ein, um zu essen. Dann machten sie sich wieder auf den Weg. Sie fuhren noch immer nach Nordwesten, doch sie näherten sich nun dem Flachland, und der Wald begann sich zu lichten. Die Kinder standen nicht mehr an die Haltestange geklammert, sondern hatten sich auf der Bank zusammengerollt und waren in einen unruhigen Schlaf gefallen.
Ein- oder zweimal wachte Violet auf, hob den Kopf und sah Ngoro aufrecht und reglos auf dem Vordersitz, den Speer zwischen den Knien, und wenn die Sonne sich in der rasiermesserscharfen Metallspitze spiegelte, zuckten Lichtblitze auf. Dann schlief sie wieder ein und träumte von schreitenden Wasservögeln und einem strahlenden bläulich-weißen Glanz.
Erst am späten Nachmittag erwachte sie wieder, als Billy sie an der Schulter rüttelte. Violet setzte sich auf. Im schwindenden Licht des Tages sah sie, daß der Lastwagen nur noch langsam dahinkroch.
»Schau!« sagte Billy und zeigte nach vorn.
Der Pfad war verschwunden, wie eine Wand ragte das Gestrüpp vor ihnen auf. Die drei Afrikaner waren von der Ladefläche geklettert und schlugen mit ihren breiten Buschmessern eine Schneise in das Dickicht.
»Das sind Pangas«, erklärte Billy. »Ngoro hat's mir gesagt, aber das hätt' ich sowieso gewußt. Die kleinen braunen Burschen im Lager hatten auch solche Messer. Es waren Gurkhas, und sie sagten Khukri dazu. Ich wette, das hast du nicht gewußt.« Er sah sie herausfordernd an.
Violet schüttelte den Kopf. »Wo sind wir?«
»Nicht mehr weit vom Lager. Ngoro sagt, die Boys und ich, wir bauen das Zelt auf. Du kannst zuschauen, wenn du willst«, fügte er großzügig hinzu.
Violet schwieg. Daß es eine Arbeit für Jungen und eine Arbeit für Mädchen gab, sagte auch ihre Mutter. Ein Lager aufzuschlagen war offensichtlich Sache der Jungen. Es machte ihr nichts aus. Es gab Wichtigeres, als ein Zelt aufzubauen. Sie wollte wissen, was es mit dem Geheimnis auf sich hatte, das, wie sie ahnte, nur die schwarze, magere, turmhohe Gestalt kannte, die ihr mittlerweile mehr wie ein Vogel denn wie ein Mensch vorkam.

Mehr als zwei Stunden brauchten die Afrikaner, um den überwucherten Pfad mit ihren Pangas so weit zu lichten, daß Ngoro zufrieden war. Schließlich stieß er den Speer auf den Boden des Wagens, und der Fahrer schaltete den Motor aus. Ngoro stieg aus.
Obwohl unterdessen schon die Dunkelheit hereingebrochen war, stand der Massai reglos und hielt Ausschau, die Augen zu schmalen Schlitzen verengt, witternd: als könnte er jede Einzelheit der verborgenen Landschaft ringsum sehen und riechen. Endlich brummte er befriedigt. Er rammte den Speerschaft in die Erde und hob die Hand zum Zeichen für die anderen.
Eine Stunde später stand das Zelt für die Kinder. Ein Feuer brannte, und in dem Metallkessel über den Flammen brodelte es. Sie aßen in drei Gruppen: Billy und Violet saßen auf Schemeln nahe am Feuer, Ngoro kauerte hinter ihnen auf der Erde, und noch weiter entfernt saßen die übrigen.
Nach dem Essen versuchten die Kinder ihn auszufragen.
»Wo sind wir?« wollte Violet wissen, und Billy fragte: »Was machen wir morgen?«
Ngoro schüttelte den Kopf. »Missy, kleiner Bwana, wir warten, bis die Nacht zu Ende ist. Wenn die Sonne wieder aufgeht, entscheiden wir, wohin wir gehen. Wir müssen auf die Sonne warten.«
Auf seinen Speer gestützt, stemmte er sich hoch. Einen Augenblick lang ragte er über ihnen auf, lächelnd: dieselbe eckige, hünenhafte Gestalt, die sie im Morgengrauen zum erstenmal erblickt hatten. »Ich schlafe jetzt«, sagte er. »Schlaft auch.«
Mit langen Schritten stakste er davon. Jenseits des Feuers wickelte er sich mehrfach in Schakalfelle ein, legte sich auf dem Boden zurecht und rührte sich nicht mehr.
Die Kinder krochen ins Zelt und in ihre Schlafsäcke. Binnen Minuten war Billy fest eingeschlafen und atmete gleichmäßig und langsam. Violet lag auf dem Rücken und lauschte dem gedämpften Murmeln und gelegentlichen Lachen der Afrikaner, die noch am Feuer saßen.
»Billy«, flüsterte sie.
Er gab keine Antwort. Sie streckte die Hand aus und zog ihn am Ohr. Mit einem unwilligen Laut drehte er sich zu ihr um.
»Was ist los?« fragte er verschlafen.
»Ich glaube, Ngoro ist ein Zauberer«, sagte Violet, noch immer flüsternd. »Ich meine, ein echter Zauberer, wie Merlin in der Geschichte. Auch die Gegend hier ist verzaubert. Was meinst du?«
Schlaftrunken murmelte er etwas, das Violet nicht verstand. Sie zog ihn

noch einmal am Ohr, doch er versetzte ihr einen Tritt und rollte sich von ihr fort.
Violet drehte sich wieder auf den Rücken und starrte mit aufgerissenen Augen in die Finsternis: sie war entschlossen, bis zum Morgen wach zu bleiben. Doch sie war erschöpft von der Reise, und wenige Augenblicke später schlief auch sie.

4

Es war noch dunkel, als Ngoro sie aufweckte. Die Boys hatten das Feuer neu angefacht. Gähnend rieben die Kinder sich die Augen und verspeisten zum Frühstück einen mehligen Brei, der über der Glut aufgewärmt worden war. Dann ergriff Ngoro seinen Speer und winkte. Die Kinder folgten ihm. Eine Stunde lang wanderten sie unter dem Sternenhimmel einen Pfad entlang, der sich zwischen Dornengestrüpp und Akaziendickicht dahinschlängelte. Als Ngoro endlich stehenblieb, zeigte sich der erste falbe Streif am Horizont.

Ngoro senkte die Speerspitze und wies nach unten. Violet und Billy blickten hinab und sahen im beginnenden Tageslicht, daß sie am Rand eines steilen Abhangs standen. Durch das Tal unter ihnen schlängelte sich ein Fluß. Die Schlucht lag in tiefem Schatten, und über dem Fluß ballte sich dichter Nebel, doch die Kinder konnten die sanft abfallenden Uferbänke erkennen, über die stark ausgetretene Pfade zum Wasser hinabführten.

So standen sie alle drei und warteten, und die Kinder froren in der kalten Morgenluft. Endlich stieg die Sonne über den Horizont, und nun geschah zweierlei: zwei Ereignisse im selben Augenblick, die so außerordentlich und unerwartet waren, daß Violet den Atem anhielt und Billy vor Staunen erstarrte.

Zuerst verwandelte sich das Tal: diese düstere, schattige Gruft explodierte in einem Feuer von Farben. Zu beiden Seiten erstrahlten die Felsen in flimmernden Streifen von Rosa und Karmesin, Orange, Scharlachrot und dem Ocker eines Löwenfells. Auf den kurz zuvor noch schwärzlichen Wänden loderte ein goldener Regenbogen.

Violet blinzelte. Dann entsann sie sich, was Hampton ihnen über die afrikanische Landschaft gesagt hatte. Er hatte ihnen erzählt, wie die Wüste entstanden war, wie die ferne Vergangenheit die Ödnis geformt hatte. Das Tal hatte sich aus vielen verschiedenfarbigen Sand- und Erdschichten gebildet, diese wiederum waren durchzogen von kristallinen Einsprengseln – den übereinander angehäuften Ablagerungen aus Hunderttausenden, ja Millionen von Jahren. Diese Schichten waren es, die wie ein Regenbogen leuchteten, und dazwischen funkelten Quarz und Glimmer wie Diamanten.

Die zweite Offenbarung des Sonnenaufgangs war beinahe noch überwältigender.
Geräuschlos und ohne irgendeinen Hinweis, der ihr Nahen ankündigte, tauchten unter ihnen aus dem Nebel turmhohe graue Gestalten auf. Einen Augenblick lang sahen sie aus wie ein gewaltiges Heer von gigantischen Geistern. Dann erkannten die Kinder, daß es Elefanten waren, die zum Fluß hinunterstiegen, um zu trinken. Violet und Billy hatten schon früher, in der Umgebung des Laagers, Elefanten gesehen, aber nie in dieser Menge, nie in einer solchen scheinbar endlosen Prozession von Bullen, Kühen und Kälbern.
Minutenlang brachte Violet keinen Ton hervor. Endlich riß sie den Blick von dem Schauspiel dort unten los und sah zu Ngoro auf. »Ist das der geheime Ort?« fragte sie.
Der alte Massai lächelte. »So nennt ihn der Bwana. In der Sprache meines Volkes heißt er das Tal der Tränke der Großen. Hierher kommen die Elefanten, um sich zu befruchten, um die Kälber auf die Welt zu bringen, um zu sterben. Vor allem kommen sie her, um zu trinken. Ohne Wasser gibt es kein Leben. Hier finden sie Leben – «
Mit einer Geste, die Violet allmählich vertraut war, hob Ngoro seinen Speer und rammte den Schaft in die Erde. Er kauerte sich daneben auf den Boden, die Beine gefaltet wie ein Vogel, der sich zum Schlafen niederläßt.
»Setzt euch.« Mit ausgestrecktem Arm wies er auf einen umgestürzten Baumstamm, auf dem die Kinder sich niedersetzten. »Der Bwana hat gesagt, daß ich euch alles über das Tal und die Elefanten erzählen soll«, fuhr Ngoro fort. »Das werde ich tun. Ich bin Ngoro, ich bin Massai, hört gut zu!«
Sein Ton war gebieterisch, beinahe hypnotisierend. Violet und Billy saßen vorgebeugt und wagten kaum zu atmen. Sie spürten beide, daß sie etwas erlebten, das sich von allem bisher Bekannten unterschied. Stumm warteten sie.
»Am Anfang der Zeit gab es nur Wasser«, sagte Ngoro. »Alle Geister tranken davon und waren friedlich. Das Wasser machte ihre Herzen frei und großmütig, so großmütig, daß sie eines Tages zu dem mächtigen schwarzmähnigen Löwen der Geister gingen und sagten: ›Wir wollen das Wasser mit anderen teilen.‹ Der Löwe der Geister antwortete: ›Es gibt keine anderen.‹ Da sagten die Geister: ›Dann mach welche, so, wie du uns gemacht hast.‹
Der Löwe dachte lange über den Wunsch der Geister nach. Endlich nahm er einen Klumpen roten Lehm und formte ihn. Er brannte den Lehm im Ofen, und als er den Ofen öffnete, sah er, daß er den Massai

gemacht hatte. Der erste Massai, den er machte, war ein Krieger. Der Löwe der Geister teilte das Wasser und ließ den Massai an Land gehen. Der Krieger ging und trank und war friedlich wie die Geister. Doch bald fühlte der Krieger sich einsam. Er rief den Löwen und sagte: ›Ich bin keiner von den Geistern. Sie sprechen nicht mit mir, sie liegen nicht mit mir, um mich zu wärmen, sie geben mir nicht zu essen. Mach mir einen Gefährten, damit ich nicht allein bin.‹ «

Ngoro hielt den Speer fest in seiner knochigen Hand. Er blickte auf das Tal hinaus, und die hellgrünen Ringe um die Iris ließen seine Augen glasig scheinen.

»Wieder nahm der Löwe der Geister einen Klumpen Lehm. Als er diesmal den Ofen öffnete, sah er, daß er eine Massai-Frau gemacht hatte. Er schenkte sie dem Mann. Der Krieger und die Frau waren die ersten Menschen. Sie lagen beisammen und zeugten weitere Massai. Sie hatten Wasser zu trinken, aber weil sie aus rotem Lehm waren und keine Geister, brauchten sie auch zu essen. Deshalb ging der Löwe wieder zum Ofen. Er machte den Elefanten.«

Seit Beginn von Ngoros Erzählung hatte Violet an sich gehalten, um keine lästigen Fragen zu stellen. Jetzt konnte sie sich nicht länger beherrschen. »Warum?« fragte sie. »Warum einen Elefanten?«

Billy versetzte ihr einen Tritt gegen den Knöchel, aber den alten Massai schien ihre Frage nicht zu stören.

»Als der Löwe das Wasser teilte, kamen Bäume und bedeckten das Land«, antwortete er. »Unter den Bäumen gab es keine Sonne. Es wuchsen kein Gras und keine Früchte, und das Vieh konnte nicht weiden – denn der Löwe hatte auch Vieh für die Massai gemacht. Dann machte der Löwe den Elefanten, und der lichtete den Wald und ließ das Licht herein. Seht!«

Die Sonne stand jetzt deutlich über dem Horizont, der Nebel hatte sich gehoben. Jenseits der Schlucht erstreckte das Land sich weit nach Westen: wo Ngoros Worten zufolge einst ein endloser, dichter Wald gestanden hatte, wuchs jetzt ein Teppich aus Gestrüpp, Bäumen und offener Steppe, durch den sich Wasserläufe schlängelten.

Mehrere Gruppen von Elefanten hatten ihren Durst gestillt und stiegen das Ufer hinauf. Gebannt sahen die Kinder zu, wie ein junger Elefantenbulle seinen Kopf gegen einen Baum stemmte und zu schieben begann. Minutenlang schwankte der Stamm vor und zurück; dann stürzte er und fiel mit einem gewaltigen Krachen, das weithin durch den stillen Morgen hallte. Gleich darauf begann der junge Bulle die belaubten Zweige, die er zuvor nicht hatte erreichen können, mit dem Rüssel abzureißen und zu fressen.

»Wenn sie also Bäume ausreißen, um sie zu fressen, können auch die Menschen essen?« fragte Violet.
Ngoro nickte. »Dann wächst das Gras, das Weidevieh hat zu essen und auch die Massai und alle anderen Tiere, die der Löwe später machte.«
Billy hatte bisher kein Wort gesprochen. Jetzt runzelte er die Stirn und begann zu reden. Mit dem scharfen Blick eines Kindes hatte er etwas beobachtet. »Warum haben sie längere Beine und größere Füße?« fragte er. Violet spähte wieder hinunter in die Schlucht. Billy hatte recht: die Elefanten, die dort unten an der Tränke standen, unterschieden sich geringfügig von den anderen, die sie in der Nähe des Laagers gesehen hatten.
Ngoro lächelte beifällig. »Der kleine Bwana sieht deutlich. Diese sind die Kinder des ersten Elefanten, den der Löwe der Geister gemacht hat. Er hat ihm lange Beine und breite Füße gegeben, damit er sich in dem Wasser rund um den Wald leicht fortbewegen konnte. Es sind die ältesten Elefanten der Welt. Sie sind anders als die übrigen.«
Während er sprach, hob einer der Elefanten den Rüssel, blähte die Spitze, die sich entfaltete wie eine dunkle Tulpe, und stieß ein unerwartetes ohrenbetäubendes Trompeten aus. Es war eine Kuh, ein gewaltiges Tier, graubraun, mit schimmernden Streifen von Nässe auf dem staubigen Rücken; ein kleines Kalb schmiegte sich an ihre Beine.
Violet erschrak. »Was war das?« fragte sie schaudernd. Wie ein Ruf aus ferner Urzeit hallte der Ton in ihr nach, auch nachdem der Elefant den Rüssel längst wieder gesenkt hatte.
»Die Bwana haben sie Uhuru genannt«, sagte Ngoro. »Das ist das Wort für ›Freiheit‹. Der Löwe hat zuerst eine Elefantenkuh gemacht und sie zur Anführerin aller Herden bestimmt. Uhuru ist die älteste und weiseste aller Kühe. Eines Tages wird ihre Tochter, das Kalb neben ihr, ihren Platz einnehmen. Uhuru sagt: Das morgendliche Trinken ist beendet, jetzt ist es Zeit zu fressen.«
Die Elefantenkuh drehte sich um und ging davon in den Busch, das Kalb dicht hinter ihr. Die anderen folgten, und binnen Minuten waren alle Elefanten verschwunden.
»Ngoro«, sagte Violet. »Finlay hat gesagt, daß es vielleicht bald keine Elefanten mehr gibt, nur noch Gespenster. Warum?« Sie fürchtete sich vor Gespenstern, und Hamptons beunruhigende Bemerkung war ihr seit dem Aufbruch aus dem Laager nicht mehr aus dem Sinn gegangen.
»Ich glaube, der Bwana spricht von der Jagd nach Elfenbein und der Landrodung für den Ackerbau«, antwortete Ngoro. »Der Bwana weiß viel mehr als ich. Ihn mußt du fragen.«

»Aber wenn die Elefanten verschwinden», beharrte sie, »was passiert dann?«
Ngoro schwieg lange. Dann hob er ratlos die Schultern. »Vielleicht nimmt dann der Löwe der Geister den roten Lehm zurück, aus dem er Menschen und Tiere gemacht hat, und verwandelt ihn im Ofen wieder zu Staub. Dann wirft er den Staub in die Luft und läßt das Wasser zurückkehren.«
»Aber dann gibt es überhaupt nichts mehr!« wandte sie entsetzt ein.
»Wenn der Löwe so beschließt, wird es so sein.«
Ngoro stand auf, zog den Speer aus dem Boden und machte sich auf den Rückweg zum Lastwagen. Er winkte den Kindern, ihm zu folgen.
Violet saß eine Weile reglos auf dem Baumstamm, erfüllt von einer bisher nie erlebten Furcht. Sie hatte doch recht: Ngoro war ein Zauberer, und auch das Tal und die Elefanten waren Zauberei, ein Wunder, das Schönste, was es auf der Welt gab. Aber nun hatte der alte Massai gesagt, der Löwe der Geister könnte alles zurücknehmen und wieder zu Staub verwandeln und den Staub in die Luft werfen. Und mit dem jähen Schock der Erkenntnis wurde Violet klar, was das bedeutete: das war das Ende der Welt.
Sie faßte nach Billys Hand und hielt sie fest. Seine Finger waren so kalt wie ihre eigenen.

5

Eine Woche nach der Rückkehr der Kinder aus dem Tal der Elefanten war Hitlers letzte U-Boot-Offensive zu Ende. Der britische Konsul rief daraufhin im Laager an. Finlay Hampton nahm den Anruf entgegen. Er erfuhr, daß das Mittelmeer wieder als vergleichsweise sicher gelte und Mrs Somerset nebst Begleitung sich nunmehr zur Fortsetzung ihrer Reise anschicken und in wenigen Tagen bereits auf dem Weg nach Alexandria sein könne.

Mit leisem Bedauern legte Finlay Hampton den Hörer auf.

Sein Ausflug mit Margaret war in gewisser Hinsicht durchaus ein Erfolg gewesen – nie hatte er an der Salzlecke so viele und verschiedene Tiere gesehen; die geplante Eroberung der schönen Dame indes war ihm nicht gelungen. Dazu war es nun zu spät. Gewiß, mit seinen Avancen hatte er Margaret neugierig gemacht, bis zu einem gewissen Punkt sogar bezaubert, doch letztendlich war sie ihm auf elegante Weise ausgewichen. Vielleicht wäre die Sache anders verlaufen, hätte ihm mehr Zeit zur Verfügung gestanden. Dank Herrn Hitlers Unfähigkeit als Flottenkommandeur war diese Chance nun für immer vertan.

Finlay Hampton war ein guter Verlierer. Er lächelte vor sich hin und begab sich zu Mrs Somerset, um ihr die Neuigkeit mitzuteilen.

Achtundvierzig Stunden später stand er wieder einmal vor Sonnenaufgang auf der Veranda. Zwei Wagen warteten, um die Reisenden nach Nairobi zu bringen, wo sie den Zug nach Kairo besteigen würden. Nanny Mackenzie und die Zofe der Dame hatten bereits in einem der Wagen Platz genommen. Margaret und die beiden Kinder, für die Reise in Mäntel und Decken gehüllt, standen noch einen Augenblick bei ihm. Von Margaret hatte sich Hampton am Vorabend bei einem feierlichen Mahl mit Champagner verabschiedet. Jetzt blickte er auf die Kinder hinunter.

»Wirst du eines Tages wiederkommen und mich besuchen, kleines Fräulein?« fragte er Violet.

Sie nickte stumm, die Augen weit aufgerissen. Sie hielt ihren fadenscheinigen, mottenzerfressenen Teddybären im Arm, ihr liebstes Spielzeug. Hampton schmunzelte und zog den Bären am Ohr. »Tja«,

sagte er munter, »Bären waren freilich nicht dabei, aber sonst hab ich euch eine Menge Tiere gezeigt, stimmt's?«
»Wir haben die Elefanten gesehen«, sagte Violet.
»Ja, das habt ihr, und sogar an ihrem geheimen Ort.« Hampton wandte sich an Billy: »Und du, kleiner Gauner, was ist mit dir?«
»Ich hab sie gesehen«, sagte Billy mit seiner monotonen Stimme, das verkniffene Gesicht so ausdruckslos wie je.
»Und hat's euch gefallen?«
»Das war überhaupt das Beste und Schönste, was es auf der ganzen Welt gibt!« stieß Violet hervor. »Ich will nicht, daß sie Gespenster werden – sie sollen weiter Elefanten sein, wie der Löwe der Geister sie gemacht hat!«
Tränen stiegen ihr in die Augen, sie warf sich gegen ihn und schlang ihm die Arme um den Bauch. Hampton hob sie hoch und hielt sie an sich gedrückt, bis sie zu schluchzen aufhörte. Dann zog er sein Taschentuch hervor, trocknete ihr die Augen und stellte sie behutsam auf den Boden zurück. »Ngoro!« rief er.
Der alte Massai hatte offensichtlich irgendwo außer Sichtweite gewartet. Gemächlich und würdevoll trat er vor – er sah aus wie ein majestätischer Reiher, der durch eine Lagune schreitet. Er hielt seinen Speer in der Hand, und das Licht der Laterne ließ die Metallspitze aufblitzen.
»Werden wir auch in Zukunft Elefanten haben, die Missy Violet begrüßen, wenn sie zurückkommt?« fragte Hampton.
Ngoro stieß seinen Speer in die Erde. »Es wird Elefanten geben!« antwortete er. »Wir werden sie bewahren. Und wenn du, Bwana, und ich nicht mehr sind, dann ist es an ihr und dem kleinen Bwana, darauf zu achten, daß die Elefanten weiterleben.« Er verstummte und sah die beiden Kinder fest und nachdenklich an. Dann zog er den Speer aus dem Boden und hob ihn hoch über den Kopf. »Ich bin Ngoro, ich bin Massai, ich habe gesprochen«, schloß er und verschwand, gemächlich und würdevoll, in der Dunkelheit.
»Seht ihr«, sagte Finlay. »Ihr habt Ngoros Wort dafür.«
Er küßte Violet, täschelte Billys Kopf und umarmte Margaret. Sie wollte etwas sagen, doch er fiel ihr ins Wort. »Sie brauchen mich nicht zu erinnern. Ich werde heute im Lauf des Tages persönlich nach Nairobi fahren. Die Formalitäten nehmen nur ein paar Stunden in Anspruch, und mein Anwalt hat sein Büro gleich neben dem Ministerium. Bevor Sie aus Alexandria abreisen, ist die Sache erledigt.« Er lächelte. »Das ist eine ziemlich verrückte Idee, aber andererseits ist die Investition nach Ihren Begriffen wirklich gering. Und wenn sie dazu

dient, Violet oder gar Sie selbst, meine Liebe, hierher zurückzubringen, dann bin ich gewillt, den ganzen endlosen Weg zu meinem verdammten Anwalt zu Fuß zu gehen!«

Margaret gab ihm einen letzten Kuß. »Ich liebe Sie, Finlay, ein ganz kleines bißchen und ungeheuer! Meistens ungeheuer.«

Einen Augenblick später waren die beiden Wagen auf dem Weg nach Nairobi. Hell strahlten die Scheinwerfer durch die verblassende afrikanische Nacht.

»Passen Sie gut auf die mutige kleine Dame auf«, rief Hampton ihnen nach. »Und auch auf den kleinen Lümmel, den Musikantensohn!«

Er winkte. Aus dem Fenster des ersten Wagens winkte eine Hand zurück.

Zwei Tage nach der Abreise seiner Gäste, kurz vor Sonnenuntergang, saß Finlay Hampton auf der rückwärtigen Veranda und trank den ersten Whisky-Soda des Abends, als einer seiner Boys zu ihm heraustrat. »Ein Bwana ist an der Tür, Sir«, sagte er.

Hampton sah ihn überrascht an: »Ein Bwana? Ich habe gar keinen Wagen gehört.«

»Nein, Sir, dieser Bwana ist zu Fuß. Hat ein krankes Bein und Schnitte überall. Ich glaube, er ist verletzt, Sir.«

Hampton stand verwundert auf.

Ein Bwana ist ein Weißer. Aber in Nyeri, dem nächstgelegenen Dorf, lebten keine anderen Europäer, und die einzige weiße Farm der Umgebung lag meilenweit entfernt – hätte Jack Crombie oder einer seiner Söhne einen Unfall gehabt, so hätte Sue Crombie ihn auf direktem Weg nach Nairobi in die Klinik gefahren. Niemand käme freiwillig zu Fuß hier herauf zum Gästehaus, und erst recht kein Verwundeter.

Mit raschen Schritten durchquerte Hampton das Haus und trat auf die vordere Veranda hinaus.

Der Mann stand an das Geländer gelehnt. Er war um die Dreißig, ein großer, kräftig gebauter, hellhaariger junger Mann mit auffallend blassen, blaugrauen Augen und sonnenverbrannter Haut. Neben ihm lehnten zwei behelfsmäßige Krücken aus starken Ästen. Einer seiner Fußknöchel war dick geschwollen und mit Stoffstreifen verbunden, die wohl von einem Khakihemd stammten; Gesicht und Arme waren blutverkrustet.

»Guten Abend, Sir.« Der junge Mann streckte die Hand aus. »Cameron mein Name. Ich sitze leider in der Klemme. Ob Sie mir wohl raushelfen könnten?«

Er sprach flüssig Englisch, jedoch mit einem schweren gutturalen Akzent, der entweder afrikaans oder deutsch sein konnte – in Südafrika durchaus nicht unüblich, selbst bei einem schottischen Namen. Hampton ergriff die dargebotene Hand und schüttelte sie. »Was, zum Teufel, ist denn passiert?«

»Meine Kiste ist abgestürzt«, sagte Cameron. »Ich bin Pilot bei der südafrikanischen Air Force. Wir flogen einen Einsatz von Johannesburg nach Nairobi. Vor zwei Tagen hatten wir einen beidseitigen Triebwerkausfall, dann ließ uns auch das Steuerwerk im Stich – irgendwo westlich von hier, über dem Fluß. Es war ein Amphibienflugzeug – Vorkriegsmaschine, eine Herc, wissen Sie? Wir versuchten, auf einem toten Flußarm runterzugehen, aber dabei ist uns wirklich auch noch das letzte gottverdammte System ausgefallen, und wir haben uns überschlagen, Arsch über Kopf. Der Bursche, der bei mir war, mein Copilot, ist dabei draufgegangen, aber ich kam noch raus.« Sein Atem ging mühsam, und Hampton sah, wie blaß er unter der Sonnenbräune war. Der Mann hielt sich nur durch eine immense Willensanstrengung aufrecht. »Ich bin ans Ufer geschwommen, dann fing ich an zu laufen. Letzte Nacht sah ich hier heroben Licht und ging darauf zu. Sicher war ich mir nicht, ob ich's schaffen würde, aber wie Sie sehen... Glück muß der Mensch haben.«

Er versuchte zu grinsen. Dann wurden ihm die Anstrengung, der Schmerz oder die Erschöpfung nach allem, was er durchgemacht hatte, endgültig zuviel: seine Knie gaben nach, und er brach bewußtlos auf der Veranda zusammen.

»Mtumbi!« rief Hampton.

»Sir!« Der Boy, der in der Diele gewartet hatte, war sogleich zur Stelle.

»Hol dir ein paar Jungs«, wies Hampton ihn an. »Bringt den Bwana in eins der Schlafzimmer. Zieht ihn aus, wascht ihn und gebt ihm einen Pyjama von mir. Legt ihn ins Bett. Ich rufe in der Zwischenzeit Doktor Robbins an.«

»Jawohl, Sir.«

Hampton ging zurück ins Haus. Auf dem Weg zum Telefon blieb er nachdenklich stehen. Die Geschichte des jungen Südafrikaners klang recht plausibel – dafür sprachen schon seine Verletzungen. Er glaubte ihm jedes Wort. In Afrika, zumal in Kriegszeiten, waren Ereignisse, die einem anderswo absonderlich erschienen wären – merkwürdige Unfälle, Flugzeugabstürze, qualvolle Fußmärsche auf Krücken –, durchaus alltäglich. Immerhin war der Schwarze Kontinent die Bühne, auf der Antonius und Kleopatra, David Livingstone und Chaka, der wahnsinnige Zulukönig, alle ihre bizarren und verworrenen Phan-

tasien ausgelebt hatten. Was Finlay Hampton jedoch einen Augenblick lang verwunderte, war die Frage, weshalb Cameron bei einem Einsatz von Johannesburg nach Nairobi ausgerechnet über den Aberdare Range geflogen hat. Äußerst merkwürdig.
Er schob den Gedanken indes beiseite, griff zum Telefon und wählte Dr. Robbins' Nummer.

6

Fünf Tage brauchten Margaret Somerset und ihre Gesellschaft für die Reise von Nairobi nach Kairo. Dort trat eine abermalige Verzögerung von drei Wochen ein, die sie im Mena House Hotel verbrachten, fast im Schatten der Pyramiden. Dann teilte die Britische Botschaft ihnen mit, man habe ihnen Plätze auf einem Schiff zugewiesen, das in zwölf Stunden von Alexandria nach Großbritannien aufbrechen werde.
Mit der aufgeregten und besorgten Nanny Mackenzie und der schimpfenden Bobbity, die keine Zeit mehr gehabt hatte, »Madam's« Unterwäsche fertigzubügeln, fuhren sie in zwei von der Botschaft geschickten Taxis nach Alexandria. Kurz nach Mitternacht verließ das Schiff den Hafen und trat als Teil eines bewaffneten Konvois die Fahrt nach England an.
Nur ein einziger Zwischenfall beeinträchtigte die Reise. Auf halbem Weg zwischen Ägypten und Gibraltar tauchte ein vereinzeltes deutsches U-Boot auf, ein versprengter Überrest der letzten deutschen Offensive, um den Konvoi anzugreifen. Zufällig war seine Zielscheibe das Schiff, auf dem die Passagiere reisten. Die als Begleitschutz eingesetzten Zerstörer kehrten zwar sofort um und vertrieben das U-Boot, doch zuvor kam es zu einem kurzen Feuergefecht. Die Passagiere wurden an den Sammelstellen zur Verladung in die Rettungsboote zusammengetrieben, während der Kapitän des Schiffes mit seinen eigenen Geschützen das U-Boot angriff. Dann waren die Zerstörer zur Stelle, das U-Boot verschwand, und auf den Decks kräuselte sich der zurückbleibende Rauch vom Geschützfeuer.
Während Violet, umringt von ihrer Mutter, Nanny und Bobbity, auf dem Deck stand und auf die Entwarnungssirene wartete, tauchte Billy auf. Er taumelte unter dem Gewicht einer gewaltigen Geschoßhülse aus Messing, die er bei einer der Geschützbatterien gefunden haben mußte; das Metall war noch so heiß, daß es an Billys Händen blutige Brandwunden verursachte. Vor Violet blieb er stehen und legte ihr die Messinghülse zu Füßen. Einen Augenblick lang sahen die Kinder einander an, Violet mit ihren ungewöhnlich lebhaften Augen, Billy mit seinem bleichen, unergründlichen Gesicht. Dann drehte er sich um und rannte davon.

Nun heulte endlich die Sirene auf, und gleichzeitig rief Nanny aus: »Ja, was denn noch alles! Rote Rosen und Schokolade läßt man sich ja eingehen, aber das – ! Ich hoffe, dein Verehrer wird dir nicht demnächst auch noch eine Kanone anschleppen!«

Sie und Bobbity lachten, doch Mrs Somerset sah befremdet und mißbilligend drein.

Auf dem Schiff galten andere Regeln als während der letzten Monate. Die Familie Somerset war oben auf dem Vordeck untergebracht, während Billy zusammen mit den heimkehrenden Soldaten und der Mannschaft einquartiert war, die, zu Dutzenden in Schlafsäle gepfercht, in schmalen Kojen im Heck neben dem Laderaum schliefen. Er und Violet sahen sich zwar nach wie vor jeden Tag, doch sie schliefen und aßen nicht mehr zusammen. Die Klassengesellschaft, die Menschen nach Rang, Wohlstand und Privilegien unterschied, trennte sie unerbittlich voneinander. Unschuldig und unbewußt versuchten sie, die wachsende Kluft, die sich zwischen sie schob, zu überbrücken, doch ihre Bemühungen wurden ständig vereitelt.

Schon die tägliche Zeiteinteilung brachte sie auseinander. Wenn Billy im Mannschaftsquartier rote Bohnen und eingelegte Eier zu essen bekam, mußte Violet noch eine Stunde auf ihr Erster-Klasse-Menü warten. Lange bevor Billy zu seiner täglichen Dusche gehen konnte, hatte man Violet bereits in die Badewanne gebeten. Und wenn Billy zur abendlichen Versammlung der Mannschaft ins Kasino unter Deck geholt wurde, mußte Violet ihre Mutter zur Cocktailparty in die Kapitänskajüte begleiten. Das natürliche und zuverlässige Muster des Alltags, den sie miteinander geteilt hatten, verschob sich; die klaren und einfachen Rhythmen, an die sie sich während der vergangenen Monate gewöhnt hatten, denen sie vertrauten, ohne sie je in Frage zu stellen, galten nicht mehr. Absichtlich oder zufällig wurden sie einander entfremdet.

Doch eines Abends geschah etwas. Es war der 21. April, Violets sechster Geburtstag. Das Schiff hatte die Meerenge von Gibraltar passiert, den Golf von Biscaya durchquert und lief nun auf nordwestlichem Kurs nach Liverpool. Zur Feier des Geburtstags ihrer Tochter gab Margaret Somerset eine Party für sie. Sie endete mit einer Schatzsuche, deren Trophäe ein Korb voller Geschenke war, und einem Essen, zu dem der Kapitän, die Schiffsoffiziere und Billy eingeladen waren; es gab auch einen Kuchen mit Kerzen.

Als alle Gäste fort waren und Violet sich für die Nacht umgezogen hatte, schloß Margaret die Kabinentür und nahm ihre Tochter auf den Schoß.

»Hoffentlich hat's dir gefallen, mein Schatz.«
»Es war schön, Mama«, antwortete Violet, obwohl sie weitaus glücklicher gewesen wäre, wenn sie Billy noch länger bei sich hätte haben können.
»Leider waren die Geschenke nicht allzu viele«, fuhr ihre Muter fort. »Es war das Beste, was Nanny und ich vor der Abreise in Kairo noch auftreiben konnten. Aber ich habe noch etwas anderes für dich, das ein bißchen sonderbar ist und eigentlich eher ein Geschenk für Erwachsene.«
»Was ist es denn?« fragte Violet aufgeregt.
»Das Tal, in dem du die Elefanten gesehen hast, das hat dir doch gefallen, oder?«
Violet nickte. »Es ist der schönste Ort auf der Welt, bestimmt!«
»Mein Liebling, ich habe es für dich gekauft. Das Tal und das ganze Land rundherum. Es war Onkel Finlays Vorschlag, nachdem er gesehen hat, wie begeistert du davon warst. Ich fand das eine großartige Idee. Er hat sich um alles gekümmert. Kurz vor unserer Abreise aus Ägypten ließ er mir die Papiere zukommen. Es meinte, es könnte eine gute Investition sein. Auf jeden Fall war es sehr billig – jetzt im Krieg und bei all der Unsicherheit. Selbst wenn sich in Afrika alles ändern sollte und sämtliches Land enteignet wird und an die Schwarzen fällt, würde das keine Rolle spielen – wir hätten trotzdem kaum einen Verlust erlitten.«
Violet starrte ihre Mutter verblüfft an. Den letzten Teil ihrer Rede hatte sie nicht begriffen. Sie dachte nur an die glitzernden Felswände, die Tümpel, aus denen Uhuru und ihr Kalb getrunken hatten, das wilde Muster der Landschaft jenseits des Tales.
»Du meinst, es gehört mir? Wirklich und echt?« flüsterte sie.
»Ja, Liebling.« Margaret lachte und herzte und küßte ihr Kind.
»Weiß es Ngoro?«
»Wer ist Ngoro?«
»Er hat uns hingeführt.«
»Der alte schwarze Mann mit dem Speer und den sonderbaren Augen? Ja, ich erinnere mich. Nun, ich denke schon, daß Onkel Finlay es ihm erzählt hat.«
Violet schwieg. Starr und stumm saß sie auf dem Schoß ihrer Mutter und ließ die Erkenntnis in ihr Bewußtsein dringen.
»Freust du dich nicht, meine Kleine?« neckte Margaret.
Violet, die noch immer keinen Ton hervorbrachte, nickte heftig.
»Und damit du mir auch ganz bestimmt glaubst, sieh her.« Margaret Somerset zeigte ihr einen Briefumschlag. Sie nahm ein Bündel von

Blättern heraus, eng mit Maschine beschrieben und zusammengeheftet, das sie Violet in die Hand drückte. »Das«, sagte sie, »ist die Besitzurkunde für das Land. Schau, hier steht dein Name.«
Violet betrachtete die erste Seite und entdeckte auf halber Höhe ihren Namen in kühnen, großen Buchstaben. Sie drückte das Dokument an sich. »Darf ich es behalten?«
Margaret runzelte die Stirn. »Ich denke, bei mir ist es sicherer aufgehoben. Ich werde es gut für dich aufbewahren, das verspreche ich dir.«
»Bitte, Mama. Nur heut nacht. Ich möchte – « Violet verstummte. Was sie vorhatte – und was ihr beinahe herausgerutscht wäre –, konnte sie unmöglich sagen, jedenfalls nicht ihrer Mutter. »Ich möchte es unter mein Kissen legen«, schloß sie.
»Also meinetwegen«, sagte ihre Mutter lächelnd. »Schlaf schön, mein Liebling, träum süß, und noch einmal alles Gute zum Geburtstag.«
Violet umarmte ihre Mutter so fest sie konnte. Dann ging sie zu ihrer eigenen Kabine, die sie mit Nanny und Bobbity teilte, und lag in ihrer Koje wach, bis sie den Nachtsteward hörte, der draußen alle Lichter bis auf die Notbeleuchtung löschte. Sie lauschte seinen Schritten, die leiser wurden, dann schlüpfte sie aus dem Bett, zog Pantoffeln und Bademantel an und stahl sich hinaus auf den Korridor. Lautlos schloß sie die Tür hinter sich.
An dem Tag, an dem sie in Alexandria an Bord gegangen waren, hatte Billy ihr gezeigt, wo er untergebracht war. Das war nun schon zwei Wochen her, und Violet war seither nie wieder im Mannschaftsquartier gewesen. Sie erinnerte sich nur an einen großen Schlafsaal mit Stahlwänden, der unter den dumpfen Vibrationen der Schiffsschrauben erzitterte und vom Dröhnen der Maschinen erfüllt war, irgendwo in den Tiefen des Hecks, in der Nähe des Frachtraums. Und sie wußte, daß Billy in einer der oberen Kojen nahe der Tür schlief.
Sie machte sich also auf den Wag zum Heck des Schiffes. Zweimal hörte sie Matrosen auf sich zukommen und verbarg sich im Schatten, bis sie an ihr vorüber waren. Einmal verirrte sie sich und mußte über eine lange Eisenleiter an Deck klettern. Das Meer war ruhig, aber die Nacht bitterkalt, und durch einen frostigen Nebelschleier sah sie hier und dort einen Stern aufblitzen. Mit klappernden Zähnen lief Violet weiter, im Zickzack zwischen Taurollen und eisbedeckten Deckstützen.
Endlich fand sie eine Leiter, die nach unten führte, und kletterte hinab. Sie gelangte wieder in einen Korridor, der genauso aussah wie alle anderen, aber diesmal war sie sicher, daß sie den richtigen gefunden hatte. Sie drückte auf eine Messingklinke, stemmte sich gegen

das Gewicht der Feder, und endlich schob sich die Tür zum Schlafsaal auf.
»Billy!« flüsterte sie.
Sie stellte sich auf die Zehenspitzen und tippte einer schlafenden Gestalt in der Koje über ihr auf die Schulter. Es war nicht Billy, sondern ein stämmiger, unbekannter Mann, der sich umdrehte, grunzte und einen Fluch ausstieß.
Violet erschrak. Vor Angst schlug ihr das Herz bis zum Hals, doch sie wollte sich nicht von ihrem Vorhaben abbringen lassen.
»Violet?«
Diesmal war es Billy. Eine Sekunde lang wurden ihre Knie weich, und sie schloß vor Erleichterung die Augen. Billy wälzte sich aus seiner Koje und sprang neben ihr auf den Boden. »Was ist los?« flüsterte er.
Violet antwortete nicht. Statt dessen faßte sie ihn am Arm und zog ihn aus dem Raum. Im schwachen Licht einer Lampe, die an der Schottwand brannte, zog sie den Umschlag aus der Tasche ihres Bademantels und öffnete ihn.
»Meine Mutter«, sagte sie, »spinnt ein bißchen. Aber dort, wo wir waren, wo die Elefanten waren, das Tal – also, sie sagt, sie hat es gekauft und mir geschenkt. Sie sagt, Onkel Finlay hat sich um alles gekümmert, und jetzt gehört es mir. Das ist die Urkunde.« Sie drückte Billy die zusammengehefteten Papiere in die Hand.
Er starrte verwirrt und verständnislos darauf. Er war nicht so ungebildet, wie Mrs Somerset immer noch glaubte, sondern hatte in der Militärschule von Lucknow sehr wohl Lesen und Schreiben gelernt, doch die gestelzte altertümliche Juristensprache, in der das Dokument verfaßt war, hätte für sein Verständnis genausogut Chinesisch sein können. »Und was heißt das alles?« fragte er schließlich.
»Das heißt, es gehört mir, oder nicht?« Violet zögerte. »Aber es gehört nicht mir allein. Sondern dir genauso.«
»Mir?«
»Ja, du warst mit mir dort. Es gehört uns beiden.«
»Nein. Da, siehst du nicht? Da steht dein Scheißname obendrauf!« Er deutete auf die einzige Zeile, die sie beide verstehen konnten: »Miss Violet Somerset.«
»Du bist blöd! Saukopf!« fuhr ihn Violet wütend an.
»Selber Saukopf!« schrie Billy zurück. Dann dämpfte er sofort die Stimme, denn aus dem Schlafsaal drang ein zorniges Schimpfen. »Verpiß dich. Ich geh' wieder ins Bett.«
»Billy – « Violet hielt ihn am Arm fest, als er sich abwandte. Dann

holte sie aus der anderen Tasche ihres Bademantels eine Schere – die Schere, mit der Nanny ihr die Haare zu kürzen pflegte und die sie aus der Kabine mitgebracht hatte. Sie ließ Billys Arm los und schnitt in wilder Eile das Bündel Papiere der Quere nach entzwei. »Hier.« Sie drückte ihm die eine Hälfte in die Hand. »Paß gut drauf auf. Heb es für immer und in alle Ewigkeit auf.«
Seine Reaktion wartete sie nicht mehr ab. Sie drehte sich um und lief davon.
Als sie wieder in ihrer Kabine war, steckte sie ihre Hälfte der Urkunde sorgfältig in den Umschlag und klebte ihn zu. Dann schob sie ihn unter das Kopfkissen. Wenn sie Glück hatte, würde die Mutter ihn nicht öffnen und noch lange nicht herausfinden, was sie getan hatte. Bis dahin, dachte Violet, würde ihr schon eine Erklärung einfallen.
Lange lag sie wach auf dem Rücken, die Arme hinter dem Kopf verschränkt.
Billy war ihr Freund, ihr einziger Freund. Er schaffte zwar keine Dreifachfelge um die Relingstangen – sie hatte die Stangen nicht vorher abgetrocknet! er konnte es einfach nicht –, aber er hatte ihr prachtvolle Schimpfwörter beigebracht, er war mit ihr im Tal der Elefanten gewesen, und Violet liebte ihn. Sie liebte ihn mit einer tiefen Leidenschaft, für die ihr die Worte fehlten. Sie wußte nur mit untrüglicher Sicherheit, daß es so war, das spürte sie tief in ihrem Inneren. Sie drückte ihren Teddybären so fest, daß sie mit einemmal befürchtete, sie könnte durch den brüchig gewordenen Stoff die Füllung herauspressen, und ihn wieder losließ. Sie wußte, daß sie der glücklichste Mensch der Welt war. Sie hatte Billy und das geheime Tal und die Elefanten – echte, lebendige Elefanten. Und jetzt gehörte das alles ihr.
Ihre einzige Sorge war die schreckliche Aussicht gewesen, der Löwe der Geister könnte alle diese Schönheiten wegnehmen und wieder zu Staub verwandeln. Doch jetzt, da das Tal ihr gehörte, konnte derlei nicht geschehen: niemals würde sie zulassen, daß irgend jemand den Elefanten etwas zuleide tat.
Sie drehte sich auf die Seite, kuschelte sich unter die Decke und schlief ein.
Zwei Tage später legte das Schiff in Liverpool an.
»Gib dem kleinen Billy die Hand, mein Küken«, sagte Nanny, als sie auf dem Kai standen. »Gott weiß, wann ihr euch wiederseht.«
Inmitten eines Durcheinanders aufgeregter, hastender, schreiender Passagiere, die von Bord gingen, schüttelten die beiden Kinder einander ernst und feierlich die Hand. Ein breitschultriger Polizist schob

sich durch die Menschenmenge und rief Billys Namen. Dann kam er auf sie zu, begrüßte Mrs Somerset, ergriff Billy am Arm und nahm ihn mit. Mit Tränen in den Augen sah Violet ihm nach, bis er im kalten, rußigen Nebel von Liverpool verschwunden war. Er hatte sich nicht ein einziges Mal mehr umgedreht.

Ein halbes Jahrhundert verging, ehe sie einander wiedersahen.

Der Mann

Der Mann war klein und von rötlichgelber Hautfarbe. Er war nackt bis auf einen Lederriemen, den er um die Taille trug – das Symbol des Jägers und Aasfressers. Von diesem Riemen hing ein Beutel herab, in dem er eine Klinge verwahrte; sie war aus Obsidian, die Kanten zu messerscharfen Schneiden geschliffen.

Geduldig hatte der Mann gewartet, bis die Elefanten sich sattgetrunken hatten. Nun war er an der Reihe. Vorsichtig trottete er auf leisen Sohlen zum Flußufer hinab, wobei sein Blick unaufhörlich von einer Seite zur anderen glitt, auf jede mögliche Gefahr gefaßt. Der Nahrungsmangel hatte seinen Körper fast bis an die Grenze des Hungertodes ausgezehrt, doch Wasser war wichtiger als alle Nahrung. Zuerst mußte er trinken, dann konnte er essen – sofern er etwas fand.

Er legte sich flach in das seichte Wasser zwischen die hohen Gräser und spürte das sanfte Streicheln des Flusses auf seiner ausgedörrten Haut, spürte die Poren sich öffnen unter einer Kruste von Staub, Salz und Schweiß nach der langen Wanderung zu diesem namenlosen Ort, der noch nicht einmal ein Tal war. Er trank lange, in tiefen, durstigen Zügen.

Als er den Kopf hob, bemerkte er eine flüchtige Bewegung links von ihm am Ufer. Sein Überleben hing davon ab, daß er die Gegenwart von Raubtieren rechtzeitig entdeckte, und seine Nase erkannte auf der Stelle den scharfen Geruch eines Löwenrudels über einer frisch erlegten Beute. Er bog die langen, bernsteingelben Grashalme auseinander und spähte hindurch. Dabei stellte er fest, daß ein ihm unbekanntes Wesen sich im Schilf am Flußufer ein großes Nest gebaut hatte.

Zuerst konnte er die Löwen nicht sehen, doch sie mußten ihn längst gewittert haben – die leichte Brise trug ihnen seinen Geruch zu. Anscheinend war er ihnen gleichgültig. Auch die beiden Schakale links von ihm, die einzelne Hyäne im Gestrüpp hinter ihm und die Geier, die zwischen frühmorgendlichen Dunststreifen vom Himmel herabschossen und sich unbeholfen und hungrig auf die Zweige ringsum kauerten, ließen die Löwen völlig ungerührt.

Mit scharfem Blick starrte der Mann durch das Gras, bis er die nahezu verborgenen Gestalten entdeckte. Sechs Löwen waren es, die sich um die Beute scharten. Ein erwachsenes Weibchen mit seinen drei fast ausgewachsenen Jungen. Ein noch unverpaartes Weibchen, das sie begleitete – die beiden Weibchen und die Jungen hatten die Beute getötet. Und endlich sah er auch den Löwen, ein gewaltiges Tier mit bereits ergrauender Mähne, das lang nach dem Kampf hochmütig herbeigeschritten war und die anderen beiseite gedrängt hatte. Die Beute war ein Elen, ein prachtvoller Bock, doch behindert durch ein gebrochenes Sprunggelenk – gegen den Angriff des Rudels war er wehrlos gewesen.

Ein wütender, stechender Hunger fuhr dem Mann in den hohlen Magen, das Wasser lief ihm im Mund zusammen, und er leckte sich die geschwollenen Lippen.

Die Beute war so gewaltig, daß die Löwen es sich leisten konnten, die Räuber ringsum nicht zu beachten: es war genug Fleisch vorhanden, um jedes andere Tier in der Nähe zufriedenzustellen, selbst die Käfer und Fliegen, die am Ende das Gerippe zu säubern pflegten.

Die Löwen fraßen gierig, den ganzen Vormittag dauerte das Festmahl. Zu Mittag zogen sie sich zurück, um im Schatten der Bäume zu schlafen. Wenn die Hitze nachließ, würden sie zu dem Gerippe zurückkehren; jetzt aber war seine Chance gekommen.

Vorsichtig stand der Mann auf. Während er sich vorwärts schlich, langte er hinunter und nahm seine Klinge aus dem Beutel. Er hob sie hoch, bereit zum Zuschlagen, als die beiden Schakale an ihm vorbeirannten: auch sie hatten die Gelegenheit ergriffen, sich über die Beute der Löwen herzumachen.

»Krarrk!« Der Mann stieß einen wilden, heiseren Schrei aus, ähnlich dem Alarmruf der Krähe, und die Schakale hielten im Lauf inne und fuhren herum. Hinter ihm flogen die Geier auf – eine dunkle Wolke, die auf das tote Elen zustürmte. Der Mann begann zu rennen. Er erreichte den Kadaver und beugte sich darüber. Rasch und mit sachkundiger Hand schnitt er einen breiten Streifen aus der Hüfte der Antilope und schwang sich das Fleisch über die Schulter. Dann erstarrte er.

Hinter ihm war die Löwin aufgestanden. Ihr Schweif zuckte hin und her. Sie senkte den Kopf und setzte zum Angriff an.

Durch die Wolke von wirbelndem Sand sah der Mann nichts als zwei gelbe Augen, lodernd vor Wut. Er schleuderte ihr die Klinge ins Gesicht. Er hörte sie knurren und sah, wie sie den Kopf schüttelte. Dann rannte er los. Er rannte um sein Leben.

Nie zuvor hatte der Mann in dem Tal gejagt. Die Not war es, die ihn von seinen gewohnten Jagdgründen so weit fortgetrieben hatte. Der Hunger.
Er gehörte zu einer Sippe vom Stamm derer, die von den Bäumen herabgestiegen waren, um an den Rändern des urzeitlichen Waldes zu leben, der einst den gesamten afrikanischen Kontinent bedeckt hatte. Schon vor Tausenden von Jahren hatte der Wald zu schrumpfen begonnen, Trockenheit und Feuersbrünste, ausgelöst durch Blitzschläge, drängten die Bäume immer weiter zurück. In dem Maß, wie der Wald schwand, breitete die offene Savanne sich aus, und das zähe Steppengras bemächtigte sich der Lichtungen, die neu entstanden, wo einst Bäume gewesen waren.
Die Antilopenherden nahmen zu und weideten alles ab, was sie auf ihrem Weg fanden; der Wald konnte sein verlorenes Terrain nie mehr zurückerobern. Der Stamm des Mannes mußte sich den veränderten Gegebenheiten anpassen. Früher hatten sie unter den Bäumen nach Nahrung gesucht und von den Früchten des Waldes gelebt. Jetzt, nachdem sie von den Bäumen herab in die vorrückende offene Steppe getrieben worden waren, mußten sie wohl oder übel von dem leben, was die großen Räuber, die ihre Beute unter den Herden schlugen, ihnen übrigließen. Bald aber lernten sie selbst zu jagen, indem sie Löwen und Leoparden nachahmten.
Das große Feuer brach aus, nachdem es sieben Jahre hintereinander nicht geregnet hatte. Die Dürre hatte die Antilopen versprengt und zu den wenigen ständigen Wasserquellen zurückgetrieben, den großen Flüssen, die das Herz des Landes durchzogen. Mit ihnen verschwanden auch die Raubtiere, und die Eiweißversorgung des Stammes war mittlerweile so knapp geworden, daß jeden Tag ein Angehöriger am Hunger starb.
Wochenlang hatten er und seine fünf Gefährten das Flachland durchkämmt. Ausgedörrt, erschöpft und selbst dem Hungertod nahe, fanden sie endlich ein Wasserloch; aber von ihren angestammten Gefilden waren sie weiter entfernt, als das Volk je vorgedrungen war. Zuerst hielten sie das Wasserloch für einen Streich, den das gleißende Licht ihnen spielte, – ein Trugbild im Sand auf dem Felsplateau, das sehr viel später die Kalahari-Wüste genannt wurde. Sie wagten kaum zu hoffen, doch sie rannten darauf zu, so schnell sie konnten, und als sie vor dem Tümpel standen, schimmerte das Wasser dunkel und sämig wie das Wachs der Honigwaben eines wilden Bienenstocks, und von der Oberfläche stieg ein schwacher Verwe-sungsgeruch auf. Die fünf Gefährten des Mannes stürzten sich hinein und

tranken, rasend vor Durst. Aus irgendeinem Grund, von dem der Mann nichts wußte, aus einem Instinkt heraus oder dank einer Warnung der Schutzgeister in den Sternen, hielt er sich zurück. So ausgetrocknet er war, weigerte er sich, von diesem Wasser zu trinken.
Die fünf anderen legten sich nieder, während der Mann Wache hielt. Er wußte, das Wasser war heimtückisch, es würde sich rächen. Und er hatte recht. Als der Morgen kam, waren die Gesichter seiner Gefährten schwarz, und ihre Körper zuckten in Fieberkrämpfen. Bis zum Mittag waren sie alle tot, und er war allein.
Der Mann drehte sich um und ging den Weg zurück, den er gekommen war. Er würde sterben, bevor er seinen Stamm erreicht hatte, aber was sollte er anderes tun?
Am Nachmittag roch er den Rauch. Am Abend sah er einen Feuerstreifen am Horizont und hörte das Knistern und Prasseln von brennenden Gräsern und Dornensträuchern. Wie eine von Löwen eingekreiste Antilope drehte er sich abermals um und lief strauchelnd und taumelnd zurück in die Richtung, in die er mit den Jägern gewandert war. Er wankte vor Schwäche, als er auf die Spuren der großen grauen Wesen stieß, die weder Beute- noch Raubtiere waren. Ein Hoffnungsschimmer erwachte in ihm: selbst in seinem Fieberwahn wußte er noch, daß sie ihn mit unerschütterlicher Sicherheit zu einer Quelle führen würden. Sie waren die ältesten und zuverlässigsten, die unbeirrbarsten Führer.
Irgendwann in der Nacht war er an der äußersten Grenze seiner Kraft angelangt, er stolperte und stürzte kopfüber zu Boden – und merkte auf einmal, daß er im Wasser lag. Er schnappte nach Luft und hob den Kopf, die Tropfen rannen ihm übers Gesicht, und er leckte sich die Lippen: das war nicht das faule Wasser aus dem Tümpel, es war süß und frisch. Er war in einen Zulauf zu einem der großen Flüsse gefallen.
Er trank so lange, bis sein Magen zum Bersten gefüllt war. Dann lag er reglos im Gras, mit klopfendem Herzen und schmerzenden Gliedern.
Am Morgen fegten hinter ihm immer noch schwarze Rauchschwaden über den Horizont. Er machte sich wieder auf den Weg, immer entlang dem Bach, der dem Fluß zuströmte, bald frei an der Oberfläche sprudelte, bald im Boden verschwand. Sein Glück hatte sich gewendet: er überraschte ein Stachelschwein und tötete es, nahm es aus und aß es bis auf Stacheln und Eingeweide vollständig auf.
Dann trieb er sich zum Weitergehen an. Die wilde Feuersbrunst verfolgte ihn immer noch, die Augen brannten ihm vom Rauch, und er

hatte stets den beißenden Gestank in der Nase, den der Wind ihm zuwehte, doch er konnte jetzt die Geschwindigkeit einschätzen, mit der das Feuer sich vorwärts fraß: er war ihm immer voraus. Er wußte, daß hinter ihm alles zerstört war – sein Volk, alle Stämme, die in den Bäumen und in der Savanne lebten, waren vernichtet. Kein Lebewesen, kein Baum, keine Pflanze konnte diese Katastrophe überleben, die vom Himmel herabgeschickt worden war, um die Erde zu verwüsten.

Manchmal, während er den Spuren der Elefanten folgte und mit wachsamem Blick, stets auf der Hut vor Gefahr, das Gestrüpp rechts und links und vor ihm beobachtete, verspürte er eine unerträgliche Einsamkeit. Er war der letzte seines Geschlechts. Wenn er starb – und das würde zweifellos bald der Fall sein –, ging seine Linie zu Ende.

Er hatte ein Gedächtnis, und er wußte um die Welt, die Vergangenheit und die Zukunft, um Träume und Sterne, Geister und Zeichen; er wußte um sich selbst. Er hatte ein Bewußtsein, wie es kein anderes Lebewesen besaß.

In dem Augenblick, in dem die Löwin von ihm abgelassen hatte und er, in kurzfristiger Sicherheit, mit dem Antilopenfleisch in der Hand am Flußufer saß, genügte es ihm zu wissen, daß er Nahrung hatte. Er aß gierig, mit den Zähnen riß er Brocken aus dem rohen Fleisch, bis er satt war. Dann legte er sich in das Nest, das er im Schilf entdeckt hatte. Während er in den Schlaf davonglitt, stieg ein sonderbarer Geruch von dem Grasbett unter ihm auf und kräuselte sich betörend um sein Gesicht.

Später in der Nacht senkte sich zum zweitenmal in Millionen Jahren das Gewicht des Himmels auf die Erde herab, auf diesen wundersamen, lebenspendenden Ort, der noch kein Tal war, sondern ein üppiger, überreicher Garten. Von Westen wälzten sich tosend und brausend die Wolken heran, wie von einer riesenhaften Hand geschoben, und brachten Regen mit, und der Regen stürzte herab, bis Erde, Himmel und Wasser in einem gewaltigen Gewitter miteinander eins wurden.

Blitz und Donner verschmolzen mit den wirren Träumen des Mannes. Die trommelnden Regentropfen klangen wie Stimmen in seinen Ohren. Aus den Stimmen wurde eine einzige Stimme, sanft wie der Morgenwind im Schilf, aber auch stark und fürchterlich. Scharf und glühend wie die prasselnden Flammen und zugleich freundlich und liebkosend. Er lauschte dieser Stimme und weinte, und in seinen Träumen vermischten sich seine Tränen mit dem Regen. Sein Herz tat ihm weh, und ihm war kalt bis auf die Knochen.

Die Stimme sprach zu ihm nicht von Vergangenheit oder Zukunft, nicht von Schrecken und Finsternis, sondern von Lachen und Freundlichkeit, von Wärme und Licht. Die Stimme sprach von Frauen – nicht den Weibchen seines ausgelöschten Stamms, sondern von einer Frau.

Seiner Frau.

Als der Aufruhr des Gewittersturms vorüber war, brach von neuem die Einsamkeit über ihn herein. Es war eine Einsamkeit, von der es nur eine Genesung gab.

Zweiter Teil

Billys Geschichte

7

»Das also ist er?«
»Ja, Madam.«
»Hör bloß auf, mich ›Madam‹ zu nennen, ich bin nicht eines von deinen verdammten Offiziersweibern. Oder haben dich meine eleganten Kleider und meine piekfeinen Manieren um den Verstand gebracht?«
Die Frau stieß ein rauhes Gelächter aus, das den engen, kleinen Korridor erfüllte. Sie war dunkelhaarig und stämmig und hatte einen gewaltigen Busen, scharfe, schlaue Äuglein und breite Hände in der Farbe von rohem Fleisch, eine handgedrehte Zigarette hing ihr im Mundwinkel, und sie trug einen schmuddeligen, übelriechenden Kittel über einem schreiend bunten Baumwollkleid, das in der Zugluft, die durch die offene Tür hereinfegte, um ihre Knöchel flatterte.
Das Gelächter erstarb in einem Hustenanfall. »Doris heiß' ich«, fügte sie danach hinzu.
Der Mann lachte ebenfalls. »Also gut, Doris, ja: das ist er.«
»Sehn wir ihn uns mal an.«
In dem Korridor herrschte fast völlige Dunkelheit, doch auf halbem Weg fiel aus einer offenen Tür ein Streifen Licht in den Gang. Billy Ramsden spürte, wie eine Hand ihn an der Schulter packte und vorwärtsstieß. Dann blieb er stehen, geblendet von der plötzlichen Helligkeit. Er kniff die Augen zusammen. Dem folgenden Schweigen entnahm er, daß er gemustert wurde.
»Ein rechter kleiner Neger, was?« Es war die Frau, die sprach. Ihre Stimme war heiser, der Atem ging keuchend.
»Das kommt nur von der Sonne«, antwortete der Mann. »Indien, Afrika, so die Sorte von Gegend, wo der Bursche herkommt, da kriegt man massenhaft Sonne ab. Wenn er erst mal ein paar Monate hier gewesen ist, wird er wieder ganz normal.«
»Hoffentlich hast du recht«, sagte die Frau zweifelnd. »Ich möcht' nicht, daß die Leute glauben, Charlies Junge hat Niggerblut in den Adern. Soll sich mein Alf das mal ansehen.« Sie zögerte. »Herrgott! Ob du's glaubst oder nicht, aber jetzt hab' ich doch glatt seinen Namen vergessen! Wie heißt der kleine Gauner?«
»Billy«, sagte der Mann.

»Billy! Natürlich! Ich werd' demnächst noch meinen eigenen Namen vergessen. Grüß dich, Billy.«
Das waren die ersten Worte, die seine Tante an ihn richtete. Sie nahm die Zigarette aus dem Mund und bellte hinauf in den oberen Stock: »Alf! Komm mal runter! Charlies Knabe ist da, Billy!«
Auf dem Treppenabsatz polterte es, und ein Mann in aufgeschnürten Stiefeln stapfte herunter. Er trug ein graues Hemd, eine dicke Pelzweste, verschmiert mit Kohlenstaub und Öl, und Militärhosen, die unter den Knien mit Zwirn zusammengebunden waren. Unten angelangt, blieb er stehen und starrte Billy an: »Großer Gott, Junge. *Du* bist also Charlies Sohn?«
Billy zuckte verlegen die Achseln und nickte. Dann sah er den Mann verstohlen an. Sein Onkel Alf, als den er ihn hiermit kennenlernte, hatte eine spiegelblanke Glatze, abgearbeitete, aber gutmütige Gesichtszüge und müde Augen. Er hinkte, wie Billy aufgefallen war: er hatte einen verkrümmten Fuß, den er beim Gehen hinter sich herzog. Aus irgendeinem Grund fand Billy ihn jedenfalls netter als seine grobschlächtige Tante Doris.
»Warst viel in der Sonne, was, Junge?«
»Genau davon war eben die Rede – « Doris verstummte und sah den anderen Mann an. Der war ein gutaussehender, hochgewachsener Unteroffizier in der Uniform der Militärpolizei. Er hatte Billy vom Zug aus Liverpool abgeholt und ihn in das Haus in Brixton gebracht.
»Jeff«, sagte der Unteroffizier.
»Jeff also.« Doris wandte sich wieder an ihren Mann. »Davon haben wir eben geredet, Jeff und ich. Der Junge war in Afrika und so. Diese Negerschwärze, das geht wieder weg, wenn er erst mal ein paar Wochen unter seinesgleichen ist.«
»Das stimmt, Sir«, bekräftigte der Unteroffizier.
»›Sir‹!« gackerte Doris. »Erst ›Madam‹ und jetzt ›Sir‹! Was denn noch alles! Wie sollen wir dann dich nennen – Eure Majestät oder was?«
Der Unteroffizier lachte wieder. »So sind halt die Vorschriften.«
Onkel Alf nahm ihn offenbar jetzt erst zur Kenntnis. Er musterte die Uniform und das rote Band um die Mütze, die der junge Mann in der Hand hielt. »Euer Regiment war das, ihr habt uns aussortiert, als wir mit dem Schiff aus Dünkirchen kamen. Da hab' ich mir das hier geholt«, sagte er, hob sein Bein und zeigte den verkrüppelten Fuß vor. »Da war ein Feldwebel, erinnere ich mich, Dave hieß er. Er brachte mich zum letzten Verwundetentransport von Dover nach London. Du wirst ihn vielleicht kennen. Komm rein und trink 'ne Tasse Tee mit, ich erzähl dir davon.«

Er hinkte in Richtung Küche. Der Unteroffizier und Tante Doris folgten ihm. Billy blieb allein im Korridor zurück. Er fühlte sich einsamer als je zuvor.

Sein ganzes Leben lang würde Billy seine ersten Wochen in London nicht vergessen – nicht wegen der Fremdartigkeit oder der Einsamkeit, sondern wegen der Kälte.

Es war Ende November, als das Schiff in Liverpool anlegte, der Winter hatte bereits eingesetzt und wurde einer der längsten und härtesten Winter des Jahrhunderts. Billy hatte Kälte nie kennengelernt. Jetzt beherrschte sie alles. Sie drang ihm bis in die schmerzenden Knochen, im Gesicht platzte ihm die Haut auf, und seine Lippen wurden schrundig. Feuchtkalt wölkte sich der Atem vor dem Mund. Nachts lag er schlaflos, zu einer zitternden Kugel gerollt. Immer wenn er aus dem Haus gejagt wurde, was zweimal am Tag geschah, fegte ein schneidender Wind durch die Straße, biß ihm in die Haut und machte sie gefühllos. Wenn er Anstalten traf, sich neben dem Kohlenherd in der Küche niederzukauern, der einzigen Wärmequelle in dem kleinen Haus, wurde er von den anderen Kindern, die sich dort versammelt hatten, mit Fußtritten verjagt, und Billy war zu erstarrt und zu niedergeschlagen, um sich zu wehren. Er schlich sich in eine Ecke des Raumes und legte sich zu den Hunden und Katzen, die man wie ihn vom Feuer vertrieben hatte. Er wußte nicht einmal, wer die Kinder waren. Für ihn sahen sie alle gleich aus, genau wie die Erwachsenen im Haus: ihre Gesichter waren verschwommene Flecken. Ja, seine ganze Umgebung nahm er nur wie hinter einem Nebelschleier wahr, denn er brauchte seine gesamte Konzentration und Energie, um die Eiseskälte und die ständige Zugluft zu überleben. Und für die anderen im Haus hätte er ebensogut ein Geist sein können. Eines Freitagabends aber hörte Billy eine neue Stimme.

»Ah, du mußt Onkel Charlies Sohn sein, stimmt's, Junge?«

Billy war auf dem Weg durch den Korridor. Die Worte hatten unmißverständlich ihm gegolten. Aber es war nicht die Stimme von einem der Kinder, und sie war nicht feindselig. Argwöhnisch sah er sich um.

Die Eingangstür stand offen, gerade war ein großer junger Mann eingetreten. Er trug einen schweren Militärmantel mit Messingknöpfen, die im Halbdunkel schimmerten.

»Ja, Mister.« Von der Straße fegte der Wind herein, Billy erschauderte, und seine Zähne begannen vor Kälte zu klappern.

Der junge Mann schloß die Tür. Er nahm die Khakimütze ab, und jetzt konnte Billy sein Gesicht sehen, das offen und freundlich war,

mit schwarzen Augen und schwarzem borstigem Haar. »Billy heißt du, stimmt's?«
»Ja, Mister.«
»Sag bloß nicht Mister zu mir, Junge. Ich heiße Jack. Ich bin dein Vetter.«
»Ja, Mister... ich meine, Jack. Ja.« Seine Zähne klapperten jetzt so heftig, daß er kaum sprechen konnte.
»Bist du das, Jack?« schrie Tante Doris mit ihrer rauhen Stimme aus der Küche.
»Ja!« schrie Jack zurück. »Ich hab' übers Wochenende Urlaub.«
»Ich werd' gleich Tee für dich aufsetzen, mein Sohn«, fuhr Doris fort. »Aber sei so lieb und geh zuerst Bonnie und Bess füttern. Dein Daddy liegt mit der Grippe im Bett, und seit gestern hat ihn keiner zu Gesicht gekriegt.«
Jack war eben dabei, sich mühsam aus dem Mantel zu winden. Er fluchte und zog ihn wieder an. »Also gut!« rief er in Richtung Küche. Dann sah er Billy an. »Dieses verdammte Glück hab' ich immer! Na ja, du könntest mir eigentlich helfen, Junge.«
Jack öffnete die Tür. Billy schlüpfte rasch in seinen Mantel und rannte ihm nach auf die Straße. Der Wind tobte heftiger denn je. Pfeifend fuhr er Billy ins Gesicht, so daß ihm die Augen tränten und seine Ohren sich wie Eisklumpen anfühlten; doch zum erstenmal, seit er hier war, gab es Wichtigeres als die Kälte, worüber er nachdenken konnte: jemand hatte ihn zur Kenntnis genommen.
Billy hatte keine Ahnung, wohin sie gingen und wie lange es dauern mochte. Das Viertel war ihm nach wie vor ein Rätsel, denn er war noch nie über die Straße, in der er wohnte, hinausgekommen. Ohnehin hätte er den Weg nicht sehen können, denn bis auf einen kleinen Tümpel Licht im Umkreis der Straßenlaternen, die in weiten Abständen voneinander brannten, herrschte völlige Dunkelheit. Immer wieder stolperte er über zerbrochene Pflastersteine, und er hatte Mühe, mit Jack Schritt zu halten, der zielsicher seines Weges ging.
Endlich blieb sein Vetter vor einer hohen schwarzen Wand stehen. Billy hörte, wie er einen Schlüssel in ein Schloß steckte, und dann vernahm er ein weiteres Geräusch, weiter entfernt und irgendwo über ihm. Das Geräusch kam näher, wurde lauter und lauter und steigerte sich zu einem ohrenbetäubenden Dröhnen, als irgend etwas über seinen Kopf hinweg brauste. Hellrote Funken sprühten herab, und Billy roch beißenden Rauch. Erschrocken duckte er sich, bis ihm klar wurde, was das war, und er sich fragte, weshalb er nicht früher darauf

gekommen war: schließlich hatte die Kaserne in Lucknow nahe dem Bahnhof gelegen, und er war mit dem Gestank von Lokomotiven aufgewachsen. Offensichtlich verlief über ihnen der Bahndamm.
Knarrend öffnete sich eine Tür, ein Streichholz wurde angezündet, dann flackerte eine Kerosinlampe auf. Blinzelnd sah Billy sich um. Kaum hatte er festgestellt, daß sie sich in einem weiten Raum befanden, einer Art Kellergewölbe, brüllte Jack ihn schon an: »Allmächtiger, willst du uns umbringen vor Kälte? Mach die verdammte Tür zu!«
Billy schloß rasch die Tür, und jetzt traf ihn ein anderer Geruch, den er noch besser kannte als Schwefel und Kohle: warm, feucht und schwer. Reglos blieb er stehen. »Pferde!« flüsterte er. In dem schwachen Licht erkannte er einen massiven Bretterverschlag, der den Raum in zwei Hälften teilte. Von der anderen Seite her, seinem Blick noch verborgen, drangen ein leises Wiehern, das Klirren eines Pferdegeschirrs und das Klappern von eisenbeschlagenen Hufen auf Steinboden.
Jack hängte die Laterne an einen Nagel und öffnete die Tür des Verschlags. Billy folgte ihm. Zwei riesige Zugpferde, die mächtigsten und schönsten Rösser, die er je gesehen hatte, standen nebeneinander im Stall. Ihr Fell schimmerte rötlichbraun und seidig, und als sie die Köpfe wandten, stiegen weiße Dampfwolken aus ihren Nüstern.
»Gehören die Ihnen, Mister?« Billy flüsterte fast.
»Nenn mich noch einmal Mister, und ich versohl' dir den Arsch, du Blödmann«, knurrte Jack. »Nein, sie gehören nicht mir, sondern meinem Dad. Kennst du dich mit Pferden aus?«
»Natürlich!« sagte Billy. »Die Rattray's Sikhs, das war das Regiment, in dem mein Daddy war, – das waren Reiter. Solang ich denken kann, hab' ich mit Pferden gearbeitet. Rambahadur Singh – ihm hab' ich immer geholfen. Sogar um die Poloponys des Colonels haben wir uns gekümmert.« Er faßte allmählich Vertrauen und setzte mutig hinzu: »Es gibt nichts, was ich über Pferde nicht wüßte, Jack. Brauchst du Hilfe mit diesen hier?«
Jack sah auf den kleinen Knirps hinunter, der mit beflissener Miene vor ihm stand. Er lächelte. Dann tauchte er einen kleinen Metalleimer in einen Sack Hafer, zog ihn gefüllt wieder heraus und hielt ihn dem Jungen hin. »Sie heißen Bonnie und Bess. Du kannst sie füttern.«
Billy taumelte unter dem Gewicht des Eimers. Er schob sich zwischen den beiden Pferden hindurch, während er ihnen mit leiser Stimme gut zuredete, alle die Sätze, die er von Rambahadur Singh, dem älte-

sten Stallburschen des Regiments, gelernt hatte, und leerte den Hafer in den Futtertrog. Danach sah er sich, ohne weitere Aufforderung von Jack, nach einer Schaufel um, fand sie und häufte den Pferdedung neben der Stalltür auf, zerrte etliche Armvoll Stroh aus einem Ballen und verteilte es auf dem Boden. Schließlich schüttete er den Pferden noch frisches Wasser in die Tränke. Dann wischte er sich die schmutzigen Hände an seinem Mantel ab und stellte sich, die Arme in die Hüften gestemmt, erwartungsvoll vor Jack auf. Trotz der Kälte war ihm heiß geworden. »In Ordnung, Jack?«

Jack grinste. »Gar nicht schlecht, Junge.«

»Das nächste Mal müssen wir uns ihre Hufe ansehen. Der alte Singh hat mir da ein paar Tricks beigebracht, die zeig' ich dir, wenn du magst.«

Jack fing an zu lachen, dann brach er ab. »Du hast Tiere gern, was?«

Billy zuckte die Achseln. »Elefanten, ja, die vor allem. Mit denen möcht' ich zu tun haben.«

»Elefanten?« Nun konnte Jack nicht mehr an sich halten und brach in ein herzhaftes Gelächter aus. »Davon wirst du in Brixton nicht allzu viele finden. Wie zum Teufel kommst du ausgerechnet auf Elefanten?«

»Ngoro hat uns – « Billy verstummte jäh. Er warf Jack einen unsicheren Blick zu. An seinem Lachen war nichts Unfreundliches, aber aus irgendeinem Grund schreckte Billy davor zurück, sein Geheimnis preiszugeben. Er wechselte das Thema und wandte sich wieder den Pferden zu. »Was macht denn dein Dad mit ihnen?«

»Er ist ein Tandler. Hast du das nicht gewußt?«

Billy schüttelte den Kopf. »Mir sagt keiner was. Was ist ein Tandler?«

»Jesus, du mußt noch einen Haufen lernen, mein Junge!« rief Jack. Dann erklärte er. Ein Tandler, sagte er, fahre mit einer Pferdekarre durch die Straßen und sammle Altwaren ein, umsonst oder gegen ein geringes Entgelt: alte Möbel, abgelegte Kleider, Schrott, alles, was die Leute loswerden wollten; dann verkaufe er das Zeug weiter an die Händler auf den Londoner Straßenmärkten. Manche, fuhr Jack fort, nannten einen Tandler verächtlich Lumpensammler, aber in seinen Augen sei das ein durchaus anspruchsvoller Beruf, der Fähigkeiten voraussetze, Geschicklichkeit und einen scharfen Blick, um zwischen Müll und anderem, was noch Nutzen und Wert hatte, unterscheiden zu können. Als Kind habe er seinen Vater oft auf seinen Fahrten begleitet und sei stolz auf ihn gewesen. Auch sein Onkel, Alfs Bruder, sei Altwarenhändler gewesen, und als er vor ein paar Jahren gestorben sei, habe Alf sein Pferd übernommen, die Bess. Deshalb stünden zwei

Pferde im Stall. »So, jetzt weißt du's«, schloß Jack, als sie auf dem Heimweg waren. »Und ich sag' dir noch was, als Draufgabe. Du hast mich überredet: du kriegst den Job.«

»Was meinst du damit?«

»Bonnie und Bess. Du kannst gut mit ihnen umgehen. Ich kümmere mich normalerweise am Wochenende um sie, wenn ich nach Haus komme, ob Dad krank ist oder nicht. Von jetzt an kannst du das machen.«

Billy starrte ihn an. »Ich darf mich um sie kümmern?«

»Sag ich doch. Hier.« Unterdessen waren sie nach Hause gekommen. Jack blieb stehen und kramte in seiner Tasche. Er zog den Schlüssel zum Stall hervor und reichte ihn Billy. »Verlier ihn ja nicht, sonst kriegst du's mit mir zu tun.«

Er ging ins Haus. Billy stand noch einen Augenblick draußen in der Dunkelheit, der Regen rann ihm übers Gesicht, und der Schlüssel, noch warm von Jacks Manteltasche, wog schwer in seiner Hand. Er hielt ihn fest umklammert, als wäre er das Kostbarste, das er je bekommen hatte. Jemand hatte ihn ernst genommen!

8

Am Sonntagabend fuhr Jack in die Kaserne zurück. Er gehörte zum Garderegiment Coldstream Guards und war im Londoner Stadtteil Chelsea stationiert, wo sein Bataillon nach der Heimkehr aus dem Krieg wieder den zeremoniellen Dienst angetreten hatte; bevor er abreiste, zeigte er Billy ein Foto von sich, mit Bärenfellmütze und Waffenrock bei der Wachablösung vor dem Buckingham Palace.

»Wir sind das älteste Regiment der gesamten Armee und immer noch das beste«, sagte Jack. »›Unerreicht‹, das ist unser Wahlspruch, aber nicht einmal das trifft es. Wir haben auf dem Schlachtfeld mehr Ehren gesammelt als die übrigen Regimenter zusammen. Die anderen, das ist nur ein Haufen von Pfennigfuchsern. Und erzähl mir nix von den Grenadieren – die schaffen es nicht mal mit aufgepflanztem Bajonett, sich aus einer Papiertüte zu befreien.«

Billy betrachtete fasziniert die imposanten Soldaten des Königs, die in Reih und Glied unter der königlichen Flagge marschierten. »Glaubst du, die würden mich auch nehmen?« fragte er.

Jack lachte. »Da mußt du aber zuerst ein bißchen Fleisch ansetzen, Junge, so dürr wie du bist!«

Billy beschloß insgeheim, nie wieder den Kohl-und-Rüben-Eintopf seiner Tante zu verschmähen. Es war die abscheulichste Speise, die er kannte, aber wenn das der Preis war, um in diesem prachtvollen Regiment aufgenommen zu werden, wollte er ihn gern zahlen. Gewiß, seine Treue zu den Rattray's Sikhs würde niemals ins Wanken geraten, doch jetzt hatte er ein neues Ziel: er wollte wie Jack werden. Jack hatte sein Leben verändert.

Am Montag nach Jacks Abreise war es kälter als an allen bisherigen Tagen. Als Billy in die Küche kam, drängten sich wie üblich die Kinder Schulter an Schulter um den Herd. Billy zögerte kurz. Von seiner Tante war nichts zu sehen. Im Magen spürte er eine Eiseskälte, schlimmer als die Temperatur der Umgebung. Er holte tief Atem. Dann trat er in den Kreis der Kinder und bahnte sich einen Weg zum warmen Ofen.

»He, was fällt dir ein, bist du wahnsinnig geworden?«

Der Protest kam von dem einzigen Kind, dessen Namen Billy wußte:

einem dicken, schwerfälligen Jungen namens Steve, der drei Jahre älter und einen halben Kopf größer war als er. Billy hatte ihn versehentlich angerempelt und umgeworfen.

»Ich will auch ein bißchen Wärme haben, ja?« gab Billy zurück. »Dazu hab' ich dasselbe Recht wie du.«

Steve stemmte sich hoch. Er starrte Billy aus schmalen, zornigen Augen an. »Wir wollen hier keine Nigger. Verpiß dich, Bastard!«

Die Beschimpfungen waren Billy gleichgültig, für ihn waren sie nichts als inhaltsleere Geräusche. Wichtig waren hingegen die anderen Kinder, die zusahen, der Platz am Feuer und Steves übelwollende, bedrohliche Gegenwart. Er überlegte erst gar nicht, was tun. Sein Vater hatte ihm den Rat gegeben, sich nie auf einen Kampf einzulassen, es sei denn, er konnte ihn gewinnen. Billy wußte nur eins: daß er für kurze Zeit die Chance hatte, die Initiative zu ergreifen, und das tat er. Er stürzte sich auf Steve, solange der noch nicht fest auf beiden Beinen stand, und kämpfte blind, erbittert und mit dem einzigen Ziel zu siegen.

Mit der Wildheit eines verwundeten Leoparden fiel er über Steve her. Er trat, prügelte, boxte, er spuckte und biß, riß seinem Gegner Büschel von Haaren aus und stach ihm in die Augen. Steve, der mit einem derartigen Angriff nicht gerechnet hatte, war bald zermürbt, ließ sich auf den Rücken fallen und gab auf; dann drehte er sich auf den Bauch und begann zu schreien. Billy aber war noch nicht zufrieden. Wut über die Erniedrigung, die er hatte hinnehmen müssen, und Scham, weil er die Demütigung zugelassen hatte, stachelten ihn an, überschwemmten ihn wie eine heiße, rote Flut. Er packte Steves Kopf und schlug ihn gegen den unteren Rand des Herds, immer wieder. Steve krümmte sich und stöhnte vor Schmerz. Blut sickerte zwischen Billys Fingern hindurch, und er roch den beißenden Gestank von versengtem Haar.

»Billy!!« Der Schrei brachte ihn zur Besinnung. Keuchend blickte er auf. Es war Tante Doris. Sie stand in der Küchentür und starrte entsetzt auf die Szene. »Was zum Teufel geht hier vor?« schrie sie.

Billy sah auf Steve hinunter, der zwischen seinen Knien auf dem Boden lag. Seit Tante Doris' Erscheinen hatte seine Wut nachgelassen, aber abgeklungen war sie noch lange nicht, und er weigerte sich, Verantwortung zu übernehmen für das, was geschehen war. Es war alles Steves Schuld, und das sollte jeder wissen. Hart trat er ihm in die Rippen: »Sag's ihr!«

»Billy wollte am Ofen sitzen.« Steve sprach mit tonloser Stimme, und über sein Gesicht rannen Tränen, vermischt mit Blut. »Wir hatten einen kleinen Streit. Nichts Schlimmes, Tante, wirklich nicht. Er kann hier sitzen, wenn er will.«

»Das ist wirklich unerhört! Rowdys!«

Billy stand auf. Seine Tante zankte weiter. Er nahm keine Notiz von ihr. Er starrte die anderen Kinder an, die mäuschenstill am Feuer kauerten. Alle wandten den Blick ab, als er sie eins nach dem anderen ansah. Billy ging hinaus.

Als er am nächsten Tag zum Frühstück herunterkam, rückten die kauernden Gestalten hastig beiseite und machten ihm viel mehr Platz, als er benötigt hätte, direkt vor dem Feuer. Billy kauerte sich nieder. Bevor er die Hände den Flammen entgegenstreckte, rief er die Katzen und Hunde aus der Ecke herbei, damit sie die Wärme mit ihm teilten.

So schlimm, wie er gedacht hatte, waren die anderen Kinder gar nicht. Teilweise wurde ihm das sofort klar, zum größeren Teil jedoch viel später. Bis zu seiner Schlägerei mit Steve waren sie lediglich namenlose Gesichter gewesen. Danach, als sie allmählich mit ihm zu reden anfingen und seine Autorität als unerwarteter neuer Führer der Bande rund um den Küchenherd akzeptierten, begann Billy Namen und Eigenschaften mit ihnen zu verbinden.

Sieben waren es im ganzen. Sally, Val und Bert waren die verwaisten Kinder von Onkel Alfs Bruder, dessen Frau schon vor Jahren gestorben war. Di, Daisy und Frank waren Alfs und Doris' eigene Kinder, die jüngeren Geschwister von Billys neuem Helden Jack. Der besiegte Steve war ein weiteres Waisenkind, der einzige Sohn von Doris' Schwester, die zusammen mit ihrem Mann bei den deutschen Luftangriffen auf London ums Leben gekommen war.

Billy war nicht sicher, ob Steve ihm je wirklich verzieh; aber offensichtlich war er zu dem Schluß gekommen, es sei besser, Billy zum Verbündeten statt zum Feind zu haben. Steve war es, der gerissene, verschlagene, teiggesichtige dicke Junge, der Billy zum erstenmal mit hinaus nahm und ihm Brixton zeigte.

Die Straße, in der sie wohnten, hieß Malplaquet Road, aber so nannte sie keiner: für die Anwohner war sie entweder »die Straße« oder, häufiger noch, einfach »Mally«. Die Mally, eine halbe Meile südlich der Themse gelegen, war eine von mehreren Dutzend Straßen, die unter Königin Viktoria Anfang der sechziger Jahre des letzten Jahrhunderts im Londoner Außenbezirk Lambeth gebaut worden waren. Sie war nach einem der berühmten Siege des Feldherrn Marlborough benannt – die zwei benachbarten Straßen hießen Blenheim und Oudenaard –, und die kleinen roten Ziegelhäuschen hatten sicherlich einmal hüsch und sauber ausgesehen, zumindest im Vergleich zu den heruntergekommenen Mietwohnungen, in denen die meisten Armen der Stadt damals hausten. 1945 aber war die Malplaquet Road, nun im Schatten der gewaltigen Kessel einer Gasspeicheranlage, nach fast einem Jahrhundert Rauch und Schmutz schwarzgrau und baufällig geworden; sechs Monate im Jahr erstickte sie in einem lungenzersetzenden Nebel, der schlimmer war als die berühmte Londoner Waschküche in viktorianischer Zeit, und zwischen den Häusern klafften tiefe Krater, wo die Nazibomber nicht nur die Gebäude, sondern auch ganze Generationen von Bewohnern weggesprengt hatten. Als Billy die Straße zum erstenmal erblickte, sah sie so trostlos, düster und verwahrlost aus wie die Elendsviertel, die sie einst hatte ersetzen sollen.

»Sieht nicht besonders aus, die Mally, was, Billy? Ich meine, für einen Weltreisenden wie dich«, sagte sein großer Vetter Jack scherzhaft.

Unterdessen war es Frühling geworden. Jack war übers Wochenende aus seiner Kaserne hergekommen, hatte mit Billy, mittlerweile als Stallbursche etabliert, die Pferde besucht, und jetzt gingen sie in der dünnen Märzsonne zusammen nach Hause zurück.

»Aber an der Straße ist mehr dran, als man auf den ersten Blick sieht«, fuhr Jack fort. »Sieh dir das Haus dort drüben an. Kid Hawkins ist dort geboren und hat dort auch gelebt.

»Wer ist Kid Hawkins?« fragte Billy.

»Gott im Himmel, du weißt wirklich überhaupt nichts. Kid Hawkins war der beste Boxer, den London im letzten Vierteljahrhundert hervorgebracht hat. Bloß ein hochgetrimmter Mittelgewichtler, aber er hielt durch gegen Tommy Farr, und wir wissen doch alle, wen Farr beinahe geschlagen hätte, oder – ?«

Billy schüttelte den Kopf.

»Den gottverdammten Joe Louis, damit du's weißt!« rief Jack erbittert. »Den braunen Bomber höchstpersönlich. Der ist heut noch Weltmeister!«

Jetzt nickte Billy: von Joe Louis hatte er zumindest gehört, und er erinnerte sich, mit welcher Ehrfurcht die Soldaten in Lucknow von dem großen amerikanischen Boxer gesprochen hatten.

»Ich weiß noch, wie Kid Hawkins heimkam, nachdem er seinen ersten Titel gewonnen hatte«, fuhr Jack fort. »Alle standen wir auf der Straße, um ihn zu sehen. Er hatte sich ein Auto gekauft, das erste in ganz Lambeth – mit Ausnahme der großen Ganoven natürlich. Wir Knirpse durften ab und zu mitfahren. Vergiß die Coldstream Guards,

Billy. Wenn du Geld machen willst, und ich mein' das wirklich große Geld, – dann werde Boxer.« Er unterbrach sich und musterte den Jungen mit kritischem Blick. »Na ja, du gehörst eher zur mageren Sorte, aber ich hab' gehört, du hast Steve eine anständige Abreibung verpaßt.«
Billy zuckte die Achseln und blieb stumm.
»Hast du Pfarrer Geoffrey schon kennengelernt?«
Billy schüttelte den Kopf, immer noch stumm.
»Du kannst ihn von hier aus praktisch sehen.« Jack deutete auf einen Kirchturm am anderen Ende der Malplaquet Road, umringt von ein paar Bäumen, an denen gerade das erste helle Grün zu sprießen begann. »Sankt Barnabas, das ist seine Kirche. Er wohnt in dem kleinen alten Pfarrhaus daneben. Der Pfarrer war's, der Kid Hawkins rausgebracht hat. Und nicht nur ihn, Dutzende hat er großgemacht, er und Len. Vielleicht sollte er mal einen Blick auf dich werfen.« Jack lachte. »Warte, bis du ihn siehst. Ich sag' dir was, Billy: Neben Geoffrey werden deine blöden Elefanten wie zahme Hasen aussehen!«

»Nein, Herr Pfarrer, ich kann mir einfach den verdammten Text nicht merken, ich kann's nicht!«
»Natürlich können Sie, meine Liebe.«
»Das liegt an meinem Hirn, Herr Pfarrer. Damit geht's schon seit Jahren den Bach runter. Ein Fuß im Grab und mit dem anderen auf einer Bananenschale, so geht's mir.«
»Unsinn. Versuchen Sie's nur.«
Billy stand zögernd oben auf der Treppe. Eine der beiden Stimmen, die vom Korridor zu ihm heraufdrangen, war Tante Doris. Die andere hatte er noch nie gehört; es war eine Männerstimme, rauh und krächzend, und der Sprache nach eindeutig nicht aus Lambeth: einen Akzent wie diesen nannte man hier in der Gegend »gebildet« – oder hätte ihn so nennen können, wenn der Mann nicht derart genuschelt hätte, daß seine Worte kaum zu verstehen waren.
»Und wenn Sie steckenbleiben«, fuhr der Mann fort, »zeigen Sie Ihr altes Bein her, Doris. Dann haben die Leute was, worüber sie eine Zeitlang nachdenken können, während Sie nach dem Text grübeln.«
»Sie sind ein alter Gauner!« Doris grölte vor Lachen.
Einen Augenblick später hob sie die Stimme und trug das Lied »Goodbye, Dolly Grey« vor, das aus dem Ersten Weltkrieg stammte. Billy wartete, bis sie fertig war. Dann ging er die Treppe hinunter.
»Ausgezeichnet!« lobte der Mann. »Das wird der Höhepunkt des Konzerts, wie immer – und wie Sie selber verdammt genau wissen, alte

Hexe. Wenn ich die Augen zumache, höre ich glatt Nelly Melba. Was werden Sie als Zugabe singen?«

Doris kicherte, ihre Wangen waren rosig vor Vergnügen. Dann bemerkten sie beide im selben Moment, daß Billy am Fuß der Treppe stand. Doris fuhr herum.

»Man braucht nur vom Teufel zu reden, wie man so schön sagt«, rief sie aus. »Da ist er ja, Herr Pfarrer, gerade als ich gehen und ihn holen will. Billy, sag Pfarrer Geoffrey guten Tag. Er ist eigens wegen dir hergekommen.«

Sie packte Billy am Arm und stieß ihn so grob vorwärts, daß er stolperte, hinfiel und auf dem abgetretenen Parkett bis vor die Füße des Pfarrers rutschte. Dunkelrot vor Scham rappelte er sich auf und streckte die Hand aus. »Es freut mich, Sie kennenzulernen«, stieß er hervor.

Pfarrer Geoffrey schüttelte ihm beiläufig die Hand. Er war eine der merkwürdigsten Gestalten, die Billy je erblickt hatte: in Priestertracht und winzig klein, kaum größer als Billy selbst, aber recht korpulent, kahlköpfig, mit einem schwammigen, unrasierten Gesicht und dicken Tränensäcken. Klein, rotgeädert und kurzsichtig starrten seine Augen hinter dicken Brillengläsern hervor. Eine handgedrehte Zigarette hing ihm aus dem Mund, Kinn und Finger waren vom Nikotin gelblich verfärbt. Aus der Zigarette kräuselte sich der Rauch, und dem Herrn selbst entströmte in säuerlichen Schwaden ein intensiver Whiskydunst.

Er ließ Billys Hand los und schürzte sein Gewand. Dann steckte er beide Hände in die Hosentaschen unter dem Talar und wippte mit schräggelegtem Kopf auf den Fersen auf und ab, während er Billy lange Zeit stumm musterte.

»Er ist gut ausbalanciert«, sagte er schließlich. »Eiweiß und Kohlehydrate, dann können wir's mit ihm versuchen. Und sagen Sie nicht, Sie wüßten nicht, was ich meine, Doris.«

»Das können wir uns nicht leisten, Herr Pfarrer«, protestierte sie.

»Quatsch!« gab Pfarrer Geoffrey scharf zurück. »Sie sehen doch, was eine anständige Ernährung aus Jack gemacht hat. Hätten Sie sonst vielleicht einen Gardisten als Sohn? Natürlich nicht, und das wissen Sie genausogut wie ich! Aber wenn Sie's für ihn konnten, dann können Sie's auch für diesen hier.«

Er brach ab, und seine schwarzen Äuglein kehrten zu Billy zurück. »Ich hab' deinen Namen vergessen, junger Mann.«

»Billy.«

»Ach ja. Jack hat mir von dir erzählt, irgendwann im Frühjahr. Ich

hätte viel früher kommen sollen, aber ich war beschäftigt. Macht nichts. Oktober ist eine gute Zeit, um anzufangen. Hier.« Er kramte in seiner Tasche und zog fünf silberne Zweischillingstücke hervor. »Das ist für die Busfahrten im nächsten Monat. Danke nicht mir, sondern der Stiftung. Du nimmst die Nummer neun, in der Brixton Road. Deine Tante wird dir erklären, wo du ein- und aussteigen mußt. Nur zwei Regeln: Mach's wie ich. Trink nicht und rauch nicht«, sagte er und zog gierig an der Zigarette. Billy roch den Whiskydunst und wunderte sich. »Den ersten Grundsatz des Lebens hast du gelernt: Erwachsene lügen. Du mußt nicht sein wie sie. Du kannst du selber sein. Das ist eine noch wichtigere Lektion.« Der Pfarrer schwieg kurz und sah Doris an. »Ich will, daß er hingeht, Doris. Wenn nicht, gibt's auch kein ›Goodbye Dollie Grey‹ beim Konzert. Verstanden?«
»Ja, Herr Pfarrer«, sagte sie demütig. Um nichts auf der Welt hätte sie ihre Rolle als Star des weihnachtlichen Wohltätigkeitskonzerts in Sankt Barnabas aufs Spiel gesetzt.
Pfarrer Geoffrey drehte sich um und ging. Sein Talar flatterte ihm beim Gehen um die Beine, und Billy dachte an einen Reiher in Kenia, wenn er von einem Sumpf aufflog, – aber es war kein großer, majestätischer, kein Goliath wie Ngoro. Sondern ein Nachtreiher, klein, krumm, stämmig und kämpferisch.

9

»Jetzt!« sagte die Stimme.

Billys Hände steckten in Trainingshandschuhen. Sein linker Arm schoß vor. Mit einer kaum merklichen Bewegung der Hüften wich Len zur Seite, und Billys Schlag ging an ihm vorbei ins Leere. Er blinzelte.

»Und noch einmal«, wies Len ihn an.

Billy versuchte es erneut. Mit demselben Ergebnis. Und wieder und wieder versuchte er es, und immer war es dasselbe: im einen Augenblick war das zerschlagene alte Gesicht unmittelbar vor ihm, und im nächsten, sobald er es zu treffen versuchte, war es fort.

Frustriert ließ Billy die Arme sinken. Auf der Stelle schnellte Lens Faust nach vorn und traf Billy mitten auf die Nase. Es war nur ein leichter Schlag, doch er riß ihm den Kopf zurück, und der Schmerz trieb ihm die Tränen in die Augen.

»Hörst du denn nie zu, wenn man dir was sagt?! Du sollst nie deine Deckung fallenlassen, Bursche!«

Müde hob Billy die Fäuste zum Gesicht und begann Len von neuem zu umkreisen.

Ein paar Minuten später rief eine Stimme: »Wie macht er sich, Len?«

Len schob Billy beiseite. Dann standen sie nebeneinander und blickten von dem erhöhten Boxring aus auf Pfarrer Geoffrey hinunter. Der stützte sich unterhalb der Seile auf die Plattform, die Arme verschränkt und die unvermeidliche Zigarette im Mund.

Len ging zu ihm hinüber. »Wenn er sonst so oft was fallen läßt wie hier seine Deckung, dann hätte der Kerl schon einen ganzen Porzellanladen zerschlagen. – In Ordnung, das reicht für heute«, sagte er zu Billy, und an den Pfarrer gewandt, fügte er widerwillig hinzu: »Mit Glauben, Hoffnung und Nächstenliebe von Ihnen wird er's wahrscheinlich schaffen.«

Während die beiden miteinander redeten, kletterte Billy aus dem Ring und schnürte seine Handschuhe auf. Vor dreieinhalb Jahren war er zum erstenmal in die Halle des Crown and Garter-Boxvereins für Jungen in den Docks im Osten von London gekommen. Überall trainierten Jungen aus dem East End zu zweit, mit einem Sparringspartner, oder allein mit dem Punchingball, stemmten Gewichte oder übten mit dem Sprungseil. Der Verein gehörte einer Stiftung, eingerichtet von einem menschenfreundlichen jüdischen Millionär, der in dem Viertel aufgewachsen war, bevor er sein Vermögen machte.

Die Halle roch nach Schweiß, Terpentin, Sägemehl und dem fettigen grünen Muskeleinreibemittel. Mit den Jahren war sie Billy zur zweiten Heimat geworden, und Len, der Boxtrainer, war nun sein neuer Held. Len war ein ehemaliger Profiboxer: barsch, jähzornig, autoritär, und sein Körper bestand aus Ziegelstein und Eisenholz – so zumindest schien es Billy, dem es hin und wieder gelang, ihn zu treffen.

Len war noch unter Königin Viktoria geboren. Im Ersten Weltkrieg hatte er in Flandern gekämpft, hatte die schreckliche Depression in den dreißiger Jahren miterlebt und mit seinen Fäusten drei Generationen seiner Familie unterstützt, und im zweiten großen Krieg hatte er Hitlers Bombenangriffe auf London überstanden. Er war fest überzeugt, daß es nur einen Ausweg aus den Ghettos des East End gäbe: Boxen. Das setzte Können, Disziplin und, wie er sagte, »Mumm« voraus. Einmal pro Woche versammelte er die Jungs um sich und hielt ihnen einen Vortrag über seine Philosophie. »Können bringe ich euch bei«, pflegte er zu sagen. »Disziplin kann ich euch reinprügeln. Mumm ist eure eigene Sache. Entweder ihr habt ihn, oder ihr habt ihn nicht. Und wenn nicht, dann steht euch immer noch der andere Ausweg offen. Ihr könnt huren gehen.« Dann legte er eine Pause ein und sah langsam und bedeutungsvoll von einem zum anderen. »Hand hoch, wer eine Hure werden will!« Keiner der im Kreis sitzenden Jungen rührte sich. Sie lachten nicht einmal. Len bot ihnen allen, auch Billy, eine strahlende Zukunft voll mutiger Männlichkeit, Geld, Mädchen und schneller Wagen. Das war etwas, das sie verstehen und sich vorstellen konnten. Das war erstrebenswert, etwas, wofür es sich zu kämpfen lohnte.

»Ich fahr' dich heim, Billy.« Pfarrer Geoffrey hatte seine Unterredung mit Len beendet. Keuchend und hustend kam er auf Billy zu. »Esmeralda steht vor der Tür, vorausgesetzt, es hat sie keiner geklaut.«

Esmeralda war der uralte schwarze MG Cabrio, den der Pfarrer fuhr. Billy setzte sich neben ihn auf den Beifahrersitz. Er kannte sich mit Autos nicht besonders gut aus, aber das metallische Knirschen, das bei jedem Gangwechsel zu hören war, ließ sogar Billy aufstöhnen. Der Pfarrer preschte schlingernd los, bremste und beschleunigte jäh und schlängelte sich durch den Verkehr, als wäre er ein Rennfahrer. Wenn die anderen Fahrer ihn zornig anhupten, winkte er nur mit der Hand und lächelte gütig.

»Man darf den armen Leuten keinen Vorwurf machen«, erklärte er und grinste Billy strahlend an. »Für die meisten ist der Verbrennungsmotor noch etwas völlig Neues, so fremdartig wie ein Kamel. Bis du ein Mann bist, werden sie schon gelernt haben, so geschickt damit umzugehen wie ich.«

Billy klammerte sich mit beiden Händen am Sitz fest und starrte stur geradeaus.

Zwanzig Minuten später waren sie in der Malplaquet Road. Der Wagen fuhr auf den Bürgersteig, drehte sich einmal um die eigene Achse und blieb schließlich mit einem Hinterreifen in der Luft, mit dem anderen im tief eingesunkenen Rinnstein stehen.

»Du machst Fortschritte, Billy. Len ist recht zufrieden mit dir, weißt du das?«

Billy schüttelte den Kopf. Bei dem strengen und wortkargen Len konnte man das nie wissen. Er dachte an Lens Kopf, diese flüchtige Zielscheibe, die er treffen mußte, und daran, wie es ihm auch an diesem Tag, wie so oft schon, wieder nicht gelungen war, und er fragte sich düster, ob er je soweit kommen würde.

»Er will dich nicht drängen, aber er überlegt sich, dich nächstes Jahr zu den London Boys anzumelden. Du weißt, was das ist?«

»Ja, Herr Pfarrer.«

Die London Boys-Meisterschaften waren die erste große Hürde auf dem Weg, der für manche – Kid Hawkins zum Beispiel – weiter zur Teilnahme an Mannschaftswettbewerben, zu Medaillen, einer Profikarriere und einem nationalen, vielleicht sogar internationalen Titel geführt hatte.

»Das ist gut«, fuhr der Pfarrer fort. »Weniger gut ist, daß ich dich seit dem Weihnachtskonzert mit dem grandiosen Auftritt deiner Tante nicht mehr in der Kirche gesehen habe.«

»Nein, Herr Pfarrer.«

»Wieso nicht?«

Billy gab keine Antwort. Von seiner neuen Familie ging keiner zur Kirche, es sei denn zu besonderen Anlässen wie diesem Konzert. Aus welchem Grund sollte er dann gehen?

»Können, Disziplin und Mumm«, sagte der Pfarrer nachdenklich. »Len bringt dir das Können bei. Mumm, sagt er, hast du von allein. Fehlt also noch die Disziplin, wie? Die fällt einem nicht leicht, Billy. Dafür braucht es Übung, so lang, bis sie einem zur zweiten Natur wird. Aber ohne Disziplin helfen dir die anderen beiden auch nicht. Und wenn du sie einmal gelernt hast, bleibt sie dir für immer.« Er drehte sich eine Zigarette, zündete sie an und hustete beim ersten

Zug. »Nächsten Sonntag kommst du zum Gottesdienst in Sankt Barnabas. Ich will, daß du von jetzt an jeden Monat einmal in der Kirche erscheinst. Du brauchst überhaupt nichts zu tun. Du mußt nicht beten oder singen, du mußt nicht einmal zuhören. Aber ich will, daß du hingehst. Das nennt man Disziplin. Kapiert?«

»Ja, Herr Pfarrer.«

Gedroht hatte er ihm nicht. Das brauchte er auch nicht. Billy begriff allmählich die Methode des Pfarrers. Er, Billy, war in derselben Lage wie Tante Doris. Wenn sie, die doch sonst so furchterregend sein konnte, nicht tat, was der Pfarrer wollte, durfte sie nicht beim Weihnachtskonzert auftreten. Und wenn sich Billy nicht einmal im Monat in der Kirche zeigte, dann war es mit seinen Trainingsstunden im Boxverein vorbei.

»Außerdem glaube ich, es wird dich interessieren«, setzte der Pfarrer hinzu. »Es ist ein besonderer Gottesdienst. Wir machen einen Spendenaufruf für die Missionskirche in Afrika. Sie versuchen dort, mehreren Dörfern zu helfen, die durch einen Überfall plündernder Elefanten ihre Ernte verloren haben.«

Er beugte sich über ihn und öffnete die Tür. »Raus mit dir, junger Mann. Ich seh' dich am Sonntag.«

Er ließ den Motor an. Der Wagen fuhr mit einem Satz an, und als das Bodenblech über das Pflaster schrammte, sprühten die Funken.

Billy stand reglos auf der Straße. Afrika und Elefanten. Er spürte ein Prickeln im Nacken.

Im Jahr 1949 war Billy fast vierzehn. Bis zum vergangenen Winter hatte er sich mit vier anderen Kindern ein Schlafzimmer geteilt. Dann hatte Tante Doris eines Tages, während sie Billy bei seinem wöchentlichen Bad in der Zinkwanne vor dem Küchenherd beobachtete – sie pflegte die Kinder stets beim Baden zu beaufsichtigen, um sicherzugehen, daß sie sich mit der Gründlichkeit schrubbten, die sie verlangte, und das hieß: fast bis aufs Blut –, mit leisem Unwillen festgestellt, daß ihm die ersten Schamhaare sprossen.

Billy kam also in die Pubertät. Nach ihrer langjährigen Erfahrung bedeutete das eine weitere Folge von neuem Ärger und neuen Schereien. Zwar konnte sie nicht seine Aufsässigkeiten und Tobsuchtsanfälle kontrollieren, ganz sicher aber war es an der Zeit, ihn von den Mädchen fernzuhalten. Eine Woche später erhielt er einen abgeteilten Raum in einer Dachstube zugewiesen – winzig zwar, aber es war sein eigener.

An diesem Abend nach dem Essen lag er auf dem Rollbett, das den größten Teil des Raumes einnahm, die Arme im Nacken verschränkt. Afrika und Elefanten, das hieß: das Tal und Ngoro. Und vor allem hieß es Violet.

Im ersten einsamen, bitterkalten Winter in Brixton hatte Billy jede Nacht an Afrika gedacht. Wenn er, zu einer Kugel gerollt und trotzdem zitternd vor Kälte, im Bett lag und nicht schlafen konnte, hatte er sich in die Zeit in Kenia zurückgeträumt, um Trost und Wärme zu finden. Wenn er sich stark genug konzentrierte, konnte er sich sogar einbilden, er stehe wieder dort über dem Tal, Violet an seiner Seite; dann sah er Ngoros Speerspitze blau-golden im Sonnenlicht schimmern, sah die Elefanten aus dem Nebel auftauchen und zur Tränke hinabsteigen. Manchmal, wenn er sich mit allen Kräften bemühte, konnte Billy sogar das Zittern seines Körpers unterdrücken.

Dann mußte er nicht länger in dem beengten, lauten, schlecht riechenden Schlafzimmer liegen, in dem die Kinder nachts husteten und sich unruhig hin- und herwälzten. Dann saß er auf dem Baumstamm oberhalb der Schlucht, Ngoro erzählte vom Löwen der Geister, Violet hielt seine Hand, und das Licht der Sonne überflutete sie beide.

In diesen ersten Monaten hatte er häufig, wenn sein Elend am größten war und die Sehnsucht ihm das Herz zerriß, daran gedacht, wegzulaufen und sie zu suchen. Doch bei all seiner Sehnsucht wußte er, daß es hoffnungslos war. Er hatte keine Ahnung, wo Violet lebte, und ohnehin gehörte sie einer anderen Welt an – einer Welt, die ihm so fremd und unzugänglich war, wie das Haus in der Mally es für sie gewesen wäre. Und doch vergaß Billy sie nie, weder sie noch Ngoro, noch das Tal mit den Elefanten. Der Gedanke daran war ein Talisman für ihn: seine Sicherheit, seine Zuflucht.

Dann war Jack in sein Leben getreten und hatte ihm die Pflege der Pferde anvertraut, was eine radikale Veränderung für ihn bedeutet hatte. Er war nicht länger ein Ausgestoßener, er hatte eine Funktion und eine Identität – das hatte er bewiesen, als er sich mit Steve um einen Platz am Feuer geprügelt und gesiegt hatte. Dann hatte er zu boxen begonnen. Und er war gut, daran zweifelte er nicht – sehr gut sogar. Mit seinen dreizehn Jahren war er überzeugt, daß er gut genug war, um, wie Pfarrer Geoffrey und Len widerstrebend zugaben, »den Weg bis ans Ende zu gehen«.

Das hieß: fort von Brixton, wohin immer er wollte.

Können, Disziplin und Mumm. Billy wußte, daß er alle drei Voraussetzungen besaß. Er brauchte nicht länger Violet, das Tal, die Elefanten wie eine Decke um sich zu versammeln, um Trost zu finden; das gehörte der Vergangenheit an. Billy wollte zu den Coldstream Guards wie Jack – dort sei man »scharf« auf Männer, die mit ihren Fäusten umzugehen wüßten, hatte Jack ihm gesagt – und dort sein Können und seine Technik perfektionieren, während er als Soldat bezahlt wurde. Billy fand nun Trost in sich selbst. Und doch...

Er runzelte die Stirn, setzte sich auf und schwang die Beine aus dem Bett; zwischen der Bettkante und der Tür war kaum Platz genug für seine Knie. Mit der Hand tastete er in den staubigen Regalbrettern unter der Matratze herum, bis er fand, was er suchte: eine Munitionstasche aus gelbem Öltuch, die Jack ihm zum Lohn für seine Dienste als Stallbursche geschenkt hatte. Bill öffnete sie und holte ihren Inhalt heraus. Es waren nur zwei Gegenstände, beide fleckig und abgegriffen. Der eine war der Paß, den man ihm vor seiner Abreise nach Großbritannien in Lucknow ausgestellt hatte. Der andere war ein schmuddeliges Bündel Papiere, an einer Seite grob mit der Schere abgeschnitten, – seine Hälfte der Vertragsurkunde über das Eigentum an dem Tal, die ihm Violet mit einer Bestimmtheit hingeworfen hatte, der er nicht widersprechen konnte, als sie beide, müde und frierend, im Schlafanzug in einem der Gänge des Schiffsbauchs gestanden hatten.

Billy saß auf seinem Bett, die halbe Urkunde in der Hand, und starrte durch die rußige Fensterscheibe im Dach in den nächtlichen Himmel hinauf. Für eine Weile hatte er sich von Violet gelöst. Sie hingegen, spürte er jetzt, hatte ihn nie vergessen. Die Elefanten verbanden sie miteinander, unauflöslich. Für immer.

10

Als Tante Doris von Billys Vorhaben erfuhr, zum Sonntagsgottesdienst nach Sankt Barnabas zu gehen, bestand sie darauf, daß Steve ihn begleitete. »Einem Rabauken wie dir wird das verdammt gut tun« sagte sie. »Gewöhn's dir ruhig an, vielleicht wird dir das ein bißchen Respekt vor älteren Leuten beibringen, dir mehr wissen als du. Laß dir ja nicht einfallen, auszubüchsen. Ich frage den Pfarrer, ob du dagewesen bist. Und bürstet euch die Haare, alle beide!«

Mit angefeuchtetem und glattgekämmtem Haar marschierten die Jungen zur Kirche. »Miststück«, sagte Steve finster. »Und du auch, Billy. Diesen Blödsinn hast du mir eingebrockt.«

In der Morgensonne trotteten sie nebeneinander durch die sonntägliche Straße. Steve war jetzt siebzehn, über einen Meter achtzig groß und mit den Jahren beinahe grotesk fett geworden. Wie ein riesiger, aufgeblähter Pinguin watschelte er neben Billy her, über seinem prallen Körper, dem aufgeblähten Bauch platzte der abgetragene Anzug fast aus den Nähten, und die unruhigen Äuglein, die in ständiger, blitzschneller Bewegung waren, versanken fast in Wülsten von schwammigem, rosarotem Fleisch.

In der Hausgemeinschaft war er ein Außenseiter wie Billy – was nicht recht einzusehen war, denn er stand in derselben verwandtschaftlichen Beziehung zu Tante Doris und Onkel Alf wie die anderen Waisenkinder, seine Vettern und Cousinen, und war zudem schon viel länger hier als sie, geschweige denn Billy. Aber irgend etwas hatte er an sich, was die Leute abstieß. Es war nicht einfach sein Aussehen, seine plumpe Häßlichkeit, sondern er wirkte nicht vertrauenswürdig: verschlagen. Er war ein Tyrann, der seine Größe und sein Gewicht einsetzte, um die jüngeren Kinder zu terrorisieren. Er war faul, er log, und er säte immerfort Zwietracht, nicht nur unter den Kindern, sondern auch unter den Erwachsenen. Wenn irgendeine Auseinandersetzung stattfand – wenn Alf betrunken nach Hause kam oder Doris zu müde war, um ein warmes Abendessen zu kochen –, konnte man sich darauf verlassen, daß Steve auf heimtückische Weise den Streit in die Länge zog und verschlimmerte. Billy hatte den Mechanismus erkannt; trotzdem tolerierte er Steve, ja, er mochte ihn beinahe.

Steve war schlau und gerissen, er war hinterhältig; und er war informiert. Er wußte Dinge, die Billy ohne seine Hilfe niemals herausgefunden hätte. Er war auch einfallsreich, hatte eine wilde, hochtrabende Phantasie, die Billy irgendwie anziehend fand. Dadurch war Steve zu seinem Verbündeten geworden.

»Dafür kann ich nichts, und das weißt du«, sagte Billy. »Außerdem bin ich kein Miststück. Sag das nochmal, und ich polier' dir die Fresse.«

»Schon gut«, sagte Steve besänftigend. »Ich hab's nicht so gemeint. Diese gottverdammte Kirche ist nur dermaßen totlangweilig, oder etwa nicht?« Wie immer machte Steve einen Rückzug. Billy war zwar kleiner und jünger, aber wenn er in Zorn geriet, konnte er furchterregend sein. Steve hatte es einmal erlebt und würde ganz sicher nie wieder einen derartigen Wutanfall provozieren.

Billy gab keine Antwort. Er selbst hätte einen Gottesdienst für pure Zeitverschwendung gehalten, hätte nicht Pfarrer Geoffrey von Afrika und Elefanten gesprochen. Er hatte versucht, Steve davon zu erzählen, doch Steve schlurfte schwerfällig neben ihm her und war gänzlich desinteressiert.

Dann waren sie bei der Kirche angelangt und traten ein. Sie kamen zu spät: der Gottesdienst hatte bereits begonnen, die Gemeinde sang. Sie setzten sich in eine der letzten Reihen. Von Zeit zu Zeit stieß Steve Billy mit dem Ellenbogen an und gähnte ostentativ, klopfte sich mit der Hand auf den weit aufgerissenen Mund und blinzelte. Billy versetzte ihm einen Tritt und starrte wütend auf den Altar mit den brennenden Kerzen. Natürlich gab Steve ihm die Schuld daran, daß sie hier sitzen mußten – aber Billy wollte sich nicht dafür verantwortlich fühlen, er langweilte sich genauso wie sein Vetter.

Nun stand Pfarrer Geoffrey auf und trat vor den Altar; er taumelte leicht. Er keuchte wie immer, seine Stimme war so heiser und kehlig wie je, und Billy meinte, den Alkoholdunst förmlich riechen zu können.

»Besoffener Rattenarsch!« flüsterte Steve und kicherte.

»Wie Sie wissen«, hob der Pfarrer an, »pflege ich normalerweise an dieser Stelle meine Predigt zu halten. Heute jedoch will ich den Platz auf der Kanzel einem meiner Brüder in Christo abtreten. Er kommt aus einem Land, das wir als den dunklen Erdteil zu bezeichnen pflegen, aus Afrika. Was die Dunkelheit angeht, darüber bilden Sie sich Ihre eigene Meinung. Allerdings, möchte ich vorschlagen, nicht bevor Sie Pfarrer Thomas Moffat Akhashi angehört haben.«

Geoffrey streckte mit theatralischer Geste den Arm aus, sein Talar flatterte wild, denn in diesem Augenblick tat sich die Seitenpforte auf, und ein Windstoß fegte herein. Billy erstarrte.

Ein Mann stieg auf die Kanzel. Er trug dieselbe Tracht wie Pfarrer Geoffrey, den schwarzen Talar mit Bäffchen. Er war genauso klein wie er, genauso korpulent und, soweit Billy beurteilen konnte, genauso unsicher auf den Beinen. Nur ein Unterschied bestand zwischen ihnen: dieser Priester war schwarz.

Er schlug die Bibel auf und blätterte geraume Zeit. Schließlich fand er seinen Text, rückte die Brille zurecht und hob an zu sprechen: »Brüder und Schwestern im Herrn...«

Steve starrte ihn mit offenem Mund an. Dann fand er seine Fassung wieder und flüsterte Billy ins Ohr: »Scheiße, Billy, sieh dir das an, um Gottes willen. Ein verdammter Nigger!«

Billy versetzte ihm wieder einen Tritt. Er versuchte zuzuhören und zu verstehen, was der Mann sagte – eine schwierige Aufgabe, denn er sprach in dem hohen, aufgeregten Ton, der unmißverständlich den Afrikaner verriet, doch fehlten ihm die Klarheit und die bedächtige, sonore Modulation von Ngoros Stimme, und seine Worte waren oft nahezu unverständlich. Er werde durch die Missionskirche unterstützt, soviel verstand Billy, und seine Heimatgemeinde befinde sich in Uganda – einem Land, von dem Billy noch nie gehört hatte. Diese Gemeinde bestehe aus vielen Dörfern, fuhr der schwarze Pfarrer fort, und die Felder, von denen die Menschen sich ernährten, würden häufig von Elefanten verwüstet. Deshalb bitte er um Geldspenden – einmal, um einen Jäger zu bezahlen, der sie von den Elefanten befreie, und außerdem, um Gewehre für die Dörfler zu kaufen, damit sie die Tiere künftig selbst erschießen könnten. »Mein Volk sind Kinder Gottes!« rief der schwarze Prediger mit schriller Stimme und hämmerte mit der Faust auf das Pult. »Sie werden regelmäßig von diesen Monstern der Steppe heimgesucht. Helft uns, meine Brüder und Schwestern, ich beschwöre euch, helft uns, damit das Werk des Allmächtigen fortgesetzt werden kann. Gelobt sei Gott der Herr!«

Unvermittelt brach er ab. Mit einem strahlenden Lächeln blickte er über die Gemeinde, dann schickte er sich an, die Stufen der Kanzel herabzusteigen, stolperte und wäre beinahe gefallen, hätte Pfarrer Geoffrey nicht unten gestanden, um ihn aufzufangen.

»Scheiße!« sagte Steve mit aufrichtigem Respekt. Er sah verwundert aus. »Das ist doch nicht zu fassen. Der Affe ist genauso besoffen!«

Wenige Minuten später war der Gottesdienst zu Ende, und die Gemeinde strebte dem Ausgang zu. Aus irgendeinem Grund empfand Billy heftige Scham. An Pfarrer Geoffreys exzentrisches Verhalten, seinen Alkoholismus war er gewöhnt, ganz Brixton kannte ihn so, und niemand dachte deshalb schlecht über ihn – Leute wie Onkel Alf hegten sogar eine gewisse Bewunderung für ihn, zumal durch des Pfarrers Vorbild ihre eigenen allabendlichen Besuche im Pub gleichsam eine Rechtfertigung erfuhren. Aber daß der schwarze Pfarrer ebenfalls betrunken war, entrüstete ihn: es war so völlig unerwartet. Genauso wie sein Spendenaufruf: die Vorstellung, Geld aufzutreiben, um Elefanten umzubringen, machte Billy sprachlos vor Empörung. Das widerlegte alles, was er Steve zu erklären versucht hatte, und er fühlte sich betrogen und verantwortlich zugleich.

Unterdessen waren sie am Ausgang angelangt, wo Pfarrer Geoffrey und der schwarze Priester die Gemeindemitglieder mit Handschlag verabschiedeten – ein paar alte Frauen, ein paar noch ältere Männer, etliche Babys und Kleinkinder, die im Rahmen der großmütterlichen Pflichten sonntags in die Kirche mitgenommen wurden.

Billy versuchte sich davonzuschleichen, ohne gesehen zu werden, doch es gelang ihm nicht.

»Heda, Billy!« Pfarrer Geoffrey kam auf ihn zu und hielt ihn fest. »Ich möchte, daß du nachher ins Pfarrhaus mitkommst und mit Pfarrer Akhashi sprichst. Es gibt in Brixton nicht viele Kinder, die in Afrika gewesen sind. Du kannst auch deinen Vetter mitbringen.«

Und so saßen die beiden Jungen fünf Minuten später unbehaglich auf Schemeln in Pfarrer Geoffreys Arbeitszimmer. Billy war zum erstenmal hier. Er sah sich um. Der Raum war dunkel und staubig, vollgestopft mit Bündeln vergilbter Zeitungen, Stapeln von ledergebundenen Büchern, Vasen mit verwelkten Blumen, überquellenden Aschenbechern und, natürlich, leeren Whiskyflaschen. Eine zu zwei Dritteln geleerte Flasche stand auf dem Schreibtisch: dies, nahm Billy an, erklärte den Zustand des afrikanischen Priesters; anscheinend hatte Pfarrer Geoffrey ihm vor dem Gottesdienst eine Stärkung angedeihen lassen.

»So«, sagte der Afrikaner jetzt. »Ihr jungen Leute seid also gekommen, um uns aus der Güte eures Herzens heraus zu helfen?«

»Wie denn?« stotterte Billy.

Der Afrikaner hatte ihnen einen Vortrag gehalten, im wesentlichen desselben Inhalts wie seine Predigt, nur ein wenig ausführlicher: über die Elefanten, die den wehrlosen Dorfbewohnern Felder und Ernte vernichteten und sie in manchen Fällen sogar umbrachten.

»Ich bringe ihnen die Botschaft Gottes«, sagte der Pfarrer. »Ich sage, Er wird ihnen helfen und sie retten. Wie sollen sie mir glauben, wenn ich nicht zeigen kann, wie Er hilft? Wir brauchen Geld für einen Jäger und für Gewehre. Später bauen wir Kirchen und Schulen und Krankenhäuser. Aber wie soll das geschehen, wenn Seine Kinder sich nicht selbst ernähren können? Pfarrer Geoffrey sagt, ihr werdet uns helfen.«

Billy starrte ihn an. Dann sah er Steve an, der ihm vielsagend zugrinste. Schließlich wandten sie sich beide in einem stummen Hilferuf an Pfarrer Geoffrey. Ob es am Whisky lag oder an der Überzeugung, daß alle Weißen reich seien, konnte Billy nicht entscheiden. Er wußte nur, daß hier ein schreckliches Mißverständnis vorlag. Die Kinder von Brixton besaßen keinen roten Heller – das mußte doch sogar ein Afrikaner erkennen!

»Mit einem Projekt«, sagte Pfarrer Geoffrey. »Das ist es, woran Pfarrer Thomas denkt – jedenfalls denke ich daran. Die Pfarrei Sankt Barnabas ruft zu Spenden auf. Jeder kann eine Möglichkeit finden, etwas beizutragen. Ihr beide könntet zum Beispiel Wochenendarbeiten erledigen, Fenster putzen, Kohlen schaufeln, Hinterhöfe kehren und so weiter. Es wird euch sicher eine Menge einfallen. Und jeder Penny, den ihr verdient, zählt.«

»Um Elefanten umzubringen?« fragte Billy.

»Für den Anfang, ja.«

Billy schwieg. »Ich will keine Elefanten umbringen«, sagte er schließlich trotzig. »Ich will mich um sie kümmern, auf sie aufpassen. Sie sind... sie sind – hm – einfach schön.« Er wurde rot und verstummte. Er hatte das nicht sagen wollen, aber es gab kein anderes Wort, um auszudrücken, was er empfand. Beinahe hätte er noch hinzugefügt, dies sei die Botschaft gewesen, die Ngoro ihm und Violet auf den Weg mitgegeben hatte; doch das unterließ er lieber. Es hätte ihn ja doch niemand verstanden.

Darin irrte er sich.

Steve hatte noch immer sein blasiertes Grinsen im Gesicht, und der Afrikaner war im Alkoholnebel versunken; er lag, mehr als er saß, in seinem Sessel, die Augen himmelwärts verdreht, die Arme baumelten kraftlos herab. Pfarrer Geoffrey indes hielt sich gut, kraft langer Übung. Nachdenklich trat er ans Fenster und sah eine Weile stumm hinaus, rauchend und hustend.

»Das verträgt sich natürlich schlecht miteinander, aber es ist ein Gesichtspunkt, Billy«, sagte er dann. »Aber vielleicht ist Platz für beides – für die Menschen und für die Elefanten. Vielleicht sollten wir zwei Fonds ins Leben rufen. Einen für die Dörfler und einen für die Tiere. Wenn wir für beide Raum schaffen, können sie vielleicht zusammenleben. Die Menschen brauchen eine Zuflucht. Vielleicht auch die Tiere. Das ist es wohl, wofür Franz von Assisi eingetreten ist. Gibt es in Afrika nicht irgendwelche Reservate oder so etwas?«

Billy schüttelte ratlos den Kopf. Er wußte es nicht – wußte nicht einmal, was ein Reservat war. Geoffrey sah den schwarzen Priester an, doch der war eingeschlafen.

»Das gibt es sicher«, fuhr Pfarrer Geoffrey fort. »*Dafür* könnten ihr doch Geld aufbringen, du und Steve! Das wäre eine Idee... Jetzt ab nach Hause, das Mittagessen wartet. Ich werde einstweilen darüber nachdenken.« Ein Hustenanfall schüttelte ihn, und er griff nach seinem Glas. Der Afrikaner schnarchte selig, und die beiden Jungen machten, daß sie fortkamen.

»Jesus Christus!« stöhnte Steve auf dem Heimweg. »Dieser Blödmann! Das glaubt er doch nicht im Ernst, trotz seinem Suff, daß irgendwer hergeht und Geld für Elefanten sammelt! Wofür hält er uns denn – für Irre?«

Billy marschierte mit finsterer Mine neben ihm, die Hände tief in den Hosentaschen vergraben. »Du hast sie nicht gesehen, Steve«, antwortete er. »Ich schon. Ich würd's versuchen.«

Steve sah ihn verblüfft an. »Machst du Witze?« fragte er. »Das würdest du tun – ›Fenster putzen, Kohlen schaufeln, Hinterhöfe kehren und so weiter‹?« Er ahmte Pfarrer Geoffreys Tonfall nach, der immer aristokratischer wurde, je mehr er getrunken hatte. »Und das alles für eine Horde Neger, einen besoffenen Affen, der Pfarrer spielt, und ein paar blöde Viecher?« Er grölte vor Lachen. »Krieg dich wieder ein, Billy, und werd erst mal erwachsen!«

Billy packte ihn an der Schulter und riß ihn herum. Er stand vor ihm, die Fäuste geballt, bis die Knöchel weiß wurden. »Es sind Elefanten, keine blöden Viecher!« stieß er zwischen den Zähnen hervor. »Paß auf, was du sagst, Steve.«

Billy bebte vor Zorn, sein Gesicht war wutverzerrt, und damit erschreckte er den dicken Jungen. Steve trat einen Schritt zurück und hob beschwichtigend die drallen Hände. »In Ordnung, Billy, du magst Elefanten, gut, alles bestens«, sagte er. »Das nehm' ich dir ab. Aber willst du wirklich die Wochenenden mit Fegen und Kohlenschaufeln verbringen?«

Billy gab keine Antwort. Mit einer abweisenden Geste zuckte er die Achseln und ging mit finster gesenktem Kopf weiter. Steve beeilte sich, ihn einzuholen. »Hey«, sagte er, »es gibt noch andere Möglichkeiten, Kohle zu machen, bessere. Hör mir zu, hör einfach zu, alter Kumpel.«

Steve begann zu reden. Widerstrebend, und eigentlich ohne es wollen, hörte Billy zu.

11

Auf der segeltuchbespannten quadratischen Fläche tänzelte die Gestalt vor ihm in aufreizender Weise von einer Seite zur anderen. Billy verfolgte seinen Gegner durch den ganzen Ring, pirschte sich an ihn heran, hielt aber immer exakt dieselbe Distanz zu ihm, wie mit dem Lineal abgemessen, – die Entfernung, aus der er ihn mit beiden Fäusten gleichermaßen treffen konnte. Der Junge stellte sich ihm nie.

»Aus Bristol ist er«, hatte Len ihm vor dem Kampf gesagt. »Schnell und einfallsreich. So bringen sie's ihnen dort bei, aber ich warne dich, wenn er einmal loslegt, schlägt er zu wie ein Maultier. Laß das nicht zu, Billy! Er reißt dir den Kopf ab! Laß ihn nie zur Ruhe kommen. Früher oder später hast du ihn. Dann mach ihn fertig.«

Billys Gegner wich in die Seile zurück. Mit einem seitlichen Schritt entwand er sich abermals und wippte herausfordernd auf den Fußballen. Ein kaum merkliches höhnisches Grinsen trat in sein Gesicht. Billy folgte ihm. Er selbst war blaß, seine Miene ausdruckslos, seine Augen waren in äußerster Konzentration zusammengekniffen. Er roch Terpentin und Schweiß, die vertrauten Gerüche der Sporthalle; aber jetzt waren noch andere Gerüche und andere Geräusche rings um ihn – der heiße, metallische Gestank der Bogenlampen und eine grölende, anfeuernde Menschenmenge.

Der Junge hielt jäh inne. Seine Hand schnellte vor und traf Billy hart über dem Auge. Dann ließ er die Arme fallen – damit Billy zurückschlug. Der schüttelte den Kopf. Der Schlag hatte ihn ins Wanken gebracht, er spürte, wie ihm das Blut übers Gesicht rann. Doch er riß sich am Riemen und kam wieder auf seinen Gegner zu. Der zog sich diesmal nicht zurück: er sah die Platzwunde, sah das Blut rinnen und wartete – wartete darauf, Billy mit seinen schnellen, harten Fäusten niederzuschlagen.

Billy leckte sich das Blut von den Lippen und riß den linken Arm nach vorn, wie er es in der Vergangenheit immer wieder mit Len geübt hatte – immer wieder mit demselben Ergebnis. Diesmal war es anders. Billy hatte gelernt. Der Junge wich aus, Billy führte seinen Schlag, aber gleichzeitig krümmte er den rechten Arm, und der Haken folgte fast im selben Augenblick.

Der Junge lief mitten hinein in seine Faust. Billy spürte, wie die Wucht des Aufpralls sich in Wellen durch seinen Arm bis hinauf in die Schulter fortsetzte. Blitzschnell drehte er sich um, um noch einmal zuzuschlagen, aber das war nicht mehr nötig. Sein Gegner lag auf dem Bauch, die Arme seitlich von sich gestreckt.
Der Ringrichter zählte ihn bereits aus.
»Jesus, Billy, mach mir das nicht nochmal!« knurrte Len. Fluchend schob er Billy auf den Hocker in der Ecke und schnürte ihm die Handschuhe auf. »Noch vierzig Sekunden, und er hätte nach Punkten gewonnen. Laß mal sehen.«
Er nahm Billys Kopf in die Hände und untersuchte sein Gesicht. Billys Wangen und Augenlider waren geschwollen und blau unterlaufen, aus der Platzwunde rann immer noch das Blut, aber einen ernsthaften Schaden hatte er anscheinend nicht erlitten.
»Das überlebst du.« Len grinste breit und umarmte Billy kurz. »Nicht schlecht, Junge. Als nächstes sind die nationalen Meisterschaften dran. Morgen Punkt sechs bist du beim Training. Wenn du deine miserable Verteidigung nicht endlich auf die Reihe kriegst, sind die Meisterschaften die Endstation für dich.«
Billy kletterte durch die Seile aus dem Ring; der nächste Boxer wartete schon. Als er sich seinen Weg durch die Menge bahnte, standen die Leute auf, lachten, klopften ihm auf den Rücken; Billy grinste verlegen. Er war am Ende seiner Kraft, sein linkes Auge war mittlerweile geschlossen, und auch das rechte Lid schwoll immer mehr an; und er war sich im klaren, daß er schwerwiegende Fehler gemacht hatte – morgen würde Len ihn gnadenlos dafür büßen lassen. Aber er war so stolz und glücklich wie nie in seinem Leben.
Es war das Jahr 1954, Billy war gerade achtzehn geworden. 1954 lag genau in der Mitte zwischen zwei olympischen Jahren. Er hatte sich durch lokale, Bezirks- und Landesturniere nach oben gekämpft. Jetzt lagen nur noch die nationalen Meisterschaften vor ihm: Billy wußte, daß er mit Len an seiner Seite auch sie schaffen würde. Und nach weiteren achtzehn Monaten würde er sich für die Olympischen Spiele qualifizieren. Nichts auf der Welt sollte ihn davon abhalten.
Im Augenblick aber zählten nicht einmal die Olympischen Spiele.
Billy war als dunkelhäutiger Fremder, als Auslandsengländer nach Brixton gekommen, der magere, verstockte Bastard des Hornisten bei den Rattray's Sikhs. Die afrikanische Sonnenbräune war rasch verblaßt; doch er hatte die ganzen zehn langen Jahre gebraucht, um sich die Anerkennung der Menschen zu erarbeiten, die ihn heute abend umringten und ihm gratulierten. Sie waren von Brixton, von der

Mally und aus den benachbarten Straßen, und manche noch von viel weiter hergekommen, um ihm zuzujubeln. Billy hatte sie nicht enttäuscht. Er hatte gesiegt, und jetzt ließen sie ihn hochleben – fast, schoß es Billy durch den Kopf, als feierten sie Kid Hawkins oder den langhaarigen Juden Daniel Mendoza oder irgendeinen anderen der Südlondoner Boxhelden, von denen sein Vetter Jack geschwärmt hatte. Auf einmal war er einer von ihnen! Die Vorstellung war zuviel für Billy. Benommen schob er sich durch das Gedränge, zwängte sich bis zum Saalausgang, dann ging er durch den Korridor zum Umkleideraum. Len hatte ihm zwar die Handschuhe ausgezogen, aber die Bandagen um seine Hände nicht abgenommen. Darum würde sich Wally, Lens Assistent, kümmern.

Billy trat durch die Tür und blieb stehen wie angewurzelt.

Drei Männer warteten in der Garderobe. Wally natürlich; aber die anderen zwei kannte Billy nicht. Sie trugen graue Anzüge, und der ältere der beiden, ein breiter, grobknochiger Mann mit graumeliertem Haar und pockennarbigem Gesicht, hielt einen schwarzen Homburg in der Hand. Billy brauchte nicht erst zu fragen, wer sie waren. Polizisten in Zivil. Er dachte, er hätte alle Beamten des Polizeibezirks bereits kennengelernt; diese beiden aber waren ihm neu.

»Ein guter Schlag, Billy«, sagte der ältere. »Ich hab' von hinten zugesehen. Ein bißchen spät zwar, aber du hast ja bis zum Schluß durchgehalten.«

Billy sagte nichts. Er stand mit seinen bandagierten Händen und ließ die Arme hängen. Die Wunde an seiner Stirn war wieder aufgeplatzt, Blut sickerte heraus und rann ihm die Wange entlang.

»Das Problem ist, Junge«, fuhr der Mann fort, »daß du uns erst ein paar Dinge erklären mußt.« Er wartete.

Mit den zugeschwollenen Augen sah Billy nur verschwommen Wallys nachdenklich gesenkten Kopf, sein Gesicht, älter und noch übler zugerichtet als Lens Physiognomie, seinen sorgenvollen und unglücklichen Ausdruck.

»Du weißt, warum ich hier bin, Billy«, fuhr der Polizist fort. »Das Zeug taucht überall auf. Zuletzt auf dem Markt an der Coventry Street. Aber auch in Glasgow ist es schon gesehen worden! In Glasgow! Unglaublich. Aber so ist es, nicht wahr, Jock, – Jesus, gerade Sie verdammter Kelte sollten das wissen!« Er sah seinen Kollegen an.

»So ist es«, bestätigte der jüngere Polizist mit schottischem Akzent.

»Auch aus Dumfries und Galloway kriegen wir Meldungen.«

Eine Zeitlang herrschte Schweigen. Der ältere Mann sah Billy ernst an. »Wir haben Charlie und Steve geschnappt«, sagte er. Er ließ ihm

Zeit, die Nachricht zu verdauen; dann fügte er ruhig und ausdruckslos hinzu: »Sie haben ausgepackt, Billy. Mein Gott, und wie sie ausgepackt haben!«
Billys Magen krampfte sich zusammen.

Vier Jahre zuvor hatte alles angefangen, innerhalb weniger Wochen nach dem Besuch des afrikanischen Priesters in Sankt Barnabas. »Hör zu, Billy«, hatte Steve gesagt, »es gibt noch andere Möglichkeiten, Kohle zu machen.« Und Billy wußte natürlich, wovon die Rede war, noch bevor Steve zu weiteren Erklärungen ansetzte.
Diebstahl. Alle Kinder in der Mally, alle Kinder in Brixton stahlen. Billy tat es selbst. Eine Handvoll Bonbons von einer Ladentheke, wenn der Besitzer nicht hinsah, Obst oder Kekse von Marktständen, das Geld für den Rateneintreiber, in vermeintlich geheimen Verstecken gehortet, sogar Einbrüche in die eine oder andere Küche, wenn leichtsinnigerweise das Fenster zum Hof offenstand.
Tante Doris verprügelte jeden, den sie dabei erwischte. Einmal ließ sie sogar den Wachtmeister des Viertels kommen, der einen grimmigen Vortrag hielt und ihnen ausmalte, mit welchen Konsequenzen sie zu rechnen hätten, falls sie von der Polizei erwischt würden. Die Kinder lauschten schweigend, mit ernsten und reumütigen Gesichtern, und machten ungeniert weiter wie bisher.
Sie alle, damals auch Billy, stahlen jedoch nur gelegentlich, wenn sich zufällig eine Chance ergab, und nur für ihren eigenen Bedarf – kleine, vergleichsweise harmlose Gaunereien. Was Steve ihm an jenem Tag vorschlug, war etwas anderes.
»Die Straßenmärkte, mein Junge, was glaubst du, wo die ihre Waren herhaben? Legal eingekauft? Lächerlich! Wie könnten sie sonst das Zeug zu solchen Preisen losschlagen? Nein, Billy, sie brauchen Lieferanten. Sie brauchen Leute wie uns, und sie zahlen bar auf die Hand. Ohne uns würden sie ganz schnell pleite gehen.«
Steve war damals siebzehn. Wie ein Papagei plapperte er die Sätze nach, die er von seinem Vater gehört hatte, der im Krieg mit Nylonstrümpfen und amerikanischen Zigaretten einen blühenden Schwarzhandel betrieben hatte und irgendwie immer wieder durch das Sicherheitsnetz rund um die Kommissariate der US-Luftstützpunkte geschlüpft war. Seine Anzüge hatten gepolsterte Schultern und weite Hosen, die zu den Knöcheln hin eng wurden, sein Haar war dicht, gewellt und reichlich pomadisiert, und er trug zweifarbige Schuhe, braun und weiß. Wann immer Steve ihn zu Gesicht bekam, hing eine junge, blauäugige Blondine an seinem Arm. Ja, er war ein Gott gewe-

sen. Steve kopierte sogar seine Stimme, den vertraulichen und schmeichlerischen Tonfall, mit dem er einen neuen Plan, ein neues Geschäft anzukündigen pflegte.
»Du und ich, Billy«, sagte Steve, »wir könnten sie beliefern.«
»Wie denn?« fragte Billy.
»Die Lagerhäuser flußabwärts. Wahre Schatzkammern. Aladins Höhle war ein Dreck dagegen.« Von den Lagerhallen am Südufer der Themse hatte Billy gehört. Dort wurden die Waren aufbewahrt, die dann in den Nobelkaufhäusern in Knightsbridge, Piccadilly, an der Regent und der Oxford Street verkauft wurden.
»Vergiß es, Steve«, sagte Billy. »Um Himmels willen, die haben doch alle möglichen Wächter und Sicherheitsanlagen.«
Steve schnaubte verächtlich. »Diese Lagerhäuser, die sind ein Labyrinth, sag' ich dir. Da führen tausend Wege hinein. Mein Vetter Charlie kennt sie alle.«
»Wer ist Charlie?« fragte Billy argwöhnisch.
Nach sechs Jahren glaubte er alle Mitglieder der weitverzweigten Familie zu kennen, die in dem Haus in der Mally ein und aus gingen. Von einem Charlie hatte er nie gehört.
»Charlie hat eine Zeitlang gesessen. Als er rauskam, haben Onkel Alf und Tante Doris ihm verboten, sich wieder blicken zu lassen, die alten Trottel!« Steve klopfte sich an die Stirn. »Ich sag' dir was, Billy. Charlie weiß, wo's langgeht, besser als jeder andere. Er hat jetzt einen Job, er beliefert die Kaufhäuser. Seit einem Jahr macht er das. Kennt jeden Zentimeter in den Lagerhallen. Er führt uns rein. Wir klauen das Zeug, verstauen es, er fährt es am Samstag mit seinem Lastwagen auf die Märkte, und wir teilen gerecht. Total einfach!«
Billy sagte nichts. Er lief vor Steve her und trat mißgelaunt gegen die leeren Bierflaschen, die wie jeden Sonntagmorgen die Straßen von Brixton übersäten. Steve holte ihn ein und hielt ihn am Arm fest.
»Komm schon, Billy! Du willst doch dem Pfarrer was für deine verdammten Elefanten geben. Gut, tu das. Aber da bleibt noch eine Menge übrig – der ganze Rest ist für dich. Denk dran, was du alles damit anfangen kannst.«
Er zwang Billy stehenzubleiben und sich zu ihm umzudrehen. Steve lächelte ihn breit und herzlich an, wie er es so oft bei seinem Vater beobachtet hatte. »Na, was meinst du, alter Junge?«
Steve wartete. Billy zögerte. Er furchte die Stirn, bohrte die Hände in die Hosentaschen, mahlte mit den Zähnen, während er die Blüten auf den rußbestäubten Kirschbäumen betrachtete, die den löchrigen und abgetretenen Bürgersteig säumten, Mallys einzige Zier.

»Also gut. Ich versuch's einmal«, sagte er. »Aber nur einmal.«
Steve lachte. »Du bist ein Soldat!«
Er wollte Billy auf die Schulter klopfen, aber der wich aus und ging weiter.
Er dachte an Hampton und Ngoro und die Schlucht im Morgennebel, an die gewaltige Stammesführerin Uhuru. Er dachte nicht an Violet. Sie stand im Zentrum von allem, aber Billy drängte sie absichtlich aus seinen Gedanken. Er schickte sich an, ein professioneller Dieb zu werden. Damit sollte sie nichts zu tun haben.

12

»Total einfach!« hatte Steve gesagt, und er hatte recht. Das lag weitgehend an Steves Vetter Charlie.

Charlie, dachte Billy, als er ihn zum erstenmal sah, hätte Steves älterer Bruder sein können: er war Anfang Zwanzig, hatte denselben plumpen und massigen Körper, dasselbe bleiche, teigige Gesicht. Dieselben dunklen Knopfaugen, die genauso schlau und gerissen dreinschauten. Auch dieselbe Art zu reden, die betont lockere Sprache: »Okay, Jungs –« Er setzte ihnen auseinander, wie sie in eine der Lagerhallen einbrechen sollten: im zweiten Stock gebe es am Ende der Feuerleiter ein defektes Türschloß, das leicht zu öffnen sei. »Die Damenwintermäntel hängen an den Kleiderständern links, die Herrenmäntel rechts. Gleich drunter, im ersten Stock, ist das elektrische Zeug gestapelt, Toaster und so weiter. Nehmt ein paar von jeder Sorte aus der hintersten Reihe, bis zur nächsten Inventur merkt das sowieso niemand, und selbst dann wird sich keiner so ganz sicher sein. Und denkt dran... Falls irgendwas schiefgeht – das wird es nicht, aber trotzdem: falls was schiefgeht, habt ihr mich nie gesehen, ihr kennt mich nicht. Kapiert?«

Die beiden Jungen nickten.

Eine Woche später schlichen sie aus dem Haus, sobald alles im Bett war und schlief. Charlie wartete in seinem Lastwagen in einer Seitengasse. Sie stiegen ein; er fuhr am Südufer der Themse entlang und ließ sie fünfhundert Meter vor der Lagerhalle aussteigen.

Die Sache dauerte kaum zwei Stunden. Billy, der wendige und athletische von beiden, brach die Tür auf und schleppte die Waren herbei; Steve trug sie davon und versteckte sie in einem aufgelassenen Kohlenbunker. Als sie fertig waren, gingen sie zurück zu Charlie, der im Lastwagen auf sie wartete, und um vier Uhr morgens lagen sie beide in ihren Betten.

In der Woche darauf läutete Billy nach der Schule am Pfarrhaus; er mußte mehrmals läuten, bis ihm endlich geöffnet wurde. Pfarrer Geoffrey hatte anscheinend geschlafen: er gähnte und blinzelte hinter den dicken Brillengläsern, und eine Weile starrte er Billy verständnislos an, bevor er ihn erkannte.

»Ah, Billy! Was kann ich für dich tun, junger Mann?«
Der Whiskydunst war diesmal so stark, daß Billy ihn förmlich zu sehen meinte: als blaßgelbe Aura rund um des Pfarrers Gesicht. Billy kramte in seiner Hosentasche, dann hielt er ihm zwei neue, glänzende Sixpence-Münzen hin. Aus einer Laune heraus hatte er den Tabakhändler an der Ecke gebeten, alle neuen Münzen, die ihm in die Hände gerieten, für ihn beiseite zu legen: diese beiden Sixpence hatte er gegen eine Handvoll alter Kupfermünzen eingetauscht.
»Das ist für die Elefanten, Herr Pfarrer«, sagte er.
»Ausgezeichnet. Komm mit mir, Billy.«
Geoffrey wandte sich um, Billy folgte ihm ins Haus. An dem Tisch in der Diele blieb der Pfarrer stehen. Darauf standen zwei große Glasbehälter, wie sie in Süßwarenläden zur Aufbewahrung von Bonbons üblich waren: offensichtlich eine Neuerwerbung; beide trugen ein Etikett mit Pfarrer Geoffreys großer, zerfahrener Handschrift. Auf dem ersten stand: *Uganda/Missionsprojekt – Elefanten (töten)*, und auf dem zweiten: *Uganda/Billy Ramsden-Projekt – Elefanten (erhalten).*
Billy starrte sie ungläubig an. »Da steht ja mein Name drauf!« stieß er überrascht hervor.
»Selbstverständlich. Es war doch deine Idee, oder?«
Billy errötete vor Stolz. Zum erstenmal sah er seinen Namen in einem hochoffiziellen Zusammenhang.
Der Pfarrer betrachtete die beiden Sixpence-Stücke; dann sah er Billy an: »Ein ganzer Schilling. Da mußt du aber hart gearbeitet haben, Junge.«
»Ja, Herr Pfarrer«, antwortete Billy. »Wir haben die letzten Wochenenden schwer geschuftet, Steve und ich, überall, sogar in Camberwell und so. Da kommt noch mehr.«
Pfarrer Geoffrey schwieg. Er wog die Münzen in der Hand und sah Billy streng an. Dann warf er sie in das Glas. »Das ist gut, Billy, aber nicht sehr viel mehr, hoffe ich«, sagte er. »Nur ein vernünftiger Betrag, wie ein anständiger, hart arbeitender Junge wie du ihn verdienen kann.«
Billy wandte den Blick ab. Er wußte sehr genau, was der Pfarrer dachte.
»Ja, Herr Pfarrer«, sagte er und ging.
Durch das Fenster sah Pfarrer Geoffrey dem Jungen nach, der, halb hüpfend, halb rennend, die Straße entlang davonlief. Ein merkwürdiger Junge, dieser Billy Ramsden, dachte der Pfarrer. Irgend etwas Gewalttätiges, Leidenschaftliches, ja Gefährliches lauerte hinter diesem flachen, verschlossenen Gesicht. Er log völlig ungeniert; das taten

freilich alle Kinder aus dem Londoner Süden. Den Schilling hatte er sich nicht auf ehrbare Weise verdient – das Geld war gestohlen.
Dem Pfarrer war das im Grunde gleichgültig. Über Diebstahl hatte Gott der Herr zu richten, nicht er. Pfarrer Geoffrey hatte mit Menschen zu tun, mit schwachen, lasterhaften, komplizierten, unberechenbaren Menschen. Immerhin waren sie interessant, manchmal sogar sehr. Der illegitime Musikantensohn gehörte zur zweiten Kategorie. Len meinte, er habe das Zeug zu einem guten, ja zu einem hervorragenden Boxer. Vielleicht konnte das für Billy ein Ausweg aus den Slums von Brixton sein – das hing von Billys Talent und seiner Disziplin ab; die Zeit würde es weisen. Erstaunlich war, was er mit dem gestohlenen Geld anfing: er behielt es nicht für sich, er brachte es ins Pfarrhaus. Aus irgendeinem Grund war der Junge tatsächlich auf Elefanten versessen.
Als Billy aus seinem Blickfeld verschwunden war, wandte der Pfarrer sich vom Fenster ab und ging in sein Arbeitszimmer. Durch die Blume hatte er Billy immerhin eine Warnung zukommen lassen, und der Junge war schlau genug, sie zu begreifen – der seitwärts gewandte Blick war ein deutlicher Hinweis –, doch das hieß nicht, daß er sie auch beherzigen würde. Bei den Intelligentesten und Besten war das Problem häufig, daß sie nicht wußten, wann sie aufhören mußten.
Pfarrer Geoffrey schenkte sich einen Whisky ein und starrte nachdenklich in die anbrechende Dämmerung hinaus.

»Charlie hat ausgepackt, Steve hat ausgepackt, jetzt bist du an der Reihe, Billy«, sagte der graugesichtige Polizist. »Wann hat das alles angefangen?«
Billy antwortete nicht. Er saß auf einem harten Stuhl in einem der Vernehmungszimmer in der Polizeistation an der Savile Row. Seit zwei Stunden saß er hier. Sie hatten ihn direkt aus der Sporthalle hergebracht, eingezwängt zwischen zwei Polizisten auf dem Rücksitz des Wagens. Der ältere, der ihn jetzt verhörte, war Polizeiinspektor Simons; der jüngere, Polizeiwachtmeister McMurray, hatte gerade den Raum verlassen, um für alle Tee zu holen.
Sie hatten Wally immerhin noch erlaubt, ihm die Bandagen abzunehmen, und Billy durfte sich Hose und Pullover anziehen; darunter trug er noch seine Boxkleidung, sogar die schwarzen Boxerstiefel trug er noch, die Onkel Alf ihm zu seinem Sieg bei den Bezirksmeisterschaften geschenkt hatte.
»Billy, mein Junge, es ist aus, begreif das endlich«, sagte Simons. »Wir brauchen deine Aussage überhaupt nicht. Ich will die Sache nur sau-

ber zu Ende bringen, Nägel mit Köpfen machen, verstehst du? Hilf mir dabei, vor Gericht wird das einen besseren Eindruck machen, darum kümmere ich mich persönlich. So, wie ich die Richter kenne, macht das den gewaltigen Unterschied zwischen Bewährung und Haftstrafe.« Simons legte eine Pause ein und beugte sich zu ihm hinüber. »Und ich kenne die Richter, Billy«, fuhr er dann fort, »ich weiß, wie sie denken. Wenn ich auf deiner Seite bin, hast du eine Chance. Erzähl mir einfach, wie es angefangen hat.«

Billy blieb stumm. Sein Kopf tat ihm weh. In der Kälte des Vernehmungsraums war die Wunde über seinem Auge noch einmal aufgeplatzt, und schon wieder rann ihm eine dünne Blutspur über das Gesicht. Er schüttelte unwillig den Kopf, mit trotziger und herausfordernder Miene. Seine Lippen waren versiegelt. Er kannte die Polizei. Sie war der gemeinsame Feind, seit jeher. Schon in Lucknow hatten die Kavalleristen mit Haß und Verachtung auf die Militärpolizei herabgesehen und vor ihnen in den Staub gespuckt, wenn sie vorbeiritten. Nichts auf der Welt würde ihn dazu bringen, mit diesen Bastarden zu reden.

»Auch recht.« Simons stand auf. »Du willst nicht reden, aber vielleicht sind einige deiner Freunde dazu bereit. Pfarrer Geoffrey zum Beispiel. Hast du ihm nicht Geld gegeben?« Simons brach ab und blätterte in seinem Notizbuch. Dann warf er McMurray einen ungläubigen Blick zu. »Hier steht: Für Elefanten. Stimmt das?«

McMurray grinste. »Jawohl, Sir. Es scheint so.«

»In was für einer merkwürdigen und wunderbaren Welt leben wir!« rief Simons lachend aus. »Hier haben wir einen kleinen Dieb aus dem Südlondoner Armenviertel vor uns sitzen, und er stiehlt für Elefanten. Gott helfe uns – «

Billy ließ ihn nicht ausreden. Er schob mit einem Ruck den Stuhl zurück und stand auf, weiß vor Wut; drohend stützte er sich mit beiden Händen auf den Tisch und versuchte sich zu beherrschen. »Redet niemals von Pfarrer Geoffrey oder den Elefanten! Fahrt zur Hölle!« Sein Blick fuhr zwischen den beiden hin und her und hätte sie am liebsten zu Asche verbrannt. Nach einer Weile jedoch ließ er sich erschöpft auf den Stuhl zurückfallen und flüsterte tonlos: »Was wollen Sie wissen?«

»Alles«, antwortete Simons sanft.

Er gab McMurray ein Zeichen; dann zog er sich einen Stuhl heran und setzte sich Billy gegenüber, während der Wachtmeister sein Notizbuch zückte, bereit zum Mitschreiben.

Vier Jahre lang hätten sie es so getrieben, sagte Billy, er habe nie die

Absicht gehabt, so lange mitzumachen. Er habe nur Geld zusammenbringen wollen, um sein Versprechen gegenüber dem Pfarrer zu halten und, vor allem, zur Erhaltung der Elefanten. Dann aber sei ihm die ganze Sache irgendwie aus den Händen geglitten, und er habe nicht mehr aufhören können.

Es war ja so einfach.

Nach der langen und qualvollen Depression der Nachkriegsjahre begann die Wirtschaft sich allmählich wieder zu erholen. Die Londoner Straßenmärkte erlebten eine nie gekannte Blüte: sie waren gewaltige Umschlagplätze für Waren aller Art und Herkunft geworden und belieferten das ganze Land.

Er, Steve und Charlie, fuhr Billy fort, hätten sich alle paar Wochen auf den Weg gemacht. Charlie kenne sämtliche Lagerhallen, und deshalb hätten sie hin und her gewechselt und überall nur wenig gestohlen, damit die Verluste bei allfälligen Inventuren nicht weiter auffielen. Jeden Monat habe er seine Sixpence-Stücke, gelegentlich auch einen Schilling im Pfarrhaus abgeliefert und zugesehen, wie der Pfarrer sie in den Glasbehälter geworfen habe.

Am Ende war Charlie daran schuld, daß alles aufflog. Charlie hatte nie ein Auto besessen und empfand eine große Sehnsucht nach einem eigenen Wagen, zumal er seit Jahren den Lastwagen seiner Firma fuhr; irgendwann beschloß er, sich seinen Wunsch zu erfüllen. »Wir machen noch einen Monat«, sagte er zu den beiden Jungen. »Einen Job alle drei Tage. Nimm alles, was du kriegen kannst, Billy. Sogar aus Schottland schreien sie nach dem Zeug. Danach hören wir auf.« Er machte eine Pause und legte den beiden Jungen die Arme um die Schultern. »Wißt ihr was, Kinder? Reich werdet ihr sein!«

»Ist das alles?« fragte Inspektor Simons.

Billy nickte.

Simons lehnte sich in seinem Stuhl zurück und verschränkte die Arme hinter dem Kopf. McMurray kritzelte hastig die letzten Zeilen, dann klappte er sein Notizbuch zu.

Billy sah den älteren Polizisten mißtrauisch, mit halb gesenktem Kopf an. »Mit Pfarrer Geoffrey hat das doch nichts zu tun, oder? Auch nicht mit den Elefanten. Ich meine, das geht nur Charlie und Steve und mich was an, oder?«

» ›Berühre irgend etwas irgendwo im Universum, und du wirst feststellen, daß es mit allem anderen zusammenhängt‹«, gab Simons zurück. Er sah McMurray an. »Wissen Sie, von wem das ist, Wachtmeister?«

»Nein, Sir«, antwortete McMurray.

»Das sollten Sie aber! Es ist nämlich von Ihrem Landsmann, dem Philosophen John Muir.«

Simons wandte sich wieder an Billy. »Du bist ein Dieb, Billy«, sagte er. »Alles, was du stiehlst, berührst du, und alles, was du berührst, kommt mit jemand anderem in Berührung. Du wirst unter Anklage gestellt, vernommen und verurteilt werden. Dein Pfarrer wird als Zeuge geladen. Charlie und Steve sitzen ebenfalls auf der Anklagebank und müssen sich rechtfertigen. Die einzigen Zeugen, die nicht vorgeladen werden, sind deine Elefanten.«

Simons sah Billy mit halb besorgtem, halb wütendem Ausdruck an. »Ich weiß nicht viel über Elefanten. Ich werde lediglich dafür bezahlt, den Frieden zu wahren. Elefanten kommen mir normalerweise nicht in die Quere, aber ich habe gehört, daß sie manchmal Menschen zu Tode trampeln. Wenn ich mir einen Abschaum wie dich anschaue, dann denke ich, ein paar von ihnen könnten wir in unserem Revier schon brauchen.« Er fuhr herum zu McMurray und schnaubte: »Das letzte gehört nicht ins Protokoll, Wachtmeister! Streichen Sie das. Dann nehmen Sie ihn mit und sperren ihn ein.«

»Jawohl, Sir.« McMurray stand auf.

Verwirrt stand Billy ebenfalls auf. »Ich habe Ihnen nichts verschwiegen, Herr Inspektor«, sagte er. »Es ist genau so gewesen, wie ich gesagt habe. Ich muß morgen zum Training, ich hab's Len versprochen, er besteht drauf. Bis zu den Meisterschaften sind es nur noch zwei Wochen.«

»Die Meisterschaften werden ohne dich stattfinden, mein Junge«, gab Simons zurück. »Für dich ist die Sache gelaufen. Du bist ein Dieb, du bist geschnappt worden, du wirst dafür büßen. Sei froh, daß wir keine Elefanten haben, die die Neuigkeit hinausposaunen.« Er grinste.

McMurray nahm Billy am Arm und führte ihn ab zu den Zellen.

13

»In Anbetracht Ihrer Jugend und der beredten Argumente Ihres Anwalts, wonach Sie allem Anschein nach von Ihren älteren Komplizen zu den Diebstählen angestiftet wurden, habe ich beschlossen, Milde walten zu lassen – vielleicht zu unrecht.«

Der Strafrichter verstummte. Er war ein beleibter kleiner Mann von nervösem Gebaren, die Hände in ständiger hektischer Bewegung. Mit der grauen Perücke und dem scharlachroten Talar erinnerte er Billy an eines der scheuen Waldtiere in Menschenkleidung, wie sie in den Kinderbüchern abgebildet waren, die Violets Gouvernante ihnen in Afrika vorgelesen hatte. Billy sah ihn ausdruckslos an. Scheu war der Mann keineswegs, im Gegenteil: er war mächtig und skrupellos, und Billys Zukunft lag in seinen Händen.

»Es wurde geltend gemacht, daß Ihr anfänglicher Beweggrund der Wunsch war, Elefanten zu schützen. Einem Zeugen vom Ansehen eines Gemeindepfarrers, der über den Charakter eines Angeklagten aussagt, pflege ich in der Regel sorgfältige Beachtung zu schenken; diese Behauptung ist allerdings höchst sonderbar, und außerdem, um eine umgangssprachliche Formulierung zu verwenden, bin ich nicht von gestern. Ich fürchte, Sie haben den guten Pfarrer ebenso hintergangen, wie Sie versuchten, das Gericht zu täuschen.«

Er hob den Hammer und schlug auf die Richterbank.

»Neun Monate Haft in einer Strafvollzugsanstalt für Minderjährige.«

Er blickte zum Gerichtsschreiber hinunter. Der nickte und hielt das Urteil im Protokollbuch fest. Der Polizeiwachtmeister McMurray ergriff Billy am Arm und führte ihn aus dem Gerichtssaal.

Auf dem Weg hinunter zu den Zellen blieb Billy stehen. Er runzelte die Stirn, dann sah er McMurray an und grinste. »Haste je 'nen Elefanten gesehn, Bulle?«

McMurray, für einen Augenblick aus der Fassung gebracht, schüttelte den Kopf.

»Dann haste nicht gelebt!« Billy schüttelte McMurrays Hand ab und ging weiter die Treppe hinunter. McMurray holte ihn ein, streckte die Hand aus, um Billy wieder festzuhalten, doch er besann sich anders. Nebeneinander gingen sie weiter.

Billy saß sechs Monate seiner Strafe ab, der Rest wurde ihm erlassen. Er verbrachte die Zeit in einem Jugendgefängnis am Stadtrand von Maidstone in der Grafschaft Kent. Die Monate vergingen schnell. In gewisser Weise hatte Billy sein ganzes Leben in Anstalten verbracht – die Kaserne in Lucknow war sicherlich eine gewesen, und auch das Haus in der Mally war eine Art Anstalt, kalt, überfüllt und streng reglementiert, beherrscht entweder von Tante Doris' unbarmherziger Hand oder von den Schlägen, die Onkel Alf austeilte, wenn er taumelnd aus dem Pub zurückkehrte.

Oberflächlich betrachtet, fand sich Billy mit der neuen Herrschaft recht schnell ab. Zwei Umstände sprachen zu seinen Gunsten; er war ein durchaus erfolgreicher Schurke gewesen, und er hatte sich bis zu den nationalen Meisterschaften hochgeboxt. Er kam also mit Vorschußlorbeeren, halbwegs ein Held, und das gefängnisinterne Nachrichtensystem sorgte dafür, daß jeder binnen vierundzwanzig Stunden von seiner Ankunft erfuhr. Gleichwohl ersparte ihm der Ruhm nicht die rituelle Prüfung durch die Gruppe der wenigen Jungen, die älter waren als er.

Zu den Informationen, die über ihn im Umlauf waren, gehörte auch die Elefantengeschichte, und gegen Ende der ersten Woche, als er aus dem gekachelten Duschraum kam, stellten sich ihm fünf junge Burschen in den Weg und drängten ihn in die Ecke.

»Deinereins hat also einen Rüssel da unten hängen, was?«

Billy hatte ein Handtuch um die Taille gebunden. Sie rissen es ihm herunter, hielten es unter den Wasserhahn und schlugen ihn damit wie mit einer Peitsche. Die Schläge hinterließen brennende Striemen, und Billy stand nackt und stumm da, ohne sich zu wehren, während sie johlend und lachend um ihn herumtanzten. Er merkte sich nur ihre Gesichter. Als in dem Kreis eine Lücke entstand, stürzte er sich hindurch und rannte davon. Draußen auf dem Gang empfing ihn brüllendes Hohngelächter.

Zurück im Schlafsaal, den er mit elf anderen Häftlingen teilte, machte er sich im Geist eine Liste. Am nächsten Tag wartete er abends auf dem Flur. Nach zwei Tagen erschien der erste auf seiner Liste, ein hochaufgeschossener, knochiger Junge namens Neil. Billy sprang ihn an und verprügelte ihn gnadenlos, und zum Abschluß schlug er seinen Kopf gegen die Wand, bis der Junge beinahe bewußtlos war.

Drei Tage später erwischte Billy im Flur hinter der Gefängniswäscherei den zweiten und verprügelte ihn noch brutaler. Am nächsten Tag, als sie alle Schlange standen, um nach dem Mittagessen ihre Teller abzuspülen, kamen die restlichen drei zögerlich auf ihn zu.

»Faires Spiel, Billy«, sagte der Anführer, ein gewisser Duncan. »Das war doch nur ein Scherz, Mann. Genug ist genug, okay?«
Billy sah sich die drei Gesichter an. In allen dreien stand Angst, mehr noch: ein Anflug von Panik. Er stellte seine Standardfrage: »Habt ihr je einen Elefanten gesehen?«
Alle drei schüttelten den Kopf.
»Und mit ein bißchen Glück – nämlich für die Elefanten – passiert das auch nie«, fuhr Billy fort. »Aber ihr könnt für sie zahlen. Fünf Schilling im Monat, bar in meine Hand.«
Duncan wandte sich ab und tauchte seinen Teller in das Spülbecken. Er und seine beiden Genossen betrieben den gefängnisinternen Tabakhandel. »Du bist wohl bekloppt, Billy«, sagte er. »Das ist mehr, als wir alle zusammen einnehmen. Ich hab' gesagt, daß es uns leid tut. Das stimmt auch. War ein Fehler, nix für ungut. Aber fünf Schilling...«
Billy fiel ihm ins Wort. »Dann sehen wir uns auf dem Flur. Immer nur einer auf einmal, von Mann zu Mann. Oder, wenn ihr geschlossen auftreten wollt, auch recht. Ich bin schon mit mehr von eurer Sorte fertiggeworden.«
Er spülte seinen Teller und ging. Niemand kam, um mit ihm zu kämpfen. Statt dessen erhielt er jeden Monat fünf Schilling aus den Gewinnen des Tabakhandels. Das Geld gab er Tante Doris, wenn sie ihn einmal im Monat besuchte.
Er hatte nicht damit gerechnet, daß sie je kommen würde, und war höchst überrascht, als der Wärter ihn zum erstenmal in den Besuchsraum holte. In dem Haus in der Mally war Doris eine fremde, beherrschende Gestalt gewesen, die den Haushalt wie ein Tyrann regierte. Nie, so schien es Billy, hatte sie ihm in irgendeiner Form Beachtung geschenkt, außer um ihn wütend anzuschnauzen, wenn er etwas falsch gemacht hatte. Doch während seiner Haft lernte er eine völlig andere Seite von ihr kennen. Als sie das erste Mal kam, zankte sie ihn aus – einmal weil er sich mit Steve und Charlie überhaupt eingelassen hatte, und weil er außerdem so dämlich gewesen war, sich erwischen zu lassen. Danach verlor sie nie wieder ein Wort darüber. Sie brachte ihm jedesmal einen Kuchen oder ein paar Kekse mit und hielt ihn auf dem laufenden über die Ereignisse in der Mally.
Gefängnisbesuche gehörten zu Doris' Leben – seit ihrer Kindheit. Sie hatte ihren Vater besucht, ihre älteren Brüder, ihre Vettern, und, wie sie fatalistisch sagte, sie würde auch noch ihre Enkel besuchen. Verbrechen, mit seinem Lohn und seinen Konsequenzen, war ein unvermeidlicher Bestandteil dessen, was es bedeutete, im Süden von Lon-

don geboren zu werden und aufzuwachsen. Die Familie war viel wichtiger und wirklicher als alles, was die Obrigkeit ihr antun konnte. Wenn alles gutging, brauchte die Familie Doris nicht, außer als Lieferantin von Mahlzeiten und Medizin, als diejenige, die Disziplin durchsetzte und Anweisungen erteilte. Aber wenn etwas schiefging, war Doris gefordert. Sie hatte ihre Pflicht zu erfüllen, und zu ihren Pflichten gehörte es, Billy zu besuchen: Billy war Charlies Sohn, Charlie war Teil der Familie – und deshalb gehörte auch sein Sohn dazu.

»Sally hat eine Stelle bekommen«, berichtete Doris bei ihrem letzten Besuch vor Billys Entlassung. »Die kleine Val hatte die ganze Zeit eine Pechsträhne. Wahrscheinlich liegt's daran, daß sie gerade zu bluten angefangen hat; aber jetzt geht's wieder aufwärts. Sie ist von der Schule ausgeschlossen worden, aber jetzt hat ihre Lehrerin die Verbannung beendet und läßt sie wieder kommen. Frank ist eingezogen worden, in West Ham. Einen Monat freie Fahrt in diesem Sommer und dazu Taschengeld.«

Die Besuchszeit sei vorbei, rief ein Wärter. Doris sammelte ihre Taschen und Beutel zusammen, die um ihre Füße verstreut lagen. Als sie sich bückte, bemerkte Billy mit plötzlichem Schrecken, daß ihr Haar allmählich grau wurde. Er hatte nie daran gedacht, daß sie eines Tages alt sein würde.

»Sag mal«, begann er, leicht verlegen. »Es geht euch doch gut, dir und Onkel Alf, oder?«

Doris sah ihn verblüfft an. »Na ja, ich würd' verdammt gern eine rauchen, und das tu' ich auch, sobald ich aus diesem Scheißhaus weg bin. Ansonsten geht's uns gut. Mach dir keine Sorgen um uns.« Sie lächelte beruhigend. Dann fiel ihr etwas ein, und ihr Gesichtsausdruck veränderte sich. »Ich wollte dir noch was sagen«, fuhr sie fort. »Wußte nicht recht, wie ich's anfangen sollte. Ich weiß, du magst die Pferde.« Wieder zögerte sie. »Bess ist gestorben. Dein Onkel Alf, na ja, er hat Bonnie daraufhin aufgegeben. Es hat ihm das Herz gebrochen, als Bess gestorben ist. Alf ist fast fünfundsechzig, weißt du, geht bald in Rente. Er hat Bonnie an einen Kerl verkauft, der irgendwo aus Dorset stammt. Er hat den Stall geschlossen und mit der Tandlerei Schluß gemacht.«

»Aus!« rief der Wärter und begann die Leute aus dem Besuchsraum zu treiben.

Doris stand auf. »Mach dir nichts draus, Billy«, sagte sie. »Bonnie hat einen guten Platz gefunden. Jack hat beim Verladen geholfen. Er sagt, der Kerl, der sie gekriegt hat, der wird gut für sie sorgen.« Sie warf ihm eine Kußhand zu und ging.

In dieser Nacht lag Billy lange Zeit wach, die Arme hinter dem Kopf verschränkt. Sally hatte eine Stelle bekommen, und auch Val, obwohl sie sicherlich noch ein Kind war, wurde allmählich erwachsen. Seine Tante bekam graue Haare, Bess war tot, Bonnie verkauft, sein Onkel gab den Altwarenhandel auf. Das alles schien ihm unmöglich, unglaublich. Nicht einmal sechs Monate waren seit seiner Verurteilung vergangen, und doch hatte die Welt sich in der kurzen Zeit stark verändert.

Vielleicht war das immer so, und er hatte nur nie darauf geachtet, wie schnell die Veränderungen eintraten. Das Leben in der Mally war nie besonders sicher gewesen; und doch, nach neun Jahren stellten das Haus, die Straße, das Viertel und die Leute, die eng aneinander gedrängt darin lebten, eine Form von relativer Sicherheit für ihn dar. Alles war vertraut und verläßlich, vom Hufgeklapper im Hof am frühen Morgen bis hin zu Onkel Alfs Flüchen, wenn er freitags in der Nacht die Treppe hinaufstolperte. Das war jetzt alles anders. Keine Sicherheit mehr. Irgendwie war sie ihm abhanden gekommen, während er sich für kurze Zeit abgewandt hatte. Billy drehte sich auf den Bauch und vergrub das Gesicht in dem klumpigen, roßhaargefüllten Kissen. Zum erstenmal seit Monaten dachte er an Violet.

An einem warmen Juniabend, wenige Tage nach seiner Entlassung, machte sich Billy mit der letzten Zahlung der jugendlichen Tabakmonopolisten aus dem Gefängnis auf den Weg zum Pfarrhaus. Sein Haar war kurzgeschoren, und er trug den billigen hellbraunen Anzug, mit dem er entlassen worden war. »Guten Abend, Herr Pfarrer«, sagte er, als die Tür sich öffnete.

Pfarrer Geoffrey starrte ihn an. »Allmächtiger, das ist ja Billy!« Er riß die Tür weit auf, trat aus dem Haus und umarmte ihn. Billy wurde rot – zum größten Teil vor Verlegenheit, aber auch vor Freude.

»Ich wollte Ihnen danken für das, was Sie für mich getan haben – jedenfalls versucht haben. Vielen Dank.« Was er gedacht hatte, als er erfuhr, daß der Pfarrer in seiner Sache aussagen würde, verschwieg er; denn im ersten Schrecken war er überzeugt gewesen, er würde gegen ihn aussagen. Erst im Gerichtssaal wurde ihm klar, daß Pfarrer Geoffrey ihm zu helfen versuchte.

Der Pfarrer ging auf seinen Dank nicht ein. »Wie alt bist du jetzt?« fragte er, während er ihn ins Haus holte.

»Fast achtzehn.«

»Dann wird es Zeit!«

Sie durchquerten die Diele. Als sie an dem Tisch vorbeikamen, stellte

Billy fest, daß das Bonbonglas mit seinem Namen noch immer an Ort und Stelle stand. Tante Doris hatte das Geld, das er ihr im Gefängnis anvertraut hatte, pflichtgemäß abgeliefert, doch abgesehen davon hatte niemand etwas eingezahlt. Billy holte die Münzen aus seiner Tasche und ließ sie in das Glas fallen. Die andere Sammelbüchse war verschwunden.

Pfarrer Geoffrey drehte sich um. Er sah, was Billy tat, verlor aber kein Wort. Mit wallendem Gewand ging er voraus ins Arbeitszimmer und griff nach der Whiskyflasche. Er füllte zwei Gläser fast bis zum Rand. »Auf deine Gesundheit, junger Mann.« Mit dem ersten Zug leerte er das halbe Glas. »Du hast also gesehen, daß deine Sammelbüchse noch dasteht.«

Billy trank. Der unverdünnte Schnaps verbrannte ihm die Kehle und brachte ihn zum Husten. Als er wieder zu Atem kam, stellte er das Glas ab. »Ja, Herr Pfarrer.«

»Leider muß ich sagen, daß das andere, mit dem Geld für die Gewehre, innerhalb kürzester Zeit voll war. Geradezu übervoll – wohlanständige Menschen haben bereitwillig gezahlt. Tatsächlich hätten wir noch mehr davon füllen können.«

»Ignoranten!« sagte Billy wütend. »Sie wissen nichts von Elefanten.«

»Du aber schon?«

Billy schwieg. Doch, natürlich wußte er – aber was er wußte, hätte er nicht in Worte fassen können. Was er und auch Violet wußten, war das, was Finlay Hampton und Ngoro ihnen erzählt hatten und was sie im Tal erlebt hatten. Sie hatten die Sonne aufgehen sehen, hatten beobachtet, wie der Nebel sich vom Wasser hob, wie die Felsen im Licht funkelten wie von tausend Sternen besetzt, und hatten mit angehaltenem Atem zugesehen, wie Uhuru die große graue Herde zur Tränke führte, während über ihnen die Fischadler schrien. Derlei ließ sich nicht erklären. Es war etwas, das man nur spüren konnte.

Das Schweigen hielt an. Dann begann Pfarrer Geoffrey zu sprechen. »Man könnte sagen, Billy, daß du bloß ein kleiner Gauner bist, der frisch aus dem Knast kommt und auf dem Weg zu neuen Betrügereien ist. Das könnte man sagen, das wird man sagen, aber in meinen Augen stimmt das nicht.« Er nahm die Brille ab und polierte sie mit seinen dicken kleinen Händen, flink wie Eichhörnchenpfoten. »Ich habe kein Fenster zu deiner Seele«, fuhr er fort, »und ich weiß nichts über Elefanten. Ich weiß aber, daß manche Menschen – wenige – das Glück haben, träumen zu können. Ich denke, du hast einen Traum, und der hat mit Elefanten zu tun. Und ich finde, du solltest ihn nicht aufgeben. Ich habe keine Ahnung, wie und wo du ihn dir verwirklichen

wirst, ich glaube auch nicht, daß du je ein ehrbares Mitglied der Gesellschaft wirst, Billy, aber – « Er begann zu lachen, sein typisches, krächzendes Lachen. »Die ehrbaren Leute fand ich auch nie besonders interessant. Ich habe den Eindruck, daß Gott derselben Meinung ist. Er und ich, habe ich festgestellt, denken halbwegs ähnlich.«
Wieder lachte er. Dann ließ er das Thema fallen. Er trank sein Glas aus und blickte Billy vorwurfsvoll an. »Großer Gott, Junge, was ist denn los mit dir? Ich hasse es, allein zu trinken.«
Unter erheblichen Mühen gelang es Billy, sein Glas zu leeren; dann hielt er es dem Pfarrer zum Nachschenken hin.
Als er das Pfarrhaus verließ, war er anständig betrunken. Rings um ihn drehte sich alles, er mußte seine Füße sehr sorgfältig auf die Pflastersteine setzen und sich gelegentlich an einem Laternenpfahl oder einem der Kirschbäume festhalten. Unterdessen versuchte er zu verstehen, wovon der Pfarrer geredet hatte. Ein Traum? Sicher, er hatte von Violet und dem Tal der Elefanten geträumt, aber das war wohl kein Traum von der Art, wie der Pfarrer ihn verstand. Für Geoffrey, ahnte Billy dunkel, war ein Traum eine Sache, für die es sich lohnte zu kämpfen, etwas, das sein Leben beherrschte und formte, dessen Verwirklichung sein Schicksal war; etwas, wofür er geboren war.
Billy bog um die Ecke in die Malplaquet Road. Er lachte und schwang sich rund um den Eisenpfosten, der am Anfang der Straße stand.
Dieser Pfosten stand hier seit hundert Jahren. Damals wurden die Pferde daran festgebunden; daneben hatte eine Tränke gestanden, die es schon lang nicht mehr gab. Aber der Pfosten war geblieben, und sämtliche Kinder der Mally benutzten ihn als Angelpunkt für ihre Straßenspiele. Billy löste sich von ihm und steuerte wankenden Schrittes Tante Doris' Haus an.
Der Pfarrer mochte schon recht haben. Ja, Billy hatte einen Traum, und der hatte mit Elefanten zu tun, aber das Problem war, daß er fast achtzehn war, und mit achtzehn gab es andere, dringendere Anforderungen an sein Leben als die Erfüllung eines Traumes.
In der folgenden Woche meldete sich Billy zum Eintritt in die Armee.

14

Die Kaserne für die Grundausbildung der Coldstream Guards lag auf dem Hügel von Caterham, fünfundzwanzig Meilen im Süden von London. An einem kalten Spätnachmittag im November traf Billy dort ein. Mit seinem billigen Koffer, einem Geschenk von Doris und Alf, stand er in dem großen eisernen Tor, spähte durch das erleuchtete Fenster des Wachhauses und stellte fest, daß der Unteroffizier vom Dienst mit einem anscheinend längeren Telefonat beschäftigt war.

Billy wartete und sah sich unterdessen um. Vor ihm lag der Exerzierplatz, eine weite geteerte Fläche, feuchtglänzend im Regen und glitschig von nassem Laub. Nebelschwaden hingen über dem Boden, in der Ferne leuchteten die Lichter der Kaserne, eines hohen viktorianischen Ziegelgebäudes. Von irgendwoher ertönte ein Signalhorn, und er hörte das Stampfen marschierender Füße. Billy erschauderte vor der Trostlosigkeit und einschüchternden Strenge des Ortes.

»Wer zum Teufel sind Sie?« Der Unteroffizier war aus dem Wachhaus herausgetreten.

»Billy Ramsden.«

»*Sergeant!*« schrie der Mann ihn an.

»Jawohl, Sir.«

»Nix ›Sir‹, du Idiot, *Sergeant* hab' ich gesagt. Sir nennt man die Offiziere. Mich nennst du Sergeant oder Gott den Allmächtigen, denn das bin ich. Kapiert?«

»Jawohl, Sergeant.«

Der Unteroffizier sah in einer an einem Brett befestigten Liste nach. Er war groß, hager und stocksteif, und seine khakifarbene Kappe hatte er so tief ins Gesicht gezogen, daß sie ihm fast bis an die Brauen reichte. Aus dem Granatenemblem an seiner Kappe schloß Billy, daß er zu den Grenadieren gehörte – sein Vetter Jack hatte ihm erklärt, woran die fünf verschiedenen Infanterieregimenter zu erkennen waren.

»Ramsden, W. Zugeteilt dem Ausbilder Davis, dreizehnte Kompanie, Coldstream Guards. Kasernenblock D.« Er sah auf und warf Billy einen Blick tiefer Verachtung zu. »Jesus Christus, wenn sie jetzt schon solche wie dich nehmen, ist es nicht mehr weit her mit der Elite.

Demnächst werden auch Gorillas aufgenommen!« Plötzlich begann er zu brüllen: »Block D! Auf der rechten Seite! Beweg dich, Hosenscheißer, marsch!« röhrte er.
Billy ergriff seinen Koffer und rannte durch den Nebel und die zunehmende Dunkelheit auf die flackernden Lichter zu.

»Der kürzeste Vers in der Bibel lautet: ›Jesus weinte.‹«
Es entstand eine lange und unheilverkündende Pause. Billy stand steif in der ersten Reihe der Gruppe, das Gewehr bei Fuß. Die Stimme, in breitem irischem Dialekt, kam von hinten.
»Wenn er euch jetzt sehen könnte, würde er zusammenbrechen vor Schmerz.«
Im selben Moment sauste der hölzerne Stock mit der Metallspitze durch die Luft und schlug ihm gegen die Beine. Billys Knie gaben nach, Tränen stiegen ihm in die Augen, und nur indem er sich auf sein Gewehr stützte, schaffte er es, aufrecht stehenzubleiben.
»Abtreten lassen!!«
»Jawohl, Herr Hauptfeldwebel!«
»Marsch! Bevor ich mir die Seele aus dem Leib kotze!«
»Wollherrhauptfeld!«
Der Ausbilder Davis bellte einen Befehl. Die Gruppe schwenkte herum und marschierte ab; Davis lief neben ihnen her wie ein wütender alter Schäferhund.
Es war acht Uhr morgens, ein bitterkalter Januartag; vor den Gesichtern wölkte sich der Atem, und die Stiefel hämmerten im Gleichschritt auf den Beton. Fast zwei Monate war er nun schon in der Kaserne. Seit dem Tag, an dem Jack ihm die Pflege der Pferde anvertraut hatte, wußte Billy mit unerschütterlicher Sicherheit, daß er eines Tages nach dem Vorbild seines Vetters den Coldstream Guards beitreten würde. Jack war sein erster Held in Brixton gewesen, in Billys Augen konnte er nichts falsch machen, und was für Jack richtig war, mußte auch für Billy richtig sein. Natürlich wäre alles anders gekommen, wenn Billys Vater noch am Leben und in Indien geblieben wäre: dann hätte er seine Laufbahn bei den Rattray's Sikhs begonnen. Wie auch immer, er war dazu bestimmt, Soldat zu werden, und in gewisser Weise gefiel ihm die Aussicht auf ein Gardistendasein sogar besser als die Kavallerie: die Coldstream Guards, hatte Jack gesagt, seien die besten Soldaten der Welt. Und sie stellten die persönliche Leibgarde der jungen Königin.
Billy fand sich rasch mit dem Kasernenleben ab. Caterham war eine Anstalt wie jede andere, wie Lucknow, wie das Haus in der Mally und

das Jugendgefängnis in Maidstone, und seine anfängliche Verstörtheit war binnen kurzem verschwunden. Nachdem er sich einmal an die Gepflogenheiten in der Kaserne, den gleichförmigen Rhythmus der Tage, die Sprache und die Hierarchie gewöhnt hatte, fühlte er sich sicher.

Unteroffiziere waren – wie ihn der UvD am Tag seiner Ankunft belehrt hatte – in der Tat allmächtige Götter, dicht gefolgt, was Ansehen und Rang betraf, von den Ausbildern, diensterfahrenen und langjährigen Gardisten. Die Hauptfeldwebel – wie der Ire, der bei mangelhafter Haltung der Rekruten die Bibel zu zitieren und Stockschläge zu verteilen pflegte – standen über den Göttern und knapp unterhalb der Sterne. Die Offiziere schließlich waren eine völlig eigene Kategorie: sie kamen aus einem anderen Universum.

»Was tun sie eigentlich?« fragte Billy seinen Ausbilder eines Abends, als sie im Mannschaftsraum saßen und unter Davis' Aufsicht ihre Stiefel polierten.

»Die Offiziere?« Davis rieb sich das Kinn. »Hauptsächlich hauen sie den Rest von uns in die Pfanne.« Er lächelte nachdenklich. Davis hatte im Zweiten Weltkrieg den Italienfeldzug der Alliierten mitgemacht, von der Landung in Anzio über die Belagerung von Montecassino bis zu den Schlachten in den Alpen. »Außer wenn die Schießerei anfängt. Dann marschieren sie an die Front und stellen sich in die erste Reihe, und wenn du Glück hast, fangen sie die Kugel ab, die für dich bestimmt war. Manche können auch Landkarten lesen. Das ist praktisch, wenn man irgendein gottverlassenes Scheißstück Toskana befreit hat und zum Lohn einen Puff sucht. Ich mag Offiziere verdammt gern. Manchmal liebe ich die Wichser geradezu.« Sprach's und ging.

Billy polierte seine Stiefel.

Er verließ die Kaserne Caterham im März als ausgebildeter und qualifizierter Coldstream-Gardist. Nach einem zehntägigen Heimaturlaub wurde er zum ersten Bataillon der Coldstream Guards nach Deutschland geschickt. Er kam mit einem schmeichelhaften Zeugnis vom befehlshabenden Offizier der dreizehnten Ausbildungskompanie; eine noch bessere Referenz war sein Erfolg als Boxer: Billy hatte das kaserneninterne Turnier gewonnen und war bis in die heiß umkämpfte Endausscheidung bei den Gesamtheeresmeisterschaften vorgedrungen.

»Schnelle Fäuste haben Sie, wie, Gefreiter Ramsden?«

»Sir. Ja, nun ja, Sir, sozusagen.«

Oberstleutnant Richard Wolloughby, Träger verschiedener militärischer Verdienstorden, pflegte neu eingetroffene Gardisten in der Regel nicht eigens zu sich zu rufen. Ramsden indes war eine Ausnahme: er war offensichtlich auf dem besten Weg zu einer internationalen Boxkarriere, und das würde in jedem Fall ein gutes Licht auf das Bataillon werfen; auch dem Bataillonsteam würde eine Verstärkung beim NATO-Turnier in Berlin im kommenden Winter guttun. Einstweilen aber war Ramsden aus anderen Gründen für Willoughby interessant.

Willoughby hatte mit seinem alten Schulfreund David Stirling, dem Gründer des SAS, des britischen Sonderlufteinsatzkommandos, in der westafrikanischen Wüste gekämpft. Wie Stirling war er in Deutschland gefangengenommen und interniert worden. Nach seiner Befreiung kehrte er zu seinem Regiment zurück und arbeitete sich die Hierarchie hinauf bis zu der Position, die er jetzt innehatte: Befehlshabender Offizier des Ersten, des Elitebataillons. Bei einem kürzlichen Treffen höherer NATO-Offiziere hatte er die Gründung eines multinationalen Lufteinsatzkommandos nach dem Vorbild des SAS vorgeschlagen. Die Idee stieß allenthalben auf Beifall, und Willoughby wurde beauftragt, einen praktikablen Arbeitsplan zu entwerfen. Jetzt suchte er nach Männern vom Kaliber und den Fähigkeiten der Soldaten, die er und Stirling in Westafrika rekrutiert hatten.

Ramsden war nicht nur ein vollendeter Athlet, er war auch ein erstklassiger Schütze – beim Waffentraining in Pirbright war er Erster seiner Gruppe geworden. Und was vielleicht am wichtigsten war: seine Herkunft ließ darauf schließen, daß er die geistige und seelische Härte und die Selbstgenügsamkeit besaß, wie Willoughby sie suchte.

Es gab nur ein Problem. Ramsden hatte eindeutig eine gefährliche Veranlagung. Er war im Gefängnis gewesen; weitaus schwerer als seine Verurteilung aber wog der Bericht des Gefängnisdirektors über sein Verhalten während der Haft: offensichtlich war Ramsden nicht abgeneigt, auch außerhalb des Rings seine Fäuste einzusetzen, um sich Autorität zu verschaffen.

»Sie sind vorbestraft, Ramsden«, sagte der Oberstleutnant. Er lehnte sich zurück und legte seinen Armstumpf – den Rest hatte man ihm im Arnotal abgeschossen – auf den Schreibtisch. »Sicherlich ein Mißverständnis?«

»Sir!«

Offiziere wurden stets mit »Sir« angesprochen. Weitere Erläuterungen waren überflüssig: die zahlreichen Bedeutungsnuancen des Wortes waren am jeweiligen Tonfall zu erkennen. In diesem Fall, und darüber waren sich beide im klaren, bedeutete es zweierlei; zum einen: Ja, er war strafrechtlich verurteilt worden, und zum zweiten: Nun ja, derlei kommt im Leben vor.

»Ich entbinde Sie vom normalen Bataillonsdienst«, sagte Oberstleutnant Willoughby. »Statt dessen werden Sie sich in unserem Zeltlager in der Lüneburger Heide für Langstrecken-Spähtruppoperationen ausbilden lassen. Bis zu den Berliner Meisterschaften sollten Sie dann besser in Form sein als je in Ihrem Leben. – Und sorgen Sie dafür«, fügte er nach kurzem Zögern hinzu, »daß Sie nicht wieder in Scherereien geraten, Ramsden. Sie könnten am Beginn einer nützlichen Karriere in der Brigade stehen. Nehmen Sie sich vor Jähzorn in acht. Jähzorn zerstört mehr Freundschaften, als er einem Feind je anhaben kann.«

»Sir!«

Billy schlug die Hacken zusammen, salutierte und ging.

15

Die Monate, die Billy in der Lüneburger Heide verbrachte, waren die glücklichsten, die er seit seiner Abreise aus Afrika erlebt hatte.

Knapp dreißig Soldaten waren hier stationiert. Einige waren, wie er, von seinem eigenen Bataillon abkommandiert worden, die übrigen kamen aus spezialisierteren Einheiten – Fernmeldetechnik, Maschinenbau, Nachrichtendienst. Sie waren in Gruppen von jeweils vier Soldaten eingeteilt, jede unter dem Kommando eines jungen Offiziers, und sie trainierten nicht nur vom Morgengrauen bis zum Einbruch der Dunkelheit, sondern oft genug auch die ganze Nacht hindurch.

Dieses Leben kam Billy sehr entgegen. Statt der vorschriftsmäßigen Khakiuniformen und schweren Militärstiefel durften sie Trainingsanzüge und leichte Sportschuhe tragen. Sie übten täglich mit einer Reihe verschiedener Waffen, von der alten Lee Enfield bis zur neuen Sterling-Maschinenpistole. Sie lernten den Umgang mit Sprengstoffen und das Funken. Am schönsten waren die langen Stunden, in denen sie durch die Heide streiften, unter den Sternen schliefen und lernten, sich von den Früchten der Erde zu ernähren.

Nur eines trübte diese Männeridylle: der Offizier, der das Oberkommando über das Lager hatte.

Major Forbes war direkt von einer Schreibtischtätigkeit in London nach Deutschland versetzt worden, ein altmodischer, arroganter und jähzorniger Mann mittleren Alters und ein übler Pedant in allem, was mit Disziplin und militärischen Regeln zu tun hatte. Wie und weshalb ihm eine junge und individualistische Kampftruppe anvertraut worden war, in der Offiziere und Soldaten einander duzten, war allen ein Rätsel. Er war überall verhaßt und versäumte seinerseits keine Gelegenheit, den ihm unterstellten Männern seine Verachtung zu zeigen.

Aus irgendeinem Grund konzentrierte sich sein Abscheu speziell auf Billy – der sich freilich keiner Schuld bewußt war: er wußte nur, daß Forbes es ständig auf ihn abgesehen hatte, ihn ständig verhöhnte, ihm ständig Sonderaufträge übertrug und ihn für die unangenehmsten Tätigkeiten im Lager abstellte.

»Den Bastard bring' ich um«, sagte Billy eines Augustabends giftig, als er mit den anderen Burschen seines Trupps rauchend im Gras lag. Es war Freitag. Sie waren soeben von einer Querfeldübung, einem Fünfundvierzig-Kilometer-Marsch, zurückgekehrt und sollten das Wochenende frei haben, doch bei ihrer Rückkehr war ihnen Major Forbes entgegengekommen und hatte Billy für die Lagerwache eingeteilt.

»Laß dich nicht fertigmachen, Billy«, sagte einer zu ihm. »Gib ihm nicht diese Genugtuung. Zwei Monate noch, dann bist du den Scheißkerl für immer los.«

Billy rauchte und fluchte. Aber der Mann hatte recht. Das Trainingsprogramm war Ende Oktober abgeschlossen. Danach würde jeder zu seiner Einheit zurückkehren – Billy zu seinem Bataillon in Krefeld, was für ihn vor allem hieß: Vorbereitung auf die Meisterschaften in Berlin. Auch Oberstleutnant Willoughby hatte recht: Billy würde besser in Form sein als je. Mit einem Monat Training im Ring zur Auffrischung war er sicher, daß er den Titel gewinnen konnte.

Tatsächlich waren, abgesehen von dem gottverfluchten Major Forbes, Frühling und Sommer so gut verlaufen, und Billy hatte die Zeit so sehr genossen, daß er sich um eine Verlängerung seines Militärdienstes beworben hatte und bereit war, sich für sieben Jahre zu verpflichten.

»*Honi soit qui mal y pense*«, hatte Jack einmal beim Pferdefüttern zu ihm gesagt, »›Ein Schuft, wer Schlechtes dabei denkt‹: das ist das Motto des Regiments, steht auf dem Abzeichen an der Kappe, auf dem silbernen Stern. Und wenn du's erst einmal zu diesem Stern gebracht hast, willst du ihn nicht so bald wieder loswerden, das garantiere ich dir.«

Ja, auch Jack hatte recht. In der Kaserne hatte Billy jeden Abend seinen Stern poliert; das tat er auch hier, jeden Freitag – selbst wenn ihm ein Major Forbes den Urlaub strich. Er konnte ihn wohl noch weitere acht Wochen ertragen.

Leider irrte sich Billy.

Der Oktober kam und damit der Höhepunkt des sechsmonatigen Trainingsprogramms: es endete mit sechs aufeinanderfolgenden nächtlichen Patrouillen durch die Heide. Jeder Spähtrupp mußte pro Nacht fünfundvierzig Kilometer zurücklegen und unterwegs eine Reihe von Aufgaben erledigen – Informationen sammeln, feindliche Truppentransporter angreifen, Brücken sprengen und Fernmeldeverbindungen zerstören. Die Ziele wurden von »feindlichen« Mannschaften bewacht und die gesamte Übung beobachtet von einer Gruppe höherer NATO-Offiziere. Billys Trupp bewährte sich ausgezeichnet bis zur letzten Nacht. Auf dem Rückweg zur Meldestelle, eine

Stunde vor Sonnenaufgang, wurde der Kommandant der Streife plötzlich von einem grellen Licht geblendet, und eine Stimme rief: »Halt!« Billy kannte die Stimme nur zu gut, genau wie alle anderen. Major Forbes. Auch die NATO-Beobachter kannten sie, denn die Übung wurde von sogenannten »Unparteiischen« überwacht, und Forbes war einer von ihnen.

»Ich habe Sie aus einer Entfernung von siebenhundert Metern gehört«, sagte er. »Meldung an die Einsatzzentrale. Sie werden die Strecke morgen nacht noch einmal zurücklegen.« Mit der Taschenlampe leuchtete er über die Gesichter. »Ramsden, vor allem habe ich Sie gehört.« Daraufhin verschwand er in der Dunkelheit, nur die Lampe warf ein schmales Lichtband auf das Unterholz.

Der Spähtrupp stand auf. Jetzt bestand keine Notwendigkeit mehr, leise zu sein, sich verborgen zu halten. Erschöpft und niedergeschlagen stapften sie auf die erleuchteten Fenster der Campingwagen zu, in denen die Einsatzzentrale untergebracht war. Auf dem Weg dorthin legte derselbe Mann, der Billy zwei Monate zuvor geraten hatte, Forbes möglichst nicht zu beachten, ihm die Hand auf die Schulter. »Der Kerl ist bekloppt«, sagte er. »Der hat keinen von uns hören können, der Bastard. Der wußte, daß wir auf diesem Weg kommen, weil er uns jetzt seit Monaten dabei beobachtet. Er wollte uns einfach schikanieren. Ignorier ihn nicht mal, Junge. Morgen machen wir's noch mal. Vielleicht stolpern wir zufällig über ihn – dann lassen wir ihn ein bißchen springen.« Er grinste.

Billy sagte nichts, aber er verhielt kurz seinen Schritt. Der heiße, wilde Zorn, der ihn gepackt hatte, als Forbes den Lichtstrahl auf sein Gesicht gerichtet und ihn als den Hauptverantwortlichen für den Lärm beschuldigt hatte, begann sich allmählich abzukühlen. Statt dessen breitete sich eine kalte berechnende Wut in ihm aus.

Nach den Regeln der Übung hatten die Patrouillen das Recht, bei einem Zusammenstoß mit dem »Feind« zur Erreichung ihrer Ziele »in vernünftigem Maß Gewalt anzuwenden«. In der Dunkelheit war es freilich unmöglich, zwischen einem Feind und einem Unparteiischen zu unterscheiden.

Billy meldete sich in der Zentrale zurück. Dann, während die anderen sich um den Einsatzleiter scharten, um die Ereignisse der Nacht zu erörtern, schlich er sich davon, wieder hinaus in die Dunkelheit. Eine halbe Stunde später fand er Forbes – der Lichtstrahl seiner Taschenlampe, der in unregelmäßigen Abständen über das Heidekraut strich, verriet ihn. Billy schlich sich von hinten an ihn heran. Mit vor Wut und Erschöpfung getrübtem Blick sprang Billy ihn an.

»Sie sind mir in den Rücken gefallen, Ramsden«, sagte Willoughby.
»Sir!« rief Billy.
Diesmal stand er nicht allein vor dem Oberstleutnant, sondern wurde flankiert von einem Unteroffizier und einem Feldwebel.
»Sie haben einen Offizier angefallen«, fuhr Willoughby fort. »Sie haben ihm mehrere Rippen, einen Arm, den Kiefer und die Nase gebrochen sowie ein Bein.«
»Sir!« rief Billy abermals zur Bestätigung.
Willoughby musterte ihn eine Weile stumm. Dann entließ er die Eskorte. »Lassen Sie mich mit dem Gardisten allein.«
»Sir!« riefen die zwei stämmigen Männer wie aus einem Mund, salutierten und verließen den Raum mit einem finsteren Blick auf Billy.
Willoughby wies auf einen Stuhl. Billy tat einen Schritt darauf zu, mit fragender Miene, aber Willougby nickte, und so zog Billy den Stuhl zu sich und setzte sich.
»Ich denke, Sie kennen Pfarrer Geoffrey?«
Billy fuhr zusammen. Überrascht sah er den Obersten an. Er konnte sich nicht vorstellen, welche Verbindung zwischen Oberstleutnant Willoughby und dem Pfarrer aus Brixton bestehen mochte. »Sir!« antwortete er.
»Wenn Sie mit mir allein sind, reicht ›Ja, Sir‹ durchaus«, sagte Willoughby. »Geoffrey war der Felddiakon unseres Bataillons bei der Landung in der Normandie. Diakone sollten sich normalerweise im Hintergrund halten und ihre geistlichen Aufgaben erfüllen. Nicht so Pfarrer Geoffrey. Er ging mit einem der ersten Boote an Land. Als einer meiner Männer niedergeschossen wurde, griff er sich seine Maschinenpistole, stürmte vorwärts und feuerte. Er wußte, daß wir alle Hilfe brauchten, die wir kriegen konnten. Höchst unorthodox für einen Pfarrer, aber er ist einer der tapfersten Männer, die ich je kennengelernt habe... Er hat mir geschrieben«, fügte er nach einer Pause hinzu, »und ein gutes Wort für Sie eingelegt, als er hörte, daß Sie zu meinem Bataillon verlegt wurden. Die Zuweisung zu der Sondereinheit hatten Sie weitgehend seiner Intervention zu verdanken. Sie sind nicht nur mir in den Rücken gefallen, sondern auch ihm.«
Billy schloß für eine Sekunde verzweifelt die Augen. Beide Männer hatten ihm vertraut. Er hatte sie beide enttäuscht. »Es tut mir leid, Sir«, sagte er zerknirscht.
»Zu spät, Ramsden«, sagte Willoughby knapp. »Sie werden vor ein Kriegsgericht und unter schwere Anklage gestellt werden, das ist Ihnen klar. Es kann keine Rede davon sein, daß Sie weiterhin im Regiment bleiben – eine unehrenhafte Entlassung ist das mindeste,

womit Sie zu rechnen haben. Es stellt sich eher die Frage, wie lang Sie in den Bunker müssen. Sagen Sie nicht, ich hätte Sie nicht gewarnt.«

Billy nickte düster.

»Nur noch eins«, fuhr Willoughby fort. »Der Pfarrer sagte, Sie interessierten sich für Elefanten. Wie das?«

Stockend erzählte Billy von Ngoro und der Schlucht und der Stammesmutter Uhuru. Willoughby hörte sich seinen Bericht stumm an und schwieg danach eine ganze Weile.

»Ein merkwürdiger Zufall«, sagte er schließlich. »Ich bin selbst in Kenia geboren. Mein Vater war einer der ersten Siedler – im Glücklichen Tal, wie sie die Siedlung heute idiotischerweise nennen. Seinerzeit war er ein großer Jäger, vor allem von Elefanten. Dann hörte er von einem Tag auf den anderen ganz damit auf. Er sagte, sie seien vom Aussterben bedroht, und damit wollte er nichts zu tun haben. Hat einen ziemlichen Eindruck auf mich gemacht.« Er senkte die Augen und starrte vor sich auf den Schreibtisch, in die Erinnerung an seine Kindheit versunken. Dann hob er den Kopf. »Ich will mein Bestes für Sie tun, Ramsden«, sagte er. »Ich fürchte allerdings, daß es nicht viel helfen wird. Setzen Sie Ihre Fäuste künftig im Ring ein oder zum Nutzen Ihrer Elefanten. Das ist alles.«

»Sir!« Billy stand auf und salutierte. Er wandte sich zum Gehen.

»Warten Sie, Ramsden«, rief der Oberstleutnant ihn zurück. »Noch eins will ich Ihnen sagen. Major Forbes ist ein miserabler Soldat und ein ausgesprochenes Schwein, das man hinauswerfen sollte.« Sein Tonfall war eisig. »Ich glaube nicht für einen Moment, daß er Ihre Streife tatsächlich gehört hat, und ich werde alles unternehmen, damit er nie wieder eine Kampftruppe kommandiert. Und Sie denken immer daran, daß ich nichts dergleichen gesagt habe.«

»Sir!« rief Billy.

Er ging. Draußen flankierte ihn wiederum die Eskorte und führte ihn ab. Zum erstenmal seit seiner Verhaftung lächelte Billy.

16

Oberstleutnant Willoughby hielt sein Wort. Er erschien zusammen mit der vollzähligen Patrouille sowie dem Kommandanten der Kompanie innerhalb des Bataillons vor dem Kriegsgericht. An den Fakten konnte kein Zweifel bestehen: Billy hatte einen höheren Offizier angegriffen und schwer verletzt. Hätte er sich nicht mit seinem Trupp vom Einsatz zurückgemeldet, so hätte er einen Irrtum, ein Mißverständnis geltend machen können – verständlich am Ende einer langen und anstrengenden Nachtübung.

Die Tatsachen aber ließen nur eine einzige Erklärung zu: daß er absichtlich und wohlüberlegt nach dem Ende der Übung wieder hinaus in die Heide gegangen war, um Major Forbes aus dem Hinterhalt zu überfallen. Forbes, gedemütigt und rasend vor Wut, mit bandagierten Rippen und Gipsbein, war es sehr darum zu tun, den Geschworenen klarzumachen, daß es sich um einen potentiellen Mordanschlag handelte.

Die Zeugen der Verteidigung konnten nichts weiter tun, als über Billys Charakter Aufschluß zu geben – die Auskünfte sprachen allesamt für ihn, die größte Wirkung aber erzielte Oberst Willoughby: ohne seine Aussage hätte Billy mit fünf Jahren Haft rechnen müssen. Willoughby war ein hervorragender und hochdekorierter Soldat; sein forsches und beredtes Plädoyer stimmte den Richter und die Geschworenen so gnädig, daß Billy zu einer Haftstrafe von lediglich achtzehn Monaten verurteilt wurde. Seine unehrenhafte Entlassung aus der Armee war allerdings unvermeidlich.

Billy saß seine Strafe in einem Militärgefängnis in der Nähe von Colchester ab. Monate nach seiner Ankunft teilte man ihm zum erstenmal mit, er habe Besuch. Auf dem Weg zum Besucherraum rechnete er damit, Tante Doris, Onkel Alf oder vielleicht auch Pfarrer Geoffrey zu sehen, zu seiner größten Verblüffung aber erblickte er Steve.

»Hallo, Billy. Sei gegrüßt, mein Junge.« Steve zwinkerte ihm zu. Er saß an einem der schmalen Tische, die in einer Reihe in der Mitte des Raumes aufgestellt waren.

Seit mehr als zwei Jahren hatte Billy ihn nicht gesehen, aber Steve

war so, wie er ihn von früher kannte: dasselbe aufgedunsene Teiggesicht mit den hin und her huschenden schwarzen Äuglein, derselbe verstohlene Blick, das zurückgekämmte, fettig glänzende schwarze Haar. Der einzige Unterschied bestand darin, daß er mittlerweile ungeheuer fett geworden war. Er war nicht einmal so groß wie Billy, wog aber bestimmt an die hundertdreißig Kilo. Ein riesengroßes Faß Schmalz, war einer der Lieblingssaussprüche der Kinder in der Mally.
»Na sowas, Steve, was suchst du denn hier?« sagte Billy, als er sich ihm gegenüber an den Tisch setzte.
»Ich halte die Familienbande aufrecht, weiter nichts. Blut ist schließlich dicker als Wasser, oder?«
»Aber sie haben dich doch für drei Jahre eingebuchtet«, sagte Billy.
»Strafnachlaß, gute Führung – hab' mir selbstverständlich nichts zuschulden kommen lassen!« Steve zwinkerte abermals. »Seit sechs Monaten bin ich draußen. Charlie haben sie zu fünf Jahren verknackt, er kommt im März raus. Hat sehr drauf geachtet, sich anständig aufzuführen, der gute Charlie, genau wie ich. Im Sommer sind wir drei Musketiere alle wieder auf Achse«, schloß er grinsend.
Billy schwieg. Steve beugte sich über den Tisch, sein Tonfall wurde vertraulich. »Hör zu, Billy, es hat sich einiges verändert, seitdem sie uns eingebuchtet haben und du in die Armee abmarschiert bist. Nachtclubs und Glücksspiel, das ist es, was heutzutage läuft. In unserem Revier gibt's ganze Familien, die sich organisieren, und ich sag' dir, die sind dick drin im Geschäft. Hast du gehört von den Krays, den Richardsons, den Clarks?«
Billy schüttelte den Kopf.
»Darin liegt die Zukunft, Billy, glaub mir. Sie sind alle auf dem besten Weg, sich den Westen zu erobern. Ich hab zu allen Beziehungen. Besonders gut steh' ich mich mit den Clarks. Joe, Doug und Benjie – so dicke bin ich mit denen.« Zur Veranschaulichung formte Steve mit beiden Daumen und Zeigefingern zwei ineinandergehakte Ringe und lehnte sich befriedigt zurück.
»Was erzählst du mir das alles?« fragte Billy.
»Günstige Gelegenheiten, mein Junge. Ich höre, du hast beim Militär fahren gelernt?«
Billy sagte noch immer nichts. Er wußte zwar nicht, wie Steve das herausgefunden hatte – vielleicht hatte Billy es auf einer seiner seltenen Postkarten an Tante Doris selbst erwähnt -, jedenfalls war er richtig informiert. Es war eine der Fähigkeiten, die Billy sich in der Lüneburger Heide angeeignet hatte.
»Äußerst nützlich, Billy. Gute Fahrer, die noch dazu harte Burschen

sind – und das brauch' ich dich ja gar nicht erst zu fragen –, haben heutzutage alle Chancen, einen Haufen Kohle zu machen. Was hältst du von sechzig Pfund die Woche plus regelmäßigen Extrazulagen – und ich meine: wirklich extra?«

Billy starrte ihn sprachlos an. In Brixton verdiente man, wenn man Glück hatte, zehn oder zwölf Pfund in der Woche, und dies auch nur, sofern es Arbeit gab. Sechzig Pfund waren unerhört. Solche Beträge flossen freilich nicht ohne Grund – die Quelle konnte Billy sich schon denken.

»Gaunereien«, sagte er.

»Quatsch, Billy. Geschäfte! Weiter nichts.« Steve grinste ihn verschlagen an. Dann verhärtete sich sein Ausdruck. »Was willst du denn sonst tun, Junge? Im Juni kommst du hier raus, und dann? Gehst du zurück zu Tante Doris, vorausgesetzt, sie nimmt dich. Wenn du Glück hast, kannst du für ein paar Schilling bis zum Winter Ziegelsteine schleppen. Danach ist Sense.« Er beugte sich wieder vor und sah ihn eindringlich an. »Das ist deine Chance, Billy, und was für eine. Geld in der Tasche, eine eigene Wohnung. Jesus, demnächst kannst du dir noch ein eigenes Auto zulegen! Und die Clarks, die kümmern sich um dich. Denk gut drüber nach, Junge. So was kommt nie wieder.«

»Freut mich, dich kennenzulernen, Billy.« Joe Clark streckte ihm die Hand entgegen. Hinter ihm standen seine zwei Vettern Doug und Benjie. Billy sah sie der Reihe nach an.

Joe Clark war ein kurzbeiniger, gedrungener Mann von etwa Vierzig, mit blaßblauen Augen und einem gestutzten schwarzen Schnurrbart. Doug und Benjie waren jünger, größer und massiger. Dougs hartkantiges Gesicht wirkte ernst und nachdenklich; ein widerwärtiger Rasierwasserduft umwehte ihn in dicken Schwaden. Benjie schielte stark auf einem Auge, was ihm einen merkwürdig wilden Blick verlieh; auffallend waren seine keulenartigen Hände und mächtigen Handgelenke. Alle drei trugen dunkle Anzüge und glänzende braune Schuhe. Alle drei wirkten beinhart und gewalttätig, und Benjie, dachte Billy, war möglicherweise verrückt.

»Mich auch, Joe«, erwiderte Billy, als er ihm die Hand schüttelte.

»Für dich, Billy, bin ich Mr Clark«, sagte Joe sanft und fuhr nach einer bedeutungsvollen Pause fort: »Wir haben von Steve viel Gutes über dich gehört.« Er wies auf Steve, der ein wenig abseits stand und bei Billys Anrede schmerzlich das Gesicht verzogen hatte. Jetzt grinste er wieder affektiert.

»Wir vertrauen Steve, wir trauen seinem Urteil, ziehen es aber vor, uns selbst eine Meinung zu bilden. Benjie hat dich bei den Regionalmeisterschaften boxen sehen. Er sagt, du wärst durchaus in der Lage gewesen, den Titel bei den Landesmeisterschaften zu gewinnen. Doug, na, du kannst es ja selber sagen. Warst zufrieden, Doug, was?«
Doug nickte. »Er kann mit Wagen umgehen.«
Billy war am selben Morgen eine Stunde lang mit einem von Joe Clarks Wagen herumgefahren, einem neuen Austin A40. Dough hatte neben ihm gesessen, ihm Anweisungen erteilt und Billy beobachtet, wie der mit seiner Aufgabe zurechtkam. Sie hatten sich zuerst in den morgendlichen Verkehr gestürzt; dann hatten sie die Themse überquert und waren zu einer riesigen freien Betonfläche hinter den Lagerhallen am Ufer gefahren. Dort hatte Doug ihn aufgefordert, den Wagen bis fast zur Höchstgeschwindigkeit zu beschleunigen, ihn im Zickzack zwischen den alten Markierungspfosten an der Entladestelle hindurchzusteuern, mit einer Drehung um die eigene Achse zu wenden, auf Kommando zu stoppen und einen Augenblick später wieder davonzubrausen. Billys Fahrlehrer in Deutschland hatte solche Manöver verächtlich als »billige Tricks, die was hermachen« bezeichnet; Billy bewältigte sie spielend.
»Du hast also drei Stimmen für dich, Billy«, fuhr Joe fort. »Das ist sehr gut, das reicht mir. Nur muß ich selber noch meine Stimme äußern; das tu' ich hiermit. Du bist in der Firma. Ich leite die Firma. Ich stelle nur Behinderte ein – Leute mit einer Sprachstörung. Medizinisch nennt man so was chronische Stummheit. Ist das klar?«
»Ja, Mr Clark«, sagte Billy ausdruckslos.
»Das ist gut, Billy. Denn falls sich rausstellt, daß irgendeiner nicht von dieser Störung befallen ist, dann kriegt er sie nachgeliefert. Benjie ist mein Chirurg. Er schneidet ihm die Zunge raus und zur Vorbeugung gegen Infektionen den größten Teil des Gesichts dazu.«
Joe Clark glättete seinen Schnurrbart und lächelte. Doug runzelte mit schwerem Ernst die Stirn, und Benjie hob den Kopf: durch das Fenster fiel das Licht genau in sein grotesk verdrehtes Auge und ließ die deformierte Iris für einen Augenblick wie die plumpe Gestalt einer weißen Spinne in einem Netz aus dunkelroten Äderchen aufleuchten.
»Bis später, Mr Clark«, sagte Steve. Er nahm Billy am Arm und führte ihn hinaus.

Billy saß im Dunkeln hinter dem Steuer des Wagens. Es war fast zwei Uhr morgens, und er parkte in einer Nebenstraße nahe der U-Bahn-Station Elephant and Castle. Durch das Fenster sah er die verrußte, flackernde Neonschrift »Caribbean Paradise Club«. Darunter verkündete eine kleinere Leuchtschrift: »Nur für Mitglieder«.

Billy stieß den Atem aus, der in der Kälte eine Dampfwolke bildete; ihn schauderte. Er schaltete die Wagenheizung ein. Der Motor lief – Joe Clark bestand darauf, daß bei der Inkassorunde, die jeden Donnerstagabend stattfand, jeder Wagen mit laufendem Motor wartete; unter dem Armaturenbrett drang ein Hauch von Wärme hervor.

Benjie war im Lokal und kassierte die wöchentlich fällige »Versicherungsprämie«. Das *Caribbean Paradise*, ein Nachtclub für schwarze Einwanderer, war ein winziges Lokal, und die Schutzgelder – zur Vorbeugung gegen Brandbomben oder tätliche Angriffe mit dem Rasiermesser gegen die Eigentümer – waren verhältnismäßig gering. Doch wie Joe Clark zu sagen pflegte: »Kleinvieh macht auch Mist – und außerdem Werbung für uns.«

Sobald Benjie aus dem Lokal kam, würden sie über den Fluß in Richtung Westen fahren, denn die wirklich nennenswerten Beträge wurden nur dort eingetrieben. Billy rieb sich die Hände und wartete.

Seit seiner Entlassung aus dem Militärgefängnis waren fünf Jahre vergangen. Nur wenige Wochen danach war er in das Geschäft der Clarks eingestiegen – äußerst ungern; denn in den wenigen Wochen, bevor er sie kennenlernte, hatte er genug über sie gehört, um sagen zu können, daß die Clarks, selbst nach den Maßstäben Südlondoner Kleinkrimineller, wahre Monster waren. Doch was blieb ihm anderes übrig? Tante Doris hatte ihn zwar wieder bei sich aufgenommen, doch von einem erwachsenen Mann, der er nun war, wurde erwartet, daß er sich an den Haushaltskosten beteiligte. In der Familie war das Geld stets knapp gewesen, und seit dem Tod von Onkel Alf, der während Billys Haft gestorben war, hatte die finanzielle Lage sich noch verschlimmert. Und in Brixton gab es keine Arbeit. Als Steve eines Abends aufkreuzte und mit ihm in den Pub ging, war Billy sich im klaren, daß er ihm nur eine Antwort geben konnte: er nahm das Angebot an.

»Okay, Billy.« Benjie kam aus dem Club. Er steckte einen Umschlag in seine Tasche und stieg in den Wagen. »Noch drei in dem Bezirk hier, und dann sehen wir mal, was sie im Pink Elephant für uns haben. Nachdem es für heute die letzte Station ist, könnten sie uns zur Feier des Tages wohl eine Flasche Schampus spendieren.« Benjie lachte in sich hinein.

Wie Billy bald festgestellt hatte, litt Benjie unter heftigen und irrationalen Stimmungsumschwüngen. Manchmal ließ er anhalten, um einem Obdachlosen, der auf der Straße schlief, Geld zu geben, und wenn sie dann weiterfuhren, standen ihm vor Rührung die Tränen in den Augen. Häufiger jedoch packten ihn furchterregende Wutanfälle, und er schlug wegen irgendeiner eingebildeteten Kränkung einen der »geschützten« Kunden brutal und mit wahrer Lust zusammen. Billy hatte ihn schon bei der ersten Begegnung für wahnsinnig gehalten, und seine Einschätzung war richtig: der Mann war ein Psychopath. An diesem Abend jedoch war er gutgelaunt und würde Billy im *Pink Elephant*, einem neuen und teuren Nachtclub im West End, sicherlich zum Mittrinken auffordern.

Die »Firma« der Clarks wurde – freilich ohne irgendeine Namensnennung – in den Boulevardblättern bereits als »das schnellstwachsende Königreich innerhalb des Londoner Verbrecherimperiums« bezeichnet. Die Familie war weniger bekannt, verschwiegener und unauffälliger als die Richardsons oder die Krays. Und wie die Zeitungen andeuteten, überholten sie ihre Nebenbuhler allmählich sowohl an Reichtum wie auch an Macht. Joe Clark sei der Boß, hieß es, Doug der Buchhalter und Benjie der wichtigste Geldeintreiber: mit brutaler Gewalt, Rasierklingen und Drohungen.

Sie waren blutsverwandt. Sie ergänzten sich gegenseitig. Sie vertrauten einander fraglos. Zusammen bildeten sie ein skrupelloses, durchschlagendes Team.

Mit kleinen Schutzgeldgeschäften in den Läden, Pubs und Clubs in Lambeth hatten sie angefangen. Schutzgeldeintreibung war nach wie vor der Hauptgeschäftszweig der Firma, doch mittlerweile expandierten sie in alle Richtungen und Branchen: Grundstückspekulationen, Glücksspiel, Prostitution, aber auch chemische Reinigungen – jedes Unternehmen, das irgendwie manipuliert und durch Einschüchterung ausgebeutet werden konnte, griff Joe Clark mit einer Wildheit und Gerissenheit an, der kaum einer Widerstand leisten konnte.

Als sie über die Westminster Bridge zum Parliament Square fuhren, schaltete die Ampel auf Rot, und Billy blieb stehen. Benjie öffnete unterdessen mit dem Daumen eine Coca-Cola-Flasche. Alkohol rührte er kaum an, doch er war ein zwanghafter Cola-Trinker: er leerte die Flasche, ohne abzusetzen, und warf sie über die Schulter auf den Rücksitz, wo sie klirrend mit den anderen sechs oder sieben leeren Flaschen zusammenstieß. Vom Big Ben schlug es Viertel nach zwei, die Ampel wurde grün. Die drei restlichen Lokale südlich der Themse hatten sie hinter sich gebracht; jetzt war es Zeit für den rosaroten Elefanten. Billy fuhr weiter.

Wenigstens einmal hatte Steve die Wahrheit gesagt: als er Billy im Gefängnis besucht und ihm die Chance seines Lebens geboten hatte. Billy hatte in den fünf Jahren sehr gut verdient. Als er anfing, beschäftigten die Clarks nur zwei Fahrer; mittlerweile waren es sieben, manche älter als er, doch Billy galt als der beste und war deshalb Benjies angestammter Chauffeur; auch Joe Clark ließ jedesmal ihn rufen, wenn er einen Fahrer brauchte.

Von anfänglich sechzig Pfund pro Woche war sein Gehalt auf das Doppelte gestiegen. Billy bewohnte eine eigene kleine Mietwohnung, nicht weit von Tante Doris, er fuhr einen eigenen Wagen, einen gebrauchten Morris, – nach den Maßstäben der Mally war er ein reicher Mann. Und was noch wichtiger war: die Nachbarn respektierten ihn. Er war nicht länger das illegitime »ausländische« Kind eines Hornisten, das seinen Verwandten ins Haus gesetzt worden war, das sich in Scherereien gebracht, sowohl eine Boxerkarriere als auch eine militärische Laufbahn in den Sand gesetzt hatte und wiederum im Gefängnis gelandet war. Nein, Billy war jetzt der selbstsichere und erfolgreiche junge Mann, der fesche Anzüge trug, den Kindern der Nachbarschaft Lakritze schenkte und sie im Auto mitfahren ließ. Wie jeder gute Südlondoner kümmerte er sich auch um seine Tante – jedermann wußte, daß er ihr teure Geschenke machte und, wie es hieß, auch Geld gab. Für einen Fünfundzwanzigjährigen aus dem Armenviertel von Brixton hatte Billy alles, was er sich wünschen konnte. Wen kümmerte es, ob er für die Clarks arbeitete? Es mußte auch solche Leute geben, nicht wahr? Billys Taschen waren tief, aber seine Arme nicht so kurz, wie sie sonst in solchen Fällen zu sein pflegen: mit dem Geld, das er von diesen Schweinen verdiente, ging er wenigstens großzügig um.

»Hey, Billy, ich hab' Champagner gesagt. Kommst du rein – oder ist das nicht gut genug für dich?«

Billy sah sich um. Benjie starrte ihn belustigt an. Er hatte mechanisch den Wagen vor dem Club geparkt und den Motor ausgeschaltet, war aber gedankenverloren sitzen geblieben, und wie ihm jetzt auffiel, hatte er wohl schon eine ganze Weile reglos durch die Windschutzscheibe gestarrt. »Klar, Benjie, ich komm' schon«, sagte er verlegen. Er stieg aus und betrat hinter einer Gruppe schwatzender junger Männer im Smoking das Lokal.

Billy hatte nicht alles, was er sich wünschte. Tatsächlich hatte er die ganze Zeit über nicht gewußt, was er in Wahrheit wollte, – das wurde ihm klar, als er viel später, wieder in seiner Wohnung und aufgeputscht vom Champagner, schlaflos im Bett lag. Irgend etwas, das mit dem Champagner nichts zu tun hatte, quälte ihn, nagte an ihm – ein Gedanke, der ihn verwirrte, den er nicht zu fassen bekam.

Auf einmal fiel es ihm ein: die Neoninschriften der Clubs. Zuerst das

Caribbean Paradise, dann die drei Kneipen an der Old Kent Road und schließlich *The Pink Elephant*. Die ersten vier stammten von einem guten, aber einfallslosen Handwerker. Der Mann aber, der das Emblem des *Pink Elephant* entworfen hatte, war ein Künstler, der mit Linien und Licht meisterhaft umgehen konnte. Billy hatte das Neonschild durch halb geschlossene Augen und den Winterregen hindurch betrachtet und den Kopf eines echten Elefanten gesehen, eine Silhouette gegen die aufgehende Sonne – er hatte Uhuru vor sich gesehen. Doch erst jetzt wurde ihm klar, was ihn die ganze Zeit beschäftigt hatte. Er erinnerte sich an Pfarrer Geoffreys Worte über die wenigen Menschen, die das Glück hätten, träumen zu können, und ihre Träume verwirklichen müßten. Er erinnerte sich an den Glasbehälter in der Pfarrhausdiele mit der Aufschrift: »*Uganda/Billy Ramsden-Projekt – Elefanten (erhalten)*«. Und nun wußte er, was er wollte: er mußte zurück nach Afrika.

17

»Du willst also aussteigen, Billy«, sagte Joe Clark. »Du willst auf Reisen gehen und deinen Horizont vergrößern. Ist das so?«

»Ja, Mr Clark.«

Joe Clark musterte ihn. Billys Gesicht war völlig ausdruckslos, die Augen verengt zu schmalen Schlitzen über den hohen Wangenknochen, seine Körperhaltung verriet nichts – wie immer.

Joe strich sich über den Schnurrbart. Nach fünf Jahren wußte Billy eine Menge über die Geschäfte der Firma. Wäre irgendein anderer mit demselben Ansinnen an ihn herangetreten, hätte Joe sofort Verdacht geschöpft. Bei Billy nicht. Was er angeblich vorhatte – nach Kenia zu fahren: wo zum Teufel war das überhaupt? –, klang zwar verrückt, aber glaubwürdig. Joe verließ sich stets auf seinen Instinkt. Nicht ein einziges Mal hatte er die Warnung wiederholen müssen, die er Billy fünf Jahre zuvor erteilt hatte. Der Bursche war absolut zuverlässig.

»Was brauchst du an Geld?« fragte er.

»Ich hab' mir was beiseite gelegt.«

»Genug?«

Billy zögerte. »Na ja, fast.«

»Fast?« fragte Joe interessiert. »Fast?«

Billy zögerte wieder. Bei der Überprüfung seiner Ersparnisse hatte er feststellen müssen, daß praktisch alles, was er bei der Firma verdient hatte, sich in nichts aufgelöst hatte. Er wußte nicht, wie es dazu hatte kommen können. Er besaß zwar noch den Wagen und einen kleineren Barbetrag, aber das Vermögen, das er auf seinem Konto vermutet hatte, war auf geheimnisvolle Weise zerronnen.

»Ich komm' schon zurecht«, antwortete er.

Eine Weile schwieg Clark. Dann sagte er: »Du kannst gehen, Billy. Ich halte dich nicht auf. Aber du hast dir den falschen Zeitpunkt ausgesucht. Ich hätte gern, daß du zuerst noch was für mich erledigst. Eine Fahrt. Ich könnte zwar einen anderen Fahrer nehmen, aber die sind nicht so gut. Für diesen Job will ich dich.« Joe sah Billy starr an, dann setzte er hinzu: »Er ist fünftausend wert, Junge. Das könnte an dem ›Fast‹ was ändern, nicht wahr?«

Billy stierte ihn stumm an.

Der »Job« war der geplante Überfall auf einen Lieferwagen, der die Wochenlöhne für die Mitarbeiter einer großen Fabrik für Motorenteile in Chelmsford, Essex, beförderte. Bewaffneter Raubüberfall gehörte nicht zu den normalen Aktivitäten der Firma. In diesem Fall wurde indes eine Ausnahme gemacht: diesmal, so Joe, sei nicht nur wie sonst das Risiko durch den zu erwartenden Erfolg gerechtfertigt – die ordnungsgemäße Planung und Durchführung einmal vorausgesetzt –, sondern es gebe kein Risiko. Womit er recht haben konnte. Denn der Fahrer des Geldtransports war Billys und Steves Komplize bei den seinerzeitigen Lagerdiebstählen: Charlie.

Charlie hatte nie für die Firma gearbeitet. Nach seiner Entlassung aus dem Gefängnis hielt er sich ein paar Jahre lang von Steve fern – Steve war bei den Clarks untergekommen, und Charlie hatte seine eigenen Interessen, um die er sich kümmern mußte. Dann bekam er die Stelle bei der Motorenteilefabrik J&L Motor Parts. Er wartete achtzehn Monate, verhielt sich unauffällig und ehrlich – bis er den Ablauf des wöchentlichen Geldtransports in allen Details kannte; dann ging er zu Steve.

Steve gab das Angebot an Joe Clark weiter.

Der Lieferwagen transportiere fast zweihundertfünfzigtausend Pfund, sagte Steve, in gebündelten Scheinen, zum größten Teil gebrauchten, deren weiterer Weg nicht mehr aufzuspüren sei, und die neuen Banknoten seien nicht registriert – was Charlie deshalb wisse, weil er die Kassiererin bei der Bank kennengelernt und sich beim einen oder anderen Drink bei ihr eingeschmeichelt habe. Der Lieferwagen fahre zwar jede Woche eine andere Strecke, doch diese würde Charlie achtundvierzig Stunden im voraus mitgeteilt. Zwei Wachen führen mit Charlie in der Fahrerkabine mit, ein dritter Wächter sitze hinten im Laderaum. Keiner von ihnen, so Charlie, habe viel Mumm in den Knochen. Charlies Vorschlag sei, irgendwo auf der Straße hinter Basildon mit falschen Wegweisern den Wagen auf eine der Nebenstraßen umzuleiten, wobei er selbst einen Schaden an der Lichtmaschine vortäuschen und eine Panne inszenieren werde. Oder man könne die Nebenstraße auch einfach absperren. Jedenfalls seien dann nur noch ein paar Muskelprotze erforderlich, die aus dem Gebüsch hervorstürzten und den Wagen überfielen – wie bei der Landung der Alliierten in der Normandie. Drei Minuten, und die Sache sei gelaufen.

»Charlie wird allerdings ein bißchen verdroschen werden müssen«, sagte Steve zu Joe. »Blaue Flecken und Platzwunden mit viel Blut und so. Und er wird gefesselt wie die anderen Kerle. Wenn die Polizei kommt, wird sie nichts merken.«

»Wieviel will er?« fragte Joe.
Steve zögerte. »Fünfundzwanzig Prozent, hat er zu mir gesagt.«
»Fünfundzwanzig?« Joe brach in Hohngelächter aus. »Ist er krank oder wahnsinnig oder bescheuert oder einfach bloß dein verdammter Vetter, Steve? Zehn kriegt er, mehr nicht. Und für jedes Meckern wird ihm ein Prozent abgezogen. Klar?«
Steve schluckte. »Ja, Mr Clark.«
Joe Clark schritt quer durch den Raum zum Fenster und blieb mit dem Rücken zum Zimmer dort stehen. Nach einer Weile drehte er sich um, wie immer am Schnurrbart zupfend. »Wir werden's machen, Steve. Und diesmal nehmen wir Kanonen mit – nur um sicherzugehen.«

Sie kamen mit drei Wagen. Billy saß am Steuer des ersten, mit Benjie als Beifahrer. Im zweiten Wagen hinter ihm saßen die übrigen Muskelprotze, vier Männer, deren Aufgabe es war, den Lieferwagen zu umstellen, Charlie und die Wachen in Schach zu halten und die Geldsäcke zu holen. Im dritten Wagen folgten die beiden, die auf der Straße von Basildon die Umleitungsschilder aufstellen sollten.
Im hellen Sonnenlicht eines warmen Maimorgens machte der Konvoi sich auf den Weg. Während Billy sich durch den Londoner Verkehr schlängelte, warf er einen Seitenblick auf Benjie, der zufrieden seine Cola-Flasche leerte. Sein abschweifendes Auge blickte wilder drein denn je, doch sein Gesicht war ruhig: für Benjie war das eine Arbeit wie jede andere, die er für die Firma erledigte – oder vielmehr für Joe, den er, wie Billy festgestellt hatte, wie einen Gott verehrte.
Soweit Billy wußte, hatte Benjie nie eine Schußwaffe getragen – es war sogar fraglich, ob er überhaupt damit umgehen konnte. Benjie übte seinen Terror entweder mit seinen schaufelähnlichen Eisenhänden oder mit der Rasierklinge aus; Joe aber hatte diesmal darauf bestanden, jeden mit einem Revolver auszustatten. Die Waffen sollten lediglich zur Abschreckung dienen und jeglichen Widerstand auf seiten der Wächter im Keim ersticken.
Sie fuhren über die Mile End Road aufs Land hinaus. Eine halbe Stunde später bog Billy von der A4 in eine Nebenstraße ein. Er kannte den Weg, denn seitdem sie von Charlie die in dieser Woche vorgeschriebene Route des Lieferwagens erfahren hatten, waren er und die beiden anderen die Strecke mehrmals abgefahren. Unterdessen mußte der dritte Wagen auf der Hauptstraße bereits irgendwo angehalten haben, um die Umleitungsschilder aufzustellen.
Nach einer Kurve fuhr Billy an den Straßenrand und blieb stehen; der

zweite Wagen hielt hinter ihm. Benjie sah auf die Uhr. »Plus/minus sieben Minuten, je nach Verkehr«, sagte er. Er öffnete die Tür. »Alles klar, Billy?«

Billy nickte. Sie hatten den Ablauf wieder und wieder durchgesprochen. Einer der Männer – der jetzt bereits hundert Meter weiter hinten seine Position einnahm – würde ihnen, sobald der Lieferwagen in Sicht kam, mit einer Kelle ein Zeichen geben. Dann würde der zweite Wagen ausscheren und die Straße blockieren, so daß Charlie gezwungen war, gleich nach der Kurve abzubremsen. Dann würden Benjie und die anderen aus dem Gebüsch springen, die Wachen überwältigen und fesseln, die Säcke mit den Lohntüten auf die beiden Wagen verteilen und davonfahren. Billy hätte nichts weiter zu tun, als mit laufendem Motor zu warten, bis Benjie wieder neben ihm saß und ihm befahl abzufahren.

Im Rückspiegel beobachtete Billy, wie Benjie sich mit den anderen unterredete. Einen Moment lang standen sie alle auf der Straße, vier große, stämmige Gestalten. Dann verteilten sie sich, jeder an seinen Platz; Billy sah noch, wie Benjie in seine Jacke griff und den Revolver zog. Dann verschwand auch er hinter der Hecke.

Billy gab probeweise im Leerlauf Gas, um sicherzugehen, daß alle vier Zylinder einwandfrei arbeiteten. Ein beruhigendes Geräusch: der Motor lief rund und regelmäßig. Billy nahm den Fuß vom Gaspedal und lehnte sich zurück. Er fühlte sich vollkommen ruhig, fast kalt – trotz der frühsommerlichen Wärme. Er dachte zurück an die Lüneburger Heide, an die vielen fingierten Überfälle, die sie immer wieder geübt hatten, und war sich ganz sicher, was geschehen würde – nach langen stillen Minuten des Wartens ein jähes Aufbranden von Lärm und Bewegung, Geschrei, Durcheinander und vermutlich die dumpfen Schläge, das Ächzen und Stöhnen kämpfender Männer. Und wenige Sekunden später würde der Spuk so abrupt enden, wie er begonnen hatte. Benjie würde in den Wagen springen, und sie würden mit dem Wochenlohn der halben Belegschaft zurückfahren nach London.

Fünftausend Pfund gehörten ihm. Charlie bekam fünfmal soviel für ein Risiko, das im Grunde geringer war als sein eigenes. Steve würde vermutlich dasselbe bekommen wie Billy, und dies ohne jedes Risiko. An den anderen war Billy nicht interessiert. Fünftausend Pfund würden nicht nur sein Leben ändern – sie würden ihn nach Afrika zurückbringen.

Wieder sah Billy in den Rückspiegel. Nichts war zu sehen, nur die letzten halb verwelkten Blüten an der Schlehdornhecke, die Wolken, die über den frühlingshellen Himmel fegten, und der Fahrer des zweiten Wagens, regungslos auf das Steuer gestützt. Billy sah auf die Uhr. Wenn der Lieferwagen nicht aufgehalten worden war, hatten sie immer noch eine Minute. Noch einmal prüfte er den Motor: alles in Ordnung. Dann saß er still da, die Hände am Steuer.

Billy hörte den Lieferwagen, noch bevor er ihn um die Kurve biegen sah. Sekunden früher hatte der Fahrer des Überfallwagens das Signal erhalten und stellte sich quer zur Straße. Dann tauchte der Lieferwagen auf, bremste, schleuderte, geriet in den Graben am rechten Straßenrand und blieb schließlich stehen; auf der Fahrerseite hingen die Räder in der Luft und drehten sich leer.

Durch Billys Magen pumpten Adrenalinstöße, während er das Geschehen im Rückspiegel beobachtete. Er sah Benjie aus der Hecke hervorbrechen und vorwärtsstürmen. Zwei der Schläger, mit Spitzhacken bewehrt, folgten ihm auf den Fersen, ein dritter kam von der anderen Seite. Dann waren sie an der Fahrerkabine und zerrten an den Türen, fluchend und schreiend, und Benjie schwang seinen Revolver.

Einen Augenblick lang waren sie allein – vier Männer, die auf den Lieferwagen einschlugen. Und auf einmal waren sie nicht mehr die einzigen: aus denselben Hecken und Büschen, hinter denen sie sich versteckt hatten, brach ein Schwall weiterer Männer hervor, die einen in Uniform, die anderen in Zivil. Billy erstarrte.

»Waffen fallen lassen!« schrie ein Polizist, offensichtlich der Einsatzleiter: er war grauhaarig, und Billy sah, daß er die Silbersterne eines Kommissars auf den Schulterstücken trug. Benjie fuhr herum und hob den Revolver. Er zielte. Noch zögerte er, doch Billy sah, wie sein Finger sich am Abzug krümmte, als die Polizisten auf ihn zustürmten. Dann fiel der Schuß, eine scharfe metallische Detonation. Undeutlich wurde Billy sich bewußt, daß es hinter ihm krachte, etwas an seinem Kopf vorbeisauste, der Spiegel zersplitterte und ein Hagel winziger scharfkantiger Scherben auf sein Gesicht niederprasselte. Dies alles binnen eines Sekundenbruchteils. Hektisch wischte er sich die Glassplitter ab. Alles war voller Blut, sein Gesicht, seine Hände, das Steuerrad – Billy tastete nach dem Türgriff und taumelte hinaus.

Erst als er vor dem Wagen stand, wurde ihm klar, was geschehen war: die Revolverkugel war durch die Heckscheibe des Wagens an seinem Kopf vorbei in den Rückspiegel eingeschlagen. Um Haaresbreite an seinem Gehirn vorbei. Billy drehte sich um, aber das Blut, das ihm von der Stirn rann, trübte ihm die Sicht.

»Polizei, Waffen fallenlassen!«

Der Kommissar hatte sich bei dem Schuß auf die Knie geworfen. Jetzt rannte er wieder vorwärts in einem Pulk von fünf oder sechs anderen Polizisten.

Benjies unsteter Blick zuckte hin und her, sein krankes Auge verdrehte sich einwärts, bis nur noch der weiße Augapfel zu sehen war, und als die Polizisten ihn beinahe erreicht hatten, feuerte er von neuem. Dem Kommissar schien es die Beine nach hinten zu reißen, er krallte die Hände in den Magen und fiel vornüber aufs Gesicht. Billy sah, wie er sich am Boden wand. Aus dem Revolverlauf kräuselte sich der Rauch.

Benjie ließ seine Waffe fallen und wollte sich ins Gebüsch stürzen. Doch nach kaum zwei Schritten waren die Polizisten bei ihm und hatten ihn überwältigt: fünf Männer, die Benjie traten und mit den Fäusten auf ihn einschlugen. Im Gefecht wurde der Revolver davongeschleudert und lag glänzend auf dem Asphalt. Dann lösten sich zwei Polizisten aus dem Gemenge und rannten auf Billy zu.

Er versuchte ihnen auszuweichen – vergeblich. Das Blut in den Augen nahm ihm die Sicht, und er stürzte blind auf den Wagen zu, er hörte ihre Füße, dann ihren Atem, ihr Fluchen. Ein Stiefel mit stählerner Spitze traf seine Wade, und er sank in die Knie. Er klammerte sich an die offene Wagentür und hielt sich halb aufrecht, doch dann traf ein Schlag seinen Arm, und er fiel auf die Straße.

»Dreckschwein! Gib's ihm, Johnnie!« schrie jemand, Stiefel traten ihm von beiden Seiten in die Rippen, und Billy verlor das Bewußtsein.

Er war klein, elegant, sein Haar eine silberne Mähne. Er saß Billy gegenüber und ließ die goldene Taschenuhr, die er gewöhnlich in der Weste trug, langsam an der Kette hin und her baumeln. Seine Anwaltskollegen nannten diese Angewohnheit »Mischleys magischen Manierismus«, denn es hieß, sie übe auf die Geschworenen eine hypnotische Wirkung aus: anders sei sein so beständiger, ärgerniserregender Erfolg nicht zu erklären.

Billy wußte das freilich nicht. Bis vor einer Woche hatte er nicht einmal Mischleys Namen gehört. Er wußte nur, daß Joe Clark versprochen hatte, ihm, Benjie und den anderen den besten Anwalt zu besorgen, der für Geld zu haben war – und Mischley war der beste.

»Mit dem, was Sie mir sagen, kann ich nicht gerade viel anfangen, Mr Ramsden.«

»Ich heiße Billy«, sagte er ausdruckslos.

»Ja, selbstverständlich.« Mischley zog jede Silbe in die Länge. »Was ist

mit Charlie? Können wir irgendeine Form von Nötigung geltend machen? Wobei wir ihn allerdings zuerst ausfindig machen müßten.«
Billy zuckte die Achseln. Charlie war der einzige, der entkommen war. Er war beim Auftauchen der Polizei wie ein Pfeil aus dem Lieferwagen geschossen und hatte es irgendwie geschafft, ihnen durch die Finger zu schlüpfen. Er wurde noch immer gesucht. Natürlich war Charlie an dem Debakel schuld: er liebte das Bier und hatte eine notorisch lose Zunge; wahrscheinlich hatte er vor einer seiner Geliebten von einem geplanten Coup getönt, und wie man Charlie kannte, pflegte die Dame wohl auch anderen Umgang – in diesem Fall offenbar mit einem Herrn von der Polizei.
»Oder wenn nicht Charlie: wie steht's mit den Clarks? Hat vielleicht einer von ihnen Druck ausgeübt?«
Billy schüttelte den Kopf. »Ich sage kein Wort gegen sie. Niemals.«
Mischley schwieg. Das überraschte ihn nicht. Oft genug hatte er Mitglieder von Südlondoner Gangsterbanden vertreten. Ob aus Angst oder Loyalität, jedenfalls ließen sie sich so gut wie nie überreden, gegeneinander auszusagen.
Der Anwalt legte seine Uhr beiseite und stand auf. »Dann kann ich nichts weiter tun, als für Strafmilderung aufgrund Ihres relativ jugendlichen Alters zu plädieren«, sagte er. »Das ist natürlich nicht besonders originell und wird angesichts Ihres Vorstrafenregisters auch kaum ins Gewicht fallen, aber ich werde mein Bestes versuchen.«
Während er auf den Wächter wartete, um hinausgelassen zu werden, fügte er hinzu: »In gewisser Weise haben Sie ja Glück, Billy. Wenn dieser Kommissar gestorben wäre, hätten Sie zusätzlich eine Anklage wegen Mordes am Hals. Das hätte wahrscheinlich lebenslänglich bedeutet. So, wie es jetzt aussieht, fürchte ich, daß die Strafe jedenfalls ziemlich schwer ausfallen wird. Die Richter halten absolut nichts von Schußwaffen. Noch weniger halten sie davon, wenn sie benutzt werden und Polizisten verwunden.«
Er ging und warf die Tür hinter sich ins Schloß. Kurz darauf kam der Wärter zurück, um Billy in seine Zelle zurückzubringen. Als sie nebeneinander durch den hallenden Korridor gingen, sah er Billy mit einer Mischung aus Mitleid und Verachtung an. »Heute früh wurden die Listen ausgehängt«, sagte er. »Du hast Richter Instone – armes Schwein. Der ist ein übler Bursche, richtig bösartig. Wenn einer mit mir wetten will, würde ich sagen: fünfzehn für den Schieler und neun für den Rest von euch.«
Was Benjie und die anderen betraf, hatte der Wärter recht, bei Billy irrte er sich um ein Jahr. In seinem Antrag auf Strafmilderung hatte

Mischley großen Nachdruck auf die Tatsache gelegt, daß Billy das jüngste Mitglied der Bande war und im Wagen gesessen hatte, als die Schüsse abgegeben wurden. Widerstrebend und im Grunde nur aus Anerkennung für Mischleys Plädoyer verurteilte Richter Instone Billy zu acht Jahren.

18

»Noch fünf Minuten! Bewegt euch! Schneller!«
Die Rufe der Wärter hallten durch das Treppenhaus. Noch fünf Minuten bis zur allgemeinen Verdunkelung. Billy kauerte sich in der Ecke nieder; die drei anderen Häftlinge, die mit ihm die Zelle teilten, lagen bereits in den schmalen eisernen Stockbetten. Billy zog aus einem Spalt zwischen den Fußbodenbrettern den einen Nagel, der als gemeinschaftlicher Stift diente, und ritzte wieder einen Strich in das Stück Wand, das der Zellenboß ihm für seinen Privatkalender zugeteilt hatte.
Jeder Gefangene in Wormwood Scrubs zählte die Tage seiner Haft: das war eines der traditionellen Gefängnisrituale, so unveränderlich wie das morgendliche Leeren des Koteimers, und Billy hatte es sich gleich in den ersten Tagen zu eigen gemacht. An diesem Abend markierte er das Ende eines Monats mit einer langen diagonalen Linie quer durch dreißig gebündelte Striche. Er steckte den Nagel zurück ins Versteck, zog den Koteimer darüber und schickte sich an, in sein Bett zu klettern.
»Verdammtes Arschloch, paß doch auf, wo du hintrittst!« murrte es unter ihm.
Das war Dusty Miller: weißhaarig, triefäugig und immerfort grämlich, hatte er den größten Teil seines Lebens im Gefängnis verbracht. Er beschimpfte Billy jeden Abend mit denselben Worten, obwohl der ihm gewiß nie nahe genug kam, um ihn zu berühren.
»Halt's Maul, alter Waschlappen«, gab Billy zurück. Er schwang seine Beine über die Querstange und ließ sich auf die klumpige Strohmatratze fallen. Einen Augenblick später öffnete sich die Klappe vor dem Guckloch in der Tür; ein Auge erschien. Es gehörte dem diensthabenden Wärter, einem schweigsamen Nordiren namens McVey. Er inspizierte die Zelle und schloß die Klappe wieder. Das Deckenlicht ging aus, die Zelle versank in Dunkelheit, und draußen auf dem Flur verhallten die Schritte des Wärters.
Billy verschränkte die Arme hinter dem Kopf und wartete.
Eine Zeitlang war die mehrere Stockwerke hohe Halle noch von Geschrei und Flüchen und dem Gepolter der eisenbeschlagenen Stie-

fel der Wärter auf den Treppen erfüllt. Nach und nach ließ der Lärm nach, Stille senkte sich über das Gefängnis. Für den Rest der Nacht würde nur noch Schnarchen zu hören sein und gelegentlich ein Schrei, wenn ein Gefangener aus einem Alptraum auffuhr.

Mit offenen Augen lag Billy auf dem Rücken und dachte nach. Exakt drei Jahre und sieben Monate – so stand es auf dem Wandkalender, aber er war im Grunde überflüssig: die wachsende Zahl der Wochen, Tage, ja der Stunden war eingebrannt in sein Hirn. Manchen Häftlingen sagte das Gefängnisleben in vielerlei Hinsicht besser zu als das Leben in Freiheit, andere schickten sich darein mit einem dumpfen, schrecklichen Fatalismus, und wieder andere, wie die Tabakmonopolisten und die Kalfakter der Werkstätten, fanden hier einfach eine neue Arena, in der sie Karrieren aufbauen und Geschäfte betreiben konnten.

Billy paßte in keine der drei Kategorien. Er beobachtete sie, und er verachtete sie. Für ihn war das Gefängnis der Tod.

Er setzte sich auf und klopfte die Klumpen in der Matratze flach. Unter ihm ächzte Dusty Miller im Schlaf.

Er hatte es Tante Doris zu erklären versucht, als sie ihn einmal besucht hatte. Theoretisch hatten die Häftlinge das Recht auf einen Besuch im Monat, in der Praxis war es meist anders. Hier waren hartgesottene Gefangene inhaftiert, die lange Strafen abzubüßen hatten. In den ersten zwei Jahren kamen Frauen und Familienmitglieder halbwegs regelmäßig, später wurden ihre Besuche spärlicher, bis sie am Ende ganz aufhörten. Frauen fanden andere Männer, die sich um sie kümmerten, Familien trennten sich, die Gefangenen blieben allein zurück.

Tante Doris war besser als die meisten. Anfangs kam sie pünktlich jeden Monat. Doch ihre Arthritis wurde immer schlimmer, und zu Beginn des dritten Jahres konnte sie die anstrengende Fahrt mit U-Bahn und Bus nur noch einmal alle drei Monate auf sich nehmen. Billy sah ihr an, welche Schmerzen sie litt; sie aber ließ sich nicht abhalten.

Bei ihrem letzten Besuch zu Anfang des Winters hatte Billy versucht, streng zu sein und ihr weitere Besuche zu verbieten. Aber sie hatte ihn durch die gläserne Trennwand hindurch angegrinst und gefragt: »Wie willst du mich denn abhalten? Willst du durch das Glas fliegen, Superman?«

Billy grinste zurück. »Was tut sich in der Mally?«

Sie berichtete, was sie an Neuigkeiten wußte. Dann fragte sie: »Und du, Billy, wie schlägst du dich durch?«

»Es ist wie im Ring, wenn du deinen Gegner anschaust, bevor der Gong schlägt«, sagte er. »Du mußt ihn so lang anstarren, bis er unsicher wird; dasselbe tu' ich mit den Scheißkerlen hier. Aber das ist kein Leben! Das ist ein Scheißgrab hier!«
Tante Doris zuckte die Schultern. »Deine gottverdammten Elefanten – die haben dich hier reingebracht.«
»Schlechter Umgang mit Elefanten?« Er lachte. »Das ist mal was Neues. Das erzähl' ich der Haftentlassungskommission. Das Dumme ist nur, daß frühestens in zwei Jahren was zu machen ist.«
»Wenn du rauskommst, Billy, such dir deinen Umgang gefälligst sorgfältiger aus«, schnaubte Doris.
»In Ordnung, liebe Tante. Ein Elefant wird nicht mehr drunter sein – versprochen!«
Doris zog eine Grimasse und warf ihm einen vernichtenden Blick zu. Dann kehrte sie zum Thema Mally zurück. Als sie ging, grinste Billy vor sich hin. Und auf dem Rückweg zu seiner Zelle dachte er, daß sie im Grunde recht hatte: wenn Ngoro und das Tal der Elefanten nicht wären, würde er wohl tatsächlich nicht hier sitzen, zwischen eisernen Türen und vergitterten Fenstern, in den Ohren die Rufe der Wärter und das Echo der Stimmen draußen in der Halle.
Er schüttelte den Kopf. So einfach war das Leben nicht.
Trotzdem hätte er die Elefanten gegen nichts auf der Welt eingetauscht, nicht einmal gegen seine Freiheit. Angesichts seiner Vorstrafen schätzte Billy seine Chancen bei der Kommission für bedingte Haftentlassung zwar nicht besonders hoch ein; aber trotzdem: in drei Jahren, wenn er sich weiterhin so gut benahm, mußten sie ihm den Rest erlassen.
Billy brauchte keine drei Jahre zu warten.

»Na, wie geht's dir denn so, Billy, alter Kumpel?«
Die Stimme war weich, lispelnd, und den Worten folgte ein einschmeichelndes Glucksen. Billy erkannte sie auf der Stelle. Er drehte sich um und sah den Sprecher mit einer Mischung aus Abscheu und Überraschung an.
Sie hatten Hofgang. Jeden Morgen wurden die Gefangenen, immer ein Block nach dem anderen, in den offenen Mittelhof hinausgeführt und mußten unter den wachsamen Augen von vier in den Ecken postierten Wärtern exakt eine Stunde lang in Zweierreihen im Kreis gehen. Die meisten Gefangenen freuten sich auf diese Stunde, nicht so sehr wegen der Bewegung als vielmehr wegen der Gelegenheit, einmal mit anderen zu reden als nur mit den Zellengefährten. Billy war

auch hier eine Ausnahme. Er genoß es, sich bewegen zu können, aber die Gesellschaft ließ ihn kalt. Die Regeln verlangten freilich, daß jemand neben ihm ging, und so suchte sich Billy entweder einen Einzelgänger, der schweigsam war wie er selbst, oder er ignorierte seinen Partner schlichtweg, wenn er mit jemandem zusammenkam, der hartnäckig auf ihn einredete.

Mit Lenny Goldstone war das anders: der ließ sich nicht ignorieren.

Lenny hatte lebenslänglich bekommen. Er war Buchhalter gewesen und hatte sich, obwohl orthodoxer Jude, in ein nichtjüdisches Revuegirl verliebt, das in der Londoner Aufführung von *Oklahoma* auftrat. Seine entsetzte Familie warnte ihn, daß er binnen eines halben Jahres, falls er sich tatsächlich einfallen ließe, sie zu heiraten, den Milchmann bei ihr im Bett finden würde; von einer Schickse sei nichts anderes zu erwarten. Lenny aber schlug die Warnungen in den Wind.

Es dauerte nicht ein halbes, sondern drei Jahre, bis er eines Tages nach Hause kam und einen Mann bei ihr im Bett fand, und es war nicht der Milchmann, sondern sein bester Freund und Partner in der Buchhaltungsfirma. Zum ersten und einzigen Mal in seinem Leben wallte in Lenny eine unbezwingbare Wut auf. In einem Anfall von Raserei brachte er sie beide um. Und als die Polizei eintraf, kniete er vor den Leichen auf dem Boden und weinte.

Das Todesurteil wurde nach einer Berufung beim Oberhaus in lebenslängliche Haft abgewandelt. Angesichts einer Gefangenschaft von mindestens zwanzig Jahren faßte Lenny den Entschluß, mit dem System zusammenzuarbeiten. Er war Kaufmann und Jude, das war seine Rolle im Leben. Er wurde Kalfakter, Arbeitsvermittler und Kontaktmann zwischen Gefangenen und Wärtern. Er hatte tausenderlei nützliche Beziehungen, und selbst der Gefängnisdirektor wandte sich bisweilen ratsuchend an ihn.

»Was zum Teufel willst du von mir?« fragte Billy zurück.

»Es geht nicht darum, was ich will, mein Junge, sondern darum, was du wollen könntest.«

Lenny schob sich näher an ihn heran. Er senkte die Stimme. »Du wirst verlegt, Junge. Dienstag in einer Woche. Chelmsford. Du und drei andere aus Block A. Vier weitere aus B. Benjie ist auch dabei.«

Die turnusmäßige Verlegung von Langzeitgefangenen gehörte zum System. Die Obrigkeit hielt dies für ein nützliches Verfahren, um die Hierarchien zu durchbrechen, die in Strafanstalten zwangsläufig entstehen. Anfangs hatte Billy die Aussicht auf eine Verlegung als eine mögliche Chance betrachtet, doch mit den Jahren schob er den Gedanken beiseite.

Billy ging mit langen Schritten weiter. »Woher weißt du das?« fragte er schließlich.
»Ist nicht Wissen mein Geschäft?« Lenny hatte den Platz gewechselt und ging nun neben ihm. Er senkte die Stimme zu einem vertraulichen Flüstern. »Aber das ist noch nicht alles. Die Firma, eure Firma, will Benjie aus dem Wagen rausholen, der euch alle hinbringt. Sie lassen fragen, ob du auch rauswillst?«
In seiner Verblüffung wäre Billy beinahe stehengeblieben. Er versuchte sich nichts anmerken zu lassen, aber ein leichter Schwindel erfaßte ihn.
Seit dem Prozeß hatte er Benjie nicht gesehen. Die meisten Mitglieder der Bande waren ins Gefängnis von Durham geschickt worden; in Wormwood Scrubs waren nur er und Benjie, doch nachdem sie in verschiedenen Blocks untergebracht waren, gab es kaum je einen Kontakt zwischen ihnen. Nun sollten sie beide nach Chelmsford verlegt werden – welche Ironie: dort hatte der mißlungene Überfall stattgefunden –, und es bot sich ihm eine Gelegenheit zur Flucht.
»Was sagst du dazu, Billy?« drängte Lenny.
Er versuchte, Ordnung in seine wirren Gedanken zu bringen. Wenn der Versuch scheiterte, würde man ihm sicherlich drei Jahre zusätzlich aufbrummen: noch sechseinhalb Jahre in der winzigen Zelle mit Dusty Millers ständigem Lamentieren, den Rufen und Schreien in der Nacht, dem Getrampel auf den Eisentreppen, und die schreckliche, bedrückende Enge der viktorianischen Ziegelmauern. Billy zögerte. Dann blieb er stehen. Breitbeinig stellte er die Füße auf den ausgetretenen Asphalt und verschränkte die Arme. Lenny sah erwartungsvoll zu ihm auf, hinter ihnen stauten sich die Gefangenen.
»Mit einem Wort, Lenny«, sagte er, »ja.« Dann lachte er.
Einer der aufsichtführenden Wärter nahm die Zigarette aus dem Mund und röhrte: »Beweg deinen Arsch, Ramsden, aber dalli!«
Billy sah ihn mit triumphierender Verachtung an. Der Wärter würde abends in seine nette kleine Dienstwohnung zurückkehren, sein nettes kleines Abendessen vertilgen und zu seiner netten kleinen Frau ins Bett kriechen. Nie in seinem Leben würde er Elefanten bei der Tränke in einem abgelegenen Tal beobachten. Billy hatte das einmal erlebt und würde es wieder erleben. Er reckte ihm herausfordernd den Arm entgegen, die Finger zum Siegeszeichen gespreizt. Erschrocken packte Lenny seinen Arm und zog ihn herunter. Dann gingen sie weiter. Der Gefangenenpulk hinter ihnen setzte sich schwerfällig wieder in Bewegung.
Billy lachte immer noch.

Als Billy und Benjie in den Gefangenentransporter stiegen, sahen sie einander kaum an. Sie setzten sich, einer vorn, der andere hinten, die sechs weiteren Gefangenen zwischen sich; die drei eskortierenden Wärter verteilten sich aufs Geratewohl im Wagen. Alle Häftlinge waren paarweise mit Handschellen aneinandergefesselt – Billy an einen kahlen, spitzbäuchigen Mann, den er noch nie gesehen hatte.
Der Wagen fuhr los, nach Norden, umrundete die Stadt und fuhr weiter nach East Anglia. Einmal drehte Billy sich um und blickte zurück: einer der Wärter sah aus dem Fenster, die beiden anderen dösten. Billy begegnete Benjies Blick und zwinkerte ihm kurz zu. Möglicherweise zwinkerte Benjie zurück – sein schielendes Auge ließ dies nicht mit Sicherheit erkennen.
Billy hatte keine Ahnung, was geschehen würde, wo und ob es überhaupt geschehen würde. Er wußte nur, daß er bereit sein mußte. Als sie sich Chelmsford näherten, beugte er sich vor und starrte dem Fahrer über die Schulter.
»Achtung!« schrie der Fahrer auf einmal.
Es war eine beinahe identische Wiederholung des Überfalls auf den Geldtransporter. Knapp fünfzehn Kilometer vor dem Gefängnis blockierte unmittelbar nach einer Kurve ein Lastwagen die Straße. Es war zu spät, um zu bremsen, und der Gefangenenwagen rammte krachend die Seite des Lasters, sämtliche Insassen wurden nach vorn geschleudert.
Als Billy sich aufrappelte, hörte er Geschrei, Hämmern und das Splittern von Glas. Er drehte sich um und sah vier oder fünf Männer mit grauen Wollmützen, die mit Äxten und Spitzhacken auf die rückwärtige Tür einschlugen. Schließlich brachen sie die Tür auf, einer von ihnen sprang in den Wagen, ein Wärter kam auf ihn zu, doch der Mann knüppelte ihn nieder. »Benjie!« rief er.
Benjie war bereits auf den Beinen und drängte sich vorwärts; der an ihn gefesselte Gefangene mußte notgedrungen folgen. Der Mann mit der Wollmütze ließ die Spitzhacke fallen, zog eine mächtige Stahlzange hervor und zertrennte damit die Kette zwischen den Handschellen. Dann stieß er Benjie aus dem Wagen.
»Wo ist Billy?« schrie er dann.
»Hier!« rief Billy, der hinter ihm stand. Der Mann drehte sich um und schnitt auch an seiner Hand die Metallkette durch, die unter der scharfen Zange nachgab wie Papier. Der Mann stieß Billy ins Freie und folgte dicht hinter ihm.
»Bleibt, wo ihr seid, alle, oder ich blase euch die Köpfe weg!«
»Hierher, Benjie, schnell!«

Ein Stimmengewirr erhob sich, es wurde geflucht und durcheinandergeschrien, dann hörte Billy hinter seinem Rücken eine Stimme: »Bist du Billy?«
Er fuhr herum. »Ja.«
»Frankie. Du kommst mit mir. Dort rüber. Lauf zu, was das Zeug hält!«
Billy rannte hinter ihm her. Sie umrundeten den Lastwagen und sprangen in einen zerbeulten Ford, der etwa hundert Meter entfernt mit laufendem Motor parkte. Frankie startete mit quietschenden Reifen, dann brausten sie über die Straße davon.

19

Zwanzig Minuten später hatten sie die ersten bebauten Gebiete am Ostrand von London erreicht. Frankie, ein stämmiger, stiernackiger Bursche – den Billy nie gesehen hatte: er war offensichtlich erst nach seiner Zeit Mitarbeiter der Firma geworden –, hatte die Geschwindigkeit verlangsamt und fuhr gemächlich, wie ein anständiger Bürger, die South End Road entlang. Bei einem Teppichverkaufslager bog er ab und stellte sich auf den Kundenparkplatz hinter dem Gebäude. Er schaltete den Motor aus.

»Hör zu, Billy«, sagte er. »Unsere Wege trennen sich hier. Gleich um die Ecke ist eine U-Bahn-Station. Das ist die Central Line, damit kommst du zur Liverpool Street, und von dort aus kannst du gehen, wohin du willst.«

Billy nickte. Er kannte jede Linie der Londoner Untergrundbahn und nahezu jede Station.

»Du wirst allerdings eine Fahrkarte brauchen.« Frankie zog einen Umschlag aus seiner Jacke und reichte ihn Billy. »Da drin ist ein Affe in klein.«

Billys Augen weiteten sich: ein »Affe« waren fünfhundert Pfund. Eine gewaltige Summe. Er nahm das dicke Bündel Geldscheine heraus.

»Joe findet, du hast dich anständig verhalten. Hast nie einen Ton gesagt, nicht bei den Bullen, nicht vor Gericht und nicht im Knast.« Frankie schwieg kurz, dann fügte er hinzu: »Joes Art, sich zu bedanken. Natürlich will er außerdem damit sagen, daß du auch in Zukunft nie mehr irgendwas vor irgendwem ausplauderst, nicht mal, wenn du tot bist. Ist das klar, Billy?«

Billy hob den Kopf und sah Frankie starr und stumm mit seinen kalten, schiefergrauen Augen an. Er sagte kein Wort. Das war nicht nötig.

»Natürlich ist das klar. War nur ein Scherz, Billy.« Frankie war gut fünfzehn Jahre älter, dennoch verriet sein Lachen eine leichte Nervosität. »Jedenfalls ist das da für dich. Und da ist noch dieses Zeug hier von deiner Tante.« Er langte noch einmal in seine Jacke und holte die Munitionstasche aus gelbem Öltuch hervor, die Jack ihm vor vielen Jahren geschenkt hatte. »Lenny meint, du wirst vielleicht deinen Paß brauchen. Er ist drin, Billy, ich hab's sicherheitshalber nachgeprüft. Es sind auch noch irgendwelche anderen Papiere drin. Die hab' ich mir nicht näher angesehen, geht mich ja nichts an, – aber anscheinend hat sich wer mit der Schere drüber hergemacht. Wollt' ich dir nur sagen. Ist das in Ordnung so, oder soll ich ein Wörtchen mit deiner Tante reden?«

Billy nahm die Tasche entgegen und fuhr mit den Fingern darüber. Er spürte seinen Paß, er spürte auch das Bündel Papiere – »Keine Sorge, Frankie«, sagte er, »das gehört so.«

»Du willst ins Ausland, was?«

»Vielleicht.«

»Geh, wohin du willst, Billy, aber laß mich dir einen Rat geben.« Frankies Ton wurde eine Spur schärfer. »Halt dich vom Revier fern, von deiner Tante, von allen Plätzen, wo du je gewesen bist. Dort suchen sie zuerst nach dir. Du hast gute Arbeit für die Firma geleistet, und die Firma hat sich um dich gekümmert. Damit ist's vorbei. Du bist jetzt auf dich gestellt.«

Billy kurbelte das Seitenfenster herunter, stieg aus dem Wagen und schlug die Tür zu. Dann bückte er sich und steckte den Kopf durchs Fenster. »Ich war immer auf mich gestellt, mein Bester. Daran hat sich kein Deut geändert.«

Er wartete keine Antwort ab, sondern drehte sich um und ging zur U-Bahn-Station.

Wenig später stieg er wachsam die Treppe zur Haupthalle der Victoria Station hinauf. Im Schatten einer Nische blieb er stehen und sah sich mißtrauisch um. Gleich darauf entspannte er sich. Um diese Zeit, mitten am Nachmittag, ging es normalerweise am ruhigsten zu, aber wie es der Zufall wollte, begannen an diesem Donnerstag die Schulferien. Frankie hatte ihn gewarnt: binnen einer Stunde würde die Polizei Großalarm geben und natürlich vor allem sämtliche Bahnhöfe absuchen, doch Billy entdeckte nur sechs Wachtmeister – auffällig genug in ihren Uniformen und Helmen –, die paarweise durch die Halle gingen, und angesichts des Trubels zum Ferienbeginn war es unwahrscheinlich, daß sie ihn entdeckten.

Er drängte sich durch die Menge und suchte nach einem Fahrplan. Er wollte nach Eastbourne, dem Seebad mit Fischereihafen an der Südostküste, und fand einen Direktzug, der in vierzig Minuten abfuhr. Er kaufte sich eine einfache Fahrkarte und vertrieb sich die Wartezeit in der Bahnhofskneipe, las seine erste Zeitung seit beinahe vier Jahren und trank sein erstes Bier.

Unmittelbar vor der Abfahrt des Zuges zeigte Billy dem Bahnbeamten an der Schranke seine Fahrkarte, rannte den Bahnsteig entlang und sprang auf den Zug, der sich bereits in Bewegung gesetzt hatte. Eine Stunde und zwanzig Minuten später stieg er in Eastbourne aus. Auf dem Bahnhofsplatz betrat er eine Telefonzelle und wählte eine Nummer.

»Hallo«, sagte eine weibliche Stimme.

»Ist das Debbie?« Billy hatte gehofft, Kevin würde sich melden, aber Debbie tat es zur Not auch.

Kevin und Debbie waren die Kinder einer Schwester von Tante Doris. Sie hatten eine Zeitlang in der Mally gelebt, solange ihre Eltern beide bei der Armee dienten und im Ausland stationiert waren. Kevin und Billy hatten sich miteinander angefreundet, und Billy hatte ihn das eine oder andere Mal besucht, nachdem die Familie nach Eastbourne gezogen war.

»Ja«, sagte Debbie. »Wer ist denn dran?«

»Hallo, Schätzchen«, antwortete Billy. »Mach dich auf eine freudige Überraschung gefaßt. Hier ist Billy.«

»Billy?« Es folgte eine lange, unsichere Pause. »Ich dachte, du bist weg?«

»Ich war, Schätzchen. Jetzt bin ich wieder da.«

»Schon?«

Debbie verstummte wieder. Als sie weitersprach, lag nicht nur Unsicherheit in ihrer Stimme, sondern Angst. »Shirleys Vater hat uns von der Schule abgeholt, und das Autoradio war an, und in den Nachrichten hieß es, heute seien Gefangene ausgebrochen, in Chelmsford, aus einem Transporter oder so. Billy, heißt das...«

»Hör mir zu, Debbie«, fiel ihr Billy ins Wort. »Mir pressiert's, verstehst du. Ich muß Kevin finden. Segelt er immer noch das Boot von eurem Vater?«

»Ja, schon, aber jetzt gehört es ihm. Daddy ist jetzt pensioniert, und er hat's ihm geschenkt. Aber Billy...«

»Debbie«, unterbrach Billy sie erneut. »Sag mir einfach bloß, wo ich ihn finde.«

»Du hättest die Kleine nicht mit reinziehen sollen, Billy, das ist nicht in Ordnung.«

Billy und Kevin standen in der Abenddämmerung auf dem oberen Deck des Parkhauses in der Lewes Road. Es war kurz vor neun Uhr, bald würde es dunkel sein.

»Ganz und gar nicht in Ordnung«, wiederholte Kevin. Er war ein

großer, starker junger Mann. Jetzt stand er mit finsterer Miene, die Stirn sorgenvoll gefurcht, und bohrte ärgerlich die Fäuste in die Taschen seiner Jeans. »Sie ist schließlich meine Schwester!«
»Tut mir leid, Kev. Es ging nicht anders.«
»Sie will studieren, weißt du das? Das könnte ihr alles ruinieren.«
»Jesus Maria, ich sag' dir doch, daß es mir leid tut!« protestierte Billy. »Was willst du denn noch? Ich denke, wir sind Kumpel seit ewigen Zeiten! Ich denke, wir gehören alle zu einer Familie! Wirst du mir jetzt helfen oder nicht?«
Kevin sah ihn böse an. »Okay, Billy«, sagte er schließlich. »Da gibt's einen Burschen namens Bret. Wir betreiben ein kleines Geschäft mit Cognac. Er kommt von Boulogne rüber, und ich treffe ihn außerhalb der Dreimeilenzone. Morgen hole ich wieder was von ihm ab. Er kann dich nach Frankreich mitnehmen. Sei um vier Uhr früh am Boot... Und hör zu, Billy«, fügte er nach einer kurzen Pause hinzu. »Halt dich heute nacht bloß vom Haus fern. Debbie darf da nicht noch weiter reingezogen werden, das ist einfach nicht in Ordnung.«
»Reg dich nicht auf, Mann«, fuhr Billy ihn an. »Bin ich ein Aussätziger oder was? Aber keine Angst, ich komm' euch schon nicht zu nahe.«
Kevin gab keine Antwort. Er wandte sich ab und ging bedrückt davon.
Billy verbrachte die Nacht in einem Bootsschuppen am Hafenkai, der leichtsinnigerweise nicht abgeschlossen war. Schon vor vier Uhr war er am Liegeplatz des Bootes, einer sieben Meter langen Motoryacht. Kevin erschien kurz darauf, und in der Dunkelheit brachen sie auf.
Eine Stunde später waren sie außerhalb der Dreimeilenzone. Im Osten begann es zu dämmern, und in dem fahlen Licht erkannten sie die Umrisse einer zweiten, etwas größeren Yacht. Kevin hielt auf das Boot zu und legte längsseits an. »Okay, Bret?« rief er.
Mit leise tuckerndem Motor lagen die Boote nebeneinander. Ein Mann steckte seinen Kopf aus dem Ruderhaus und winkte kurz. Im zunehmenden Licht erblickte Billy flüchtig ein bleiches, verkniffenes Gesicht unter einer zerschlissenen Baskenmütze, doch der Kopf war sogleich wieder in der Dunkelheit verschwunden.
Kevin sah Billy an. »Bei den Franzmännern heißt er Johnnie der Bretone«, sagte er. »Das ist eigentlich ein Witz. Sein Vater ist aus der Bretagne, seine Mutter Engländerin. Sie ist Zimmermädchen in einem Hotel in Brighton. Bretagne-Brighton, kapiert?«
Billy nickte.
»Wir nennen ihn einfach Bret. Er ist zwar ein Franzmann, aber ansonsten nicht schlecht, außerdem spricht er perfekt Englisch, wegen

seiner Mutter. Er bringt dich rüber. Laß es dir ja nicht einfallen, ihn mit dem Geld übers Ohr zu hauen. Er hat ein Messer dabei, und er kann gut damit umgehen, glaub's mir.«

»Ich haue niemanden übers Ohr«, sagte Billy verdrossen.

»Hier!« Bret tauchte wieder aus dem Ruderhaus auf. Er trug eine Kiste Cognac. Weitere elf Kisten folgten, und Billy half, sie durch das Vorluk im Bug des Bootes zu verstauen. Dann kletterte er hinüber in die französische Yacht, schüttelte Bret die Hand und warf noch einen Blick zurück.

Kevin war bereits auf dem Rückweg. Als Billy die Hand hob, um ihm zum Abschied zu winken, scholl Kevins Stimme zu ihm herüber. »Viel Glück, Billy«, rief er. »Aber tu mir den Gefallen und mach mir das nicht noch mal. Das war einfach nicht in Ordnung, Mann.«

»Warte, bis sie dich als Schmuggler erwischen«, brüllte Billy zurück. »Eines Tages wirst du mich noch brauchen. Ich schick' dir eine Karte aus Afrika.« Er lachte.

Auch Bret hatte den Motor wieder in Gang gesetzt. Als der Bug des Schiffes sich hob und durch die windstille See glitt, ging Billy nach hinten zum Ruder, wo der Franzose stand. Bret zeigte auf den Kasten vor seinen Füßen. Billy öffnete den Deckel und fand eine Flasche Cognac.

»Dein Vetter ist das?« fragte Bret.

Billy nickte.

Bret lachte hinterhältig. »Ihr englischen Witzbolde, ihr könnt auch nicht zählen, was? Mach sie nur auf, mein Freund. Kevin wird überhaupt nicht merken, daß sie fehlt.«

Erst jetzt begriff Billy, daß die Flasche aus einer der Kisten stammte, die Bret an Kevin verkauft hatte. Er fing ebenfalls zu lachen an, denn in der Kiste befanden sich außerdem zwei angeschlagene Steingutbecher: man war gerüstet. Billy nahm sie heraus, schraubte die Flasche auf und schenkte ein. Dann lehnte er neben Bret an der Reling und trank Cognac, bis die Sonne aufging und hinter dem morgendlichen Dunst die französische Küste in Sicht kam.

20

»Votre nom? Your name?«

Der Sergeant sprach eine bizarre Mischung aus Französisch und amerikanisch gefärbtem Englisch mit französischem Akzent. Er saß in einem kurzärmeligen olivgrünen Hemd hinter dem Schreibtisch: ein drahtiger Mann mit Bürstenschnitt und einer Gesichtshaut von der Farbe getrockneter Birkenrinde. Seine hohe weiße Schirmmütze, das Gegenstück zu dem berühmten *képi blanc* der französischen Fremdenlegion, hing hinter ihm an einem Haken in der Wand.

»Ramsden«, sagte Billy. »Billy Ramsden.«

Der Sergeant befeuchtete seinen Zeigefinger und blätterte in einem abgegriffenen, sichtlich vielbenutzten Lexikon.

»Billy ist Guillaume. William, *non*?«

Billy nickte.

»Ist in Ihr Passport?«

»Ja.«

»Geben Sie.«

Billy langte in die Tasche und reichte ihm seinen Paß. Der Sergeant studierte ihn. »Es gibt keinen Einreisestempel für Frankreich«, sagte er aufblickend. »Ist gestohlen oder legal, dieses Passport?«

»Er ist legal«, sagte Billy. »Der Stempel fehlt deshalb, weil ich auf einem Segelboot gekommen bin. Ich bin durch keinen Zoll gegangen.«

Der Sergeant sah ihn nachdenklich an. Dann gähnte er, griff zum Telefon und wählte. Es folgte ein Schwall von Französisch, ohne Punkt noch Pause; dann legte er unvermittelt den Hörer wieder auf. Mit einer Geste bedeutete er Billy, sich zu gedulden.

Billy verschränkte die Hände auf dem Rücken und wartete.

Seit vierundzwanzig Stunden war er in Frankreich. Bret hatte ihn an einer privaten Anlegestelle etwa zehn Kilometer westlich von Boulogne abgesetzt. Billy ging die Hauptstraße entlang, die ins Landesinnere führte; nach einer Weile kam ein Lieferwagen, der Fische geladen hatte, und nahm ihn mit in die Stadt. Von hier aus fuhr Billy mit dem Zug nach Paris. Es war Sonntag, die meisten Läden hatten geschlossen, aber auf den Straßen ging es lebhaft zu. Er verbrachte die Nacht in einem billigen Hotel in der Nähe des Bahnhofs.

Am nächsten Tag stand er im Morgengrauen auf und fuhr wiederum mit dem Zug in den Vorort Cergy-Pontoise hinaus. Eine Stunde brauchte er, um die Adresse zu finden, nach der er suchte – er hatte sie auf einen Zettel geschrieben, damit er, ohne große Worte machen zu müssen, die Leute auf der Straße danach fragen konnte. Das Gebäude war noch geschlossen, und so hatte er Zeit für einen Kaffee. Endlich wurden hinter dem großen messingbeschlagenen Portal die Riegel zurückgeschoben, der Flügel öffnete sich, und Billy betrat unter der flatternden Trikolore die Pariser Rekrutierungsstelle der Fremdenlegion.

Seit dem Augenblick, als er auf Lenny Goldstones Frage mit Ja geantwortet hatte, wußte Billy, was er tun würde, falls der Ausbruch gelang, – ohnehin blieb ihm nichts anderes übrig: er konnte nicht in Großbritannien bleiben, früher oder später würde man ihn aufspüren und erneut verhaften. Er mußte ins Ausland, mußte irgendeinen Beruf ausüben und Geld verdienen, seine Vergangenheit vergessen machen und von vorn anfangen.

Billys Beruf war das Soldatenhandwerk, und von der Legion wußte er seit seiner Kindheit. Eine seiner frühesten Erinnerungen war eine Truppe Legionäre, die zur Ausbildung für den Dschungelkrieg in Indochina nach Lucknow geschickt worden waren. Er entsann sich deutlich der großen, stämmigen Männer mit weißem *képi*, die um die Kasernen streiften und in einem unverständlichen Kauderwelsch miteinander redeten. »Wenn man bedenkt, daß es Ausländer sind«, hatte Billys Vater gesagt, »sind sie keine schlechte Truppe. Und beinhart – kugelhart.« Auch Billys Vetter Jack hatte mit einer gewissen Faszination von der Legion gesprochen, ebenso die Soldaten, mit denen Billy in Deutschland gedient hatte. »Mach dir nix draus«, hatte einer seiner Kameraden zu ihm gesagt, nachdem Billy wieder einmal mit Major Forbes aneinandergeraten war, »wenn die Engländer dich rausschmeißen, gibt's immer noch die Franzosen – die brauchen Rekruten in Massen. Bei denen kannst dir immer einen Schilling verdienen.«

Männern wie Billy bot die Legion einen Neuanfang und ein neues Leben. Sie sicherte und verteidigte die Überreste des französischen Kolonialreichs – und diese lagen zu dem Zeitpunkt, als Billy sich in Clergy-Pontoise meldete, hauptsächlich in Afrika.

»Sie heißen also Ramsden.«

Unterdessen hatte ein anderer Mann den Raum betreten – ein Offizier, den Messingsternen auf den Schulterstücken nach zu urteilen. Der Sergeant stand auf. Billy legte instinktiv die Hacken zusammen und stand stramm, die Arme rechts und links angelegt.

Der Offizier bemerkte es und musterte ihn neugierig. »Sie sind Soldat, Ramsden, wie?«
»Ich war, Sir.«
»Welches Regiment?«
»Coldstream Guards, Sir.«
»Aha.« Der Offizier lächelte knapp. »Letztes Jahr war ich auf einem Kurs mit Ihrer Truppe, im Lager Pirbright. Ich habe Ihr Regiment also schon kennengelernt.« Er sprach ausgezeichnet Englisch, setzte seine Worte korrekt und gewählt, seine Aussprache jedoch verriet unverkennbar den Franzosen. Er sagte etwas zu dem Sergeanten, der daraufhin den Raum verließ. Der Offizier setzte sich hinter den Schreibtisch und las die Notizen seines Untergebenen.
»Ein Soldat mit Paß, aber ohne Einreisestempel... Hm.« Er blickte auf und sagte: »Sie wissen sicherlich, daß die Legion niemanden aufnehmen kann, der mit einem Strafverfahren zu rechnen hat oder in seinem Land gesucht wird?«
»Sir!«
»Sie wissen auch«, fuhr der Offizier fort, »daß wir gehalten sind, *de faire des enquêtes*, Untersuchungen durchzuführen, falls wir einen diesbezüglichen Verdacht hegen. Das kann natürlich längere Zeit in Anspruch nehmen. Und schließlich, falls unser Verdacht sich als berechtigt erweist, sind wir gezwungen, die Person der Justiz ihres Landes zu überantworten.«
»Jawohl, Sir.«
»Und dennoch kommen Sie hierher und wollen in die Legion eintreten. Weshalb?«
Billy sah ihn an. Der Offizier war um einiges jünger als der Sergeant – durchaus gutaussehend, mit einem offenen, faltenlosen Gesicht und durchdringenden Augen. Billy wußte, daß die reguläre französische Armee ihre besten Offiziere testete, indem sie ihnen Kommandoposten bei der Legion zuwies – das mußte bei diesem Mann der Fall sein.
»Ich hatte Scherereien, Sir.« Billy war sich im klaren, daß es sinnlos war zu lügen. Also umriß er mit wenigen Sätzen die Ereignisse der vergangenen acht Jahre.
»Hm«, sagte der Offizier, nachdem Billy seinen Bericht beendet hatte. »Habe ich das richtig verstanden: vor dem Kriegsgericht hat Oberstleutnant Willoughby wirklich zu Ihren Gunsten ausgesagt?«
»Jawohl, Sir.«
Der Offizier schwieg minutenlang. »Nach dem französischen Gesetz«, sagte er schließlich, »bin ich gezwungen, Nachforschungen anzustellen

und Sie am Ende möglicherweise nach Großbritannien zurückzuschicken. Manchmal macht die Legion jedoch ihre eigenen Gesetze. Ich kenne Ihren Oberstleutnant Willoughby, er war *coordinateur* bei meinem Trainingskurs. Hervorragender Mann, mutig und unerschrocken. Und anständig. Er war bei der Landung der Alliierten in der Normandie dabei, in der Panzerbrigade, das wußten Sie sicherlich, nicht wahr?«

Billy gab keine Antwort. Er wußte, daß Willoughby während des Italienfeldzugs verwundet worden war; neu war ihm indes, daß er auch in Frankreich gekämpft hatte. Der Offizier aber nahm sein Schweigen nicht zur Kenntnis.

»Für Oberst Willoughby mache ich eine Ausnahme. Das sage ich.« Mit einer raschen Bewegung nahm er Billys Paß und riß ihn entzwei. Die beiden Hälften warf er in den Papierkorb.

Billy stand reglos vor ihm. In seinem Magen breitete sich Kälte aus. Ihm schien, ihm würde ein Teil seines Lebens, ja seiner Existenz genommen. Etwas Unerwartetes und Unwiderrufliches war geschehen.

»Sie sind nun nicht länger Brite. Sie haben keine Nationalität mehr. Sie heißen auch nicht mehr Ramsden.« Er dachte einen Moment nach. »Natürlich behalten Sie Ihre Initialen, das ist so üblich«, fuhr er fort. »Aber von nun an sind Sie Bernard Roget.« Er begann zu schreiben, ohne seine Rede zu unterbrechen. »Der Sergeant wird Ihnen eine provisorische *carte d'identité* auf Ihren neuen Namen ausstellen. Außerdem erhalten Sie eine Bahnfahrkarte nach Toulouse und Geld für den Autobus, der Sie von dort in das Ausbildungslager Castelnaudary bringt. Sie verpflichten sich für sieben Jahre. Nach dieser Zeit – vorausgesetzt, Sie haben gut gedient, und es liegt nichts gegen Sie vor – erhalten Sie die französische Staatsangehörigkeit und einen französischen Paß. Sie haben dann die Möglichkeit, Ihren Dienst um weitere sieben Jahre zu verlängern und so weiter, bis zur *retraite* – bis zur Pensionierung.« Er schob ein Formular und einen Stift über den Tisch. »Unterzeichnen Sie hier als Bernard Roget... Damit Sie wissen, wie der Name sich schreibt: hier steht er in Druckbuchstaben.«

Benommen ergriff Billy den Stift und unterschrieb. Dann richtete er sich auf. »Danke, Sir«, sagte er heiser.

Der Offizier schüttelte den Kopf. »Mir brauchen Sie nicht zu danken. Danken Sie Ihrem Oberstleutnant Willoughby und dem großartigen Regiment, das er kommandiert. Für keinen anderen wäre ich bereit, die Regeln zu beugen – sagt man so? Jedenfalls, für ihn und die Coldstream Guards will ich das Risiko eingehen.« Er stand auf und streckte die Hand aus. »Willkommen in der *légion étrangère*, Roget.«

Billy schüttelte ihm die Hand. Dann salutierte er, instinktiv. Der Offizier verließ den Raum.
Während er auf die Rückkehr des Sergeanten wartete, starrte er auf das *képi blanc* an der Wand. Das weiße Band rund um die Mütze, das vielleicht berühmteste militärische Symbol der Welt, schimmerte im Sonnenlicht, das durch das Fenster fiel, und Billy wurde sich bewußt, daß er sich verpflichtet hatte, diese Mütze sieben Jahre lang zu tragen. Niemals hätte er sich vorstellen können, als er an diesem hellen Frühsommermorgen im Rekrutierungsbüro der Fremdenlegion stand, daß aus den sieben Jahren achtundzwanzig werden sollten.

Mit dem Zug fuhr Billy durch halb Frankreich nach Süden, nach Toulouse, und von dort aus mit dem Bus weiter nach Castelnaudary. In der Kaserne außerhalb der kleinen mittelalterlichen Stadt – einer Kaserne, die, wie Billy mit einem plötzlichen Schock erkannte, mit der Anlage in Caterham nahezu identisch war – und in der einsamen Landschaft vom Languedoc bis hinauf zum Vorgebirge der Pyrenäen wurde er zum Mitglied dieser merkwürdigen, oft brutalen und nahezu hermetisch abgeschlossenen Welt der französischen Fremdenlegion ausgebildet.
Wie die Gurkha-Regimenter der britischen Armee ist die Legion eine reine Söldnertruppe. Anders als die Gurkhas, die ausschließlich aus dem winzigen Staat Nepal im Schatten des Himalaja kommen, rekrutiert sich die Legion aus der ganzen Welt. In Castelnaudary fand sich Billy in der Gesellschaft von Brasilianern, Spaniern, Jugoslawen, Türken, Ungarn, Österreichern und zwanzig oder dreißig weiteren Nationalitäten. Ihnen allen bot die Legion eine neue Identität, eine neue Staatsangehörigkeit, einen neuen Namen. Dafür verlangte sie unbedingte Loyalität – nicht gegenüber Frankreich, obwohl die Sprache in der Legion Französisch war und Frankreich das Land, dem sie diente, sondern gegenüber der Legion: sie war eine Nation für sich. Sie hatte ihre eigene Geschichte, ihre eigenen Traditionen, ihre Hierarchie, ihre Sitten, Lieder und Gesetze. Der Legion anzugehören hieß, Mitglied einer riesigen, aber eng miteinander verflochtenen Familie zu sein, die jeden Verräter, jeden Abtrünnigen gnadenlos bestrafte – es gab nicht viele, die sie verrieten.
»Auf die Legion zu scheißen«, sagte der Unteroffizier, der die Rekruten in Castelnaudary in Empfang nahm, »ist dasselbe wie die eigene Mutter ficken. *Degardando en tu madre.*« Er wiederholte den derben Satz auf Englisch, auf Italienisch, auf Deutsch. »*Capito, you understand, vous me comprenez, les gars?*«

Die Rekruten rings um ihn, Billy unter ihnen, nickten einträchtig.
»*Bon*! Denn eins sag ich euch: jeden, der auf die Legion scheißt, verfolgt sie bis ans Ende der Welt – *jusqu'au bout du monde*! Und dort, Freunde, schneiden wir euch die Eier ab, braten sie und stopfen sie euch in den Rachen.« Der Unteroffizier grinste bösartig. Dann rief er auf einmal laut aus: *»J'adore ma mère! J'adore la légion! Les deux sont inséparables!«*
Er hob die Arme wie ein Dirigent und ließ sie die Worte mehrfach wiederholen. Einer nach dem anderen fiel in den Chor ein.
Deine Mutter und die Legion. Kein Unterschied. Unzertrennlich. Beide sind ein und dasselbe. Sie spenden Leben, sie nähren, führen und stützen dich von der Wiege bis zum Grab.
Billy lernte Französisch. Er lernte nach der Methode, die der Unteroffizier ihnen in jener ersten Nacht vorgeführt hatte: durch Wiederholung der Wörter und Sätze, die am Lagerfeuer in den Hügeln des Languedoc in endlosen Sprechchören gedrillt wurden. Er lernte die Marschlieder der Legion – »*Auprès de ma blonde*«, »*Milord*«, eine Anleihe bei der Piaf, und viele andere. Er wurde mit der Folklore der Legion vertraut, den Heldentaten – von Kamerun bis zu den mexikanischen Kriegen, von den Kämpfen um die Festungen in der nordafrikanischen Wüste bis zur Belagerung des Tals von Dien Bien Phu, wo ein rangniedriger Major und eine Handvoll Fallschirmjäger der Legion in einer Schlacht, die noch großartiger war als damals in Kamerun, die gesamte nordvietnamesische Armee zum Stillstand brachten.
Billy wurde von der Legion aufgesogen und hüllte sich seinerseits darin ein wie in eine warme, schützende Decke. Er warf seine Vergangenheit ab – Brixton, das Haus in der Mally, Tante Doris und Pfarrer Geoffrey, den Boxverein, seine Anstellung bei den Clarks, die Jahre im Gefängnis – wie die Kleider, die man ihm bei seiner Ankunft in Castelnaudary weggenommen und verbrannt hatte. Genauso verbrannte jede Erinnerung, alles, was er bis dahin erlebt hatte. Die Schiefertafel, auf der seine persönliche Geschichte stand, war abgewaschen worden und völlig leer. Billy Ramsden existierte nicht mehr – nur einen Namen gab es noch, der sich dumpf und eigensinnig in irgendeiner fernen Ecke seines Gedächtnisses hielt. Seine Initialen erinnerten ihn noch daran – in jeder anderen Hinsicht war er als Bernard Roget wiedergeboren.
Besiegelt wurde sein neues Leben, als er nach acht Monaten in Castelnaudary das *képi blanc* erhielt.
So weit kamen gewiß nicht alle, die sich mit ihm zusammen hatten anwerben lassen. Billys frühere Erfahrungen als Soldat verschafften

ihm zwar einen erheblichen Vorteil, aber das war es nicht allein: nur jeder dritte schaffte es – die anderen, darunter auch ehemalige Soldaten, wurden während der Ausbildung aus dem einen oder anderen Grund entlassen.

Zufällig besuchte am selben Tag, an dem Billys Abschiedszeremonie stattfand, der junge Offizier vom Pariser Rekrutierungsbüro Castelnaudary. Er begleitete den Lagerkommandanten bei der Inspektion der neuen Legionärstruppe. Er ging an Billy vorbei, zögerte, dann wandte er sich um. »Légionnaire Roget?« fragte er.

»*Oui, mon capitaine*«, antwortete Billy.

Der Offizier lächelte rätselhaft und wechselte ins Englische über. »Oberstleutnant Willoughby hat mich zur Osterfeier in Ihr Land eingeladen«, sagte er. »Ich hielt mich mit ihm zusammen in der Nähe der Kaserne von Windsor auf. Wir sprachen auch von Ihnen, und er trug mir eine Botschaft an Sie auf, falls ich Sie sehen sollte...« Mit zusammengekniffenen Augen dachte er nach. »Ja«, fuhr er dann fort. »Er sagte, es habe da einen Offizier gegeben, mit dem Sie eine Auseinandersetzung hatten. Dieser Offizier, soll ich Ihnen sagen, dient mittlerweile nicht mehr. *Il est foutu* – entlassen. Oberst Willoughby sagte außerdem, er wünschte, Sie würden immer noch bei den Coldstream Guards dienen.«

»Sir!« Billy erwiderte das Lächeln. Dann stand er stramm und salutierte.

Der Offizier nickte und ging weiter.

Zur Feier des Tages trank Billy an diesem Abend Unmengen von Calvados, gemischt mit *vin-gel* – dem dicken Rotwein auf Gelatinebasis, den die Fallschirmjäger bei Dien Bien Phu abgeworfen hatten und der zusammen mit Calvados zum Zeremonialgetränk der Legion geworden war. In den frühen Morgenstunden taumelte er sturzbetrunken aus einer Bar in Castelnaudary und fiel in die Gosse. Eine Militärpolizeistreife der Legion zog ihn wieder heraus.

»Wer zum Teufel sind Sie?« fragte einer der Polizisten.

»Bernard Roget«, antwortete Billy mit schwerer Zunge. »*Légionnaire* Bernard Roget«, fügte er stolz hinzu. Er strahlte.

Sein *képi* war in den Rinnstein gefallen. Mit einiger Mühe hob er es auf und setzte es sich wieder auf den Kopf. Dann übergab er sich und verlor die Besinnung.

21

Von Castelnaudary wurde Billy zum Stützpunkt der Legion auf Korsika geschickt, nahe Ajaccio. Er verbrachte dort zwei Jahre. Dann wurde er versetzt in die Kaserne vor Marseille, und zwei Jahre später war eine neuerliche Verlegung fällig, diesmal nach Nordafrika. Es war der Beginn einer Odyssee, die beinahe ein Vierteljahrhundert dauerte.
»Sie landen hier, Rollbahn zwei.« Der Briefing-Offizier tippte mit der Elfenbeinspitze seines langen Zeigestabs auf die Landkarte. »Lokalen Informationsquellen zufolge gibt es hier im Umkreis des Flugfelds von Fort Lamy möglicherweise vereinzelte Widerstandsnester – einen Haufen Affen, die angeblich mit schweren Maschinenwaffen ausgerüstet sind. Vielleicht stimmt das, vielleicht auch nicht. Gehen Sie davon aus, daß es stimmt. Feuern Sie sofort bei der Landung. Auf alles, was sich bewegt, – einen Hund, ein Scheißkind, machen Sie alles nieder.« Er verstummte. »Wir sind in Afrika, Freunde«, fuhr er fort. »Tiere und Kinder könnten Minen tragen. Vergessen Sie das nie. Wir wollen diese beiden Landpisten gesichert haben – wie Sie's machen, ist uns egal.«
Sechs Stunden später ließ Billy sich aus einem alten Dassault-Truppentransporter auf den von Schlaglöchern übersäten Betonboden des Flugplatzes von Fort Lamy fallen. Die lokalen Informationen waren richtig gewesen: noch bevor das Flugzeug auf dem Boden aufsetzte, hörte die Angriffstruppe das Geschützfeuer von den Maschinengewehren, die das Rollfeld mit einem Kugelhagel überzogen. Auf dem Boden angelangt, sprang Billy mit einer Schulterrolle auf die Füße und rannte, blindlings aus der Hüfte feuernd, seinem Zugführer hinterher.
Jean-Jacques, einer seiner Kameraden, der neben ihm lief, stolperte plötzlich und fiel. Billy hielt inne und sah sich um. Der Mann lag auf dem Gesicht, die Hände in den Bauch gekrallt. Zwischen seinen Schenkeln breitete sich rasch eine rote Lache aus, und trotz des Geschützlärms hörte Billy ihn schreien.
»Laufen Sie zu, um Gottes willen, los!« brüllte der Sergeant ihn an. »Wir kümmern uns später um ihn!«
Billy lief weiter.

Am Rand der Rollbahn angelangt, duckten sie sich unter den Wall, auf dem der Zaun rund um das Flugfeld errichtet war. Die Geschützstellung mit den Maschinengewehren, die noch immer ununterbrochen feuerten, befand sich links über ihnen, hinter dem Wall. *Les singes* – in der Legion hießen Schwarzafrikaner immer nur »die Affen« – rechneten nicht mit einem Gegenangriff von unten; das war typisch.

»Handgranaten!« stieß der Sergeant hervor. Er deutete rasch auf zwei Männer. »Roget, Sie auf die eine Seite. Lecanouet auf die andere. Wenn ich ein Zeichen gebe, werfen Sie. Wir anderen kommen dann von oben und machen den Rest fertig.«

Der Zug verteilte sich, die Männer robbten den Wall entlang.

Billy löste zwei Handgranaten von seinem Gürtel. Mit den Zähnen riß er den Abzug heraus; in jeder Hand eine Granate, preßte er die Finger auf den Hebel, der die Federn auf den Zündkapseln festhielt. Er beobachtete den Sergeanten. Er sah ihn den Arm heben und wieder senken.

Billy stand auf und ließ die Hebel los. Die Granaten brauchten sieben Sekunden bis zur Zündung. Billy zählte langsam bis vier, dann schleuderte er sie nach oben über den Zaun, außer Sichtweite. Fast unmittelbar danach erfolgte eine zweifache ohrenbetäubende Explosion – und fast gleichzeitig eine dritte und vierte: Lecanouet hatte seine Handgranaten im selben Moment geworfen. Billy packte seinen Automatikkarabiner und kletterte den Wall hinauf; tief versanken seine Füße im Sand. Dann war er oben und blickte hinunter.

Die befestigte Geschützstellung, mit etwa dreißig Tschad-Rebellen bemannt, war ein einziges Blutbad. Etwa die Hälfte der Männer war tot, von den Granaten zerrissen oder dem Flächenfeuer zum Opfer gefallen, mit dem der Sergeant und der Rest des Zuges sie aus unmittelbarer Nähe überzogen hatten. Die übrigen lebten noch, meistens schwer verwundet. Keiner war mehr in der Lage, irgendeine Form von Widerstand zu leisten. Die Sonne stand jetzt hoch über dem Horizont, und am Rand der ausgehobenen Senke ragten die Gestalten der Legionäre wie die Geier auf, dunkle Gestalten gegen den Morgenhimmel.

»Bernard«, befahl der Sergeant. »Sie sehen nach Jean-Jacques. Er ist neben Ihnen gefallen. Pierre, Sie begleiten ihn. Hier, nehmen Sie mein Funkgerät mit, damit Sie die Sanitäter rufen können.«

Billy nahm das Funkgerät und rannte den Wall hinunter zurück zur Rollbahn, Pierre hinter ihm. Fünf Minuten später waren sie wieder da.

»Jean-Jacques ist tot, *mon sergeant*«, sagte er. »Wir haben die Einsatzleitung im mobilen Hauptquartier informiert. Sie holen ihn ab.« Er gab das Funkgerät zurück.

In der heißen afrikanischen Sonne war die Blutlache rund um die Leiche dunkel geworden und begann bereits zu trocknen, als er und Pierre bei Jean-Jacques anlangten. Billy war sicher, daß der Mann fast sofort tot gewesen war, und er ahnte, daß auch der Sergeant das wußte.

»So.«

Der Sergeant zog seine 99-mm-Mauser aus dem Halfter. Er stieg hinunter in das Gewirr von Gräben und kurzen Tunnels, aus denen die Geschützstellung bestanden hatte, jetzt vollständig verwüstet. Zwei Rebellen, die noch am Leben waren, sahen ihm in Todesangst entgegen.

Er packte einen von ihnen an der Kehle und zwang ihn auf die Knie.

»*Combien pour un légionnaire?*«

Französisch war die Amtssprache im Tschad, und der Mann mußte den Sergeanten verstanden haben. Aber er war zu entsetzt, um zu antworten. Er verdrehte die Augen und starrte leer in die Luft, während die Hand des Sergeanten sich immer fester um seinen Hals schloß.

Wie viele für einen Legionär?

»Mehr, als du zählen kannst, *singe*, mehr, als es Sterne am Himmel gibt. Das ist der Preis für einen Legionär. Heute wird in Kleingeld bezahlt, weil nicht mehr da ist. Aber beim nächstenmal zahlt das ganze Land.«

Er legte dem Mann den Pistolenlauf an die Schläfe und drückte ab.

Billy fuhr zusammen, als die Explosion durch den Unterstand dröhnte. Sobald der Rauch sich verzogen hatte, blickte er wieder hinunter. Verspritzte Gehirnmasse rann über den ockerfarbenen Sand, milchig braun, gepunktet, wie Fischlaich.

Der Sergeant feuerte erneut. Er lief die Gräben ab und brachte jeden um, der noch am Leben war. Dreimal mußte er stehenbleiben und die Pistole nachladen. Keiner der Rebellen hatte versucht zu fliehen oder Widerstand zu leisten. Sie lagen, standen oder kauerten mit angstgeweiteten Augen und zitternden Gliedern, während er einen nach dem anderen hinrichtete.

Als nur noch einer am Leben war, hielt der Sergeant inne. Er sah auf und winkte Billy zu sich herab. Als Billy neben ihm stand, fragte er: »Jean-Jacques war Ihr *copain*, nicht wahr?«

Billy nickte. Ja, Jean-Jacques war in dem Zug sein engster Freund gewesen.

»Dafür können Sie diesen hier haben.« Er reichte Billy die Pistole.
Billy zielte und schoß. Es war das erste Mal, daß er einen Menschen tötete.
In dieser Nacht schlugen sie ihr Lager oberhalb des Rollfelds, nahe der zerstörten Geschützstellung auf. Die Rebellen hatten Holz gesammelt und gestapelt, das die Legionäre nun für ihr Feuer benutzten. Billy wurde zur Morgenwache eingeteilt. Nachdem er gegessen hatte, schlief er eine Weile. Der Himmel begann schon zu grauen, als der abtretende Wächter ihn aufweckte. Billy kroch aus seinem Schlafsack und setzte sich auf den Wall, das Gewehr auf den Knien. Er ließ den Blick über das kraterübersäte Flugfeld schweifen, dann sah er hinauf zum Himmel, der immerhin noch so dunkel war, daß die Sterne trotz des nahenden Morgens leuchteten. Sie waren zu weit nördlich, um das Kreuz des Südens sehen zu können, aber Billy erkannte den Großen Wagen, Orions Gürtel und Sirius.
Eine schmale Mondsichel neigte sich dem Horizont zu. Eulen riefen, irgendwo heulte ein Schakal, und die morgendliche Brise auf seinem Gesicht fühlte sich frisch und sauber und feucht an. Es war genau wie damals, als Ngoro ihn aufgeweckt hatte und ihn und Violet zum Rand der Schlucht über dem Fluß geführt hatte.
Billy dachte an die Elefanten, an das Tal. Vor allem dachte er an Violet. Mehr als zwanzig Jahre hatte er sie nicht gesehen. Sie war jetzt eine erwachsene Frau.
Als die Sonne aufging, heulte der Schakal abermals, und über dem Rollfeld wirbelten Staubspiralen auf. Billy fragte sich, wie es ihr wohl ergangen sein mochte.

Die Frau

Die Frau war klein und dunkelhäutig. Sie war nackt bis auf einen Lederriemen, den sie um den Hals trug – das Symbol des Sammlers. Von diesem Riemen hing ein Beutel herab, in dem sie eine Klinge verwahrte; sie war aus Knochen, geglättet und poliert und geeignet zum Graben.

Als in der Nacht zuvor der gewaltige Regen auf die Erde herabstürzte, verließ die Frau ihr Nest im Schilf und suchte in den Bäumen Zuflucht, die oberhalb des Flusses standen und ihre Zweige tief herabhängen ließen. Sie war von einer dumpfen, unbestimmten Ahnung erfüllt, das Gewitter und die Wassermassen könnten das Flußbett aushöhlen und eine tiefe Schlucht in die Erde graben. Sie hatte freilich keine Möglichkeit, derlei zu wissen, und sie wußte auch nicht, daß bis dahin Tausende von Jahren vergehen würden.

Nach dem fürchterlichen Sturm kehrte wieder Ruhe ein. In der hellen Morgensonne stand sie am stillen Wasser eines Tümpels am Rand des Flusses, der dem Tal und allen seinen Tieren Leben schenkte. Eine Zeitlang betrachtete sie ihr Bild in der spiegelglatten Fläche.

Das Bild zeigte ihr vielerlei. Es zeigte ihr, daß ihr Körper muskulös und stark war. Daß ihre Haut die Farbe einer reifen Walnuß hatte. Daß ihre Brüste fest und rund waren und sich stolz hervorwölbten. Daß ihre Augen dunkel und mandelförmig waren, so dunkel, daß sie fast schwarz erschienen. Daß ihre Lippen voll waren, ihre Wangenknochen hoch und ihre Stirn breit und klar.

Das Bild sagte ihr nicht, daß sie schön war. Es gab niemanden auf der Welt, der ihre Schönheit bewundern konnte. Und doch erkannte sie an dem dunklen pelzigen Dreieck ihrer Scham, daß ihr Körper bereit war zu gebären.

Die Frau tauchte ins Wasser des kleinen Tümpels, einer abgeschnürten Flußschlinge. Sie hielt sich an einer Papyrusstaude fest, ließ sich auf dem Rücken treiben und sah hinauf in den Himmel. Über ihr schwebte ein Eisvogel, bevor er pfeilschnell kopfüber ins Wasser tauchte. In einem glitzernden Sprühnebel winziger Tröpfchen tauchte er wieder auf und hielt einen Fisch im Schnabel.

Die Frau schloß die Augen und ließ sich von sanften Wellen umspielen. Das Wasser war warm, trotzdem schauderte sie, und einen Augenblick lang tat es ihr leid, daß sie nicht in ihr Nest zurückgekehrt war, um sich nach der durchwachten Gewitternacht während des Tageslichts auszuschlafen.

Aus irgendeinem Grund hatte der Eisvogel – der schwarz war wie ihre Augen, als er sich erhob und dem Licht entgegenflog – die Vergangenheit wieder aufgewühlt. Die Erinnerung an das Gewesene, an die schrecklichen Dinge, die geschehen waren, ließ sie auch jetzt noch erstarren vor Furcht und Entsetzen.

Sie wußte nicht mehr genau, wann das Übel begonnen hatte; im elften Sommer ihres Lebens mußte es gewesen sein. Bis dahin hatte ihr Volk – sie wußte nicht, wie viele zum Stamm gehörten, vielleicht dreißig, vielleicht vierzig Menschen – im Wald gelebt. Nachts schliefen sie in den Bäumen, auf Terrassen, hoch oben in den Ästen aus lose verflochtenen Zweigen und Gräsern gebaut wie unordentliche Vogelnester. Bei Tag stiegen sie herunter auf den Waldboden und sammelten. Sie jagten nicht – es war nicht notwendig, die Kräfte zu vergeuden, die ein Jäger brauchte. Sie nahmen alles, was am leichtesten zur Hand war. Sie sammelten Wurzeln, Früchte, Knollen, suchten nach Vogeleiern, Maden, Insekten, Pilzen, Eidechsen und den wenigen kleinen Tieren, die sich in ihren Fallen fingen: Netzen, kunstvoll aus Gräsern gewoben, in die ein unachtsames Wesen leicht geraten konnte.

Es war ein hartes, aber normalerweise nicht gefährliches Leben. In jenen ersten Jahren bildeten die Bäume die Grenzen ihrer Welt. Dann kam das Feuer. Und das Feuer veränderte alles.

Der Wald hatte auch schon früher gebrannt; diesmal aber war es anders. Sie konnte freilich nicht wissen, was das Feuer ausgelöst hatte: ein einzelner Meteorit, weißglühend vor Hitze, war in den ausgedörrten Boden eingeschlagen und hatte die Steppe in Brand gesetzt. Angefacht durch ungewöhnliche sturmähnliche Winde, die von dem fernen Meer im Westen herkamen, wütete das Feuer quer über das Land in einer blutroten Welle der Zerstörung, die alles auf ihrem Weg in Asche legte. Hunderttausende, dann Millionen von Quadratkilometern afrikanischer Urwald verbrannten.

Zusammen mit allem anderen Leben im Wald gingen auch der Stamm der Frau und die anderen Stämme in der Nähe, die wie sie in den Bäumen lebten, im Flammenofen zugrunde.

Allein die Frau überlebte. Sie verdankte ihr Leben ihrer Mutter, die es irgendwie geschafft hatte, ihre kleine Tochter aus dem Baumnest zu holen, bevor die Flammen es verschlangen, und tagelang, wochenlang mit ihrem Kind nach Nordosten gewandert war. Sie hatte sich die Richtung nicht ausgesucht: der Atlantikwind zwang sie dorthin, der in ihrem Rücken wehte und die grausamen Flammen vor sich hertrieb. Nirgendwohin sonst konnten sie fliehen, konnten nur davonlaufen vor dem lodernden Feuer, das ihnen prasselnd und fauchend stets auf den Fersen war.

Die Mutter wählte sich ihren Weg nicht, er war ihr gebahnt worden: von einer großen Herde Elefanten, die auf ihren jährlichen Wanderungen auf der Suche nach Nahrung einen breiten Korridor in die Savanne getreten hatten. Von Jahr zu Jahr erholte sich der Boden wieder, Gräser und Büsche wuchsen nach, doch die Leitkuh der Herde wußte immer, wo die Pfade verliefen, sie wußte auch, daß das neue Gras zart und süß war und angenehm für die weichen Mäuler der Kälber auf den endlosen Wanderschaften vom Wald durch die Ebene zum Fluß.

Die Elefantenpfade, die kreuz und quer durch die Savanne führten, dienten als natürliche Feuerschneisen gegen die alljährlichen Brände im Sommer. Doch dies war kein gewöhnlicher Brand, und die offenen Breschen vermochten die Flammen nicht mehr aufzuhalten – fast ohne ein Zögern sprangen sie darüber hinweg. Kein Weg war breit genug, um dem Feuer, das aus dem Himmel herabgestürzt war, Einhalt zu gebieten – die Elefantenpfade boten den Flüchtenden lediglich eine Atempause: rechts und links tobten die Flammen, aber in der Mitte waren sie vorübergehend sicher.

Zwei Monate später war das Entsetzen vorbei. Am Himmel hinter ihnen hing eine riesige schwarzgraue Rauchdecke, doch der Wind hatte nachgelassen, und das Feuer war beinahe erstorben.

In der Zwischenzeit hatten sie mehr als neunhundert Kilometer zurückgelegt. Sie hatten von Insekten und anderen kleinen Tieren gelebt, die wie sie den Pfad entlangrannten auf der Flucht vor den Flammen. Ihre Haut war verdorrt und voller Blasen von der erbarmungslosen Hitze, und sie waren beide ausgezehrt und zu Tode erschöpft.

Die Mutter des Kindes stieg auf einen Akazienbaum und band ihre Tochter zum Schutz vor den Räubern, die den Boden nach Beute absuchten, mit Lianen an einer Astgabel fest. Dann ließ sie sich herabfallen und machte sich auf die Suche nach Nahrung. Mit einem Vogelnest samt Gelege und einem hohlen Ast voller Honig und Raupen war sie auf dem Rückweg zum Baum, als ein Rudel Hyänen ihren Geruch witterte.

Sie schrie – stieß ein hohes, an- und absteigendes Heulen aus, das ebenso eine Waffe zur Verteidigung wie der Ausdruck ihrer Furcht war. Ihre Schreie weckten das Kind. Es spähte hinab durch das Laub, mit Armen und Beinen fest an die Äste gebunden. Die Mutter hatte gerade den Stamm erreicht, als die Hyänen sie einholten. Sie versuchte hinaufzuklettern, doch die breitschultrigen Tiere sprangen hoch und zerrten sie herab und zerfetzten ihren kraftlosen Leib mit ihren mächtigen Kiefern.

Das Kind sah zu, wie sie seine Mutter töteten und auffraßen, knurrend und grunzend vor Gier.

Später schlief das Mädchen ein. Kurz vor dem Morgengrauen erwachte sie und sah das Geäst ihres Baumes übersät von Geiern: sie warteten auf das Tageslicht, um hinabzufliegen und sich über das Gerippe herzumachen. Schon am Abend zuvor hatten sie sich gütlich getan an dem, was die Hyänen ihnen übriggelassen hatten, und der Gestank von Aas, der ihnen anhaftete, war unerträglich.

Das Mädchen spürte Trauer, Einsamkeit, Furcht, vor allem aber verspürte sie einen stechenden, schmerzhaften Hunger. Sie nagte die Lianen durch und kletterte vom Baum. Unten angelangt, zögerte sie kurz, lauschte und suchte im frühmorgendlichen Licht ihre Umgebung zu ergründen. Die Hyänen waren fort. Sie hatten die verstreuten Vogeleier gefressen, doch den Honig und die Raupen verschmäht, und so stopfte sich das Mädchen mit beiden Händen die Nahrung in den Mund und kaute gierig. Dann begann sie rings um den Baum den Boden abzusuchen.

In der Raserei ihres Angriffs hatten die Hyänen ein Stück vom Brustkorb in den Busch geschleudert; ein Schwarm Fliegen zeigte an, wo es lag. Das Mädchen langte in das Dornengestrüpp und zog die Knochen hervor, an denen noch genug Fleisch hing, um sie für die nächsten Tage zu versorgen – jedenfalls so lange, bis das Fleisch in der Hitze verfault war.

Sie leckte versuchsweise daran. Es schmeckte süß. Sie hatte keinerlei Empfindung dabei, kein Gefühl von Schuld: nicht das Fleisch und Blut ihrer Mutter berührte ihre Lippen, sondern totes Fleisch, Aas – und Aas war Nahrung. Dem Geist ihrer Mutter vermochte es nichts anzuhaben, wenn sie das tote Fleisch aß, denn der Geist ihrer Mutter lebte in ihr weiter, und es war nur recht, wenn das Fleisch den Geist nährte.

Sie legte sich die Rippen über die Schulter und machte sich auf den Weg nach Nordosten, dieselbe Richtung, in die ihre Mutter aufgebrochen war. Es war ein Instinkt, der sie diesen Pfad einschlagen ließ, denn hinter ihr lauerte kein Schwelbrand mehr, der sie antrieb. Sie ging den Pfad mit unbeirrbarer Sicherheit.

Genau wie ein Elefantenkalb war auch sie das Kind eines weiblichen Säugers, und sie folgte dem Weg der Elefanten, wie die Weisheit ihrer Mutter sie gelehrt hatte. Was sie von den Elefanten trennte, war nicht ihr Wissen, sondern ihr Verstand. Sie verstand, daß sie keine Herde mehr hatte, die sie stützte und trug. Sie verstand, daß sie allein war, ganz und gar allein. Sie war elf Jahre alt, und bei der schrecklichen Erinnerung an das Feuer, das sie ihr Leben lang nicht vergessen würde, ahnte sie, daß sie die Letzte ihrer Art war.

In sich trug sie den genetischen Grundstock der gesamten Menschheit – aber auch das konnte sie natürlich nicht wissen. In all der Einsamkeit, die sie umgab, dachte sie, nach ihr werde es nichts mehr geben.

Das Aas – das letzte Geschenk ihrer Mutter – reichte ihr für genau eine Woche. In der Zeit hatte sie gelernt, für sich allein zu überleben.

Einen Monat später stieß sie auf den Fluß. Am Ufer wuchsen starke Gräser mit fetten Ähren, saftige Melonen, und in den Bäumen fand sie Bienenstöcke – ein Vogel, ein Honigkuckuck, wies ihr den Weg. Es gab sowohl Nahrung als auch Wasser. Mit beiden Armen riß sie Schilf aus und baute sich ein Nest auf dem Boden, wie sie es von ihrem Stamm in den Bäumen gelernt hatte. Sie ließ sich hier nieder, um so lange zu leben, wie die Raubtiere ihr gestatteten.

Vier Jahre vergingen bis zu dem großen Regen.

Am Morgen nach dem Sturm, als sie von dem Tümpel zurückkehrte, fand sie ihn. Sie fand ihn eingerollt in ihrem Nest liegen, schlafend und so hilflos wie ein Neugeborenes.

Im ersten Augenblick, in dem sie ihn sah, wußte sie, daß er ihr gehörte.

Dritter Teil
Violets Geschichte

22

Violet steckte die Hand durch das Geländer und nahm sich einen der Bambusstäbe, mit denen der Gärtner seine Pflanzen abzustützen pflegte. »Angie!« rief sie. »Auf die Plätze, fertig...«

Angie, Violets neugewonnene beste Freundin aus der teuren Tagesschule, die ihre Mütter für sie ausgesucht hatten, war noch ein gutes Stück hinter ihr. »Unfair!« rief sie. »Warte, bis ich auch einen Stecken hab'!«

Angie holte sich ebenfalls einen Bambusstab, und dann rannten die beiden kleinen Mädchen mit wehenden schwarzen Mänteln und blitzenden weißen Söckchen rund um den Platz und ließen trommelnd die Stöcke an den eisernen Gartenzäunen entlanggleiten.

Es war Anfang April. Zweieinhalb Jahre waren vergangen seit der Ankunft des Schiffs, das Violet und ihre Mutter nach Hause zurückgebracht hatte. Wie Billy war auch Violet mit der nordeuropäischen Kälte nicht vertraut, doch sie erlebte ihren ersten Londoner Winter sehr anders als er. Fünf Kilometer nordwestlich von Lambeth auf der anderen Seite der Themse stand das Londoner Wohnhaus der Somersets, ein großes, elegantes georgianisches Haus in Kensington, in der kalten Jahreszeit stets warm und behaglich dank einer Kombination von Zentralheizung und offenen Kaminen. Nanny und Violet hatten ihre eigenen Räume im obersten Stock des Hauses, wo auch das restliche Personal schlief – eine Köchin, ein Butler, ein Hausmädchen und Mrs Somersets Kammerzofe. Zu Violets Suite gehörte ein großes Kinderzimmer, in dem sie nach der Schule häufig ihre Freundinnen empfing – vorzugsweise Angie. Heute jedoch war Angie zu einer Party eingeladen, und Violet, die sich sonst geärgert hätte, weil sie nicht dabeisein durfte, machte es heute nichts aus, denn sie hatte ihrer Mutter Aufregendes zu berichten.

Als die beiden Kinder vor Violets Haus angelangt waren, winkte Angie und rannte weiter. Violet sprang die Stufen hinauf und lief ins Haus.

»Mama, Mama!« Violet stürmte ins Zimmer und schlang die Arme um ihre Mutter. »Rate, was los ist!«

»Liebling, bitte!« Margaret Somerset versuchte sich der Umarmung zu

entziehen. »Ich komme soeben vom Friseur, und du wirst mir mein Haar ruinieren. Wo ist denn überhaupt Nanny?«
»Weiß ich nicht, sie wird schon kommen. Angie und ich sind um die Wette gerannt. Ich habe gewonnen.«
»Violet, wie oft soll ich dir das noch sagen! Wenn Nanny dich von der Schule abholt, sollst du ihr nicht vorauslaufen. Sie ist zu alt, um mit euch Schritt zu halten, und sie macht sich schreckliche Sorgen, daß dir etwas passieren könnte, während du außer Sichtweite bist.«
Violet schnitt eine Grimasse. »Ich bin doch schon groß! Mir passiert nichts.«
»Du tust, was ich dir sage, Violet.« Mrs Somersets Ton war scharf. »Sonst muß ich mit Angies Mutter reden. Wir werden ja sehen, was sie dazu meint.« Dann wurde ihre Miene freundlicher, und sie setzte hinzu: »Also, was soll ich raten?«
»Die ganze Klasse war so gut im letzten Halbjahr, daß wir eine Belohnung bekommen. Miss Palmer geht mit uns in den Tierpark.«
»Ach, wie schön! Wann denn?«
»Morgen! Und Miss Archer sagt, wir sollen was zu essen mitnehmen für ein Picknick.«
»Meine Güte, hast du aber ein Glück!« Mrs Somerset sah ihre Tochter an. Violets Haar war vom Wind zerzaust, ihre Wangen glühten, und die Augen strahlten vor Aufregung und Vorfreude auf den Ausflug. Schon mit neun Jahren war sie eines der hübschesten Kinder, die Margaret Somerset je gesehen hatte, und sie dachte mit leisem Schuldgefühl, sie sei wohl ein wenig zu streng gewesen. Nanny war nicht mehr gut zu Fuß, und für jedes Kind in diesem Alter wäre es frustrierend, an der Seite einer langsamen alten Frau bleiben zu müssen.
»Gib mir noch einen Kuß – aber vorsichtig diesmal –, und dann gehst du und sagst Mrs Benson, was sie dir für morgen herrichten soll. Such dir aus, was du möchtest.«
»Wirklich was ich möchte?«
»Ja, Liebling.«
»Auch wenn Nanny nein sagt?«
»Das brauchst du ihr ja nicht zu sagen, du Gänschen. Das erfährt nur Mrs Benson.«
»Fein!«
Mrs Somerset neigte den Kopf und reichte ihrer Tochter die Wange zum Kuß. Violet rannte die Treppe hinunter in die Küche und suchte nach Mrs Benson, der Köchin. Sie wollte vor allem eine große Tafel Schokolade mitnehmen – Angie liebte Schokolade, genau wie alle

anderen Mädchen. Lebensmittel waren 1948 noch immer rationiert, und die meisten ihrer Freundinnen kamen selten in den Genuß solcher Wonnen. Für die Familie Somerset schien die Rationierung aus irgendeinem unerfindlichen Grund nicht zu gelten. Hier gab es immer Schokolade, und auch an allem anderen herrschte nie ein Mangel. Violet hatte ihre Mutter gefragt, weshalb.

»Ach, du weißt doch, wie es ist, Liebling«, antwortete Margaret Somerset mit einer unbestimmten Handbewegung. »Daddys Beruf – Diplomaten müssen den Anschein aufrechterhalten. Und außerdem haben wir so viele nette Freunde in Amerika.«

Violet begriff den Zusammenhang zwischen Anschein und Schokolade keineswegs. Unter netten Freunden in Amerika konnte sie sich eher etwas vorstellen – ihr Vater war häufig auf Reisen, und sie nahm an, daß er bei solchen Gelegenheiten neue Freundschaften schloß. In der Welt der Erwachsenen gab es anscheinend sehr viele verschiedene Arten von Freundschaft. Ihre Mutter beispielsweise unterschied zwischen Freunden, Freundinnen und guten Freunden. Einmal, als ihr Vater sie nach einem Mann gefragt hatte, der sie zum Essen ausführen wollte, hatte Violet sie sagen hören: »Um Himmels willen, Michael, wir sind einfach gute Freunde, das ist alles«. Überhaupt gab es sehr viele Herren, die eifrig darauf bedacht waren, ihre Mutter auszuführen, und wann immer Violets Vater im Ausland war, blieb ihre Mutter nicht ruhig zu Hause wie andere Mütter, sondern blühte auf und gab sich wohlduftend und geschmückt den allabendlichen Vergnügungen hin.

Einer der Freunde ihrer Mutter hatte Violet auf eine Frage gebracht, die sie mit Angie besprechen wollte. Eine durchaus private Frage, über die man weder in der Schule noch zu Hause, wenn Nanny in Hörweite war, reden konnte – aber vielleicht morgen im Tierpark.

Auf Angie war Verlaß, sie wußte alles. Ihr Vater war Maler und porträtierte die bessere Gesellschaft, ihre Mutter eine ehemalige Schauspielerin, seinerzeit recht berühmt. »Im Grunde anständige Leute, aber doch einigermaßen unorthodox«, war der Kommentar von Violets Mutter, mit dem Violet nicht viel anfangen konnte: sie nahm nur die Spur Mißbilligung wahr, die im Tonfall ihrer Mutter mitschwang, und dachte sich ihren Teil. Interessant war jedenfalls, daß Angies Vater oft Akte malte – weibliche wie männliche – und die beiden Mädchen versteckten sich manchmal hinter dem Vorhang und sahen zu. Danach erörterten sie die Unterschiede zwischen erwachsenen Körpern und ihren eigenen, die schön und glatt waren, unbehaart, an denen vor allem nichts baumelte und nichts hervorstand, und bei dieser Gelegenheit hatte Violet festgestellt, daß Angie einiges wußte, wovon sie selbst keine Ahnung hatte. Künstlereltern erzählten ihren Kindern Dinge, die gewöhnliche Eltern niemals in den Mund genommen hätten. Angie wußte alles über Sex.

Violet war sicher, daß die Antwort auf ihre Frage mit Sex zu tun hatte.

Am nächsten Tag nahm Violet ihren zerschlissenen Teddybären mit auf den Schulausflug – zum Teil, weil ihm die Gesellschaft anderer Tiere sicherlich zusagen würde, zum Teil, um sich selbst Mut zu machen, damit sie ihre heikle Frage stellen konnte. Im Zoo angelangt, teilten die Lehrer ihre Schützlinge in kleine Gruppen ein und führten sie rund um die Gehege.

»Bleibt einmal alle zusammen«, sagte Miss Palmer, »wir besuchen jetzt das Haus für Kleinsäugetiere, und ich möchte, daß ihr besonders gut aufpaßt.«

Violet zupfte Angie am Ärmel und flüsterte ihr ins Ohr: »Langweilig! Komm, wir verdrücken uns.«

»In Ordnung«, flüsterte Angie zurück. »Aber wie?«

»Ich mach' das schon!« Violet lief zur Lehrerin. »Bitte, Miss Palmer, Angie und ich möchten auf die Toilette.«

»Ach, Violet!« rief Miss Palmer verzweifelt. »Wieso immer ihr beide? Im nächsten Halbjahr fangen wir mit der Biologie an, und ich möchte euch doch zuerst wenigstens halbwegs einen Hintergrund vermitteln.«

»Wir machen ganz schnell und kommen dann nach, ja?« sagte Violet beflissen.

Die Lehrerin seufzte. Es fiel ihr schwer, mit Violet Somerset zu argumentieren. Irgend etwas war an diesem Kind, an seiner ungewöhnlichen Schönheit, deren es sich nicht im geringsten bewußt war, den verträumten veilchenblauen Augen, den Rosenlippen, den goldenen Locken – irgend etwas, das es ihr unmöglich machte, dem Mädchen etwas abzuschlagen.

»Also gut, aber beeilt euch!«

»Ja, Miss Palmer.«

Violet und Angie liefen davon. Kaum außer Sichtweite, verlangsamten sie ihren Schritt. Violet sah sich um, entdeckte, wonach sie suchte, und zog Angie mit sich, dorthin, wo die Tiere aus Afrika untergebracht waren.

»Hier«, sagte Violet und deutete auf das Gebäude, an dem ein Schild verkündete: *Elefantenhaus.*

Drinnen war es dunkel und ruhig, ein hoher Raum, gewölbt wie eine Höhle, in dem es nach Dung und frischem Heu roch. Die großen grauen Tiere standen nebeneinander zwischen einem Wald von

Steinsäulen und wiegten langsam die Köpfe hin und her, immer wieder, rastlos von einer Seite zur anderen. Es war, als wären sie in einer Traumwelt eingeschlossen, als könnten sie jeden Augenblick aufwachen, die Wände niederreißen und ausbrechen, um die Bäume im Regent's Park zu entwurzeln.

»Ist das auch nicht gefährlich hier?« fragte Angie beklommen.

»Selbstverständlich nicht«, antwortete Violet verächtlich. »Ich weiß alles über Elefanten. Von Ngoro. Auch wenn sie rauskämen, würden sie mir nie was zuleide tun.«

Violet schloß einen Moment die Augen und sog den Geruch der Tiere ein. Sie dachte zurück an die afrikanische Elefantenherde, an Uhuru, die sie durch das Tal zur Tränke führte. An das Tal – das ihr und Billy gehörte, aber in Wahrheit allein den Elefanten. Sie würden später hinfahren und das Tal in Besitz nehmen, wenn sie erwachsen waren und frei.

Die Gegenwart dieser gewaltigen Tiere gab ihr ein Gefühl von Mut und Tapferkeit. Sie fühlte sich sogar mutig genug, um ihre Frage zu stellen. Sie warf einen Blick hinter sich, um sicherzugehen, daß niemand zuhörte, und holte tief Atem.

»Angie, was ist eine Mätresse?«

Angie sah sie verblüfft an. »Was ist was?«

Violet wurde klar, daß sie in ihrer Verlegenheit zu leise und undeutlich gesprochen hatte. Sie hob die Stimme ein wenig: »Eine Mätresse.«

»Oh, eine Mätresse!« Angie kicherte. »Wieso willst du das denn wissen, Vi?«

Violet zögerte, unschlüssig, ob das Wort Schlechtes oder Gutes bedeutete. »Meine Mama ist eine Mätresse«, sagte sie schließlich.

Angie riß die Augen auf. »Bist du ganz sicher?« fragte sie.

»Das hat sie selber gesagt, am Telefon«, antwortete Violet. »Es ist schon eine Weile her, Daddy war gerade wieder verreist. Das Telefon hat geläutet, Mama war oben und hat sich zum Dinner umgezogen. Bobbity ging ans Telefon und sagte, es ist für Mama. ›Lord Cranleigh‹, sagte sie. Ich dachte zuerst, es ist Daddy, deswegen bin ich hinuntergegangen und wollte zuhören. Dann habe ich Mama schreien gehört. Sie klang wirklich zornig.«

»Was hat sie gesagt?«

»'Ich bin vielleicht deine Mätresse, John, aber das ist kein Grund, mich wie eine Hure zu behandeln.' «

Angie erstarrte. Dann stieß sie einen Pfiff aus. Das Pfeifen hatte sie vom Metzgerjungen gelernt; ihre Mutter hatte zwar behauptet, derlei schicke sich nicht für eine Dame, aber eine Neuigkeit dieser Güte verdiente sehr wohl einen Pfiff.

Die Mädchen sahen einander an.

»Was soll das denn heißen?« fragte Violet.

»Hure oder Mätresse?« fragte Angie. »Welches Wort weißt du nicht?«

»Hure ist ein Schimpfwort, das kenne ich«, sagte Violet mit gerunzelter Stirn. »Aber eigentlich weiß ich nicht wirklich, was es heißt. Und das andere hab' ich noch nie gehört.«

Angie holte tief Atem. Violet war immer die Anführerin gewesen, seit sie miteinander befreundet waren. Aber ein Gebiet gab es, auf dem Angie sich auskannte, und das war ihr Triumph: nicht nur nackte Frauen und Männer konnte sie ihrer Freundin vorführen, sie hatte ihr auch sonst noch allerlei zu bieten.

»Eine Mätresse«, hob sie an, »nennt man auch Geliebte. Und die macht so die ganzen Sachen, du weißt schon, küssen und kuscheln und die Kleider ausziehen und die Beine aneinanderlegen und so. Sie macht Babys mit jemand, der nicht ihr Mann ist.«

»Aha. Und was ist eine Hure?«

Angie zerbrach sich den Kopf. »Eigentlich ist es dasselbe«, sagte sie vorsichtig. »Bloß mit dem Unterschied, daß man sich dafür dumm und dämlich zahlen muß. Sagt mein Daddy. Die Erwachsenen nennen es ficken.«

Violet starrte Angie stumm an. »Ficken ist leicht«, sagte sie dann forsch. Sie gab sich weitaus dreister, als sie war; in Wahrheit fühlte sie sich sehr unbehaglich. Bis jetzt hatte sie nur geahnt, daß man gewisse Worte nicht in den Mund nehmen durfte, schon für ein »Scheiße« konnte man sich eine Ohrfeige einhandeln. Von Billy Ramsden hatte sie dieses Wort »ficken« auch schon gehört, allerdings ohne weitere Erläuterungen. Mit ihm hatte sie natürlich nur so gesprochen: es war ein Zeichen der Freiheit und der Solidarität mit »gewöhnlichen Leuten«, wie ihre Mutter sie zu nennen pflegte, mit Leuten, die nicht wie Violet »wohlerzogen« waren. Billy Ramsden war gewöhnlich. Selbst Nanny, die gewiß keine vornehme Dame war, bezeichnete ihn als »wirklich sehr gewöhnlich«.

Violet hätte nie vermutet, daß »ficken« die Beine aneinanderlegen und Babys machen bedeutete. Es war ihr im Grunde gleichgültig, an wessen Beine ihre Mutter sich legte, selbst wenn sie dadurch zur Hure wurde. Das ging sie nichts an. Was sie hingegen störte, war die Vorstellung von einem Baby: das ging sie sehr wohl etwas an.

»Der Saukopf!« sagte sie wütend.

Angie lachte nervös auf. »Was willst du tun, Vi?«

Violets Augen funkelten. »Das wirst du schon sehen.«
»Aber du sagst es nicht weiter, gell, ich meine, daß ich dir das gesagt habe, oder?«
»Sei nicht blöd!« Violet schüttelte heftig den Kopf. Sie hatte Wichtigeres zu tun als Angie zu verpetzen, sie hatte eine Aufgabe zu erledigen. Sie warf einen letzten Blick auf die Elefanten. Eine Kuh hatte ein kleines Kalb zwischen den Beinen und stieß das Kleine sanft mit dem Rüssel an, bis es unbeholfen zu saugen begann. Violet hatte ihre Mutter einmal gefragt, ob sie auch gestillt worden sei. Die Frage hatte sich nach einer heimlichen Beobachtung im Atelier von Angies Vater gestellt, der eine dralle junge Frau mit vollen runden Brüsten als Modell für eine Madonna mit Kind eingesetzt hatte – eine naturalistische Darstellung, die Violet mit dem Vorgang des Stillens bekanntmachte. Mrs Somerset war durch die Frage einigermaßen erschüttert. »Natürlich nicht, Liebling. Niemand tut das heutzutage. Das ist sehr schlecht für die Figur. Weshalb fragst du?«
Violet berichtete von dem Bild. Ihre Mutter lachte und tätschelte ihr die Wange. Später hörte Violet, wie sie die Geschichte einer Freundin weitererzählte. »Kannst du dir das vorstellen«, fragte Mrs Somerset am Ende, und die beiden Frauen brachen in ein herzhaftes Gelächter aus, als wüßten sie etwas, wovon Violet nichts ahnte: sie fühlte sich gedemütigt. Gedemütigt und wütend.
Beim Anblick der großen grauen Elefantenkuh, die ihr Kind mit dem Rüssel streichelte, kehrte Violets Wut zurück. Sie wandte den Elefanten den Rücken zu und wollte nichts mehr von ihnen wissen. »Komm, Angie, wir müssen zurück zu den anderen«, sagte sie mürrisch.
Mit dem Bus fuhren sie nach Hause, und Violet stieg kurz vor dem Platz aus, an dem sie wohnte. Die letzten hundert Meter ging sie zu Fuß, immer noch wütend, jetzt aber zunehmend auch beunruhigt. Sie fühlte sich nicht mehr sicher. Vielleicht wollte ihre Mutter sie nicht mehr – vielleicht war sie von Anfang an unerwünscht gewesen. Vielleicht hatte sie deshalb ihre schöne Figur nicht verlieren wollen. Vielleicht wollte sie sogar ein neues Baby, um Violet zu ersetzen.
Zornig trat Violet gegen lose Pflastersteine, jeder Tritt begleitet von einem halblauten Schimpfwort. Dann faßte sie einen Entschluß: sie war ein Einzelkind, und ob es ihrer Mutter gefiel oder nicht – das sollte auch so bleiben.

23

»Könnte ich bitte mit Lord Cranleigh sprechen?« fragte Violet.
»Wen darf ich melden, Fräulein?«
Einen Augenblick fühlte Violet sich verunsichert. Es war das Zimmermädchen, das den Hörer abgenommen hatte, und mit einer weiblichen Stimme hatte Violet nicht gerechnet.
Zwei Tage waren seit ihrem Besuch im Zoo vergangen. Sie hatte so lange warten müssen, um sicher zu sein, daß ihre Mutter lange genug außer Haus war. Ihre Chance kam, als die Mutter ihr sagte, sie werde eine Vernissage besuchen und nicht vor dem Abendessen zurück sein. Den Namen kannte Violet, und es war nicht schwer, auch die Telefonnummer herauszusuchen – sie fand sie in dem ledergebundenen Adreßbuch, das ihre Mutter stets in der Geheimschublade ihres Sekretärs verwahrte. Geheimschubladen waren für Violet ein Kinderspiel. Sie wartete, bis Nanny und Bobbity sich zu ihrer Nachmittagsruhe zurückzogen, dann schlich sie ins Schlafzimmer ihrer Mutter, holte das Buch, fand die Nummer und wählte.
Jetzt schlug ihr Herz so laut, daß sie fürchtete, man könnte es durch das Telefon hören.
Fräulein, hatte das Zimmermädchen gesagt! Violet verzog gequält das Gesicht. Sie hoffte inständig, das sei kein Scherz – sie hatte versucht, ihre Stimme so tief und so erwachsen wie möglich klingen zu lassen.
»Eine Freundin«, stotterte sie.
»Warten Sie bitte einen Moment. Ich sehe nach, ob er zu Hause ist.«
Zu Violets Erleichterung fragte das Zimmermädchen kein zweites Mal nach ihrem Namen. Durch die Leitung hörte sie Schritte auf einem glatten Boden und war nahe daran, sich eines Besseren zu besinnen und aufzulegen. Nein. Es war zu wichtig, um jetzt aufzugeben. Mit weißen Knöcheln klammerte sie sich an den Hörer.
»Hallo. Hier spricht Lord Cranleigh. Wer ist da?«
Violet überlief es kalt.
»Hallo?« fragte der Mann. »Ist da jemand?«
»Lord Cranleigh?« fragte Violet und vergaß ihre Erwachsenenstimme.
»Das bin ich.« Der Ton war unbeschwert, geradezu heiter. »Wer bist du denn, und was kann ich für dich tun?«

Sie holte tief Atem. »Sie kennen mich nicht, aber ich heiße Violet Somerset.« Sie wußte, wie atemlos sie klang, aber sie war machtlos gegen ihre Aufregung, und jetzt war es zu spät, um aufzulegen. »Ich glaube, Sie sind mit meiner Mutter bekannt.«

»Das stimmt.« Es folgte ein kurzes Zögern. »Und worum geht es, meine Liebe?«

»Es geht darum, daß meine Mutter Ihre Mätresse ist.«

Am anderen Ende der Leitung herrschte Stille.

Hektisch fuhr Violet fort: »Nicht, daß es mir etwas ausmacht, wenn meine Mutter eine Hure ist oder so, das macht mir überhaupt nichts aus, selbst wenn sie selber es stört. Es ist nur so, daß Sie vielleicht bitte nicht mehr meine Mutter ficken, damit sie nicht noch ein Baby bekommt. Verstehen Sie – «

Violet vergaß ihre sorgfältig vorbereitete Rede. Sie spürte, wie sich ihr im Nacken die Haare sträubten: jemand hatte das Zimmer betreten. Langsam drehte sie sich um.

Ihre Mutter stand in der Tür. Ihr Gesicht war kalkweiß trotz des Make-ups, und Violet sah, daß sie am ganzen Leib zitterte. Sie kam auf Violet zu, nahm ihr den Hörer aus der Hand und legte ihn auf die Gabel.

»Violet«, sagte sie mit eisiger Stimme, »ich denke, du schuldest mir eine Erklärung.«

Zehn Tage später war Violet auf dem Weg zum Mädcheninternat, Miss Prescotts Mittelschule für Höhere Töchter. Mit jenem unseligen Telefonanruf war sie in ewige Ungnade gefallen. Weder Nanny noch Bobbity erfuhren, worin Violets Verbrechen eigentlich bestand, sie wußten nur, daß sie, den Worten ihrer Mutter zufolge, »unverzeihlich grob« zu einem ihrer Freunde gewesen sei; Nanny hatte seither kaum das Wort an sie gerichtet, und selbst die geliebte Bobbity sah sie an, als hätte sie Hochverrat an ihrem Namen, ihrer Familie, dem ganzen Haus begangen.

Schweigend war Nanny mit ihr zu Debenham & Freebody's gefahren und hatte ihr eine häßliche braune Schuluniform besorgt. In der Hand hielt sie eine Liste mit Kleidungsstücken, die sich auf merkwürdige, unbekannte Tätigkeiten bezogen und mit einem Namensschild versehen werden mußten. In diesen zehn Tagen wurde ihr alles verweigert, was sie zu Violet Somerset gemacht hatte: ihre hübschen Kleider, der Umgang mit ihren Freundinnen, ihr kleines Schlafzimmer unter dem Dach, das immer ihre Zuflucht gewesen war; zu Nanny, Bobbity und Mrs Benson verlor sie den Kontakt. Daß nichts je wieder so sein würde wie früher, wurde ihr mit schrecklicher, unerträglicher Endgültigkeit klar, als Nanny sie den Teddybären nicht einpacken ließ. Jetzt, am letzten Tag, sprach sie wieder mit ihr. »Lieber nicht«, sagte sie. »Der Teddy kann hier auf dich warten. Er läuft dir nicht weg.«

»Aber *ich* lauf' weg!« schrie Violet wütend und trotzig.

»Das mag sein«, antwortete Nanny. »Aber der Teddy bleibt hier.« Dann fuhr sie freundlicher fort: »Schau, die lachen dich doch bloß aus. Junge Mädchen können sehr gemein zueinander sein.«

Violet erfuhr bald, wie wahr Nanny gesprochen hatte, als sie die Meute braun uniformierter Schulmädchen erblickte, die im Bahnhof Paddington durcheinanderliefen. Schon die Zugfahrt brachte sie aus der Fassung. Violet begriff, daß sie nicht dazugehörte und nie dazugehören würde. Obwohl die anderen Mädchen dieselbe braune Wolluniform trugen, gab es doch feine Unterschiede: in der Biegung der schmalen Krempe an den topfförmigen Hüten, der Verknotung des gelbgestreiften Halstuchs, das um den Blusenkragen getragen wurde, sogar in der Art, wie die kratzenden Tweedmäntel geknöpft waren.

Violet kam zur falschen Jahreszeit. Sie war wie ein kleines Tier, das kurz vor Wintereinbruch zur Welt kommt. Das zweite Halbjahr stand bevor, das Schuljahr aber hatte bereits im Herbst begonnen. Alle anderen Mädchen wußten längst, wo sie hingehörten. Jede kannte die Namen der anderen, hatte eine beste Freundin, man begrüßte einander mit spitzen Freudenschreien und hielt sich gegenseitig die besten Plätze am Fenster frei. Selbst die kleinsten Mädchen hatten anscheinend schon Freundschaften und Bündnisse geschlossen, hatten Geheimgesellschaften gegründet, zu denen Violet keinen Zugang hatte. Sie war die Fremde, die Außenseiterin. Sie war allein.

Niemand fragte sie nach ihrem Namen oder interessierte sich für sie. Sie war einfach »die Heulsuse«. Alle Neuen wurden so genannt, gleichgültig, wie sie sich verhielten. »Das ist so«, sagte ein Mädchen zu ihr, nicht besonders unfreundlich, aber in einem sachlich-nüchternen Ton, der jedes Entgegenkommen, jede Aussicht auf Aufnahme von vornherein ausschloß. »Die Neuen heulen immer.«

Violet wischte sich verstohlen eine Träne ab. So offenkundig wollte sie sich ihren Namen nicht verdienen.

Es gab noch eine Neue, eine anmutige Inderin, die, obwohl drei Jahre älter, wie Violet später herausfand, noch verwirrter, noch verlorener wirkte. Das indische Mädchen hatte nicht einmal eine Uniform und zitterte in dem seidenen Sari unter einem dicken unmodischen Wollmantel, der bis auf die Knöchel reichte.

Während der stundenlangen Fahrt durch die kahlen Felder saßen die beiden Neuen nebeneinander, abseits der übrigen. Als Neue, als »Heulsusen«, hatten sie keine andere Wahl. Niemand hätte sich herabgelassen, sich zu ihnen zu setzen und sich damit lächerlich zu machen.

Irgendwo auf der Höhe von Cheltenham, nach drei Stunden Fahrt, nahm Violet ihren Mut zusammen und sprach ihre Leidensgenossin an. »Ich heiße Violet«, sagte sie. »Und du?«

Die Inderin richtete feierlich ihre großen braunen Augen auf sie, legte die braunen, schwer beringten Finger aneinander und neigte ihren hübschen schwarzhaarigen Kopf zum traditionellen Gruß. »Mahadur, bitte sehr«, sagte sie.

Violet betrachtete interessiert den kleinen roten Punkt auf der Stirn des Mädchens. Das sah sehr exotisch aus. Als gehörte sie einer Geheimgesellschaft an – freilich einer viel aufregenderen und wichtigeren, als es die Bündnisse ihrer ungehobelten Mitschülerinnen je sein konnten.

»Ich bin Inderin«, fügte Mahadur unnötigerweise hinzu.

»Das macht mir überhaupt nichts aus«, versicherte Violet. Dann, plötzlich ängstlich bedacht, nicht ausgerechnet die Person zu beleidigen, die in der bevorstehenden Hölle ihre einzige Verbündete werden konnte, fügte sie rasch hinzu: »Daß du Inderin bist, meine ich. Ich bin selber ein bißchen fremd.«

Mahadur lächelte, und ihre weißen Zähne schimmerten gegen das Haselnußbraun ihrer feinen weichen Haut. Violet bemerkte mitten in dem strahlenden Lächeln des indischen Mädchens einen goldenen Zahn, an dem ein kleiner Diamant funkelte.

Von diesem Augenblick an waren Mahadur und Violet Freundinnen.

In der Schule war es schwierig, zusammenzukommen. Violet war in der zweiten Klasse, Mahadur in der sechsten. Ihre Eltern, die anscheinend außerordentlich reich waren und in ihrem Land eine bedeutende Rolle spielten, hatten sie nach England geschickt, um ihr einen letzten Schliff an englischer Erziehung angedeihen zu lassen, bevor sie verheiratet wurde. Trotz der Bemühungen seitens der Schulverwaltung, ihre Freundschaft zu unterbinden – Beziehungen zwischen älteren und jüngeren Mädchen galten als höchst unerwünscht, ja gefährlich –, ergriffen Violet und Mahadur jede Gelegenheit, sich gegenseitig zu besuchen, wann immer ihre freie Zeit es erlaubte.

Zu allen anderen Zeiten war die Schule das reinste Elend. Violet haßte alles daran – von der häßlichen Uniform über das eintönige, widerwärtige Essen, die unbeugsamen Lehrerinnen, die aufreizende

Fügsamkeit ihrer Klassenkameradinnen bis zu der alles umfassenden Disziplin des Stundenplans. Mit jeder Faser ihres Seins verabscheute Violet Miss Prescotts Internat.

Aber es blieb ihr nichts anderes übrig als durchzuhalten, so gut sie konnte, und auf ihre Erlösung zu warten.

Mit fünfundzwanzig Mädchen saß sie in einer Klasse. Ihre Privatsphäre beschränkte sich auf einen Spind, auf dem ihr Name stand, und ein eisernes Bettgestell mit harter Matratze in einem kalten Schlafsaal des großen viktorianischen Gebäudes, in dem etwa hundertfünfzig privilegierte junge Fräulein untergebracht waren.

Als das Schuljahr endlich vorbei war, fuhr sie nach Hause. In London aber stellte Violet fest, daß alles anders geworden war, vor allem die Beziehung zu ihrer Mutter. Violets Anruf bei Lord Cranleigh würde ihr nie vergeben, geschweige denn vergessen werden. Manchmal hatte sie das Gefühl, daß ihre Mutter sie nicht leiden konnte, ja ausgesprochen verabscheute; auf jeden Fall war alle Liebe, die sie vielleicht einmal für ihre Tochter empfunden hatte, unwiederbringlich verschwunden. Das einzig positive Gefühl, dachte Violet, das ihre Mutter noch empfand, war Stolz auf das Aussehen ihrer Tochter.

Violet fühlte sich nicht schön, es war ihr unmöglich, sich als schönes Mädchen zu sehen. Aber sie merkte, daß alle anderen sie für schön hielten und daß ihre Mutter stolz darauf war. Es war die letzte Verbindung, die zwischen ihnen noch bestand, und Violet klammerte sich verzweifelt daran. Wenn ihre Mutter sie als Zierde ihres Lebens wollte, als Accessoire, das sie zur Schau stellen konnte wie ihre Juwelen, dann sollte es Violet recht sein: das war besser, weitaus besser, als überhaupt keine Mutter zu haben. Und zumindest traf sie keine Anstalten, jenes fatale Baby zu bekommen, das am Beginn des katastrophalen Bruchs in ihrer Beziehung gestanden hatte.

Violet fuhr zurück ins Internat. Abgesehen von den Stunden, die sie mit Mahadur verbrachte, war die Schulzeit so einsam und freudlos wie je. Selbst die Ferien waren öde. Angie hatte sich eine neue beste Freundin zugelegt, und ohnehin schob Mrs Somerset die Schuld an Violets Fehltritt, nicht zu Unrecht, in gewisser Weise auf Angies Erziehung. Sie machte es den beiden Mädchen so schwer wie möglich, einander zu sehen.

Im fünften Jahr wurde das Elend vollends unerträglich, denn Mahadur mußte nach Indien zurückkehren. Violet wußte, daß sie von jetzt an wirklich allein sein würde. All ihr Bitten und Flehen, nach den Sommerferien nicht zurückkehren zu müssen, stieß bei ihrer Mutter auf steinerne Ablehnung.

»Du bist vierzehn, Violet. Es ist nur vernünftig, wenn du bis zu deinem sechzehnten Jahr zur Schule gehst. Dann werden wir sehen.«
»Aber Mama – «
»Kein Aber, bitte. Du mußt dich damit abfinden, daß dein Vater und ich am besten wissen, was gut für dich ist.«
»Ich sehe Daddy doch nie«, stieß Violet hervor. »Er ist nie da. Was für ein beschissener Vater!«
»Violet!! Das ist empörend! Ich verbiete dir, eine solche Sprache zu führen! Wo lernst du derartige Wörter? Dein Vater ist ein vielbeschäftigter und wichtiger Mann. Er arbeitet, um für uns drei den Lebensunterhalt zu verdienen.«
Violet blickte ihre Mutter finster an. »Ich bin doch nicht blöd, Mama«, sagte sie. »Kann schon sein, daß Dad arbeitet, aber du bist doch diejenige, die alles zahlt. Du bist die Reiche. Du bist es, die alles entscheidet. Manchmal hab' ich das Gefühl, du verachtest Daddy. Deswegen hast du auch deine vielen ›guten Freunde‹.«
Violet wußte, daß sie ins Schwarze getroffen hatte. Kerzengerade und steif saß ihre Mutter auf dem Stuhl. Violet sah, wie ihre Hände zitterten vor Wut. Doch sie beherrschte sich, sprang nicht auf, schrie nicht, schlug nicht.
»Du bist ein zutiefst gedankenloses, gemeines und bösartiges Kind«, sagte sie leise, in eiskaltem Ton. »Es gibt Dinge, die du nicht verstehst, und vielleicht bist du zu dumm dazu. Was du allerdings lernen mußt, ist ein Mindestmaß an gutem Benehmen, und ich hoffe, deine Lehrerinnen werden es dir endlich beibringen.«
Wütend starrten sie einander an. Violet weigerte sich, den Blick zu senken. »Die Schule ist grauenhaft!« schrie sie. »Ich hasse sie!«
»Das sehe ich. Ich habe deinem Vater dein Schulzeugnis nach Washington durchtelefoniert. ›Violet‹, schreibt deine Klassenlehrerin, ›ist zwar in mancherlei Hinsicht ein bemerkenswertes Kind, doch sie hat sich mit einer Schutzhülle umgeben, die es extrem schwierig macht, sie zu unterrichten. Wir können nichts anderes tun als weiterhin versuchen, diese Barriere zu durchbrechen – mit entmutigend geringem Erfolg.‹«
»In Biologie war ich aber gut«, protestierte Violet bitter. »Wirklich gut. Ich dachte, das freut euch.«
Mrs Somerset ging nicht darauf ein. »Ferner wird uns mitgeteilt, daß du unverschämt und aufsässig gegenüber deiner Geographielehrerin warst.«
»Sie ist eine blöde Kuh, und außerdem weiß sie überhaupt nichts«, rief Violet zornig. »Sie sagt, alle schwarzen Menschen sind Wilde. Du

weißt, daß das nicht stimmt, Mama. Ich hab' ihr von Ngoro erzählt und den Elefanten und dem Tal. Ich hab' ihr einfach nur gesagt, daß sie sich irrt.«

Mrs Somerset sah ihre widerborstige und eigensinnige Tochter aus schmalen Augen an. »Ngoro? Dieser rachitische alte Mann, der euch in den Busch geführt hat? Von dem du mit sonderbaren Geschichten zurückgekehrt bist, über Menschen und Elefanten, die im Ofen gebrannt werden? Ach, Violet, meine Liebe...« Sorgenvoll schüttelte sie den Kopf. »Du mußt wirklich versuchen, Afrika zu vergessen. Du lebst jetzt wieder in Großbritannien. Du mußt erwachsen werden und eine anständige Person.«

Rot vor Wut starrte Violet ihre Mutter an. Tränen standen ihr in den Augen. »Ich will aber nicht vergessen!« schrie sie. »Ich hab' Afrika geliebt, und Ngoro und Billy hab' ich geliebt. Und ich wette, du hast auch Finlay Hampton gefickt!«

Damit stürzte sie aus dem Zimmer, um der Reaktion ihrer Mutter zu entfliehen.

24

Als die Sommerferien zu Ende waren und Violet wieder einmal in ihrer braunen Uniform auf dem Bahnsteig stand, die Gesichter musterte in der vergeblichen Hoffnung auf ein Wunder, aber das Wunder, Mahadurs Rückkehr, sich nicht ereignete, beschloß sie davonzulaufen. Sie sparte ihr wöchentliches Taschengeld, ein paar armselige Pennies, die jeden Samstag verteilt und im schuleigenen Süßwarenladen wieder ausgegeben wurden, und begann sich unauffällig nach Busverbindungen und Zugfahrplänen zu erkundigen.

Sie wußte nicht, wohin, sie wußte nur eins: daß sie fort mußte; und sie war sicher, wenn ihr die Flucht erst einmal gelungen wäre, würde die Zukunft sich vor ihr auftun, und sie würde wissen, was sie tun sollte. Solange sie blieb, war sie eine Sklavin. Es ging nur darum, die Ketten abzuwerfen, Freiheit verlangte keine Planung – in dem Abgrund ihres Elends, ihrer Verzweiflung war Freisein an sich schon Erlösung.

Doch bevor ihre Vorstellungen konkrete Formen annahmen, traf ein Brief ein, der die Lage völlig veränderte.

Die Schulleiterin öffnete und las sämtliche Korrespondenz, die nicht von den Eltern oder Großeltern der Schülerinnen stammte. Zugelassene Briefpartner erhielten spezielle Marken, die auf den Umschlag zu kleben waren. Jeder Brief, der ohne Marke eintraf, wurde der Schulleiterin zur Prüfung vorgelegt; und erst wenn sein Inhalt sich als akzeptabel erwies, wurde die Empfängerin ins Dienstzimmer der Rektorin gerufen und erhielt ihre Post ausgehändigt.

Briefe von Freundinnen oder Brüdern waren in der Regel erlaubt, Briefe von Freunden natürlich nicht; aber etwaige Freunde wußten stets das System zu unterlaufen – was nicht so schwierig war, denn meistens waren die Freunde Brüder von Mitschülerinnen. Violet hatte keinen Bruder zu bieten und hatte keinen Freund, dessen Briefe in die Schule geschmuggelt werden müßten.

In der zweiten Woche nach Schuljahrsbeginn ließ die Rektorin Violet zu sich rufen.

»Die Alte ist hinter dir her, Vi«, sagte das ältere Mädchen, das nach Violet geschickt worden war.

»Wieso?« Violet starrte sie entsetzt an. Einen schrecklichen Augenblick lang glaubte sie, ihre Fluchtpläne seien entdeckt worden.
Das Mädchen lächelte. »Krieg nicht gleich einen Herzinfarkt. Vielleicht ist es bloß ein Brief.«
Violet ging zum Rektorat und klopfte nervös an die Tür.
»Ah, Violet!« Miss Prescotts Ton war ungewöhnlich herzlich. »Ich habe etwas für dich.«
Es war tatsächlich ein Brief. Violet betrachtete den dicken cremefarbenen, grün wattierten Umschlag, säuberlich mit einem Papiermesser aufgeschlitzt. Mit indischer Briefmarke.
»Sicherlich hast du bereits erraten, von wem der Brief stammt, meine Liebe. Von Prinzessin Mahadur.« Miss Prescott lächelte milde.
»Prinzessin?« fragte Violet überrascht. Nie hatte Mahadur ihr von ihrer vornehmen Abstammung erzählt.
Die Rektorin nickte. »Wir machten natürlich kein Aufhebens davon. Ihrem Vater, dem Maharadscha, war sehr daran gelegen, seiner Tochter keine Sonderbehandlung zuteil werden zu lassen. Mahadur lädt dich zu ihrer Hochzeit ein, und ich habe mit deiner Mutter bereits darüber gesprochen. Wir sind beide der Ansicht, daß die Reise eine außergewöhnliche Erfahrung für dich sein könnte. Abgesehen davon wäre es zutiefst unhöflich gegenüber der Maharani, die Einladung abzulehnen. Nichtsdestotrotz mußt du dir selbst deine Meinung bilden. Lies erst den Brief und laß mich dann wissen, wie du entschieden hast.«
Violet las ihn nicht sofort, dazu war er viel zu wichtig. Sie sparte sich das Vergnügen bis nach dem Abendessen auf; dann zog sie sich zurück in die Speisekammer unter der Treppe, ihr übliches Versteck, wenn sie das Bedürfnis hatte, allein zu sein.
»Meine geliebte und teure kleine Schwester«, schrieb Mahadur in ihrer langen, nach rechts geneigten Handschrift. Violet lächelte vor Freude. Schwester. Sie war gern eine kleine Schwester.
»Mit großer Beklommenheit und in der Hoffnung auf Deine wohlwollende Entscheidung schreibe ich Dir mit Erlaubnis meiner geliebten Eltern und lade Dich ein, die Feier der Eheschließung zwischen Deiner Dir ergebenen Freundin und Seiner Hoheit dem Prinzen von Bhandapur mit Deiner geschätzten Anwesenheit zu beehren.« Violets Herz tat einen Satz: der Prinz von Bhandapur – das klang ungeheuer exotisch, märchenhaft; doch Violet erinnerte sich vage an ein Foto, das Mahadur ihr gezeigt hatte, und an einen mondgesichtigen, ernst dreinblickenden, bebrillten jungen Mann im Kricketanzug, der keineswegs prinzenhaft wirkte.

Sie drehte das Blatt um. Die Feier sollte einen ganzen Monat dauern. Für die Gäste aus England – mit Ausnahme von Violet durchweg ältere Freunde des Maharadschas und der Maharani – werde eigens ein Flugzeug gemietet. Alle würden im Sommerpalast, im Winterpalast, im Frühlingspalast oder auch im Flußpalast untergebracht werden – Violet könne sich aussuchen, wo sie am liebsten wohne.
Obwohl diese Sprache nicht sehr nach der Mahadur klang, die Violet gekannt hatte, war es der aufregendste Brief, den Violet sich denken konnte. Mahadur hatte ihr oft indische Hochzeiten beschrieben: die ausführlichen Vorbereitungen, die Juwelen und Kleider, die Bankette und Prozessionen auf Elefanten, die geschmückt und bemalt waren wie Tanzmädchen. Die Elefanten vor allem hatten es Violet angetan. Mahadur hatte ihr ein Foto von sich als kleines Mädchen gezeigt, wie sie in einem quastenbehängten turmartigen Aufbau hoch oben auf dem Rücken eines Elefanten saß. In all der Pracht aus Stoffen und Farben hatte Violet das kleine Mädchen im rosenroten, goldgesäumten Sari kaum erkannt.
Violet las den Brief noch einmal von vorn. Der Flußpalast, fand sie, klang am romantischsten, aber genauso gern wollte sie in jedem anderen Schloß wohnen. Diese Einladung war das Wunderbarste, das ihr je zugestoßen war. Also geschahen doch Wunder! Denn zur Krönung des Ganzen sollte die Hochzeit genau in der Mitte des Sommerhalbjahres stattfinden – kurz nach ihrem sechzehnten Geburtstag. Mit ein wenig Glück würde das bedeuten, daß sie sich ein ganzes Semester Schule ersparte. Nachdem aber die Abschlußprüfungen bevorstanden, würde sie nicht umhin können, die ganzen Weihnachtsferien hindurch eifrig zu lernen. Das störte sie nicht weiter: Violet hätte alles getan, nur um ihrem Gefängnis zu entrinnen.
Dabei legte ihre Mutter gar keinen Wert auf ein gutes Abschlußzeugnis: für ein Mädchen spielten Prüfungen keine Rolle, fand sie. »Bildung ist ja gut und schön«, pflegte sie zu sagen, »und natürlich sollst du hart arbeiten und dich anstrengen. Aber den richtigen Ehemann findest du damit nicht. Männer mögen keine klugen Frauen.« Woraufhin Violet sich erbittert fragte, weshalb um alles in der Welt sie dann zur Schule gezwungen wurde. Jetzt aber kamen Violet die Ansichten ihrer Mutter offensichtlich entgegen: der Reise nach Indien habe sie, so Miss Prescott, mit Begeisterung zugestimmt.
Margaret Somerset schwelgte immer noch in Begeisterung, als Violet nach dem Winterhalbjahr nach Hause kam. »Eine wunderbare Chance«, sagte sie. »Du mußt sie ausnutzen, so gut du kannst. Die vornehmen Inder – und der Maharadscha und seine Frau sind sehr hochge-

stellte Persönlichkeiten – haben so großartige Manieren. Was die gesellschaftlichen Umgangsformen anlangt, kannst du eine Menge von ihnen profitieren.«

Violet warf ihrer Mutter einen hinterhältigen Blick zu. »Sie sind aber braun, liebe Mama, wie Mahadur. Sind nicht alle schwarzen und braunen Menschen Wilde?«

Mrs Somerset sah sie scharf an. »Du bist unverschämt und vulgär. Noch eine derartige Bemerkung, und du fährst nicht.«

»'tschuldigung«, sagte Violet hastig.

»Ich kann's nicht glauben, Mahadur!« sagte Violet atemlos, als sie in dem vergoldeten Ballsaal des Winterpalastes in Kaschrimi stand und sich mit leuchtenden Augen umsah. Ihr Abendkleid, eine Kombination aus edlen Stoffen in Weiß, Flieder und Pfirsich, verziert mit Perlenschnüren wie das Ballkleid einer Prinzessin, raschelte und knisterte bei jeder Bewegung. »Das ist wie im Märchen!«

Mahadur, die einen smaragdfarbenen, mit türkisen Perlen bestickten Sari und darüber eine breite weiße Schärpe trug, saß auf einem niedrigen Schemel am anderen Ende des weiten Raumes. Lächelnd ließ sie sich von zwei hübschen jungen Mädchen die Handflächen mit einem Muster aus Henna bemalen.

Am Tag zuvor war Violet mit zwei großen Schrankkoffern in Kaschrimi eingetroffen. Einer ihrer ersten Eindrücke von Indien waren die vielen Frauen, anscheinend allgegenwärtig und jeglichen Alters und Ranges – von der Maharani persönlich bis hinab zum niedrigsten Dienstmädchen. Die Frauen schienen sich um alles zu kümmern, während die Männer rauchend und plaudernd beisammen saßen. Nicht weniger als sechs Mädchen waren eingeteilt, Violet und Mahadur beim Auspacken zu helfen.

Mrs Somerset hatte sich mit wahrhaft erstaunlicher Energie der Aufgabe gewidmet, ihrer Tochter eine angemessene Garderobe zu verschaffen. »Ist das nicht großartig!« rief sie strahlend in einem der vielen Modesalons, die sie besuchten. »Einen Monat lang nichts als Feste – da können wir dich doch nicht in Lumpen herumlaufen lassen. Das Amt wäre entsetzt. Außerdem gibt es nichts Schöneres, als einkaufen zu gehen, findest du nicht auch, Liebling?«

Das »Amt« war das Außenministerium, für das ihr Vater arbeitete. Was das Auswärtige Amt mit Mahadurs Hochzeit zu tun hatte, konnte Violet sich zwar nicht vorstellen, in einem jedoch war sie mit ihrer Mutter einer Meinung: ihre Garderobe durfte ihrer geliebten Mahadur auf keinen Fall Schande bereiten. Violet hatte den Eindruck, daß es vom ersten Tag der Vorbereitungen bis zum Augenblick ihrer Abreise kaum eine Minute gab, in der nicht jemand einen Saum kürzte, eine Naht veränderte, ihre schmale Taille maß oder Nadeln in ihre Schultern stach. Zum erstenmal in ihrem Leben wurde ihr die uneingeschränkte Aufmerksamkeit ihrer Mutter zuteil. Das war ein neues und merkwürdiges, aber auch tröstliches Gefühl, und doch dachte Violet mehr als einmal, daß sie als Schneiderpuppe ihrer Mutter offensichtlich mehr zu bieten hatte denn als Tochter. Bei Hardy Amies kaufte sie ihr ein gelbes Leinenkostüm mit dazu passendem Hut, das unverzichtbare Kleidungsstück für Teepartys. »Tiffin nennt man das dort. Eigentlich ein festliches Mittagessen. Meine Großtante, die mit einem Kolonialherrn verheiratet war, hat oft und oft von diesen Einladungen erzählt«, erklärte Mrs Somerset mit glücklichem Lachen. Bei Rowes in der Bond Street erstand sie eine elegante Reithose aus Köper nebst taillierter Tweedjacke, von der sie sagte: »Jeder wird wissen, woher sie stammt, und deshalb auch, wer du bist. Das sind wir unserer Herkunft schuldig.« Violet zwängte sich in das enge Jackett. Zugeknöpft war es hauteng und spannte schmerzhaft über der Brust, doch als sie sich im Spiegel betrachtete, fand sie sich höchst elegant. Sie biß die Zähne zusammen. Sie würde es tragen. Sie hatte nicht die Absicht, irgend jemandem Schande zu bereiten.

»Für die Abende – tja, das weiß der Himmel. Du brauchst mindestens zwei Cocktailkleider und ein langes Kleid für die Hochzeit.« Die Cocktailkleider stammten von Victor Stiebel, knielang, aus dickem schimmerndem Satin mit Tüllunterröcken, rosa und blau, beide maßgeschneidert und beide mit passendem kurzem Jäckchen. »Die Inder sind so schrecklich förmlich«, bemerkte Mrs Somerset. »Großtante Winifred behauptete, sie machten immer ein fürchterliches Theater, aber ich weiß nicht, worüber sie sich beklagte. Ich an ihrer Stelle hätte mich bestimmt prächtig amüsiert.«

Das Kleid für die Hochzeit war die größte Errungenschaft. Es wurde nach einem Modell aus Norman Hartnells Frühjahrskollektion nach Violets Maßen eigens angefertigt und war überwältigend. Nie hatte Violet dergleichen gesehen, geschweige denn besessen.

Das fand auch Mahadur. Es war das erste Kleidungsstück, das sie auspackte. Sie tauchte in den Koffer ein und kam, quietschend vor Wonne, unter Wolken von Seide wieder hervor. »Zieh das sofort an, Violet. Ich will es auf der Stelle sehen, ich bestehe darauf!«

»Also wirklich, Mahadur!« protestierte Violet und wurde rot, vor Verlegenheit und Vergnügen zugleich. Aber sie fügte sich, zog ihre Kleider aus und legte das Abendkleid an.

Mahadur sah ihr hingerissen zu. »Liebste Violet, das ist absolut großartig!« schwärmte sie. »Alle Prinzen werden dir zu Füßen liegen. Du hast so ein Glück, du kannst alle diese wunderschönen westlichen Kleider tragen, und keiner wird denken, du bist eine lasterhafte Frau oder so – alle sehen nur, wie absolut phantastisch du aussiehst!«
Violet lachte. Auf den Zehenspitzen drehte sie sich um sich selbst und betrachtete ihr Bild in den Spiegelsäulen. »Du bist verrückt, Mahadur«, sagte sie. »Deine Saris sind viel romantischer als alles, was ich habe. Du mußt mir zeigen, wie man sie trägt. Versprochen?«
Mahadur entließ die Dienerinnen und stand auf. Sie bewegte sich langsam und sinnlich in dem hauchdünnen Seidentuch, das sie umhüllte, winkelte die Arme an und neigte den Kopf mit den uralten rituellen Gesten des höfischen Tanzes. »Komm, Violet, tanz mit mir!«
»Mahadur, du spinnst!« Lachend fing Violet zu tanzen an, barfuß unter ihrem wallenden Rock. Die Arme den Säulen entgegengereckt, schwebte ihr Körper über den hellen Boden. So tanzten die beiden jungen Mädchen, allein in dem großen leeren Ballsaal, in dem ihnen nur die Dienerinnen zusahen, und jede hielt einen imaginären Geliebten in den Armen. Keine von beiden konnte sich – aus verschiedenen Gründen – den Mann aussuchen, den sie umarmte.
Mahadurs Arme umschlangen den Prinzen, den sie nie von Angesicht gesehen hatte; sie kannte nur das Foto, das sie Violet im Internat gezeigt hatte. Sie war mit ihm verlobt worden, und bald würde er sie mit Leib und Seele besitzen.
Violet hielt in ihren Armen, in Ermangelung irgendeines anderen Liebhabers, die Erinnerung an einen schlaksigen Bengel mit unflätiger Sprache, mit verschlossener Miene und kalten, zornigen graugrünen Augen – aber zornig waren sie nur, wenn er nicht mit ihr zusammen war. Violet wußte, daß sie seinen Zorn besänftigen konnte, immer. Sie war stärker als er. Sie hatte alle drei Stangen der Reling geschafft, er nur zwei. Er mußte jetzt groß und stark sein. Er würde nie jemanden mit Leib und Seele besitzen wollen. Das spielte auch keine Rolle.
Violet liebte ihn.

25

»Ah, Mahadur, das ist das Schönste, was ich je gesehen habe«, hauchte Violet, als die beiden Mädchen, über die Balkonbrüstung gebeugt, auf das Gedränge unten ihnen hinabsahen, eine einzige betörende Pracht, glitzernd und funkelnd.

Es war der letzte Festtag vor der Ankunft des Bräutigams. Schon vor dem Morgengrauen hatten die Elefantentreiber begonnen, ihre Tiere zu bürsten und zu bemalen, und als die Sonne aufging, paradierte die ganze Truppe in all ihrer Schönheit rund um den Platz vor dem Sommerpalast. Die Treiber, in Turban und Tunika, saßen rittlings auf dem Nacken ihrer Tiere, und die Elefanten trugen auf dem Rücken kleine Pavillons, ausgekleidet mit weichen Kissen und schimmernder Seide und beschattet von fransenbehängten Baldachinen.

Darin sollten alle Hochzeitsgäste Platz finden und sich zu einem Ausflug aufs Land, hinaus in die Hügel vor der Stadt tragen lassen. Violet hatte das Gefühl, dies würde der schönste aller Tage werden.

Alle Tage ihres Monats in Indien waren wunderbar gewesen, jeder auf seine Weise. So rasch waren sie vergangen, daß es ihr vorkam, als sei der Abend nach ihrer Ankunft erst gestern gewesen, als sie auf Mahadurs dringende Bitte hin ihr Festkleid anlegte und mit ihr tanzte. Sie war glücklich gewesen an jenem Abend. Sie war ununterbrochen glücklich gewesen, den ganzen Monat hindurch – zum erstenmal glücklich seit ihrer Zeit mit Billy in Afrika.

Indien war sehr anders als Afrika. Es war kein Land von rauher, einsamer Schönheit wie die Wälder, Steppen und Täler rund um das Laager, sondern ein Kontinent, den eine alte, komplexe und hochgeistige Kultur geformt hatte. Selbst der Dschungel schien nicht mehr wild, sondern geschliffen und gefeilt durch Jahrhunderte menschlicher Gegenwart. Von großartiger Pracht waren die Paläste mit ihren weiten Gärten voller exotischer Vögel und Schmetterlinge, und die Vergnügungen waren aufwendig und verschwenderisch. Jeder Tag hielt neue Unterhaltungen bereit. Die Männer, viele von ihnen Kommilitonen des Maharadschas aus Eton, spielten die Spiele der Herrschaft – Kricket, Krocket, Bowls und Polo. Die Damen plauderten, unternahmen Ausflüge in Equipagen und tranken Tee in den Rosengärten. Bei Einbruch der Dämmerung kamen die beiden Gruppen, Damen und Herren, wieder zusammen und trafen sich zum Cocktail in der Orangerie, bevor die allabendliche Runde der Bankette und Empfänge begann.

Violet und Mahadur war jede Ausrede recht, um den formellen Zeremonien zu entrinnen. Statt dessen stahlen sie sich davon zu kurzen Ausflügen in die Stadt, um Mahadurs Kindheitsfreundinnen zu besuchen, über die Märkte zu schlendern oder einfach in kleinen Cafés zu sitzen und das wimmelnde Leben auf den Straßen zu beobachten.

Für Violet war der Rosenpalast, das Haus der Maharani, zu dem Männer keinen Zutritt hatten, mit seinen Springbrunnen, wohlriechenden Lauben und von anmutigen Arkaden gesäumten Innenhöfen der märchenhafteste Ort von allen. Mahadurs Mutter, die bezaubert war von Violets Schönheit und ihrem jungenhaften Überschwang, hatte das Mädchen auf der Stelle ins Herz geschlossen. Mit jedem Tag, der die Hochzeit näherrücken ließ, zog sie ihren jungen Gast enger in den Schoß der Familie.

Die Maharani, eine stattliche weißhaarige Matrone, die ihren Haushalt mit eiserner Hand regierte, sprach flüssig Englisch mit einem weichen und melodiösen schottischen Akzent. »Ich hatte eine schottische Ayah«, erklärte sie Violet auf deren erstaunte Frage. »Als ich jung war, wäre gar nichts anderes in Frage gekommen. Die schottischen Kindermädchen galten als die besten der Welt.«

Diese junge Engländerin, die sich ihrer strahlenden Schönheit und deren Wirkung auf Männer offensichtlich gar nicht bewußt war, die zudem nicht die geringste Vorstellung von der Führung eines Haushaltes besaß, hatte bei der Maharani Neugier und Verwunderung geweckt. Ihre eigene Tochter war von frühester Jugend an in den Künsten unterrichtet worden, einem Mann zu gefallen und ein großes Haus zu führen: einem indischen Mädchen von hohem Stand waren diese Fähigkeiten so natürlich wie das Atmen. Die Maharani hielt die junge Ausländerin mit ihrer heranreifenden gertenschlanken Gestalt, der ungebärdigen blonden Mähne und den strahlenden blauen Augen für eine Art edle Wilde, ungeschliffen und unberührt von jeglicher Zivilisation.

Mrs Somerset wäre über die Auffassung der Maharani von ihrer Tochter entsetzt gewesen, doch Violet schickte sich in die Rolle eines Schützlings mit verwirrter und zugleich sehnsüchtiger Neugier. Bei Mahadurs Mutter fand sie eine Zuneigung und Anteilnahme, die sie bei ihrer eigenen Mutter nie gespürt hatte. Und in praktischer Hinsicht lernte sie etwas, das ihr neu war. Zum erstenmal begann Violet etwas zu verstehen, worüber ihr weder der Biologieunterricht in der Schule noch die ausweichenden Antworten ihrer Mutter Auskunft hatten geben können: Sex. Sie erfuhr, daß ein Unterschied bestehe zwischen Sex und der Kunst der Liebe, daß beide aber in engem Zusammenhang stünden. Die alte indische Zivilisation billige beides, die Liebeskunst spiele indes die weitaus wichtigere Rolle.

»Komm her, kleine Wilde, und setz dich neben mich«, pflegte die Maharani quer durch die prachtvolle Halle der Frauen zu rufen; dann hieß sie Violet sich auf einen Schemel zu ihren Füßen setzen und erklärte ihr die Gesten eines bestimmten Tanzes oder die Bedeutung einer Theateraufführung.

Diese Vorführungen, dargebracht von den jüngeren Frauen des Palastes, waren an sich schon eine Form der Erziehung. Offensichtlich war unter allen Aktivitäten, die Mann und Frau gleichermaßen beteiligten, keine, die sich nicht durch die alten Rituale bildlich darstellen ließen: sie umfaßten jede Beschäftigung einer Frau von der Geburt bis zum Tod und nahezu alle Möglichkeiten dazwischen. Violet war fasziniert. Noch mehr gefiel ihr die Art der Maharani, ohne eine Spur von Verlegenheit Kenntnisse zu vermitteln, die Mrs Somerset als überaus anstößige Details der weiblichen Anatomie empfunden hätte. »Das ist der Tanz der Lotusblüte – du wirst sie wohl unter dem Namen Klitoris kennen«, sagte die Maharani. »Die Lotusblüte ist wie ein Musikinstrument, sie muß sorgfältig gestimmt und virtuos gespielt werden. Paß gut auf, ich werde dir erklären, was du siehst.«

Bei anderen Gelegenheiten befragte die Maharani Violet über westliche Gepflogenheiten. Und auch hier fand Violet, die von ihrer eigenen Kultur her an eine sehr verblümte, oft mißverständliche Form gesellschaftlicher Kommunikation gewöhnt war, die Maharani bestürzend direkt.

»Bist du verlobt, meine kleine Wilde?«

Violet schüttelte den Kopf. »Ich bin doch erst sechzehn, Eure Hoheit.«

»Was soll das heißen?«

»Sechzehn ist zu jung zum Heiraten.«

»Das ist keineswegs zu jung!« Die Maharani war empört. »Ich wurde mit sechs Jahren mit Seiner Hoheit verlobt, und die Hochzeit fand statt, als ich zwölf war. Von diesem Augenblick an wurde seine Familie die meine, in das Land meiner Geburt bin ich nie zurückgekehrt. Natürlich wurde die Ehe erst drei Jahre später vollzogen, als die Maharani, meine Schwiegermutter, mich für reif befand. Mahadur kam zur Welt, als ich siebzehn war – ein Jahr älter als du, meine

Liebe. Bist du sicher, daß deine Eltern noch keine Pläne für eine passende Verbindung geschmiedet haben?«

Violet war bestürzt. »Ich glaube nicht«, sagte sie nervös.

Die Maharani runzelte die Brauen. »Das ist ungewöhnlich. Ich kenne dein Land nicht gut, aber mein Gatte wurde dort erzogen. Du stammst aus einer guten Familie. Du bist sicherlich reif für die Ehe. Deine Eltern sollten wahrhaftig darauf achten, daß der Apfel nicht vom Baum fällt.« Die Maharani schüttelte mißbilligend den Kopf. »Dann nehme ich an, daß du zumindest über eine angemessene Mitgift verfügst?«

Violet zögerte. »Mama und ich, also, wir reden eigentlich nicht über so etwas... Eigentlich hab' ich keine Ahnung von Geld«, schloß sie lahm.

Die Maharani sah sie erstaunt an. »Ich kannte meinen Brautwert von Anfang an, so lange ich zurückdenken kann. Ich kann dir heute noch sagen, woraus meine Mitgift bestand – kann dir den Namen jedes Dorfes nennen, das ich in die Ehe mitbrachte, den Wert jedes Waldes, die Zahl der Ochsen für den Pflug, die Zahl der Elefanten zur Abholzung der Wälder. Das war meine Pflicht – meine Verantwortung sowohl gegenüber den Menschen, die auf dem Land leben, als auch gegen jene, die es besitzen. Dasselbe gilt für Mahadur. Ihr Erbe ist nicht nur ein Privileg, sondern auch heilige Verpflichtung. Was sonst ist für eine Tochter so wichtig wie ihre Mitgift? Wie willst du einen passenden Gemahl finden, wenn du über derlei Dinge nicht von klein auf Bescheid weißt? Vielleicht sollte ich deiner Mutter schreiben.«

Violet schüttelte heftig den Kopf. »Nein, Eure Hoheit, bitte nicht.« Sie zögerte, denn sie wußte, daß sie sehr achtgeben mußte, um Mahadurs Mutter nicht zu beleidigen. »Meine Mutter würde das nicht verstehen.«

»Nein? Wir sonderbar. Womit beschäftigt sich denn Mrs Somerset?«

Violet dachte nach. »Sie amüsiert sich«, sagte sie zögernd. »Sie ist bezaubernd schön, das sagen alle. Daddy ist wegen seiner Arbeit nicht oft bei uns zu Hause. Mama mag die Länder nicht, in die er geschickt wird, deshalb begleitet sie ihn nicht. Ich denke, sie unterhält sich auch allein ganz gut.«

»Allein? Wie langweilig!«

»Na ja, nicht wirklich allein«, korrigierte sich Violet hastig. »Sie geht praktisch jeden Tag zu Dinnerpartys.«

»Allein?«

»Mit Freunden«, sagte Violet mit einer unbestimmten, aber, wie sie hoffte, überzeugenden Handbewegung. Es war sinnlos, der Maharani die Unterschiede zwischen den verschiedenen Kategorien von Freunden erklären zu wollen.

Die Maharani musterte Violet mit ernstem, fragendem Blick. Schließlich nickte sie, und ihre Miene wurde so ruhig und gelassen wie stets. »Ich glaube, ich verstehe, meine kleine Wilde.«

Ihr seidenes Gewand knisterte, als sie die schlanken, juwelengeschmückten Finger ausstreckte und sanft über Violets Wange strich. Als sie wieder zu sprechen begann, lag soviel Mitgefühl in ihrer Stimme, daß Violet sie verstört anstarrte. »Armes Kind«, sagte sie. »Armes kleines Waisenkind!«

Die Frau und das Mädchen sahen einander lange Zeit wortlos an. Dann brach die Maharani unvermittelt das Schweigen und sagte: »Wir werden nicht mehr darüber reden. Ich betrachte dich als meine Tochter. Allen Töchtern sind die Fragen ihrer Mütter lästig. Also genug davon. Ich bin sicher, Mahadur sehnt sich nach deiner Gesellschaft.«

Die Maharani lächelte. Sie legte die Hand auf den Arm ihrer Dienerin und stand auf. Das Gespräch war vorbei.

In innerem Aufruhr begab sich Violet auf die Suche nach Mahadur. Bis zu diesem Augenblick hatte sie ihre Freundin um nichts beneidet – abgesehen natürlich von den Palästen und den Elefanten. Die Eheschließung in Indien war eine geschäftliche Vereinbarung, trostlos unromantisch wie eine Transaktion in einer Bank. Wenn sie, Violet, heiratete, dann nur aus leidenschaftlicher Liebe. Sie würde dem Gebot ihres Herzens folgen, wie es in Bobbitys Fotoromanen so schön hieß. Aber in dem Augenblick des Schweigens, als die Maharani sie musterte, hatte Violet sich mit den Augen der Inderin gesehen – als kleine Waise, nicht besser als eine Wilde, ohne Geschichte und Verantwortung, ein Kind, das von seiner Familie so wenig geschätzt wurde, daß sie es nicht für wert befand, eine Mitgift auszurechnen oder Vereinbarungen für die Zukunft zu treffen. Violet stiegen die Tränen in die Augen.

Das war der Tag vor dem Ausritt mit den Elefanten, und dieser Ausflug war so großartig, daß er alles andere aus ihrem Bewußtsein verdrängte.

26

Unvergeßlich war der Ausritt auf den bemalten Elefanten, auf deren Rücken die Gäste sanft geschaukelt wurden, in weiche Kissen gebettet und beschattet von bunten Baldachinen. Noch großartiger aber erschien es Violet, als sie einige Stunden später allein mit Mahadur in dem dunklen Elefantenstall stand. Sie hielt den Atem an, während sie wartete, bis ihre Augen sich an die Dunkelheit gewöhnt hatten.

»Sei ganz leise!« Mahadur legte die Finger auf die Lippen und sah sich nervös um. Man hatte ihnen verboten, die Elefanten im Stall zu besuchen: Mahadur durfte sie erst wieder sehen, wenn sie für die Hochzeitsprozession von neuem bemalt und geschmückt waren. »Weißt du, man sagt, es bringt Unglück, wenn man sie vorher sieht«, hatte Mahadur erklärt, »genauso, wie wenn ein Bräutigam das Brautkleid vor der Hochzeit sieht. Aber das glaube ich nicht.«

Und so hatte Mahadur beschlossen, das Verbot zu mißachten. Sorgfältig hatte sie den Zeitpunkt gewählt, die Stunde, in der die Treiber alle beim Abendessen saßen. Der heimliche Besuch war zum Teil ein Geschenk an Violet, weil sie zu ihrer Hochzeit gekommen war, und zum Teil ein Geschenk an sich selbst – das letzte Vergnügen, das sie sich gönnte, bevor sie die Pflichten und Verantwortlichkeiten einer Ehefrau auf sich nahm.

Violet war im vergangenen Monat mehrmals auf den Elefanten geritten. Bis heute, dem letzten Tag von Mahadurs Freiheit, hatte sie wenig Gemeinsamkeiten mit den großartigen wilden Geschöpfen in Afrika erkannt – sie waren ihr mehr wie Lasttiere erschienen, gezähmt und dem Menschen dienstbar gemacht. Jetzt, als sie in der Dämmerung zwischen ihnen stand, sah sie die Tiere zum erstenmal ohne Bemalung, ohne Sättel, ohne juwelenbestückte Schabracken. Jetzt waren auch sie wild.

»*Hathi!*« Mahadur pfiff leise. Eine Kuh ohne Stoßzähne, mit einer Haut so dunkel wie poliertes Ebenholz und hellen, langbewimperten Augen schritt gemächlich aus der Dunkelheit, den Rüssel ausgestreckt zur Begrüßung. »Ist sie nicht schön?« sagte Mahadur. »Sie heißt Balmati. Sie gehört mir. Zum erstenmal hat sie mich getragen, als ich ein Baby war. Sie ist noch jung, aber sanft wie ein Lamm.«

Violet betrachtete sie hingerissen. »Sie ist wunderschön«, sagte sie ergriffen. »Das schönste Tier, das ich je gesehen habe. Darf ich sie streicheln?«

»Sicher. Sie liebt es, wenn man sie am Kinn krault. Schau.« Mahadur langte hinauf und streichelte Balmatis weiche ledrige Kehle.

»Hallo, Balmati«, flüsterte Violet.

Balmati reckte den Rüssel in die Luft und stieß ein leises, pfeifendes Hüsteln aus. Es erinnerte Violet an das keuchende Atmen der alten Herren im Club in der St James's Street, von dem sie einmal ihren Vater abgeholt hatte. »Sie mag dich, Violet. Sie ist ein bißchen kokett, weißt du, und so was macht sie, wenn sie geschmeichelt ist.«

Violets Gesicht glühte vor Freude und Stolz.

Rings umher schritten die Elefanten rastlos im Kreis. Ihre riesigen Füße, die sich mit der Präzision eines Ballettänzers hoben und senkten, raschelten leise im Stroh. Schlanke Rüssel, zart wie Fingerspitzen, tasteten forschend über Violets Gesicht, registrierten und prüften den Geruch der unbekannten Besucherin.

»Balmati gehört zu meiner Mitgift. Ich werde immer mit ihr zusammenbleiben, wie mit meinem Mann. Sie wird meine Kinder tragen.« Mahadur tätschelte das linke Bein des Elefanten. Balmati ließ sich auf ein Knie nieder und senkte den Kopf, um Mahadur aufsteigen zu lassen. Die gelenkige Inderin hielt sich am Rand des ledrigen Ohres fest und schwang sich rittlings auf die breiten Elefantenschultern. Balmati stand auf. Unversehens war Mahadur aus Violets Blickfeld verschwunden.

Violet hob den Kopf. Mahadurs braune Waden und bloße Füße baumelten rechts und links von Balmatis Hals herab, sie hatte ihren Sari geschürzt und zu einer Pluderhose um die Taille gebunden. Sie lächelte zu ihr herab. »So saß ich, als ich klein war, wie ein Treiber. Das ist viel bequemer, als in der Sänfte zu sitzen, aber jetzt bin ich eine Frau, und meine Mutter läßt mich nicht mehr. Das ist undamenhaft, sagt sie.«

Violet beobachtete sie mit leuchtenden Augen. »Oh, Mahadur, am liebsten wäre ich auch eine indische Prinzessin und hätte meinen eigenen Elefanten!«

»Heute bist du eine. Deswegen bin ich mit dir hergekommen. Das ist die Überraschung, die ich dir versprochen habe: wir reiten in den Dschungel. Du sitzt auf Chandramala. Er ist so sicher wie ein Haus.«

Mahadur stieß abermals einen leisen Pfiff aus, woraufhin ein riesiger Elefant mit prächtig geschwungenen Stoßzähnen auf sie zutrat und Mahadurs nacktes Bein mit dem Rüssel berührte.

»Guter Chandra, alter Junge«, murmelte Mahadur und rieb ihm das Kinn, das er ihr hinhielt.

Sie warf Violet einen Blick zu. »Hab keine Angst, Vi. Er ist ziemlich groß, aber ganz leicht zu reiten. Er trägt alle Maharanis, die zu Besuch kommen. Er hat zur Mitgift meiner Großmutter gehört – den alten Krieger nennen wir ihn. Chandra, das ist Violet.«

Sie streckte den Arm aus und zupfte ihn sanft an seinem faltigen Ohr. Der riesige Elefant schritt auf Violet zu, hob abermals den Rüssel wie zum Gruß, dann drehte er den Kopf zur Seite und beäugte sie.

»Hallo, Chandra«, grüßte Violet beklommen.

»Dschemail, sein Treiber, sagt, er ist hundert Jahre alt. Chandra ist der Maharadscha unter den Elefanten, und das weiß er auch. Ich glaube, Balmati hält er einfach für ein Dienstmädchen. Er ist sich seiner Würde sehr bewußt – außer wenn er in *must* ist.«

»Was heißt das?« fragte Violet.

»Wenn er paarungsbereit ist«, antwortete Mahadur. »Die Bullen haben eine Drüse auf dem Kopf, die ein öliges und stark riechendes Sekret absondert, wenn sie brünstig werden. Manchmal drehen sie dabei fast durch, aber mach dir keine Sorgen. Chandra ist eigentlich schon viel zu alt für diesen Unsinn. Stimmt's nicht, alter Junge?« Mahadur sah den Elefanten fest an. Sie kräuselte die Nase und schnupperte. »Tja, das hoffe ich jedenfalls«, schloß sie zweifelnd.

»Ist das bei Balmati auch so, kommt sie auch in *s*?«

Mahadur schüttelte den Kopf. »Bei Elefantenkühen nicht. Aber wenn ein paarungsbereiter Bulle in der Nähe ist, werden die Weibchen aufgeregt – sogar du, meine Liebste, nicht wahr?«

Wie zur Antwort trottete Balmati zu einem der steinernen Wasserbecken, die in jeder Ecke des Stalls standen. Sie tauchte den Rüssel in das klare Wasser, hob ihn hoch in die Luft und ließ einen Tropfenschauer über ihren Kopf und ihre Reiterin niederregnen.

»Das ist meine Balmati!« Mahadurs Gesicht strahlte vor Wonne und Glück. »Sie weiß, daß wir ein Abenteuer vor uns haben. Sie verehrt Chandra wie einen Halbgott und folgt ihm mit Vergnügen überallhin. Klopf ihm auf die Stirn, damit er dich aufsteigen läßt.«

Violet tat, wie ihr geheißen, und der Bulle ließ sich gehorsam auf ein Knie fallen.

»Jetzt steig auf, Violet, rauf mit dir!«

Mit vor Aufregung klopfendem Herzen bestieg Violet den alten Elefanten.

27

»Setz dich bequem hin, es ist ein langer Ritt«, sagte Mahadur, als sie den Stall verließen und in das Buschdickicht jenseits der Palastgärten eindrangen.

Nach dem Monsunregen war der Dschungel warm und dampfig. Ein Gestrüpp von Kriechpflanzen lag über den dunklen Tümpeln, zu denen die Tiere des Waldes kamen, um zu trinken. Der Vollmond stand am Himmel, und durch das hohe Blättergewölbe fiel ein blaßsilbriges Licht in schrägen Streifen auf das dichte Unterholz. Die beiden Elefanten bewegten sich in langsamer, gemessener Prozession vorwärts, gelegentlich streckten sie den Rüssel aus und griffen nach einem Büschel junger Bambusstauden.

Chandra ging voraus, Balmati folgte. Wenn Violet zurückblickte, sah sie Mahadurs scharlachroten Sari hell gegen die dunkle Haut der Elefantenkuh schimmern. Alle ihre Sinne waren wach und aufmerksam, geschärft durch die Aufregung und die Außergewöhnlichkeit dieses Abenteuers, das Rascheln der Affen in den Zweigen über ihnen, die Schreie der Nachtvögel auf der Jagd. Der Duft von feuchtem Laub und Erde, gemischt mit schwerem warmem Tiergeruch, stieg ihr in die Nase, und wenn sie die Augen schloß, war sie wieder ein Kind und in Afrika, und sie fragte sich – nicht zum erstenmal, aber mit einem jähen, stechenden Gefühl von Einsamkeit –, ob sie Billy je wiedersehen würde.

Für ihn hatte sie getanzt, ihn hatte sie in ihren Armen gehalten. Auch jetzt im Dschungel war er bei ihr, er gehörte zu ihr. Gewiß, es waren Mahadurs Elefanten, und Violet liebte ihre Freundin mehr als alle anderen Menschen in ihrem Leben, aber hier auf Chandras Rücken war sie in einer Welt, die nur sie und Billy wahrhaft miteinander teilten.

Mit seinen gewaltigen Beinen schritt Chandra den Pfad entlang, mit der Rüsselspitze den Boden erforschend wie ein Blinder, der sich mit dem Stock seinen Weg ertastet. Drei Stunden waren sie unterwegs, und der Mond war schon im Sinken, als sich auf einmal vor ihnen eine Lichtung öffnete. Das große graue Tier blieb unerwartet stehen und verharrte reglos, alle vier Füße in den Boden gestemmt, den Rüssel witternd in die Nacht gereckt. Dann stieß er ein scharfes Trompeten aus. Etwas stimmte nicht.

Mahadur trieb Balmati vorwärts, bis sie Flanke an Flanke neben dem Bullen stand. Violet warf ihrer Freundin einen beunruhigten Blick zu. »Mahadur, ich glaube, irgendwas verstört ihn.«

Mahadur runzelte die Stirn. »Vielleicht wittert er einen Tiger.« Sie deutete auf einen Pfad, der die Piste, auf der sie gekommen waren, im rechten Winkel schnitt: der Kreuzungspunkt der beiden Wege bildete die Lichtung. »Das sieht aus wie ein Tigerpfad. Sie benutzen die Feuerschneisen, um den Dschungel zu durchqueren. Wenn es kein Tiger ist...« Mahadur brach ab. Ihr Ausdruck veränderte sich, sie blähte die Nüstern, und ihre Miene war erst verblüfft, dann alarmiert.

Violet schnupperte. Jetzt bemerkte sie es auch – einen merkwürdigen, moschusähnlichen Geruch, scharf und stark. Chandra unter ihr war ruhelos, stampfte gereizt auf den Boden und schwang den Rüssel prüfend nach links und nach rechts. Dieser Geruch konnte nur eines bedeuten. Violet beugte sich vor, und jetzt sah sie es deutlich: ein dunkles, ölig glänzendes Rinnsal auf Chandras faltiger grauer Wange. Mahadur hatte sich leider geirrt: der hundertjährige Bulle war noch nicht zu alt, um sich zu paaren.

Eine Eule fegte im Tiefflug über die Lichtung: ein kurzes, geisterhaftes Aufschimmern, als das Mondlicht auf ihre hellen Flügel fiel. Chandra erschrak. Er brach seitwärts aus, drängte die viel kleinere Balmati grob aus dem Weg und setzte sich in Bewegung. Mit großen Schritten trabte er vorwärts, hob den gekrümmten Rüssel und stieß ein ohrenbetäubendes Trompeten aus – und wieder und noch ein drittes Mal. Dieser plötzliche schrill schmetternde Lärm war derart laut in der dunklen Stille ringsum, daß Violet der Kopf dröhnte.

»*Makna hathi!* Halt ihn auf, Vi! Laß ihn wenden!« schrie Mahadur.

Violet zerrte wild am Halfter und wußte gleichzeitig, wie sinnlos ihre Bemühungen waren – genausogut hätte sie versuchen können, einen sich fortbewegenden Gletscher aufzuhalten. Unter sich spürte sie Chandras Flanken erzittern – eine wellenförmige Muskelbewegung, die sie vorübergehend aus dem Gleichgewicht warf. Sie wurde nach vorn, auf seinen Kopf zu geschleudert und wäre beinahe gestürzt, aber irgendwie schaffte sie es, sich wieder zu fangen.

Der Bulle verfiel nun in einen schwankenden Galopp. Er gab grollende Laute von sich, ein seltsames tiefes und dumpfes Dröhnen, das klang wie der Beginn eines Erdbebens, und nichts konnte ihn mehr aufhalten. Er rannte, rannte den Pfad entlang und wurde immer schneller.

»Ein Tiger! Da ist ein Tiger, Vi!«
Über dem Donnern der Elefantenfüße konnte Violet Mahadur kaum hören, doch dann begriff sie die Warnung und starrte entsetzt geradeaus.
Der Schlamm spritzte unter den mächtigen Tritten, und sie erblickte den Tiger nur flüchtig – ein gelb-schwarzer Blitz am Rand ihres Blickfelds, der gleich wieder verschwunden war. Im selben Augenblick wurde ihr bewußt, daß Balmati neben ihr war: mit zurückgelegten Ohren rannte die junge Elefantenkuh Seite an Seite mit dem durchgegangenen Bullen.
Dann sah sie ihn wieder. Er raste auf sie zu.
Er bewegte sich unglaublich rasch vorwärts – der sehnige Körper bog und streckte sich rhythmisch, ein Bündel aus Muskeln und Kraft, schnell wie ein Pfeil. Beinahe hatte er sie erreicht, dann schwenkte er plötzlich zur Seite. Für den Bruchteil einer Sekunde duckte er sich, alle Muskeln gespannt und bereit zum Angriff. Gelb funkelten seine Augen. Dann schnellte er mit einem Brüllen vorwärts.
Er war nicht an Chandra, Violet oder Balmati interessiert. Sein Ziel war Mahadur in ihrem leuchtendroten Sari.
Violet schrie. Sie schrie mit weitgeöffneten Lungen, und der Laut, der aus ihrer Kehle drang, war der Schrei eines Tieres – kein Angst- oder Warnruf: er war Schutz und Herausforderung zugleich, ein Schrei, der aus den Tiefen ihres Wesens kam; sie hätte selbst eine Tigerin sein können, die ihre Jungen verteidigt, und sie setzte ihre Stimme als Waffe ein.
Später konnten weder sie noch Mahadur erklären, was danach geschah – wie es kam, daß die gewaltige Raubkatze mitten im Sprung zusammenklappte und zurückfiel und die ausgestreckten Klauen in Chandras Hinterteil hieb.
Der Tiger blieb hängen, festgekrallt ins Fleisch des Elefanten. Chandra wurde daraufhin völlig verrückt, er war toll vor Erregung, Angst und Aggression. Der alte Bulle, der seine Blüte längst überschritten hatte, doch noch immer das mächtigste Tier des Dschungels war, blieb stehen und wandte sich um. Und er drehte den Kopf und versuchte, den Tiger mit seinen gelblichen Stoßzähnen aufzuspießen. Aber der Tiger, in seinen Steiß gekrallt, war außerhalb seiner Reichweite, und so wich Chandra zurück, brüllend, auf einen Baum zu und begann, sein Hinterteil am Stamm zu wetzen, um den Tiger abzustreifen.
Violet auf seinem Rücken spürte keine Angst – sie war erstarrt in einem kalten nebelhaften Gefühl der Verwirrung. Der Tiger war ihr

so nahe, daß sie den fauligen Gestank seines Atems riechen konnte. Blut bespritzte sie, als die Krallen über die Chandras Haut fuhren. Der Elefant trompetete laut, und sie wurde vor- und zurückgeschleudert, während die beiden Tiere miteinander kämpften.

Dann hob sich Mahadurs Stimme schrill und verzweifelt über den Lärm. »Spring ab!« schrie sie. »Um Himmels willen, Violet, spring!«

Violet hörte sie. Sie ließ das Seil fahren und schnellte hoch, sprang ins Leere im selben Moment, in dem Chandra sich auf die Hinterbeine hob und sich auf den Rücken fallen ließ, um den Tiger unter sich zu zerquetschen.

Sie spürte einen kalten Luftzug an ihrem Gesicht und sah die Erde mit rasender Geschwindigkeit auf sich zukommen. Als sie auf dem Boden aufprallte, wich alle Luft aus ihren Lungen.

Sie lag reglos und ohne Bewußtsein.

»Violet! Violet – ist alles in Ordnung?« Mahadurs Stimme schien von sehr weit herzukommen. Violet gelang es nur mit Mühe, die Augen zu öffnen. Rings umher war die Welt unerklärlicherweise ins Wanken geraten, und einen Augenblick lang wußte sie nicht, wo sie war.

»Mahadur?« Sie setzte sich auf, und eine Welle von Schmerz durchzuckte sie.

»Ach, Vi!« Mahadur schlang ihre Arme um sie. »Ich hab' geglaubt, du bist tot!«

Mahadur schluchzte. Violet prüfte Arme und Beine: der Schmerz ließ nach, und allmählich war sie sicher, daß sie nichts gebrochen hatte.

»Mir geht's gut«, sagte sie mit zitternder Stimme. »Was ist mit dir?«

»Heil und gesund, dank dir.«

»Wo ist der Tiger?«

»Er ist weg.«

Die Erde unter ihr war feucht. Sie spürte Mahadurs warme Hand in der ihren. Sie hob den Kopf und blickte sich suchend nach den Elefanten um. »Wo sind Balmati und Chandra?«

»Sie sind hier. Der arme alte Chandra hat einiges an Blut verloren, aber der Schock scheint ihm die Brünstigkeit ausgetrieben zu haben. Ich glaube nicht, daß Balmati und ich ihn sonst hätten einfangen können.«

Im frühen Morgengrauen kehrten die beiden Mädchen erschüttert und sehr ernüchtert zum Palast zurück. Sie ritten beide auf Balmati, Chandra folgte. Die Treiber hatten schon längst gemerkt, daß die beiden Elefanten fehlten, und seit Mitternacht waren Suchtrupps unterwegs. Beide Mädchen waren in Ungnade, besonders Mahadur; aber es

war ihr Hochzeitstag, und daran ließ sich nichts ändern, wie die Maharani sagte. Violet hingegen spürte, daß diese Erfahrung ihr Leben verändert hatte.
Der vorübergehende Schrecken beim Angriff des Tigers hatte rasch nachgelassen und war ausgestanden, noch ehe sie und Mahadur zum Palast zurückkehrten. Aber sie hatte die Elefanten wiedergefunden. Zum erstenmal seit ihrer Abreise aus Afrika wußte sie, wo sie sein und was sie tun wollte. Chandra und Balmati waren elegante, edle Tiere, aber sie waren gezähmt. Niemals hatte irgend jemand Uhuru und ihre Herde zähmen können. Mit der ganzen unbeirrbaren Sicherheit ihrer sechzehn Jahre wußte Violet, daß außer jenem Tal in Afrika nichts je für sie zählen würde – daß nichts zählen konnte. Sie mußte nur ihre Mutter überzeugen, daß sie es ernst meinte, dann würde sich alles regeln lassen.
So hatte sie doch eine Mitgift – eine Verantwortung, wie die Maharani richtig gesagt hatte. Was die Maharani nicht wissen konnte: Violet mußte nicht erst heiraten, um sie zu besitzen. Sie gehörte ihr schon – ihr und Billy.

»Natürlich kannst du das nicht, Violet, das ist vollkommen lächerlich! Wer um Himmels willen hat dir eine derart verrückte Idee in den Kopf gesetzt?«
Violet starrte ihre Mutter an. »Niemand«, sagte sie wütend. »Ich brauch' keine Ideen von irgendwem. Ich hab' selber welche.« Sie verstummte und versuchte, ihre Beherrschung wiederzufinden. Dann versuchte sie es auf anderem Weg: »Also gut. Ich mache zuerst meine Prüfungen. Ich mach' sie gut! Was ist danach?«
»Meine liebe Violet«, begann Mrs Somerset, und in ihrer Stimme schwang die Erbitterung mit. »Ich habe bereits beschlossen, dich nicht mehr in die Schule zu schicken. Ich sprach mit Miss Prescott darüber, und wir waren beide der Meinung, daß der Versuch gescheitert ist. Statt dessen wirst du nach Paris gehen, und zwar in die Klosterschule Sacré-Cœur. Dort wirst du bei den Nonnen Französisch lernen und vielleicht auch ein wenig zivilisiertere Umgangsformen. Anschließend kommst du in ein Mädchenpensionat.«
»Liebe Mama, bitte, ich möchte nicht nach Paris, weder in ein Kloster noch in ein Pensionat. Ich hab' dir gesagt, was ich möchte.«
»Herrgott im Himmel, so sei doch realistisch, Violet! Du tust das, was alle deine Freundinnen tun. Du lernst einen Haushalt führen, legst dir anständige Umgangsformen zu und wirst in die Gesellschaft eingeführt. Willst du denn nicht heiraten und glücklich werden, Kind?«

»Ich habe nur zwei Freunde«, sagte Violet tonlos. »Nanny sagt mir immer, den ersten müßte ich vergessen. Und meine Freundin hat gerade geheiratet. Mahadurs Mann ist zwar ein Prinz, aber er ist kahlköpfig und stinkt nach Schweiß und sieht aus wie eine blöde Marionette.«

»Violet!« Margaret Somerset sah sie entsetzt an. »Du nimmst wochenlang die Gastfreundschaft der Maharani in Anspruch und sagst dann so häßliche Dinge?«

»Es stimmt«, beharrte Violet eigensinnig. »Du kennst ihn nicht, du hast ihn nicht gerochen. Ich schon. Ich will keinen Mann wie ihn, und ich will nicht in die Gesellschaft eingeführt werden.«

Mrs Somersets Lippen wurden schmal. »Du tust, was man dir sagt, verstanden?«

»Und wenn nicht?« fragte Violet herausfordernd.

Kaum hatte sie die Frage ausgesprochen, tat sie ihr leid. Sie war sicher, daß sie damit eine Explosion auslösen würde, die, wie sie ebenfalls wußte, nirgendwohin führen konnte, sondern die Sache nur noch verschlimmerte.

Sie irrte sich jedoch. Angesichts des verstockten Zustands ihrer Tochter gab Mrs Somerset für diesmal nach. Als sie antwortete, war ihr Tonfall kühl, aber halbwegs versöhnlich. »Wir können nicht ewig so weiterstreiten«, sagte sie. »Du wirst erwachsen. Es ist für niemanden ein Geheimnis, daß du eine privilegierte junge Frau bist. Eines Tages wirst du über ein ansehnliches Kapital verfügen und davon ganz nette Zinsen beziehen. Bis dahin bist du von mir abhängig. Wir beide sollten zusammenarbeiten und zusehen, ob wir nicht einen Mann für dich finden, der dich glücklich macht und sich um dein Vermögen kümmert.«

Für einen Moment schwieg Violet nachdenklich. Das war es also. Die Maharani hatte doch recht gehabt: ihre Mutter schmiedete tatsächlich Pläne. Interessant war daran, daß sie anscheinend eigenes Geld besaß. Sie wollte allerdings sichergehen. »Vermögen?« fragte sie. »Heißt das Geld?«

»Selbstverständlich. Es ist recht kompliziert, aber im wesentlichen handelt es sich um ein Treuhandvermögen. Deine Großeltern waren sehr großzügig. Und schließlich wird mein Erbe an dich weitergehen. Offen gestanden, du bist eine recht gute Partie.«

»Ich will keine Partie sein«, fuhr Violet auf. »Das klingt so fürchterlich geschäftlich.«

Mrs Somerset beherrschte sich vorbildlich. Es gelang ihr sogar ein Lachen. »Du siehst die Dinge recht kraß, meine Liebe«, sagte sie.

»Aber du wirst trotzdem darüber nachdenken müssen. Geld ist eine ernste Angelegenheit. Bis dahin gehst du nach Paris und ins Pensionat, und die gesellschaftliche Seite machen wir zusammen. Das wird bestimmt ein Spaß.«

Spaß war, wie Violet wußte, für ihre Mutter das erstrebenswerteste Ziel. Sie zögerte; dann unternahm sie einen letzten Versuch. »Ich möchte wirklich nach Afrika«, sagte sie. »Ich möchte in meinem Tal leben und mit den Elefanten zusammensein. Ehrlich, ich will nichts anderes.«

Noch während sie sprach, merkte Violet, wie halbherzig ihre Bitte war. Im Aufruhr ihrer Gefühle angesichts der Pläne ihrer Mutter war ihr Ton nicht mehr recht überzeugend.

Margaret Somerset lächelte. Sie hatte gewonnen. Jetzt konnte sie sich Zugeständnisse leisten – das spielte keine Rolle mehr. »Eines Tages, Liebling, wirst du das sicher tun«, sagte sie. »Ich habe dir das Land als Investition gekauft. Der nette Onkel Finlay Hampton sagte, es könnte vielleicht sogar eine sehr gute sein. Wie mein Börsenmakler zu sagen pflegt: ›Mit Grundstücken kann man nichts falsch machen: davon wird nichts mehr hergestellt.‹« Sie beugte sich vor und küßte ihre Tochter. »Aber du und ich werden vorher noch eine Menge Spaß miteinander haben.«

Die meiste Zeit trieb Violet sie an den Rand des Nervenzusammenbruchs mit ihrer Merkwürdigkeit, ihrer Verbohrtheit, ihrer sturen Widerspenstigkeit. Dabei war sie, wie alle ihre Freunde neidisch oder bewundernd bestätigten, das schönste junge Mädchen ihrer Generation. Wenn es soweit war, sie in die Gesellschaft einzuführen, würde sie fraglos die Debütantin des Jahres werden.

Violet versteifte sich in der Umarmung ihrer Mutter. Sie roch ihr teures Parfum und spürte die Kühle des Seidenkleids an ihrem Hals. Sie öffnete den Mund, um noch einen Einwand vorzubringen, doch dann besann sie sich eines Besseren. »Ja, Mama«, sagte sie unterwürfig. Es hatte keinen Sinn zu argumentieren. Ihre Mutter hörte ohnehin nicht mehr zu.

Im Moment zählte das nicht. Violet hatte begriffen, daß sie nie zu ihrer Mutter durchdringen würde. Afrika, das Tal, die Elefanten – das alles bedeutete ihr nichts. Wenn Violet je bekommen wollte, was sie sich wünschte, dann brauchte sie einen anderen Verbündeten – Billy Ramsden.

Das Tal gehörte ihm so gut wie ihr. Billy würde ihr helfen. Billy würde wissen, was zu tun war. Sie brauchte ihn bloß zu finden.

28

»Ich suche Billy Ramsden«, sagte Violet.

Das kleine Mädchen, das ihr die Tür geöffnet hatte, verzog verdrossen das Gesicht und schielte mit zusammengekniffenen Augen zu ihr hinauf. »Hier gibt's keinen Billy«, sagte es.

Das Kind war ungefähr fünf, barfüßig und trug ein abgewetztes, schmutziges Kleid.

Violet versuchte es anders: »Ist deine Mama zu Hause?«

Das Kind bohrte in der Nase. Es gab keine direkte Antwort, sondern drehte sich um und schrie die Treppe hinauf: »Oma! Da is wer!«

»Was will er?« rief eine Stimme von oben zurück.

»Es ist ein Fräulein«, sagte das Kind nach einem prüfenden Blick auf Violet. »Keine Ahnung!« schrie es dann, wiederum nach oben gewandt. »'s is 'ne Vornehme!«

»Ich zieh' mir was an. Sag ihr, ich komm' runter!« bellte die Stimme von oben.

»Oma kommt runter«, sagte das Kind, warf Violet einen letzten mürrischen Blick zu und ging davon. Als es die Tür am anderen Ende des Flurs öffnete, quoll eine Wolke übler Gerüche hervor – eine Mischung aus gedünstetem Kohl, Karbolseife, Kohlenrauch und Urin.

Violet zuckte zurück. Sie fror. Trotz des warmen Apriltages wirkte das kleine Haus finster und eiskalt, der Gestank schnürte ihr die Kehle zu – ohnehin verursachte ihr der Gedanke an den Empfang, der sie möglicherweise hier erwartete, eine gewisse Beklommenheit: am liebsten wäre sie davongelaufen. Aber sie zwang sich zu warten.

»Ja?« Es war dieselbe heisere Stimme wie zuvor, alt, argwöhnisch und mißgelaunt.

Violet, die, ohne es zu merken, auf die Straße zurückgewichen war, konnte die Frau in dem düsteren Flur kaum sehen. Verlegen trat sie vor bis auf die Türschwelle und spähte forschend in die Dunkelheit. »Ich suche Billy Ramsden«, sagte sie zögernd. »Man hat mir gesagt, daß ich ihn vielleicht hier finde.«

»Und wer sind Sie, wenn ich fragen darf?«

»Ich heiße Violet Somerset.«

Die Frau hatte sie offensichtlich schon eine ganze Weile gemustert,

bevor Violet sich ihrer Gegenwart bewußt wurde. Es folgte ein Schweigen, während dessen sie weiterhin kritisch betrachtet wurde.
Violet starrte zurück. Die Frau war um die Sechzig und in ihrer Jugend sicherlich schön gewesen. Jetzt war sie dick geworden, aber keineswegs plump, und hielt sich sehr aufrecht. Ihr Haar war rostbraun – gefärbt, wie der Ansatz erkennen ließ, aber immer noch voll und glänzend. Ihre Gesichtszüge verrieten Stolz und Kraft, sie hatte eine schmale, schön geformte Nase und ruhige dunkle Augen – ihr Blick wirkte, als könnte er jede Familie, jede Straße, ja das ganze Stadtviertel beherrschen. Nur eins paßte nicht zu diesem an sich schönen alten Gesicht: die Haut. Sie war ausgedörrt, trocken wie Pergament, und gelb – von der Farbe und der Struktur des Todes.
»Hinter Billy Ramsden sind Sie her? Was, wenn ich Ihnen sage, daß es hier keinen Billy gibt?« Ihr Ton war völlig ausdruckslos.
Violet starrte die alte Frau an. Vierzig Jahre lagen zwischen ihnen. Mehr noch als das Alter trennten sie Generationen von Wohlstand, Klassenbewußtsein und Geschichte – sie stammten aus zwei Welten, die so unterschiedlich waren, daß sie ebensogut Bewohnerinnen zweier verschiedener Galaxien hätten sein können.
»Ich bin – war mit Billy befreundet«, sagte Violet. »Wir haben uns vor sehr langer Zeit gekannt. In Afrika. Vielleicht hat er einmal von mir gesprochen.«
Die Frau schürzte die Lippen. Ihr Gesichtsausdruck war unerbittlich, zu keinem Entgegenkommen bereit. »Ich habe gehört, was die kleine Stephanie zu Ihnen gesagt hat. Hier gibt es keinen Billy, Miss.«
»Bitte, nennen Sie mich doch Violet.« Aus einem ihr unbegreiflichen Impuls heraus spürte Violet den Drang, sich das Wohlwollen der alten Frau zu gewinnen.
»Wieso?« fragte die Frau, nach wie vor argwöhnisch.
Violet zögerte. »Ich werde wohl Ihre Hilfe brauchen, wenn ich ihn finden will.«
»Was sollte ein vornehmes junges Fräulein ausgerechnet von Billy wollen?«
»Kann ich's Ihnen erklären? Darf ich vielleicht hereinkommen?«
Die alte Frau streckte den Kopf aus der Tür und blickte rechts und links die Straße entlang. »Die Nachbarn sind verdammt neugierig«, erklärte sie. »Also, kommen Sie rein.«
Sie ging voraus in die enge Küche. Der Gestank war jetzt überwältigend, und Violet mußte sich beherrschen, um sich nicht das Taschentuch vors Gesicht zu halten.
Doris setzte den Wasserkessel auf und schickte sich an, Tee zu kochen.

Es war nicht leicht gewesen, Billy ausfindig zu machen. Violet war davon ausgegangen, daß auch seine Tante Ramsden hieß. Laut Telefonbuch gab es in Südlondon Dutzende von Ramsdens; sie hatte alle angerufen, aber die Suche ergab nichts. Niemand hatte je von dem mutterlosen Sohn eines Soldaten gehört, der beim Regiment der Rattray's Sikhs gedient und im Fernen Osten gefallen war, – als wäre Billy verschwunden, ohne eine Spur zu hinterlassen, ja, als hätte er nie existiert.

Dann fiel Violet zweierlei ein, und sie schämte sich ihrer eigenen Dummheit. Zum einen gab es in Südlondon sicherlich zahlreiche Ramsdens, die kein Telefon besaßen. Zum anderen, was noch viel wichtiger war, hatte Billys Tante gewiß geheiratet und trug längst einen anderen Namen. Das Telefonbuch war also nutzlos. Als letzte Möglichkeit kam ihr das Regimentsarchiv im Kriegsministerium in den Sinn.

Sie vereinbarte einen Termin und machte sich auf den Weg nach Whitehall. Dort hatte sie unverhofftes Glück. Unter dem Namen von Billys Vater war seine Rückkehr nach Liverpool registriert, ebenso die Anweisung des Obersten, den Jungen durch einen Militärpolizisten nach London bringen zu lassen. Der Name der Tante oder eine Adresse war nicht vermerkt, doch der Archivbeamte, mit dem Violet sprach, stammte ebenfalls aus Südlondon, und wie die meisten Männer dieser Gegend ging er regelmäßig zu den Boxkämpfen.

»Ich erinnere mich an einen Billy Ramsden, Miss, er stand ein paarmal auf dem Programm«, sagte er. »Ein toller Boxer war das. Bärenstark, eine spitzenmäßige Beinarbeit und ein Riesentaktiker. Als ich ihn das letztemal sah, hatte er's bis zu den Londoner Meisterschaften gebracht. Das war – warten Sie – vor vier oder fünf Jahren wohl. Aber bei den Meisterschaften ist er nicht aufgetaucht, und ich hab' seither auch nichts von ihm gehört. Na ja, es muß ja nicht derselbe Billy Ramsden gewesen sein, schließlich ist das ein ziemlich verbreiteter Name. Aber Sie könnten's immerhin versuchen.«

Violet war vollkommen sicher, daß der Boxer der richtige Billy Ramsden war – *ihr* Billy. »Und wie soll ich es versuchen?« fragte sie eifrig.

»Soweit ich mich erinnere, hat er für Crown und Garter gekämpft.«

»Was ist das?« Für Violet klang das wie der Name eines Pubs.

»Der Jungen-Boxverein im East End«, antwortete der Archivbeamte. »Einer von den besten. Sie nehmen vielversprechende Burschen aus der ganzen Gegend dort auf. Pfarrer Geoffrey war ihr berühmtester Scout. Er ist inzwischen gestorben, dahingerafft vom Schnaps, aber Len, der Obertrainer, ist noch da. Mit ihm sollten Sie reden.«

»Vielen Dank.« Violet lächelte ihn verbindlich an und stand auf. »Das werde ich tun.«
Der Beamte sah die schöne, elegante, teuer gekleidete junge Frau an und fragte sich, wie sie wohl zu einem Kindheitsfreund wie Billy Ramsden gekommen sein mochte und weshalb sie ihn wiederfinden wollte. Er runzelte skeptisch die Stirn. »Wenn ich Ihnen einen Rat geben darf, Miss«, sagte er. »In der Gegend, wo dieser Ramsden herstammt, bekommen Burschen wie er manchmal Scherereien.«
Violet sah ihn fragend an. »Was meinen Sie damit?«
»Ich meine, er muß schon einen sehr guten Grund gehabt haben, um die Meisterschaften zu verpassen. Verstehen Sie mich recht, ich will ihm nichts unterstellen, aber es könnte immerhin sein, daß er damals Gast Ihrer Majestät war. Könnte er immer noch sein.«
Violet stand einen Augenblick lang reglos, bevor sie begriff, wovon der Mann sprach. »Billy Ramsden im Gefängnis?« fragte sie schließlich. »Nicht, wenn es der Billy ist, den ich kenne.«
Sie dankte ihm noch einmal und ging.
Der Boxverein, erfuhr sie, befand sich in den Docks im Londoner East End. Am selben Nachmittag bestieg Violet ein Taxi und ließ sich zu der Adresse bringen. Sie hatte Bobbity erzählt, wohin sie wollte, nachdem das Zimmermädchen ihr geschworen hatte, Mrs Somerset nichts zu verraten. Bobbity war entsetzt gewesen, aber nicht in der Lage, sie von ihrem Vorhaben abzubringen. »Taschendiebe, Vergewaltiger und Mörder«, war ihr letzter Kommentar gewesen, nachdem sie eingesehen hatte, daß Violet sich nicht umstimmen ließ. »Das erwartet dich dort. Aber auf keinen Fall lasse ich zu, daß du derart aufgeputzt dorthin gehst, du bist ja eine wandelnde Aufforderung zu Gott weiß was. Wenigstens ziehst du den gestopften Rock an und den alten Mantel, den ihr der Köchin geschenkt habt.«
Gekleidet nach Bobbitys Vorschriften, saß Violet im Fond des Taxis und ließ sich quer durch die Stadt zu den Docks chauffieren. Vor einem rußgrauen Gebäude an der Mile End Road blieben sie stehen. Über dem Eingang hing ein Schild mit der Aufschrift *Crown and Garter Boy's Club 1924*. Violet bezahlte den Fahrer, stieg aus und sah sich um. In ein paar hundert Meter Entfernung sah sie die Themse, hell funkelnd in der Morgensonne, Schleppkähne und Fischkutter glitten den Fluß entlang, und darüber zogen kreischende Möwen ihre Kreise. An der Straße reihten sich breite, gedrungene, barackenähnliche Gebäude aneinander, fast alle trugen Inschriften, ähnlich dem Schild über der Tür zum Boxverein, die den Namen der Stifter verkündeten: *Peabody Trust 1927, Whitbread Trust 1931* und, am weit-

aus größten und beeindruckendsten, *Bernard Baron Housing Settlement 1932*. Sie fragte sich kurz, wer sie wohl alle gewesen sein mochten, die Whitbreads, Peabodys und Barons, die ein Vermögen für diese karitativen Einrichtungen in der schmutzigsten und heruntergekommensten Gegend Londons ausgegeben hatten.

Violet faßte sich ein Herz und trat ein.

Den Trainer Len fand sie ohne Mühe. Ein Junge führte sie durch einen Flur in die Sporthalle und stellte ihn ihr vor. Der Raum unter den schrägen Dachbalken roch nach Terpentin, Schweiß und Zigarettenrauch. Len saß auf einer Bank an der Wand, ein weitgehend kahler alter Mann, dem nur noch über den Ohren spärliche graue Haarbüschel wuchsen, mit breiten Schultern und einem zerschlagenen, narbenübersäten Gesicht. Er war einer der wortkargsten und abweisendsten Menschen, denen Violet je begegnet war.

Wortlos hörte er sich ihre Geschichte an, und auch danach saß er längere Zeit schweigend da.

»Der Pfarrer hat ihn hergebracht«, sagte er schließlich. »Er hätte eine Karriere machen können, der Bursche, Spitzenklasse hätte er werden können. Ein zweiter Kid Hawkins, sogar ein zweiter Mendoza. Aber er hat alles versaut. Hat uns schwer enttäuscht, mich und den Pfarrer.« Er schnaubte. »Wissen Sie, wieso? Pfarrer Geoffrey hat's mir erzählt – ich hab's nicht geglaubt, glaub's eigentlich immer noch nicht, aber der Pfarrer hat nie gelogen. Er sagte, Billy hätte wegen Elefanten geklaut. Elefanten! Wo sind wir denn! Deswegen ham sie ihn eingebuchtet – wegen irgendwelchen Scheißelefanten!« Len spuckte auf den Boden. »Er hat bei seiner Tante Doris gewohnt. Fragen Sie im Sekretariat nach, die geben Ihnen die Adresse. Aber den Kerl selber werden Sie nicht finden, der ist weg. Der Trottel.«

Len stand auf. Die Sporthalle füllte sich mit Jungen verschiedenen Alters. Violet hörte das rhythmische Klatschen von Springseilen, die auf dem Boden auftrafen, die dumpfen Schläge behandschuhter Fäuste auf Sandsäcken. Offensichtlich hatte sie Len zu einem günstigen Zeitpunkt angetroffen, in einer Trainingspause, die jetzt zu Ende war.

Im Davongehen sah der alte Mann noch einmal über die Schulter zurück. »'tschuldigen schon für die Ausdrucksweise, Fräulein. Aber der Kerl ist wirklich bescheuert. Er hätt's bis ganz nach oben schaffen können. Er hätte sich nie auf sowas einlassen dürfen. Wie hat er nur auf eine derartige Idiotie kommen können! Und noch dazu für Elefanten, da fragt man sich doch!«

Violet suchte das Sekretariat auf und erhielt die Adresse von Billys Tante. Sie nahm wieder ein Taxi und fuhr nach Brixton, in die Malplaquet Road. Jetzt saß sie mit Doris in der Küche und trank Tee aus einem angeschlagenen Becher.

»Wenigstens hat er Sie nicht fertiggemacht, Vi. Aber da, wo er ist, bestehen dafür auch wenig Aussichten.« Doris stieß ein rauhes Gelächter aus.

Violet lächelte sie an. »Woher wissen Sie, daß man mich Vi nennt?« fragte sie.

Doris lachte wieder. »Nicht nur die Herrschaft nennt ihre Töchter Violet, Schätzchen. Hier in Brixton gibt's haufenweise Violets. Und die nennt man natürlich alle Vi.«

Violet saß einen Augenblick stumm da und dachte nach. Sie fühlte sich leicht beschämt. Nur wenige Menschen kürzten ihren Namen ab – ihre Mutter, Nanny, Angie, Mahadur –, und dies nur aufgrund einer langen, innigen Vertrautheit. Nie hätte sie sich vorgestellt, daß andere Leute – Leute wie Doris – sie innerhalb von zehn Minuten bereits Vi nennen konnten. Aber sie stellte fest, daß es ihr nichts ausmachte, überhaupt nichts.

In der kurzen Zeit, die sie miteinander verbracht hatten, war eine merkwürdige Intimität zwischen ihnen entstanden. Violet mochte Doris, sie vertraute ihr, und sie spürte, daß auch Doris ihr traute. Noch eins ahnte sie: daß Doris auf ihre Art eine kluge Frau war – sie besaß die Lebensklugheit, wie man sie auf den Straßen des Londoner Südens lernt.

»Hören Sie zu, Vi.« Doris langte über den Tisch und ergriff ihre Hand. »Sie haben mir erzählt, wie das war mit Ihnen und Billy als Kinder in Afrika. Ich hab' Ihnen erzählt, was mit Billy passiert ist – na, das wissen Sie schon von Lenny, daß er im Knast sitzt. Diese verdammten Elefanten, damit hat alles angefangen, und jetzt sehen Sie, wohin sie ihn gebracht haben. Ins Kittchen. Lenny hat Ihnen nicht verraten, wo er sitzt, und ich werd's auch nicht tun.« Sie hielt inne. »Billy hat sich ziemlich verändert«, fuhr sie dann fort. »Ich besuche ihn ab und zu. Er ist anders, als Sie ihn in Erinnerung haben. Er ist kein Kind mehr, er ist erwachsen. Er ist ein beinharter, merkwürdiger und komplizierter Mann. Sie können nichts für ihn tun, und umgekehrt er nichts für Sie. Lassen Sie ihn in Frieden, zu Ihrem eigenen Besten.«

Doris ließ Violets Hand los und griff nach ihrem Becher. »Gehen Sie wieder zurück auf die andere Seite, Vi. Sie haben etwas gesucht, was es nicht gibt. Das war nur ein Traum, der ist vorbei. Vergessen Sie Billy, vergessen Sie diese beschissenen Elefanten – verzeihen Sie den Ausdruck, aber so ist es. Leben Sie Ihr eigenes Leben weiter.«

Violets Augen füllten sich mit Tränen. Einen Augenblick lang saß sie reglos und ließ sie rinnen. Dann wischte sie sich die Wangen ab, trank ihren Tee aus und stand auf. Sie sah auf Tante Doris herunter. Tante Doris! Sie lächelte, noch immer unter Tränen. Sie hatten nichts miteinander gemein und waren in keiner Weise verwandt, und doch empfand Violet nach kaum einer Stunde eine Verbundenheit mit der alten Frau, als wäre sie eine Tante für sie. Tante Doris, dachte sie. Nun, Doris würde nichts dagegen haben.

»Danke.« Violet beugte sich vor und gab ihr spontan einen Kuß auf die Wange. »Wenn Billy wiederkommt, würden Sie ihm bitte sagen, daß ich hier war?« fragte sie nach kurzem Zögern. »Sagen Sie ihm, daß ich nach ihm gesucht habe und nach den Elefanten?«

»Wenn er wiederkommt, sag ich ihm, was ich für richtig halte«, gab die alte Frau grimmig zurück. Dann brach sie ab und lächelte breit. »Und was ich vielleicht auch Ihretwegen für richtig halte.«

Sie brachte Violet zur Tür. »Sie können wiederkommen, Schätzchen, wann immer Sie wollen. Aber lassen Sie die verdammten Elefanten in Afrika.«

Violet wandte sich ab und ging tränenblind und stolpernd die Straße entlang.

29

Violet saß in ihrem kleinen Schlafzimmer unter dem Dach im Haus ihrer Eltern. Durch die Wand hörte sie gedämpft die Stimmen von Bobbity und Nanny, die im Nebenzimmer miteinander plauderten. Es war Violets letzte Nacht in ihrem Kinderzimmer – am Morgen sollte sie nach Paris reisen, und wenn sie zwei Jahre später nach London zurückkehrte, würde sie ein größeres Zimmer ein Stockwerk tiefer erhalten. »Ich werde Sibyl Colefax mit der Ausstattung beauftragen«, hatte Margaret Somerset ihr versprochen. »Sie wird dir ein ganz entzückendes Zimmer herrichten, während du weg bist. Schließlich bist du jetzt fast erwachsen, meine Liebe, und brauchst einen anständigen Raum für dich allein.«

Violet nahm ihren zerschlissenen Teddybären in die Hand und starrte ihn gedankenverloren an. Die Tränen, die sie beim Abschied von Tante Doris geweint hatte – sie nannte die alte Frau in Gedanken nur Tante Doris –, diese Tränen waren längst versiegt. Jetzt fühlte sie nur noch Niedergeschlagenheit und eine dumpfe Starre, wenn sie an Billy dachte.

Wilde Träume hatte sie gehabt: daß sie Billy finden würde und er ihr helfen konnte, ihrem Elend zu entrinnen. Ja, sicher, Tante Doris hatte recht – es war nur ein Traum. Billy hatte sich verändert, war erwachsen geworden, war ein Mann – und er saß ihm Gefängnis.

Ein- oder zweimal im Lauf dieser Woche hatte Violet daran gedacht, noch einmal nach Brixton zurückzukehren und Tante Doris so lange zu bedrängen, bis sie ihr verriete, wo er war; aber auch das war nur ein Hirngespinst: Doris hätte es ihr nie verraten. Und selbst wenn – es wäre eine Katastrophe gewesen. Noch deutlicher als an alles andere erinnerte Violet sich an Billys ungeheuren Stolz. Nichts hätte ihn mehr erniedrigt, als wenn Violet ihn so gesehen hätte: hilflos und eingesperrt hinter Gefängnisgittern. Wenn das Bild, das sie sich von ihm bewahrt hatte, wirklich nur ein Traum war, dann war es besser für sie beide, es dabei zu belassen, statt den Traum zu zerstören.

Violet ließ sich aufs Bett fallen, den Teddy im Arm. In der vergangenen Woche hatte sie erfahren, was es mit dem von ihrer Mutter so genannten »ansehnlichen Kapital« auf sich hatte. Ihr Vater war zu einem seiner immer selteneren Kurzbesuche zwischen zahlreichen Auslandstätigkeiten nach Hause zurückgekehrt. Seit jeher war er in Violets Leben eine unnahbare, strenge Gestalt im Hintergrund gewesen, und sie hatte mehrere Tage gebraucht, bis sie genügend Mut beisammen hatte, um ihn anzusprechen. Eines Abends faßte sie sich ein Herz und suchte ihn in seinem Arbeitszimmer auf.

»So, du willst wissen, was deine Mutter damit gemeint hat«, wiederholte er bedächtig die Frage, die sie ihm gestellt hatte. Er nahm die Brille ab und fuhr fort: »Nun, Vi, dein Großvater war ein schwerreicher Mann. Den größten Teil seines Vermögens hinterließ er deiner Mutter, aber auch du hast eine ansehnliche Summe geerbt, die natürlich in den vergangenen fünfzehn Jahren erheblich angewachsen ist. Er war freilich recht altmodisch in seinen Ansichten und überzeugt, junge Frauen würden jeden Penny, den sie erhielten, auf der Stelle für Kleider ausgeben; und deshalb hat er deine Erbschaft treuhänderisch angelegt.«

»Was heißt das?«

»Das heißt in deinem Fall, daß du über das Geld erst verfügen kannst, wenn du dreißig bist.« Ihr Vater lächelte. »In dem Alter, hoffte er, würdest du die Lust an der Eitelkeit verloren haben.«

Violet sank der Mut. Bis zu ihrem dreißigsten Geburtstag waren es noch dreizehn Jahre. Eine Ewigkeit. Mit Dreißig, dachte sie, wäre sie alt und wahrscheinlich sogar schon tot. »Ich interessiere mich überhaupt nicht für Kleider, Daddy«, sagte sie beflissen. »Das wissen alle. Du kannst Nanny danach fragen oder Bobbity, sogar Mama.«

»Das spielt leider keine Rolle. Das Rechtsinstitut der Treuhand ist gesetzlich geregelt, und nach dem Gesetz sind die Bestimmungen deines Großvaters unabänderlich.«

Violet runzelte die Stirn. »Das heißt, ich bin bis Dreißig von euch abhängig?«

Ihr Vater nickte. »Generell ja. Es gibt allerdings eine Ausnahme: wenn du vorher heiratest, erhältst du – oder im eigentlichen Sinn vielmehr dein Ehemann – automatisch die Verfügungsgewalt über die Hälfte deines Treuhandvermögens.«

Violet schwieg eine Weile, dann schüttelte sie den Kopf. »Das verstehe ich nicht«, sagte sie schließlich. »Wer kann über das Geld verfügen, ich oder mein Mann?«

»Nun, technisch gesehen natürlich du, denn es ist dein Geld«, erwiderte ihr Vater. »Aber in jeder praktischen Hinsicht geht man davon aus, daß der Ehemann sich darum kümmert.«

»Also muß ich heiraten, und dann kriege ich die Hälfte von meinem

Erbe, meinem Geld, aber mein Mann entscheidet, was damit passiert – obwohl es in Wirklichkeit nach wie vor mir gehört?«
Ihr Vater lachte. »Kraß, aber durchaus treffend ausgedrückt, Vi!«
»Und wenn mir das nicht paßt«, beharrte sie, »wenn ich das Geld selber ausgeben will, was dann?«
Immer noch lachend hob ihr Vater beide Hände. »Das wäre höchst sonderbar und unorthodox, aber ich muß zugeben, daß dich niemand daran hindern könnte.«
Violet trat auf den Schreibtisch zu, beugte sich nieder und gab ihrem Vater einen Kuß, zum erstenmal seit ihrer Kindheit ohne vorherige Aufforderung von seiten ihrer Mutter oder des Kindermädchens. »Danke!« sagte sie.
»Aber sag's nicht deiner Mutter«, riet er ihr. Dann setzte er die Brille auf und beugte sich wieder über seine Akten. Violet ging.
Während sie die Treppe zu ihrem Zimmer hinaufstieg, spürte sie eine Welle von Energie und Zuversicht in sich aufsteigen: jetzt wußte sie genau, was sie zu tun hatte. Sie würde tun, was ihre Mutter für sie geplant hatte: nach Paris gehen, den Aufenthalt im Kloster hinter sich bringen, das Pensionat absolvieren und sich in die Gesellschaft einführen lassen – ganz die gehorsame Tochter. Und anschließend würde sie den größten Wunsch ihrer Mutter erfüllen und heiraten. Ihre Mutter konnte nicht wissen, weshalb, – es interessierte sie ohnehin nicht. Violet aber hatte erkannt, daß die Ehe ihr einziger Ausweg war.

Paris hätte wunderbar sein können – großartig, glanzvoll und fröhlich. Dem war nicht so. Für Violet war Paris die Hölle. Sie und die anderen *»jeunes demoiselles«*, wohlhabende Töchter aus Venezuela, der Schweiz und Deutschland, allesamt ebenso reich wie dumm, stapften durch Museen, besuchten die Comédie Française und die Oper und ließen tagtäglich sterbenslangweilige Unterrichtsstunden über antike Philosophen und tote Dichter über sich ergehen. Auf allen ihren Wegen standen sie unter Aufsicht, und abends, unmittelbar nach dem Essen, wurden sie in ihre Zimmer eingeschlossen. Abend für Abend stand Violet am Fenster, starrte hinaus in die Dämmerung und sah voller Neid zu, wie die jungen Pariserinnen im selben Alter wie sie sich hinter ihren Freunden auf die Vespa schwangen und davonbrausten mit funkelnden Augen und wehendem Haar, um sich den neuesten Godard-Film anzusehen und anschließend auf dem Boul ›Mich‹ im Café zu sitzen bis in die Puppen. Unterdessen lag Violet im Bett und haßte sie, haßte das Kloster, haßte alles in ihrem Leben.
Dann kehrte sie nach England zurück und wurde ins Mädchenpen-

sionat Ascot geschickt, wo den höheren Töchtern die feine Lebensart beigebracht wurde.

Für Violet war es ein andauernder Abstieg: das Jahr in Ascot war noch schlimmer als alles Frühere. Im Internat war sie zwar stets eine Außenseiterin gewesen, doch immerhin hatte sie Mahadur gehabt und ein paar Unterrichtsfächer wie Biologie und Geographie, die ihr Spaß gemacht hatten. In Ascot gab es keine Mahadur und keinen auch nur halbwegs interessanten Unterricht, sondern die Gesellschaft von Mädchen, die beinahe noch dümmer waren als ihre Mitschülerinnen in Paris, und die öden Unterweisungen ältlicher Erzieherinnen in so wichtigen Tätigkeiten wie der Führung eines Haushalts, der Bewirtung von Gästen und der Herstellung von Blumenarrangements. Violet interessierte sich nicht im mindesten dafür. Lieber wollte sie lernen, wie man ein Zelt aufstellt, in einem irdenen Ofen Brot bäckt und ein Lagerfeuer anzündet, das die ganze Nacht hindurch brennt.

In ihrer tiefen Einsamkeit vertraute Violet in einem unbedachten Moment einem anderen Mädchen ihre geheimen Sehnsüchte an. Das Mädchen gab ihr nicht einmal eine Antwort. Sie starrte Violet nur mit weit aufgerissenen Augen an, als wäre sie verrückt – geisteskrank und wahrscheinlich gefährlich.

Ein derartiger Fehler unterlief Violet nie wieder. Sie biß die Zähne zusammen und überlebte stumm das Mädchenpensionat, wie sie die Pariser Klosterschule überlebt hatte.

Endlich war ihre Zeit in Ascot um, und sie kehrte nach London zurück.

»Sag, ist das nicht himmlisch?« jubelte ihre Mutter, als sie Violet das neue Zimmer zeigte. »Sibyl hat sich selbst übertroffen! Wirklich, ich würde selbst auf der Stelle hier einziehen, so hinreißend ist das alles!«

Violet sah sich um. Das Zimmer war eine Zusammenballung bombastischer Eleganz: üppig gebauschte Vorhänge, rüschenbesetzte Bett- und Polsterüberzüge, niedrige Sessel, gepolstert mit aufwendigen Chintzstoffen nach barockem Vorbild, dazwischen ein Frisiertisch, Kommödchen mit Fotografien im Silberrahmen und kleine Tischchen, auf denen sich die Frauenzeitschriften türmten.

Bei Violet entstand ein Eindruck von Bedrängnis. »Hübsch«, sagte sie unsicher.

In ihren Augen sah das Zimmer eher suspekt aus – das Boudoir eines Flittchens, hätte es die längst verlorene Freundin Angie genannt, dieser unerschöpfliche Quell geheimen Wissens – und keineswegs wie ein Zimmer, in dem man die Kleider abwerfen, sich ins Bett fallen lassen und in Ruhe schlafen konnte.

Mrs Somerset strahlte. »Ich freue mich so, daß es dir gefällt. Das wird von nun an dein Refugium sein. Meine Güte, wir haben ein aufregendes Jahr vor uns. Komm mit nach unten, laß uns anfangen, Pläne zu schmieden.«
Das kommende Jahr brachte Violets Einführung in die Londoner High Society.

Die Saison begann im März mit der Veröffentlichung der Liste der Mannequins für die Berkeley-Modenschau. Diese Liste war in chiffrierter Form eine recht zuverlässige Vorhersage über die Mädchen mit den größten Aussichten, Debütantinnen des Jahres zu werden. Violet stand nicht nur auf der Liste, sondern war von den Organisatoren der Wohltätigkeitsveranstaltung sogar gebeten worden, den Höhepunkt der Kollektion vorzuführen, das Hochzeitskleid.
Auf dem Laufsteg war sie eine Sensation. »Violet Somerset war eine absolut hinreißende Braut in Norman Hartnells exquisitem Organzakleid«, schrieb Betty Kenward, die tonangebende Chronistin der Gesellschaftsnachrichten, im *Tatler.* »Unter all den Mädchen der Nachkriegszeit ist sie wohl die einzige, der auf Anhieb ein derart überwältigender und einstimmiger Erfolg beschert war.«
Auf die Modenschau folgten Einladungen zum Tee und zu Cocktailpartys, veranstaltet von den Müttern der diesjährigen Debütantinnen, dann das Ritual der Vorstellung bei Hof, unmittelbar danach begannen die Tanzabende, und damit war die Londoner Ballsaison in vollem Gang.
Margaret Somerset hatte beschlossen, Ende September für Violet einen Ball zu geben. »Es ist der letzte in dieser Saison, meine Liebe«, sagte sie, als sie Anstalten traf, den Tanzsaal des Nobelhotels Claridges zu mieten. »Das hat immer ein ganz besonderes Prestige. Und wer weiß, was bis dahin noch alles geschieht.«
»Du meinst, daß ich dann ›die Erwartungen erfüllt‹ haben werde, wie Lady Birmingham sich auszudrücken pflegt?«
Lady Birmingham gehörte zum engsten Freundinnenkreis ihrer Mutter.
Margaret Somerset betrachtete ihre Tochter eine Weile schweigend. »Dein Scharfsinn, meine Liebe«, sagte sie dann, »ist mitunter geradezu überwältigend.«
Violet lächelte harmlos, sagte aber nichts. Sie wußte, daß ihre Bemerkung ins Schwarze getroffen hatte.
Es war in der Tat Lady Birmingham, die Violet mit James zusammengebracht hatte. An einem Samstagabend wurde auf einem Landgut

nahe Arundel in Sussex ein Tanzball veranstaltet, zu dem Lady Birminghams Tochter Charlotte zusammen mit Violet eingeladen war, und Charlottes Bruder wurde beauftragt, die jungen Damen mit dem Wagen hinzubringen. Zur Vervollständigung, schlug Lady Birmingham vor, sollten sie einen weiteren Gast mitnehmen, so daß sie zu viert wären: James Rippon. »Er ist Tommy Sedgehills Ältester«, sagte sie zu Mrs Somerset. »Sieht aus wie ein junger Gott und ist ganz reizend. Ich bin überzeugt, er wird Violet gefallen.«
Lord Sedgehill war ein gutaussehender und wohlhabender Grundbesitzer in Yorkshire, Aufseher über das lokale Jagdrevier und in der gesamten Grafschaft wohlbekannt unter dem Spitznamen »der Auspeitscher« – was zum Teil auf seine aggressiven Parforceritte und zum Teil auf seine ungewöhnlichen und weithin berüchtigten sexuellen Gewohnheiten zurückzuführen war. Sein Sohn, der Ehrenwerte James, hatte das gute Aussehen seines Vaters geerbt – scharfe Gesichtszüge, Adlernase, das rötlichblonde Haar und die blaßblauen Augen der nordischen Vorfahren. Auch die Vorlieben und Gelüste inner- und außerhalb der Jagdgründe hatte er von seinem Vater übernommen und war zu der Überzeugung gelangt, daß sowohl Pferden als auch Frauen eine regelmäßige Züchtigung nur guttun könne.
Nichts davon war Violet bekannt, als der Wagen vorfuhr und James ausstieg, um ihr die Tür zu öffnen. Sie sah nur einen hochgewachsenen, selbstsicheren und blendend aussehenden jungen Mann, der ihr mit der schleppenden Sprechweise des englischen Landadels liebenswürdige Reden hielt, während Charlottes Bruder die Gesellschaft nach Sussex chauffierte.
Was James hingegen registrierte, war die schönste junge Frau, die er je erblickt hatte: goldenes Haar und volle Brüste, verträumte blaue Augen und außerordentlich lange, wohlgeformte Beine – die, wie ihm auf der Stelle auffiel, noch sehr viel besser aussehen würden, wenn sie die Flanken eines Pferdes umschlangen.
Die Klatschkolumnen hatten sie bereits zur Debütantin des Jahres erklärt. Sie war nicht nur von tadelloser Herkunft – weitaus besser als er selbst, obwohl die Rippons sich dank ihres Vermögens von Schatzkanzler Lloyd George of Dwyfor einen Titel hatten erwerben können –, sondern würde überdies eines Tages unermeßlich reich sein.
Violet war also in jeder Hinsicht die ideale Ehefrau, nach der er auf Anraten seines Vaters Ausschau zu halten hatte, – und aus dem Schwung ihrer Hüften beim Tanz, aus dem üppigen Moschusduft, der ihr entströmte, schloß er, daß sie auch im Bett phantastisch zu gebrauchen sein mußte.

Gegen Ende des Sommers, auf einem der letzten Bälle, als das Orchester unter dem Baldachin in den Gärten von Schloß Belvoir zum letzten Walzer aufspielte und die beiden im Mondenschein bei Räucherlachs und Weißwein zusammensaßen, hielt James um ihre Hand an.

»Ich bin leider kein großer Romantiker, altes Mädchen«, sagte er. »Wahrscheinlich sollte ich jetzt vor dir auf die Knie sinken und deine Hand küssen und so weiter. Aber was ich eigentlich sagen will, ist folgendes: Möchtest du mich heiraten?«

»Ja, James«, antwortete Violet, ohne zu zögern.

Sie lächelte. Sie holte tief Atem, lehnte sich zurück und sah ihn an. Sie hatte nicht die leiseste Vorstellung, ob sie ihn liebte oder nicht – wahrscheinlich nicht, dachte sie nach kurzer Überlegung. Der einzige Mann, den sie je wirklich geliebt hatte, war Billy, und das war, wie Tante Doris ihr so schonungslos und unumwunden klargemacht hatte, ein Traum, ein Hirngespinst, das in der Ordnung der Dinge keinen Platz hatte. Was James Rippon ihr statt dessen anbot, war Freiheit, und das genügte.

»Großartig!« James legte seine Gabel nieder und wischte sich sorgfältig den Mund. Er trug einen blondes Schnurrbärtchen, das im Mondlicht feucht schimmerte. Er beugte sich über den Tisch und küßte sie. Sein Kinn fühlte sich angenehm rauh an, der Schnurrbart kitzelte sie, und seine Lippen paßten ideal auf die ihren. Er setzte sich neben sie, legte den Arm um ihre Schulter und drückte sie an sich, und an seiner starken Schulter fühlte Violet sich geborgen.

Sie nahm seine Hand und legte sie an ihre Wange; dann küßte sie seine Handfläche, die ein wenig feucht war und salzig schmeckte: immerhin war er anscheinend doch nervös gewesen. Sie empfand ein Gefühl von Fürsorglichkeit. Mit funkelnden Augen lachte sie ihn an. Neckisch fragte sie: »Was sagen wir unseren Eltern?«

James zog seine Hand zurück, als irritierte ihn diese Frage. »Nun, ich habe mich natürlich schon mit ihnen beraten.«

»Du hast sie *vor mir* gefragt?« Violet starrte ihn verblüfft an.

»Selbstverständlich. Ich mußte doch zuerst um Erlaubnis bitten.«

Violet verschlug es den Atem. »Und was, wenn ich fragen darf, haben sie darauf gesagt?« stieß sie schließlich hervor. Sie spürte, wie eine Kälte in ihr aufstieg.

»Was meine Seite angeht: absolutes Einverständnis. Auf deiner Seite ebenfalls, obwohl dein Vater und ich noch ein paar Details zu klären haben. Aber das sind Männergespräche. Nichts, womit du dich plagen müßtest, mein liebes kleines Mädchen.«

»Ich bin kein liebes kleines Mädchen, James!«, fuhr sie auf. »Und selbstverständlich kümmere ich mich um meine Angelegenheiten selbst. Du redest, als wüßtest du mehr darüber als ich.«
»Nun, daß ich mehr darüber weiß, ist doch selbstverständlich, Liebling – darf ich dich jetzt so nennen? Ich meine, es ist nur natürlich, nicht wahr? Du willst dich doch sicher nicht von Dingen wie Geld und ähnlichem behelligen lassen. So denkt dein Vater, so denke ich – jeder denkt so. Es wird dir viel mehr Spaß machen, wenn du tust, was du wirklich willst.«
»Aber...«
Violets Einwände erstarben, als er sie von neuem umfing und küßte. Diesmal erwiderte sie seinen Kuß, und sie spürte ein Prickeln im ganzen Körper, in ihren Brüsten, im Bauch, auf der Haut – überall dort, wo es, wie sie wußte, prickeln sollte. James war warm und ihr nahe. Er war stark und männlich. Sie hatte zugestimmt, ihn zu heiraten. Es drängte sie zu ihm, und sich an ihn zu schmiegen schien ihr natürlich. Ihre Zweifel und Unsicherheiten schwanden. Vielleicht würde ja alles gutgehen.

Auf dem Ball, den ihre Mutter für sie veranstaltete, gab Violets Vater ihre Verlobung bekannt. Der triumphierende Ton seiner Stimme war ihr eine zweite Warnung, daß diese Ehe ihr möglicherweise nicht die erhoffte Freiheit schenken würde.
»Meine Damen und Herren, liebe Freunde, die hier versammelt sind. Wie jeder Vater weiß, kommt unvermeidlich eines Tages der Augenblick, da eine geliebte Tochter die Obhut ihres Elternhauses verläßt...«
Wie eine eisige Welle fluteten die Worte über Violet hinweg. James saß neben ihr, ein stolzes und glückliches Grinsen im Gesicht: sie war die erste Debütantin der Saison, deren Hochzeit angekündigt wurde; sie war die erste und reichste und schönste, und er hatte sie für sich gewonnen. Violet warf ihm einen Seitenblick zu und biß die Zähne zusammen.
»Nichtsdestotrotz gebe ich meine Tochter Violet mit großem Vergnügen und Zuversicht in James' Hand.«
Vergnügen, dachte Violet, was für ein Vergnügen?
Ist es ein Vergnügen, wenn ein Mann die Verantwortung für eine Leibeigene an einen anderen Mann abtritt? Ging es darum in diesem Ehevertrag, dessen Bedingungen ausgehandelt werden konnten, ohne die eine Person, die am meisten davon betroffen war, auch nur zu Rate zu ziehen?

In Violets Kopf erklang die Stimme der Maharani, und die Warnglocken schrillten. Ihr Instinkt sagte ihr, daß sie in derselben Lage war wie Mahadur. Es gab nur einen wesentlichen Unterschied: Mahadurs ganzes Leben war die Vorbereitung auf eine arrangierte Hochzeit gewesen, Violet hingegen stolperte in diese Ehe, ohne die geringste Ahnung zu haben. Dumm und naiv glaubte sie an eine nebelhafte Idee genannt Liebe, an die Fotoromane, die Bobbity mit Leidenschaft verschlang. Liebe war es nicht, was Violet bekommen würde. Und ob sie wenigstens frei sein würde, erschien ihr mit einemmal sehr zweifelhaft.

»Sag was, altes Mädchen!« Ihr Vater hatte seine Rede beendet, und James drängte sie aufzustehen. »Völlig egal, was, bloß irgendeine Höflichkeit gegenüber deinen Eltern und mir.«

Violet stand auf. Langsam wanderte ihr Blick über die Reihen erwartungsvoller Gesichter zwischen flackerndem Kerzenlicht. Sie zitterte, doch sie zwang sich zur Ruhe und holte tief Atem.

»Ich liebe Elefanten«, sagte sie.

Einen Augenblick blieb sie so stehen, dann setzte sie sich wieder. Das Publikum war erstarrt. Dann begann an den ihr zunächst stehenden Tischen ein verhaltenes Kichern und zaghaftes Klatschen, eine kleine Welle, die sich von Tisch zu Tisch ausbreitete und zu einer Woge von Gelächter und Beifall steigerte, bis der weite Raum von einer lauten und gedankenlosen Heiterkeit erfüllt war.

Ihr Vater trat auf sie zu und küßte sie, James strich sich über den Schnurrbart, strahlend, und ihre Mutter jubelte.

Violet saß sehr still und kerzengerade auf ihrem Stuhl.

Ein kleines Lächeln lag auf ihrem Gesicht, ein ruhiges, rätselhaftes Lächeln, das indes keiner bemerkte. Sie war eine Somerset, die Tochter der schönen und geistreichen Margaret. Sie hatte etwas köstlich Gewagtes und Witziges von sich gegeben, einen wunderbar sinnlosen Scherz, – eine Bestätigung dessen, was ohnehin jeder wußte: sie hatte das Stilgefühl ihrer Mutter geerbt. Im Überfluß.

Violet blickte in die Kerzenflammen und dachte an Billy, an die Elefantenherde, das afrikanische Tal.

James kniff sie in den Schenkel. »Wirklich prima, altes Mädchen! Eigentlich solltest du im Varieté auftreten!«

Violet heiratete James Rippon in St. Margaret's Westminster Anfang des darauffolgenden Jahres.

»Lord Sedgehills Erbe heiratet Diplomatentochter«, berichtete der *Evening Standard* am Hochzeitsmorgen auf der ersten Seite. Den

Artikel schmückte ein Bild von Violet, die ein Veilchenbukett in der Hand hielt.

Die Zeremonie erlebte sie wie in Trance. Schattenhaft war sie sich des Hartnell-Brautkleides bewußt, das sich über ihren Füßen bauschte, des betörend duftenden Blumenbaldachins, des melancholischen und doch stolzen Gesichts ihres Vaters, als er sie James übergab, und des zitternden Schnurrbärtchens im Gesicht ihres Bräutigams, als er ihre Hand ergriff.

Danach fand der Empfang statt, auch dieser unvermeidlich bei Claridges, wie ihre Verlobung; und auch dieser Empfang ging an ihr vorüber, ohne daß sie begriff, was geschah. Violet trank Champagner, hörte die Trinksprüche, die auf sie und ihren frischgebackenen Gatten ausgebracht wurden, sie sah das ekstatische Lachen im Gesicht ihrer Mutter. Nichts davon berührte sie.

Violet ging in den oberen Stock hinauf, um sich umzuziehen. In der Suite, die ihre Mutter gemietet hatte, erwarteten sie Bobbity und Nanny. Dienstfertig machten sie sich an ihr zu schaffen, halfen ihr aus dem Brautkleid und in das Kostüm, das sie zur Abreise in die Flitterwochen tragen sollte, und beide hatten Tränen in den Augen. Sie dankte ihnen, küßte sie und schritt hinunter ins Foyer. Sie küßte ihre Mutter und ihren Vater zum Abschied, winkte der Menge der Schaulustigen, die sich vor dem Hoteleingang in der Burton Street versammelt hatte, und brach an der Seite ihres Mannes auf zum Flughafen.

Vier Stunden später setzte eine Limousine sie und James vor dem Hotel Ritz in Paris ab, wo sie die Hochzeitsnacht verbringen würden. James bestand darauf, sofort in die für sie reservierte Suite hinaufzugehen. Er wartete, bis das Gepäck gebracht worden war und der Page die Tür hinter sich geschlossen hatte, dann begann er sich die Kleider vom Leib zu reißen.

»Zeit zum Ficken«, sagte er rauh. »Machen wir uns ans Werk, Vi.«

Ein lüsternes und zugleich schwerfälliges Grinsen glitt über sein Gesicht. Er hatte schon beim Empfang ungezählte Gläser Champagner in sich hineingeschüttet und auf dem Flug von London nach Paris noch mehr getrunken; er stank nach Alkohol.

»Zeit zum Vernaschen und zum Versohlen«, fügte er hinzu.

Dann packte er sie mit einer Hand beim Handgelenk und versetzte ihr mit der anderen einen derben Schlag auf das Hinterteil. Violet starrte ihn entgeistert an.

Die Trance brach abrupt ab, und der Alptraum begann.

30

»Nicht heute abend, James, ich bin müde.«
James grunzte. »Zeit zum Ficken«, erklärte er kategorisch.
Es war das allabendliche Ritual. Mit einer Hand zerrte er an Violets Nachthemd, die andere fummelte zwischen ihren Beinen mit kalten, klauenähnlichen Fingern; dann wälzte er sich auf sie und zwängte ihr die Beine auseinander.
Als er ihr mit dem Fingernagel die Haut aufriß, entwand sich Violet. »James, ich meine es ernst!« sagte sie scharf. »Bitte nicht!«
»Was nicht?«
Wie üblich hatte er beim Abendessen heftig getrunken, doch der plötzliche Haß, der in ihrer Stimme mitschwang, ernüchterte ihn vorübergehend. Er zog seine Hand zurück.
»Ach, komm schon, Vi«, protestierte er, »es ist erst unsere fünfte Nacht. Du hast es so gut gemacht bisher, wie es jeder immer von dir gedacht hat. Du warst doch selber scharf drauf, oder etwa nicht? Sei jetzt kein Spielverderber.«
»Wie zum Teufel willst du wissen, ob ich scharf auf irgendwas bin? Du schläfst doch längst, bevor einer von uns Zeit hat, das rauszufinden.«
James stützte sich auf den Ellenbogen und versuchte sich auf Violets Gesicht zu konzentrieren, das im Schatten des Kissens verborgen war. Sie indes sah im Mondlicht, das durch das offene Fenster fiel, sein schlaffes, betrunkenes Gesicht in aller Deutlichkeit.
»Ich schlafe ein, ja? Das werden wir noch sehen!«
Wieder griff er nach ihr, diesmal aber faßte er ihr nicht zwischen die Beine, sondern fuhr ihr mit der Hand durch den Halsausschnitt zwischen die Brüste, mit einer raschen, heftigen Bewegung, unter der die Seide des Nachthemds zerriß. Er begann mit langen, starken Fingern ihre Brustwarzen zu bearbeiten, abwechselnd rechts und links.
Violet versuchte ihn fortzudrängen. »Bitte nicht, James! Reden wir morgen früh drüber.«
»Du hältst deinen Mund! Du bist schließlich meine Frau!« Jetzt hatte ihn die Wut gepackt. Er warf das Laken beiseite und sprang auf; bleich und grimmig stand er vor ihr im Mondschein, an seinem zornbebenden

Körper traten die Muskeln hervor. »Da gibt's nichts zu reden! ›Zeit zum Ficken‹ ist das einzige, was ich mit dir rede, kapiert?«
Er ging zum Schrank und wühlte darin. Als er zum Bett zurückkam, sah sie, daß er die Reitpeitsche in der Hand hielt. »Unartige kleine Gören brauchen eine Lektion, scheint mir!« stieß er hervor, und Violet sah seine Zähne weiß aufblitzen.
Eine große Kälte legte sich über ihren Körper. Dann fuhr die Peitsche auf sie herab – einmal, zweimal, und ein drittes Mal quer über die Brust, und ein vierter Hieb traf sie auf den Arm, mit dem sie sich zu schützen versuchte. Dann war er wieder auf ihr, preßte ihr die Hand auf den Mund, um ihre Schreie zu ersticken, während er in sie eindrang.
Sie spürte, wie sehr die Gewalt ihn erregte, – dieser Überfall war von einer Brutalität, die sie selbst in ihren schlimmsten Träumen sich nicht hätte vorstellen können. Sie rang nach Luft, warf den Kopf hin und her, bis sie sich aus der Umklammerung seiner Hand befreit hatte. Sie schlug um sich und stemmte sich gegen sein Gewicht, sie versuchte ihn abzuwerfen – es war hoffnungslos. Er war viel zu stark: es war, als kämpfte sie gegen eine Eisenstange, die ihr quer über der Brust lag und sie erstickte.
Sie zwang sich, nachzugeben, sich ruhig zu halten und ihn tun zu lassen, was er wollte. Er kam zum Höhepunkt; unmittelbar darauf erschlafften seine Muskeln, und der mörderische Druck ließ nach.
Auf der Stelle riß sie ihren Kopf herum und biß ihn wild ins Handgelenk. James fuhr auf, heulend vor Schmerz. Sie rollte sich aus dem Bett und sprang auf die Beine, und sie spürte, wie ihr das Blut übers Kinn rann.
»Bist du wahnsinnig, Violet!«
»Dreckskerl!« schrie sie ihn an. Weiß vor Wut und Demütigung starrte sie auf ihn nieder. Sie warf einen Blick auf die blauen Flecken und blutigen Striemen auf ihrem Arm. »Besoffen bist du, sturzbesoffen, ein widerlicher, brutaler Säufer!« fuhr sie ihn an. »Wenn du das je wieder tust – nur ein einziges Mal –, dann verlasse ich dich. Hast du das verstanden?«
Stumm starrte James sie an. Höchst verblüfft.
Natürlich war er betrunken. Abends war er nahezu immer betrunken – wie sein Vater, wie praktisch jeder Mann, den er kannte. Seiner Erfahrung nach nahm jede Frau die Trunkenheit des Mannes hin und war damit einverstanden, ja genoß es, wenn er sie daran erinnerte, wer ihr Herr und Gebieter war, – und was um Himmels willen war schon dabei, wenn eine kleine Grobheit, die eine oder andere Züchtigung damit verbunden war?

»Was ist denn los mit dir, Violet?« Er sprach undeutlich, doch die Überraschung in seinem Gesicht wirkte echt. »Du hast mich geheiratet. Ich dachte, du bist erwachsen. Ich dachte, wir verstehen uns.«
»Ich bin durchaus erwachsen, James, und ich fürchte, ich beginne allmählich, dich zu verstehen«, gab Violet bissig zurück. »Ich kann nur um unser beider willen hoffen, daß ich mich irre. Denn was ich allmählich verstehe, gefällt mir ganz und gar nicht.« Ihr Ton wurde kalt und verächtlich, als sie hinzufügte: »Geh jetzt schlafen. Werde erst einmal nüchtern. Und versuch dich morgen wie ein anständiger Mensch zu benehmen und nicht wie ein mieser kleiner Krimineller.« Dann ging sie und schlug die Tür hinter sich zu.
Sie verbrachte eine nahezu schlaflose Nacht auf dem Sofa im Salon der Suite. Am Morgen tat sie etwas, das sie noch nie getan hatte: sie berief sich auf ihren Namen. Sie suchte die britische Botschaft auf, stellte sich als Tochter eines hochrangigen Diplomaten vor und verlangte den dort amtierenden Arzt zu sprechen. Selbstverständlich wurde sie sofort vorgelassen.
Sie habe vor wenigen Tagen geheiratet, erklärte Violet. Es sei eine emotional belastende und in gewisser Weise traumatische Erfahrung für sie gewesen, und deshalb leide sie jetzt, während ihrer Flitterwochen, unter erheblichen Schlafstörungen. Ob der Arzt ihr Tabletten verschreiben könne, damit sie ein wenig Ruhe fände?
Der Arzt schenkte ihr ein Lächeln voll väterlichen Mitgefühls. Er kenne ihre Eltern von Mexiko City her, er sei zusammen mit ihrem Vater dort stationiert gewesen, sagte er, und er könne den Druck, unter dem sie stehe, durchaus nachfühlen. Er habe keinerlei Bedenken, ihr sowohl Beruhigungs- als auch Schlaftabletten zu verschreiben, und sei gewiß, daß auch die Mutter der verehrten jungen Dame, die reizende Mrs Somerset, seine Entscheidung gutheißen würde. Sie brauche nicht einmal eine Apotheke aufzusuchen, fuhr er fort, der hauseigene Bote werde die Besorgung für sie erledigen. Wer sonst sollte sich denn um die verschiedenen Schützlinge des Außenministeriums kümmern, schmunzelte er, wenn nicht die alten Hasen dazu in der Lage wären, nicht wahr?
Er stellte das Rezept aus und gab es einem uniformierten Boten weiter. In dieser Nacht begann Violet, Tabletten zu schlucken.

Drei Monate nach dem Ende der Flitterwochen, nachdem Violet in das Haus eingezogen war, das James auf dem Landgut seines Vaters bewohnte, stellte Violet fest, daß sie schwanger war.
»So«, sagte James, als sie es ihm erzählte, »trächtig bist du, wie?« Er

musterte sie mit dem Ausdruck leiser Mißbilligung, der, wie Violet inzwischen wußte, einen seiner üblichen Ausbrüche anzukündigen pflegte. »Damit bist du für eine Zeitlang aus dem Schneider, was? Da wollen wir bloß hoffen, daß es ein Sohn ist, – für uns beide.«

Nach jener unseligen fünften Nacht in Paris war James mit der Einforderung ihrer ehelichen Pflichterfüllung ein wenig zurückhaltender gewesen, doch er trank soviel wie je, und sie war sich im klaren, daß seine Gewalttätigkeit stets unter der Oberfläche lauerte und jederzeit ausbrechen konnte. Jede Minute, die sie miteinander im Bett verbrachten, empfand Violet als vollständige Katastrophe.

Sie verspürte nichts als Langeweile und Unbehagen. Nachdem sie über keinerlei Wissen verfügte – denn ihre Mutter war außerstande gewesen, über das Thema Sex ein Wort zu verlieren –, schloß Violet, daß sie wohl frigid war. Den Gesprächen mit anderen jungen Frauen in ihrer Umgebung entnahm sie, daß dieser Zustand durchaus nicht ungewöhnlich war und nichts Beschämendes an sich hatte. Ganz gewiß beeinträchtigte er nicht die Lust des Mannes – und nur darauf kam es ja an. Glücklicherweise war sie jetzt schwanger und genoß deshalb eine vorübergehende Schonfrist.

Violet bezog ein separates Schlafzimmer und bereitete sich auf ihre Mutterschaft vor.

Um die Weihnachtszeit, im sechsten Monat ihrer Schwangerschaft, wurde ihr die Einsamkeit beinahe unerträglich. Im Haus hatte sie nichts zu tun – unter der Fuchtel der Haushälterin, Mrs Boycott, standen eine Köchin, ein Butler und ein Zimmermädchen, die sich um alles kümmerten. James bekam sie selten zu Gesicht, denn er fuhr während der Woche jeden Morgen nach Leeds, um sich um die Geschäfte der Familie zu kümmern. An den Wochenenden wurde der Grundbesitz inspiziert. Die Abende bestanden aus einer Reihe trivialer gesellschaftlicher Verpflichtungen, denen Violet sich manchmal anschloß, häufiger aber fernblieb. Die einzigen Unterbrechungen im monotonen Fluß der Zeit waren die gelegentlichen Besuche ihrer Mutter – die Violet früher gefürchtet hätte, die sie jetzt begrüßte.

»Du weißt gar nicht, welches Glück du hast, Liebes«, sagte die Mutter einmal, nachdem sie sich im Haus umgesehen hatte. »Diese wunderschöne Umgebung, ein so liebevoller Ehemann, wie James es sicherlich ist, und ein Kind unterwegs – alle beneiden dich. Ich freue mich sehr, daß alles so gut geklappt hat.«

»Ja, Mama«, sagte Violet und versuchte sich ihr Elend nicht anmerken zu lassen.

Dann reiste ihre Mutter ab, um den Winter in Capri zu verbringen, und Violet mußte mit ihrem wachsenden Bauch allein zurecht kommen.

Der Winter in Yorkshire war bitterkalt. Der Schnee bildete tiefe Verwehungen entlang den Tälern, und so mußten sogar die abendlichen Parties, die das eine oder andere Wochenende belebt hatten, abgesagt werden, denn bei Schnee waren die Fahrten über das gefrorene Hochmoor sogar mit dem Geländewagen nicht zu bewältigen.
Zum Ärger ihres Gatten verspürte Violet nicht das geringste Interesse an den ländlichen Sportarten wie der Treibjagd, während er geradezu besessen davon war.
»Tut mir leid«, sagte sie. »Ich sehe beim besten Willen keinen Sinn in diesem Gejage und Geschieße. Ich will nicht mit dir streiten, aber das paßt einfach nicht zu mir. Du kannst auf mich einreden, bis du schwarz wirst, ich kann damit nichts anfangen.«
Einmal dachte sie daran, ihm von Afrika und den Elefanten zu erzählen, aber sie verwarf den Gedanken gleich wieder. James würde das Tal nur als ein weiteres Jagdrevier ansehen.
»Und ich dachte einmal, du hättest in jeder Hinsicht was drauf. Das zeigt mir nur, wie idiotisch und verblendet ein Mann sein kann«, schnaubte er wütend und verließ türenknallend das Haus.
Die einzige Beschäftigung, die Violet genoß, war die Erforschung der Umgebung auf dem Rücken eines alten Wallachs. Sie streifte durch Moore und Täler und kehrte gelegentlich in einem kleinen ländlichen Gasthof ein, um dem Klatsch der Schäfer zuzuhören und ein Glas Limonade zu trinken.
Doch dann brach mit Macht der Winter herein, gewaltige Mengen Schnee fielen, und zu der Zeit war sie bereits zu schwerfällig, um noch ein Pferd besteigen zu können; so war ihr auch das kleine Vergnügen ihrer Ausritte fortan versagt. Die Kälte wurde grimmiger, Weihnachten kam, und am zweiten Weihnachtsfeiertag fand die große Treibjagd statt – neben der Landwirtschaftsmesse im Sommer, zu der sich sämtliche Gutsbesitzer, Bauern und Pächter einfanden, eines der wichtigsten gesellschaftlichen Ereignisse des Jahres.
»Dieses Jahr kehren wir zu Mittag bei Bull and Crown ein«, sagte James. »Es weiß hier zwar jeder, daß du schwanger bist, aber selbstverständlich wird erwartet, daß du dich zumindest zeigst. Herrgott, stell dich bloß nicht so an, du hast doch noch drei ganze Monate! Also tu mir den Gefallen und sei Punkt zwölf Uhr dort.«
»Ja, James«, sagte Violet müde.
Sie hatte wirklich die besten Absichten, pünktlich dazusein, doch

unglücklicherweise überkam sie am Morgen des zweiten Weihnachtstages ein heftiger Anfall von Übelkeit. Sie schluckte eine Handvoll Tabletten, wie es ihr mittlerweile zur zweiten Natur geworden war, und fiel vor dem Kaminfeuer in Tiefschlaf.
James fand sie, als er in der Nachmittagsdämmerung zurückkehrte. Er war betrunken – die silberne Feldflasche, mit der er auf die Jagd zu gehen pflegte, hatte er bis zum letzten Tropfen geleert. Ihr Anblick versetzte ihn in Weißglut.
»Ich denke, das mindeste, was ich von einer Ehefrau erwarten kann, ist, daß sie mich nicht vor meinen Freunden bloßstellt!« röhrte er.
Violet fuhr aus dem Schlaf. Benommen starrte sie ihn an, und es dauerte eine Weile, bis sie die Lage realisierte. »Es tut mir wirklich leid, James«, sagte sie schuldbewußt. »Ich war so müde, und mir war schrecklich übel, ich bin einfach eingeschlafen.«
»So, müde warst du! Ich frag' mich bloß, von was!« Seine Augen funkelten vor Zorn, als er auf sie zukam. Er trug noch seine schlammverkrusteten Reitkleider und in der Faust die Peitsche.
Violet wich zurück. »Bitte, James«, flehte sie. »Ich weiß, es war ein unverzeihlicher Fehler, und es tut mir sehr leid, verzeih.«
Mit dem Rücken zur Wand blieb sie stehen. Jetzt war er vor ihr und klopfte mit dem Peitschenstiel gegen den Stiefelschaft. »Wie leid?« fragte er. Sein Ton war gefährlich leise. »Zeig mir, wie leid es dir tut.«
Violet starrte ihn aus angstgeweiteten Augen an. »Was meinst du damit?«
»Zeig mir, *wie* leid!« brüllte er. »Beweis es mir! Runter auf die Knie! Zeig's mir, hier und jetzt!«
Mit einer blitzschnellen Bewegung streckte er den Arm aus, packte sie am Handgelenk und schleuderte sie zu Boden. Violet lag auf dem Rücken und blickte fassungslos zu ihm hinauf. »Um Gottes willen, James«, flüsterte sie, »das ist gefährlich. Denk an das Baby!«
»Ich scheiß' auf das Baby!« Er beugte sich über sie und hauchte ihr seinen Brandyatem ins Gesicht. »Ich hab' die Schnauze voll von deinen Ausreden! Dreh dich um!« Mit einem heftigen Ruck drehte er sie auf den Bauch und öffnete seinen Hosenschlitz.
»Bitte, James«, stieß Violet mit halberstickter Stimme hervor, »was ist, wenn jemand vom Personal hereinkommt?«
»Scheiß auf das Personal!« Er grinste. »Außerdem ist die Tür abgesperrt. Du bist meine Frau, und ich will dich ficken! Jetzt! So! So!« Er stülpte ihr den Rock nach oben, riß ihr die Unterwäsche herunter, bis sie von der Taille bis zu den Knien nackt war. Dann drang er mit brutaler Gewalt in sie ein.

Ein stechender Schmerz durchzuckte sie, der ihr die Tränen in die Augen trieb und ihr den Atem nahm; sie riß den Mund auf, um zu schreien, doch James war schneller und preßte ihr die Hand vors Gesicht.
»Schlampe!« flüsterte er. »Du faule, gedankenlose kleine Schlampe!« Mit seinem gesamten Gewicht lag er auf ihr, und mit jedem Stoß rammte er ihren Bauch in den Boden. Violet glaubte zu sterben. Dann hörte sie das Pfeifen der Peitsche, und ein neuer, brennender Schmerz durchzuckte sie, als der Lederriemen ihr die Haut aufriß. Wieder und wieder fuhr die Peitsche auf sie nieder – doch nach einer Weile spürte sie die Hiebe nicht mehr.
Nichts spürte sie mehr als einen furchtbaren Zorn auf sich selbst, Zorn und Furcht – nicht um sich, sondern um ihr ungeborenes Kind. Dann brach die Dunkelheit über sie herein, und sie spürte gar nichts mehr. Sie verlor das Bewußtsein.

Als sie im Schlafzimmer, wohin James sie gebracht hatte, die Augen aufschlug, wußte Violet im selben Moment, daß sie das Kind verloren hatte. Sie spürte, wie das Fruchtwasser zwischen ihren blutig geschlagenen Schenkeln herausrann, und wußte, daß sie James niemals vergeben würde. Sie weigerte sich, ihn in ihre Nähe zu lassen, obwohl er niedergeschlagen und reumütig wirkte. Gewiß, er hatte den Arzt gerufen, aber es war zu spät. Das Kind war tot.
Der tatterige alte Mann mit der schwarzen Tasche konnte nichts weiter tun, als sie in die Klinik bringen zu lassen und ihr ansonsten zu versichern, daß das »Rüstzeug«, wie er es nannte, durchaus noch funktionsfähig sei und es keinen Grund gebe, weshalb Violet und ihr Gatte es nach einer angemessenen Wartezeit nicht von neuem versuchen sollten. »Tatsächlich, meine Liebe«, sprach der Arzt, »besteht kein Anlaß zur Panik.« Violet hatte nicht die geringste Absicht, in Panik zu geraten. Das war das letzte, woran sie gedacht hätte.
Statt dessen dachte sie an ihren Abschied von James. Sie hatte versucht, diese Ehe gut zu führen, zum Teil aus einem Gefühl der Verpflichtung ihrer Mutter gegenüber, zum Teil aus Stolz und Achtung vor sich selbst. Sie hatte katastrophal versagt. Oder James hatte versagt – sie wußte nicht einmal mehr, wer die größere Schuld hatte. Sie wollte nur noch eins – wieder einmal: ihre Freiheit.
Die Hälfte ihres Vermögens gehörte nun ihr. Sie wußte nicht recht, wie sie an ihr Geld herankam, aber es gab Anwälte, die sie beraten konnten. Sie war frei und unabhängig – und nicht nur unabhängig, dachte sie, sondern auch reich.

Sie brauchte nur noch den letzten Anlaß, den letzten nach außen hin sichtbaren Grund, um für immer aus Yorkshire und dem Leben des Ehrenwerten James Rippon verschwinden zu können. Unterdessen tat Violet, was sie mit immer größerer Selbstverständlichkeit zu tun pflegte, um sich gegen die Einsamkeit und die Ödnis ihres Daseins abzuschirmen. Sie schluckte Tabletten.

31

Die Fehlgeburt eröffnete Violet eine neue Drogenquelle. Seit ihrem Besuch bei dem Botschaftsarzt in Paris hatte sie sich immer wieder Beruhigungs- und Schlaftabletten verschreiben lassen; jetzt begann sie auf Anraten des kleinen alten Hausarztes aus Yorkshire, der sich in den Monaten nach dem Verlust ihres Kindes um sie kümmerte, mit der Einnahme von Amphetaminen.

»Das ist etwas ganz Neues, meine Liebe« , sagte er, als er ihr das erste Rezept ausstellte. »Um ehrlich zu sein, wir Mediziner wissen noch nicht sehr viel darüber. Aber von meinen Londoner Kollegen höre ich, daß sie bei Patienten, die Ähnliches wie Sie durchgemacht haben, geradezu Wunder wirken. Auf jeden Fall, denke ich, lohnt sich der Versuch.« Durch seine Brillengläser strahlte er Violet an.

Sie begann also, Amphetamine zu schlucken: sie wirkten auf sie wie Champagner, freilich ohne den üblichen Kater am nächsten Morgen – ein ideales Mittel. Violet war entzückt, leerte die Flasche und verlangte nach mehr.

Sie war jung und von gottbegnadeter Schönheit, sie war die Schwiegertochter von Lord Sedgehill, sie hatte eine tragische Erfahrung hinter sich: der Arzt kam gar nicht auf die Idee, ihr diesen Wunsch abzuschlagen; er lächelte, glücklich, weil er in der Lage war, ihr zu helfen. Das nächste Rezept, das er ihr ausstellte, galt für die mehrmalige Aushändigung von Klinikpackungen.

Violets Tage vergingen in einem Nebelschleier. Tagsüber putschte sie sich mit den sogenannten »Weckaminen« auf, abends besänftigte sie sich mit Schlaftabletten. In dem dazwischenliegenden Zeitraum machten ihr die Drogen das Leben erträglich – obwohl sie bald in den Ruf der Unzuverlässigkeit kam, und wenn zu einer Einladung oder gesellschaftlichen Veranstaltung James allein erschien, war niemand besonders überrascht. »Violet Rippon ist wieder einmal schlecht beisammen« , kommentierten die Nachbarn und setzten einen Teddybären auf den leeren Stuhl, damit sie nicht zu dreizehnt am Tisch saßen.

James forderte nie wieder seine »ehelichen Rechte« ein; er schlug auch keine Scheidung vor. Manchmal, in ihren lichteren Augen-

blicken, fragte sich Violet, weshalb. Sie kam zu dem Schluß, daß wohl die Angst vor der Kompromittierung ihn abhielt: hätte er die Scheidung eingereicht, sie aber Einspruch erhoben, wären seine privaten Gewohnheiten vor Gericht zur Sprache gekommen und hätten wahrhaftig kein gutes Licht auf ihn oder seine Familie geworfen.
Statt dessen legte sich James eine Reihe von Geliebten zu. Er fand sie unter den jungen Frauen aus Yorkshire, die im Unterschied zu Violet den gesellschaftlichen Reigen genossen und seine merkwürdigen Vorlieben als Teil des Spiels gern akzeptierten. Violet wurde nie im Zweifel gelassen, welcher ihrer Nachbarinnen seine Aufmerksamkeit jeweils galt: offensichtlich hatten sie alle nichts Besseres zu tun, als sie über seine Seitensprünge ins Bild zu setzen.
»Ich weiß wirklich nicht, Violet, wie Sie das so ruhig hinnehmen können«, bemerkte eine ihrer Nachbarinnen. »Sie müssen eine wahre Heilige sein! Wenn Oliver mir das antäte, würde ich mir seine Rasierklinge schnappen und ihm eine neue Anatomie verpassen – eine für das nächste Jahrhundert, wenn unsereiner sich nicht mehr fortpflanzen muß, weil's bis dahin Maschinen gibt, die das erledigen.«
Violet brauchte eine Weile, bis sie begriffen hatte; dann lächelte sie und sagte nichts.
Später ging sie in ihr Zimmer und schluckte ein paar Tabletten, um dieser abscheulichen Farce, die ihr Leben war, James, ihrer Einsamkeit, den gedankenlosen Nachbarn, der Sinnlosigkeit ihres Daseins und der verheerenden Kälte zu entrinnen. Dank der Drogen fiel das Vergessen um so vieles leichter. Sie mußte nur Geduld haben und auf den rechten Augenblick warten. Früher oder später würde etwas geschehen und die Lösung ihr von selbst zufallen.

Beides geschah kurz nach ihrem einundzwanzigsten Geburtstag. Die Erlösung kam in Gestalt eines gewissen Toby O'Brien. Toby war ein kleiner temperamentvoller Mann mit hellem, köstlich zerzaustem Haar und so leuchtend blauen Augen, wie Violet sie noch nie gesehen hatte, – blauer als ihre eigenen und sicherlich strahlender und glücklicher. Er hatte auch die weichste und wärmste Stimme, die Violet je gehört hatte – voll und tief und von einer betörenden Modulation, die klang, als wollte er am Ende jedes Satzes in ein Gelächter ausbrechen.
»Toby«, stellte er sich ihr auf einer Party im Haus eines Nachbarn vor. »Frisch aus dem Gefängnis, im Augenblick beherbergt von meiner geliebten Schwester und auf der Suche nach *sex, drugs and rock'n'roll.* Oder zumindest nach einer reichen Frau, die willig ist, mir das alles zu beschaffen.« Er hielt kurz inne. Seine Augen funkelten spitzbübisch.

»Sind Sie zufällig reich?«

Violet fühlte sich entwaffnet. Hilflos auch: sie wußte nicht, was sie antworten sollte. Sie lachte. »Ja, ich glaube schon.«

»Sehr reich?«

Die blauen Augen verwirrten sie. Aber seine Heiterkeit steckte an. »Ja, vermutlich« , gab sie lachend zurück.

»Wunderbar! Dann gehen wir sofort miteinander ins Bett und planen anschließend unsere Zukunft.«

»Toby, um Himmels willen, was für Märchen erzählst du denn schon wieder?« Die Gastgeberin, Toby O'Briens Schwester, kam durch das Zimmer auf sie zu, lächelnd und gleichzeitig vorwurfsvoll. Sie war eine kleine, unelegante Frau, die mit einem der ortsansässigen Gutsbesitzer verheiratet war. Aus irgendeinem Grund hatte James eine Schwäche für sie entwickelt und sie, wie Violet argwöhnte, zu seiner derzeitigen Mätresse erkoren. Violet machte das nichts aus, obwohl sie nicht begriff, wie er sich ausgerechnet eine allem Anschein nach derart simple und reizlose Person hatte aussuchen können. In dem Augenblick aber, in dem sie Bruder und Schwester nebeneinander sah und merkte, daß beide dasselbe einnehmende Temperament besaßen, dieselbe Energie, dieselbe Fähigkeit, Gelächter und Heiterkeit hervorzurufen, – in diesem Augenblick begriff sie. Vielleicht, dachte Violet viel später, war James nicht so gleichgültig und unempfindlich, wie sie geglaubt hatte.

»Überhaupt keine Märchen!« protestierte Toby entrüstet. »Ich habe ihr erzählt, daß ich aus dem Knast komme. Ich habe festgestellt, daß sie reich ist. Ich habe soeben um ihre Hand angehalten. Was könnte aufrichtiger und ehrenwerter sein als das?«

Seine Schwester gab ihm eine Ohrfeige – spielerisch, liebevoll und doch hart genug, um als Warnung aufgefaßt zu werden. »Violet ist bereits verheiratet« , sagte sie bestimmt. »Halt dich von ihr fern. – Und Sie«, fügte sie hinzu, an Violet gewandt, »lassen Sie sich bloß nicht mit meinem niederträchtigen kleinen Bruder ein.« Sie lächelte beide an und ging zu ihren anderen Gästen zurück.

»Sehr wohl, gnädige Frau« , rief Toby ihr nach, während sie sich entfernte. »Selbstverständlich, Madam« , stimmte Violet ein.

Sie sahen einander an. Violet begann wieder zu lachen; und auf einmal erstarb ihr Gelächter, und sie tat etwas, sagte etwas, das sie sich niemals zugetraut hätte: »Wollen Sie wirklich mit mir ins Bett gehen?«

Toby legte den Kopf in den Nacken und starrte nachdenklich zur Decke. »Jetzt in diesem Augenblick«, sagte er, »und wahrscheinlich für alle Zukunft, ja, mehr als alles auf der Welt.«

»Wissen Sie, ich bin frigid.«
»Nein, das weiß ich nicht.« Sein Blick kehrte zu ihrem Gesicht zurück. »Und ich zweifle sehr daran. Ich will das Risiko eingehen. Ich hab' so ein Gefühl, als hätte ich auf den Sieben-zu-vier-Favoriten in Cheltenham gesetzt, wenn der Favorit ins Ziel einläuft.«
Violet hatte keine Ahnung, wovon er sprach, aber sie griff nach seiner Hand. »Gehen wir doch hinaus« , sagte sie.

Er küßte sie. Jedesmal, wenn er sie berührte, war es wie ein elektrischer Schock, der ihr fast den Atem nahm.
»Wie oft hast du das schon getan?« fragte Violet.
Sie lagen beide nackt auf einer Matratze im Sommerhaus am Ende des riesigen, wild wuchernden Gartens seiner Schwester. Es war eine warme Mainacht, und Violet konnte über seine Schulter die Sterne sehen, die durch das kleine Spitzbogenfenster hereinschimmerten. Über das weite Rasenstück, das sie vom Haus trennte, drang gedämpft der Lärm der Gartenparty zu ihnen herüber.
»Was? Mit den Frauen anderer Männer geschlafen? Hunderte und Aberhunderte von Malen« , antwortete er. »Und wenn der liebe Gott und die Muttergottes es erlauben, tu' ich es noch Hunderte Male – besonders mit dir.« Er biß sie ins Ohrläppchen.
»Du bist verrückt, Toby!«
»Die besten Irrenhäuser werden allesamt von Verrückten geleitet, und das hier ist ein großartiges Irrenhaus – weil du drin bist.«
Violet lachte. In seiner Stimme schwang leicht der melodiöse Tonfall der Iren mit – der gespielt war, das wußte sie. Sie hatte ihn vorhin auf der Party mit anderen reden hören, als er mit dem klaren, präzisen Akzent des geborenen Engländers gesprochen hatte. Es machte ihr nichts aus. Nichts an ihm störte sie, nicht einmal die Tatsache, daß er ein Gauner war und tatsächlich eine sechsmonatige Haftstrafe wegen Betrugs abgebüßt hatte.
Er hatte sie geliebt, und sie hatte festgestellt, daß sie keineswegs frigid war. Es war überwältigend gewesen, die großartigste Erfahrung ihres Lebens. Eine halbe Stunde später spürte sie noch immer dieses Prickeln im ganzen Körper, und eine wohlige, träge Wärme erfüllte sie. Als sie den Höhepunkt erreichte, glaubte sie buchstäblich dahinzuschmelzen, ihr Leib verwandelte sich in eine einzige selige Weichheit, die tief unten in ihrem Bauch begann und sich überallhin ausbreitete, bis in die Finger- und Zehenspitzen.
Jetzt sah er sie an, und seine Zähne blitzten weiß, als er in der Dunkelheit lächelte – und Violet schien es, als verspreche ihr dieses

Lächeln alles, was sie sich auf der Welt nur wünschen konnte. Verständnis für ihre Bedürfnisse, Annahme ihrer Unsicherheiten, Bestätigung ihres Frauseins.
»Wir sollten lieber zurückgehen, bevor die Oberaufseherin, meine geliebte Schwester, bewaffnete Suchtrupps ausschickt.«
Er zog Violet auf die Füße. Rasch zogen sie sich an und gingen zurück zum Haus. Kurz bevor sie eintraten, hielt er sie auf.
»Wirst du für immer bei mir bleiben?« fragte er.
»Ich glaube ja« , antwortete Violet.
»Aber ich muß dich warnen: ich bin ein unverbesserlicher Lügner, ein Verschwender, ein hoffnungsloser Fahrer und von Natur aus treulos.« Er hielt inne und setzte ernst hinzu: »Spielt das eine Rolle?«
»Nicht die geringste!« Violet mußte wieder lachen. »Hör auf, dich über mich lustig zu machen, Toby! Deine Schwester hat recht, du bist wirklich unmöglich. Das Problem ist, daß ich glaube, ich liebe dich.«
Er gab keine Antwort. Er zog sie einfach in seine Arme und küßte sie – ein langer, langsamer Kuß, der sie alle anderen je erhaltenen Küsse vergessen ließ. Es war, als kostete und genoß er sie wie eine Frucht, wie einen reifen, exotischen Pfirsich, frisch und sonnenwarm vom Baum gepflückt.
Spätestens jetzt wußte Violet, daß sie verloren war.

Kurze Zeit später brannte sie mit ihm durch. An diesem Tag fand das Derby statt, das gesamte Personal hatte frei, bis auf das junge Dienstmädchen, dessen Aufgabe es war, im Salon den Kamin zu heizen und in den Schlafzimmern die Betten aufzuschlagen.
Auf dem Tisch in der Diele hinterließ Violet eine Nachricht für James. »Lieber James«, schrieb sie. »Ich gehe. Dein Abendessen steht im Herd. Frag das Zimmermädchen, wo der Herd ist.« Nach kurzer Überlegung fügte sie hinzu: »P.S. Ich freue mich, das Beweismaterial für die Scheidung liefern zu können. Selbstverständlich werde ich keine Ansprüche an Dich stellen.«
James beeilte sich, ihrer Aufforderung nachzukommen, und reichte aufgrund von Ehebruch die Scheidung ein. Er hatte für den Rest seines Lebens genug von Violet.
Ihr Glück dauerte vier ganze Jahre. Sie war, wie sie vermutet hatte und ihre Anwälte ihr bestätigten, eine sehr reiche Frau. Sie sehnte sich nach der Sonne, und in England gab es nichts, was sie zurückhielt. Sie zog nach Südfrankreich, in die Provence, und kaufte ein hübsches Bauernhaus, weiß gestrichen und verwinkelt, am Rand der Camargue. Eine von Tobys Leidenschaften waren Pferde. Violet gab

ihm Geld für mehrere wunderschöne weiße Camargue-Pferde – soviel, daß er sich den Grundstock für eine Zucht zulegen konnte. Sie richtete das Haus ein, während er sich um sein Gestüt kümmerte.
Es spielte keine Rolle, daß jedesmal, wenn eine Stute ein herausragendes Fohlen geworfen hatte, das Jungtier auf rätselhafte Weise verschwand, anscheinend verkauft wurde – der Erlös aber auf ebenso rätselhafte Weise durch ein Loch in Tobys Tasche fiel, weshalb er sie des öfteren bitten mußte, das Bankkonto wieder zu füllen. Es war nicht wichtig. Die Sonne schien ihr warm ins Gesicht, sie lebte und liebte. Eine Zeitlang gab sie sogar ihre Tabletten auf.
Während der ersten drei Jahre war Toby ein wunderbarer und aufmerksamer Gefährte, sowohl im Bett wie auch in der übrigen Zeit. Im vierten Jahr verbrachte er mehr und mehr Zeit im Bett, leider nicht mit Violet. Als sie ihm zum erstenmal auf die Schliche kam, bestand sie spontan darauf, ihn zu heiraten – was ihr bisher bedeutungslos erschienen war.
Die Eheschließung änderte nichts. Toby begann, nicht mehr nur für eine Nacht zu verschwinden, sondern für Tage, dann für Wochen. Jedesmal kehrte er mit seinem bezaubernden Lächeln, einer plausiblen Geschichte und dem üblichen unwiderstehlichen Charme zurück; aber seine Qualitäten hatten ihre Wirkung auf Violet verloren. Sie wandte sich wieder den Tabletten zu und fing an, sich anderswo nach Gesellschaft umzusehen.
Unterdessen hatte Violet eine Vorliebe für Champagner entwickelt, der in Kombination mit ihren Drogen eine starke, berauschende Mischung ergab; darüber trat alles Unangenehme und Falsche in ihrem Leben, alle Treulosigkeit ihres Mannes und ihre zunehmende Entfremdung, in den Hintergrund. Unweigerlich tat dieser Cocktail seine Wirkung und verschaffte Violet eine Woge von Selbstbewußtsein und Zuversicht.
Eines vor allem hatte sie von Toby gelernt: die körperliche Liebe zu genießen. Sie war nicht frigid. Sie war eine leidenschaftliche, sinnliche junge Frau, und die Bars von Arles, Aix und Les Saintes Maries de la Mer waren voller starker junger Naturburschen, Reitern der Camargue, die sie dreimal pro Nacht befriedigen konnten.
Violet hieß sie ihre Reitstiefel vor der Tür abstellen und drückte beide Augen zu, wenn sie zum Abschied das eine oder andere ihrer Besitztümer mitgehen ließen. Toby war häufig »geschäftlich« unterwegs, und es gab keinen Grund, weshalb sie allein schlafen sollte, wenn ihr ein Dutzend gestählte Körper zur Auswahl standen, die sich darum rissen, des Nachts bei ihr zu liegen.

Trotzdem weigerte sie sich immer noch, Toby aufzugeben. Sie verdankte ihm soviel, daß sie ihn weiterhin tolerierte. Und schließlich war er ihr Mann. Violet fuhr fort, ihm Cartier-Uhren zu kaufen, Manschettenknöpfe von Cleef & Arpels, Hemden von Charvet und sogar einen Porsche. Die Pretiosen mußten in regelmäßigen Abständen in den Pfandhäusern von London oder Marseille ausgelöst werden, aber ihr Vermögen war groß genug, um auch noch die ruinösen Wucherzinsen verkraften zu können.

Sieben Jahre nach ihrer Flucht aus Yorkshire lernte Violet Curro Lopez kennen. Diesmal zögerte sie nicht. Sie zahlte Toby eine ansehnliche Abfindung, ließ sich von ihm scheiden und heiratete Curro.

Curro Lopez war Stierkämpfer.

32

Acht Jahre früher hätten die Wildheit und Gewalttätigkeit des Stierkämpfers Violet entsetzt. Sie liebte Tiere, und allein der Gedanke, sie vor einer Horde applaudierender Zuschauer verwundet und getötet werden zu sehen, hätte sie abgestoßen.

Aber auch diese Einstellung hatte sich verändert, wie so vieles in ihrem Leben. Violet sah nicht die Grausamkeit; was sie erregte und eine nie verspürte Gier in ihr weckte, waren die Dramatik, das Ritual, das Gepränge, die hohe Kunst der vorgeschriebenen Passagen mit *capa* und *muleta*, und schließlich der Augenblick der Wahrheit, der den Atem stocken läßt: wenn der Torero den blanken Degen dem Stier mitten zwischen die Schulterblätter stößt.

Bei Toby war es der unberechenbare jungenhafte Charme gewesen, der Violet unwiderstehlich angezogen hatte. Sie hatte ihn geliebt, aber – und das wurde ihr jetzt klar – auf dieselbe Weise, wie eine Mutter ein mutwilliges und launisches Kind liebt. Curro Lopez war völlig anders. Er war fern, fremdartig und majestätisch – eine rastlose, beinahe tragische Gestalt in seinem glitzernden Anzug. Toby war ein Junge, Curro ein Mann: ein Held.

Geboren in Triana, dem Zigeunerviertel von Sevilla, besaß er nahezu sämtliche klassischen Attribute des spanischen *matador de toros*. Er war grenzenlos mutig, kühn, unerschrocken. Er hatte schwarze Locken und glänzende schwarze Augen, einen harten, sehnigen Körper, der mit der konzentrierten Gespanntheit und den Reflexen einer jagenden Katze reagierte. Er verfügte auch über Bildung – durchaus unüblich für einen Stierkämpfer.

Was ihm fehlte, was ihn abhielt, ein zweiter Belmonte, Manolete oder Ordonez zu werden, war die Liebe zu den Stieren. Bei all seinem Mut, seinen vielen natürlichen Begabungen kannte er diese gewaltigen und wilden Tiere nicht, und er verstand sie nicht. Auch die Menschen verstand er weder, noch liebte er sie.

Das merkte Violet aber erst sehr viel später. Zum erstenmal sah sie ihn im Frühjahr bei den alljährlichen Stierkämpfen in Arles, die an sich harmlos und unblutig sind, bei denen diesmal jedoch auch eine Corrida spanischer Ausprägung stattfand. Ironischerweise war es ihr neuester Liebhaber aus der Camargue, der sie dorthin mitnahm. Lopez hatte die lebensprühende blonde Frau auf der Tribüne sofort entdeckt. Auf einen spontanen Einfall hin widmete er ihr seinen zweiten Stier und warf ihr seinen Hut zu, als er in die Arena schritt, um sich dem Kampf zu stellen.

An diesem Nachmittag vollbrachte Curro Lopez die größte Leistung seiner Karriere. Es war ein grandioser Triumph, die Zuschauer jubelten, und seine Anhänger trugen ihn auf den Schultern durch die Arena; vor Violet ließ er sie anhalten.

»*¿Como te llamas?*« rief er laut. »Wie heißt du?«

»Violetta«, erwiderte sie und warf ihm seinen Hut zurück.

»Ich habe einen schönen Garten in meiner Finca in Sevilla. Komm mit mir, Veilchen, ich will dich dort blühen sehen!« Trunken von seinem Sieg lachte er und winkte.

Drei Monate später wurde Curro in der Arena Las Ventas in Madrid von einem Stier auf die Hörner genommen und übel zugerichtet. Violet las in *Arles Matin* von dem Unfall. Auf der Stelle flog sie nach Madrid, drang unter Aufbietung aller Überredungskünste bis in sein Krankenzimmer vor, dann organisierte sie einen Privattransport und ließ ihn zur Genesung nach Sevilla bringen. Im Jahr darauf heiratete sie ihn.

Curros Verletzungen waren so schwer, daß er gezwungen war, den Stierkampf aufzugeben. Für Violet fügte sich alles zum Besten: seit sie ihn zum erstenmal gesehen hatte, war sie ihm durch ganz Spanien gefolgt, einmal sogar bis nach Mexiko. Sie war tief beeindruckt von seinem Auftreten in der Arena, von seiner Männlichkeit und Eleganz, von seiner Körperbeherrschung, der überwältigenden physischen Ausstrahlung, und von seinen knappen, präzisen Bewegungen beim Kampf; aber jedesmal, wenn er die Arena betrat, war ihre Kehle ausgedörrt, ihre Hände wurden eiskalt, und vor Angst mußte sie sich fast übergeben.

Damit war es jetzt vorbei. Jetzt gehörte Curro ihr. Nicht minder befriedigt war sie, als sie feststellte, daß seine Finca, das Landgut, in dessen Garten er sie »blühen sehen« wollte, ein leeres, ödes Land mitten in den andalusischen Bergen war; alles Geld, das er je verdient hatte, war längst ausgegeben oder im Spiel verloren. In finanzieller Hinsicht war Curro Lopez also vollkommen von ihr abhängig – was Violet keineswegs störte. Sie liebte es, sich um ihn zu kümmern, ihm Geschenke zu machen, genauso, wie sie Toby gern schöne Dinge geschenkt hatte. Und nicht zuletzt gab ihr seine Abhängigkeit ein gewisses Maß an Kontrolle, ja fast Macht.

Fünf Jahre dauerte es, bis Curro zu streunen begann. Violet bemerkte seine Eskapaden zunächst genausowenig wie damals bei Toby, aber später erinnerte sie sich, daß sie, ohne recht eigentlich Notiz von ihr zu nehmen, eine außergewöhnlich schöne Zigeunerin mehrmals in der Nähe des Hotels gesehen hatten, in dem sie und Curro während einer Reise in die Camargue wohnten. Ein Jahr später stand das Mädchen in der Tür des Landhauses, das Violet nahe Granada gekauft hatte.

Tobys Leidenschaft war das Gestüt gewesen, Curro züchtete Stiere. Violet war reich genug, um beiden ihre Wünsche erfüllen zu können. Eines der Mädchen, die im Haus arbeiteten, rief sie zur Tür. Violet ging nach unten, zunächst ratlos, dann erkannte sie die Frau, die ein kleines Kind im Arm hielt.

»Führt die Señorita in die Küche«, sagte Violet knapp. »Gebt ihr Kaffee und dem Baby, was immer es will.«

Curro zuckte nur die Achseln, als er abends von seinen Stieren zurückkam. »Wie willst du mich haben, Violetta? Als *maricon*?«

Als *maricon*, als Tunte, beschimpft zu werden, gilt den spanischen Männern als unverzeihliche Beleidigung. Absichtlich hatte Curro dieses Wort benutzt, um sie zu provozieren, und es verfehlte nicht seine Wirkung. Violet brauste auf: »Ich habe keinen Schwulen geheiratet! Aber einen Mann, von dem ich dachte, er würde nicht die ganze Umgebung mit seinen Bastarden übersäen!«

Wieder zuckte Curro die Achseln. »Sowas passiert. Jetzt muß ich ihr vielleicht zahlen.«

»Du meinst, *ich* muß zahlen!« fuhr Violet ihn an.

Curro gab keine Antwort, sondern ging. Violet rief das Mädchen aus der Küche. Sie besprach die Angelegenheit kurz, dann schrieb sie ein Dutzend Schecks aus, vorausdatiert im Abstand von jeweils sechs Monaten über die nächsten sechs Jahre, und dachte bei sich, das Mädchen werde schon lang vorher einen Mann gefunden haben, der sich um sie kümmerte.

Sie umarmte die junge Frau, küßte das Baby und schickte sie fort.

In dieser Nacht, als sie nebeneinander in der Dunkelheit im Bett lagen, fragte sie: »Vielleicht sollten wir ein Kind bekommen?«

»Es heißt, das kann in deinem Alter schon recht schwierig werden«, gab er zurück.

»Was meinst du damit?« Sie stützte sich auf den Ellenbogen und sah ihn entgeistert an. »Ich bin erst Anfang Dreißig!«

»Ich habe mir deinen Paß angesehen, *cara*«, sagte Curro grinsend. »Darin steht, daß du demnächst siebenunddreißig wirst.«

Violet fluchte, schrie, tobte, schlug mit den Fäusten auf ihn ein und trat ihn mit den Füßen, und als sie erschöpft war, schlang sie die Arme um ihn und schmiegte sich an ihn. Er war ein Schwein – aber was für ein Mann! So gut erinnerte sie sich, wie er in der Arena gestanden hatte und der Tod auf ihn zustürmte, in der brutalen mörderischen Gestalt eines wutschnaubenden schwarzen Stiers, und Curro in seinem glitzernden Anzug nicht mit der Wimper zuckte – nur einen kleinen Schritt zur Seite wich und den Tod in einer Reihe mühelos eleganter Passagen abstreifte mit seinem roten Mantel, der sich im Luftzug blähte wie fröhliches Segel.

Sie spürte, wie er hart wurde. Sie spürte, wie er seinen Samen in sie ergoß. Danach schlief sie ein.

Neun Monate später kam Rose auf die Welt.

Wäre das Kind ein Sohn gewesen, dachte Violet, hätte ihre Ehe gutgehen können. Bedauerlicherweise hatte Curro Lopez bereits einen Sohn, das Kind der Zigeunerin. Nur die Söhne zählten. Violet hatte es auf sich genommen, für den Sohn zu zahlen. Jetzt gab es wahrhaftig nichts mehr, was sie und Curro zusammenhielt.

Er trieb davon, und Violet war wiederum allein.

Nun, diesmal nicht ganz allein: sie hatte ein lästiges kleines Mädchen am Hals, dessen Geburt ihr nichts genützt hatte. Violet stellte ein Kindermädchen ein und fing wieder an, Tabletten zu nehmen, die sie mit dem besten Champagner aus Madrid hinunterspülte.

Was in den folgenden Jahren geschah, hinterließ kaum eine Spur in ihrem Gedächtnis. Violet verschwand hinter einem Nebel. An die Stelle der jungen Männer aus der Camargue trat jetzt eine Aneinanderreihung von Landarbeitern und Kellnern – später, wenn dennoch eine Erinnerung an diese Zeit auftauchte, zuckte sie zusammen vor Scham. Sie heizte sich auf mit Brandy und Anisschnaps, machte die Beine breit und bäumte sich rhythmisch, wie rasend klammerte sie sich an jeden Körper, den sie spätnachts in den Cafés und Bars von Sevilla und Granada aufgabeln konnte, und morgens, wenn sie verkatert aufwachte, scheuchte sie den Mann in ihrem Bett voller Abscheu fort. Sie stand auf, rieb sich die eingefallenen Wangen, übermalte die dunklen Ringe unter den Augen und öffnete eine neue Flasche Brandy. Sobald der Schnaps sie in Gang gebracht hatte, begann der Kreislauf wieder von vorn.

Was sie wahrscheinlich vor dem Selbstmord rettete, ganz sicher aber vor dem irreversiblen körperlichen Zusammenbruch, was auf dasselbe hinausgelaufen wäre, war letztendlich Rose. Violet empfand ihre

Tochter zunehmend als Last. Zwar hatte sie ihr Leben so organisiert, daß für die leiblichen Bedürfnisse des Kindes das Personal aufkam; doch es war immer da, es ließ sich nicht übersehen. Es war da, wenn Violet frühmorgens von ihren Kneipentouren zurückkehrte, es war da, wenn sie nachmittags sich aus dem Bett wälzte, und war immer noch da, wenn sie einen ganzen Monat auf Reisen gewesen war.
Merkwürdigerweise hatte Rose anscheinend nichts von ihrem Vater geerbt. Sie sah genauso aus wie ihre Mutter: dieselben verträumten blauen Augen, dieselbe blonde Haarmähne, derselbe sinnliche, biegsame, gertenschlanke – freilich noch kindliche – Körper. Mit jedem noch so flüchtigen Blick, den Violet auf sie warf, sah sie sich selbst und ihre Vergangenheit.
Es war nicht das, woran sie im Alter von vierzig Jahren erinnert werden wollte. Als das Kind im schulpflichtigen Alter war, schickte Violet es nach England ins Internat. Ein Jahr zuvor war Violets Mutter gestorben, doch ihr Vater, mittlerweile aus dem diplomatischen Dienst ausgeschieden und in den Ritterstand erhoben, erfreute sich nach wie vor bester Gesundheit und war gern bereit, sich um sein einziges Enkelkind zu kümmern.
Und so bedeutete der Abschied von Rose für Violet zwar eine Erleichterung, aber auch eine neue Einsamkeit – zum erstenmal seit ihrer Einkerkerung in Yorkshire. Ein Ortswechsel erschien ihr als die naheliegende Antwort. Sie verkaufte das Landgut in Andalusien und suchte nach einer Wohnung in New York. In SoHo wurde sie fündig. Sie hatte es überall anderswo versucht, doch offensichtlich war Manhattan der Ort, dem jedermann zustrebte, so wie in den dreißiger Jahren Paris das internationale Gravitationszentrum gewesen war, und in den Luxusgegenden waren die freien Apartments rar.
New York war voller neuartiger Drogen und klassischer Spirituosen. Violet stieg von Champagner und Brandy auf Bourbon um. Die Drogen waren schwerer auseinanderzuhalten – es gab so unendlich viele verschiedene. Violet nahm alles, was sie mit ihrem Geld kaufen konnte – und bei einem Vermögen wie dem ihren stand ihr der gesamte grenzenlose Drogenmarkt von New York offen.
Sie kaufte sich Vergessen und junge Männer aus Harlem – starke, schöne, phantastische Schwarze, die ihr bereitwillig alles besorgten, was sie wollte. Violet erlebte einen gigantischen Rausch. Kokain und die jungen Schwarzen trieben sie an den Rand des Abgrunds.
»Nein, Mann, du gibst ihr nicht ein Körnchen Koks mehr!« Von sehr weit her, durch einen dicken Schleier von Schmerzen, vernahm Violet die Stimme.

In den vergangenen Monaten war sie kreuz und quer durch die Stadt getaumelt – ein wahnsinniger, besinnungsloser Lauf zwischen Dinnerpartys in Mid-Town Manhattan und den Bars und Spelunken in der Upper und Lower East Side, wo sie, wenn die Partys vorbei waren, irgendwann in den frühen Morgenstunden strandete. Sie hatte nicht die geringste Ahnung, was sie tat, wo sie war, wer die Menschen waren, die sie umgaben; sie wußte nur, daß sie grauenhaft einsam, verloren und isoliert war, und die glatten, geschniegelten Banker, zwischen denen sie an festlich gedeckten Tafeln saß, gaben ihr nichts. Die jungen Hengste aus Harlem waren zumindest kühn und gefährlich und stark. Sie erinnerten sie an Toby, an ihre erste Umarmung unter den Sternen, und an Curro, der sich gelassen um die eigene Achse drehte, während ein gewaltiger Stier mit gesenkten Hörnern schnaubend auf ihn zustürmte.

Violet hustete. Sie lag in einem Bett, aber sie wußte nicht, wo. Normalerweise gibt es neben einem Bett eine Nachttischlampe. In einem Nebel von Übelkeit und Schmerz streckte sie die Hand aus und tastete nach dem Schalter.

»Wo zum Teufel bin ich?« fragte sie, als das Licht anging.

»Nur die Ruhe, bleib liegen, ruh dich aus«, antwortete eine Stimme.

»Scheiße!« Sie schaffte es, sich aufzurichten. »Mir geht's beschissen, siehst du nicht! Gott im Himmel, gib mir doch irgendwas!«

»Nein, Schluß jetzt, Lady, dich hat's übel erwischt.«

»Ich scheiß' drauf! Wer bist du überhaupt?«

Am Fenster sah sie einen Schatten. Sie strengte ihre Augen an und erkannte eine schemenhafte Gestalt. Es war ein junger schwarzer Mann, und er grinste sie an. »Nenn mich Schätzchen«, sagte er.

»Scheißkerl!« schrie sie, und von neuem überflutete sie eine Woge von Übelkeit. »Wo ist der Stoff?«

Nun bemerkte sie eine zweite Gestalt. Zwei Männer waren im Raum, und sie sahen auf sie hinunter.

»Kommt nicht in Frage«, sagte der zweite Mann. »Du hast genug gehabt, Lady.«

»Ich hab' euch bezahlt!« Violet schrie, während ihr Körper von Krämpfen geschüttelt wurde. »Gebt mir nur ein bißchen was, bitte, bloß soviel, daß es aufhört!«

Wieder blitzten die weißen Zähne auf, diesmal mit leichter Nervosität. »Du hast alles gekriegt, wofür du bezahlt hast, Lady«, sagte der erste Mann. »Uns beide, von vorn und von hinten. Aber du kriegst keinen Stoff mehr. Du gehst uns drauf, und das brauchen wir nicht, keiner von uns.«

Violet sank in die Kissen zurück. Ihr ganzer Körper schmerzte, ihr Kopf war benebelt. Aber sie mußte klar denken! Sie wußte doch, wie gerissen sie war, sie wußte, wie sie bekam, was sie wollte. Mühsam rappelte sie sich wieder hoch.

»Wieviel?« fragte sie.

Jetzt war nur noch ein Mann neben ihr. Der andere hatte sich irgendwohin in den Schatten zurückgezogen und beobachtete sie. Scheißkerl, dachte sie. Schwarzer Scheißkerl.

»Komm schon«, schmeichelte sie, »nur ein bißchen. Für Mami?«

»Du kriegst nix mehr, vergiß es. Du wirst jetzt hier liegenbleiben wie ein braves Mädchen, bis du das Gift von letzter Nacht wieder rausgeschwitzt hast.« Sein Gesicht kam ihr sehr nahe, sie erkannte es deutlich. »Sonst *stirbst* du, verstehst du? Und das, Lady, ist schlecht fürs Geschäft.«

Violet begann zu schreien. Das letzte, woran sie sich erinnerte, war der brutale Griff der beiden Männer in ihrem Zimmer, die sich auf sie stürzten und sie niederhielten. Dann senkte sich Schwärze auf sie herab.

Aber ihr Schreien klang ihr noch in den Ohren, als sie die Augen wieder aufschlug. Diesmal war sie in einem Krankenhausbett, und auf einem Stuhl neben ihr saß ein fremder Mann, ein Weißer, groß und hager, nicht mehr jung. »Hallo, Violet«, sagte er.

Sie beäugte ihn mißtrauisch. Sie fühlte sich schlechter als je, hatte Schmerzen in jedem Glied ihres Körpers, ein dumpfes Pochen im Kopf, und die Übelkeit schwappte in rhythmischen Wellen über sie hinweg. »Wo bin ich?« fragte sie heiser.

»Bei den Guten Samaritern. Einer Klinik für Drogenabhängige«, antwortete er. »Sie sind jetzt in Sicherheit.«

»Werde ich sterben? Mir ist sehr danach zumute.«

Er lächelte. »Nein. Mit ein bißchen Glück haben Sie noch sehr viele Jahre vor sich.«

Violet versuchte sich aufzusetzen; es gelang ihr nicht, sie war zu schwach. Sie fiel zurück ins Kissen, aber eine letzte Frage stellte sie noch: »Wer sind Sie überhaupt?«

»Ich heiße Cameron«, sagte er. »Boy Cameron.«

Sie versuchte sich zu konzentrieren und sein verschwommenes Gesicht zu erkennen, doch es wurde ihr wieder schwarz vor den Augen, und sie verlor das Bewußtsein.

Die verbotene Frucht

»Mach die Augen zu!« rief die Frau fröhlich; in ihrer Stimme schwang ein Lachen mit.
»Warum?« fragte der Mann.
»Weil ich es sage!«
Der Mann zögerte. Er schloß nie die Augen, außer wenn er schlief, und das tat er nur, wenn er sich in Sicherheit wußte. Das gebot ihm sein Instinkt. Er war Jäger, aber auch Beute für die anderen, größeren und schnelleren Räuber der Savanne – die schwarzmähnigen Löwen und die gewaltigen säbelzahnbewehrten Baumleoparden, die zwischen dem Wald und der Ebene hin und her streiften.
Die Frau hingegen schloß die Augen, um ihre übrigen Sinne zu schärfen. Sie tat es, wenn sie die Nase in den Wind hob und witterte, wenn sie den Boden nach verborgenen Knollen absuchte, wenn sie dem Summen der Bienen und anderer Insekten lauschte, das sie zu den Nestern führte.
Die Augen des Mannes aber waren immer offen und wachsam. Sein Leben – und auch das ihre – hing von seiner Sehkraft ab. Und jetzt befahl sie ihm, seine Wachsamkeit einzustellen. »Warum?« fragte er noch einmal, verwirrt: noch nie hatte sie derartiges von ihm verlangt.
Sie stand vor ihm, die Hände hinter dem Rücken; sie verbarg etwas vor ihm. »Vertrau mir«, antwortete sie.
Noch immer verdutzt und ein wenig ratlos, musterte er sie. »Bist du sicher?« fragte er.
Sie nickte.
Der Mann senkte den Kopf und schloß die Augen. Er wartete.
»Nicht bewegen!«
Der Mann stand mit angespannten Muskeln. Er hörte sie hin- und herlaufen. Wie merkwürdig die Anweisung auch war, er mußte ihr gehorchen. Gewiß, sie war seine Gefährtin, doch sie hatte Macht über ihn. Von Anfang an.
»Jetzt!«
Gegen seinen Willen zuckte er zusammen. Eine Flüssigkeit rann über ihn herab, der süße, betörend duftende Saft einer Frucht. Er leckte

sich die Tropfen von den Lippen und erkannte den Geschmack der prallen gelben Tsamamelone. Im selben Augenblick spürte er, wie die Frau ihn umschlang. In beiden Händen hielt sie Melonenhälften und schmiegte sich an ihn, rieb ihm die Früchte über den Rücken, die Brust, den Bauch und zwischen die Beine.

Halb widerstrebend löste er sich von ihr. Aus seinem Haar troff der Melonensaft ihm in die Augen, und er schüttelte den Kopf und blinzelte, bis er wieder klar sehen konnte. Er starrte die Frau an, die vor ihm stand und mit funkelnden Augen lachte.

»Koste!« sagte sie.

Sie bückte sich und hob eine andere Melone auf. Der Mann folgte ihr mit dem Blick und sah einen Berg von Melonen zu ihren Füßen. Sie richtete sich wieder auf und reichte ihm die Frucht, und er biß hinein. Sie war so groß wie ein Apfel, schmeckte frisch und süß, und das Fleisch war von einem milchigen Gelbgrün. Verwundert zog der Mann mit den Zähnen die Schale ab und fuhr mit der Zunge über das weiche, reife Fruchtfleisch. In der Hitze des afrikanischen Spätnachmittags erschien ihm der Saft wunderbar stärkend und belebend, aber die Frucht unterschied sich durch nichts von den anderen Tsamas, die sie sammelten, wenn die Zeit der Reife kam.

Er biß ein zweites Mal zu, und auf einmal durchzuckte es ihn: Tsamas reiften innerhalb von zwei Monden nach der Regenzeit; die aber lag schon mehr als sechs Monde zurück – erst nach dem nächsten Regen sollte es wieder Melonen geben! Verblüfft sah er die Frau an.

»Komm mit«, sagte sie, und ihre Miene war auf einmal sehr ernst.

Sie führte ihn zum Fluß hinunter und zeigte ihm ein kleines ovales Stück rotbrauner Erde am Ufer, das sie von Sumpfgräsern und Schilf befreit hatte; hier wuchsen in Büscheln die fruchttragenden Tsamas. Vom Fluß her zogen sich kleine Gräben und bewässerten die Pflanzen. Unter den Blättern lagen noch weitere Melonen auf der Erde.

Zusammen mit allem andern, was sie jagen und sammeln konnten, dachte der Mann, hatten sie jetzt genug zu essen, um bis zur nächsten Regenzeit auskommen zu können. Nein, mehr noch, erkannte er, nicht nur genug zum Überleben: sie hatten sogar einen Überschuß an Früchten. Er drehte sich zu der Frau um und fragte: »Wie hast du das gelernt?«

»Ich habe die Elefanten beobachtet«, sagte sie einfach. »Ich habe gesehen, wohin sie gingen, wie sie Bäume umstürzten, wie die Erde aufblühte, nachdem sie wieder fort waren und der Boden Licht bekam. Ich habe Melonen gesammelt und sie dort in der Erde vergraben, wo die Elefanten eine Lichtung geöffnet hatten. Als der Regen kam, sind sie gewachsen. Da wußte ich, daß sie nicht nur Licht brauchen, sondern auch Wasser.« Sie hob die Schultern, ein wenig unsicher. »Danach habe ich noch mehr Melonen vergraben, hier am Fluß. Ich gab ihnen Wasser. Ich wartete, und sie sind gewachsen. Das sind die ersten. Ich denke jetzt, daß mit Licht und Wasser auch in der trockensten Zeit Melonen wachsen werden.«

Die Frau schlang ihre Arme um ihn; jetzt lachte sie wieder. »Um's dir zu zeigen, wollte ich, daß du in ihrem Saft badest!«

Nun lachte auch der Mann. Süß wie Honig schmeckte der Saft auf seinen Lippen. »Ich hab' dir auch was zu zeigen«, sagte er. »Komm mit mir.«

Eifrig nahm er sie bei der Hand und zog sie hinter sich her, das Flußufer entlang. Er hatte ein Geheimnis, eine Überraschung für die Frau, und jetzt war der rechte Augenblick dafür.

In den riesigen Wurzeln eines umgestürzten Baumes hatte der Mann ein kleines Gehege angelegt, und hier hielt er sich im Schutz einer dichten Hecke aus ineinander verflochtenem Dornengeäst eine junge weibliche Antilope. Er hatte sie in einer der Grubenfallen gefunden, die er im Wald angelegt hatte, und war schon im Begriff, sie zu töten, als er merkte, daß die Antilopenkuh trächtig war. Er dachte an die Frau, und dieser Gedanke gebot seiner Hand Einhalt – nicht so sehr aus Mitleid, als vielmehr aus dem praktischen Grund, daß es sinnlos war, ein Tier zu töten, wenn er mit ein wenig Geduld zwei haben konnte. Und so nahm er die Antilope mit und baute ihr ein Gehege, in dem er sie nicht nur an der Flucht hinderte, sondern sie auch vor anderen Räubern schützte. Jeden Tag brachte er ihr zu fressen und zu trinken und wartete auf die Geburt des Jungen. An diesem Morgen war es soweit.

»So«, sagte er. »Jetzt mach deine Augen auf und sieh, was ich getan habe.«

Die Frau sah die Antilopenmutter mit ihrem Jungen und lachte und liebte ihn für das, was er getan hatte.

In dieser Nacht legten der Mann und die Frau sich miteinander in ihrem Schilfnest schlafen wie immer, glücklich in dem Wissen um die Leistungen, die sie vollbracht hatten. Als der Morgen graute, wachten sie gleichzeitig auf. Beide hatten geträumt, beide hatten sie von der Zeit geträumt, in der sie nicht länger würden jagen und sammeln müssen, sondern im Tal bleiben und von dem leben konnten, was sie dem Land entlockten.

Zum erstenmal, seit sie miteinander schliefen, war jetzt der Penis des Mannes geschwollen und aufgerichtet, und er umfing sie eilig und drängend und legte sich auf sie, und mit der Hand begann er, ihre Beine auseinanderzuzwängen. Doch es brauchte keine weitere Überredung. Ihre Schenkel öffneten sich ihm, und sie schob sich ihm entgegen, weich und feucht und gierig, noch bevor er in sie eindrang. Sie klammerten sich aneinander und bewegten sich in harmonischem Rhythmus, bis sie beide zur selben Zeit zu einem Gipfel gelangten, der ihnen Hören und Sehen vergehen ließ; der Mann erschauderte, und die Frau schrie. Dann ließ der Mann sich ächzend seitwärts fallen.

Die Frau lag auf dem Rücken. Sie faßte sich zwischen die Beine, fing einen Tropfen des Samens auf, der aus ihr herausrann, und leckte ihn vom Finger. Er schmeckte kräftig, süßlich und salzig zugleich. Sie lachte und leckte noch einmal: so hatte das Fleisch geschmeckt, das Herzblut ihrer Mutter, das sie auf ihrer langen Wanderung bis zum Tal am Leben erhalten hatte.

Als die Sonne über dem Tal aufging, kamen die Elefanten auf ihrem morgendlichen Gang zur Tränke. Sie lauschte den dumpfen, so vorsichtigen Tritten der großen grauen Füße und dem Rascheln der Dornenbüsche auf ihrem Weg, und sie dachte an die Stammesmutter, die ihre Herde führte.

Sie lauschte und lächelte. Auch sie war eine Stammesmutter. Auch sie hütete das Wissen aller, die vor ihr gelebt hatten. Aber anders als die Elefantenmutter, anders als jedes Lebewesen auf der Erde, begriff sie die Macht dieses Wissens. Sie besaß das Geheimnis des Lebens selbst.

In ihrem Bauch war der Same der ganzen Menschheit. Einen Augenblick lang fragte sie sich, ob das Kind, das nach einiger Zeit gewachsen sein und sich zwischen ihren Beinen den Weg ins Freie erkämpfen würde, männlich oder weiblich war. Aber das war nicht wichtig, denn es würden weitere Kinder kommen. Aus ihrem Samen würde neuer Samen entstehen und sich fortpflanzen wie die Tsamamelone, die sie zu pflegen gelernt, wie die kleinen Antilopen, die der Mann zu hegen gelernt hatte. Und im Lauf einer langen Zukunft würden Hunderte und Tausende zweibeiniger Geschöpfe das Tal bevölkern.

Sanft berührte sie die Wange der tief schlafenden Gestalt neben ihr; ihre Finger waren so zart wie die Flügel einer Motte, und so weckte sie ihn nicht auf. In der schlummernden Hitze des Gartens hielt die Frau Wache über den Mann. Sie wußte nicht nur, sie verstand.

Der Same in ihr begann zu wachsen.

Vierter Teil

Camerons Geschichte

33

»Wer sind Sie überhaupt?« hatte Violet ihn gefragt, und Cameron hatte ihr die einfachste und nächstliegende Antwort gegeben, indem er ihr seinen Namen nannte. Es war aber nicht die ganze Antwort.
Cameron war nicht sein wirklicher Name. Um zu erklären, wer er war, hätte er weit zurückgehen müssen. In den vierundsiebzig Jahren seines Lebens waren ihm die Frage nach seiner Identität und viele weitere, daraus folgende Fragen häufig gestellt worden. Woher kommen Sie? Wo sind Sie geboren? Wie hießen Sie ursprünglich? Was ist Ihre Muttersprache? Welche Sprache sprechen Sie am besten? Wie kamen Sie nach Afrika? Wonach suchen Sie? Wen unterstützen Sie? Woran glauben Sie? Und ist es wahr, daß...?
Zu dieser letzten Frage gab es tausenderlei Fortsetzungen. Präsidenten und Premierminister hatten sie ihm gestellt, Journalisten, Fernsehreporter, Geschäftsleute, die vielen Frauen, die über die Jahre seine Begleiterinnen gewesen waren, seine Angestellten und sogar die Arbeiter auf seinen Landgütern. Cameron gab die Antworten, die ihm paßten und seinen jeweiligen Interessen am besten dienten. Häufig stimmten sie nicht mit früheren Antworten überein, die er zu anderen Zeiten seines Lebens gegeben hatte; das schien indes keine Rolle zu spielen: niemand war in der Lage, ihm seine Widersprüche nachzuweisen; ohnehin war Cameron sich selbst der Wahrheit oft nicht ganz sicher. Nur einen Punkt gab es, in dem er konsequent, bewußt und widerspruchsfrei log.
Er behauptete, Englisch allen anderen Sprachen vorzuziehen, und tatsächlich sprach er es tadellos, ohne jeden Akzent, mit tiefem aristokratischem Tonfall. Das stimmte aber nicht. Irgendwo hatte er einmal gelesen, jeder Mensch habe eine Sprache, in der er zähle, fluche, bete und liebe, und das sei seine Muttersprache. Die Sprache, in der Cameron, nur für sich und immer im stillen, rechnete, schimpfte, zu Jahwe betete und seine Frauen umarmte, war Deutsch, und er tat es nicht in dem Namen Cameron, der nur eine Formsache war, eine Bequemlichkeit, in deren Schatten er den größeren Teil seines Lebens geführt hatte, sondern in seinem eigenen. Er hieß Klaus Meyersdorf. Er war Jude. Er kam aus Berlin.

»Nun sieh dir diesen Jungen an! Von wem er das bloß hat?« Frau Meyersdorf schüttelte den Kopf, stolz zwar, aber verblüfft. Sie stand mit ihrer Freundin Else am Fenster und sah hinaus auf den Stadtpark, der sich gleich hinter dem Haus bis zum Kurfürstendamm erstreckte. Kurz zuvor waren die Olympischen Spiele zu Ende gegangen, und unten auf der Wiese trainierte ihr sechzehnjähriger Sohn Klaus zusammen mit einer Gruppe von Freunden; sie übten den Start zum Kurzstreckenlauf. Wie besessen waren sie alle, ja, unter nahezu sämtlichen Jugendlichen dieser Altersgruppe herrschte derzeit die alles beherrschende Leidenschaft: Aufnahme in das Team zu finden, das vier Jahre später nach Los Angeles reisen würde.
Else sah ihre Nachbarin an. Es war in der Tat recht merkwürdig. Frau Meyersdorf und ihr Mann, ein Buchhalter, waren beide klein und bläßlich, dunkeläugig und schwarzlockig. Klaus, ihr einziges Kind, sah ihnen nicht im geringsten ähnlich: er war ein großer, blonder und blauäugiger Junge, das Idealbild dessen, was der Reichskanzler als den rassischen Grundstock für die Zukunft des Landes forderte. Else dachte kurz an den Hausmeister von Nummer sechs, ein paar Blocks weiter, der genauso groß und genauso blond war, doch sie schob den Gedanken sofort wieder von sich. Berta Meyersdorf, eine dickliche, untersetzte Frau mittleren Alters, hätte gewiß niemals eine Affäre mit einem anderen Mann gehabt, zumal der damals ja noch kaum erwachsen gewesen sein konnte.
»Freu dich doch, Berta«, sagte Else. »Er ist ein netter Junge.«
Das fand auch Herr Meyersdorf. Klaus war der Mittelpunkt im Leben des kleinen Buchhalters – mehr noch: er war sein ein und alles. Ohne diesen Sohn hätte sein Dasein wenig Sinn und Zweck gehabt.
Abgesehen von den üblichen Unwägbarkeiten der Geburt und des ersten Lebensjahres, schien bis zu den frühen dreißiger Jahren nichts den Jungen gefährden zu können. Mit dem Emporkommen der Nazis und Hitlers Aufstieg zum Reichskanzler änderte sich alles. Zuerst verdeckt, dann mit offener Feindseligkeit, wurden die Juden zur Zielscheibe erklärt, an der sich die Wut und die Enttäuschung von Hitlers Machtbasis, der deutschen Arbeiter- und Mittelschicht, abreagieren konnte. Sie fühlten sich von Deutschland im Stich gelassen; es mußte aber einen Grund geben für den Niedergang der einst so stolzen, reichen, traditionsbewußten Gesellschaft und ihr Abgleiten ins wirtschaftliche und politische Chaos. Ein Grund ließ sich leicht finden: die Juden mußten herhalten. Diese schmierigen, fremdländischen Wucherer und Händler, die sich in das einstmals arische Land eingeschlichen hätten, wurde dem Volk eingeredet, das nur zu gern

daran glaubte, – diese Juden saugten den Staat aus bis zum letzten Blutstropfen.
Sogenannte »reinrassige Deutsche« bildeten eine Bürgerwehr, und ab 1936 überfielen Sturmtrupps jüdische Geschäfte, zertrümmerten die Einrichtungen und brannten die Gebäude nieder. Eine Zeitlang fühlte Meyersdorf sich noch sicher: er besaß keine Geschäftsräume; sein Kapital waren seine Fähigkeiten als Buchhalter, und die hatte er im Kopf, wenn er die verschiedenen Firmen und Familien besuchte, um deren Belange er sich kümmerte; die wenigen Akten, die er brauchte, verwahrte er im Arbeitszimmer in seiner eigenen Wohnung. Doch die Woge antisemitischer Propaganda stieg weiter und wurde zur Flutwelle, von der das Land sich mitreißen ließ, und Meyersdorf erkannte, daß er nicht gefeit war. Bald würden die braunen Schlägertrupps auch über die jüdischen Häuser und Wohnungen herfallen. Nicht um sein eigenes Leben machte er sich Sorgen, auch nicht um das seiner Frau. Aber er fürchtete um seinen Sohn.
Zu Meyersdorfs Kunden gehörte auch die Familie von Heiligenkreuz: von altem preußischem Adel, waren sie einst reiche Großgrundbesitzer gewesen; jetzt lebten sie auf einem kleinen Landgut im Norden von Berlin. Im Lauf der Jahrhunderte war ihr Vermögen weitgehend dahingeschmolzen, doch sie waren immer noch durchaus wohlhabend – nicht zuletzt, wie Meyersdorf mit einem gewissen Stolz vermerkte, dank seiner umsichtigen und klugen Verwaltung des verbliebenen Besitzes.
Die Grafen von Heiligenkreuz hatten zu seinen ersten Kunden gehört. Mit den Jahren war aus der anfangs rein geschäftlichen Beziehung zu dem alten Ehepaar und der verwitweten Tochter ein freundschaftliches Verhältnis geworden, wenngleich stets die Form gewahrt wurde und Meyersdorf sie nie anders als mit ihren Titeln ansprach. Zu Allerheiligen des Jahres 1938 stattete Meyersdorf der Familie einen Besuch ab.
»Graf und Gräfin Heiligenkreuz«, sagte er. »Ich erlaube mir heute, mit einer Bitte an Sie heranzutreten, die Ihnen sonderbar erscheinen mag. Aber wir leben in sonderbaren Zeiten, und Sie werden mich sicherlich verstehen. Ich möchte über meinen Sohn Klaus sprechen.« Er hielt einen Moment inne, bevor er fortfuhr.
In diesem Frühjahr war das einzige Enkelkind der Grafen von Heiligenkreuz, der Sohn ihrer verwitweten Tochter, in Berlin bei einem Unfall ums Leben gekommen: der Wagen dreier betrunkener HJ-Führer war auf dem Rückweg von einer Kundgebung im Hindenburg-Stadion von der Straße abgekommen und hatte den jungen Mann auf

dem Bürgersteig erfaßt und überfahren. Danach hatte Meyersdorf einige Änderungen am Testament der Großeltern vorgenommen. Mit Mitgefühl und großer Sorge nahm er den Kummer des weißhaarigen preußischen Paares und der Mutter des Jungen wahr.

Dieser Junge war im selben Alter wie Klaus gewesen und hatte ihm erstaunlich ähnlich gesehen: groß, blond, blauäugig, ein sportlicher junger Mann. Die beiden Jungen hatten einander gekannt und hatten sich bei einem gemeinsamen Ferienlager im Schwarzwald miteinander angefreundet.

»Ich möchte Sie fragen, ob Sie bereit wären, Klaus in Ihr Haus aufzunehmen und ihn bei sich wohnen zu lassen«, sagte Meyersdorf. »Selbstverständlich werde ich für seinen Unterhalt voll und ganz aufkommen. Das ist freilich das geringste Problem; für mich zählt allein seine Sicherheit, und ich fürchte, in den Zeiten, in denen wir zu leben gezwungen sind, ist er bei mir und meiner Frau nicht mehr sicher. Bei Ihnen wäre das anders.«

Weitere Gründe brauchte er nicht zu nennen. Die Familie von Heiligenkreuz war nach den Gesetzen in Hitlers neuem Deutschland rein arischer Abstammung, die Meyersdorfs hingegen, die Sündenböcke, die nicht einmal einen einzigen nichtjüdischen Vorfahren aufzuweisen hatten, standen als erste auf der Abschußliste; das wußten die Grafen so gut wie er selbst. Er konnte nur auf das freundschaftliche Verhältnis bauen, das sie seit vielen Jahren verband.

»Ich habe lange und eingehend darüber nachgedacht«, schloß er. »Klaus kann Ihnen niemals Ihren Enkel ersetzen, aber er ist ein mutiger und intelligenter Junge. Vielleicht kann er einen kleinen Teil der großen Leere füllen, die der Tod Ihres Enkels hinterlassen hat.«

Graf Heiligenkreuz schwieg. Dann sah er seine Frau an. Sie nickte.

»Schicken Sie Klaus zu uns«, sagte der Graf.

Am nächsten Tag, dem 2. November 1938, zog Klaus Meyersdorf zu den Grafen von Heiligenkreuz. Auf den Tag genau eine Woche später stürmten nationalsozialistische Trupps durch Berlin und zerstörten jüdische Friedhöfe, Synagogen, Wohn- und Geschäftshäuser. Schon vor langem waren die Meyersdorfs von Nazieiferern aus ihrer Nachbarschaft als »Angehörige der degenerierten Rasse« denunziert worden: ihr Haus war eines der ersten, das in dieser Nacht brannte. Das Ehepaar kam in den Flammen um. In dem wahnsinnigen Blutrausch der sogenannten Kristallnacht fanden weitere einundneunzig Menschen den Tod, mehr als dreißigtausend Juden wurden festgenommen und in Konzentrationslagern inhaftiert.

Klaus Meyersdorf überlebte.

34

Im Paßamt in Johannesburg stand Klaus Meyersdorf vor einem jungen südafrikanischen Beamten, der das Antragsformular für ihn ausfüllte. »Okay, Mann, was soll's also sein?« fragte der Schreiber und sah von seinem Formular auf. »Mir ist das übrigens schnurzegal, wohlgemerkt. Sie haben Referenzen, eine Unbedenklichkeitsbescheinigung, das ist alles, worauf's ankommt. Sagen Sie mir einfach irgendeinen Namen – was hätten Sie denn gern: Napoleon, Frankenstein, Caligula...?«

Klaus überlegte nicht lang. »Cameron«, sagte er.

»Gut, Cameron.« Der Beamte schrieb. »Wir brauchen auch einen Vornamen. Irgendwelche Angebote?«

»Wie wär's mit ›Boy‹ – oder muß es Christian sein?« fragte Klaus.

»Gott bewahre!« Der Beamte lachte schallend. »Das ist ein Kaffernland hier, Mann. Hier geht alles – oder wird jedenfalls, wenn die Affen das alles übernehmen. Mister Boy Cameron, das schreib' ich hin: Hier.« Er reichte Klaus das Formular. Der unterschrieb und gab es zurück. Zwanzig Minuten später hatte er seinen neuen Paß und trat hinaus in die Straßen von Johannesburg.

Nun hieß er also Boy Cameron.

Zu den Vorteilen, die der Graf von Heiligenkreuz seiner Tochter noch hatte verschaffen können, gehörte ein Kindermädchen für deren Sohn. Wie viele andere wohlhabende europäische Familien stellte er eine Schottin ein. Das Englische zu beherrschen war ein wichtiges gesellschaftliches Erfordernis, und bekanntlich spricht niemand besser Englisch als die Schotten. Die Frau, die sie aufnahmen, nannte sich Miss Cameron. Sie blieb bei der Familie, auch nachdem der Enkel längst keine Kinderfrau mehr brauchte, und war immer noch da, als Klaus zu ihnen kam.

Mittlerweile war Miss Cameron alt und reizbar geworden. Auf deutsch konnte sie lediglich radebrechen, Unterhaltungen führte sie lieber in ihrer eigenen Sprache. Mit Klaus sprach sie also Englisch. Wenn sie wütend oder auch mütterlich gestimmt war, nannte sie ihn stets »Boy«: »Boy, bist du von allen guten Geistern verlassen! Putz dir gefälligst die Stiefel ab, bevor du hier reinkommst«, pflegte sie zu sagen, oder: »Iß nur, Boy, wer weiß, wann du das nächste Mal was zu futtern kriegst, mein Junge.«

Vier Jahre lang lebte Klaus bei der Familie. Einen großen Teil dieser Zeit verbrachte er bei Miss Cameron in der Küche, und die Anrede »Boy« wurde ihm allmählich zum zweiten Vornamen. Deshalb war »Boy Cameron« die nächstliegende Antwort auf die Frage des Paßbeamten nach einem Namen.

Jetzt war das Jahr 1945. Beim Ausbruch des Zweiten Weltkriegs sechs Jahre zuvor hatte er sich zur Luftwaffe gemeldet – natürlich nicht als Klaus Meyersdorf: das war eine der Identitäten, die er hatte abstreifen müssen –, sondern als Gunther von Heiligenkreuz, der »Neffe« und Adoptivsohn der preußischen Familie, bei der er lebte. Es erwies sich, daß er als Pilot außerordentlich begabt war. Seine Ausbildung schloß er mit Auszeichnung ab und wurde zur Luftunterstützung für Rommels Armee mit einem Jagdgeschwader nach Nordafrika geschickt. Drei Jahre lang kämpfte er in der afrikanischen Wüste, wurde befördert und stieg zu einem der jüngsten Geschwaderkommandanten der Luftwaffe auf. Nach der Niederlage bei El Alamein, als der Rückzug der Deutschen vor den Alliierten begann, erhielt er eine neue Aufgabe zugewiesen, diesmal im militärischen Geheimdienst.

Am anderen Ende des afrikanischen Kontinents hielt Deutschland noch immer Kontakte zu Namibia. Zudem bestanden zahlreiche Verbindungen zu kleinen Gruppen Unzufriedener im benachbarten Südafrika, Buren, aber auch Deutschstämmige, die sich immer dagegen gewehrt hatten, daß ihr Land sich auf die Seite Großbritanniens stellte, und die Briten als personifizierte Teufel verwünschten. Nordafrika war zwar verloren, doch klammerte Hitler sich immer noch an den Glauben, daß Deutschland den einzigen Sieg, der wirklich zähle, erringen und die Schlacht um Europa gewinnen könne. Dann werde in den Nachkriegsjahren eine beispiellose industrielle Revolution stattfinden; dafür brauche Deutschland Mineralien – und die größten Mineralvorkommen der Welt befinden sich in Afrika.

Hitler schickte einen seiner engsten Vertrauten, Wilhelm Meister, einen Geologen, fanatischen Nazi und Schwager von Ribbentrops, nach Südafrika, um die dortigen Lagerstätten zu analysieren und sich darüber berichten zu lassen. Meister reiste mit einem Schweizer Paß, genauso wie der Pilot, der ihn auf seiner Mission flog. – Klaus Meyersdorf erhielt zum dritten Mal in seinem Leben eine neue Identität.

Sie begannen in Namibia. Von dort aus flogen sie nach Kapstadt und anschließend in nördlicher Richtung nach Johannesburg. Es ging weiter nach Norden, nach Betschuanaland, dann nach Osten, Rhodesien, und wieder nach Norden, nach Kenia; daraufhin machten sie kehrt und flogen in südwestlicher Richtung nach Uganda. Bei jedem Halt fanden geheime Treffen mit Anhängern Deutschlands statt. In Nairobi besuchten sie die berühmte Bastion des britischen Afrikaimperiums, den *Muthaiga Club*. Jeder weiße Siedler, der mit ihnen dort speiste, schwor unsterblichen Haß auf Churchill und trank auf das Wohl Hitlers: Der deutsche Reichskanzler wisse schon, was mit den Schwarzen zu tun sei. Churchill galt ihnen bestenfalls als verrückt und schlimmstenfalls als Kommunist.

»Ich denke, wir sind mit allem durch«, sagte Meister zu seinem Piloten, als die Maschine auf der Landebahn in Johannesburg ausrollte und sie auf die Platzzuweisung vom Kontrollturm warteten. »Damit ist der Führer umfassend informiert.« Er klopfte auf die prall gefüllte lederne Aktentasche auf seinen Knien.

Meister war ein Systematiker mit Hang zur Pedanterie. Mit den Landkarten und geheimen Daten war das Dossier, das er zusammengetragen hatte, das vermutlich ausführlichste und umfassendste Informationspaket über die südafrikanischen Mineralvorkommen, das je erstellt worden war, und würde für den Gewinner der militärischen Auseinandersetzungen in dem zukünftigen Wirtschaftskrieg eine Waffe von wahrlich unschätzbarem Wert sein.

Über Kopfhörer empfing Klaus die Anweisungen des Kontrollturms. Er rollte auf den ihm zugeteilten Platz zu und hielt die Maschine an. Die beiden Männer stiegen aus, gingen durch den Zoll, nahmen ein Taxi in die Innenstadt und bezogen zwei Zimmer in einem Hotel nahe der Schweizer Botschaft – bis zum Kriegsende fungierten die Schweizer für Deutschland als »Briefkasten«, wie der Jargon in Diplomatenkreisen lautete.

Klaus kam gerade aus der Dusche, als es an seiner Tür klopfte. Er wickelte sich ein Handtuch um die Taille und öffnete. Vor ihm stand Meister.

»Ich habe ein Treffen mit unserem Chargé d'affaires für morgen früh, neun Uhr, arrangiert«, sagte Meister. »Die Schweizer bringen ihn in der Botschaft unter. Er wird sich darum kümmern, daß mein Bericht sicher nach Berlin gelangt. Für heute nacht vertraue ich Ihnen das Dossier an. Sie bleiben hier und passen auf.« Meister reichte ihm den Aktenkoffer. »Sie haben gute Arbeit geleistet. Ich werde persönlich dafür sorgen, daß der Führer davon erfährt.« Er lächelte und setzte hinzu: »Wir haben uns zwar beide eine Erholungspause verdient, aber ich denke, meine weißen Haare geben mir den Vortritt.«

Klaus starrte ihn entgeistert an. Meister war geschminkt: Lidschatten, Wangenrouge, korallenroter Lippenstift... Dieser fanatische Nazi war gerüstet für das Johannesburger Nachtleben und fest entschlossen, sich zur Feier des Tages einen Partner aufzugabeln. Fünf Monate hatte Klaus mit dem Mann auf engstem Raum zusammengelebt und von den Vorlieben seines Reisegefährten nie das geringste geahnt. Sprachlos nahm er den Aktenkoffer entgegen. Er wollte Meister noch warnen – Johannesburg war kein ungefährliches Pflaster –, aber er kam nicht mehr dazu: Meister hatte sich bereits abgewandt und ging.
Klaus verstaute den Koffer unter seinem Bett. Dann trat er ans Fenster, noch immer mit nichts als einem Handtuch bekleidet, und starrte verblüfft hinaus.
Um vier Uhr morgens stand die Polizei vor seiner Tür. In einem Vorort von Johannesburg, bekannt als Schwulenstrich, war die Leiche eines Weißen gefunden worden; erstochen. Seine Brieftasche war gestohlen, doch die Polizei hatte die Karte des Hotels bei ihm gefunden und an der Rezeption den Namen seines Begleiters erfahren.
Klaus zog sich an und kam mit ins Polizeipräsidium. In der Leichenhalle identifizierte er Meister und gab einen Kurzbericht über den Grund ihres Aufenthaltes in Südafrika. Dann durfte er gehen. Zurück im Hotelzimmer, zog er den Koffer unter dem Bett hervor und begann die Unterlagen zu studieren.
Er war noch immer in das Material vertieft, als das Telefon läutete. Es war der deutsche Geschäftsträger, der von der Schweizer Botschaft aus anrief. »Ich suche Herrn Meister«, sagte er. »Vor einer Stunde hätte er hier sein sollen. Am Empfang hat man mich an Sie verwiesen. Können Sie mir sagen, was los ist?«
Klaus sah auf die Uhr: es war beinahe zehn. Die halbe Nacht war er auf gewesen und hatte über seiner hochinteressanten Lektüre die Verabredung vollkommen vergessen.
»Ja«, antwortete er. »Es ist eine Tragödie passiert. Herr Meister ist letzte Nacht umgekommen. Brutal und sinnlos ermordet.« Er warf einen Blick auf die Papiere, die über sein Bett verstreut lagen, und fügte hinzu: »Alles, was er bei sich hatte, wurde gestohlen. Ich sollte wohl herunterkommen und Ihnen das Wenige, das ich weiß, berichten.«
Klaus ging hinüber zur Schweizer Botschaft, nur ein paar Häuser weiter. Der deutsche Chargé d'affaires, ein wachsamer junger Mann mit schütterem Haar, schroffem Gehabe und kalten, durchdringenden Augen, hatte bereits mit der Johannesburger Polizei gesprochen, die ihm bestätigte, was Klaus ihm berichtet hatte. Er gab sich indes noch nicht zufrieden.

»Herr Meister brachte gewisse Unterlagen mit, sehr wichtige Unterlagen«, sagte er. »Wo sind sie?«

Klaus hob bedauernd die Hände. »Ich weiß es nicht, ich war nur sein Pilot. Vielleicht hat er sie in seinem Zimmer gelassen?«

»Die Polizei hat sein Zimmer durchsucht. Dort ist nichts.«

»Dann muß er sie dabei gehabt haben, als er umgebracht wurde. Dann haben die Mörder sie mitgenommen, zusammen mit allem anderen.«

»Ja.« Der deutsche Diplomat rieb sich zweifelnd das Kinn. Er war mit dieser Erklärung sichtlich nicht einverstanden, aber einstweilen war er machtlos. »Danke«, sagte er. »Ich setze mich mit Ihnen in Verbindung, wenn sich irgend etwas ergeben sollte.«

Er stand auf und streckte ihm die Hand hin.

Klaus war sich klar, daß der Deutsche ihn aus seiner weiteren Fahndung nach dem Verbleib von Meisters Unterlagen hiermit entließ. Klaus hingegen war mit ihm noch nicht fertig. »Ich bin mit einem Schweizer Paß mit Herrn Meister gereist«, sagte er, »einem Provisorium mit beschränkter Geltungsdauer.«

»So?«

»Der Paß läuft nächste Woche ab. Ich muß noch mindestens zehn Tage hierbleiben, bis die Polizei ihre Untersuchungen beendet hat. Dann werde ich einen anderen Ausweis brauchen, um weiterreisen zu können. Ich diene dem Reich. Ich habe das Recht, darum zu bitten.«

»Ach so. Selbstverständlich.« Der Diplomat nahm ein Blatt Papier mit Briefkopf, schrieb einige Zeilen und setzte eine schwungvolle Unterschrift darunter. Dann steckte er den Brief in einen Umschlag und reichte ihn Klaus. »Der Leiter der Paßabteilung im Ministerium für Auswärtige Angelegenheiten ist ein gewisser Meneer Blaukampf. Ein guter Freund von uns. Geben Sie ihm das. Er ist befugt, nach seinem Ermessen Pässe auszustellen, britische Pässe natürlich. Ich bin sicher, er wird Ihnen einen geben.«

»Vielen Dank.« Klaus schlug die Hacken zusammen, wie er es bei der Ausbildung zum Piloten gelernt hatte.

Drei Tage später verließ er mit einem neuen Paß in der Tasche das Ministerium für Auswärtige Angelegenheiten. Klaus Meyersdorf war er schon lange nicht mehr. Er war auch nicht mehr Gunther von Heiligenkreuz und nicht mehr Otto Schwarz, der Schweizer Pilot, der Wilhelm Meister geflogen hatte: von nun an hieß er Boy Cameron und war ein britisch-südafrikanischer Fliegermajor. Er kehrte ins Hotel zurück, setzte sich an den Toilettentisch und übte seinen neuen Namen, auf dem Briefpapier des Hotels, bis ihm das Handgelenk weh tat, aber die Unterschrift die routinierte Form jahrelangen

Gebrauchs angenommen hatte. Damit waren auch die Spuren früherer Identitäten aus seinem Gedächtnis getilgt.
Müde stand er auf und ging hinunter ins Restaurant, um zu essen. Der Kellner nahm seine Bestellung entgegen und fragte ihn nach seiner Zimmernummer; danach reichte er ihm die Quittung zur Unterschrift. Ohne zu zögern, unterschrieb er »Boy Cameron«.

Die polizeilichen Ermittlungen über Meisters Tod ergaben nichts. Es war klar, daß Cameron nichts mit dem Verbrechen zu tun hatte, und ebenso klar war, daß es sich um einen Raubmord handelte: der Deutsche war offensichtlich einer der Gangsterbanden zum Opfer gefallen, die das Viertel als ihr Revier beanspruchten und reichen Homosexuellen auflauerten, wenn sie hierherkamen, um sich einen schwarzen Strichjungen aufzugabeln. Aber ein Täter wurde nicht gefunden. Man gab sich auch keine besondere Mühe, den Tod eines ausländischen Schwulen aufzuklären, der in seiner Heimat anscheinend nicht vermißt wurde, denn die südafrikanische Polizei erhielt keinerlei Anfragen von Schweizer Kollegen.
Zwei Wochen später machte sich Cameron also auf den Weg. Er ging durch den Zoll am Flughafen, ließ sich den Ausreisestempel in seinen neuen Paß drücken und ging hinaus auf das Flugfeld. Er stieg in seine Maschine und startete.
Er flog einen Strahljäger, eine Messerschmitt 262 mit zwei Triebwerken, gechartert von Namib-Luft. Die monatlichen Rechnungen für Chartergebühren und Treibstoff wurden an die deutsche Hochkommission in Windhoek geschickt. Soweit Cameron wußte, würden sie weiterhin auf unbegrenzte Zeit bezahlt werden – zumindest so lange, bis das Ministerium in Berlin, das die Chartermaschine angefordert hatte, seine Anweisungen widerrief. Cameron war es gleichgültig, was langfristig geschehen würde, ihm ging es nur um die nächsten vierundzwanzig Stunden: danach brauchte er das Flugzeug nicht mehr.
Er flog nach Norden. Auf dem Sitz neben ihm lag der lederne Aktenkoffer mit Meisters Dossier.

35

Von seinen Flügen mit Meister wußte Cameron, daß im Süden und Osten von Afrika, oft in tiefster Wildnis, mehrere behelfsmäßige Rollbahnen existierten, angelegt von Unternehmen, die auf der Suche nach Rohstoffen waren; er selbst hatte während seiner Reise kreuz und quer durch den Kontinent die eine oder andere als Start- und Landebahn benutzt. Viele waren, obwohl aufgegeben und weit abgelegen von jeder menschlichen Siedlung, immer noch brauchbar, und Meister hatte sie alle in seine Landkarten eingetragen.

Cameron beabsichtigte, irgendwo in vernünftiger Entfernung von der kenianischen Hauptstadt zu landen, die Maschine in Brand zu stekken und zu Fuß nach Nairobi zu gehen.

Im Unterschied zu dem jungen Diplomaten in Johannesburg glaubte Cameron längst nicht mehr an den Sieg der Deutschen: mit jedem Bericht von einer weiteren Niederlage der Achsenmächte, der ihn und Meister unterwegs erreichte, war ihm klarer geworden, daß der Untergang unausweichlich war. Die Landung in der Normandie war der letzte Nagel in dem Sarg, den die Alliierten gezimmert hatten, um Hitlers Reich darin zu begraben. Bis zur endgültigen Kapitulation mochte es noch ein paar Monate dauern, doch der Krieg war faktisch vorbei, und Deutschland hatte ihn verloren.

Der Zusammenbruch des Dritten Reichs war Cameron gleichgültig; dieses »Reich« war für ihn ein System wie jedes andere, und er war in jedem System stets ein Außenseiter, nicht nur sozial und politisch, sondern auch aufgrund seiner Herkunft. Die Nazis hatten seine Eltern umgebracht, aber ihm selbst eine Karriere ermöglicht, die ihm nie offengestanden hätte, wenn er einfach als der Sohn eines kleinen Buchhalters aufgewachsen wäre.

Cameron war Jude und ein Kaufmann nach seiner Veranlagung und seiner Erziehung. Sein Vater hatte das Einkommen der Familie durch Handel mit Obligationen und Eigenwechseln aufgebessert und seinem Sohn einiges beigebracht. Cameron war grimmig entschlossen, reich zu werden. Er war einer, der überlebte; ein Gewinner.

Alles andere interessierte ihn kaum: seine Heimat, seine Familie, seine Herkunft und Zugehörigkeit zu seinem Volk, der Krieg. Selbst die furchtbare Nachricht über den Holocaust, die allmählich bekannt wurde, entlockte ihm kaum eine Regung. Kalt und leidenschaftslos war er gewillt, aus den Ruinen dieses Reichs aufzusteigen und sein Glück zu machen. Alle Mittel sollten ihm recht sein; in einer Welt, die sich seit seiner Kindheit immerfort verändert hatte und sich jetzt, als der Krieg zu Ende ging, nahezu täglich verwandelte, war er bereit zu handeln und zu manipulieren, zu schmeicheln, zu zwingen, zu intrigieren und zu bestechen, zu lügen, zu schikanieren und zu betrügen. Sein Vater war ein Verlierer gewesen. Aber er, Boy Cameron, würde siegen. Und er wußte sehr genau, wie.

Was auch angesichts der gegenwärtigen Situation unverändert galt, war die Notwendigkeit eines umfassenden wirtschaftlichen Wiederaufbaus nach Kriegsende. Freilich nicht unter Leitung der Deutschen – das war jetzt Sache der Siegermächte, der Vereinigten Staaten, Großbritanniens, Frankreichs. Sie würden Meisters Erkenntnisse brauchen: den Bericht über die Mineralvorkommen in Afrika. Cameron hatte sie bei sich auf seinem Flug nach Norden.

Er hatte die Absicht, sich in Nairobi als Pilot der südafrikanischen Luftwaffe zu präsentieren, dessen Maschine bei einer Mission im Auftrag des Geheimdienstes mitten in der Wildnis zu Bruch gegangen war. Er besaß die nötigen Unterlagen zum Beweis und sprach Englisch mit dem leichten schottischen Akzent, den sein Name vermuten ließ. Falls irgend jemand auf die Idee käme, seine Geschichte nachzuprüfen – was in den Wirren unmittelbar vor Kriegsende nicht wahrscheinlich war –, sprachen die Aktenprotokolle in Johannesburg zu seinen Gunsten. Cameron wollte so lange in Nairobi bleiben, bis der Krieg offiziell beendet war, und sich dann, bewaffnet mit Meisters Dossier, an die Arbeit machen. Vielleicht würde es zehn, zwanzig oder sogar dreißig Jahre dauern, aber am Ende würde er ohne Zweifel zu den reichsten Männern in Afrika gehören.

Cameron behielt recht. Allerdings verlief der Weg, der ihn an sein Ziel brachte, anders als geplant.

Die ersten Anzeichen des Gewitters sah er, als er die Grenze zwischen den britischen Kolonien Betschuanaland und Njassaland überflog. Vor ihm türmten sich die Wolken zu gewaltigen schwarzen Kegeln, bald zuckten weiße und violette Blitze wie gleißende Speere durch die Finsternis, binnen Minuten peitschte der Regen heran und prasselte gegen die Kabinenhaube der Messerschmitt. Cameron hatte von der Gewalt der jähen, verheerenden Gewitterstürme gehört, die im Süden Afrikas mitunter wüteten, aber er hatte nie dergleichen erlebt. Erfah-

rene afrikanische Piloten empfahlen in solchen Fällen, sofort Höhe zu gewinnen und das Zentrum des Gewitters zu überfliegen. Cameron riß den Steuerknüppel zu sich und versuchte die Maschine hochzubringen – aber sie reagierte nicht, im Gegenteil: die Nase des Flugzeugs senkte sich, und er verlor deutlich an Höhe. Er warf einen Blick nach links, nach rechts. Das linke Triebwerk schien in Ordnung zu sein, doch aus dem rechten Triebwerk sah er einen Schwall scharlachroter Funken sprühen, und kurz darauf fiel es aus. Er prüfte seine Instrumente, die ihm mitteilten, was er bereits wußte: daß das rechte Triebwerk ausgefallen war. Doch leider erfuhr er auch, was er noch nicht wußte: das linke Triebwerk versagte ebenfalls.
Er versuchte, die Maschine unter Kontrolle zu bringen, die noch immer mit beängstigender Geschwindigkeit auf den Boden zuraste; dann gelang es ihm, den Fallwinkel zumindest so weit zu verringern, daß die Maschine, torkelnd zwar, aber in halbwegs horizontaler Lage weiterflog.
Die nächsten zwei Stunden waren die schlimmsten seines Lebens. Er flog mitten hinein in den Gewittersturm, der sein kleines Flugzeug peitschte und beutelte wie ein rasend gewordenes wildes Tier. Das linke Triebwerk begann zu stottern und verstummte, aber jedesmal, wenn Cameron dachte, es sei endgültig ausgefallen, sprang es mit einer kleinen Explosion wieder an; mehrmals. Und die ganze Zeit über verlor er an Höhe. In den wenigen Augenblicken, in denen er zum Denken kam, erriet er den Grund des Triebwerkschadens: gepanschter Treibstoff, den man ihm beim letzten Auftanken angedreht haben mußte. Er wußte, daß auf den abgelegenen Flugplätzen in Afrika derlei mitunter geschah, man hatte ihn des öfteren davor gewarnt, aber in seiner Eile, Meisters Dossier unbemerkt nach Nairobi zu schaffen, hatte er auf die gewohnte sorgfältige Überprüfung verzichtet. Jetzt zahlte er den Preis dafür.
Merkwürdigerweise hielt sich die Maschine noch immer in der Luft, und er flog weiter. So plötzlich, wie das Gewitter ihn überfallen hatte, ließ er es hinter sich und flog hinaus in das klare goldene Licht des afrikanischen Spätnachmittags. Cameron hatte keine Ahnung mehr, wo er sich befand; lediglich aus dem Stand der Sonne schloß er, daß der Sturm ihn von seinem eigentlichen Ziel weit nach Westen abgetrieben hatte. Die Maschine streifte bereits die Baumwipfel. Cameron hielt Ausschau nach einem Ort für eine Notlandung. Er sah ein gewundenes Flußbett unter sich, dahinter erhoben sich Felsen, in der Ferne eine Gebirgskette. Ein breites Ufer, die rote Erde von großen runden Füßen flachgetreten.

Er hielt auf das linke Flußufer zu. Ohnehin hatte er keine andere Wahl: das linke Triebwerk röhrte zum letzten Mal auf, stotterte und verstummte für immer. Er fuhr die Bremsklappen aus, das Fahrwerk, ging zu Boden. Es war der letzte Vorgang, den seine Instrumente registrierten: der Wechselstromgenerator war ebenfalls ausgefallen, es gab keine Stromversorgung mehr. Die Räder berührten den Boden und gruben sich in den verkrusteten Sand.
Vergeblich betätigte Cameron die Bremsen. Nichts geschah. Die Maschine raste vorwärts. Die rechte Tragfläche prallte gegen eine große Akazie und brach ab, die Maschine überschlug sich. Einen Augenblick später explodierten die noch halbvollen Tanks.
Noch während des Aufpralls war es Cameron gelungen, den Sicherheitsgurt zu lösen. Dann packte er Meisters Aktenkoffer und sprang im letzten Moment ins Freie, bevor der Rumpf auf den Boden aufschlug.
Die Explosion schleuderte ihn in den Fluß. Halb betäubt, keuchend, die Lungen voller Wasser tauchte er wieder auf. Die brennende Maschine sandte eine Hitzewelle aus, die ihn mitten ins Gesicht traf und seine Haut versengte. Taumelnd watete er aus dem Fluß, beinahe ohnmächtig; Blut rann ihm übers Gesicht, und er spürte, daß sein Bein gebrochen war. Aber den Aktenkoffer hatte er noch in der Hand. Am Ufer brach er zusammen.
Es herrschte tiefe Dunkelheit, bis er sich soweit erholt hatte, daß er aufstehen konnte. Ein schneidender Schmerz durchzuckte sein Bein, und er brach in die Knie. Er klammerte sich an einen Baum und spähte in die Dunkelheit. Weit in der Ferne, in der Richtung, in der er, wie er sich erinnerte, kurz vor der Bruchlandung die Berge erblickt hatte, sah er ein Schimmern, das ein Licht sein konnte. Kriechend suchte er sich am Ufer zwei trockene Äste, die er als Krücken benutzte. Dann machte er sich auf den Weg, dem Licht entgegen.

»Doktor Robbins«, sagte Finlay Hampton, »ist überzeugt, daß Sie's überleben werden. Falls Sie das irgendwie tröstet. Manche halten das ja nicht für einen Trost, aber Sie scheinen mir eher zu den Leuten zu gehören, die nicht dieser Meinung sind.« Er lachte in sich hinein.
Cameron sah sich um. Er lag auf einem aus Weiden geflochtenen Bett in einem weißgestrichenen runden Pavillon, der europäischen Version einer afrikanischen Hütte, vor sich ausgestreckt und erhöht das eingegipste Bein. Ein großer, stämmiger grauhaariger Europäer, der Mann, der mit ihm gesprochen hatte, stand am Fuß des Bettes, und ein afrikanischer Diener im weißen Gewand wartete an der Tür.

»Wo bin ich?« fragt er verwirrt.
Hampton lachte. »Im Laager, der Lodge im Aberdare Range nördlich von Nyeri«, sagte er. »Vor ein paar Tagen sind Sie hierher gehumpelt mit Ihrem gebrochenen Bein, erinneren Sie sich? Ein scheußlicher Doppelbruch, sagt Doktor Robbins. Jedenfalls hat er Ihnen die Knochen wieder eingerenkt und Sie mit ein paar von seinen Wunderpillen außer Gefecht gesetzt, damit Sie eine Zeitlang Ruhe geben.«
Langsam kehrte Camerons Erinnerung zurück. Der Flug von Johannesburg, das Gewitter, die Bruchlandung, die vier Tage und Nächte, die er einbeinig und auf Krücken unterwegs gewesen war. Es war eine schmerzhafte und quälend langsame Wanderung gewesen. Tagsüber hatten ihm die Hitze und die Fliegen zugesetzt und nachts die eisige Kälte; mehrmals hatte er das Bewußtsein verloren. Wie er hierhergekommen war, wußte er nicht mehr; er spürte nur noch einen rasenden Hunger. Er bat um etwas zu essen.
Hampton wandte sich an den Diener und gab ihm Anweisungen. »Joshua bringt Ihnen etwas. In zwei Tagen werden Sie wohl soweit sein, daß Sie zusammen mit mir unten essen können.«
Er ging aus dem Zimmer. Kurz darauf kehrte der Diener mit einem Tablett voller Essen zurück, das Cameron gierig verschlang. Dann ließ er sich ins Kissen zurückfallen. Kurz bevor er wieder in Schlaf sank, richtete er sich noch einmal auf und blickte sich suchend um: der Aktenkoffer lag auf dem Stuhl neben seinem Bett. Erleichtert schloß er die Augen.

»Ich kann Sie nach Nairobi runterbringen«, sagte Hampton fünf Tage später. »Oder Sie bleiben hier, bis Doktor Robbins bereit ist, Ihnen den Gips abzunehmen. Sie haben die Wahl. Aber wenn Sie meinen Rat hören wollen: Bleiben Sie hier. Nairobi ist zu der Jahreszeit die reinste Hölle und Robbins der beste Arzt in ganz Kenia – in Nairobi kann ihm keiner das Wasser reichen.«
Es war Abend, und Cameron saß mit Hampton auf der Veranda, die auf den Wald hinausging. Sie hatten soeben ihr Abendessen beendet, und der barfüßige Joshua tappte rund um den Tisch und räumte das Geschirr ab. Hampton lehnte sich in seinem Sessel zurück, die Zigarre im Mund und das Whiskyglas vor sich.
Cameron sah zu den Sternen hinauf, die zwischen den Balken des Verandadachs funkelten. Die Nacht war kühl, ruhig, von betörenden Düften erfüllt. Sein Bein verheilte gut, obwohl er noch immer bei jedem Schritt einen scharfen Schmerz spürte. Er wußte sehr gut, daß Nairobi in der Hitze des afrikanischen Sommers ein lärmender Glut-

ofen war. Solange der Krieg nicht endgültig vorbei war, hatte er keinen Grund, in die Stadt zu fahren. Den jüngsten Berichten zufolge, die er über Hamptons Radio gehört hatte, würde es noch etliche Monate dauern: bis dahin war es besser, zu bleiben, wo er war.

»Wenn ich Sie nicht störe«, sagte Cameron zögernd, denn er wußte, daß das Gästehaus wegen des Krieges offiziell geschlossen war, »würde ich sehr gern bleiben.«

»Quatsch, Sie stören doch nicht! Sehen Sie sich die Müßiggänger an, die hier rumhängen, diesen Joshua zum Beispiel. Haben doch alle nichts zu tun! Was wird denn, wenn die Besucher wiederkommen? Ihr kommt völlig aus der Übung, ihr Faulpelze, stimmt's nicht?« Hampton wedelte mit seiner Zigarre in die Richtung des Kikuyu.

Joshua grinste. »Doch, Bwana.«

»Eben!« Hampton wandte sich wieder an Cameron. »Ich würde mich über Ihre Gesellschaft freuen. Tatsächlich bin ich nach vier Jahren Pause wieder halbwegs auf den Geschmack gekommen; kurz bevor Sie aufgekreuzt sind, hatte ich eine Gesellschaft von Kriegsflüchtlingen hier, eine reizende junge Dame mit ihrer Dienerschaft und zwei Kindern. Rechte Wildfänge waren das, sie hingegen war eine, die nichts anbrennen läßt. Wenn die Katze aus dem Haus ist, tanzen die Mäuse.« Er seufzte. »Zumindest ist es das, was geile alte Männer wie ich gern glauben. Es funktioniert natürlich nie, aber wir können wenigstens davon träumen. Und wenn wir schon nicht davon träumen, gibt's uns wenigstens neuen Schwung, um uns wieder unseren eigenen Lieblingsbeschäftigungen zu widmen.« Hampton verstummte. Dann fragte er, recht unvermittelt: »Haben Sie je darüber nachgedacht, woher der Mensch stammt, Cameron?«

Überrascht schüttelte Cameron den Kopf. Hatte die Frage ihn je beschäftigt, so höchstens im Zusammenhang mit seinem Studium der jüdischen Schriften in seiner Kindheit und später durch Hitlers Verkündungen über den Ursprung der sogenannten arischen Rasse. In einer Hinsicht paßten die beiden Sichtweisen zusammen: Der Mensch sei von Natur aus weiß, seit Anbeginn der Zeit. Selbst wenn nach der Ideologie der Nazis die Juden degeneriert, korrupt, hassenswert wären und die Deutschen die edle Herrenrasse, dazu ausersehen, die Welt zu beherrschen, stammten sie doch beide von denselben Wurzeln, und diese Wurzeln waren weiß. Dachte Cameron. In seine unklaren Gedanken hinein hörte er Hampton sagen: »Kommen Sie mit.«

Er führte Cameron, der sich jetzt auf richtigen Krücken fortbewegte, durch das Hotel bis in sein Büro. Dort stand eine große Glasvitrine, die eine ganze Wand einnahm, ein Schaukasten mit verschiedenen fremdartigen Gegenständen, die Cameron bei dem spärlichen Licht im Raum so rasch nicht erkennen konnte. Hampton öffnete eine Tür, nahm etwas heraus, drückte es Cameron in die Hand. »Ich wette, Sie wissen nicht, was das ist«, sagte er.

Cameron drehte das Objekt prüfend hin und her. Es war offensichtlich ein Knochen: ein Kieferknochen vermutlich, in den leeren Höhlen mochten einst Zähne gesteckt haben. »Ein Affenkiefer?« fragte er.

»Nicht schlecht. Aber der Kiefer stammt nicht von einem Affen, sondern von einem Menschen«, antwortete Hampton. »Der alte Ngoro, der ein wahrer Spürhund ist, hat ihn im Hinterland jenseits der Berge gefunden. Ich hab' ihn zu Professor Dart nach Johannesburg geschickt. Der kam daraufhin zu mir rauf, Jahre ist das schon her, und erzählte mir eine Menge über diese ganzen Dinge, den Ursprung und die Wiege der Menschheit. Dart meint, das sei einer der interessantesten Funde, die ihm je begegnet seien. Sein Alter schätzt er auf eine Million Jahre.«

Cameron sah den Kieferknochen verblüfft an. Niemals hätte er das Alter der Menschheit so hoch vermutet. »Aber wie hat sich der Knochen so lang erhalten?« fragte er.

»Darts Theorie lautet, daß er von einem Jäger stammt, der von einem Raubtier getötet wurde. Bevor andere Tiere seinen Körper ausweiden konnten, gab es möglicherweise eine plötzliche Überschwemmung, jedenfalls wurde die Leiche unter Treibsand begraben, einer Schlammschicht, die über Tausende von Jahren anwuchs. Und in weiteren Tausenden von Jahren wurde diese Schicht offensichtlich wieder abgetragen, so daß der Knochen wieder auftauchte und Ngoro ihn fand.«

Cameron legte den Kiefer so vorsichtig in die Vitrine zurück, als bestünde er aus Porzellan. Die Regale waren voll von weiteren Knochenfragmenten, Steinklingen und Axtblättern. Cameron betrachtete sie lange, schweigend. Dann sah er sich um. Neben Hamptons Schreibtisch stand ein Tisch, auf dem sich Zeitschriften und Bücher stapelten. Der Name des Autors auf dem obersten Buch lautete Professor Raymond Dart.

Cameron humpelte zu dem Tisch hinüber, griff nach dem Buch und blätterte eine Weile darin. »Könnte ich mir das ausleihen?« fragte er.

»Ich hab' Ihr Interesse geweckt, wie?« Hampton grinste. »Selbstverständlich, auch alles andere, was Sie wollen. Hier heroben sind wir mit Lektüre nicht gerade gesegnet. Aber seien Sie gewarnt: Wenn Sie

Feuer fangen und sich auf die Knochen und Steine einlassen, wie Dart sich auszudrücken pflegt, dann kommen Sie nicht mehr davon los.«

Mit dem Buch unterm Arm hinkte Cameron in seinen Pavillon zurück. Um drei Uhr morgens lag er noch immer wach im Bett und las beim Licht der Paraffinlampe.

36

Cameron war sich klar, daß Meisters Dossier sein Leben verändern würde. Es war ihm zugefallen dank seiner eigenen wohlkalkulierten Entscheidung, nachdem er Meister tot wußte, und der Tatsache, daß nur er, Cameron, den wahren Wert dieser Unterlagen kannte. Hingegen war an seiner Reaktion auf ein anderes Ereignis, das in derselben Woche geschah und sein weiteres Leben im selben Maß beeinflußte, nichts geplant oder bedacht. Hier gab es keine Entscheidung zu treffen: es entschied sich für ihn, schlich sich in seinen Geist, ohne sein Zutun und fast ohne daß er es merkte. Jahre später war er nicht sicher, wie es überhaupt dazu gekommen war; er entsann sich lediglich Hamptons lachender Warnung, auf die er nicht weiter geachtet hatte. Camerons jähe Faszination für die Urgeschichte der Menschheit wurde ihm bald zur Besessenheit.
Vielleicht, dachte er manchmal, hatte sie ihre Wurzeln in seiner eigenen Geschichte: von Kindheit an war er Hitlers Rassenwahn ausgesetzt gewesen, und jetzt ließ ihn die Frage auf einmal selbst nicht mehr los. Nach Hitlers Kriterien war Cameron Außerordentliches, ja Einzigartiges gelungen – er hatte die Grenzen nicht nur zwischen zwei, sondern zwischen vier Welten überschritten. So blond und blauäugig, wie er war, hatte er dank seines Aussehens sich von einem Juden in einen Deutschen, einen »Arier« verwandelt, und keiner hatte es gemerkt. Seiner sprachlichen Begabung und einer zufälligen Wendung des Schicksals verdankte er zwei weitere Verwandlungen, in einen Schweizer zuerst, dann in einen Briten.
Dann wieder dachte Cameron, an seiner Besessenheit sei die monatelange Einsamkeit im Laager schuld. Denn in der Tat gab es dort kaum etwas anderes zu tun als zu lesen, zumal für jemanden, der wegen eines gebrochenen Beines ohnehin zur Bewegungslosigkeit verurteilt war. Cameron arbeitete sich durch Hamptons gesamte Bibliothek, von Professor Darts Werken bis zu den verschiedenen Fachzeitschriften, die Hampton in regelmäßigen Abständen zugestellt wurden. Und vielleicht war auch Hampton selbst nicht ganz unbeteiligt. Sie trafen sich jeden Abend zum Essen. Fast immer drehte sich das Gespräch um das eine Thema, das Hampton am ersten gemeinsamen

Abend zur Sprache gebracht hatte. »So, Cameron«, pflegte er zu sagen. »Zu welchen Erkenntnissen sind Sie heute gelangt?« Woraufhin Cameron berichtete, was er gelesen hatte. Sie diskutierten darüber, argumentierten, manchmal gerieten sie sogar in Streit – Hampton war von aufbrausendem Temperament; nach etlichen Whiskys geriet er unweigerlich in reizbare Stimmung und pflegte seine Meinung lautstark und erbittert kundzutun. Am nächsten Morgen schlossen sie wieder Frieden. Cameron stellte eine erstaunliche Treuherzigkeit bei dem alten Jäger fest, eine fast demütige Bescheidenheit gegenüber allen, die er für größer hielt als sich selbst. Er verehrte die Wissenschaft im allgemeinen, alle Gelehrten und ganz besonders sein Idol Professor Dart; sich selbst hingegen hielt er für völlig ungebildet. Er war in der Lage, seine Ignoranz zu beteuern und unmittelbar darauf in wohlgesetzten Worten einen Vortrag über einen obskuren Zweig der Paläontologie zu halten. »Ich kann das Wort ja kaum aussprechen, geschweige denn buchstabieren«, sagte er. »Aber lassen Sie mich folgendes sagen...« Und er begann zu reden.

Tatsächlich war Hampton einer der klügsten Köpfe, die Cameron je kennengelernt hatte, und sicherlich verfügte er über eine außerordentlich scharfe Beobachtungsgabe. Als Dr. Robbins Cameron den Gips entfernt hatte, nahm Hampton ihn mit auf seine Wanderungen durch den Wald und machte ihn auf Besonderheiten aufmerksam, die Cameron nie aufgefallen wären, selbst wenn er sein ganzes Leben hier verbracht hätte. So kam es vor, daß der alte Jäger plötzlich stehenblieb und auf den Boden starrte; Cameron folgte seinem Blick, aber was er sah, war für ihn nur eine zufällige, durchaus belanglose Vertiefung in der Erde. Hampton indes kauerte sich nieder, untersuchte sie einen Augenblick lang, dann stand er auf und erklärte: »Der Pfotenabdruck eines Leopardenweibchens. Tau und Wind haben die Kanten verwischt, aber sie war hier vor zweiundsiebzig Stunden, im Morgengrauen. Sie hatte eine glücklose Jagd hinter sich. Sie war hungrig und rastlos. Sehen Sie sich um, und Sie werden Krallenabdrücke an den umstehenden Bäumen finden.« Hampton ging ein paar Schritte den Pfad entlang, rechts und links Ausschau haltend.

»Hier«, sagte er auf einmal und zeigte auf einen Akazienstamm. Cameron erkannte lediglich ein paar schwache Einkerbungen in der Rinde, ungefähr auf Schulterhöhe. »Das ist eine Warnung an andere Leoparden, sich ihrem Territorium fernzuhalten. Und weil sie ein Weibchen ist, nehme ich an, daß sie demnächst paarungsbereit sein wird: dann sind sie nämlich am angriffslustigsten. Schauen Sie!« Er blieb stehen und hob ein welkes Blatt auf.

Cameron sah es aufmerksam an. Es sagte ihm nichts. Es war einfach ein Blatt, braun und vertrocknet und an den Rändern eingerollt.
»Hier«, sagte Hampton und gab Cameron das Blatt in die Hand. »Direkt am Stiel. Dieser kleine braune Fleck. Das ist keine Rostkrankheit, wie Sie vielleicht vermuten, sondern getrocknetes Blut von der Leopardin.«
Selbst jetzt, als er das Blatt in der Hand hielt, konnte Cameron den Fleck kaum erkennen. Hampton hatte ihn aus einer Entfernung von zweieinhalb Metern gesehen. Cameron starrte ihn sprachlos an. »Meine Güte«, sagte er schließlich. »Woher wissen Sie das?«
Hampton lachte. »Ich war ein Jäger. Gute Jäger lernen, schlechte nicht. Deshalb schlafe ich hier im Laager, andere hingegen einen Meter tief unter der Erde im Friedhof von Nanyuki. Ngoro haben Sie noch nicht kennengelernt, wie?«
Cameron schüttelte den Kopf.
»Ich werde Sie mit dem alten Fuchs bekanntmachen. Verglichen mit ihm bin ich ein Waisenknabe. Der kann Ihnen auch noch sagen, wann die Leopardin Geburtstag hat, ob sie Kopfweh hat, wie sie ihre Jungen nennt und was sie von den territorialen Rechten der Stämme hält. Aber im Vergleich zu den Urmenschen sind wir in dieser Hinsicht alle bloß Kinder, sogar Ngoro.« Er zögerte kurz, runzelte die Stirn. »Vielleicht ist das der Grund, wieso es mich dermaßen gepackt hat. Dieser erste Mensch wußte so verdammt viel. Er mußte überleben. Er muß Geheimnisse gehabt haben, die er für sich behielt. Wenn wir wüßten, wer er war, dann könnten wir vielleicht Stück für Stück seine Geheimnisse herausfinden. Und vielleicht stoßen wir sogar auf das Geheimnis des Lebens selbst.« Wieder hielt er inne. Dann brach er in ein unerwartetes Gelächter aus, das durch die Bäume hallte, laut und jovial, und, wie Cameron ahnte, eine gewisse Verlegenheit überspielen sollte. Hampton war nicht nur sehr viel intelligenter, als er vorzugeben pflegte, er war auch, wie Cameron klar wurde, sehr viel feinfühliger.
»Ich bin bloß ein sentimentaler alter Hanswurst, der glaubt, er hätte noch mehr Tiere umbringen können, wenn er geschickter darin gewesen wäre«, setzte er, noch immer lachend, hinzu. »Fragen Sie Ngoro, er wird Ihnen die Wahrheit sagen. Er hält mich für einen Idioten. Und nach vierzig Jahren, die er mit mir verbracht hat, müßte er's eigentlich wissen!«

Cameron lernte Ngoro am folgenden Tag kennen. Hampton trat mit ihm hinaus auf die Holzveranda; auf der gestampften Erde vor dem

Haus kauerte Ngoro und hatte den Speer neben sich aufgepflanzt. Als die beiden Männer erschienen, stand der alte Massai auf.

»Ich grüße dich, Ngoro«, sagte Hampton.

»Ich grüße dich auch, Bwana.«

»Ngoro, das ist Bwana Cameron«, fuhr der Jäger fort. »Ich habe den alten Zauber wirken lassen und sein Interesse für unsere Knochen und Steine geweckt. Möchtest du ihm erzählen, wie die Massai darüber denken?«

Ngoro nickte. »Sehr gern, Bwana.«

»Dann lasse ich euch beide jetzt allein.«

Hampton kehrte zurück ins Haus, und Cameron setzte sich in den Schatten der Veranda. Ngoro zog seinen Speer aus dem Boden und rammte ihn heftig zurück in die Erde. »Ich bin Ngoro. Ich bin Massai. Also höre gut zu«, sagte er.

Der alte Mann ließ sich in der prallen Sonne nieder und hob an zu sprechen. Seine Rede dauerte zwei Stunden. Er erzählte Cameron dieselben Legenden, die er wenige Wochen zuvor Violet und Billy erzählt hatte, über die Entstehung der Welt, den Löwen und den Lehm, aus dem er Elefanten geformt und gebrannt hatte. Er sprach im selben Singsang, benutzte dieselben Worte und Bilder, die von einer Generation seines Stammes zur nächsten überliefert worden waren. Cameron lauschte so gebannt wie vor ihm die Kinder.

Als Ngoro zu Ende erzählt hatte, dankte ihm Cameron. Er ging zurück in seinen Pavillon und legte sich aufs Bett. Wilde Gedanken schossen ihm durch den Kopf. Ngoros Geschichten waren so lebhaft und anschaulich, daß er nicht glauben konnte, sie seien lediglich ein Volksmythos, entstanden aus der Phantasie. Sie mußten eine reale Ursache haben. Gewiß, im Lauf der Jahrtausende waren sie verändert, ausgefeilt und abstrahiert worden bis zu ihrer heutigen Form, die sich in Symbolen wie dem Löwen und dem Lehmofen ausdrückte. Aber konnte es nicht sein, daß diese Mythen irgendwo in einer fernen Vergangenheit, in der Urgeschichte des Menschen in Tatsachen wurzelten? Mehr noch, fiel ihm auf einmal ein, konnte es nicht sein, daß alle Schöpfungsmythen der Welt einen gemeinsamen Ursprung hatten – auch die Geschichte von Adam und Eva, der Schlange und dem Apfel, wie er sie als Kind gehört hatte? Konnte es nicht sein, daß der Garten Eden einst historische Realität war?

Bei dem Gedanken schwindelte ihm.

An diesem Abend auf der Veranda brachte er das Thema zur Sprache. Hampton lachte. »Dachte ich's mir doch, daß Ngoro Ihre Phantasie anregt. Ja, ich halte das durchaus für möglich, aber vergessen Sie nicht, daß ich bloß ein unwissender alter Hanswurst bin und einer Altmännerliebhaberei nachhänge. Sie sollten mit Dart reden und anderen jungen Gelehrten.« Er verstummte. »Sie könnten sogar noch mehr machen«, setzte er nach einer Weile nachdenklich hinzu. »Sie könnten Geld machen und versuchen, das Paradies zu finden. Reich müssen Sie jedenfalls sein. Ich denke, wir werden in den nächsten fünfzig Jahren mehr über die Vergangenheit erfahren als in allen Jahrhunderten vorher. Das sagt jedenfalls Dart. Aber das bedeutet Grabungen und Expeditionen, Sammeln und Klassifizieren und eine Menge heller Köpfe an den Universitäten, um die Funde zu sortieren und in eine Ordnung zu bringen. Mit einem Wort, es bedeutet Geld.« Hampton schmunzelte. »Sie haben nicht zufällig ein geheimes Patentrezept, um ein Vermögen zu machen, Cameron? Denn das werden Sie brauchen.«

Cameron dachte an Meisters Dossier, sicher verwahrt im Aktenkoffer unter seinem Bett. Er lächelte, aber ging nicht weiter darauf ein. Statt dessen sagte er: »Laut Ngoro glauben die Massai, daß der Ursprung der Menschheit hier draußen im Hinterland liegt, dort, wo er den Kieferknochen gefunden hat.«

Hampton nickte. »Das Tal der Elefanten. Das ist einer der ältesten Mythen in Kenia. Ich habe früher dort Safaris veranstaltet.«

»Ngoro sagt außerdem, daß eine Weiße das Land gekauft hat.«

Wieder nickte der alte Jäger. »Sie erinnern sich an die reizende junge Dame, von der ich Ihnen erzählt habe, die vor ein paar Monaten hier war? Ngoro hat ihrer Tochter und dem kleinen Burschen, der dabei war, das Tal gezeigt, und das Mädchen hat sich auf der Stelle in die Elefanten verliebt. Mrs Somerset, die Mutter, ist eine immens reiche Frau und wollte wohl ein Andenken an ihren Besuch hier, eine Spur hinterlassen. Ich schlug ihr vor, das Land für ihre Tochter zu kaufen.« Hampton nahm einen Schluck Whisky. »Ich sagte, es sei eine gute Investition, und davon bin ich auch überzeugt. Aber da ist noch etwas.« Er grinste. »Keiner von uns weiß, was passiert, wenn der Krieg vorbei ist. Jesus, wenn man alles glaubt, was man so hört, dann passiert es vielleicht eines Tages, daß den Schwarzen das Land hier gehört. Und vielleicht kommt es dann zu Enteignungen. Die Somersets sind einflußreiche Leute. Wenn irgend jemand in der Lage ist, das Tal zu schützen, dann ist das einer aus dieser oder einer vergleichbaren Familie.« Er streckte die Beine aus und lehnte sich mit herausfordernder Miene zurück.

Cameron schrieb sich den Namen Somerset in sein Notizbuch. Dann sah er auf. »Ich würde dieses Tal wirklich sehr gern sehen«, sagte er.

»Ngoro kann Sie hinbringen, aber es ist ein ziemlicher Schlauch.« Hampton warf einen Blick auf Camerons Bein. »Sie sollten noch ein bißchen warten, bis Ihre Muskeln wiederhergestellt sind.«

Ein Tappen nackter Füße kündigte Joshua an, der das silberne Kaffeetablett brachte. Das Gespräch kehrte zu den Mythen der Massai zurück.

Cameron sah das Tal nie. Er verbrachte drei weitere Wochen damit, im Wald rund um das Laager spazierenzugehen und sein Bein zu trainieren. Just an dem Abend, als er Hampton sagen wollte, er sei jetzt bereit für die Fahrt mit Ngoro, hörten sie im Radio die Nachricht vom Ende des Krieges.

Anscheinend hatte Hitler in seinem Berliner Bunker Selbstmord begangen. Der letzte Widerstand der Deutschen war zusammengebrochen, die Alliierten zogen in die Hauptstadt ein. In einem kurzen Kommentar nach den Nachrichten sagte der BBC-Sprecher, das unmittelbare Anliegen der Alliierten sei neben der Verfolgung und Aburteilung der Kriegsverbrecher der Wiederaufbau der schwer geschädigten Wirtschaft in den europäischen Ländern.

Cameron sah seine Chance gekommen. Am nächsten Tag machte er sich mit einem der Lastwagen auf den Weg nach Nairobi, Meisters Aktenkoffer neben sich auf dem Beifahrersitz. Den alten Jäger und die Unterkunft in den Bergen verließ er mit dem festen Entschluß, reich zu werden, und mit einer Besessenheit, die ihn für den Rest seines Lebens gefangenhielt. Er wollte das Rätsel der »Knochen und Steine« lösen. Er wollte wissen, woher der Mensch stammt. Er wollte den Garten Eden finden. Das Vermögen, das er anstrebte, war Bestandteil seiner Suche und ihre Voraussetzung.

37

Der Mann war immer noch da, als Violet von neuem erwachte. Sie öffnete die Augen und spähte blinzelnd und schläfrig in den dämmrigen Raum. Er saß jetzt nicht mehr auf dem Stuhl, sondern stand am Fenster. Über ihm an der Wand hing eine Uhr. Violet runzelte die Stirn. Verschwommen entsann sie sich, daß es Mittag gewesen war, als sie die Uhr zum letztenmal gesehen hatte. Jetzt war es fast sechs. War er denn die ganze Zeit über hiergeblieben oder schon wieder hier?
Violet starrte ihn an. Er war ein großer, wuchtig gebauter Mann in einem teuren dunklen Anzug mit weißem Seidenhemd, seidener Krawatte und einem extravaganten scharlachrot und golden gemusterten Tuch in der Brusttasche. Violet kannte sich aus mit Herrenanzügen – sie hatte jahrzehntelang genug Geld dafür ausgegeben; dieser hier stammte aus der Londoner Burlington Street oder der Savile Row, wo die besten Herrenschneider der Welt beheimatet waren.
Sie schätzte ihn auf Mitte Sechzig. Sein Haar war grauweiß und sein Gesicht tief gefurcht, die Hände übersät mit Altersflecken, doch seine Körperhaltung ließ eine außerordentliche Kraft und Wachheit des Geistes spüren. Am auffälligsten aber waren seine Augen: blaßblau, von langen grauen Wimpern umrandet und so stechend, daß Violet vor der Eindringlichkeit seines Blickes erschrak. »Wer sind Sie?« fragte sie noch einmal.
Er stand auf und trat an ihr Bett, und Violet erinnerte sich im selben Augenblick, daß sie diese Frage schon einmal gestellt hatte. Er hieß Cameron, Boy Cameron: das war das Letzte, was sie registriert hatte, bevor sie wieder in den Schlaf davongeglitten war. Er wiederholte seinen Namen und lächelte. »Wie fühlen Sie sich, Violet – wenn ich Sie so nennen darf?«
Dieses Lächeln, das herzlich, offen und geradezu magnetisch anziehend war, und die beinahe greifbare Kraft seiner körperlichen Präsenz übten auf Violet eine eigentümlich beruhigende und tröstliche Wirkung aus. Sie erinnerte sich, daß sie in ihrem Dämmerzustand einen Alptraum durchlebt hatte, der endlos gedauert hatte – der wie die Einstiche an ihren Armen noch zu frisch war, als daß sie in der Lage

gewesen wäre, sich näher damit zu befassen. Dieser Mann, dieser Unbekannte, gehörte jedenfalls nicht in die Dunkelheit, die hinter ihr lag. Er gehörte zu einer anderen, sicheren Welt.

»Ja, natürlich«, sagte sie. »Kenne ich Sie?« Sie verstummte plötzlich, denn ein Schwall von Blütenduft drang ihr in die Nase, und sie setzte sich verblüfft auf, sah sich um und erblickte ein Meer von Blumen rund um sich: Rosen, Lilien, Lavendel, Phlox, Nelken, überall standen die Sträuße, auf dem Tisch, dem Regal, dem Nachttisch, sogar auf dem Boden. Sie ließ die Augen über die üppige Pracht wandern, dann sank sie zurück in ihr Kissen und sah Cameron überrascht und erstaunt an. »Sind die Blumen von Ihnen?« fragte sie.

Er gab ihr keine direkte Antwort, sondern sagte lediglich: »Ich war immer der Meinung, daß Blumen die Genesung beschleunigen.« Er lächelte. »Und als Antwort auf Ihre erste Frage: Ja, in gewisser Weise kennen wir uns. Zumindest haben wir uns schon getroffen, bei einem Abendessen vor ein paar Monaten im Haus Ihrer Freundin Naomi Rothschild.«

Violet versuchte vergeblich, sich zu erinnern. Mit Naomi Rothschild war sie seit Jahren befreundet und war gewiß unzählige Male in ihrer eleganten Wohnung in der Upper East Side gewesen. Sie suchte nach irgendeiner Erinnerung an Cameron, aber es gelang ihr nicht: auch sein Gesicht war, wie so vieles andere, im dunklen Pfuhl des Vergessens versunken.

»Das verstehe ich nicht«, sagte sie. »Weshalb sind Sie hier?«

Cameron schwieg sekundenlang. »Vielleicht«, sagte er dann, »weil ich Menschen gern ein Rettungsfloß anbiete, wenn sie es brauchen. Sonderbaren und interessanten und schönen Menschen, die aus ihren Tiefen waten und in einen Fluß geraten, in dem sie nicht schwimmen können. Ich denke, das ist bei Ihnen der Fall.«

Er wandte sich ab und ging zur Tür. Die Hand schon auf dem Knauf, wandte er sich um. »Ich komme morgen wieder, mit dem Rettungsfloß in der Tasche. Ich will es in einem Fluß zu Wasser lassen, den wir beide kennen. Wenn Sie nicht danach greifen«, sagte er und sah sie eindringlich an, »dann sollen Sie wenigstens frische Blumen haben.«

Dann ging er und zog die Tür hinter sich zu.

Reglos lag Violet im Bett. Es schien ihr, als wäre ein jäher Windstoß durch das Zimmer gefegt, ein belebender, reinigender, aber auch erschreckender Wind. Sie fühlte sich wie vor den Kopf geschlagen.

Die Nachtschwester kam herein und brachte ihr Schlaftabletten, die Violet gehorsam schluckte; dennoch lag sie noch stundenlang wach.

Schlaflos wälzte sie sich im Bett und versuchte zu ergründen, von welchem Fluß Cameron gesprochen haben mochte, den sie angeblich beide kannten. Es fiel ihr keine Antwort ein.
Als sie endlich einschlief, träumte sie zum erstenmal seit Jahren von Billy und den Elefanten, die ins Tal zur Tränke kamen.

Am nächsten Morgen fühlte Violet sich besser. Gleich nach dem Erwachen rief sie ihre Freundin Naomi an.
»Violet, Gott sei Dank, daß du anrufst! Wo bist du denn?« Naomis Stimme klang besorgt und erleichtert zugleich. »Alle haben wie verrückt nach dir gesucht. Seit Wochen steht deine Wohnung leer. Morton ist hingegangen, aber der Pförtner sagt, du seist nach der Party bei Peggy Krantz nie mehr aufgetaucht. Wie geht's dir, ist alles in Ordnung?«
Violet versuchte sich an Peggy Krantz und ihre Party zu erinnern, aber auch davon war kein blasser Schimmer in ihrem Gedächtnis mehr vorhanden. »Mir geht's gut, Naomi«, sagte sie. »Jedenfalls bin ich auf dem Weg der Besserung. Im Moment bin ich in einer Klinik. Ich fürchte, ich bin wieder mal versackt.« Das war der Satz, mit dem sie ihren Freunden zu erklären pflegte, was ihr geschah, wenn die Dunkelheit in ihr Leben einbrach, wie es in der letzten Zeit immer häufiger vorgekommen war. Naomi gehörte zu ihren ältesten Freunden – mehr brauchte sie ihr nicht zu sagen, sie wußte schon, wovon die Rede war.
Doch Naomis Ton klang noch immer sehr beunruhigt. »Aber Liebes«, sagte sie, »ich muß auf der Stelle kommen und dich sehen!«
»Nein, Naomi«, fiel ihr Violet ins Wort. »In der nächsten Zeit bitte nicht. Das ist sehr lieb von dir, aber laß mir ein bißchen Zeit, bis ich wiederhergestellt bin.«
»Aber irgend etwas muß ich doch tun können«, beharrte Naomi. »Brauchst du was, kann ich dir was schicken?«
»Ja, liebe Naomi, du kannst mir eine Frage beantworten«, sagte Violet. »Ich hatte hier einen Besucher, einen Herrn namens Boy Cameron. Er ist sehr nett zu mir gewesen. Er sagt, er hätte mich bei dir kennengelernt. Mir kommt der Name irgendwie bekannt vor, aber ich erinnere mich an nichts. Wer ist er?«
»Boy Cameron! Liebes, natürlich weißt du, wer er ist! Ich habe dich neben ihn gesetzt, ich dachte mir, ihr würdet einander mögen. Oh, Violet, erinnerst du dich wirklich nicht? Er ist ein mächtiger Industriemagnat in Afrika.«
Violet lag still auf dem Rücken, während sie Naomis Erläuterungen

lauschte. Naomi war eine Klatschbase, gewiß, aber eine vorzüglich informierte.

Mit Camerons Alter hatte Violet sich verschätzt. Anscheinend war er älter, als sie gedacht hatte, Anfang der Siebzig, obwohl, so Naomi, auch sein exaktes Alter wie so vieles andere ein Geheimnis sei. Cameron sei nicht sein eigentlicher Name, wie er in zahlreichen Interviews zugegeben habe, ursprünglich sei er Deutscher gewesen. Nach eigenem Bekunden – dem niemand je widersprochen hatte – habe er als Pilot bei der deutschen Luftwaffe gedient und in der nordafrikanischen Wüste gekämpft. Aus Abscheu über den an Juden und Zigeunern verübten Völkermord sei er noch während des Krieges zu den Alliierten übergelaufen und habe in Südafrika die britische Staatsangehörigkeit angenommen. Nach dem Krieg sei seine Laufbahn klarer nachvollziehbar: in den vergangenen vierzig Jahren sei er einer der reichsten Männer auf dem afrikanischen Kontinent geworden. Er habe mit Mineralien sein Vermögen gemacht. Niemand wisse, was sein Geheimnis sei, aber anscheinend habe Cameron einen untrüglichen Instinkt, ein magisches Gespür für die verborgenen Bodenschätze Afrikas. Fast immer, wenn ein großes Bergbauunternehmen auf eine neue Lagerstätte stoße, stelle sich heraus, daß Cameron das Schürfrecht für das betreffende Gebiet bereits besitze, das er dann an den Meistbietenden zu verkaufen pflege – und er sei ein beinharter Geschäftsmann. Mineralien seien immer noch die Hauptquelle seines Vermögens, doch sein Imperium sei weitaus größer und vielfältiger, er habe Beteiligungen in der Vieh- und Holzwirtschaft, der Frachtschiffahrt, an Zeitungen, Immobilien und einem Dutzend weiterer Aktivitäten. Über seine Arbeitsweise kursierten etliche Gerüchte. Man wisse, daß er mit mehreren afrikanischen Präsidenten eng befreundet sei und ihnen angeblich riesige Bestechungssummen zahle, um die Interessen seines Unternehmens zu befördern, einer einst kleinen privaten Firma, die mittlerweile zu einem gigantischen internationalen Konglomerat angewachsen sei.

Naomi unterbrach ihren langen Bericht, um Atem zu schöpfen. Erzählen war ihre Leidenschaft, und sie brüstete sich damit, stets alles über die Person zu wissen, über die sie Auskunft gab. »Warte, was kann ich dir noch sagen? Sein Privatleben natürlich«, fuhr sie fort. »Das ist ebenfalls ein Geheimnis. Er ist groß, sieht gut aus, ist charmant – mehr noch, er hat Charisma, aber das weißt du ja selbst, meine Liebe, nicht wahr? Er war nie verheiratet, und ich glaube nicht, daß er Knaben vorzieht, aber das kann man natürlich nie wissen. Er ist einfach ein ungeheuer interessantes und aufregendes Rätsel.«

Naomi verstummte wieder, und Violet ahnte, daß sie nach weiteren Informationen forschte, die sie loswerden konnte: Naomi brachte ihre Geschichten stets nur widerstrebend zum Ende.

»Ja, natürlich«, fing sie eifrig wieder an. »Wie konnte ich das vergessen? Er hat ein Hobby, oder vielmehr ist es eine Leidenschaft, eine Art Besessenheit, heißt es. Er sammelt Relikte aus der Vergangenheit, alte Knochen, Feuersteine, Speere und so weiter. Keine Ahnung, was er damit will. Von Gemälden hätte er mehr. Dabei könnte ich ihn übrigens beraten...«

»Danke, meine Liebe, vielen Dank«, sagte Violet. »Du bist großartig wie immer. Alles, was ich wissen wollte, eigentlich noch mehr. Ich ruf' dich an, sobald mir nach einem Besuch zumute ist, ja? Mach's gut.«

Sie legte den Hörer auf, bevor Naomi Gelegenheit hatte, noch etwas hinzuzufügen.

Violet lehnte sich zurück und lächelte. Sie hatte es sogar geschafft, Naomi nicht zu verraten, in welcher Klinik sie lag. Es gab nur einen Menschen, der wissen sollte, wo sie war, und der wußte es bereits.

Zu Mittag tauchte Cameron wieder auf. Er warf einen Blick um sich und runzelte mißbilligend die Stirn. Ohne ein Grußwort fragte er schroff: »Wo ist das Telefon?«

Nicht eigentlich eine Frage: vielmehr eine Forderung. Überrascht deutete Violet auf den Apparat auf ihrem Nachttisch. Mit großen Schritten durchquerte er das Zimmer, nahm den Hörer ab und wählte. »Morgan?«

Im Gespräch mit ihr am Tag zuvor hatte seine Stimme warm und freundlich geklungen. Jetzt war sie kalt, wütend, wenn auch noch immer tief und volltönend.

»Ich bin's«, fuhr er fort. »Ich bin bei Mrs Somerset in der Klinik. Ich sagte, ich will ihre Blumen täglich gewechselt haben. Das ist nicht geschehen. Warum?« Er lauschte einen Moment. »Dann sorgen Sie gefälligst dafür, daß sie binnen einer Stunde hier sind. Und wenn nicht, suchen Sie sich einen anderen Floristen oder einen neuen Job.«

Er warf den Hörer auf die Gabel. Als sein Blick zu Violet zurückkehrte, schwand der Ärger aus seinem Gesicht.

»Es tut mir leid, meine Liebe. Morgan ist mein persönlicher Assistent. Ich habe ihm aufgetragen, Ihnen jeden Morgen frische Blumen bringen zu lassen. Das hat er verabsäumt. Es wird ihm nicht wieder passieren.«

Violet sah zu ihm hinauf. »Danke«, sagte sie. »Ich weiß jetzt, wer Sie sind, Mr Cameron.«

Er schüttelte den Kopf. »Das bezweifle ich. Sie haben vermutlich herumtelefoniert und das eine oder andere erfahren, was die Leute über mich zu wissen glauben. Außerdem nennen Sie mich bitte nicht ›Mr Cameron‹, sondern Boy – jeder nennt mich so, selbst meine Feinde.«
Violet lächelte. »Aber ich weiß immer noch nicht, weshalb Sie hier sind.«
Cameron steckte die Hände in die Hosentaschen, trat ans Fenster und sah hinaus auf den Hudson, auf die Eisschollen, die auf dem Fluß trieben. Er antwortete nicht. Obwohl er stumm und völlig reglos stand, strahlten seine breiten Schultern, die Haltung seines gesenkten Kopfes, eine deutlich spürbare Macht und Energie aus.
»Ist es meinetwegen, oder gibt es einen anderen Grund?« fragte Violet. Sie zögerte. Dann fügte sie leise, versuchsweise hinzu: »Boy?«
Sie kannte doch die Männer, sie kannte ihre Schwachstellen. Eine, die sie fast alle gemeinsam hatten, war die Art, wie man sie ansprach. Sie sprach seinen Namen aus, um ihn zu einer Antwort zu verleiten. Cameron aber reagierte noch immer nicht.
Das Schweigen hielt an. Violet ließ weitere Minuten verstreichen. Dann versuchte sie es erneut. »Mein Kopf ist noch nicht wieder ganz in Ordnung, aber gestern sprachen Sie von einem Fluß und einem Rettungsfloß. Sie sagten, den Fluß kennten wir beide, und das Floß hätten Sie in Ihrer Tasche.« Sie wandte den Blick von ihm ab. »Wollen Sie mir nicht verraten, was Sie damit meinen?«
Cameron drehte sich zu ihr um und trat wieder an ihr Bett. Er nahm ihre Hand und hielt sie zwischen seinen gefleckten, breiten Fingern. »Das Floß behalte ich, bis Sie wieder gesund sind«, sagte er. »Unser Fluß kann warten. Und ansonsten habe ich beschlossen, Sie zu heiraten. Das heißt, wenn Sie einverstanden sind.«

38

»Das ist ein Schädel«, sagte Violet. Kaum hatte sie die Worte ausgesprochen, kam sie sich idiotisch vor. Natürlich war es ein Schädel, was denn sonst – die leeren Augenhöhlen, der Oberkiefer samt Zähnen, die Wölbung der Hirnschale; sie sah zu Cameron auf: »Ich meine, ein menschlicher Schädel«, fügte sie hinzu.
Er antwortete nicht. Seine Miene war ausdruckslos. Kein Wort hatte er gesagt, seit er ihr Zimmer betreten, ihr den Schädel in die Hand gedrückt und sie gefragt hatte, was das sei.
Violet wurde immer verlegener. Natürlich war es ein menschlicher Schädel – das hätte jedes Kind gewußt. In dem Versuch, ihr Unbehagen zu überspielen, betrachtete sie ihn noch einmal gründlich von allen Seiten. Sie hatte in ihrem Leben nicht viele menschliche Schädel gesehen, vielleicht nicht einmal ein halbes Dutzend, und nur in verstaubten Schaukästen fast vergessener Museen. Sie rief sich die Schule ins Gedächtnis, den Biologieunterricht. Die Schädel, an die sie sich erinnerte, waren weißer gewesen und die Kanten schärfer. »Meine Güte, Boy, ich weiß es nicht«, sagte sie schließlich abwehrend. »Das ist jedenfalls ein merkwürdiges Mitbringsel für einen Krankenbesuch. Rings herum sterben die Leute, und Sie bringen mir einen Schädel. Andere würden Blumen mitbringen.«
Auf der Stelle biß sie sich auf die Zunge, rot vor Scham. Das ganze Zimmer quoll über vor Blumen, den schönsten, üppigsten, frischesten Blumen, die sie je erhalten hatte, in einer Menge, die schier überwältigend war. Der Raum hatte nichts von einem Krankenzimmer in einer teuren New Yorker Klinik, sondern wirkte eher wie ein betörend duftendes Gewächshaus, und so war es immer gewesen, seit Boy Camerons erstem Besuch. Die Blumen wurden täglich erneuert, und täglich trafen körbeweise Obst, Zeitschriften und Bücher ein. Nie in ihrem Leben hatte ein Mensch sich so aufmerksam und großzügig um sie gekümmert.
Violet lachte verlegen und entschuldigte sich. »Es tut mir leid, Boy, verzeihen Sie mir, ich muß verrückt sein... Aber wirklich, ich kann mir nichts anderes vorstellen.«
Er lächelte ihr aufmunternd zu. »Sie sind keineswegs verrückt, im

Gegenteil, es geht Ihnen von Tag zu Tag besser. Versuchen Sie's noch einmal.«

Mit gerunzelter Stirn drehte Violet den Schädel nachdenklich in den Händen und sagte auf einmal: »Er ist alt. Sehr alt.«

»Wie kommen Sie darauf?«

»Wegen der Farbe«, antwortete Violet. »Er ist so gelb. Und weil er so porös ist und abgeschliffen. Vielleicht war er in Sand vergraben. Könnte er deshalb so gelb geworden sein?«

Cameron nickte. »Sehr gut«, sagte er. »Noch etwas?«

»Ich kann nur raten«, erwiderte sie. »Irgendwie kommt er mir klein vor. Ich meine, kleiner, als ich mir den Schädel eines Mannes vorstelle. Stammt er von einer Frau?«

Er lächelte anerkennend. »Ausgezeichnet. Sie haben so gut geraten, daß ich fast versucht bin, Sie nach dem Namen der Frau zu fragen. Aber das wäre nicht fair, schließlich ist sie seit beinahe zwei Millionen Jahren tot.«

»Zwei Millionen Jahre!« Violet staunte. »Das sind ja prähistorische Zeiten! Diese Urmenschen hatten doch wohl keine Namen?«

»Zwei von ihnen schon.«

Cameron lächelte wieder, sein selbstsicheres, leicht spöttisches, rätselhaftes Lächeln, das Violet nun schon gut kannte. Diesmal lag jedoch noch eine Spur Aufregung in seiner Miene, ja ein gewisser Triumph.

Sie schüttelte den Kopf. »Das verstehe ich nicht.«

Er nahm ihr den Schädel aus der Hand. Sekundenlang hielt er ihn, stumm, die Hände behutsam um die Hirnschale gewölbt wie um einen kostbaren Kristallkelch. Dann trat er ans Fenster und hob ihn ans Licht. In der hellen, klaren kalten Februarsonne schimmerte der uralte Knochen in blassem, durchscheinendem Gelb. »Die beiden, die Namen hatten«, sagte er, »waren natürlich Adam und Eva. Das ist Evas Schädel. Hier, nehmen Sie ihn noch einmal in die Hand.«

Violet hörte kaum, was er sagte. Sie hatte nur den Namen Eva vernommen, sie sah, wie das Licht durch den bleichen Knochen drang, und aus einem unerklärlichen Grund erschauderte sie und wich zurück.

Cameron aber lächelte. Sein mächtiges gefurchtes Gesicht unter der weißgrauen Haarmähne wirkte lebhafter, jünger als je. »Nein, nein, da ist nichts, wovor man sich fürchten müßte. Wissen Sie, die meisten Menschen würden nahezu alles dafür geben, wenn sie dies hier einfach nur sehen, geschweige denn in der Hand halten könnten. Das ist mit größter Wahrscheinlichkeit Evas Schädel, aber möglicherweise sogar noch mehr als das. Wenn der Urschöpfer, der Ursprung allen menschlichen Lebens, eine Frau war, wie die Dechiffrierung des genetischen Codes immer deutlicher nahelegt, dann könnte dies auch Gottes Schädel sein.« Er legte ihn ihr in die Hand.

Einen Augenblick verharrte Violet völlig reglos. Der Schädel schien ihr jetzt heller als zuvor. Er erinnerte sie an eine fremdartige Muschel aus den Tiefen des Meeres – für einen Augenblick kam ihr die Venus von Botticelli in den Sinn. Venus, die Schaumgeborene, die aus dem Meer stammte, von einer Muschel durch das Wasser ans Licht getragen.

»Ja«, sprach Cameron feierlich, »Gott war wahrscheinlich eine Frau. Vielleicht halten Sie jetzt, in diesem Augenblick, alles, was von ihr übriggeblieben ist, in Ihrer Hand.«

Bei seinen Worten fing Violet unkontrolliert zu zittern an.

»Natürlich können wir nicht definitiv sicher sein«, fuhr Cameron fort. »Wir können nicht mit Bestimmtheit sagen, daß der Schädel dieser speziellen Frau tatsächlich Gottes Schädel ist. Aber im erweiterten, im symbolischen Sinn erscheint es doch sehr wahrscheinlich.«

Cameron öffnete die Flasche Champagner, die er mitgebracht hatte, und füllte zwei Gläser. Dann zog er einen Stuhl an ihr Bett und setzte zu einer längeren Erläuterung an.

Violets Freundin Naomi hatte ihr von Camerons lebenslanger Leidenschaft für die Paläontologie erzählt – für »Knochen und Steine«, wie er zu sagen pflegte. Jetzt erfuhr sie zu ihrer größten Verblüffung, daß diese Faszination ausgerechnet im Aberdare Range begonnen hatte – daß Cameron wenige Tage nach ihrer Rückreise nach England in Finlay Hamptons Lodge gekommen war.

»Hampton hat mich mit dem alten Massai zusammengebracht«, sagte Cameron. »Und der erzählte mir, daß er mit Ihnen und Ihrem kleinen Freund in den Busch gefahren ist, um Ihnen die Elefanten zu zeigen. Er hieß Ngoro, aber das haben Sie vermutlich vergessen.«

Violet schüttelte den Kopf. »O nein, das weiß ich noch sehr genau!« Nie würde sie Ngoro vergessen, weder seinen Namen noch sein Bild, diese lange, hagere, ebenholzschwarze, storchähnliche Gestalt, ebensowenig wie die Geschichten, die er ihr und Billy erzählt hatte. Afrika und alle damit verbundenen Erlebnisse hatten sich ihr unauslöschlich eingeprägt – anders als das meiste, was ihr im Leben widerfahren war.

»Ngoro hat mir den Schöpfungsmythos der Massai erzählt«, fuhr Cameron fort. »Ich fand ihn faszinierend. Durch diese Geschichten und durch die Bücher, die ich damals im Laager las, kam ich auf eine Idee, die mich seither nicht mehr losgelassen hat. Es ist eine Theorie, die als die afrikanische Genesis bekannt ist.« Cameron hielt inne und sah sie fragend an, um festzustellen, ob sie damit etwas anfangen konnte, aber ihre Miene blieb ausdruckslos. »Es ist ein Versuch, die Herkunft der Menschheit zu erklären«, sagte er. »Aufgrund der Fossilien, die von Zeit zu Zeit gefunden werden, weiß man, daß der Urmensch an sehr weit voneinander entfernten Orten gelebt hat: in Java, Peking, der Mongolei und vor allem in Afrika. Die entscheidende Frage ist nun: Hat der Mensch sich parallel, das heißt an allen diesen Orten gleichzeitig entwickelt, oder sind wir an einem einzigen Ort entstanden und haben uns ausgebreitet, um den Rest der Welt zu besiedeln? Die Theorie der afrikanischen Genesis geht von der zweiten Hypothese aus und nimmt an, daß der Ursprung der Menschheit an einem bestimmten Ort lokalisierbar ist, und dieser Ort liegt in Afrika.«

Violet runzelte die Stirn. Das war ein Thema, über das sie nicht das geringste wußte; bis hierher vermochte sie Cameron zu folgen, aber sie sah nicht, worauf er hinauswollte. Afrika war gewaltig groß – nicht ein Land, sondern ein ganzer Kontinent, fast eine Welt für sich: Wie sollte angesichts dieser unermeßlichen Weite eine solche Theorie jemals zu konkreten Ergebnissen führen?

Sie brachte ihren Einwand vor, und Cameron nickte.

»Genauso ist es, meine Liebe«, sagte er. »Sie sind sehr aufmerksam. Falls wir tatsächlich aus Afrika stammen, wo mag unser Geburtsort liegen? Von einem können wir mit Sicherheit ausgehen: Es muß dort Gras, Bäume, fruchttragende Pflanzen und Tiere gegeben haben, und natürlich Wasser, denn ohne verläßliche Wasservorräte ist kein Überleben möglich.«

Violet dachte einen Moment nach, dann sagte sie: »Ich war ein hoffnungsloser Fall in der Schule, aber in Geographie war ich nicht schlecht, und an einiges erinnere ich mich. Wenn es heute irgendwo Wasser und Bäume gibt, heißt das nicht, daß es auch vor zwei Millionen Jahren so war. Es verändert sich alles im Lauf der Zeit. Und sicher wird nie jemand in der Lage sein, diesen Ort heutzutage noch aufzuspüren – falls es ihn gibt? Man kann doch nicht zwei Millionen Jahre zurückdrehen.« Sie verstummte. Sie kam sich naiv und ungebildet vor – ein vertrautes Gefühl in Gegenwart von jemandem, der offensichtlich viel mehr wußte und viel intelligenter war als sie, und »jemand«, das war immer ein Mann, unweigerlich; wie auch jetzt.

Violet erinnerte sich sehr gut an die zahllosen Streitereien mit ihrer Mutter zum Thema Schule und an ihre Behauptung »Männer mögen keine intelligenten Frauen, sie machen ihnen angst. Behalt deine Meinung für dich und stimm ihnen zu, das ist besser.« Im Lauf der

Jahre hatte Violet erkannt, daß ihre Mutter recht hatte, und versucht, ihren Rat zu beherzigen. Doch trotz ihrer Bemühungen war ihr Erfolg mäßig, und sie mußte erkennen, daß etwas in ihr war – eine Sturheit, ein Widerspruchsgeist, eine angeborene Abneigung, Äußerungen, die sie als falsch erkannt hatte, für wahr zu nehmen –, was sich nicht unterdrücken ließ. Man erwartete von ihr, daß sie den Männern mit großen Augen und bewunderndem Blick lauschte und allem zustimmte, was sie ihr erzählten. Das tat sie nicht, hatte es im Grunde ihres Herzens nie getan; so auch jetzt nicht. Als Boy Cameron fortfuhr, stellte sie überrascht fest, daß es ihm gar nichts ausmachte, im Gegenteil: er lachte nicht über ihre Einwände, noch tat er sie als Dummheit oder Unwissenheit ab, sondern ging darauf ein wie auf ein wohldurchdachtes und gewichtiges Argument.

»Natürlich haben Sie auch damit recht«, sagte er. »Oder vielmehr: Sie hätten bis vor kurzem recht gehabt. Aber die Wissenschaft hat in den letzten zwanzig Jahren enorme Fortschritte gemacht. Wir verfügen heute über zwei Techniken, die schlichtweg revolutionär sind und unsere Fähigkeit, die Vergangenheit zu erforschen – und zwar eine unendlich weit zurückliegende Vergangenheit! –, radikal verändert haben. Die erste entspricht, um zwei Begriffe aus der Filmtechnik zu verwenden, einer Totalen, die zweite der Nahaufnahme.«

Bei seinen Worten empfand Violet Wohlbehagen und eine große Erleichterung. Zum erstenmal war jemand – ein Mann, noch dazu ein mächtiger, einflußreicher, intelligenter Mann – nicht mit Verachtung oder Spott über sie hinweggegangen. Sondern er nahm sie ernst! Violet lächelte. »Und was für Techniken sind das?« fragte sie.

Cameron erzählte ihr von der Fernerkundung aus dem Weltraum durch hochauflösende Satellitenkameras. Er habe über Jahre hinweg Bilder erworben, sagte er: die Fotografien von der Erde, die bei den immer häufigeren bemannten und unbemannten Raumflügen entstanden seien. Von der amerikanischen NASA, der europäischen Raumfahrtbehörde, sogar von den Russen beziehe er sein Material, denn mit wenigen Ausnahmen – nämlich der Fotografien, die unter den sogenannten nationalen Sicherheitskodex fielen – stünden die Bilder jedem zur Verfügung, der in der Lage sei, sie zu bezahlen. Dank seines Vermögens habe er, Cameron, sich in Form von Satellitenaufnahmen das denkbar detaillierteste, exakteste Profil von Afrika zusammenstellen können, das auf der ganzen Welt existiere. Mit Hilfe von Computergraphik vergrößert und in Form dreidimensionaler Modelle dargestellt, zeigten diese Aufnahmen nicht nur den Kontinent Afrika in seinem gegenwärtigen Zustand am Ende des zwanzigsten Jahrhunderts, sondern die Analyse und Interpretation der Infrarotbilder – und seine private Stiftung beschäftige die weltweit besten Interpreten von Satellitenaufnahmen – ergäben ein Bild von Afrika, wie es vor zwei Millionen Jahren wahrscheinlich ausgesehen habe.

»Wir sind dabei auf drei mögliche Stellen gestoßen«, fuhr er fort. »Einstweilen sind das natürlich nur Vermutungen. Tatsache ist allerdings, daß alle drei Orte sämtliche Kriterien erfüllen. So weit also die Totale, die wir mit Hilfe von Satellitenkameras sehen können. Jetzt brauchen wir aber noch die Nahaufnahme, um entscheiden zu können, ob unsere Schlußfolgerungen richtig sind oder nicht, und wenn ja, welcher von den drei Orten derjenige ist, nach dem wir suchen. Andernfalls müßten wir Tausende von Quadratkilometern Buschland aufgraben und archäologisch erforschen.« Cameron lachte. »Im Vergleich dazu wäre die sprichwörtliche Suche nach der Nadel im Heuhaufen ein Kinderspiel!«

»Und was ist diese Nahaufnahme?« fragte Violet.

»Das ist unsere zweite Technik, die sogenannte Geomagnetik. Sie stammt aus Troja.«

»Aus Troja!« Violet sah ihn verwirrt an. »Das ist doch diese griechische Ruinenstadt – mit Homer und Helena und dem hölzernen Pferd und den Kämpfen der Götter untereinander?«

Cameron schmunzelte. »Sicher, das sage ich nur so, weil die Geomagnetik zum erstenmal bei der Ausgrabung von Troja angewendet wurde. Es ist eine sehr moderne Technik, ein geophysikalisches Verfahren zur Erforschung der obersten Erdkruste. Im wesentlichen stützt sie sich auf Magnetometer, Instrumente zur Messung magnetischer Feldstärke. Dabei wird das erdmagnetische Feld bis auf eine Tiefe von sechs Metern und mehr vermessen. Aus dessen Abweichungen zieht man Rückschlüsse auf bestimmte Gesteine und Erze und vor allem auf ›unnatürliche‹ Gegebenheiten: das heißt, wenn der Mensch gestaltend in die Landschaft, den Boden eingegriffen hat, wenn er dort ein Jagdlager angelegt, eine Hütte gebaut oder ein Feld bearbeitet hat, weisen die Magnetometer darauf hin – unabhängig davon, wie weit solche Eingriffe zurückliegen. Sie finden alles, was unter der obersten Schicht verborgen liegt. In Troja hat die Geomagnetik gezeigt, daß Schliemanns berühmter Fund im Grunde gar nicht die Stadt war, der Palast samt Festung auf einem Hügel, sondern daß das wahre Troja viel größer und älter ist und tiefer liegt. Dort unten wird irgendwann einmal jemand Helena, Paris, Agamemnon und Achilles finden – vielleicht sogar das Trojanische Pferd.«

»Und was hat das mit Ihnen und Afrika zu tun?« fragte Violet.

»Ich ließ die drei möglichen Fundstätten geomagnetisch untersuchen«, antwortete Cameron. »Die ersten beiden erwiesen sich als Fehlschläge: unter der Oberfläche fanden sich lediglich die im Verlauf von Jahrtausenden entstandenen Erd-, Sand- und Gesteinsschichten. Bei der dritten Stätte aber war es anders – so anders, daß angesichts der Bilder, die wir aufgrund der elektromagnetischen Wellen der Meß-geräte erhielten, selbst die hartgesottensten Skeptiker unter den Mitarbeitern der Stiftung verblüfft waren.«

Violet staunte. Was sie da hörte, erschien ihr recht kompliziert. »Was ist das für eine Fundstätte, und wo liegt sie?« fragte sie.

»Was sie ist, werden wir erst herausfinden, wenn wir anfangen zu graben. Wir besitzen aber genügend Hinweise – mit Kernbohrern entnommene Proben von uralten Pflanzensporen, menschlichen und tierischen Überresten –, die darauf schließen lassen, daß es der Ort ist, nach dem wir suchen.« Eine Weile schwieg er, ganz untypisch. »Schliemann hatte den Traum, Troja zu finden. Lord Carnarvon träumte vom Tal der Könige und dem Grab von Tut-ench-Amun. Ich habe davon geträumt, den ältesten, wichtigsten Ort aller Zeiten zu finden, den Ort unserer Geburt, die Wiege der Menschheit. Ich denke, ich habe ihn gefunden.«

Er sprach langsam, stockend; das sonst so unbeirrbare Selbstbewußtsein, die gewohnte Autorität waren verschwunden, sein Ton war leise und fragend – aber, erkannte Violet, nicht weil er an seinen Worten zweifelte, sondern weil ihn die schiere Größe seiner Entdeckung überwältigte.

»Es ist der Garten Eden«, schloß er. »Ich glaube, er liegt in dem Tal mit dem Fluß, das Ihre Mutter Ihnen als Kind vor vielen Jahren geschenkt hat.«

Violet verschlug es die Sprache. Fassungslos starrte sie ihn an. Nach einer Weile kehrte ihr Blick zu dem Schädel zurück, den er vorsichtig auf ihrem Nachttisch abgestellt hatte.

Evas Schädel. Der erste Schädel der Schöpfung. Er hatte der ersten Frau gehört, der Urahnin der Menschheit. Dieser Schädel, der unter seiner knöchernen Schale das Gehirn Gottes beherbergt hatte.

Benommen schloß Violet die Augen.

Erst nach mehreren Minuten war sie in der Lage, ihre Gedanken so weit zu ordnen, daß sie etwas sagen konnte.

Nie hatte sie den Abend ihres sechsten Geburtstags vergessen, als ihre Mutter ihr verkündete, sie habe ihr das Tal der Elefanten gekauft. Genauso lebhaft erinnerte sie sich an die Nacht desselben Tages, wenige Stunden später, als sie die Besitzurkunde in zwei Teile zerschnitten und Billy die eine Hälfte überreicht hatte. Natürlich war es eine absurde Geste gewesen – das Papier selbst hatte keine Bedeutung, es zählte nur der Name des Eigentümers: Violet Somerset. Das hatte sie nicht gewußt, als das Schiff damals in Liverpool anlegte; sie erfuhr es erst, als sie dreißig war und der Anwalt ihr ausführlich sämtliche Besitztümer des Treuhandvermögens darlegte, das nun an sie übergegangen war und ihr zur uneingeschränkten Verfügung stand. Damals, als Kind, während der Schiffsreise nach England, war ihr die Teilung ungeheuer wichtig erschienen – lebenswichtig. Viel später hatte Violet sich mehr als einmal reumütig gefragt, ob diese Tat nicht das Muster ihres Lebens bestimmt hatte – sie machte einem Mann ein Geschenk, um ihn zu halten, und ein anderes Geschenk, um ihn wieder loszuwerden. Dann sagte sie sich: Nein, so war es nicht. Billy war anders. Er hätte sich niemals kaufen oder verkaufen lassen wie ihre Ehemänner und Liebhaber. Zwischen Violet und Billy gab es kein Tauschgeschäft, sie waren gleich, und dieses eine Geschenk, das sie ihm so wild und leidenschaftlich aufgedrängt hatte, das so verschieden war von allen späteren Geschenken an Männer, war echt und aufrichtig und selbstlos – das Tal gehörte wirklich ihnen beiden. Und aus einer Sentimentalität heraus hatte Violet ihre Hälfte stets bei sich gehabt, wo immer sie hinging, wie einen Talisman.

Die halbe Urkunde war auch jetzt bei ihr, sie befand sich in einem Umschlag in ihrer Handtasche, die neben ihrem Bett stand. Doch davon abgesehen, hatte sie seit langem nahezu vergessen, daß das Tal ihr gehörte; nur von Zeit zu Zeit, wenn sie ihren Anwalt traf, kam es ihr wieder in Erinnerung – sozusagen als Fußnote zu ihrem Anlagekapital.

»Offen gestanden«, hatte er einmal gesagt, »besitzen Sie da ein Stück Land, das zwar immens groß ist, aber völlig wertlos. Afrika hat sich in einer Weise verändert, die damals, als Ihre Mutter den Kauf getätigt hat, niemand vorhersehen konnte; glücklicherweise war es keine kostspielige Investition. Ich könnte einen Verbindungsmann in Nairobi anweisen, das Land zu verkaufen, aber selbst wenn es ihm gelänge, wäre praktisch nichts daran zu verdienen.«

»Ich will's nicht verkaufen«, sagte Violet schroff. »Ich will es behalten.«

»Auch gut«, fuhr der Anwalt ruhig fort. »Für Ihre Konten spielt das keine Rolle. Wir haben den Wert schon vor Jahren abgeschrieben. Es gibt keinerlei Eventualverbindlichkeiten. Also lassen wir es einfach in den Akten ruhen.« Er lächelte, machte sich eine Notiz und ging zu wichtigeren Angelegenheiten über.

Und jetzt verkündete ihr Boy Cameron unvermittelt, unter ihrem

wertlosen Tal liege womöglich der Garten Eden begraben. So viele Gedanken schossen ihr durch den Kopf, so viele Rufe aus der Vergangenheit, so viele Erinnerungen an ihre Mutter und Finlay Hampton, an Billy, Ngoro und die Elefanten, daß ihr schwindelte.
Ein Gedanke jedoch drängte sich in den Vordergrund, und die Möglichkeit, daß er wahr sein könnte, trieb ihr den kalten Schweiß auf die Stirn. Cameron erkannte, was in ihr vorging. Er sah sie erschauern, und er rückte seinen Stuhl noch näher zu ihr und ergriff ihre Hand.
»Nein, Violet«, sagte er. »Ich weiß, was Sie denken. So ist es nicht.«
»Aber das Tal gehört mir.« Ihre Stimme klang ruhig und erstaunt. »Niemand anderem. Wie sollte das nicht der Grund sein?«
Er schüttelte den Kopf. »Ich habe schon immer gewußt, daß das Tal Ihnen gehört, – seit ich zum erstenmal im Laager war. So stand es schon damals in meinen Unterlagen, und ich hatte es immer irgendwo im Hinterkopf. Erst als die Ergebnisse der geomagnetischen Untersuchungen vorlagen und uns zeigten, was dort verborgen liegt, kam es mir wieder zu Bewußtsein – sofort. Und natürlich wurde ich neugierig. Meine Leute stellten Nachforschungen an und fanden heraus, daß Sie eine Freundin von Naomi Rothschild sind. Und so bat ich Naomi, uns miteinander bekannt zu machen.«
Cameron stand auf. Er steckte die Hände in die Hosentaschen und trat ans Fenster.
Dort stand er, mit dem Rücken zu ihr, und sah hinunter auf den Hudson River, auf die graubraunen Eisschollen, die im Fluß trieben. Violet beobachtete ihn. Sie sah, wie die Knöchel seiner massigen Fäuste sich durch den Stoff abzeichneten. Sogar sein Rücken, ein dunkler Umriß gegen den hellen Himmel, strahlte Macht, Energie und Autorität aus.
»Ich hatte mehrere Alternativen«, fuhr er fort. »Ich dachte daran, Ihnen das Land abzukaufen – ich wußte, daß es nichts wert ist, und meinte, Sie würden es sicher gern loswerden, wenn sich eine Gelegenheit dazu böte. Oder Ihnen zu sagen, worum es geht, – Ihnen zu erklären, was sich wahrscheinlich unter dem Fluß befindet, und Sie zu bitten, der Ausgrabung zuzustimmen.« Er zog eine Hand aus der Tasche und schnalzte mit den Fingern. »Oh, mir wäre schon etwas eingefallen, um Sie auf meine Seite zu bringen. Dann aber saß ich neben Ihnen und stellte dreierlei fest. Erstens, daß Sie viel intelligenter und schöner sind, als Naomi mir gesagt hatte. Zweitens, daß Sie krank sind. Und drittens, daß Sie jemanden brauchen, der sich um Sie kümmert.«
Er drehte sich wieder um und sah Violet eindringlich an. »Ich ließ Sie

beobachten, wo immer Sie hingingen; als Sie zusammenbrachen, ließ ich Sie hierherbringen. Ich war bei Ihnen in der Nacht, als Sie hier eintrafen. Sie waren nicht bei Bewußtsein. Ich sah Sie an. Sie waren bleich und zitterten und hatten eine Infusionsnadel im Arm, und trotzdem waren Sie für mich die schönste Frau, die ich je gesehen habe. Wissen Sie, ich war nie verheiratet. Ich habe beschlossen, Sie zu heiraten. Nicht wegen des Tals – das könnte ich auf andere Weise bekommen. Sondern um Ihrer selbst willen.«
Er trat wieder zu ihr. »Wollen Sie meine Frau werden, Violet?« fragte er.
Violet schloß die Augen, starr vor Schrecken. Ja, sie wollte, und wie sie wollte, mit verzweifelter Sehnsucht sogar! Nicht wegen seines Reichtums – obwohl ihr eigenes Vermögen dahinschwand: die längste Zeit ihres Lebens hatte sie skrupellos mit beiden Händen das Geld zum Fenster hinausgeworfen; aber sie hatte immer noch genug, sie war immer noch eine wohlhabende Frau. Nicht wegen seines Vermögens wollte sie ihn, auch nicht wegen seiner Stärke oder seiner Macht, und nicht um seiner selbst willen. Vielleicht konnte sie mit der Zeit Zuneigung für ihn empfinden – aber gewiß keine Liebe und erst recht keine Leidenschaft. Nein: Violet wollte ihn um ihrer eigenen Sicherheit willen.
Dafür konnte sie ihn akzeptieren, dafür waren ihr alle Bedingungen recht – mit einer Ausnahme: er durfte sie nicht wegen des Tals heiraten. Sie selbst hatte Menschen gekauft, aber nie hatte sie sich kaufen lassen, und am allerwenigsten für das wertvollste Gut, das sie je besessen hatte. Das Tal der Elefanten konnte sie ihm nur zum Geschenk machen.
Sie glaubte Cameron. Er mochte alle möglichen komplizierten Beweggründe haben, von denen sie nichts ahnte, die sie vielleicht nie erfahren würde; aber eines glaubte sie mit fester Entschlossenheit: Er wollte sie nicht heiraten, um sie zu kaufen. Nicht wegen des Tales.
Sie stieß den angehaltenen Atem aus und öffnete die Augen.
»Danke, Boy. Ich bin Ihnen dankbar. Ich kann mir zwar weiß Gott keinen plausiblen Grund vorstellen, weshalb Sie mich zur Frau haben wollen, aber wenn Sie wirklich sicher sind, dann sage ich ja, nichts würde mich glücklicher machen.« Sie verstummte und lächelte ihn halb fragend, halb entschuldigend an. »Vielleicht ist Ihnen der köstliche Champagner zu Kopf gestiegen? Möchten Sie sich's nicht lieber noch einmal überlegen – morgen, wenn die Wirkung verflogen ist?«
Cameron lachte. »Ich hab' einen Stierschädel. Bei mir verfliegt nichts, braucht es auch gar nicht. Ich will Sie heiraten.«
Er beugte sich vor und küßte sie auf die Stirn. Dann stand er auf. Als

er zur Tür ging, rief Violet ihm nach: »Boy, Sie haben mir schon soviel gegeben, ich möchte Ihnen auch etwas geben. Eigentlich sollte ich es für die Hochzeit aufsparen, aber das möchte ich nicht. Ich will es Ihnen gleich schenken, zur Feier des Tages.« Ihre Augen funkelten. Mit einemmal fühlte sie sich ungeheuer, unvorstellbar glücklich. »Ich sollte Ihnen mein Geschenk mit einer scharlachroten Schleife und einem Sträußchen Vergißmeinnicht präsentieren«, sagte sie, »aber die Schleife und die Blumen müssen Sie sich dazudenken. Von jetzt an gehören der Fluß und das Tal Ihrer Stiftung. Sie gehören Ihnen.«

Cameron kam zurück. Er zog sie an sich und hielt sie fest in seinen starken und tröstenden Armen. Nie hatte sie sich in einer Umarmung sicherer gefühlt.

In dieser Nacht träumte Violet zum zweitenmal von Billy.

Der Traum war sehr einfach und sehr lebhaft – es war eigentlich gar kein Traum, eher eine Erinnerung an eine längst vergangene Wirklichkeit, aber so klar und deutlich, daß es ihr schien, als erlebte sie denselben Augenblick ein zweites Mal. Es war die letzte Etappe ihrer Rückreise nach England. Nach dem U-Boot-Angriff stand Violet mit ihrer Mutter, Nanny und Bobbity bei den Rettungsbooten, Billy tauchte aus den Nebel- und Rauchschwaden auf und kam auf sie zu, die leere Geschoßhülse in beiden Händen. Als er ihr das heiße Messing zu Füßen legte, sah sie – genauso, wie sie es damals gesehen hatte –, daß seine Hände von der Hitze des Metalls voller Brandwunden waren und bluteten. Er sah sie an mit seinem undurchdringlichen, starren Blick. Dann drehte er sich um und ging davon, und die ausgefransten Militärhosen, die ihm viel zu lang waren, bauschten sich um seine Knöchel. In ihrem Traum sah Violet ihn nicht in Rauch und Nebel verschwinden, sondern zwischen den turmhohen grauen Gestalten der Elefanten.

Am Morgen weckte sie die Schwester mit ratloser und mißbilligender Miene. »Das geht einfach nicht so weiter«, zeterte sie. »Schauen Sie sich das an! Nicht nur hier drin sieht es so aus, der halbe Gang ist nicht mehr begehbar. Ich weiß nicht, was Ihr Mr Cameron sich dabei denkt, Miss Somerset, aber ich glaube, er will uns schier ertränken!«

Violet setzte sich auf. Schon vor Jahren hatte sie ihren Mädchennamen wieder angenommen. Manchmal nannte man sie Miss und manchmal Mrs. Ihr war es gleichgültig – an diesem Tag mochten die Leute sagen, was sie wollten, ihr konnte nichts etwas anhaben.

Sie sah sich um und erblickte ein Blumenmeer. Vom Boden bis fast zur Decke war der Raum mit roten Rosen gefüllt, und durch das kleine runde Fenster in der Tür sah sie es rötlich schimmern, wie ein

Leuchten draußen auf dem Gang: dort mußten noch Hunderte weiterer Sträuße stehen. Der Duft war betörend, beinahe überwältigend. Violet lächelte und ließ sich zurücksinken. Den Traum hatte sie vergessen. Sie lag reglos, den Kopf auf dem Kissen, und nahm den Duft der Blüten in sich auf.

Vier Wochen später wurden Violet und Cameron auf dem Standesamt des vierzehnten Distrikts in Mid-Town Manhattan getraut. Auf Violets Wunsch gingen sie danach zu Fuß zur nahegelegenen Episkopalkirche hinüber, wo der Priester einen kurzen Segen über das Brautpaar sprach. Anschließend brachte eine Limousine sie zum Carlisle Hotel; dort hatte Cameron eine kleine Hochzeitsfeier arrangiert.

Violet, die sich von ihrem Zusammenbruch noch immer nicht vollständig erholt hatte, bestand auf einer Feier im allerbescheidensten Rahmen – nach drei gescheiterten Ehen hätte sie jedes Aufheben um eine weitere Hochzeit als Herausforderung des Schicksals empfunden. Diese vierte Ehe sollte ihre letzte sein und bis an ihr Lebensende halten und brauchte daher keine prunkvolle Ankündigung. Cameron war mit allen ihren Wünschen einverstanden. Er selbst hatte anscheinend keine wirklichen Freunde und lud lediglich eine Handvoll Geschäftspartner ein, die Violet mit Vergnügen empfing.

Auch Naomi war gekommen, Violets einzige Freundin in New York. Irgendwann während der Party überließen sie die plaudernden und Champagner trinkenden Gäste sich selbst und traten auf den Balkon hinaus. Durch die offene Tür hinter ihnen drangen Gesprächsfetzen und Wogen von Gelächter.

»Du siehst wunderbar aus, Liebes«, sagte Naomi.

Violet quittierte das Kompliment mit einem anmutigen Knicks. Sie trug ein schlichtes, höchst elegantes maßgeschneidertes Kostüm aus grauer Shantungseide, dazu einen Kaschmirschal in dunklerem Grau, lässig um die Schultern gelegt, denn trotz der Wärme schauderte sie noch bei jedem Windstoß. Um ihren Hals lag das Collier aus mächtigen Türkisen, das sie vor langer Zeit von ihrer Mutter geerbt hatte; in dem leuchtenden Blau der Steine, schimmernd in der Frühlingssonne, spiegelte sich die Farbe ihrer Augen. Trotz ihrer Blässe erschien ihr Gesicht strahlend.

»An eine Hochzeit habe ich ganz bestimmt nicht gedacht, als ich sagte, ihr würdet euch gut verstehen, du und Boy!« lachte Naomi. Dann fügte sie hinzu: »Aber ist es wirklich das, was du willst, ja? Sag's mir noch einmal, zu meiner Beruhigung, zum letzten Mal.«

Violet schwieg eine Weile nachdenklich. Dann lächelte und nickte.

»Zu viele Jahre, zu viele Fehler, zuviel Chaos und zuviel angerichteter Schaden«, sagte sie. »Manchmal hat's Spaß gemacht, aber damit ist's schon lang vorbei. Das liegt alles hinter mir, Naomi. Ich bin aufgewacht. Ich bin jetzt erwachsen, endlich, und ich fange ganz von vorn an. Meine Vergangenheit liegt so weit zurück – es ist, als wäre nichts davon wirklich geschehen. Es mag banal klingen, aber mit Boy habe ich das Gefühl, ich bin im sicheren Hafen angekommen. Bei ihm fühle ich mich geborgen.« Sie zögerte. »Ja«, setzte sie dann hinzu, »es ist das, was ich will.«

Naomi sah sie an. »Kann man denn seine Vergangenheit einfach abschütteln – kann das irgend jemand?« fragte sie.

»Ich kann's. Ich kann auftauchen wie Venus aus den Wellen, neugeboren. Immer wieder jungfräulich.«

»Und du wirst nichts bedauern, nichts vermissen?«

Violet lachte. »Liebe Naomi, ich kann mich doch an nichts erinnern!«

»Wirklich an nichts?« beharrte Naomi.

Violet erwiderte ihren eindringlichen Blick. Naomi war gewitzt und klug, schonungslos, absolut loyal. Und sie war eine beunruhigend, manchmal sogar erschreckend scharfsichtige Beobachterin. Violet zögerte, leicht verunsichert. Dann schüttelte sie den Kopf: heute war ihr großer Tag, und sie würde ihn sich nicht von ihrer Freundin verderben lassen. »Gar nichts!« sagte sie trotzig.

Cameron rief sie herein, denn die Gäste waren im Aufbruch und wollten sich verabschieden. Damit war das Gespräch beendet.

Violet und Cameron verbrachten einen beschaulichen Abend mit einem Dinner im Hotelrestaurant. Unmittelbar danach begleitete er sie zu ihrem Zimmer – er hatte zwei getrennte Suiten für sie beide reserviert. Violet war müde und wollte früh zu Bett gehen; so hielt sie es stets während der folgenden Wochen, in denen sie langsam wieder zu Kräften kam. Er hingegen pflegte bis in die frühen Morgenstunden aufzubleiben und rund um die Welt zu telefonieren.

Vor der Tür zu ihrer Suite blieb Cameron stehen und lächelte sie mit freundlichem Spott an. »Ist die Aufregung daran schuld oder hast du's wirklich vergessen?« fragte er.

Violet runzelte die Stirn. »Was vergessen?«

»Die Frage, wohin unsere Hochzeitsreise geht.«

Violet errötete. Eine Woche nachdem sie ihm ihr Jawort gegeben hatte und der Termin festgesetzt worden war, hatte Cameron ihr eröffnet, er habe bereits bestimmt, wo sie ihre Flitterwochen verbringen würden, aber das bleibe ein Geheimnis bis zum Tag der Hochzeit. Mehrmals hatte sie scherzhaft versucht, ihm das Geheimnis zu

entlocken, doch Cameron ließ sich nicht erweichen. Und heute, ausgerechnet heute, hatte sie es vollkommen vergessen.
»Oh Boy«, rief sie aus, »es tut mir so leid! Wenn es irgendeine Entschuldigung gibt... Ja, die Aufregung wohl, Erschöpfung auch. Aber vor allem deshalb, weil mir das Ziel nicht so wichtig ist, solang ich nur mit dir zusammen bin. Verzeih mir – sag's mir jetzt.«
Cameron lächelte nachsichtig. Dann veränderte sich sein Ausdruck – seine Miene war noch immer zärtlich und nachdenklich, doch sein Blick wurde hart und durchdringend.
»Deinetwegen«, sagte er, »bin ich sechs Wochen in New York geblieben, um mit dir zusammenzusein, und gewiß war mir jede Sekunde davon kostbar. Aber jetzt habe ich etliches nachzuholen und muß mich um meine Geschäfte kümmern. Wir werden einen Monat lang um die Welt reisen. Wir lassen uns viel Zeit. Ich werde mich mit meinen Geschäftspartnern treffen. Du bist an meiner Seite, aber während ich beschäftigt bin, wirst du dich ausruhen, schwimmen, essen und alles tun, wonach dir der Sinn steht, und das in den besten Hotels an einigen der schönsten Flecken der Erde. Allerdings...« – er hob beide Hände, beinahe abwehrend – »...kommt das alles später. Zuerst, und das ist das Geheimnis, fahren wir nach Afrika. Ich will mit dir zu dem Geschenk fahren, das du einst erhalten und an mich weitergegeben hast. Wir werden zu deinem Tal fahren.« Er beugte sich vor und küßte sie auf die Wange. Violet spürte seine grauweiße Haarmähne ihre Stirn streifen. »Schlaf gut, meine Liebe.«
Er wandte sich ab und ging mit weit ausgreifenden Schritten über den dicken Teppich des Korridors davon – zurück blieb seine Aura von Macht und Unbeirrbarkeit, die noch in der Luft zu hängen schien, als er bereits im Aufzug verschwunden war.
Violet stand reglos in der offenen Tür ihrer Suite. Aus irgendeinem unerklärlichen Grund war ihre ruhige Zuversicht mit einemmal verflogen, und sie spürte ein dumpfes Unbehagen. War Boy in ihre Privatsphäre eingedrungen, hatte er ihr etwas geraubt? Sie schüttelte den Kopf. Nein, das konnte er nicht. Diese gottverlassene Wildnis, diese wertlose Einöde hatte sie ihm freiwillig und aus liebevoller Dankbarkeit geschenkt, zum Lohn für das, was er ihr gab.
Dann tauchte Naomis Bild vor ihr auf, Naomi mit ihren scharfen Augen und ihrem wachen Geist, der sie versichert hatte, ihre Vergangenheit sei abgeschlossen, vorbei und vergessen, sie könne sich nicht einmal daran erinnern. Es war die Wahrheit. Sie versuchte sich ihre Männer ins Gedächtnis zu rufen, James Rippon, Toby und Curro Lopez und die vielen anderen, aber es war vergebens: sie waren wie

ausgelöscht, als hätten sie nie existiert, allenfalls als belanglose und verschwommene Störungen in einem Leben, das nicht zu ihr gehörte, einem Leben, das sie abgetrennt und weggeworfen hatte. Dieses eine Mal hatte Naomi sich geirrt – Violet war in der Tat wie die Schaumgeborene, die unberührt aus den Wellen auftaucht. Für sie hatte die Welt am heutigen Tag mit Cameron neu begonnen. Vorher war nichts.

Violet schloß ihre Tür. Vorsichtshalber, nur um absolut sicherzugehen, daß sie in ihrer Hochzeitsnacht schlafen konnte, nahm sie die dreifache Dosis Schlaftabletten, bevor sie ins Bett stieg.

Fast sofort fiel sie in Schlaf. Sie schlief traumlos und wachte am Morgen erfrischt auf.

Zu Mittag machte sie sich mit Cameron auf den Weg nach Afrika.

Die Vertreibung aus dem Paradies

Die Frau stand kurz vor ihrer Niederkunft. Das wußte auch der Mann. Beklommen beobachtete er sie und wartete und wußte, daß es nicht mehr lang dauern würde.

In den neun Monaten, in denen das Kind im Bauch der Frau herangereift war, hatte der Mann die kleine Antilope gehegt und gepflegt, die trächtig gewesen war, als er sie gefangen hatte, und nun weideten ein Dutzend Tiere im Pferch am Flußufer unweit des Nestes – das nicht länger nur ein Haufen Schilfgras war, sondern jetzt ein rundes Dach hatte, ein Geflecht aus Blättern über gebogenen Weiden, die mit beiden Enden in die Erde gerammt waren.

Die Frau versorgte ihre Tsamamelonen, und die Ernte ernährte die Tiere im Pferch, die Frau und den Mann, und sollte bald auch das Kind ernähren, das die Frau in ihrem Bauch trug. Bald würden sie nicht länger jagen und sammeln müssen, sondern konnten von dem leben, was unter ihren Händen wuchs und gedieh. Bald würden sie die verschwenderische Fülle des Tals nicht länger mit den Lebewesen teilen müssen, die hier eine Heimat gefunden hatten, sondern konnten es für sich selbst beanspruchen, für ihre Kinder und Kindeskinder.

Aber zum dritten Mal in vier Millionen Jahren senkte sich in dieser Nacht das Gewicht des Himmels auf die Erde herab. Diesmal wurde die Erde in ihren Grundfesten erschüttert, sie bebte und bäumte sich auf unter der Macht der tobenden Elemente. Von Westen wälzte sich ein gewaltiger Zorn heran, und eine große Furcht kam die Menschen an. Sie fürchteten um die Früchte, die sie gepflanzt, um das Fleisch der Tiere, die sie herangezogen hatten. Sie fürchteten um ihr noch ungeborenes Kind.

Sie waren in Todesangst und flohen entsetzt.

Am Morgen, als endlich der Himmel sein Gewicht von der Erde hob, lag ihre Heimat, der grüne Garten, verlassen und leer.

An diesem Morgen, dem ersten Morgen ihrer endlosen Wanderschaft, betrachteten die Frau und der Mann in gemeinsamem Staunen ihr neugeborenes Kind. In Freude gezeugt, in Sorgen zur Welt gebracht – das Erstgeborene der Menschheit.

An dem namenlosen Ort, das jetzt endlich ein Tal geworden war, zogen die großen grauen Gestalten gemächlich durch den lichtgesprenkelten Schatten am Ufer des Flusses, wie sie es von Anbeginn an getan hatten. Viele andere Tiere lebten hier im Tal, doch die ältesten Bewohner waren die Elefanten.
Grün wie ein Garten döste das Tal unter der sengenden Mittagshitze.

Fünfter Teil

Das Tal

39

Billy betrat *Le P'tit Canard* und schlängelte sich zwischen Stühlen und Tischen hindurch bis zur Theke. Es war noch früh am Morgen, vor zehn Uhr, und das Café in einer Seitengasse der Cannebière, der Hauptverkehrsstraße von Marseille, war nahezu leer. Der Barmann spülte Gläser in dem alten Porzellanbecken vor dem Eingang zur Küche. Billy schwang sich auf einen Barhocker und sah sich um.

Wie lang war er nicht mehr hier gewesen? Vier, nein fünf Jahre. Es hatte sich nichts verändert, an den Wänden hingen dieselben vergilbten Bilder von Marcel Cerdan und Edith Piaf, dasselbe billige Zeitungsfoto des großen Louison Bobet auf dem Weg in die Alpen während der Tour de France 1954, dasselbe Naziplakat aus Kriegszeiten, höhnisch gerahmt, das eine »großartige Belohung« für die Auskunft versprach, die zur Ergreifung des »Verbrechers namens Vercors« führte, eines der zahlreichen Helden der Résistance. Auch das *képi blanc* der Fremdenlegion – nicht die fesche neue Kappe, sondern die alte Schirmmütze aus der nordafrikanischen Wüste – hing noch über den aufgereihten Pastis-Flaschen an der Wand. Billy lächelte erfreut. Auch für ihn war *Le P'tit Canard*, wie für jede Generation der Nachkriegslegionäre, inoffizielles Hauptquartier, Postfach, Treffpunkt und Privatclub zugleich, und es tat ihm gut, das Emblem der Legion nach wie vor ausgestellt zu sehen.

»*Monsieur?*«

Der Barmann kam zu ihm herüber. Billy bestellte einen 51 mit Eis. Während der Mann einschenkte, fragte Billy: »Wo ist Thierry?«

Der Barmann hob den Kopf. »Monsieur Thierry ist vor drei Jahren gestorben«, antwortete er mit gerunzelter Stirn.

»Oh, das tut mir leid, das wußte ich nicht, ich bin schon länger nicht mehr hier gewesen«, sagte Billy verlegen. »Was ist mit Madame Delphine?« setzte er nach einer Weile hinzu.

Seit Billy die Bar kannte, war der alte Thierry der Wirt gewesen. Madame Delphine war seine Gattin.

»Sie ist in der Küche.«

»Würden Sie ihr sagen, daß ich hier bin? Mein Name ist Roget, Bernard Roget.«

Der Barmann ging. Einen Augenblick später eilte Delphine aus der Küche.

»Bernard! Mein liebster *rosbif*! Du hast mich bös im Stich gelassen, aber ich verzeih' dir. Willkommen daheim!«

Sie kam hinter der Theke hervor und umarmte ihn mit mehlbestäubten nackten Armen, strahlend vor Freude.

»Delphine!« rief Billy und küßte sie auf beide Wangen. Sie war älter und dicker geworden, als er sie in Erinnerung hatte. Ihr Haar war weiß, und der füllige Leib wölbte sich rund und fest unter dem Witwenschwarz, das sie bis an ihr Lebensende tragen würde, aber ihre Augen leuchteten noch immer hell, und ihr Lächeln war so anheimelnd wie je.

»Komm mit in die Küche«, fuhr sie fort. »Thierry ist nicht mehr, aber die Arbeit ist nicht weniger geworden.«

»Ich hab's gerade gehört. Es tut mir sehr leid, Delphine.«

Sie zuckte die Achseln. »Er war ein guter Mann. Wir hatten viele gute Jahre miteinander. Er ist im Schlaf gestorben, in seinem eigenen Bett, betrunken und zufrieden. Was kann sich eine Frau für ihren Mann Besseres wünschen? Jetzt führe ich das Café halt allein und schlag' mich so durch.«

Billy setzte sich an den Küchentisch, während Delphine sich am Herd zu schaffen machte.

»Wie lang ist es her, Bernard? Sechs Jahre, nicht? Was hast du getrieben die ganze Zeit, und was führt dich wieder nach Marseille?«

Er fing an zu berichten.

Delphines Gedächtnis war besser als sein eigenes. Jetzt, als er darüber nachdachte, fiel ihm ein, daß sein letzter Besuch hier tatsächlich schon sechs Jahre zurücklag. Es war das Jahr gewesen, in dem er nach achtundzwanzig Dienstjahren aus der Fremdenlegion ausgeschieden war, im Rang eines Hauptfeldwebels, dem höchsten Dienstgrad, den er erreichen konnte. Ein Jahr später wurde das System reformiert: wäre Billy noch im Dienst gewesen, hätte er sich an der französischen Stabsakademie einschreiben und das Offizierspatent erwerben können.

Rückblickend zweifelte er freilich, ob er die Gelegenheit ergriffen hätte, selbst wenn sich ihm die Möglichkeit geboten hätte. Er hatte genug von der Fremdenlegion, von den überstürzten Missionen zu lokalen Brandherden, von den Strapazen, den Moskitos, dem verkohlten Essen, gegart über einem Haufen schwelender Äste im Dschungel oder einem Lagerfeuer in der Wüste, von dem einsamen Kasernenleben in den langen kampflosen Zeiten zwischen Einsätzen, eingebunden in eine strenge hierarchische Struktur.

Er hatte sich eine ansehnliche Summe zusammengespart, besaß einen französischen Paß und sprach fließend Französisch. Als seine vierte Dienstzeit sich dem Ende näherte, beschloß er, sich nach etwas Neuem umzusehen. Sechs Monate lang war er auf der Suche, und schließlich kaufte er einen Olivenhain in der Provence.

Kaum ein Jahr später war ihm endgültig klar, daß er einen fatalen Fehler gemacht hatte.

Mit dem Betrieb an sich war zwar alles in Ordnung – seine Bäume wuchsen und gediehen, die Ernte war reichhaltig, und das Olivenöl verschaffte ihm ein gutes Einkommen. Was nicht in Ordnung war, was er bald nicht mehr ertrug, waren die unsägliche, nervenzermürbende Langeweile und das einsame Leben. Nie zuvor war ihm zu Bewußtsein gekommen, wie sehr er von der Legion abhängig war, wie sehr sie ihm zum Ersatz geworden war für die Familie, die er nie gehabt hatte, nicht einmal in der Kindheit – selbst in den besten Zeiten war das Haus in der Mally eine schwache und armselige Notlösung gewesen.

Wie in jeder Familie gab es natürlich auch in der Fremdenlegion Spannungen, Streit und Eintönigkeit, aber was zählte, waren die guten Momente, die Kameradschaft, Geselligkeit und die Unterstützung, die Billy dort gefunden hatte, Lieder und Lachen und die Rituale der Männergemeinschaft in fetten wie in mageren Zeiten, die Augenblicke der Aufregung und der Euphorie. Nichts davon war ihm geblieben.

Ein Gefangener seines Grund und Bodens, zwang sich Billy, noch weitere vier Jahre durchzuhalten. Dann kam ein Winter, der so streng war wie der Winter 1954, der praktisch die gesamte Ölproduktion der Provence ruiniert hatte. Unter Frost und Eis erfroren ihm fast alle Bäume.

Im Frühjahr bot die französische Regierung den Olivenbauern, die es so hart getroffen hatte wie ihn, großzügige Entschädigungen an. Billy aber lehnte ab. Für ihn war dieser Winter keine Katastrophe gewesen, sondern eine Erleichterung: das Schicksal hatte ihm eine Entscheidung abgenommen. Er verkaufte seinen Grund an einen Nachbarn, der die Absicht hatte, den verwüsteten Hain abzuholzen und mit Hilfe der staatlichen Subvention in ein Spargelanbaugebiet umzuwandeln.

»Das war's also«, schloß Billy. »Letzte Woche haben wir den Betrieb stillgelegt.«

Delphine kam vom Herd zu ihm an den Tisch. »Die Touristen und *les gens de Paris* strömen in Massen her«, sagte sie. »Weil sie glauben, die Provence sei warm und schön und angenehm. Vom Mistral und vom Frost haben sie keine Ahnung, sie wissen nicht, was das für ein hartes Land ist. Du hast es erfahren.« Sie warf ihm einen prüfenden Blick zu. »Aber deswegen bist du nicht hergekommen. Dein Olivenhain ist Geschichte, vorbei und vergessen, wie Thierrys Tod. Was nun?«

Billy hatte seinen Pastis geleert. Delphine rief nach dem Barmann, der in die Küche kam und nachschenkte. Eine Zeitlang saß Billy stumm und nachdenklich vor seinem Glas.

»Ich hab' ein bißchen Geld, Delphine«, sagte er schließlich. »Nicht soviel wie früher, aber es reicht schon. Zur Legion kann ich nicht zurück, ich bin zu alt. Aber ich bin immer noch Soldat, das ist mein Beruf, das kann ich am besten. Ich will was zu tun haben.«

»Männer!« Delphine zuckte die Achseln und wandte sich wieder ihrem Herd zu. »Ihr vermasselt euer Leben, und dann kommt ihr zu uns und erwartet von uns einen Neuanfang. Ist es nicht so?«

Billy lachte. »Vielleicht.«

Sie stand mit dem Rücken zu ihm. »Nicht ›vielleicht‹ – genau so ist es«, sagte sie kopfschüttelnd. »Thierry war auch so. Kam aus der Legion und war aufgeschmissen. Ich hab' dieses Café hier aufgetrieben, hab's in Gang gebracht, hab' ihm einen neuen Lebensinhalt verschafft. Und jetzt kommst du daher...« Sie drehte sich um, den Schöpflöffel in der Hand. »Da gibt's einen Mann namens Fernando Guitarrez. Einen Portugiesen aus Moçambique. Er war bei der Legion, wurde aber rausgeworfen. Er kann gut Witze erzählen, Thierry hat ihn gemocht. Ich find' ihn Scheiße, hab' mich aber Thierry zuliebe mit ihm abgefunden. Irgendwie ist er dann zu Geld gekommen und verkehrt seitdem wieder hier. Heute abend ist er da. Er nennt sich ›Geschäftsberater‹ – er sagt, er rekrutiert ›erfahrene Sicherheitsoffiziere‹ für Ostafrika.«

Sie hielt inne und warf ihm einen wütenden Blick zu. »Oh, Bernard, wieso fährst du nicht heim? Wieso suchst du dir nicht ein nettes Mädchen und heiratest? Fällt dir wirklich nichts Dümmeres ein, als schon wieder Soldat zu werden?«

Er wich ihrem vorwurfsvollen Blick aus. »Ich kann nicht heim«, sagte er. »Deswegen bin ich doch zur Legion gegangen. Das weißt du, Delphine.«

»Dann triff dich mit diesem Scheiß-Guitarrez heute abend!« Zornig warf sie den Schöpflöffel in den Suppenkessel zurück.

Billy stand auf, um zu gehen. Delphine hörte den Stuhl über die Fliesen scharren. Sie wischte sich die Hände an der Schürze ab und stellte sich ihm in den Weg, als er zur Tür ging.

»Warst du je verliebt, Bernard?«
Billy stutzte, plötzlich verschreckt. Noch nie hatte ihm jemand eine solche Frage gestellt. Stumm stand er vor ihr, wunderte sich, dann begann er nachzudenken.
»Vielleicht einmal«, sagte er schließlich unschlüssig. »Das ist aber schon lang her, ich war noch ein Kind – ich weiß nicht, ob das zählt.«
»Alles zählt«, sagte Delphine. »Thierry war ständig verliebt. Jeder kleinen Blondine, die ihn die Titten hat sehen lassen, wollte er zwischen die Beine, und meistens hat er's auch geschafft. Damals hat mich das fürchterlich aufgeregt. Wär' nicht nötig gewesen. Es ist besser als Kanonen, viel besser... Sieh zu, daß es dir noch mal passiert«, schloß sie.
Billy lachte verunsichert. Er umarmte sie und ging hinaus.

Am selben Abend traf er Fernando Guitarrez.
Als er zurückkam, war die Bar zum Bersten voll, aber Delphine hatte dem Portugiesen offensichtlich schon Bescheid gesagt: als Billy durch die Tür trat und den Blick über die versammelten Zecher gleiten ließ, drängte sich ein Mann durch die Gäste und blieb vor ihm stehen.
»Bernard?« fragte er.
Billy nickte.
»Trinken wir was.«
In der hinteren Ecke des Zimmers, das Delphines speziellen Freunden vorbehalten war, gab es einen freien Tisch; gewiß hatte sie ihn eigens für Billy und Guitarrez reserviert, denn zwei Stühle standen schräg gegen die Platte gelehnt zum Zeichen, daß sie besetzt waren, und auf dem Tisch stand eine Flasche Pernod mit zwei Gläsern.
»*¡Salud, pesetas y amor!*« Mit dem spanischen Trinkspruch füllte Guitarrez die Gläser.
Gesundheit, Geld und Liebe. Billy nickte. Während er trank, musterte er den Portugiesen prüfend.
Guitarrez war klein und drahtig, hatte schmale schwarze Augen und eine silbrige Haarmähne. Er trug quastengeschmückte Schuhe, weiße Baumwollhosen und ein offenes Hemd aus schwerer blauer Seide, das den Blick auf eine haarige Brust nebst Goldkette und goldenem Kreuz freigab.
Billy verstand durchaus, weshalb Delphine ihn nicht ausstehen konnte. Guitarrez wirkte selbstsicher bis an die Grenze der Arroganz, effizient und verschlagen. Er sah auch gefährlich aus. Kaum einer wagte es, mit Goldketten um den Hals durch die Seitengassen der Cannebière zu spazieren – wer es dennoch tat, wußte zweifellos gut mit dem Messer umzugehen.

»Ich bin sehr erfreut, Sie kennenzulernen, Bernard, sehr erfreut«, begann Guitarrez mit strahlendem Lächeln. »Oft bin ich gezwungen, vorher Erkundigungen einzuholen, aber bei Ihnen ist das nicht notwendig. Überall spricht man nur in den höchsten Tönen von Ihnen, so daß wir faktisch keinen Grund haben, uns zu treffen, außer zum Vergnügen. Aber nun sind Sie schon einmal hier und ich auch, also sehen wir zu, ob wir miteinander ins Geschäft kommen.«
Daraufhin beugte er sich vertraulich vor und hob an zu erklären.

40

Billy hob die Hand, und die Patrouille hinter ihm blieb stehen wie angewurzelt. Er spähte nach links, dann nach rechts, aber es war nichts zu sehen als das endlose, grüngrau wogende Buschland, unterbrochen nur durch gelegentliche schwarze Flecken, den Schatten unter einer Kameldornakazie. Er hob die Nase und witterte. Noch immer nichts. Er legte den Kopf in den Nacken. Unter dem blaßblauen afrikanischen Himmel zog ein Adlerpärchen gemächlich seine Kreise.

Er wartete.

Die Patrouille hinter ihm trat unruhig von einem Fuß auf den anderen. Es gab keinen offensichtlichen Grund, nicht weiterzugehen – aber Billy hatte ein ungutes Gefühl. Irgend etwas stimmte nicht, irgend etwas war ungewöhnlich. Dann wußte er auf einmal, was anders war: die Vögel waren verstummt.

Ohne einen Laut flogen die Rotkehlchen, Würger, Stare und Lerchen über ihn hinweg. Etwas Lebendiges ganz in der Nähe trieb sie vorwärts.

Billy fuhr herum. Mit herrischer Geste befahl er seinen Männern, sich zu Boden zu werfen. Er selbst trat von dem gewundenen Antilopenpfad herunter und kauerte sich ins Gras, die Kalaschnikow auf den Knien, spitzte die Ohren und horchte auf jedes Geräusch. Und wartete.

Fast ein Jahr war seit seiner Unterredung mit Guitarrez in der Bar von Marseille vergangen. Guitarrez hatte ihm ein unumwundenes Angebot gemacht. Jahre nach der Unabhängigkeit von Südrhodesien – Zimbabwe, wie das Land nun hieß, – wurden die weißen Farmer im Süden noch immer von schwarzen Räuberbanden heimgesucht, die ihre Waffen nie ausgehändigt hatten. Vorräte wurden geplündert, die Landarbeiter erpreßt und terrorisiert, gelegentlich wurden sie und ihre Familien angegriffen und ermordet. Zur Abwehr der Gesetzlosen hatten die Farmer, mit Billigung der Regierung, ihre eigene Miliz aufgestellt, und Guitarrez hatte den Auftrag, für die Sicherheitstruppe Männer zu rekrutieren. Die meisten waren junge Weiße aus Südafrika oder Zimbabwe selbst, aber als Patrouillenführer brauchte er erfahrene Leute, ehemalige Soldaten, der englischen Sprache mächtig. Er

bot Billy ein Ticket für den Hin- und Rückflug und einen Einjahresvertrag.
Billy nahm den Job an.
Er operierte von Beit Bridge aus, einer kleinen Stadt im äußersten Süden des Landes, an der Grenze zu Südafrika. Es war eine schwierige, gefährliche Aufgabe. Die schwarzen Banden waren habgierig und skrupellos, schwer bewaffnet, verfügten über jahrelange Erfahrung im Guerillakrieg gegen die Weißen, und sie kannten jeden Zentimeter des Geländes. Auch die Dörfer der Einheimischen versetzten sie in Angst und Schrecken und unterhielten einen höchst effizienten Nachrichtendienst, ja, sie wußten so genau Bescheid über alles und jeden, daß es nicht mit rechten Dingen zuzugehen schien.
Wann immer die Banden und die Patrouillen aufeinandertrafen – Billys Patrouille war ein halbes Dutzend Mal in Auseinandersetzungen verwickelt worden –, waren die Gefechte kurz und grausam. Jeder Bandit, der den Zusammenstoß überlebte, wurde gefangengenommen und mit einem Schuß in den Hinterkopf exekutiert.
Für Billy war das alles nichts Neues – Gefahr, Strapazen, Brutalität waren, beinahe solange er zurückdenken konnte, ein fester Bestandteil seines Lebens gewesen. Zimbabwe unterschied sich kaum vom Tschad oder von Guyana. Aber er war bereits entschlossen, seinen Vertrag nicht zu verlängern – aus dem einfachen Grund, weil er die Männer, die er anführte, verachtete. Sie waren Abschaum.
Viele Fremdenlegionäre, mit denen er gedient hatte, waren gemein und brutal gewesen, aber immerhin diszipliniert. Sie hielten das weiße *képi* in Ehren, sie unterstützten sich gegenseitig mit Gelächter, Liedern und freimütig geteiltem Wein, sie setzten füreinander ihr Leben aufs Spiel. Sie gehörten alle derselben Familie an. Die jungen Weißen, die er jetzt befehligte, waren völlig anders: ein Haufen schießwütiger Mörder und Prahlhänse.
Ein Gutes konnte man über sie sagen: sie waren zumindest gute Schützen; das war aber auch alles. Und kaum verwunderlich: sie waren mit dem Gewehr in der Hand groß geworden, und Schießen war alles, was sie beherrschten. Abgesehen davon waren sie eingebildet, aufsässig und in einigen Fällen sogar ausgesprochene Feiglinge. Billy war sich klar, daß bei einem oder zwei Zusammenstößen mit Räuberbanden mindestens die Hälfte von ihnen ausgebrochen und davongelaufen wäre, hätte er sie nicht daran gehindert: seine Autorität und seine scharfe Zunge hielten die Truppe zusammen.
Er war nicht bereit, derlei noch länger mitzumachen, er hatte genug. Vielleicht mußte er noch eine oder zwei Patrouillen anführen, aber

danach war Schluß. Unterdessen hatte er den gegenwärtigen Einsatz zu Ende zu bringen, und dieser Moment war der Augenblick größter Gefahr für die Mission – was ihnen da entgegenkam, konnte nur eine Räuberbande sein.

Die Sonne neigte sich zum Horizont.

Mit zusammengekniffenen Augen starrte Billy gegen das Licht den Pfad entlang. Er spürte eine eisige Ruhe in sich und war hellwach – ein vertrautes Gefühl, so erging es ihm stets im Hinterhalt. Diesmal aber spürte er noch etwas anderes, Fremdartiges, irgend etwas stimmte nicht – im Nacken sträubten sich ihm die Haare.

Am Himmel flogen noch immer die Vögel in die entgegengesetzte Richtung. Hätte die Gegenwart von Menschen sie in die Flucht geschlagen, wären sie still gewesen. Aber das waren sie nicht: sie hatten wieder zu zwitschern begonnen.

Einen Moment später wußte Billy, weshalb.

Aus dem Busch brach die riesige graue Gestalt eines Elefanten. Er blieb stehen. Dann hob er den Rüssel mit geblähten Nüstern und witterte. Die leichte Nachmittagsbrise wehte von hinten, und so registrierte er die Anwesenheit der Patrouille nicht. Gemächlich schritt der Elefant weiter.

Wie vom Donner gerührt kauerte Billy im Gras und starrte ihm entgegen.

Angeblich gab es in diesem Teil des Landes keine Elefanten mehr: die Herden seien entweder dem Bürgerkrieg zum Opfer gefallen, hieß es, oder in die Flucht getrieben und weit in den Norden verschlagen worden. Dieses Tier, nahm Billy an, mußte wohl ein Einzelgänger sein, der das von Menschen veranstaltete Gemetzel überlebt hatte und dank irgendeinem Instinkt, einer angeborenen Ortskenntnis, ins Land seiner Vorfahren zurückgekehrt war.

Er kam näher, langsam und majestätisch, eine schwarze Silhouette vor dem schwindenden Licht der untergehenden Sonne. Rhythmisch schlugen seine Ohren, der Rüssel schwang gemessen hin und her, und die massigen Füße teilten das Gezweig der Dornbüsche so behutsam wie ein Tänzer, der sich auf der Bühne durch ein Geflecht künstlicher Rosen bewegt. Hell schimmerten seine Stoßzähne im Licht, und jeder Zentimeter seiner rauchgrauen Haut vibrierte von Leben.

Es war das schönste Wesen, das Billy je erblickt hatte.

Nur noch wenige Meter war der Elefant von ihm entfernt, als er sich mit einemmal seitwärts wandte und ohne Eile nach Osten weiterging. Er wußte noch immer nichts von der Anwesenheit der Menschen. Etwa zwanzig Meter hatte er zurückgelegt, als Billy hinter sich plötzlich ein Knacken zerbrechender Zweige vernahm, gefolgt von einem johlenden Schrei: »Hey, Jumbo! Sieh mich an, du scheußlicher alter Bastard!«

Billy fuhr herum.

Einer der Männer war aufgesprungen und schwang seine Kalaschnikow, ein junger Südafrikaner namens Hein, von dem Billy lediglich wußte, daß er in einem Schlachthaus im Transvaal arbeitete. Ein mürrischer, dumpfer Störenfried mit unflätiger Sprache.

Hein sprang auf und ab und winkte, um die Aufmerksamkeit des Elefanten auf sich zu lenken.

Der Elefant zögerte kurz; dann drehte er sich langsam zu der schreienden, gestikulierenden Gestalt um.

»Um Himmels willen!« schrie Billy. Er sprang auf und rannte auf den Mann zu. Hein lachte – was er noch nie getan hatte. Billy wußte mit untrüglicher Sicherheit, was der Bursche vorhatte, und ihm wurde übel.

Er kam zu spät.

Verwirrt und erschrocken war der Elefant stehengeblieben und bot dem Südafrikaner seine Breitseite dar. Hein legte an und begann zu feuern. Die Kugelsalve riß die Flanke des Tieres auf und zerfetzte ihm Herz und Lungen.

Der Elefant brüllte auf und taumelte; aus einer durchtrennten Arterie spritzte eine Fontäne von Blut. Er stürzte vornüber auf die Knie, von Krämpfen geschüttelt rang er nach Luft. Dann brach er zusammen und fiel schwer zur Seite.

Hein sah Billy an. »Was regst du dich auf, Mann?« Er lachte noch immer. »Besser ein Vieh abknallen, als sich mit den Terroristen prügeln!«

Billy stand reglos vor ihm und starrte ihn an. Er sah, wie sich aus dem Lauf der Kalaschnikow der Rauch kräuselte, sah den hämischen, gedankenlosen Sadismus im Gesicht des Mannes, und ihm wurde rot vor den Augen, eine heiße, unbezähmbare Wut stieg in ihm auf.

Er hob sein Gewehr und feuerte eine kurze Salve quer über die Brust des Mannes. Den Südafrikaner riß es zurück, als hätte er einen Tritt erhalten. Er taumelte, drehte sich um die eigene Achse, dann fiel er mit dem Gesicht voran zu Boden und rührte sich nicht mehr.

Eine Weile sah Billy auf ihn hinab. Dann drehte er sich zu den anderen um. Sie hatten alles beobachtet und starrten ihn stumm an, mit glasigen Augen, wie betäubt.

»Hein hatte einen Unfall!« Billy spie die Worte aus, sein Tonfall war leise und gefährlich. »Und so ergeht's jedem, der gegen die Sicherheitsregeln verstößt und uns alle in Gefahr durch die Guerilleros bringt. Begrabt ihn. Danach gehen wir zurück nach Beit.«

Er hielt inne. Die Männer waren zu Stein erstarrt. »Bewegt euch!« brüllte Billy.

Daraufhin kam Leben in die Truppe. Sie rannten herbei, zückten ihre Spaten und begannen zu graben.

41

Die Dunkelheit war längst hereingebrochen, als sie endlich die Stelle erreichten, an der sie die drei Kudus zurückgelassen hatten, die Panzerfahrzeuge, die sie in den Busch hinausbrachten; und zwei weitere Stunden dauerte es, bis sie wieder in Beit Bridge waren.

Billy saß im ersten Fahrzeug neben dem Fahrer.

Normalerweise lachten und redeten die Männer auf dem Heimweg nach einer Patrouille durch den Busch; in dieser Nacht aber hockten sie schweigend da, in sich zusammengesunken, verwirrt und bestürzt. Der Tod des Südafrikaners war ein beispielloses Ereignis. Billy war sicher, daß sie seine Erklärung zumindest vorläufig akzeptierten – sie waren zu erschüttert, um ihm zu widersprechen. Aber dieser Betäubungszustand war nicht von Dauer. Über kurz oder lang würden sie Fragen stellen, den Vorfall diskutieren, Gerüchte ausstreuen, und bald würden alle wissen, daß Hein keineswegs durch einen Unfall ums Leben gekommen war. Sondern daß der Patrouillenkommandeur ihn umgebracht hatte, um den Tod eines Elefanten zu rächen.

Billy hatte zwar eine durchaus plausible Rechtfertigung – eine brutale Buschkampagne gegen Terroristen setzte die Regeln des Krieges außer Kraft. Aber es spielte ohnehin keine Rolle, ob man ihm glaubte oder nicht – bis dahin würde er längst fort sein.

Sie kamen nach Beit Bridge. Immer noch stumm schlichen die Männer durch die Dunkelheit zu ihren Quartieren. Billy betrat den Kommandoposten und verfaßte einen kurzen Bericht über die Patrouille und den Unfall, überreichte ihn dem diensthabenden Offizier, ging zu seinem Zimmer und packte seine spärlichen Habseligkeiten. Dann marschierte er hinaus auf die Hauptstraße, die durch die kleine Stadt nach Norden führte.

»Wohin des Wegs, Mann?« fragte der Fahrer des dritten Lastwagens, den Billy anhielt – die ersten beiden waren auf dem Rückweg zu ihren Farmen in der Nähe und konnten ihm nicht weiterhelfen.

»Harare«, rief Billy zu ihm hinauf. »Ist das gut?«

»Klar, Mann. Rein mit dir. Bin froh, wenn ich Gesellschaft hab'.«

Billy kletterte an Bord, und der Lastwagen fuhr davon. Eine Zeitlang unterhielt sich Billy mit dem Fahrer, dann verstummte er und ver-

sank müde in seinem Sitz. Auf der holprigen Straße tanzten die Scheinwerfer flackernd durch die afrikanische Nacht.
Billy dachte nach.

Seine furchtbare Wut war verflogen. Statt dessen hatte ein ganz anderes Gefühl von ihm Besitz ergriffen – eine Verwirrtheit, eine Bestürzung, die ihn innerlich erstarren ließ, wie die Männer seiner Patrouille erstarrt waren, als der Nachhall des Gewehrfeuers in den Dornbüschen verklang.
Nicht, weil er den Mann umgebracht hatte: Billy verspürte keinerlei Reue darüber. Es war nicht der erste, den er getötet hatte – während seines Erwachsenenlebens hatte er immer wieder Menschen erschossen. Wie für jeden Soldaten, und zumal einen Legionär, war das Töten zentraler Bestandteil des Handwerks, das er gelernt hatte, des einzigen Handwerks, das er beherrschte. In den Jahren seit seinem ersten Einsatz im Tschad hatte er viele Männer erschossen, die den Tod sicher viel weniger verdient hatten als ein brutaler, mordlustiger Psychopath wie Hein.
Nein, das war es nicht. Es war der Elefant.
Fünfzig Jahre. War es wirklich schon so lang her? War tatsächlich ein halbes Jahrhundert vergangen, seit er mit Violet und Ngoro auf der Klippe über dem Tal gestanden und die achtunggebietende Stammesmutter Uhuru und ihre Herde an der Tränke beobachtet hatte? Damals war er ein Kind gewesen. Jetzt war sein Haar grau gesprenkelt, sein Gesicht tief gefurcht und narbenübersät, und obwohl er noch immer muskulös und stark war, wußte er, daß sein Körper allmählich steif wurde. Was er seither erlebt hatte, war mehr, als den meisten Menschen in einem ganzen Leben widerfährt.
Wenn er zurückdachte, erschien es ihm fast unglaublich, und doch war es so gewesen. Er war in Brixton aufgewachsen, hatte geboxt und gestohlen, war gefaßt worden und hatte seine Strafe abgebüßt. Er war Soldat geworden und hatte abermals im Gefängnis gesessen. Er hatte für die Clarks gearbeitet, hatte sie bei dem Überfall auf den Lohntransport gefahren, war verhaftet und zum drittenmal verurteilt worden. Nach seiner Flucht dann die endlosen Jahre bei der Fremdenlegion, das mißlungene Experiment der Olivenfarm und schließlich diese letzte, jäh abgebrochene Episode als Guerillakämpfer im afrikanischen Busch, an der Spitze einer Truppe von Schlägern und Verbrechern, unterwegs im Auftrag reicher weißer Farmer, die er nicht einmal kannte.
Und nun das.

»Jetzt gibt's Kaffee und einen Hamburger, Mann«, sagte der Lastwagenfahrer, während er von der Straße zu einem Motel abbog, das die ganze Nacht geöffnet hatte. Sie befanden sich noch immer im Revier der Terroristen, und ein hoher Stacheldrahtzaun lief rund um den Motelkomplex, der mit Bogenlampen taghell erleuchtet war.
Billy und der Fahrer standen im Freien, in der warmen afrikanischen Nacht, eingehüllt in die Staubwolken der vorbeifahrenden Lastwagen, aßen und tranken und wechselten ein paar belanglose Worte; dann ging es weiter.
Billy dachte an seine Jugend zurück. In seinen ersten Jahren in England, im Haus seiner Tante, waren Violet, die Elefanten und der alte Massai in seinem Bewußtsein eng miteinander verflochten gewesen und derart bestimmend, daß sie wirklicher waren als seine tatsächliche Umgebung in der Mally. In diesem ersten, eiskalten englischen Winter hatte er nachts in seinem Elend wachgelegen und davon geträumt zu fliehen, Violet zu finden und mit ihr in das afrikanische Tal zurückzukehren.
Auch später hing er diesen Träumen nach, als Erwachsener, in den schlimmsten und einsamsten Augenblicken seines Lebens, während er seine Gefängnisstrafen verbüßte oder endlose Monate in irgendeiner entlegenen Außenstelle der Legion festsaß. Natürlich war es nur ein Traum, eine ferne Erinnerung, aber er hielt an ihr fest, viele Jahre hindurch, wie an einem Talisman. Und natürlich begann die Erinnerung mit der Zeit zu verblassen.
Ngoro zuerst. Schon damals, als die Kinder ihn kennengelernt hatten, war der Massai uralt gewesen, und spätestens mit zwanzig, als Billy auf der Pritsche in seiner Zelle lag und an Ngoros Geschichten zurückdachte, war ihm klar geworden, daß der alte Mann längst tot sein mußte. Als nächstes verschwanden die Elefanten. Das eine oder andere Mal dachte er noch zurück an Pfarrer Geoffrey und das Geld, das er gestohlen hatte, um die Elefanten zu retten, dann vergaß er auch sie.
Jetzt erinnerte sich Billy, wie aufgeregt er noch zwanzig Jahre danach, als junger Legionär, gewesen war, als er von seinem ersten Einsatzort erfuhr. Es war nicht nur Angst vor dem Unbekannten gewesen, die Aussicht auf Kampf und Tod, sondern der Ort selbst: Tschad, das war Afrika, und Afrika bedeutete Elefanten. Gewiß gab es Elefanten im Tschad?
Natürlich gab es keine – schon seit den Zeiten der Römer nicht mehr. Statt dessen fand er kümmerliches Dorngestrüpp, glühendheiße, weißgraue Sanddünen, Staub, Fliegen, den Gestank von Rinder- und

Menschenkot und die Todesangst im Gesicht des ersten Menschen, den er umbrachte. Danach wurde Billy nach Guyana versetzt und ließ in Afrika nicht nur seinen Traum von den Elefanten zurück, sondern auch den Teil seines Bewußtseins, der mit wahrer Besessenheit an ihm festgehalten hatte.

Zuletzt verblaßte Violet.

In gewisser Weise war sie nicht ganz aus seinem Gedächtnis verschwunden. Denn selbst jetzt geschah es noch manchmal, daß er aus einem unruhigen Traum erwachte und auf der dunklen Zeltplane vor sich oder der kalkgetünchten Wand im Zimmer einer billigen Absteige verworrene Bilder von einem blondgelockten, blauäugigen Kind erblickte, die wie jedes Traumbild noch eine Zeitlang verweilten, während er sie schlaftrunken und voller Sehnsucht zu fassen suchte, aber sie verschwammen und waren fort, bevor er wach genug war, um sie in der bewußten Erinnerung zu speichern.

In jeder anderen Hinsicht hatte er Violet verloren. Sie kam aus einer anderen Welt, das hatte Billy schon ganz zu Anfang gespürt. Und während er in der Mally heranwuchs und gelegentlich einen Blick in die Illustrierten seiner Tante warf, Fotos betrachtete und den Klatsch aus der Londoner High Society las, begriff er, wie verschieden diese Welt war, wie unvereinbar mit seiner eigenen. Violet war reich, von hoher Geburt – wie die Töchter der Lady, der Gattin des Colonels in Lucknow, nur noch viel reicher und viel vornehmer. In der Kaserne wurden die Töchter der Lady wie Prinzessinnen behandelt, aber sie hatten nur einheimische Ayahs; Mrs Somerset hingegen hatte britische Kammerzofen und Kindermädchen.

Violet mußte schon vor Jahrzehnten geheiratet haben, einen jungen Mann von ebenbürtigem Stand; gewiß hatte sie sich in einem luxuriösen Heim niedergelassen und eine Familie gegründet, und gewiß waren ihre Kinder mittlerweile ebenfalls erwachsen und hatten geheiratet, und Violet führte nun ein drittes Leben als stattliche, lächelnde Matrone in langen eleganten Kleidern, geschmückt mit den Juwelen ihrer Mutter.

Billy runzelte die Stirn. Alles paßte, aber nicht dieses letzte Bild von Violet: beim besten Willen konnte er sich das lebhafte, wilde Kind seiner Erinnerung nicht als würdige Matrone vorstellen. Billy grinste. Dann wurde seine Miene wieder finster. Es zählte ja nicht, was aus Violet geworden war. Sie und Ngoro waren Vergangenheit, unwiederbringlich verloren. Und bis zum gestrigen Nachmittag hatte er auch Uhuru und das Tal verloren geglaubt.

Doch nun hatte Billy zum erstenmal seit fünfzig Jahren wieder einen

Elefanten gesehen. Das gewaltige Tier, so mächtig und doch so verletzlich, war aus dem Nichts aufgetaucht und hatte Billys Weg gekreuzt, in einer Gegend, in der es eigentlich nicht hätte sein sollen – wie eine Gestalt aus einem Traum, wie die flüchtigen Bilder von Violet; und doch war es wirklich gewesen, ein lebendiges Wesen. Es war allein, es hatte all der Verwüstung der Buschlandschaft durch die Farmer und die Banditen widerstanden, es hatte überlebt: dasselbe Geschöpf, von dem Ngoro einst erzählt hatte. Ein Werkzeug der Zerstörung und der Erneuerung, aus Lehm gebrannt vom Löwen der Geister in seiner Weisheit, die schließlich das Tal dem Menschen geöffnet hatte. Diesen einen Elefanten hatte der Südafrikaner niedergemetzelt; und hatte den Preis dafür bezahlt.

Es war nicht der letzte gewesen. Aber überall war ihre Zahl im Schwinden. Sie wurden von Elfenbeinjägern massakriert und systematisch von ihren alten Weideflächen vertrieben, damit das Land beschlagnahmt und für den Ackerbau gerodet werden konnte.

Wie ein Blitz durchfuhr ihn auf einmal die Erkenntnis: er mußte zurück in das Tal.

Er hatte keine Ahnung, ob der Ort tatsächlich so war wie in seiner Erinnerung – eine verzauberte Schlucht, die in allen Farben des Regenbogens schimmerte, als über quarzgesprenkelten Schichten aus Sandstein die aufgehende Sonne die Gischt des unten dahinstürzenden Flusses zum Leuchten brachte. Er hatte keine Ahnung, ob Uhurus Herde noch immer zur Tränke kam. Er wußte überhaupt nichts mehr mit Sicherheit, wie er bitter feststellte.

Ngoro und seine Legenden, Violet, Lucknow und die Mally, das alles gab es nicht mehr. Auch Pfarrer Geoffrey und das Boxen, die Coldstream Guards und die Clarks, die Fremdenlegion und Zimbabwe waren dahin. Geblieben waren ihm nur die Elefanten und die Erinnerung an eine Schlucht irgendwo in Afrika.

»Da wären wir, Kumpel!« hörte er auf einmal die Stimme des Fahrers. »Wohin geht's als nächstes?«

Billy blinzelte und sah sich um. Sie standen auf einem Parkplatz am Rand von Harare; während der letzten Stunden mußte er geschlafen haben. Am Horizont zeigte sich schon die erste Morgenröte, über der Motorhaube des Lastwagens zuckte ein violetter Blitz auf, und Billy erkannte eine Tümmlertaube, die sich auf ein Insekt stürzte.

»Nairobi«, sagte er gähnend. »Wie komm' ich am besten zum Flughafen?«

»Nimm dir ein Taxi, Mann. Aber paß auf, wenn du nach Nairobi kommst. Dort wimmelt es von Banditen.«

Billy lächelte. »In Zimbabwe hab' ich schon ein paar von der Sorte kennengelernt. Jedenfalls danke für den Tip.«

Er kletterte aus dem Wagen, winkte zum Abschied und machte sich auf die Suche nach einem Taxi.

Sechs Stunden später landete Billy in der Hauptstadt von Kenia. Ein paar Tage verbrachte er in Nairobi, beschaffte sich die nötige Ausrüstung und Landkarten und machte sich mit dem Aberdare Range und dessen Hinterland vertraut. Dann mietete er einen Landrover und machte sich auf den Weg nach Nordwesten.

42

Billy wußte, daß er damals auf dem Weg von Mombasa zum Laager dieselbe Straße gefahren sein mußte, aber die Erinnerung daran war wie weggewischt.

Vor dem Tor an der Zufahrt zum Gästehaus stellte er den Wagen ab. In Nairobi hatte man ihm gesagt, die Lodge sei seit dem Krieg zweimal vollständig neu aufgebaut worden, das erste Mal nach Finlay Hamptons Tod in den sechziger Jahren und das zweite Mal aus Anlaß des neuerlichen Besitzerwechsels zehn Jahre nach der Unabhängigkeit.

Es kam ihm vor, als wäre er niemals hiergewesen. Alles war fremd und unvertraut – selbst die alten Eisenholzbäume, die doch schon seit zweihundert Jahren stehen mußten, lösten nicht das geringste Echo in seinem Gedächtnis aus. Das überraschte ihn nicht; dennoch spürte er einen kleinen Stich der Enttäuschung, als er den Motor wieder anließ und in die Zufahrt zum Hof einbog.

Die Regenzeit war gerade zu Ende, die Touristensaison hatte noch kaum begonnen, und das Gästehaus stand nahezu leer. Billy nahm sich ein Zimmer. Auch innen hatte sich alles verändert: die Zimmer waren viel kleiner, als er sie in Erinnerung hatte, es gab fließendes kaltes und heißes Wasser, und ein Generator sorgte für elektrisches Licht. Ein Kikuyu trug ihm das Gepäck aufs Zimmer, und Billy trat hinaus auf die Terrasse. Langsam ging er bis zum Waldrand. Erst dort kehrte ganz allmählich der Schatten einer Erinnerung zurück.

An der Landschaft und den Wegen, die durch den Wald führten, war nichts verändert worden. Er erkannte eine langgestreckte, ebene Kiesfläche, auf der Finlay Hampton ihm und Violet Bowling beigebracht hatte – mit Metallkugeln, die so schwer waren, daß er sie nur mit beiden Händen werfen konnte. Er erkannte eine Gruppe von Feuerbäumen – die jetzt nicht belaubt waren, aber Billy erinnerte sich an die scharlachroten Blüten auf blattlosen Zweigen und an den Duft, den der Wind über den sorgfältig bewässerten Rasen getragen hatte. Er fand den Holztrog, den er und Violet allmorgendlich mit Mais gefüllt hatten für die zahmen Kavarondo-Kraniche, die würdevollen, gemächlich einherschreitenden Vögel, die mit ihren samtigen Feder-

bäuschen und Strahlen auf dem Kopf die Kinder weit überragten. Der Trog war jetzt mit Blumen bepflanzt, aber es war derselbe.
Kurz vor dem Waldrand stutzte Billy, blieb stehen und betrachtete die mächtige Akazie, die vor ihm aufragte. Er erkannte sie sofort – die Eisenholzbäume waren seinem Gedächtnis entfallen, die Akazie jedoch hatte er nie vergessen können. An einem der höchsten freien Äste hatte Finlay Hampton an zwei Seilen eine Schaukel mit hölzernem Sitz aufgehängt, und hier hatten Violet und er stundenlang gespielt, hatten geschaukelt, so gut sie konnten, und das größte Vergnügen war ihnen gewesen, wenn einer der eingeborenen Diener sie anschob und immer höher und höher trieb und die Schaukel in riesigen Bögen vom schattigen Laubdach hoch oben in rasender Geschwindigkeit abwärts sauste, dem sonnengesprenkelten Boden entgegen, so daß sich einem der Magen hob, und gleich darauf wieder aufwärts schwang, auf die raschelnde Dunkelheit der Blätter zu. Sie waren beide entzückt gewesen, hingerissen: das war wie Fliegen! – sich von der Erde losreißen und zu den Wolken emporschweben, ein paar schreckliche, begeisternde Sekunden lang wissen, was es heißt, ein Vogel zu sein.
Zögernd, fast als glaubte er nicht, daß es den Baum noch immer gab, ging Billy ein, zwei Schritte auf ihn zu und blickte hinauf.
Die Seile waren längst verrottet, doch hoch über seinem Kopf erkannte er die verrosteten Eisenrollen, in denen die Schaukel gehangen hatte.
»Nein, Billy, jetzt bin ich dran, du hast lang genug geschaukelt!« Er sah sie vor sich, die kleine Violet, wie sie die Geduld verlor, auf den Diener losging und wütend mit dem Fuß stampfte: »Das ist ungerecht! Halt ihn an, Nkane, halt ihn an!«
»Ja, Missy«, sagte der Diener, der nicht verstand, was sie wollte, verständnislos grinste und Billy noch höher stieß. Oben, kurz vor dem Umschwung, fegten Billy die Zweige übers Gesicht, aber es war ihm gleichgültig. Er wollte nur fliegen, weiterfliegen bis ans Ende der Zeit.
»Komm sofort runter!« Violet hatte mit ihrer stählernen Stiefelspitze dem Kikuyu einen Tritt versetzt, so daß er erschrocken einen Satz zur Seite machte und die Schaukel langsamer wurde, bis sie stand; dann stieß sie Billy vom Sitz und schrie zornig: »Du gemeiner Kerl! Jetzt darf ich doppelt so lang! Schieb an, Nkane!«
Fünfzig Jahre später sah Billy noch einmal, wie die Schaukel an Schwung gewann und Violet mit fliegendem Rock und zusammengekniffenen Augen höher und höher flog. Oft hatte er gewünscht, der Sitz wäre groß genug für sie beide, so daß sie gemeinsam zum Himmel hinaufschweben konnten.

Aber leider – es war nur Platz für einen. Wie Nanny gesagt hatte, schroff und besorgt, als sie die Kinder bei der Schaukel gefunden hatte, nachdem der Diener fort war und sie darum gebettelt und gefleht hatten, gemeinsam angeschoben zu werden. »Das kommt überhaupt nicht in Frage. Ihr könnt nicht zusammen drauf sitzen. Das ist viel zu gefährlich.«
Billy streckte die Hand aus und berührte den Stamm, schloß die Augen und erforschte die Rinde mit tastenden Fingern. Violet und er gemeinsam – natürlich war es viel zu gefährlich gewesen.
Einen Augenblick lang spürte Billy das ungewohnte Brennen von Tränen in den Augen. Er schüttelte den Kopf. Dann wandte er sich ab und ging zum Haus zurück.

An diesem Abend saß unter den wenigen Gästen in der Bar des Laagers ein stämmiger junger Mann allein auf einem Barhocker in der Nähe des Fensters. Er trug ein Buschhemd und Shorts, Kniestrümpfe und abgetretene Safaristiefel: das war, wie Billy wußte, die Uniform eines professionellen Afrika-Führers. Billy ging auf ihn zu. Er lud den Mann auf ein Bier ein und begann ein Gespräch.
Vor vielen Jahren, sagte er, sei er schon einmal hier gewesen, zu Finlay Hamptons Zeiten. Hampton sei mit ihm zu einem Tal irgendwo im Nordwesten gefahren und habe ihm dort Elefanten gezeigt. Soweit er sich erinnere, fügte Billy hinzu, habe es dort, in der Nähe eines steilen Felsabhangs über dem Tal, eine primitive Lagerstelle gegeben. Ob der junge Mann etwas darüber wisse, fragte er, ob das Lager noch existiere. Und die behelfsmäßige Piste, gebe es die noch?
»Finlay Hampton!« lachte der junge Mann. »Dieser verdammte alte Lüstling! Ich hab ihn nicht mehr kennengelernt, aber weiß Gott genug über ihn gehört. Alles, was ein Geweih hatte, wurde erschossen, und alles, was Röcke trug, gevögelt. Es heißt, er hat jede Frau in Happy Valley aufs Kreuz gelegt. Als die Ehemänner ihn zum Teufel schickten, kam er hier rauf.« Er lachte wieder. »Klar weiß ich, wen Sie meinen. Nachdem der alte Bursche tot war, haben sie eine Weile weitergemacht mit diesen Safaritouren zu dem Tal hinaus. Aber schon lang vor meiner Zeit war Schluß damit. Ich meine, sehen Sie sich doch mal um!«
Mit einer verächtlichen Geste deutete er auf das versammelte Publikum, eine Touristengruppe aus Deutschland, die um einen Tisch saß: acht Personen, allesamt zwischen Mitte und Ende sechzig, weißhaarig, kurzatmig, übergewichtig und schwitzend trotz der abendlichen Kühle.

»Diese Sorte Typen haben wir jetzt dauernd hier oben. Die bringen keine zehn Pferde in den Busch. Die wollen eine Salzlecke vor ihrem Balkon, einen Köder, der einen Leoparden anlockt, und eine Flasche Schnaps auf dem Tisch, während sie mit Blitz und Tele Fotos schießen... Von einer Piste oder einer Lagerstelle weiß ich nichts«, fuhr der junge Mann nach einer Weile fort. »Wahrscheinlich ist das alles längst zugewuchert, aber die Elefanten müßten noch dort sein, falls die verfluchten Wilderer aus Somalia sie nicht abgeknallt haben. Aber das kann eigentlich nicht sein – selbst für Somalis ist das ein wildes Land. Schauen Sie sich's an und lassen Sie von sich hören, wenn Sie wiederkommen. Sie sind sicher seit Jahren der erste Mensch, der einen Fuß dort hinsetzt.«

Billy lud ihn auf ein zweites Bier ein.

Früh am nächsten Morgen machte er sich auf den Weg. Die Fahrt dauerte zwei Tage: wie der junge Mann gesagt hatte, war die Fahrspur schon seit langem zugewachsen und von borstigem Dickicht überwuchert. Häufig blieb der Landrover stecken, und Billy mußte sich mit der Machete den Weg freischlagen.

Am Abend des zweiten Tages war er endlich am Ziel. Aufgrund seiner Karten und der Konturen der Landschaft ringsum war Billy sicher, daß die Schlucht nicht mehr fern war. Steif kletterte er aus dem Fahrzeug und ging zu Fuß weiter. Nach fünfhundert Metern kämpfte er sich durch ein Dornengestrüpp und stand dann auf einem sandbedeckten Felsgesims.

Er spähte hinab. Unter ihm schlängelte sich ein Fluß zwischen beinahe senkrechten Felswänden, in der Ferne, nach mehreren Mäanderabschnürungen, verbreiterte er sich und mündete in eine Ebene. Vom Himmel war das letzte Tageslicht verschwunden, und im Wasser funkelte der Widerschein der ersten Sterne. Ringsum war alles still, nicht einmal der Ruf einer Eule, das Heulen eines Schakals waren zu hören, doch während Billy reglos stand und hinabblickte, vernahm er auf einmal ein Plätschern rechts von ihm.

Er fuhr herum. Dann sah er silbern schimmernde Wellen am Ufer, und eine riesige Gestalt stieg aus dem Wasser, die Haut dunkel und naß glänzend, und entfernte sich nahezu lautlos, bis sie zwischen den Bäumen verschwunden war. Ein Elefant.

Billy hielt den Atem an.

Pfarrer Geoffrey hatte einst, vor unendlich langer Zeit, nachdem Billy seinen wöchentlichen Obulus für den Elefantenfonds bei ihm abgeliefert und eine Weile mit ihm geplaudert hatte, auf die Uhr gesehen und Billy ermahnt, es sei Zeit für ihn, nach Hause zu gehen, das

Abendessen warte. Billy aber hatte am selben Morgen mit Tante Doris gestritten, weil sie behauptete, er habe die Kinder zu irgendeiner Missetat angestiftet, er hingegen den Vorwurf von sich wies und sich ungerecht behandelt fühlte. Der Groll nagte noch in ihm, er haßte seine Tante und das Haus in der Mally und stieß mürrisch hervor, er habe kein Zuhause.

Pfarrer Geoffrey sah ihn mißbilligend an. »Papperlapapp«, sagte er barsch. »Jeder hat ein Zuhause. Das Problem ist bloß, daß sich manche Leuten nicht darüber klar sind. Ein Zuhause muß ja nicht da sein, wo du geboren bist oder wo deine Familie lebt, falls du eine hast. Daheim bist du da, wo du dich wohl fühlst, wo dein Herz und dein Gefühl dir sagen: Hier gehöre ich her. Ich hab' mir Brixton ausgesucht... Auch du bist irgendwo daheim, junger Mann. Eines Tages wirst du's erkennen.«

Als Billy auf der Felsklippe über dem Tal stand und sich nicht zu rühren wagte, wurde ihm klar: er war heimgekommen.

Er verbrachte die Nacht an derselben Stelle oberhalb der Schlucht, an der er einst mit Violet kampiert hatte. Am nächsten Morgen trug er seine Vorräte und seine Ausrüstung zum Fluß hinunter und setzte mit einem behelfsmäßigen Floß über das Wasser. Am anderen Ufer schlug er sein Lager auf.

Drei Tage später hörte er den Helikopter kommen.

43

Ohne sich zu rühren, saß Billy auf dem Felsen über dem Wasser, Violet gegenüber, und sah sie an.

Als er sie aus der Sicht der anderen fortgeführt hatte, wollte er mit ihr reden. Aber dieser Wunsch war ihm vergangen: im Augenblick erschienen alle Worte bedeutungslos. Allein mit Violet, wollte er sie nur ansehen.

Sie trug ein gestärktes Safarihemd und einen wadenlangen Hosenrock, beide aus teurem olivfarbenem Leinen, das trotz der Hitze kaum zerknittert war. Um ihren Hals lag eine schwere, aber einfache Goldkette, die Brust schmückte eine fächerförmige Diamantenbrosche. Ihre Füße steckten in brandneuen, mahagonibraun glänzenden leichten Lederstiefeln.

Schon als Kind war sie immer außergewöhnlich elegant gewesen: das war eine seiner beständigsten Erinnerungen an sie. Wie wild sie auch gewesen war, wie sehr sie rannte, kämpfte, tobte und fluchte wie ein Gassenbub, sich mit ihrem feinen Kleidchen in den Dreck warf und auf Bäume kletterte, sie konnte sich binnen Sekunden und anscheinend ohne jede Mühe in das adrette kleine Mädchen zurückverwandeln, das Nanny herausgeputzt und zum Spielen hinausgeschickt hatte.

Diese Anmut war es, die Billy damals in Bann geschlagen hatte. Ein halbes Jahrhundert war seither vergangen, aber sie hatte nichts davon eingebüßt, im Gegenteil: sie schien ihm fast noch stärker, noch gegenwärtiger, noch eindringlicher, und sie verzauberte ihn aufs neue.

Am meisten faszinierte ihn ihr Gesicht. Er versuchte es mit dem Bild in Einklang zu bringen, das er seit fünf Jahrzehnten in der Erinnerung trug – mit dem Bild eines Kindes. Jetzt saß er einer reifen Frau gegenüber. Zu seiner Verwunderung verschmolzen die beiden Gesichter mühelos in eins.

Natürlich hatten die Jahre ihre Spuren hinterlassen. Die goldene Haarmähne, leicht zerzaust wie je, schimmerte noch immer jugendlich, doch sie war dünner geworden und von grauen Fäden durchzogen. Ihre Wangen waren ein wenig eingefallen, die Nase und das Kinn schärfer konturiert. Über den Hals zogen sich zarte Falten, auf den Handrücken zeichneten sich die Adern ab, und um die Augen spann sich ein Geflecht feiner Linien. Aber die Augen selbst – und das war die erstaunlichste Erkenntnis – die Augen hatten sich nicht verändert: dieselben gesenkten Lider in den Winkeln, derselbe träumerische, aber entschlossene und noch immer leise argwöhnische Blick und vor allem dieselbe intensiv leuchtende Farbe, veilchenblau – violett. Billy sah sie an und wußte, daß er nicht länger zu suchen oder sich zu wundern brauchte. Sie war Violet. *Seine* Violet.

»Willst du zuerst reden? Oder soll ich? Oder sollen wir einfach hier sitzen, bis uns Moos auf den Schultern wächst? Ich hätte nichts dagegen, aber was die anderen wohl dazu sagen werden...?«

Es war Violet, die das Schweigen brach. Sie deutete dorthin, wo der Helikopter stand, und lächelte ihn herausfordernd an.

Verwirrt schüttelte Billy den Kopf.

»Du bist mit deinen Freunden gekommen«, sagte er. »Ich bin ganz allein hier. Erzähl du zuerst.«

»Meine Freunde, wie du sie nennst, sind der Pilot, unser Führer, der Wissenschaftler, die Eingeborenen – und natürlich mein Ehemann.«

Vor dem Wort »Ehemann« stockte sie für den Bruchteil einer Sekunde – es war, als hülle sie sich darin ein wie in einen schützenden Mantel, aber zugleich schwang ein wachsamer Ton in ihrer Stimme mit.

Billy spürte die Ambivalenz, konnte sich aber keinen Reim darauf machen.

»Mein Mann heißt Cameron, Boy Cameron«, fuhr Violet fort. »Ich weiß nicht, wie gut du Afrika kennst, aber vielleicht hast du von ihm gehört?«

Billy dachte einen Augenblick nach. »Ein Großindustrieller, nicht wahr? Minen und Medien und alles mögliche andere? In Zimbabwe stand was über ihn in der Zeitung.«

Violet nickte. »Wir haben vor kurzem in New York geheiratet«, sagte sie. »Boys Hobby ist die Paläontologie, die Suche nach dem Ursprung der Menschheit, der er den größten Teil seines Lebens gewidmet hat – sofern er nicht von seinen Geschäften in Anspruch genommen war. Er hat entdeckt, daß dieses Tal möglicherweise eine sehr wichtige Fundstätte ist. Wir sind hergekommen, damit Boy sich die Sache ansehen kann – es ist die erste Etappe unserer Hochzeitsreise. Wir bleiben bloß ein paar Tage. Danach geht es zurück nach Nairobi und weiter nach Bombay, geschäftlich. Es sei denn...«

Jäh brach sie ab.

Während der ganzen Zeit spürte Billy ihre Augen fest auf sich ruhen, aber der vermeintlich träumerische Ausdruck war verschwunden. Ihr Blick war gehetzt – was er noch nie gesehen und gewiß nicht vermutet hatte –, aber auch unerbittlich; das zumindest kannte er: dieser Blick verhieß Ärger und Aufruhr. So war es immer gewesen, bei allen ihren Eskapaden, und nie hatte er ihr etwas ausreden können, genausowenig wie ihre Mutter oder ihre Kinderfrau. Wenn Violet einen Entschluß gefaßt hatte, brachte keine Macht der Welt sie davon ab.

»Komm, Billy, gehen wir zurück zu den anderen.« Sie stand auf und nahm ihn bei der Hand. »Boy wird sich schon fragen, was zum Teufel seine Frau treibt, außer Sichtweite und mit einem Mann, den sie in irgendeinem gottverlassenen Tal in Kenia aufgelesen hat. Aber er braucht gar nicht erst zu fragen. Ich sag' ihm die Wahrheit.« Sie sah Billy an und lächelte. »Wir haben uns als Kinder gekannt. Wir hatten uns viel zu erzählen seit damals. Alles weitere kannst du mir überlassen.«

Billy antwortete nicht. Es war wie früher: immer, wenn sie zusammen waren, hatte Violet den Ton angegeben, und immer hatte sie entschieden, was sie taten. Er wußte nicht, was sie jetzt vorhatte, aber eins war ihm klar: Widerspruch war sinnlos.

Sie folgten der Biegung des Flusses, die sie den Augen der anderen verborgen hatte. Unter Anleitung des Führers waren die eingeborenen Boys bereits mit der Einrichtung des Lagers beschäftigt, und der große weißhaarige Mann sprach mit dem Piloten. Als Violet ihn sah, ließ sie Billys Hand los. Sie lief auf ihren Mann zu und fiel ihm um den Hals. Dann winkte sie Billy herbei und stellte ihn Cameron vor.

»Sie sind also Soldat, Fremdenlegionär, wie?« fragte Cameron.

Vor fast zwei Stunden war die Nacht hereingebrochen, und sie saßen rund um ein Feuer in der Mitte des Lagerplatzes. Der Pilot, der Führer und der Paläontologe hatten mit ihnen gegessen, waren aber gleich danach in ihren Zelten verschwunden und hatten Violet, Cameron und Billy allein zurückgelassen.

»Ich war«, antwortete Billy. »Jetzt nicht mehr.«

»Sie bringt gute Männer hervor, die Legion«, sagte Cameron. »In Westafrika, in den alten französischen Kolonien, hatte ich etliche in Dienst. Sie konnten natürlich Französisch und ließen sich von den Eingeborenen nicht übers Ohr hauen. Nein, wahrhaftig, es war nicht mit ihnen zu spaßen!« Er lachte bei der Erinnerung. Dann setzte er hinzu: »Und was tun Sie jetzt?«

Billy zuckte die Achseln. »Eine Zeitlang war ich Olivenölproduzent in Frankreich. Dann hatte ich die Nase voll davon und hab' meinen

Grund verkauft. Jetzt will ich eine Weile nur reisen.« Sein Jahr in Zimbabwe erwähnte er absichtlich nicht.

»Mein Frau sagt, Sie waren beide als Kinder hier, als Flüchtlinge, gegen Ende des Krieges? Dann ist das wohl eine Art Nostalgietrip für Sie, wie?«

Billy sah Violet an. Sie ließ ihn praktisch nie aus den Augen, die ganze Zeit, seit sie näher ans Feuer gerückt waren und zu reden begonnen hatten, ruhte ihr Blick auf ihm. Sie hatten keine Gelegenheit mehr gehabt, allein miteinander zu sprechen. Seine Vergangenheit – sie wußte ja nichts von seinen langen Jahren in der Fremdenlegion – erfuhr sie nicht direkt von ihm, sondern durch die ausweichenden Antworten, die er ihrem Mann gab. Sie schien fasziniert davon, geradezu begierig sog sie selbst das kleinste Detail an Information auf, das er preisgab.

»Vermutlich«, sagte Billy, wieder an Cameron gewandt. »Als Kind hat mir das Tal einen starken Eindruck gemacht. Ich wollte es noch einmal sehen.«

»Gewiß. Ein hochinteressanter Ort.« Cameron musterte ihn prüfend. Dann zündete er sich eine Zigarre an, lehnte sich zurück und sah hinauf zu den Sternen. Einen Augenblick herrschte Schweigen.

Billys hielt seinen Blick auf Cameron geheftet. Der Mann hatte eine außergewöhnlich mächtige und beherrschende, fast überwältigende körperliche Ausstrahlung; auch sehr viel Charme, wie Billy feststellte, während er Camerons munteres Geplänkel mit dem Piloten und dem Führer beobachtete, die Zuvorkommenheit, mit der er Violet behandelte und besorgt darauf achtete, daß sie es warm und behaglich hatte – ein kurzes Erschauern genügte, damit er ihr sofort eine Decke bringen ließ, die er ihr um die Schultern legte –, und in der zwanglosen, freundlichen Art, mit der er Billy ausfragte.

Aber er war auch gerissen und skrupellos. Unter seiner weißen Haarmähne funkelten kalte, erbarmungslose schiefergraue Augen. Billy war sich klar, daß er verhört wurde, geprüft und beurteilt; wahrscheinlich pflegte Cameron stets so vorzugehen und hatte ihn längst als belanglos eingestuft – einen ehemaligen Legionär mit unbedeutender Pension, ein Stück Treibgut aus der Kindheit seiner Gattin, das zufällig zum selben Zeitpunkt am selben Ort der Welt wie er, Cameron, angeschwemmt worden war.

Wieder sah er Violet an. Nach wie vor hielt sie ihre Augen auf ihn geheftet, doch ihr Gesicht war ausdruckslos. Billy sträubten sich die Haare. Nun hob Cameron wieder zu sprechen an, und Billy wandte sich ihm zu.

»Haben Sie je darüber nachgedacht, woher wir stammen, Mr Ramsden?« fragte Cameron.
Billy verneinte.
»Es ist ein faszinierendes Forschungsthema. Ich habe mich jahrelang damit beschäftigt. Deshalb sind wir hier.«
»Ja, das sagte Violet schon«, antwortete Billy. »Ich weiß leider nicht viel darüber.«
»Es ist wie ein gigantisches Puzzle. ›Knochen und Steine‹ nennen wir die Teile, die wir zusammenzubringen versuchen. Sie sind über die ganze Welt verstreut und verschüttet, aber das meiste davon taucht anscheinend hier in Afrika auf.«
Und er berichtete weiter: von einem gewissen Professor Dart und dessen Fossilienfunden in Transvaal, von den Ausgrabungen des Paläontologenehepaars Leakey in der Olduvai-Schlucht – Billy erinnerte sich vage, davon gehört zu haben –, von dem zwei Millionen Jahre alten Schädel einer Frau aus Äthiopien, die ihr Entdecker, der junge Amerikaner Don Johannson, Lucy getauft hatte. Er umriß die verschiedenen heftig umstrittenen Theorien über die Stammesgeschichte des Menschen, sprach von den großen Affen – den Primaten, wie er sie nannte –, die mit dem Zurückweichen der Wälder von den Bäumen herabgestiegen seien und gelernt hätten, aufrecht zu gehen und in kleinen sozialen Verbänden zu jagen und zu sammeln, und erklärte, welche Zweige des menschlichen Stammbaumes wahrscheinlich verdorrt und abgestorben seien und welche überlebt und sich entwickelt hätten. Er benutzte Begriffe wie *Australopithecus*, was, wie er sagte, »südlicher Affe« bedeute. Er erläuterte verschiedene Techniken der Paläontologen, die Analyse der Kalziumstruktur fossiler Zähne zum Beispiel, die Hinweise auf die Ernährungsweise der ersten Menschen gebe, oder die Untersuchung geologischer Schichten, der in uraltem Schlick vergrabenen und über die Jahrtausende konservierten Samen und Sporen und tierischen Überreste, die darauf hindeute, wie diese Urmenschen gelebt haben mußten, um überleben zu können.
Billy hörte mit wachsendem Interesse zu.
Zum Teil rührte seine Faszination daher, daß es Violets Ehemann war, der ihm Vorträge hielt. Sie hatte ihn geheiratet, sie hatte sich entschieden, sein Leben zu teilen; und indes er Cameron zuhörte, erfuhr er einiges über sie, hörte die Antworten auf Fragen, die zu stellen ihm nie in den Sinn gekommen war.
Aber es steckte noch mehr dahinter: Cameron war ein mitreißender Erzähler von geradezu magnetischer Anziehungskraft. Dieser weißhaarige Tycoon mit dem zerfurchten Gesicht und den eiskalten Au-

gen war ein Mann in der Gewalt einer Leidenschaft, ja einer Besessenheit. Hinter seiner Manie, alles über die Herkunft des Menschen zu erfahren, lag mehr als das rein wissenschaftliche Interesse des Forschers, ja, Billy ahnte dumpf, daß Cameron ein Getriebener war, daß hinter allem, was er tat, hinter seiner Aura von Macht und Erfolg, hinter Leistung und Reichtum, der brennende Wunsch stand, herauszufinden, woher er selbst stammte. Und damit, dachte Billy, war er sowohl verwundbarer als auch unendlich viel gefährlicher, als er zunächst vermutet hatte.

»Meine Güte, es ist beinahe zehn!« rief Cameron nach einem Blick auf die Uhr und stand auf. Er sprach ein flüssiges und in jeder Hinsicht korrektes Englisch, doch Billy war sicher, daß Englisch nicht seine Muttersprache war.

»Ich hoffe sehr, ich bin Ihnen mit meinem Hobby nicht allzusehr auf die Nerven gefallen, Mr Ramsden. Falls ja, verzeihen Sie mir. Das ist eins dieser Themen, die den einen verzaubern und schier nicht mehr loslassen, den anderen hingegen zu Tode langweilen.«

Er lächelte. Billy erwiderte sein Lächeln und schüttelte den Kopf. »Im Gegenteil, es war hochinteressant. Ich denke nur darüber nach, welche Rolle dieses Tal in Ihren Ausführungen spielt?«

Cameron runzelte die Stirn. »Gute Frage. Offen gestanden, ich bin mir nicht sicher. Ein oder zwei Fossilien sind hier ausgegraben worden. Ich wollte mir den Ort einmal ansehen, aber daß er ein Stück in meinem Puzzle ist, das bezweifle ich eher.«

Wieder lächelte er und ergriff Violets Arm. »Ich hoffe, Sie werden morgen abend wieder mit uns essen. Gute Nacht, Mr Ramsden.«

Auf dem Weg zu ihrem Zelt drehte Violet sich noch einmal um und sah ihn an. Im Mondlicht waren ihre Züge deutlich zu erkennen: ein merkwürdiger Ausdruck stand in ihrem Gesicht, Besorgnis und zugleich eine unbestimmte Warnung. Gleich darauf waren sie beide im Zelt verschwunden.

Billy stieg zum Fluß hinunter. Lange stand er am Ufer und starrte ins Wasser, während der Mond über den Rand der Schlucht stieg und silberne Lichtbündel auf die Wellen warf. Dann kehrte er zu seinem eigenen Lager zurück, ein paar hundert Meter flußaufwärts. Er schlüpfte in seinen Schlafsack und schlief unter freiem Himmel.

44

Am nächsten Tag hielt sich Billy absichtlich so lange von den anderen fern, bis die Sonne weit über dem Horizont stand. Gegen zehn Uhr stattete er dem Lager einen Höflichkeitsbesuch ab, aber einer der Boys teilte ihm mit, Mr Cameron und Gattin hätten sich bereits vor einer Stunde auf den Weg gemacht, um zusammen mit den anderen Europäern die Schlucht zu erforschen, und würden nicht vor dem Abendessen erwartet.

Billy kehrte zu seinem eigenen kleinen Zelt zurück.

Dies war der Beginn eines der sonderbarsten Tage seines Lebens.

Zunächst machte er sich an die üblichen Verrichtungen, die in einem Feldlager zu tun sind, schüttete Sand über die Feuerstelle, holte Wasser vom Fluß, sammelte Holz für die kommende Nacht. Er prüfte seine Vorräte und stellte befriedigt fest, daß sie ihm für mindestens eine Woche reichen würden. Er ölte sein Jagdgewehr, das er in Nairobi gekauft hatte, fettete seine Stiefel ein, schliff seine diversen Messer rasierklingenscharf.

Dreißig Jahre lang hatte er Tag für Tag solche Tätigkeiten verrichtet; normalerweise nahmen sie ihn nicht mehr als eine Stunde in Anspruch. Heute indes ließ er sich Zeit und zog sie in die Länge, bis es endlich Mittag war, und als ihm schließlich nichts mehr zu tun übrig blieb, ging er wieder zum Fluß hinunter. Die Sonne stand hoch am Himmel und brannte gnadenlos auf die Erde herab, wie eine Bleiplatte lastete die Hitze auf dem Fluß und saugte alle Farben aus dem Wasser, das, kaum bewegt, träge und grau dahinfloß wie Öl. Der Himmel war weiß und die Luft wie staubtrocken, ohne einen Hauch. Nichts regte sich, nur gelegentlich glitt ein Vogel in Ufernähe über das Wasser – selbst sein Gefieder wirkte grau und stumpf.

Sonst geschah nichts. Kein Laut, keine Bewegung, nicht einmal der Ruf eines Fischadlers erklang; aber Billy hätte ohnehin nichts gehört noch gesehen. Mit allen Fasern seines Körpers war er auf Violet konzentriert. Er wußte mit unumstößlicher Sicherheit, daß sie zu ihm gehörte, und dieses Gefühl wurde er nicht mehr los.

Eine Hälfte seines Bewußtseins, die gesunde, realistische Hälfte, sagte ihm, das sei Wahnsinn. Er war nicht mehr als ein paar kurze Monate hindurch ihr Gefährte gewesen – als sie beide kleine Kinder waren! Ihre Wege hatten sich getrennt, sie hatten ihr Leben gelebt und sich durch einen außerordentlichen Zufall wiedergetroffen – nach Violets Aussage für die Zeitspanne von genau achtundvierzig Stunden.

Er wußte nichts von den vergangenen fünfzig Jahren ihres Lebens, von ihrer Kindheit und Jugend, ihren Freunden, ihren Interessen und Überzeugungen, von früheren Ehen und vielleicht sogar Kindern – das alles war Teil eines unbekannten, unerforschten Landes, in das er keinen Fuß setzen durfte. Es gehörte ihr, ihr allein, und er war ein Fremder, dem der Zutritt verwehrt war durch starke Barrieren. Zudem war sie verheiratet, mit einem reichen und mächtigen Mann: Cameron war eine der Barrieren, aber nur eine unter vielen. Denn alles trennte sie voneinander, die Zeit und die Erfahrungen eines ganzen Lebens, eine Anhäufung von Gewohnheiten, die den Menschen wie Fangarme festhalten; auch die Gesellschaft. So war es immer gewesen, so würde es immer sein. Allein der Gedanke, es ließe sich jetzt eine Brücke zwischen grundverschiedenen Welten schlagen, war ein Hirngespinst.

Aus dem Schilf flog ein Eisvogel auf. Eine Weile stand er flatternd über dem Wasser, dann stürzte er pfeilschnell hinab und verschwand, ein schwarz-weiß gefiederter Blitz. Bei dem leisen Plätschern hob Billy den Kopf und sah zu den ockerfarbenen Felsklippen auf der anderen Seite des Flusses hinüber. Als er sie zum erstenmal gesehen hatte, waren sie aus dem feuchten Morgennebel aufgetaucht und in regenbogenfarbenem Licht erstrahlt, durchsetzt mit funkelnden Flekken aus Quarz und Glimmer. »Ein Märchenland«, hatte Violet neben ihm geflüstert.

Auch das ein Hirngespinst. Es war kein Märchenland. Es war ein durchaus reales, dreidimensionales Flußtal, ein Einschnitt in der afrikanischen Erdkruste, den das Wasser sich in vielen Jahrtausenden in den Sandstein gegraben hatte.

Und doch hatte er all die Jahre danach von der Erinnerung an diesen Morgen, an diesen ersten leuchtenden Anblick der Schlucht und der Felsen, des sprudelnden Wassers und der Prozession der Elefanten gezehrt. Und im Zentrum der Erinnerung stand Violet, auch sie hatte ihn durch die Jahre begleitet. Jetzt waren sie beide zusammengekommen: aus der Erinnerung war Wirklichkeit geworden.

Mit blinder, starrsinniger Entschlossenheit wußte Billy, daß er sie nie wieder loslassen würde.

Kurz vor Einbruch der Nacht kehrten Cameron und seine Truppe zurück.

Billy hielt sich in seinem Lager auf. Er hob den Kopf, als in der Stille des Abends das Echo von Stimmen durch die Schlucht hallte. Er glaubte Violet zu hören, und sein Magen krampfte sich zusammen. Dann vernahm er nur noch einen fernen Lärm und die Rufe der Boys. Billy blieb, wo er war. Eine Stunde später hörte er bloßfüßige Schritte auf Sand, die näherkamen. »Bwana?« fragte eine Stimme.

Er drehte sich um. Hinter ihm stand einer von Camerons Boys.

»Der Bwana fragt, ob Sie an seinem Feuer essen möchten?«

Billy stand auf und folgte ihm entlang dem Flußufer.

Der Abend erschien ihm auf andere Weise fast genauso sonderbar und verrückt wie der Tag. Die gesamte Truppe war glücklich, müde und entspannt. Der Pilot und der Führer freuten sich, weil sie Gelegenheit gehabt hatten, sich wieder einmal im Busch die Beine zu vertreten, der Paläontologe hingegen war entzückt über bestimmte Abschnitte in den Sandsteinfelsen, auf die er gestoßen war und die, wie er sagte, bemerkenswerte Ausgrabungsmöglichkeiten bärgen.

Cameron selbst saß am Kopfende des Tisches, lächelnd und plaudernd, während die Dienerschaft unter dem Sternenhimmel das Mahl auftrug. Am Abend zuvor waren Billy die Schärfe seines Blicks und die Direktheit seiner Fragen aufgefallen; jetzt hingegen gab er sich wohlwollend und liebenswürdig.

Seine Frau saß an seiner Seite.

Während des Tages, im endlosen Kreisen seiner Gedanken um Violet, hatte Billy sich an eine Besonderheit erinnert, die er bei der ersten Begegnung kaum zur Kenntnis genommen hatte – wie bleich ihre Haut war, beinahe grau, und wie eingefallen ihre Wangen. Er hatte keine Zeit gehabt, sie zu fragen – sie war sichtlich krank gewesen. Jetzt stellte er mit Freude fest, daß sie nach einem Tag Sonne und frischer Luft viel besser aussah und schon Farbe bekommen hatte.

Billy fing an zu reden. Er beantwortete Camerons Fragen über alles, was mit dem Tal zusammenhing, und war verblüfft, wieviel er zu sagen hatte. Mit dem Geologen diskutierte er über Sandsteinformationen – er wußte so gut wie nichts darüber, aber zog sich nicht schlecht aus der Affäre. Mit dem Piloten und dem Führer sprach er über mögliche Landepisten, Perspektiven für den Fremdenverkehr und neue Jagdkonzessionen. Er sprach wie ein Automat. Nach jedem Satz kehrte sein Blick zu Violets Gesicht zurück. Jedesmal schien auch sie ihn zu beobachten.

Schließlich stand er auf. Er wäre die ganze Nacht geblieben, nur um ihr nahe zu sein, nur um sie über den Tisch hinweg ansehen zu können, – aber die anderen gähnten bereits, und er wußte, daß es Zeit war, zu gehen.

Cameron streckte ihm die Hand hin. »Ich freue mich, daß wir uns kennengelernt haben«, sagte er. »Lassen Sie von sich hören. Wenn Sie genug vom Reisen haben, denken Sie daran, daß ich an Legionären immer interessiert bin.«
Billy dankte ihm und schüttelte auch den anderen die Hand. Dann sah er Violet an.
Lächelnd kam sie auf ihn zu. Alle Erschöpfung, die er am Vorabend in ihren Augen bemerkt hatte, war verschwunden. Kühn und selbstsicher sah sie ihn an.
»Boy?« sagte sie über die Schulter zu ihrem Mann. »Ich hatte gerade eine Idee. Es ist nicht wirklich notwendig, daß ich morgen zusammen mit dir aufbreche, nicht wahr?«
Cameron runzelte die Stirn. »Nicht wirklich, meine Liebe. Warum?«
»Ich hatte ganz vergessen, wie schön dieses Tal ist, und ich dachte, ich könnte noch eine Weile bleiben. Ich habe mich heute so wohl gefühlt und bin sogar ein bißchen braun geworden. Ich glaube, es würde mir ungemein gut tun. Du könntest mir die Boys hierlassen, und Billy wird sich sicher um mich kümmern.«
Cameron sah immer noch zweifelnd drein. »Und wann soll der Hubschrauber dich dann wieder abholen?«
»Ach«, antwortete sie leichthin, »das müssen wir doch jetzt noch nicht festlegen. Wenn ich bereit bin zum Aufbruch, kann Billy mich mit seinem Landrover zur Lodge fahren, und von dort aus kann ich nach Nairobi telefonieren. Das würdest du doch tun, Billy, nicht?«
Wie betäubt starrte er sie an. »Ja, sicher, mit Vergnügen«, stieß er schließlich hervor.
»Wenn es das ist, was du willst, Violet...«, begann Cameron, aber sie fiel ihm ins Wort: »Oh, das ist wunderbar! Ich werde als deine pflichtbewußte und liebende Ehefrau zu dir zurückkehren, aber diesmal ganz wiederhergestellt und gesund und mit einer Bräune, um die mich die bezaubernden Damen in deiner Entourage beneiden werden!« Violet lachte. Nach kurzem Zögern stimmte Cameron nachsichtig in ihr Lachen ein.
»Passen Sie gut auf sie auf«, sagte er dann, während er auf Billy zutrat, »sie ist das Wertvollste, was ich besitze«, und legte ihm lächelnd den Arm um die Schulter.
Billy ging langsam zu seinem Lager zurück. Im Fluß tanzte der Widerschein Tausender Sterne. Er blieb stehen und starrte lange ins Wasser. Früh am nächsten Morgen hörte er, wie der Helikopter sich aus der Schlucht emporschraubte, nach Süden abdrehte und davonflog.

45

»Warum?« fragte Billy ruhig. Violet saß neben ihm, die Wange an die seine gelehnt. Er hatte den Arm um ihre Schultern gelegt. Zögernd, fast ängstlich strich er ihr übers Haar, und als er den Kopf zu ihr wandte, sah er, daß der Ansatz grauer war, als er zuerst bemerkt hatte. Aber das spielte keine Rolle. Was er wirklich sah, war die zerzauste Goldmähne aus ihrer Kindheit.

»Warum?« wiederholte sie. »Erinnerst du dich, was Bobby Kennedy in seiner letzten Rede gesagt hat, am Tag, an dem er umgebracht wurde?«

Billy schüttelte den Kopf.

»Er sagte: ›Manche fragen warum. Ich dagegen frage: Warum nicht?‹ Weißt du, ich bin eher wie Bobby Kennedy.« Sie lächelte und wiederholte: »Warum nicht?«

Billy lachte.

Eine Antwort war das nicht, nur wieder eine ihrer üblichen Provokationen. Aber auch das spielte keine Rolle – die Antwort mochte später kommen. Jetzt zählte nur, daß sie zusammen waren.

Den ganzen Tag hatten sie miteinander verbracht. Morgens waren sie das Flußufer entlang nach Westen gegangen. Ein- oder zweimal hatte Violet nach seiner Hand gegriffen und ihre Finger mit den seinen verschlungen. Die längste Zeit hatten sie geschwiegen, hatten einander gehalten oder waren seitlich des Ufers durch das Schilf gestreift. Sie brauchten nichts anderes als die Gegenwart des anderen, das sichere Wissen, daß sie beisammen waren, Seite an Seite. Reden konnten sie später.

Das Schweigen brach, als sie mittags ins Lager zurückkehrten. Sie aßen das Gericht, das die Boys ihnen bereitet hatten, dann machten sie sich wieder auf den Weg, diesmal nach Osten, wo Billys Lager war. Er hatte sein Zelt neben einer abgeschnürten Flußschlinge aufgestellt, die im Lauf der Zeit zu einem tiefen Tümpel geworden war, fast einem kleinen See, dunkelblau und kühl. Violet blickte ins Wasser. Die Sonne war im Zenit, und in der Schlucht stand die Luft, flirrend vor Hitze.

Kurz entschlossen zog sie sich aus. Einen Moment lang verharrte sie am Ufer, die Kleider achtlos vor die Füße geworfen. Ein jäher Windstoß erfaßte ihr Haar und wehte es ihr aus dem Gesicht, und das Licht floß über ihre Schultern und rann in schimmernden Wellen abwärts ihren Körper entlang.

Billy schauderte. Nackt war sie die schönste, die begehrenswerteste Frau, die er je erblickt hatte. Die Mutterschaft und die Jahre hatten ihr nichts anhaben können. Schlank und muskulös waren ihre Beine, die Brüste fest und aufgerichtet, der Bauch flach. Mit einem Satz sprang sie ins Wasser.

Strahlend tauchte sie wieder auf und lachte ihn an. Dann drehte sie sich um und schwamm mit langen, eleganten Zügen zur anderen Seite hinüber, machte abermals kehrt und kam zu ihm zurück. Am Ufer ließ sie sich noch eine Weile von den kühlen Wellen umspielen, dann stand sie auf und schüttelte auf der Sandbank ihr Haar, das einen Funkenschauer glitzernder Tröpfchen versprühte, und die Sonne umhüllte sie mit einem goldenen Schein.

Sie hob die Arme und reckte sich, und wieder lachte sie. »Diese alte Dame hier möchte ein Handtuch, Billy«, sagte sie. »Hol mir eins, und ich bin für immer dein.«

Auf der Stelle rannte er zu seinem Lager, griff sich das einzige Handtuch, das er besaß, und kehrte zu ihr zurück. Er wickelte sie ein und zog sie neben sich auf den Stein.

Sie begannen zu reden, stockend zuerst, denn keiner wußte so recht, wie anfangen. Billy erkannte, daß sie sich vollständig fremd waren, und doch – in einer anderen Welt hatten sie einander besser gekannt als irgend jemanden sonst. Eine gemeinsame Erfahrung in ihrer fernen Kindheit hatte dazu geführt, daß ihr Leben von der unsichtbaren Gegenwart des anderen stärker und inniger geprägt war als durch jeden anderen Menschen, der je in ihrem Dasein eine Rolle gespielt hatte. Sie kannten einander – und wußten doch nichts voneinander.

Sie sprachen über ihre Kindheit und Jugend, und das Gespräch floß nicht chronologisch, sondern sprang vorwärts und wieder zurück. Billy erzählte zögernd von Brixton, von der Mally und Tante Doris, seinem Vetter Jack und den Pferden, von Pfarrer Geoffrey und dem verschlagenen Steve. Violet berichtete von dem Haus in Kensington, von ihrer Einsamkeit im Internat, von Mahadur und ihrer Reise nach Indien, von ihrem Erwachsenwerden.

»Einmal habe ich dich gesucht«, sagte sie.

Billy sah sie verblüfft an. »Wann?« fragte er.

»Kurz nachdem ich aus Indien heimkam«, antwortete sie. »Ich wollte nichts anderes als hierher zurückkehren, nach Afrika, mit den Elefanten zusammensein. Meine Mutter tat das als Verrücktheit ab – war es wohl auch. Sie war jedenfalls entschlossen, mich zu verheiraten. Ich wußte, daß es falsch war, sinnlos, aber allein fand ich keinen Ausweg, und du warst der einzige, der mir hätte helfen können. Ich bin zu deinem Haus gefahren.«

»Nach Brixton?« fragte Billy ungläubig. »Wie hast du das denn rausgefunden?«

»Über das Kriegsministerium«, sagte sie. »Das Heeresarchiv. Dort bekam ich die Adresse deiner Verwandten und bin hingefahren. Eine alte Dame hat mich empfangen, deine Tante Doris, ein wunderbarer Mensch – zäh war sie und witzig und sehr lieb. Sie sagte, du seist in Scherereien geraten und im Gefängnis, aber sie verriet mir nicht, in welchem. Sie sagte, nach dir zu suchen sei nur ein Traum, und ich sollte ihn lieber vergessen.« Violet zögerte. »Natürlich hab' ich ihn nicht vergessen«, fuhr sie fort, »aber ich glaube, ich war einfach zu jung, um mich gegen irgend jemanden aufzulehnen. Jedenfalls hat meine Mutter sich durchgesetzt, und ich wurde mit James verheiratet. Ein Alptraum.«

Die schlimmsten Erlebnisse ihrer ersten Ehe überging sie in ihrem Bericht; dennoch wurde Billy klar, wie schrecklich die Zeit für sie gewesen sein mußte, in der Tat ein Alptraum – an Langeweile, Lieblosigkeit, Sadismus und Gleichgültigkeit. Und er erfuhr, daß es genauso weitergegangen war, in anderer Form zwar, aber im Wesen gleich – die Flucht, die endlosen Reisen, die zweite und die dritte Ehe, die flüchtige und immer trügerische Ahnung von einem Glück, und schließlich der Abstieg: durch Amphetamine, Kokain und Alkohol hinunter in die Dunkelheit.

»Dort unten hat Boy mich aufgegabelt«, schloß sie. »Ob ich ihn liebe, weiß ich nicht, aber Vertrauen habe ich zu ihm. Er ist ein komplizierter und merkwürdiger Mensch, aber er ist stark wie ein Felsen. Ich hatte genug davon, hübschen jungen Männern ein Geschäft zu kaufen, eine Existenz aufzubauen und ihnen die Geschenke für ihre Freundinnen zu bezahlen, die sie mir gut verheimlichten, wie sie meinten... Ich wollte, daß sich einmal jemand um mich kümmert.«

Sie brach ab. »Verstehst du das, Billy?« fragte sie nach einer Weile.

Er gab keine Antwort.

Ja, auf der Ebene konventioneller Logik war es verständlich, warum denn nicht. Aber auf einer anderen Ebene, dort, wo die dunklen und stürmischen Fluten menschlicher Gefühle tobten, dort verstand er sie nicht. Violet hatte ihm erzählt, was sie für die Wahrheit hielt – halten wollte –, nicht, was sie wirklich empfand. Der Beweis war die Tatsache, daß sie ihren Mann nicht begleitet hatte: sie war hiergeblieben, um mit ihm, Billy, zusammenzusein; das war nicht das Verhalten einer Frau, die sich an eine starke Schulter lehnen wollte und dort Ruhe fand. Und das war typisch für sie, darin erkannte er sie wieder – so war sie immer gewesen und würde sie immer sein: spontan, romantisch und stets auf der Suche. Trotz all seines Reichtums und seiner Macht, trotz der Sicherheit, die er ihr gab, war Cameron nur ein Lückenbüßer für sie, eine Überbrückung in ihrem Leben. Violet suchte nach mehr.

»Und du?« fragte sie. »Hast du je nach mir gesucht?«

Billy lächelte reumütig. »Ich hab' oft daran gedacht. Aber dann hab' ich's nicht getan. Offen gestanden, mir hat der Mut gefehlt.«

»Ach Gott, wir armen Frauen!« Violet lachte. »Warum müssen immer wir diejenigen sein, die Mut haben, die ein Risiko eingehen? Wieso bin ich jetzt hier bei dir?«

»Das habe ich dich gefragt«, sagte Billy. »Aber du hast mir keine richtige Antwort gegeben.«

»Und das werd ich auch jetzt nicht tun, denn ich hab' Hunger!« Sie zog das Handtuch fester um sich, stand auf und sammelte ihre Kleider ein. »Laß mir eine halbe Stunde Zeit zum Umziehen, dann komm rüber zum Lager. Boy und ich hatten einen Zwischenstop in Paris, und dort hab' ich bei Fauchon ein paar Kleinigkeiten eingekauft. Heute wird gefeiert!«

Sie aßen unter freiem Himmel.

Mit jeder Stunde, die sie miteinander verbrachten, erfuhr Billy Neues von ihr. So lernte er zum Beispiel Violets Fähigkeit kennen, ihre Umwelt nach ihren Vorstellungen zu gestalten: sie lehnte es ab, sich die äußeren Umstände vorschreiben zu lassen – zumindest solange sie nüchtern war, keine Drogen brauchte und ihr Leben im Griff hatte. Sie prüfte die Lage, sah, was sie ihr zu bieten hatte, und veränderte sie dann nach ihrem Willen und Geschmack.

So speisten sie von einem weißen Leinentuch, auf dem Tisch standen Kerzen. Bei Fauchon hatte sie Champagner, Gänseleberpastete, Spargel, Wachteleier und Parmaschinken erstanden. Der Champagner war im Fluß gekühlt, der Spargel im Feldkessel gekocht worden, und einer der Eingeborenen hatte ihnen weißes Brot gebacken.

»Santé!« sagte Violet nach dem Essen und hob ihr Glas.

Billy trank ihr zu. Dann lehnte er sich zurück, satt und zufrieden; selten hatte er so gut gespeist. Er sah Violet über den Tisch hinweg an. Sie hatte ihre Safarikleider gegen ein schlichtes, tief ausgeschnittenes Kleid aus weißer Seide eingetauscht. Das Dekolleté verbarg ein weicher, reich bestickter Kaschmirschal, den sie sich zum Schutz vor der

nächtlichen Kühle um die Schultern gelegt hatte. Unter dem Schal erkannte Billy die Umrisse ihrer Brüste.
»Und jetzt«, sagte sie, »gehen wir ein bißchen. Ich meine: gehen, Billy, nicht reden. Im Augenblick hab' ich genug geredet.« Sie stand auf und lächelte. »Findest du mich diktatorisch? Oder ist es vielmehr so, daß anscheinend immer ich die Entscheidungen treffen muß?«
Billy erwiderte ihr Lächeln. »Beides wahrscheinlich, aber vor allem letzteres. So war's allerdings immer.«
Er stand auf, ergriff Violets Arm, und sie gingen schweigend das Flußufer entlang.
Sie hatte recht, fand er, sie hatten genug geredet. Sie hatten einander alles erzählt, was es zu erzählen gab bis zu dem Augenblick, als sie jetzt Seite an Seite durch die Dunkelheit des Tals gingen. Gewiß, es fehlten noch viele Einzelheiten, und sie hätten sich ein Leben lang Zeit nehmen können, um sich auszutauschen, zu erforschen und der Wahrheit auf den Grund zu gehen, doch in groben Zügen hatten sie die Geographie ihrer getrennten Wege voreinander ausgebreitet, hatten die so ähnlichen Listen ihrer Fehler und Unterlassungen, Gewinne und Verluste, Schmerzen und Freuden auf den Tisch gelegt, geprüft und akzeptiert. Letztendlich spielte das alles gar keine Rolle, auf ihre Gespräche und Geständnisse hätten sie verzichten können. Sie hatten einander, und das war genug.
»Ich möchte jetzt zu Bett gehen«, sagte Violet, als sie zum Lager zurückkamen.
Die Boys schliefen am Rand der glühenden Feuerstelle, ein ineinander verknäulter Haufen schnarchender Gestalten. In Violets Zelt hatten sie die Kerosinlampe brennen lassen, und ein Lichtschein fiel auf ihr Gesicht, der ihre Haut fast durchscheinend schimmern ließ, die Kontur ihrer Wangenknochen zart hervorhob und ihren Augen türkisblaue Funken entlockte. Keine Spur von Grau mehr in ihrem Haar – Billy sah nur noch die goldene Mähne aus früherer Zeit.
»Ja. Natürlich«, murmelte Billy. Sein Mund war wie ausgedörrt, und er fühlte sich unbeholfen – ihre Schönheit benebelte ihn, er konnte nicht glauben, daß je eine Frau so schön gewesen war wie sie. So wandte er sich zum Gehen.
»Billy.« Ihre Stimme hielt ihn zurück. »Ich hatte eigentlich gehofft, ich würde mit dir zu Bett gehen.«
Er drehte sich um und starrte sie an.

Sie lagen einander in den Armen.
»Nein«, sagte Violet, »ich will nicht mit dir schlafen. Jedenfalls noch

nicht. Wenn es geschieht, dann geschieht es zu seiner Zeit. Im Augenblick möchte ich dich nur halten.«

Sanft, zögernd, suchend bewegten sich ihre Hände über sein Gesicht. Sie glitten über seine Schultern und begannen seinen Rücken zu erforschen. Billy entspannte sich. Reglos lag er da und dachte wieder daran, daß immer sie es gewesen war, die Entscheidungen traf und die Führung übernahm. So auch jetzt. Er spürte, wie ihre Finger die Narbenwülste auf seinen Rippen berührten, wie ihre Hand zögerte und sich behutsam vorantastete, dann abwärts glitt und abermals verharrte, als sie der tiefen Furche auf seinem Schenkel begegnete.

»Meine Güte, Billy, was hast du bloß getan?« fragte sie. »Das ist kein Körper, das ist eine Mondlandschaft!«

Er lächelte. »Ich kann dir zu jeder Narbe die Einzelheiten erzählen. Oben angefangen: Algerien, ein Granatsplitter. Rechter Hand an den Rippen: eine versteckte Sprengladung, ebenfalls Algerien. Linker Hand wieder eine Granate, diesmal aber aus dem Tschad. Der große Schnitt am Oberschenkel war die Kugel eines Heckenschützen in Guyana.« Er fuhr fort mit der Aufzählung aller seiner Wunden und deren Herkunft, in anatomischer Reihenfolge bis hinab zum linken Fuß, den ihm beinahe eine Landmine abgerissen hätte.

»Ach, Billy, hättest du nicht bei einer Bank oder Versicherung oder so etwas arbeiten können? Das haben alle meine Freunde getan.«

»Deine Freunde sind aber nicht in Brixton aufgewachsen. Nach dem, was du mir erzählt hast, wurden sie auch nicht deine Liebhaber.«

»Sie haben's zumindest versucht.«

»Na, dann hol' ich zumindest auf.«

Violet lachte. Sie schmiegte sich an ihn und schlang ihre Beine um ihn. Billy hielt sie fest im Arm und wiegte sie sanft, bis er an ihrem Atem erkannte, daß sie schlief. Eine Weile lag er wach und lauschte den Klängen und Geräuschen der afrikanischen Nacht, dem Ruf einer Eule, die sich das Lager als Nahrungsquelle erkoren hatte, dem klagenden Heulen der Schakale; in der Ferne brüllte ein Löwe.

Zum erstenmal in seinem Leben fühlte er sich stark und sicher und befriedigt. Stark war er immer gewesen, seine Kraft hatte ihn abgehärtet, innerlich und äußerlich gestählt, vom Boxclub bis zu den Kämpfen in der Legion. Selbstsicherheit hatte er mit den Jahren gewonnen. Befriedigung aber, das tief beseligende Gefühl, einen geliebten Menschen im Arm zu halten und zu beschützen, das hatte er nie erfahren. Bis jetzt. Jetzt wußte er, was es hieß, glücklich zu sein: eine Fremde mit grau-goldenem Haar und vernarbten Einstichstellen an den Handgelenken vor der Dunkelheit zu beschützen.

Billy rückte ihren Kopf an seiner Schulter zurecht und schlief ein.
Sie erwachten beide im selben Augenblick und wußten nicht, was sie geweckt hatte – vielleicht ein Löwe, der in der Nähe des Lagers vorbeigestrichen war und gebrüllt hatte, vielleicht auch eine Eule; aber wenn es ein Geräusch gewesen war, dann war es im selben Moment vorüber, in dem sie die Augen aufschlugen.
Billy spähte durch den Zelteingang. Am Himmel verblaßten bereits die Sterne, und ein schwacher blaugrauer Streif am Horizont verkündete den nahenden Morgen. Er konnte den Fluß riechen – einen feuchten, nebelverhangenen Hauch, durchsetzt mit Schwaden von verrottendem Schilf.
Er legte sich zurück und sah Violet an. Ihr Kopf lag auf dem Kissen dicht neben dem seinen, und sie sah ihn an – mit einem merkwürdig eindringlichen Blick.
»Ich will dich, Billy«, sagte sie auf einmal. »Ich will dich jetzt.«
Sie knöpfte ihr Hemd auf und zog die Baumwollshorts aus, in denen sie geschlafen hatte. Sie drängte sich an ihn.
Eine Woge von Begehren brach über ihn herein, wie er es in seinem Leben noch nicht gespürt hatte. Er hob sich über sie und spürte, wie ihre Beine sich unter ihm öffneten und seitwärts spreizten, und er drang in sie ein.
»Billy!« Für einen Moment hielt sie ihn zurück. »Wen hast du vor mir gehabt? Prostituierte?«
Er stellte fest, daß er kein Wort sprechen konnte.
Prostituierte, Huren, Flittchen, natürlich. Dutzende, vielleicht sogar Hunderte. So war es Brauch in der Legion, das taten alle Männer – verschafften sich eine rasche Erleichterung, damit der drängende, quälende Druck zwischen den Beinen nachließ. Es hatte ihm nie etwas bedeutet, hatte ihn nicht interessiert und war immer ohne Folgen geblieben. Er hatte die Frauen genommen, sie benutzt – oder, dachte er, genauer gesagt: war von ihnen benutzt worden für das Geld, das er ihnen zahlte – und hatte sie dann weggeworfen. Nach einer Zeit hatte er sogar damit aufgehört. Sex war Handelsware: schon vor Jahren hatte er dieses Geschäft aufgegeben. Es gab Besseres, wofür man sein Geld ausgeben konnte.
»Ich bin keine Prostituierte, Billy«, sagte sie. »Ich bin ich. Ich bin eine lebendige, atmende Frau. Ich bin dein, jetzt und für immer. Nimm mich und halt mich fest.«
Sie legte seine Hände auf ihre Brüste, und Billy richtete sich empor und tauchte in sie ein, und die Welt löste sich auf.
Danach lag er neben ihr, Violet strich ihm zärtlich über den Kopf. Ihre

Finger fanden eine weitere Narbe in seinem Nacken, und sie richtete sich auf.
»Gibt es irgendeinen Teil an dir«, fragte sie, »der nicht von irgendwem mit einem Gewehr oder einer Axt massakriert worden ist?«
»Das hier war was anderes. Ein Hammer.« Er grinste. »An einem Freitagabend bin ich mir mit einem anderen Legionär in einer Bar in die Haare geraten. Er hat mich einmal ziemlich übel erwischt, aber am Schluß ist er doch Zweiter geworden. Ich habe ihn im Krankenhaus besucht, und wir haben die Sache bereinigt. Heute nennt man das wohl ›Gewalt in der Familie‹.«
»Billy, du bist unverbesserlich«, sagte sie verzweifelt. »Hat dir das je einer gesagt?«
»Nein. Es hätte auch nichts genützt. Ich weiß nicht, was das heißt.«
»Das heißt, daß du derselbe bist wie immer, daß du dich nie verändert hast!«
Violet warf den geöffneten Schlafsack von sich, der sie beide zugedeckt hatte, und stand auf. Geduckt trat sie durch den Zelteingang hinaus ins Freie; dann stand sie aufrecht und nackt im Mondlicht.
Nachmittags am Fluß hatte die Sonne sie in goldenes Licht getaucht, der Mond hüllte sie jetzt in Silber – ein nächtliches Licht, das sie zu durchdringen schien und wie Wasser an ihr herabfloß.
»Billy.« Ihr Ton hatte sich mit einemmal verändert. »Irgend etwas stimmt nicht. Du erinnerst dich doch an Uhuru?«
»Natürlich.«
»Wo ist sie? Was ist aus all den Elefanten geworden? Ich habe nicht einen einzigen gesehen, seit wir hier sind.«
Sie sah ihn an, und selbst bei Mondlicht konnte Billy ihre beunruhigte Miene erkennen. Er stand auf und trat zu ihr hinaus.
»Mach dir keine Sorgen«, sagte er und legte den Arm um sie. »Ich habe mich das auch gefragt, als ich vor einer Woche herkam. Aber bin ein ganzes Stück den Fluß entlanggegangen, viel weiter, als wir heute waren, und hab sie gefunden. Sie weiden ungefähr fünfzig Kilometer von hier im Westen. Sie kommen langsam zurück.«
»Und war Uhuru bei ihnen?«
»Die Anführerin war jedenfalls eine große Elefantenkuh«, antwortete er. »Uhuru wird das nicht sein – sie müßte an die Hundert sein, wenn sie noch lebte. Vielleicht ist es ihre Tochter, das Kalb, das Ngoro uns gezeigt hat, oder vielleicht sogar ihre Enkelin. Ich habe sie beobachtet. Sie ist argwöhnisch und ungesellig und vertreibt die anderen immer wieder, wenn sie ihr zu nahe kommen, außer, wenn sie die Herde zur Tränke führt. Wahrscheinlich ist sie trächtig.«

»Geht's ihnen gut, Billy?«
Er runzelte die Stirn. »Wieso sollte es ihnen nicht gut gehen? In Kenia stehen sie jetzt unter Schutz. Die Wilderer aus Somalia sind zurückgedrängt worden. Niemand hat einen Grund, hier rauszukommen und sie zu stören. Alles, was sie brauchen, ist der Fluß...«
Er brach ab und sah sie erstaunt an. Auf einmal spürte er, daß ihr irgend etwas auf der Seele lag, daß sie etwas wußte, was ihm entging.
»Was ist los, Violet?« fragte er.
Sie wandte den Blick ab. Lange Zeit war sie still. Als sie ihn wieder ansah, stand Angst in ihren Augen.
»Boy hat mir ein – wie er es nannte – Rettungsfloß angeboten«, sagte sie. »Sicherheit. Das brauchte ich mehr als alles andere, deshalb nahm ich an. Ich war ihm sehr dankbar, bin es noch. Als Gegenleistung, sagte ich, könne ich ihm einen Fluß als Hochzeitsgeschenk anbieten. Ich wußte nicht, was er im Sinn hatte, bis er mich daran erinnerte...«
Sie deutete auf das Zelt, auf die lederne Handtasche, die sie mitgenommen hatte, als sie zu Billys Lager zurückgekehrt waren. Weitere Erklärungen waren nicht nötig – Billy wußte, was sich darin befand: die Besitzurkunde für das Tal, oder vielmehr ihre abgegriffene Hälfte der Papiere, die sie vor einem halben Jahrhundert miteinander geteilt hatten.
»Er will das Tal. Er hat vor, einen Damm zu bauen und den Fluß umzuleiten. Wenn das Bett trocken ist, will er es ausgraben lassen. Er ist überzeugt, daß darunter der Garten Eden liegt.«

46

»Erzähl«, sagte Billy, als sie nebeneinander am Flußufer saßen, wieder angekleidet, denn trotz des nahen Morgens war es noch kühl. Jenseits der Schlucht war über der Felswand der erste fahle Lichtstreifen zu sehen, und am Horizont verblaßte der Mond. Eine dünne Rauchsäule stieg aus der Glut des Lagerfeuers, und die offene Zeltplane schlug in der Morgenbrise hin und her. Ein rotbrauner Schakal strich schnüffelnd durch den Sand, die Schnauze dicht über dem Boden. Er nahm die Witterung der Menschen auf, erstarrte kurz und verschwand wie ein Blitz.

»Bitte erzähl«, drängte Billy.

Violet zog die Beine an und schlang die Arme um die Knie. Sie saß ganz still, und ihr langer Rock hing in unbewegten Falten herab wie aus Stein gemeißelt. Die Frau und der Felsen verschmolzen miteinander.

»Boy hat mir das Versprechen abgenommen, daß ich niemandem etwas verrate«, sagte sie endlich. »Aber ich habe immer wieder Versprechen gebrochen und Geheimnisse preisgegeben, nachdem ich vorher geschworen hatte, bis an mein Lebensende zu schweigen wie ein Grab. Tun wir das nicht alle?«

»Manche tun's wohl«, antwortete Billy.

»Zu denen gehöre ich. Es sind nicht die Besten. Nur die ganz gewöhnlichen Sterblichen. Die hoffen und sich verstellen und lügen.«

Sie vergrub ihr Gesicht in den Händen; dann hob sie den Kopf und sah ihn an. »Boy hat dir nicht die Wahrheit gesagt, Billy«, fuhr sie fort. »Er hält dieses Tal keineswegs bloß für einen Ort von gewissem archäologischem Interesse, wie er behauptet. Es ist viel mehr. Wenn er mit seiner Vermutung recht hat, dann liegt hier die außergewöhnlichste, wichtigste Fundstätte der Welt. Es könnte der Geburtsort des Menschen sein. Und nicht nur der entwicklungsgeschichtliche, sondern auch der mythologische: hier könnte der Garten Eden sein.«

Schritt für Schritt setzte sie ihm Camerons Theorie mit denselben Worten und Beispielen auseinander, die er ihr gegenüber verwendet hatte.

»Deswegen will er hier Ausgrabungen in großem Umfang veranstalten«, schloß sie. »Das ist ein gewaltiges Unterfangen und wird Jahre dauern. Aber wenn seine Annahme sich als richtig herausstellt, dann ist das der aufsehenerregendste Fund der Menschheitsgeschichte. Und Boy ist fest überzeugt, daß er recht hat, daß er den Ort gefunden hat, an dem wir geboren wurden – die Wiege der Menschheit und ihre Kinderstube.«

Billy schwieg. Er war wie vor den Kopf gestoßen und brauchte eine ganze Weile, bis er die Tragweite dessen, was sie ihm erzählt hatte, erfassen konnte.

»Aber der Garten Eden«, sagte er schließlich, »das ist doch ein Märchen. Ich meine, ich weiß schon, die Bibel berichtet davon, aber trotzdem ist es nur eine Geschichte, eine Legende – nicht dokumentierte Geschichte.«

»Legenden müssen aber irgendeinen Ursprung haben«, sagte Violet. »Früher war man überzeugt, daß auch Troja und Helena und die griechischen Götter nur eine Geschichte seien, die Erfindung eines Dichters. Dann hat man Troja entdeckt, und es war eine reale Stadt mit Häusern, Straßen und Geschäften. Man war überzeugt, Noahs Arche sei nur eine Geschichte aus der Bibel. Und jetzt glaubt man, die Überreste eines riesigen Schiffs gefunden zu haben, irgendwo auf einem Berg in der Türkei... Die Geschichten verändern sich natürlich, wenn sie jahrhundertelang von einer Generation zur nächsten überliefert werden. Aber sie entstehen nicht aus dem Nichts, sondern müssen irgendeinen wahren Hintergrund haben. Adam und Eva, sagt Boy, wurden mit der Zeit Symbolfiguren, aber sie begannen als wirkliche Menschen. Genauso wie Kain und Abel.« Violet brach ab.

»Ich erkläre das alles ganz schlecht«, setzte sie nach einer Weile hinzu. »Boy kann das viel besser. Das hat übrigens nichts mit Gläubigkeit zu tun, gar nicht, er ist nicht religiös. Sondern er betrachtet die Sache vom Standpunkt des Historikers. Er sagt, jeder Mythos entsteht auf dem Boden von Tatsachen. Und er ist nicht der einzige, der so denkt. Die Wissenschaftler, die für ihn arbeiten, Paläontologen und Biologen, sie kommen allmählich zu dem Schluß, er könnte recht haben.«

Billy konnte es immer noch nicht fassen. »Ich verstehe vor allem eines«, sagte er. »Daß er dich geheiratet hat, um das Tal in die Hände zu kriegen.«

»Na, ich hoffe, ich bin mehr wert als das«, sagte Violet mit ironischem Lächeln. »Nein«, fuhr sie fort, »Boy ist in Afrika so etwas wie ein Kaiser. Mit seinem Vermögen und seinem Einfluß hätte er es sich so oder so aneignen können. Er hat immer gewußt, wem das Tal gehört, seit seinem ersten Besuch im Laager, nachdem sein Flugzeug hier in der Nähe abgestürzt war. Als er die ersten überzeugenden geomagnetischen Meßergebnisse vorliegen hatte, setzten sich seine Leute mit dem Grundbuchamt in Nairobi in Verbindung und stellten fest, daß ich noch immer die Eigentümerin war. Durch eine Freundin von mir hat er mich aufgespürt. Aber als wir uns dann kennenlernten, hat er sich, glaube ich, wirklich für mich interessiert, und so hat er mich gebeten, seine Frau zu werden.«

Zum erstenmal sprach sie die Gedanken und Vermutungen, die sie viele Male still für sich gedacht hatte, laut aus.

»Er war nie vorher verheiratet, aber für Menschen wie ihn kommt wohl irgendwann der Zeitpunkt, an dem sie ein dringendes Bedürfnis danach haben – um irgend etwas zu Ende zu bringen. Boy ist in einem Arbeiterviertel im Berlin der Vorkriegszeit groß geworden. Ich bin das, was man als Angehörige der europäischen Aristokratie bezeichnet. Zu Repräsentationszwecken bin ich hervorragend geeignet, eine wirklich gute Gastgeberin – das stimmt, auch wenn ich es bin, die das sagt. Wahrscheinlich bin ich für ihn die perfekte Alibigattin, die das Bild abrundet, das er von sich selber hat.«

Sie lachte. »Egal, was die Gründe sind, Billy, ich bin jedenfalls überzeugt, daß er mich nicht allein wegen des Tals geheiratet hat – obwohl es sicher ein Pluspunkt in seiner Rechnung war.«

Billy schwieg wieder; er dachte an die Folgen dieses Vorhabens. Die Cameronsche Theorie erschien ihm derart weit hergeholt, daß er sie, seinem ersten Impuls folgend, am liebsten als absurd verworfen hätte. Ein zweites Gefühl aber sagte ihm, daß etwas Wahres daran sein mochte – das genauso real war wie Cameron und seine Millionen. Bilder aus Fernsehfilmen gingen ihm durch den Kopf, dokumentarische Berichte über den Ursprung des Menschen, die er in den letzten Jahren gesehen hatte; für die Franzosen war das ein Thema von endloser Faszination, und er hatte gewiß Dutzende solcher Filme gesehen – in der Kaserne war das allabendliche Fernsehen noch der angenehmste Zeitvertreib. Fast immer war von der afrikanischen Genesis des Menschen die Rede gewesen. Wenn das stimmte, wenn es tatsächlich einen Adam und eine Eva und einen Garten Eden gegeben hatte, dann war es durchaus denkbar, daß sie und das biblische Paradies irgendwo auf dem dunklen Kontinent begraben lagen. Cameron jedenfalls war davon überzeugt und wild entschlossen, die Landschaft ringsum aufzugraben.

»Wenn dein Mann das Tal trockenlegt«, sagte Billy, »müssen die Elefanten fortziehen. Sie brauchen zweihundert Liter Wasser am Tag, um überleben zu können. Das Problem ist nur, daß sie nirgendwohin können.«

Er sprach sehr ruhig und leise, fast wie zu sich selbst, bedachte eine nach der anderen sämtliche Konsequenzen.
»Zwar könnte der Oberlauf des Flusses schon im Quellgebiet umgeleitet werden, und man könnte einen künstlichen See anlegen. Aber wenn dein Mann recht hat, wenn es wirklich einen Garten Eden gegeben hat und er ausgerechnet hier liegt, dann entsteht hier die größten Touristenattraktion der Welt. Egal, was er weiter vorhat – eine Sache wie diese läßt sich nicht geheimhalten.«
Billy zog einen verdorrten Grashalm aus der Erde und zerpflückte ihn zwischen den Fingern. Seine Miene war ratlos, tiefe Furchen standen auf seiner Stirn.
»Ein See wäre aber keine Lösung. Allein die Gegenwart der vielen Menschen würde sämtliche wildlebenden Tiere in die Flucht schlagen, das war immer so. Die Elefanten würden zurückweichen. Sie würden sich eine andere Wasserstelle suchen und keine finden. Dann sterben sie langsam aus – nicht schnell: das dauert seine Zeit; wir beide erleben das gar nicht mehr. Manche würden noch einmal zurückkehren, weil sie dringend Wasser brauchen, sie würden sich schon durchsetzen. Aber mit jedem Jahr würden es weniger werden – es wären Geisterelefanten, Dinosaurier. Und am Schluß nicht einmal mehr das. Dann sind sie fort, ausgestorben.« Er drehte den Kopf und sah Violet an. »Wenn dein Mann sich das Tal nimmt, ist es das Ende der Elefanten.«
Sie stand auf und fuhr sich verzweifelt durchs Haar. »Boy hat mich gerettet«, sagte sie. »Das meine ich ganz wörtlich. Ohne ihn wäre ich tot. Ich habe ihm das Tal versprochen! Ich vermache es seiner Stiftung, die Anwälte befassen sich schon damit. Es bedeutet ihm mehr als alles andere auf der Welt.« Flehend wandte sie sich ihm zu. »Was kann ich denn tun, Billy?«
Er stand ebenfalls auf.
Der Morgen dämmerte herauf, ein frischer und strahlender afrikanischer Morgen, dieser rasche Wechsel zwischen Nacht und Tag mit seinen intensiven Gerüchen, wie Billy ihn so sehr liebte. Noch stand das Kreuz des Südens am Himmel wie die Juwelenstickerei in einem mittelalterlichen Wandteppich, aber die Sonne erhob sich schon über den Horizont. Über dem Fluß lag Nebel, die Vögel sangen, und Billy roch wilden Thymian in der Morgenbrise – irgendwo zertraten Büffel oder Antilopen auf dem Weg zur Tränke das Kraut unter ihren Hufen.
Jetzt erreichte die Sonne den Rand der Schlucht und stieg darüber hinaus, und eine Flut von Licht ergoß sich über die Felsen und verwandelte die Quarzpartikel in funkelnde Diamanten, wie an jenem

ersten Morgen, als er und Violet mit Ngoro hiergewesen waren.
Er nahm ihre Hand.
Genau so mußte der erste Morgen der Schöpfung gewesen sein, der Anfang der Welt, wie ihn die Alten sich vorgestellt hatten – mochten Cameron und seine Wissenschaftler sich ruhig darüber lustig machen. »Ursuppe« war der Begriff, mit dem sie den Beginn des Universums bezeichneten: keine Sterne, keine Gerüche, kein Sonnenlicht, das sich über Bäume, Felsen und Wasser ergoß, kein Vogelgesang und nicht diese fast unerträgliche Süße in der Luft. Nur eine Brühe einzelliger Organismen, die sich teilten, vervielfältigten, aufspalteten und schließlich das kodierte DNA-Material lieferten, das seinerseits die Bausteine bildete für Knochen, Fleisch und Hirnstruktur eines Mannes namens Adam und einer Frau namens Eva.
Nein. Sie irrten sich gewaltig und grundlegend. Cameron und alle anderen wußten nicht, daß Adam und Eva von einem Löwen in einem Tonofen gebrannt worden waren und daß der Löwe einen Elefanten geschaffen hatte, der ihnen einen Garten anlegte. Ngoro, der alte Massai, hatte es gewußt, und er war weiser als alle Forscher und Gelehrten zusammen.
Billy lachte laut auf und jauchzte vor Freude.
Violet sah ihn erschrocken an, während sein Gelächter von den Felsen widerhallte. Sie wollte etwas sagen, aber er fiel ihr ins Wort.
»Wir werden die Elefanten suchen«, sagte er. »Und werden sie finden, Uhurus Tochter oder Enkelin oder was immer sie ist. Wenn wir Glück haben, läßt sie uns in ihre Nähe, und wir folgen ihr zum Wasser. Danach kannst du entscheiden, was aus dem Tal werden soll.«

Was immer hätte geschehen können, was dann tatsächlich geschah – Billy war sich bewußt, daß jeder Augenblick, der danach kam, die wichtigste Zeit seines Lebens war.
Diese ganze Zeit, jeden Augenblick davon, verbrachte er mit Violet. Später wurde ihm klar, welches Glück er hatte, unschätzbares Glück. Jeden Augenblick wußte er, wie wichtig, wie wertvoll und intensiv, aber auch wie merkwürdig diese Zeit war, selbst während sie verging, so schnell, wie Sand zwischen den Fingern zerrinnt. Merkwürdig in der Tat.
Sie unternahmen sehr wenig, aber in allem, was sie taten, waren sie unzertrennlich, wie Bergsteiger, die an der Nordwestwand des Everest gemeinsam am selben Seil hängen. Jeden Atemzug taten sie, als hinge ihr Leben davon ab, daß sie einander nah waren.
Sie frühstückten in ihrem Lager – für Billy war es längst ihr Lager

geworden, Cameron hatte nichts mehr damit zu tun. Dann gingen sie zurück zu seinem Zelt und dem kleinen Feuer, schwammen nackt im Fluß – sie war eine wunderbare Schwimmerin, schnell und geschmeidig und graziös. Verglichen mit ihr war Billy schwerfällig und unbeholfen, er kämpfte gegen die Strömung, er keuchte, und schließlich mußte er sich schwer atmend ans Ufer retten.

Violet folgte ihm, durchs Wasser gleitend wie ein Delphin. Mit leichtem Schritt trat sie ans Ufer, schüttelte den Kopf und fuhr sich mit den Fingern durchs Haar und ließ einen blitzenden Tropfenschauer auf ihn herabregnen. Dann legte sie sich bäuchlings in den Sand, um in der Sonne zu braten wie eine Schildkröte.

Sie hatte die Boys angewiesen, ihnen ein Mittagessen zu bereiten – es gab frischgebackenes Brot, gepökeltes Schweinefleisch aus dem Glas und eine Flasche Weißwein von ihrer Einkaufsexpedition in Paris.

»Ist das nicht komisch?« fragte sie auf dem Rückweg zum Zelt. »Für mich ist mein Lager so etwas wie unsere Stadtwohnung geworden, und deins ist das Landhaus. Ins Landhaus gehen die Leute natürlich, wenn sie was im Schild führen.« Sie warf ihm ihr rasches, aufreizendes Lächeln zu, das er seit Urzeiten kannte.

Seite an Seite lagen sie dann unter der Zeltplane, während die Mittagshitze und die warmen Nachmittagsstunden vergingen. Wenn sie, wie Violet gesagt hatte, tatsächlich etwas im Schild geführt hatten, setzten sie es doch nicht in die Tat um. »In unserem Alter«, sagte sie, »braucht man dazu wahrscheinlich eine zweite Flasche Wein und den diskreten Schutz der Dunkelheit.«

Billy wußte, daß sie weder das eine noch das andere brauchten – und sie wußte es auch. Was sie wirklich brauchten, war die Nähe des anderen, und die fanden sie, indem sie einander in den Armen hielten.

Im Zelt herrschte Halbdunkel. In dünnen heißen Lichtbündeln fiel die Sonne durch die Ritzen, Fliegen und Spinnen taumelten herein. Er erforschte mit den Fingern ihr Gesicht, ihre Ohren, ihre Schultern. Dann glitten seine Hände abwärts und berührten den Rest ihres Körpers. Ihre Haut fühlte sich warm und elastisch an, abgehärtet und widerstandsfähig. Ihr ganzes Leben mußte sie daran gearbeitet haben, sich dieses gewisse Maß an körpereigener Panzerung zu erhalten.

Jetzt war sie aus ihrem Panzer herausgetreten. Sie war nackt und in goldenes Licht getaucht, und aus dem abgeworfenen Kettenhemd stieg ihr Geruch zu ihm empor. Es war eine Mischung aus Schweiß und Hitze, dem Parfum, das sie benutzte – ein betörender Moschusduft, der teuer und pariserisch roch –, und irgend etwas Unbestimmbarem. Ihrem eigenen Duft, der unter allem anderen lag, warm und süß wie reife Äpfel oder der Geruch einer frisch gemähten Sommerwiese.

Violet. Er atmete sie tief ein, sog sich voll mit ihr. Dann legte er den Kopf in ihre Halsgrube und schlief ein.

»Billy, sie sind wieder da!«

Beim Klang ihrer Stimme schreckte er auf. Er griff sich ein Handtuch und kroch hastig aus dem Zelt, im Laufen knotete er sich das Tuch um die Taille.

Er sah sich um. Es war Abend, vom Himmel wich das letzte Licht. Unter den aufgehenden Sternen kamen von überall her die Elefanten herbei und versammelten sich am Fluß. Es mußten Hunderte sein! Alte Bullen waren darunter und junge, unverpaarte, die sich zu Gruppen zusammengetan hatten, Kühe mit ihren Kälbern und Halbwüchsige, und an der Spitze schritt die Stammesmutter, die Billy für Uhurus Enkelin hielt, die neue große Anführerin der Herde.

»Sind sie nicht wunderschön!« Violets Augen funkelten glücklich. »Viel schöner, als ich sie in Erinnerung hatte.«

Der Anblick dauerte nur wenige Minuten, denn die afrikanische Nacht brach schnell herein, und die Dunkelheit entzog die Elefanten ihrem Blick. Aber noch eine ganze Stunde lang hallten ihr Trompeten und das laute Spritzen und Planschen durch die Schlucht. Dann kehrte Stille ein.

»Sie sind in den Busch zurückgekehrt, um zu fressen«, sagte Billy. »Im Morgengrauen kommen sie wieder zur Tränke.«

»Wann ist das?«

»Es beginnt ungefähr um fünf. Wenn du sie wirklich genau beobachten willst, mußt du aber eine halbe Stunde früher aufstehen.«

»Es macht mir nichts aus, die ganze Nacht aufzubleiben – solang ich sie bloß nicht verpasse!«

Billy lächelte. »Das brauchst du nicht. Aber weck mich auf, falls ich schlafe. Die Elefanten mögen zwar die schönsten Tiere der Welt sein, aber sie können auch die gefährlichsten sein. Wehe dem, der zwischen eine Mutter und ihr Junges gerät. Eine Elefantenkuh wiegt bis zu sechs Tonnen. Sie kann fünfzig Kilometer in der Stunde laufen und ist so beweglich wie ein Tänzer. Wenn sie eine Gefahr für ihr Kalb wittert, wird sie zur Mörderin – dann kann nur eine Gewehrkugel sie noch aufhalten. Deshalb habe ich mein Jagdgewehr dabei.«

Er streckte die Hand aus und fuhr ihr durchs Haar. »Ich will es nie benutzen«, fügte er hinzu. »Außer für dich. Für dich täte ich alles.«

Auch die zweite Nacht verbrachten sie in Billys Zelt.
In den frühen Morgenstunden wachte er auf. Er blickte zu Violet hinüber und sah ihren Kopf ihm zugewandt und ihre Augen offen. Ihre Stirn war leicht gerunzelt, als hätte sie ihn schon eine ganze Zeitlang betrachtet. Sie lächelte und küßte ihn sanft auf den Mund. Dann legte sie sich zurück, und ihr Gesicht nahm wieder den unsicheren, verwirrten Ausdruck an.
»Ich habe wachgelegen und nachgedacht«, sagte sie. »Ich glaube, ich bringe es nicht fertig, Boy das Tal zu überlassen und dem Untergang preiszugeben. Weißt du, die Vergangenheit ist doch tot – aus und vorbei. Die Elefanten aber leben, und sie sind wichtiger, als der Garten Eden heute noch sein könnte. Es gibt nur noch so wenige von ihnen auf der Welt. Ich kann nicht zulassen, daß die Herde zugrunde geht.«
Billy öffnete den Mund, aber sie bat ihn zu schweigen, ehe er etwas sagen konnte.
»Nein, Billy, sprich jetzt nicht, du bringst mich nur durcheinander. Ich habe Boy ein Versprechen gegeben, ich habe ihm ein Geschenk gemacht. Es widerstrebt mir, mein Wort zu brechen, und ich habe noch nie ein Geschenk zurückverlangt. Ich muß darüber noch nachdenken.«
Resolut wandte sie sich von ihm ab. Billy wartete lange, aber sie fügte nichts weiter hinzu. Schließlich schlief er wieder ein.
Und erwachte von einem Schrei. Es war der Schrei eines Menschen.
Schlaftrunken dachte Billy zunächst, er habe geträumt. Er rieb sich die Augen und starrte zum Zeltdach hinauf, aber in den Ohren klang ihm der Schrei nach. Instinktiv streckte er die Hand aus und tastete nach Violet. Das Lager neben ihm war leer. Er fühlte nur die warme Kuhle, in der sie gelegen hatte.
Er runzelte die Stirn. Dann fuhr er mit einem jähen Satz auf, und im selben Augenblick ertönte der Schrei erneut. Todesangst schwang darin mit.
Das war Violet.
Billy stürzte aus dem Zelt. Eine Sekunde lang stand er starr vor Schrecken.
Im grauen Zwielicht des Morgens erkannte er vor dem Zelt die Abdrücke nackter Füße, die das Ufer entlang und dann ins Wasser führten. Er folgte ihnen mit den Augen. Er wußte, das konnte nur Violet sein. Dann sah er sie.
Hundert Meter entfernt ragte die riesige Gestalt der Herdenführerin auf, die im flachen Wasser am Ufer stand. Sie hielt Violet im Rüssel.
Billy erriet im Bruchteil einer Sekunde, was geschehen war.

Violet hatte ihn nicht geweckt. Sie hatte sich auf eigene Faust aus dem Zelt geschlichen, bewaffnet mit ihrer Kamera, und war über den Fluß geschwommen in der Absicht, die Elefanten zu fotografieren, wenn sie zur Tränke kamen. Sie war ihnen zu nahe gekommen und hatte die trächtige Kuh erschreckt, die sich auf sie gestürzt und sie ergriffen hatte.

In diesem Augenblick warf die Elefantenkuh Violet ins Wasser. Billy sah ihren Kopf auftauchen, sah ihre wild um sich schlagenden Arme. Die Kuh stieß ein markerschütterndes Trompeten aus, eine Mischung aus Wut und Furcht. Dann setzte sie sich in Bewegung – watete vorwärts, ließ sich auf die Knie fallen und zermalmte Violet unter ihrem Gewicht.

Billy stieß einen verzweifelten Schrei aus und rannte auf den Elefanten zu. Nach fünfzehn oder zwanzig Schritten blieb er stehen: seine Stimme würde das Tier gewiß nicht aufhalten, sie war viel zu schwach. Er fuhr herum und lief zurück zum Zelt, griff hastig nach seinem Gewehr, entsicherte es und stürzte wieder hinaus.

Zwölf Kugeln waren im Magazin. Er zielte nicht einmal, er legte nur den Finger auf den Abzug, lud und schoß in die Luft.

Brüllend erfüllten die Detonationen die Schlucht und hallten von den Felswänden wider, und der ohrenbetäubende Lärm der Schüsse und ihres Echos bewirkte, was er nie vermocht hätte: er versetzte den Elefanten in Panik. Das Tier wich zurück. Es hob den Rüssel, witterte und suchte nach der Quelle des Lärms, aber fand sie nicht. Einen Moment zögerte die Kuh, dann drehte sie sich um und verschwand im Busch.

Billy warf sein Gewehr beiseite und rannte zum Fluß.

Violet trieb mit dem Gesicht nach unten auf dem Wasser. Er stürzte in den Fluß und zog sie ans Ufer, dann nahm er sie in die Arme und trug sie zurück zum Zelt. Sie atmete noch, als er sie auf das Lager legte, aber Billy wußte, noch ehe er sie untersucht hatte, daß sie im Sterben lag.

Er versuchte den Gedanken zu verdrängen. Er nahm sich zusammen und prüfte systematisch ihre Verletzungen, wie er es sein halbes Leben lang in jedem Gefecht getan hatte.

Beide Beine und ein Arm waren gebrochen, aber die tödlichen Verletzungen hatte sie an der Brust und am Becken. Unter dem fürchterlichen Druck des Elefantenknies war der gesamte Brustkorb eingebrochen, das Becken war zerschmettert und die inneren Organe wie von einem Schmiedehammer zerquetscht. Aus allen Körperteilen rann Blut.

Nur ihr Kopf war wie durch ein Wunder der Vernichtung entgangen, und wie sie so bewußtlos vor ihm lag und mit kleinen flachen Zügen atmete, eine Qual für ihre gequetschten Lungen, da erschien sie ihm fast noch schöner, als er sie je gesehen hatte. In den wenigen Tagen hier im Tal hatte ihre Haut einen rosig goldenen Schimmer angenommen. Die Augen waren geschlossen, ihre Lippen warm, und ihr Gesicht wirkte fast heiter.
Ihr Körper war zerbrochen, aber ihre Schönheit intakt.
Er kauerte sich neben sie, und seine Augen füllten sich mit Tränen der Hilflosigkeit. Es gab nichts, was er für sie tun konnte: selbst wenn er versuchte, sie über den Fluß zu bringen und die fünfzehn Kilometer den Berg hinauf zum Landrover zu tragen, zur Lodge zu fahren und von dort aus telefonisch einen Helikopter zu bestellen, um sie nach Nairobi ins Krankenhaus fliegen zu lassen, würde es mindestens zwei Tage dauern und eine unerträglich schmerzvolle Prozedur sein, die am Ende sinnlos wäre. Denn bevor sie das Krankenhaus erreicht hätten, wäre Violet längst tot.
Billy schüttelte den Kopf und stand auf. Er konnte dennoch etwas tun – eine Kleinigkeit nur, aber selbst in der Bewußtlosigkeit, in Agonie und Trauma würde es ihr helfen. Als einstiger Legionär trug er stets Morphium bei sich, es gehörte zur Standardausrüstung für Gefechtseinsätze. Auch hier in der Wildnis hatte er alles dabei, was er brauchte, Injektionsspritzen, die sterile Lösung, das Pulver in kleinen Tüten.
Er präparierte die Spritze und gab Violet eine Injektion in den Arm. Binnen Minuten verlangsamte und stabilisierte sich ihre Atmung. Es änderte nichts daran, daß sie dem Tod geweiht war, aber wenn das Ende nahte, würde das Morphium ihr zumindest die letzten Augenblicke erträglicher machen.
Er setzte sich wieder neben sie und wartete.

»Billy.«
Er fuhr auf. Die Stimme war sehr leise, fast ein Flüstern. Er mußte eingenickt sein. Er schüttelte den Kopf, um den Schlaf zu verjagen, und beugte sich zu ihr. »Ja, ich bin hier«, antwortete er.
»Was ist passiert?«
So schonend wie möglich erzählte er ihr, was er sich zusammengereimt und was er selbst miterlebt hatte.
»Oh, Billy, es tut mir leid«, sagte sie. »Ich hab' versprochen, dich zu wecken, aber dann hab' ich's nicht getan. Du hast so ruhig und friedlich ausgesehen, ich dachte, ich sollte dich weiterschlafen lassen. Und jetzt hab' ich mich selber schlimm in die Klemme gebracht, nicht?«

Billy war näher zu ihr gerückt, um sie zu verstehen. Er lächelte. »Ja, das kann man wohl sagen«, antwortete er. »Das ist wohl nicht das erste Mal.«

»Aber diesmal könnte es das letzte Mal sein. Werde ich sterben, Billy?« Er gab keine Antwort, sah sie nur an.

Es war bereits Nacht und dunkel im Zelt, doch selbst in der Finsternis glaubte er, ein mattes Lächeln in ihrem Gesicht zu erkennen.

»Ach, Billy«, flüsterte sie. »Ich weiß schon, mit mir geht's zu Ende. Es fühlt sich so merkwürdig an. Ich kann nichts bewegen. Ich fühle mich, als hätte ich keinen einzigen heilen Knochen im Leib, aber ich spüre überhaupt keinen Schmerz.«

»Das ist wahrscheinlich das Morphium, das ich dir gegeben habe.«

»Champagner wäre besser gewesen, Billy, das ist viel eher mein Stil. Aber trotzdem: danke.« Sie rückte den Kopf ein wenig näher zu ihm. »Der Elefant kann nichts dafür, das weißt du, nicht?« fuhr sie fort. »Es war ganz allein meine Schuld. Sie ist aus dem Nebel zwischen den Bäumen aufgetaucht, und sie war so schön, daß ich unbedingt näher zu ihr wollte. War das nicht idiotisch?«

»Doch.«

»Es macht mir wirklich nichts aus zu sterben – glaube ich jedenfalls. Aber es würde mir etwas ausmachen, wenn sie und ihre Herde sterben...« Sie brach ab.

Sie sprach stoßweise, und ihre Stimme, die heiser war und wie ein Husten aus ihr hervorbrach, wurde immer dünner und schwächer und verließ sie für eine Weile ganz. Dann kehrte sie wieder zurück.

»Ich werde tun, was ich nie vorhatte. Ich werde mein Versprechen brechen und mein Geschenk zurückverlangen. Boy darf das Tal nicht bekommen, es gehört den Elefanten. Er darf sie nicht zugrunde richten. Billy...« Ihr Kopf rollte zur Seite, und sie sah ihn an. »Boy und ich, wir haben vor der Hochzeit einen Ehevertrag geschlossen. Das tut heutzutage anscheinend jeder. Wir haben vereinbart, daß keiner irgendwelche Forderungen an den anderen stellt, wenn es mit uns nicht klappt. Gleichzeitig habe ich ein Testament verfaßt. Es war Boys Vorschlag, er ist immer so praktisch. Ich habe alles meiner Tochter Rose vermacht, natürlich mit Ausnahme des Tals. Falls die Besitz-abtretung bei meinem Tod noch nicht rechtskräftig ist, wird es Boys Stiftung erben.«

Billy hatte die Kerosinlampe im Zelt angezündet. In dem gelblichen Lichtschein sah er, daß der Puls an Violets Schläfe sich verlangsamte. Zur selben Zeit aber wurde ihre Stimme merkwürdigerweise kräftiger, ihr Ton eindringlicher.

»Die Abtretung ist noch nicht rechtskräftig. Ich will diesen Passus gestrichen haben. Das läßt sich durch einen Zusatz zum Testament machen. Schreib irgendwas auf für mich, ich will es dann unterschreiben.«

Billy sah sie erstaunt an. Sie lag im Sterben, aber hatte nichts anderes im Sinn als die Elefanten – die Elefanten, die sie umgebracht hatten. Er dachte einen Augenblick nach.

»Wenn du dein Testament änderst, gehört Rose das Tal«, sagte er. »Was ist, wenn sie nicht daran interessiert ist?«

Violet zögerte nur einen Moment. Sie hatte wohl kaum noch mehr als eine oder zwei Stunden zu leben, aber ihr Verstand war mit einemmal hellwach und klar.

»Dann schreib etwas anderes. Mach es zur Bedingung, daß sie einen Monat mit dir hier draußen verbringt, bevor sie ihr Erbe antritt. Wenn sie nicht von selbst begreift, mußt du ihr helfen und sie überzeugen. Das ist dann deine Sache. Mir fällt nichts mehr ein.«

Billy holte seinen Notizblock aus der Reisetasche. Dann setzte er sich und dachte über die Formulierung nach. Was er schrieb, klang nicht sehr offiziell, sondern gespreizt und unbeholfen, aber er fand, daß sein Text Violets Wünsche getreu wiedergab. Er las ihn ihr vor, und sie nickte zustimmend.

»Ich muß unterschreiben«, stieß sie mühsam hervor. »Hilf mir...«

Er schob den Arm unter ihre Achsel und richtete sie vorsichtig auf. Sie ächzte unwillkürlich; ihre Verletzungen waren so schlimm, daß sie den Schmerz der Bewegung offenbar trotz des Morphiums spürte. Sie nahm den Stift in die Hand und schrieb sehr langsam und sorgfältig ihren vollen Namen. Dann sank sie zurück.

»Unterschreib du auch, Billy, als Zeuge«, sagte sie. »Du wirst noch einen weiteren Zeugen brauchen. Zwei müssen es sein.«

»Aber es ist doch niemand da...«

»Fahr zur Lodge. Dort gibt es eine Frau, eine großartige Frau, sie heißt Mama Ngina. Die Enkelin des alten Ngoro. Sag, ich bitte sie, das für mich zu tun. Sag, sie soll sich vorstellen, daß ich neben ihr stehe, während sie unterschreibt. Sie wird es tun.«

Wieder glaubte Billy, den Anflug eines Lächelns zu sehen.

»Wir sind Frauen, Billy, wie die trächtige Kuh. Wir suchen nicht Probleme, sondern Lösungen. Ich hab' dich gesucht. Ich hab' Glück gehabt – hab' dich gefunden.«

Sie verstummte. Dann flüsterte sie etwas, so leise, daß Billy sein Ohr an ihren Mund legen und zweimal nachfragen mußte, bevor er verstand.

»Sag Boy, daß es mir leid tut. Sag, ich bin ihm dankbar, daß ich Evas Schädel halten durfte, aber ich hab' mich wieder erinnert, daß Elefanten wichtiger sind als Gott. Ach, Billy, warum hat mir mein Leben lang immer irgendwas leid tun müssen...«

Das waren die letzten Worte, die sie zu ihm sprach.

Er nahm ihre Hand und saß bei ihr die ganze Nacht. Irgendwann in der pechschwarzen Dunkelheit des frühen Morgens ging das Kerosin zu Ende, die Flamme zischte und rußte, und dann verlöschte sie.

Minuten später starb Violet.

Er rief die Boys aus dem Lager herbei und berichtete ihnen, was geschehen war. Gemeinsam hoben sie eine tiefe Grube am Flußufer aus und legten den Leichnam hinein; zum Schutz vor Schakalen und Hyänen häuften sie Steine auf das Grab.

Die Eingeborenen hatten genügend Vorräte für mehrere Tage, und Billy bat sie, die Stellung zu halten, bis er zurück sei. Dann verpackte er den Nachtrag zum Testament in einer wasserdichten Tasche und machte sich auf den Weg. Er schwamm über den Fluß, kletterte den Berg hinauf zu seinem Landrover und fuhr zum Laager.

In ihm war alles kalt und starr, und seine Augen waren rotgerändert vom Schlafmangel, aber trocken. Alle seine Tränen hatte er während der Nacht geweint; als der Morgen kam und Violet tot war, hatte er sich streng befohlen, mit dem Weinen aufzuhören. Was ihn jetzt während der Fahrt über die holprige Piste begleitete, war die leuchtende Gegenwart des Menschen, den er gefunden und geliebt hatte und der ihm auf grausame Weise entrissen worden war.

Sie war fort; aber sie hatte ihm das Tal hinterlassen und ihre Tochter Rose.

47

»Sie waren dabei, als meine Tochter starb?«

Billy nickte. »Ja«, sagte er.

Sir Michael Somerset verfiel in ein so langes Schweigen, daß Billy glaubte, er sei mit halb offenen Augen eingeschlafen oder habe die Anwesenheit seines Besuchers schlicht vergessen.

Trotz der frühsommerlichen Wärme draußen, trotz des brennenden Kaminfeuers im Zimmer und der schweren Decke, die über seinen Knien lag, zitterte Sir Michael – das beständige Frösteln des Alters. Er war ein sehr alter Mann, weit über achtzig, mit eisgrauem Haar und einem Gesicht, das jetzt skelettartig eingefallen und pergamenten war, früher aber wohl gutaussehend und achtunggebietend gewesen sein mußte.

Billy wartete eine Zeitlang geduldig. Endlich, als er schon geneigt war zu husten, um sich bemerkbar zu machen, hob Sir Michael wieder zu sprechen an.

»Das arme Kind!« sagte er. »Ihr ganzes Leben hat sie verpfuscht, und jetzt noch dieses Ende: von einem Elefanten zu Tode getrampelt. Was für ein melancholisches Epitaph.« Seine Stimme war ein wenig heiser, aber nicht brüchig, und er sprach sehr klar.

Billy erinnerte sich, was Violet einmal über ihren Vater gesagt hatte: »Die Personifizierung des klassischen britischen Diplomaten, ein Lehrbuchexemplar in jeder Hinsicht, Stil, Kleidung und Sprache maßgeschneidert. Bloß, bei Daddy ist das alles echt.« Jetzt begriff er, was sie damit gemeint hatte.

»Wir sind uns noch nie begegnet, nicht? Wie gut haben Sie sie gekannt, Mr Ramsden?« fragte der alte Herr unvermittelt.

Billy wußte nicht recht, wie er antworten sollte, – er hätte so vieles sagen können. Sogar, daß sie einander sehr wohl begegnet waren. Vor fünfzig Jahren hatte Michael Somerset, damals erst am Beginn seiner brillanten Karriere, die ihm schließlich die Erhebung in den Adelsstand eingetragen hatte, nachsichtig auf den zerlumpten kleinen Buben herabgelächelt, den Violet ihm auf dem Dock von Liverpool angeschleppt hatte, um ihn ihrem Vater vorzustellen, bevor die Familie sich von ihrer Limousine nach London chauffieren ließ. Billy hatte

damals mit finsterer Miene zu Boden gestarrt und vor Verlegenheit mit den Füßen gescharrt.
Merkwürdigerweise fühlte er sich jetzt beinahe genauso verlegen wie damals. »Mit Unterbrechungen waren wir viele Jahre lang befreundet«, sagte er unbeholfen.
»Sie hatte alles, was man sich nur wünschen kann«, fuhr Sir Michael fort, »Schönheit, Verstand, Esprit, Geld. Und hat alles verschleudert. Gepackt und mit beiden Händen zum Fenster hinausgeworfen.«
Wieder fiel der alte Herr in Schweigen. Er faltete die Hände über der Decke auf seinem Schoß; seine Finger waren steif und arthritisch.
»Sie kennen Frankreich gut?« fragte er nach einer Weile.
»Ja«, antwortete Billy.
»Sie hätte Französin sein sollen, habe ich immer gesagt. Ihr Problem waren letztendlich die Männer. In Frankreich sind sie in solchen Dingen geschickter. – Wissen Sie, ich war zuletzt Botschafter in Paris. Der beste Posten meiner ganzen Laufbahn«, setzte er, mehr für sich gesprochen, hinzu. »Laut Statistik, Mr Ramsden, sterben die Männer früher. Aus allen möglichen Gründen, biologischen, psychologischen, sozialen und so weiter, und das ist auch gut so. Leider falle ich aus der Norm. Die berühmte Ausnahme von der Regel. Meine Frau ist tot, meine Tochter ist tot, meine Enkelin ist tot. Im metaphorischen Sinn jedenfalls, und wahrscheinlich auch im durchaus wörtlichen. Meine Enkelin ist genauso eine Ausnahme von allen Regeln wie ich.« Ein kurzes Lächeln glitt über sein Gesicht. »Klassenkampf, verstehen Sie? ›Wir sind die Schrift an der Wand‹ – Sprüche wie diese. Kennen Sie das, Mr Ramsden?«
Billy schüttelte den Kopf.
»Nun ja, Sie waren lange nicht in England. Wenn Sie wirklich darauf bestehen, sie aufzusuchen, werden Sie's bald kennenlernen.« Sir Michael lachte, und Billy runzelte die Stirn, denn er konnte sich auf die sonderbaren Reden keinen Reim machen.
»Gehen Sie zu meinem Anwalt. Er hat ab und zu mit ihr zu tun. Wenn irgend jemand Ihnen helfen kann, dann er.«
Billy stand auf und wollte sich verabschieden. Aber Sir Michael hatte noch etwas auf dem Herzen. »Ich war kein guter Vater, Mr Ramsden, wissen Sie? Aber welcher Mann schafft das schon. War sehr in Anspruch genommen vom Außenministerium, immer auf Reisen, zuviel unterwegs. Und Violets Mutter war – nun, sagen wir: sie war lebenslustiger als die meisten Frauen. Das wußte ich natürlich, aber ich habe es akzeptiert. Sie war mir eine große Stütze in meiner Karriere.« Der alte Herr runzelte die Stirn. »Wir waren sicher nicht geeignet als Rol-

lenvorbilder, wie man das heutzutage wohl nennt. Wir haben Violet geprägt auf eine Weise, die nicht dem pädagogisch-psychologischen Wunschmodell entspricht, und sie wiederum hat ihre Tochter zweifellos genauso geprägt, auch *in absentia*. Ich fürchte, Mr Ramsden, wenn Sie Rose tatsächlich aufspüren, wird Ihnen das, was Sie vorfinden, nicht besonders gefallen.« In seinem Ton schwang eine große Traurigkeit mit.
Billy wußte nicht, was er auf die unerwarteten Geständnisse des alten Herrn erwidern sollte. Er verabschiedete sich förmlich und ging.

»Warten Sie einen Moment!« Billy beugte sich vor, schob das Trennfenster zur Seite und klopfte dem Taxifahrer auf die Schulter. »Diese Courtney Terrace, ist das nicht ganz in der Nähe von Ramallies Crescent?«
»Stimmt, Sir«, antwortete der Taxifahrer. »Gleich dort vorne. Früher wäre ich durchgefahren, um zur Courtney Terrace zu kommen, aber seitdem sie dieses Einbahnsystem einführen, fährt man ständig mit der Kirche ums Dorf.«
»Die Malplaquet Road entlang und durch die Bahnunterführung?«
»Genau«, sagte der Fahrer. »Sie kennen sich aus, was?«
»Ich hab' einmal in der Gegend gewohnt«, antwortete Billy. »Bin aber seit tausend Jahren nicht mehr hiergewesen.«
»Na, Sie werden sehen, es hat sich einiges verändert.«
Vor ihnen schaltete die Ampel auf Rot, der Fahrer bremste, und Billy sagte, einer plötzlichen Eingebung folgend: »Lassen Sie mich hier aussteigen, den Rest geh' ich zu Fuß.«
Er bezahlte die Fahrt, das Taxi fuhr davon. Billy stand eine Weile auf dem Bürgersteig und sah sich ungläubig um. Er wunderte sich, weshalb es ihm nicht schon längst aufgefallen war: Courtney Terrace, die Adresse, die der Anwalt ihm als Roses Wohnung genannt hatte, weil sie die Postanschrift für die monatlichen Schecks aus dem Treuhandvermögen ihrer Mutter war, – diese Straße kannte er doch, sie war kaum hundert Meter von der Malplaquet Road entfernt. Zehn Jahre seines Lebens war sie ihm beinahe so vertraut wie die Mally selbst gewesen, die Schwester von Tante Doris hatte hier gelebt, auch Steves Onkel, der Besitzer des Blumenstands neben dem Krankenhaus. Billy war oft hiergewesen, sicherlich zweimal in der Woche.
Ein merkwürdiges und verwirrendes Gefühl kam ihn an, eine Art Neugierde, gemischt mit plötzlichem Heimweh nach diesem ersten, bitterkalten Winter in England und den Jahren danach, und er verspürte das unwiderstehliche Bedürfnis, den Umweg durch die Mally

zu machen, das Haus wiederzusehen, den stechenden Geruch von Grünkohl, feuchten Mauern und Kohlenfeuer zu riechen, sich an die laute, mürrische Stimme von Tante Doris zu erinnern, an die eisigen Nächte, in denen er hinter Jack her zu den Pferden gerannt war, und an so vieles andere.

Aber er bezwang das Verlangen. Der Umweg würde ihn lediglich fünfzehn Minuten kosten, doch nicht eimal dafür hatte er Zeit. Nostalgische Ausflüge in die Vergangenheit konnte er sich im Augenblick nicht leisten: jetzt kam es nur darauf an, Rose zu finden; alles andere war unerheblich.

Das Haus Nummer 42 in der Courtney Terrace unterschied sich in nichts von den übrigen Häusern auf beiden Seiten der Straße. Es war größer und später erbaut als die Häuser in der Malplaquet Road, ein dreistöckiger Ziegelbau, sichtlich unbewohnt und in fortschreitendem Verfall: Türen und Fenster fehlten ganz, nur hier und dort war ein leerer Fensterrahmen mit Brettern vernagelt, und der Wind pfiff durch die verlassenen, völlig heruntergekommenen Mauern. Hier lebte niemand mehr; allenfalls mochte gelegentlich ein Obdachloser oder Betrunkener hier nächtigen.

Anders das Souterrain, das offenbar bewohnt war. Ein paar Treppenstufen führten in einen Schacht hinunter, den Zugang zur Kellerwohnung. Immerhin gab es hier eine Tür, und die Fensterscheibe im vergitterten Oberlicht war noch intakt. Billy stieg die Treppe hinunter. Der betonierte Boden des Schachts war mit grünen Moosinseln bewachsen, darüber stand mehrere Zentimeter hoch glitschiger Schleim – offensichtlich die Folge einer verstopften Kanalisation. Billy rümpfte voller Abscheu die Nase. Ein paar leere Milchflaschen schwammen in der Jauche, und der Gestank nahm ihm schier den Atem.

Er drückte auf den Klingelknopf in der Wand. Nichts tat sich. Nach einer Weile hämmerte er gegen die Tür.

»Was ist denn?«

Die Stimme kam durch den verrosteten Briefschlitz in der Tür; sie gehörte einer Frau, einer jungen Frau.

»Ich suche Rose Somerset«, sagte Billy.

»Hier gibt's keine Rose. Was ist denn los?« fragte die Frau noch einmal. Sie sprach im Südlondoner Dialekt, der beinahe perfekt war, aber nicht ganz. Er war angenommen, künstlich aufgesetzt wie eine Tarnung, und Billy sträubten sich die Haare, als er diese Stimme hörte. Nicht nur, weil er selbst den echten Südlondoner Dialekt beherrschte, sondern weil er sehr genau wußte, von wem der Tonfall und die Modulation der jungen Frau stammten. Ein Kind kann sich der Prägung durch die Sprache seiner Mutter genausowenig entledigen, wie es seine Fingerabdrücke verändern kann. Die junge Frau sprach »Brixton-Englisch« mit Violets Stimme.

»Ich bin ein Freund von Roses Mutter«, sagte Billy. »Ich würde gern mit Rose sprechen, ich habe ihr etwas Wichtiges zu sagen.«

»Verpiß dich!«

Die Antwort wurde so giftig hervorgestoßen, daß durch den Briefschlitz der Speichel spritzte und in den Schleim auf dem Boden fiel.

Billy wartete.

Drinnen waren Geräusche zu hören, ein Stimmengemurmel, Knurren und Hecheln von Hunden. Dann öffnete sich das Oberlicht über der Tür, und er spürte, daß er inspiziert wurde.

Schließlich ging die Tür einen Spalt auf, mit vorgelegter Sicherheitskette.

»Okay, was du Rose zu sagen hast, kannst du auch mir sagen.«

Dieselbe Stimme. In der Dunkelheit im Innern des Hauses war das Gesicht nicht zu erkennen.

»Ich bin ein ziemlich geduldiger Mensch«, gab Billy zurück, »aber irgendwann reicht's mir. Entweder du machst die Tür auf, oder ich gehe. Und wenn ich gehe, wird dir das bis an dein beschissenes Lebensende leid tun. Ich rede von Geld, Fräulein, vom Geld deiner Mutter. Das demnächst den Bach hinuntergehen wird, und zwar für immer.«

Drinnen brachen zwei flüsternde Stimmen in Streit aus.

Billy drehte sich um und stieg die Treppe hinauf. Sofort wurde hinter ihm die Kette abgenommen, und die Tür öffnete sich knarrend. Billy kam die Treppe wieder herunter. Die übelriechende Jauche schwappte um seine Schuhe. Vor ihm stand Violets Tochter. »Hallo, Rose Somerset«, sagte er.

Breitbeinig, mit verschränkten Armen stand sie in der Tür und starrte ihn finster an. Jeder Zoll an ihr drückte den Willen zu Angriffslust und Herausforderung aus. Im Mundwinkel hing ihr eine brennende Zigarette – eine Gitane, dem Geruch nach zu urteilen, – und ein schlaksiger schwarzer Junge spähte über ihre Schulter. Zu ihren Füßen hockten die Hunde, zwei wild dreinblickende Bullterrier, und fletschten die Zähne.

»Richtig«, sagte sie. »Nenn mich Rose. Nicht Somerset, auf den Scheißnamen hör' ich nicht. Rose X heiße ich, wie Malcolm X. Das laß' ich mir amtlich eintragen.«

Billy begann zu begreifen, was Sir Michael mit seiner Anspielung auf

Klassenkampf gemeint hatte. Rose Somerset war ein einziger erbitterter Protest gegen die Welt und vor allem gegen ihre eigene Familie und Herkunft.

Er zuckte die Achseln. »Mir ist das gleich. Ich habe Freunde, die überhaupt namenlos sind. Denen hast du immerhin schon was voraus.«

Er musterte sie prüfend. Daß sie Violets Tochter sein sollte, war kaum zu glauben. Sie war zwar genauso groß wie ihre Mutter, aber dick und aufgeschwemmt, ihre Augen, schwarz umrandet und zusammengekniffen, blickten trotzig und böse, und das kurzgeschorene, zu Spießen geformte Haar war schwarz gefärbt.

»So red schon! Was zum Teufel willst du von mir?« fuhr sie ihn an.

»Deine Mutter ist gestorben.«

Er stockte kurz und holte tief Atem. Dann fuhr er fort.

Ursprünglich hatte er die Absicht gehabt, ihr die Wahrheit über Violets Tod zu erzählen, aber nun besann er sich eines Besseren. Diese ganze Geschichte von ihrer letzten Ehe, dem Tal und den Elefanten und dem tragischen Ende war zu kompliziert, als daß sie sich hier, zwischen Tür und Angel und mit dem finster blickenden Beobachter im Hintergrund, hätte berichten lassen. Dazu würde sich irgendwann wohl noch Gelegenheit ergeben.

Statt dessen sagte Billy lediglich, Violet sei bei einem Autounfall in Afrika umgekommen. Vor ihrem Tod habe sie ein Testament gemacht und ihn mit der Vollstreckung beauftragt. Rose sei die Begünstigte, allerdings sei das Erbe an Bedingungen geknüpft.

»Deine Mutter hat Afrika sehr geliebt«, schloß er, »und wollte, daß du das Land ebenfalls kennenlernst. Deshalb sollst du mit mir einen Monat dort verbringen. Das heißt im wesentlichen, du kommst entweder jetzt auf der Stelle mit mir nach Afrika, woraufhin du in Kürze eine reiche junge Frau sein wirst, oder du bleibst hier und gehst pleite. Die monatlichen Unterstützungen, die deine Mutter dir gezahlt hat, sind mit ihrem Tod eingestellt worden. Die letzte Zahlung hast du erhalten. Wenn du mir nicht glaubst, frag ihren Anwalt, der wird dir dasselbe sagen wie ich.«

Das Mädchen blieb eine Weile stumm.

Die Nachricht vom Tod ihrer Mutter schien sie nicht weiter zu erschüttern. Die testamentarischen Bedingungen hingegen sehr wohl: als ihr das Ausmaß der Zumutung klargeworden war, erstarrte sie vor Zorn. »Was ist, wenn ich's nicht tue?« knurrte sie.

Billy blickte auf die schleimige Jauche zu seinen Füßen und sagte: »Dann watest du so lange durch diese Scheiße, bis du's dir anders überlegst. Dann könnte es allerdings zu spät sein. Im Testament steht: ein Monat mit mir in Afrika. Und wie du dir denken kannst, hab' ich nicht ewig Zeit, vielleicht bin ich also schon weg, bis du ankommst.«

Rose öffnete den Mund und stieß einen Wutschrei aus: »Dieses gottverreckte Miststück!«

Bei dem Schrei ließ Roses Freund, der Billy während der ganzen Zeit mit argwöhnischer Feindseligkeit über die Schulter des Mädchens hinweg beobachtet hatte, die beiden Bullterrier von der Leine und hetzte sie auf Billy. Dieser reagierte blitzschnell: den einen traf er mit der Stiefelspitze in die Kehle, den anderen streckte er mit einem Handkantenschlag quer über die Wirbelsäule nieder.

Der erste Hund taumelte noch ein paar Schritte, dann brach er zusammen und spuckte Blut, der andere hingegen bebte nur kurz, fiel um und rührte sich nicht mehr.

Billy warf dem Jungen einen erbarmungslosen Blick zu. »Ich esse Bullterrier zum Frühstück«, sagte er. »Was ich mit Burschen anstelle, die mir auf die Eier gehen, sag' ich dir nicht – das bricht dir das Herz. Aber du verstehst sicher, wie?«

Roses Freund verstand. Er wich ins Innere des Hauses zurück und verschwand in einem Zimmer, die Tür hinter sich zuschlagend.

Billy sah Rose an. »Ich habe zwei Flugtickets für die Maschine nach Nairobi. Heute. Das eine ist für dich. Übrigens steht die Schrift nicht mehr an der Wand, sondern auf der Abflugtafel in Heathrow.« Er sah auf die Uhr. »Pack deine Sachen, Klassenkämpferin. Du hast exakt dreißig Minuten.«

48

»Dieses Scheißafrika ist zum Kotzen!«
Wie ein wütender alter Pavian hockte Rose auf dem umgefallenen Baumstamm, den Billy als Sitzbank zum Lager geschleppt hatte.
Er warf ihr über das Feuer hinweg einen entnervten Blick zu. Das war ihr Fazit von fünf ganzen Tagen und Nächten, die sie mit ihm zusammen im Tal verbracht hatte.
Sie waren direkt aus Nairobi, ohne Zwischenaufenthalt in der Lodge, mit dem Landrover hierhergefahren. Billy hatte ihr sein Zelt überlassen und sich lediglich seinen Schlafsack geholt; ohnehin schlief er lieber im Freien. Sie saß von früh bis spät im Zelt, nur zum Essen und zu ihrem allmorgendlichen Schminkritual kam sie zum Vorschein: dann setzte sie sich vor ihren Spiegel, den sie an einen Baum gelehnt hatte, bekleisterte ihr Gesicht mit einer dicken Schicht Make-up und zog die Augen mit schwarzem, die Lippen mit weißem Stift nach. Anschließend bearbeitete sie ihr Haar mit Gel und zupfte mit ihren Wurstfingern die Stacheln zurecht, warf ihm einen bösen Blick zu und kehrte ins Zelt zurück.
Billy sah ihr mit wachsender Verzweiflung zu. Er wußte nicht, was sie im Zelt trieb – gewiß las sie nicht; wahrscheinlich lag sie nur auf dem Rücken, döste vor sich hin und nährte ihre Wut. Sie benahm sich, als sei dieser Aufenthalt in Afrika ein böser Alptraum, die letzte Gemeinheit, die ihre Mutter ihr angetan hatte. Aber sie war entschlossen, sich nicht unterkriegen zu lassen; und sie würde es ihnen beiden so schwer wie möglich machen – das war Billy schon bald klargeworden. Sie war viel stärker, als er zunächst erwartet hatte, – zumindest das hatte sie mit ihrer Mutter gemeinsam. Diese Erkenntnis ließ ihn nur noch mutloser werden.
Normalerweise mußte Billy sie rufen, wenn das Abendessen fertig war. Diesmal jedoch war sie aus irgendeinem Grund freiwillig erschienen.
»Ich wette, du hast die Alte gevögelt«, sagte sie unvermittelt. »Ich wette, diese ganze Scheiße hier hab' ich deinem Schwanz zu verdanken.«

Billy gab keine Antwort. Sein größter Fehler, gestand er sich ein, war seine Erwartung gewesen, daß Rose als Violets Tochter ihrer Mutter an Schönheit, Witz und Mut ebenbürtig sei. Nie hätte er gedacht, einen derartigen Ausbund an Grobheit und Vulgarität vorzufinden.
»Sie war eine richtige Schlampe, die Alte«, fuhr Rose fort. »Sie hat jeden gefickt. Eine echtes Flittchen. Hast du das gewußt? Klar hast du – ich muß dir das bestimmt nicht sagen!«
Billy bezwang seinen aufsteigenden Zorn und blieb stumm.
In diesem Augenblick haßte er Rose so sehr, wie er nie einen Menschen gehaßt hatte. Sie brachte es fertig, ihn bis zur Weißglut, bis zur Gewalttätigkeit zu reizen, und er fürchtete, früher oder später die Beherrschung zu verlieren und sie zu schlagen. Das hatte er am Abend zuvor erlebt, als sie aus irgendeinem Grund plötzlich auf ihn losgegangen war und ihm mit den Fingernägeln das Gesicht zerkratzt hatte. Aber er hatte es geschafft, keine Hand zu rühren. Er beherrschte sich auch jetzt und zwang sich, stumm zu bleiben und stur das Abendessen im Topf umzurühren.
»Sag was, mach dein Maul auf!« schrie Rose ihn an, und er erkannte an ihrem Ton, daß sie am Rand der Hysterie stand und der nächste Wutanfall nicht mehr fern war.
»Das Essen ist fertig«, antwortete er gelassen.
Er nahm den Topf vom Feuer und legte bedächtig Fleischstücke, Kartoffeln und Zwiebeln auf zwei Zinnteller.
»Scheißdreck ist das!« schrie sie. »Dein Essen ist Scheiße!«
»Was anderes gibt es nicht.« Er hielt ihr den dampfenden Teller hin.
Rose starrte darauf. Dann holte sie voller Wut mit dem Fuß aus und schlug ihm mit ihrem dicksohligen Armeestiefel den Teller aus der Hand. Billy zuckte zusammen, als ihm die kochendheiße Soße übers Hemd lief und ihn verbrannte. Er sprang auf und war mit zwei Sätzen bei ihr; drohend sah er auf sie herab, die Fäuste geballt.
»Du kleines Dreckstück!« zischte er mit zusammengebissenen Zähnen.
Rose wich zurück und hob schützend den Arm vors Gesicht.
»Scheiße! Was du kochst, ist Scheiße!« wiederholte sie hartnäckig.
Als nichts geschah, nahm sie den Arm vom Gesicht und starrte zu ihm hinauf. Ihre Augen funkelten.
Auf einmal wußte Billy, was dieses Funkeln bedeutete: weder Angst noch Triumph, sondern eine perverse Vorfreude: sie hoffte, daß er sie schlagen würde. Sie genoß es, geschlagen zu werden – es verlieh ihr eine abartige Form von Macht.
Billys Hände entspannten sich sofort. Langsam, betont ruhig ging er

zurück zu seinem Platz auf der anderen Seite des Feuers. Er nahm seinen Teller und begann zu essen.
»Du frißt wie ein Schwein!« keifte sie.
»Mag sein, aber wenigstens habe ich zu essen«, gab er gleichmütig zurück. »Während du erst wieder zu essen kriegst, wenn du gelernt hast, dich normal zu benehmen. Es sei denn natürlich, du gehst selber auf die Jagd und kochst dir was.«
»Spinnst du? Wie soll ich denn?«
»Genauso wie jeder andere. Zuerst einmal kannst du Wasser vom Fluß holen und Brennholz sammeln.« Er schwieg kurz. »Ich schlag' dir einen Handel vor. Für ein Faß Wasser – das sind sechs Kanister voll – bekommst du einen Teller Essen.«
»Verpiß dich!«
»Gut.«
Billy wischte sich den Mund ab und stand auf. Er überquerte die kleine Lichtung und langte hinauf zu einem überhängenden Baumast, auf dem er seinen Schlafsack verstaut hatte. Er trug ihn zurück zum Feuer, schlüpfte hinein und legte sich zum Schlafen nieder.
»Gute Nacht, Rose.«
Sie fluchte und spuckte aus. Dann hustete sie, zündete sich eine weitere Zigarette an und saß dumpf brütend auf dem Baumstamm, die Arme auf die Knie gestützt.
Eine kleine gefleckte Eule glitt mit hell schimmernden Flügeln in knappem Abstand über die Flammen hinweg, auf der Jagd nach Insekten, die das Feuer angezogen hatte. Irgendwo in der Ferne heulte eine Hyäne, ein kurzer abgehackter Schrei, der beinahe menschlich klang. In noch weiterer Ferne brüllte ein Löwe.
Rose fuhr auf, fiel aber gleich darauf wieder in ihre wutgeladene Starre zurück. »Für was, zum Teufel, soll das gut sein?«
Billy hob den Kopf. »Was – die Hyäne oder der Löwe?«
»Ich mein' nicht den Lärm. Scheiß auf den Lärm! Ich mein' alles, das alles!« Ihre ausladende Geste schloß alles ein, das Lager am Fluß, das Land ringsum, den sternenübersäten Himmel. »Afrika. Was soll das denn? Ich hab' eine Scheißangst in dieser Wildnis! Wieso geht nicht einer her und bringt Leben rein, baut Straßen und Häuser und knallt die verdammten Viecher ab oder steckt sie in den Zoo. Da gehören sie hin.« Eine Weile kaute sie stumm auf ihren Fingernägeln. »Ich sag' dir was, Wichser«, fuhr sie fort. »Ich nehm' deinen Vorschlag an. Du sagst, ich kann auf die Jagd gehen. Gut. Gib mir dein Gewehr, und ich geh' raus und bring' ein Abendessen. Ich knall alles ab, was mir über den Weg läuft. Wie wär's damit?«

»Geh schlafen, Rose«, sagte er müde.
»Ich will nicht schlafen, ich will reden! Wieso redest du nicht mit mir, du Scheißkerl!«
Billy drehte ihr den Rücken zu.
»Wieso sagst du mir nicht wenigstens, für was das gut sein soll? Für mein Seelenheil, wie? Das ist es, was ihr euch ausgeheckt habt, du und meine Alte, ja? Weil ihr euch einbildet, ihr könnt mich damit verändern, zu einer stinkfeinen Tussi machen, wie sie eine war, ja? Herrgott, wenn du glaubst, das funktioniert, dann wirst du dein blaues Wunder erleben, das sag' ich dir, Mann!«
Billy gab keine Antwort mehr. Er rollte sich im Schlafsack zusammen, während die monotone Stimme des Mädchens weiter Beschimpfungen und Klagen über ihn ausschüttete und ihm den letzten Rest an Kraft raubte, den er sich vom Tag bewahrt hatte.
Der Widerschein der Flammen warf zuckende Lichtflecken auf die hohen Gräser rings um das Lager: es sah aus wie die reflektierenden Augen der kleinen nachtjagenden Tiere oder wie Glühwürmchen – oder wie die Geister, die das Tal bewohnten, dachte Billy. Es waren Tausende, Hunderttausende, ja Millionen – die großen grauen, schattenhaften Gestalten, die seit Anbeginn der Zeit zum Fluß, zur Tränke gekommen waren. Billy meinte ihre Gegenwart fast körperlich überall rings umher in der Dunkelheit zu spüren.
Vor fünfzig Jahren hatte Finlay Hampton gesagt, Afrika werde bald nur noch von Gespenstern bevölkert sein. Ganz so weit war es noch nicht, obwohl die Elefanten fast überall auf dem Kontinent vom Aussterben bedroht waren. In diesem Tal hielt sich noch eine der letzten gesunden Herden.
Wenn Cameron seinen Willen durchsetzte, würde auch sie verschwinden.

»Ich hab' Hunger!« Roses Stimme war schrill vor Wut. Es war der zweite Abend, an dem Billy sich weigerte, sein Essen mit ihr zu teilen. In den letzten achtundvierzig Stunden hatte sie sich nur von trockener Stärke ernährt – er hatte ihr erlaubt, Maiskolben einzuweichen und in der Glut des Lagerfeuers zu rösten. Als er vor einer Stunde zum Lager zurückgekehrt war, hatte er sie in eine Baobabfrucht beißen sehen, die wohl ein Affe verloren hatte. Aber die Frucht war unreif und bitter, und sie spuckte den Bissen angeekelt wieder aus.
»Sogar das Obst ist Scheiße!« schrie sie und schleuderte die Frucht in den Busch. »Wieso hast du mich nicht gewarnt?«

»Du hast mich ja nicht gefragt«, gab er sanft zurück.
»Leck mich am Arsch!«
Billy war zum Lachen kaum zumute, doch in diesem Augenblick verzog der Anflug eines Grinsens sein Gesicht. Offensichtlich war Rose nicht bereit, etwas anderes zu tun, als ihre Wut und ihren Groll in Form ihres recht beschränkten Repertoires an Schimpfwörtern auszutoben. Sie hätte ein paar Unterrichtsstunden bei seinen Kameraden in der Legion brauchen können, dachte er, vor allem bei den Russen, die wunderbar einfallsreich fluchen konnten.
»Herrgott im Himmel, gib mir wenigstens einen Bissen ab, du fieses Schwein!«
Billy war eben damit beschäftigt, Fleisch und Kartoffeln auf seinen Teller zu häufen. Er warf einen Blick auf das Wasserfaß, das leer war. »Ich sehe, daß wir noch immer kein Wasser haben«, sagte er.
Rose sprang auf. Unter ihrem grotesken Make-up war ihr Gesicht weiß vor Wut und Frustration. Sie stürzte auf ihn zu und langte nach dem Kochtopf, der neben Billy auf dem Boden stand. Billy brauchte sich gar nicht erst zu rühren: ehe er Anstalten machen konnte, seinen Teller abzustellen, hatte sie schon in der Bewegung innegehalten und wich zurück. Denn eines wußte sie – wußten sie beide: an Körperkraft war Billy ihr unendlich überlegen.
»Scheißkerl!« schrie sie.
»Stimmt«, sagte er, »mit Vergnügen. Aber zumindest ein sauberer Scheißkerl, im Gegensatz zu dir. Das schaffe ich mit Hilfe von Wasser.«
Er begann zu essen. Ein intensiver Geruch von Wild mit Gemüse, Süßkartoffeln und schwarzem Pfeffer verbreitete sich. Rose starrte ihn an. Ihre Augen waren so schmal vor Haß, daß ihre Pupillen fast verschwunden waren; dagegen konnte Billy ihre Kiefermuskeln zucken sehen. Er machte sich auf einen neuerlichen Angriff gefaßt.
Doch sie langte wortlos nach dem Kanister und trabte zum Fluß.
Eine Stunde brauchte sie, bis das Faß voll war. Danach war ihr Gesicht purpurrot und schweißglänzend, und über ihre Wangen lief die Schminke in kleinen Rinnsalen.
Billy füllte wortlos einen Teller aus dem Topf und reichte ihn ihr.
»Vielen Dank, Euer hochwohlgeborenes Arschloch!« sagte sie.
Die Wut, die Bitterkeit, der Groll waren keineswegs gewichen, sie schienen jedoch zumindest für den Augenblick gemildert, und ein Anflug von Besänftigung trat in ihr Gesicht – es mochte die Erkenntnis sein, daß trotz des unveränderten Stellungskriegs, der zwischen ihnen herrschte, irgendwo in der Zukunft die Möglichkeit eines Waffenstillstands lag.

Billy zuckte die Achseln. »Es ist eine Thomson-Gazelle«, sagte er. »Ich hab' sie draußen in der Steppe geschossen. Hervorragendes Fleisch.«
»Schmeckt wie Scheiße!« murrte sie. »Ich bin ein Prolet, kapiert? Ich brauch' nix anderes als Fish & Chips. Das nenn' ich Essen!«
Billy gab keine Antwort. Er stand auf, während Rose hungrig ihren Teller leerte. Er holte sich seinen Schlafsack und stieg hinein. Es war zwar nicht viel, was heute geschehen war, aber es war zumindest ein Anfang. Ab morgen, nahm er sich vor, würde er sie erziehen, ob es ihr paßte oder nicht. Zunächst würde er sie über das Leben in der Wildnis aufklären.
An diesem Abend schlief Billy zum erstenmal rasch ein.

49

»Willst du fischen gehen?« fragte er.

Es war früh am Morgen, die Sonne war gerade erst aufgegangen, und die Schlucht lag noch im nebelverhangenen Zwielicht der Dämmerung. Billy kauerte vor Roses Zelt, hatte die Plane vor dem Eingang zurückgeschlagen und spähte hinein.

Rose richtete sich schlaftrunken auf und starrte ihn an. Ihre erste Reaktion war vorhersehbar – und ehe sie etwas sagen konnte, nahm Billy ihr die Worte aus dem Mund. »Verpiß dich!« sagte er munter. »Gut, nachdem wir das jetzt hinter uns haben: Willst du fischen gehen?«

Sie sah ihn voller Abscheu an. Er konnte trotz des Halbdunkels ihr Gesicht erkennen. Zwar war es nach wie vor mit der unvermeidlichen Kruste aus Make-up überzogen, doch so viele Schichten sie auch übereinanderlegte, die gnadenlose afrikanische Sonne brannte sich dennoch einen Weg, und stellenweise hatte ihre Haut schon einen gesunden, warmen bräunlichen Ton angenommen.

»Was zum Teufel soll das heißen?« fragte sie argwöhnisch.

»Du hast gesagt, du ißt gern Fisch«, antwortete Billy. »Hier draußen gibt es nur eine Möglichkeit, an Fisch ranzukommen, nämlich ihn zu fangen. Und der beste Zeitpunkt dafür ist jetzt. Zieh dich an. In fünf Minuten gehen wir.«

Er ließ die Zeltplane zurückfallen und stand auf. Neben der erloschenen Feuerstelle setzte er sich nieder und wartete. Ob sie darauf eingehen würde oder nicht, konnte er nur raten. Wahrscheinlich nicht, dachte er, wahrscheinlich würde sie zähneknirschend und fluchend im Zelt liegen und irgendwann wieder einschlafen. Andererseits – er hatte nichts zu verlieren. Er mußte das Risiko eingehen. Er mußte auf sie zugehen, seine eigenen Gefühle, seine Feindseligkeit, seine Verachtung beiseitelegen und versuchen, sie irgendwie aus ihrer Verstocktheit herauszulocken ins Freie, ins Leben. Das schuldete er Violet, den Elefanten, der Vergangenheit, die ein so starkes Band zwischen ihnen geknüpft hatte.

Die morgendliche Kälte ließ ihn erschaudern, und er stieß einen Fluch aus.

»Also, was soll ich tun?«
Zu seiner Verblüffung stand sie fertig angekleidet vor dem Zelt. Sie gähnte und starrte ihn angriffslustig an. Das war ihm gleichgültig: immerhin war sie da.
»Ich zeig's dir.«
Er hatte sich in Nairobi eine Angelrute besorgt und schon mehrmals benutzt, seit er hier war. Im Fluß wimmelte es von Tigerfischen und Saiblingen, und man brauchte die Angel kaum länger als fünf Minuten auszuwerfen, bis ein Fisch anbiß. Das wußte Rose freilich nicht. Für ein Stadtkind wie sie war Angeln ein Geheimnis.
»Schau her«, sagte er. »So mußt du's machen.«
Sie standen am Flußufer. Billy drückte ihr die Angelrute in die Hand und zeigte ihr, wie sie den Blinker auswerfen und langsam wieder zurückholen mußte. Sie versuchte es. Sie stellte sich recht ungeschickt dabei an. Mehrmals wickelte sich die Leine um einen Felsen, und zweimal verfing sich der Haken in einem Busch hinter ihr.
»Scheiße!« schrie sie. »Ich kann das nicht!«
»Alles ist Scheiße«, antwortete Billy und entwirrte geduldig die Leine aus dem Geäst. »Das wissen wir beide. Versuch's trotzdem noch mal.«
Rose brummte irgend etwas vor sich hin und warf gelangweilt die Leine aus.
Diesmal beschrieb der Blinker einen weiten Bogen um den Felsen und fiel frei ins Wasser. Sie begann die Leine aufzurollen. Knapp unter der Oberfläche zuckte etwas kupferfarben und golden auf, die Leine war straff gespannt und zog die Spitze der Angelrute abwärts. Billy packte ihr Handgelenk und riß die Angel hoch. Sekunden später watete er in den Fluß, faßte nach der durchsichtigen Leitschnur und kam mit einem zappelnden, drei Pfund schweren Tigerfisch in der Hand wieder ans Ufer.
»Scheiße!« sagte Rose mit einem verblüfften Blick auf den Fisch. »Ich hab' was gefangen.«
»Einen Tigerfisch«, sagte Billy und zerschmetterte ihm den Kopf auf einem Stein. »Voller Gräten, aber ohne weiteres eßbar. Versuch's noch mal. Vielleicht erwischst du einen schön fetten Saibling.«
»Scheiße!« wiederholte Rose ehrfurchtsvoll.
Sie warf die Leine erneut. Zum erstenmal war der immer gleichbleibende gelangweilte und trotzige Ausdruck aus ihrem Gesicht verschwunden. Auf der Stirn hatten sich konzentrierte Falten gebildet, ihre Augen funkelten, und sie sah fast eifrig aus.
»Hey, du bist ein Naturtalent«, sagte Billy eine Stunde später, als die Sonne über die Felsen gestiegen war und die morgendlichen Fisch-

wanderungen vorbei waren. Sieben Fische lagen am Ufer, darunter mehrere dicke Saiblinge, allesamt von Rose gefangen. Er nahm ihr die Angelrute aus der Hand, löste den Blinker ab und machte sich auf den Rückweg zum Lager.

»Scheiße! Noch nie was von Anfängerglück gehört? Glaub bloß nicht, das heißt was«, stieß Rose, die hinter ihm hertrottete, trotzig hervor.

»Natürlich nicht«, antwortete Billy. »Na ja«, fügte er dann hinzu, »eines heißt es schon: daß die Proleten heute abend Fisch kriegen, allerdings ohne Fritten.«

An diesem Abend, als Billy den Fisch zubereitete, stellte er fest, daß das Wasserfaß ohne erneute Aufforderung wieder gefüllt worden war.

»Wie wär's, wenn wir flußabwärts die Gegend erkunden?« schlug Billy am nächsten Morgen vor.

Rose zuckte die Achseln. »Nach was denn erkunden? *Sex and drugs and rock'n'roll?* Danach? Weil du glaubst, ich steh' auf nix anderes, wie? Ich sag dir was: Hör endlich auf, mich so gönnerhaft zu behandeln. Psychologisch bist du ein Analphabet. Du weißt nicht, wo ich herkomme und was ich mache, und glaub mir eins, du beschissener Feldwebel, ich mache, was ich will, und nicht, was *du* willst. Kapiert?«

Billy schluckte seinen aufkeimenden Ärger hinunter. Wie so oft mußte er sich mit gewaltiger, körperlicher Anstrengung am Riemen reißen, um seiner Wut nicht Luft zu machen. Er zwang sich, Verständnis für sie aufzubringen. Es steckten so viele Widersprüche in ihr, soviel angesammelter Groll, Bitterkeit und Kränkung, so viele Schreie der Wut auf ihre Vergangenheit, ihre Mutter, die Gesellschaft, die ganze Welt, in der sie lebte. Und dann blitzte auf einmal etwas auf, wie am Vortag beim Angeln – kurze, kleine Ausbrüche von Aufregung, Begeisterung, Zuversicht.

Billy hatte diesen Monat nur dem Tal und den Elefanten zuliebe auf sich genommen, aber das stimmte nun nicht mehr: er stellte fest, daß er tatsächlich einen Kampf um das Seelenheil von Violets Tochter führte.

»Zieh dir die Stiefel an, wir gehen«, sagte er und drehte sich um. Nicht mehr als am Vortag konnte er vorhersehen, ob sie ihm folgen würde oder nicht. Wieder hatte er seine Zweifel, beschloß aber, ihr fünf Minuten Zeit zu geben. An einen Baum gelehnt, wandte er dem Zelt absichtlich den Rücken zu und sah auf die Uhr. Er wartete.

»Okay, Wichser. Wo gehen wir hin?« tönte es hinter ihm.

Billy drehte sich nicht um, er zuckte mit keiner Wimper, sondern ging in Richtung Westen los. »Das Ufer entlang bis zur Steppe«, sagte er. »Vielleicht finden wir eine Herde.«

Er hörte ein wütendes Aufstampfen hinter sich. Er kümmerte sich nicht darum, sondern ging weiter.

Was den Umschwung bewirkt hatte, der Fang des ersten Fisches oder die Wanderung entlang dem Fluß, wußte Billy nicht. Wahrscheinlich der Fisch, dachte er, wahrscheinlich war er der Katalysator – geringfügig zwar, aber immerhin eine Leistung, die sie aus ihrem Kokon herausgelockt und offen für das Land gemacht hatte. Sie hatte Fische aus dem Fluß geholt und gegessen und sah den Fluß nun mit ganz anderen Augen: er war nicht länger eine langweilige Wasserrinne, die so grau und dumpf wie ihre eigene Miene vor sich hinfloß, sondern war auf einmal wild und voller Leben, eine Herausforderung und eine Nahrungsquelle, die sich mit Wachsamkeit und Geschick ausnutzen ließ. Denn der Fluß hatte seine Launen: bei Tagesanbruch und am Abend sprudelte und sprühte er und floß munter dahin, in den heißen Mittagsstunden lag er schläfrig wie eine Schlange in der Sonne und füllte sich mit Wärme auf, damit abends das Leben neu beginnen konnte; und wenn dann die Insekten auf das Wasser herabfielen, ließ er sich von neuem jagen.

Rose fing allmählich an, dies zu verstehen.

Billys Verhältnis zu ihr – und ihr eigenes Verhältnis zum Tal – veränderte sich langsam. Nie würde sie bereitwillig nachgeben, wahrscheinlich würde sie niemals die Haltung und die Überzeugungen aufgeben, die ihre Schutzhülle waren, hart wie der Panzer einer Wüstenschildkröte. Aber wie eine Schildkröte, die hungrig und zugleich neugierig ist, hatte sie den Kopf herausgestreckt, um die Luft zu prüfen. Und zu ihrer Überraschung stellte sie fest, daß die Luft im Tal frisch und süß roch.

»Sieh dir das an.« Billy blieb stehen und kauerte sich nieder. »Letzte Nacht hat uns ein Leopard Gesellschaft geleistet. Der Größe seiner Fußabdrücke nach war es ein Weibchen.« Er fuhr mit dem Finger rund um die Einbuchtungen im Sand. »Möglich, daß sie Junge hat. Wahrscheinlich hat sie für sie gejagt und ist anschließend hierher zur Tränke gekommen.«

»Woher weißt du das?« fragte Rose.

»Ich weiß es nicht, ich vermute bloß, aber es ist eine berechtigte Vermutung. Der alte Ngoro hätte es mit Sicherheit gewußt. Finlay Hampton sagte immer, Ngoro wüßte sogar noch den Namen des Leoparden.«

»Wer soll'n das sein?«

»Ngoro und Hampton?« Billy stand auf. »Leute, die ich mal gekannt habe. Leute, die den Busch wirklich lesen konnten.« Er ging weiter.

Mit viel Geduld versuchte er ihr Verständnis für das Land beizubringen. Er lehrte sie, vom Warngeschrei der Affen auf die Gegenwart eines Räubers zu schließen; aus den schrillen, schnatternden Rufen der Webervögel zu erraten, daß eine grüne oder schwarze Mamba sich den Baum hinauf zu ihren Nestern schlängelte; das Geäst nach Ohrenmakis abzusuchen, die zwischen dem Laub versteckt auf den Zweigen saßen und nur an ihren großen leuchtenden Augen zu erkennen waren. Er lehrte sie die Fährte von Löwen und Antilopen lesen und die Losung eines Pflanzenfressers von der eines Fleischfressers unterscheiden. Er machte sie auf die verschiedenen Vogelrufe aufmerksam, auf den klagenden Schrei des Fischadlers. Er hob den ausgetrockneten, knochenweißen Kot einer Hyäne auf, zerrieb ihn in der Handfläche und hielt ihn ihr zum Riechen hin. Sie verzog das Gesicht und wich zurück; dann besann sie sich, beugte sich vorsichtig über seine Hand und roch.
»Scheiße!« sagte sie. »Das riecht ja wie Kräuter. Wie Rosmarin.«
»Volltreffer«, sagte Billy. »Hyänen fressen alles, einschließlich Knochen. Als Verdauungshilfe kauen sie anschließend Rosmarin.«
Sie sah ihn ungläubig an. »Meinst du das ernst?«
Billy nickte.
»Du verarschst mich echt nicht?«
»Über die Wildnis mache ich keine Witze. Alles andere, aber darüber nicht.«
Rose zögerte. Dann marschierte sie auf eigene Faust weiter: zum ersten Mal ging sie Billy voraus. Mit den Augen suchte sie den Boden ab, erforschte den Busch, ließ den Blick aufmerksam über die Bäume gleiten. Billy folgte ihr und glaubte nicht, was er sah: Rose betrachtete die Wildnis rings umher, nicht nur mit den Augen, sondern auch mit dem Verstand.
Fünf Tage später, als sie wieder einmal auf einem ihrer langen Streifzüge durch das Tal und die Steppe unterwegs waren, die sie mittlerweile täglich unternahmen, blieb Rose, die sich angewöhnt hatte, vorauszugehen, plötzlich stehen und ließ sich auf die Knie fallen. Sie wischte sich den Schweiß vom Gesicht und winkte Billy zu sich. »Was zum Teufel ist das?« fragte sie.
Billy trat zu ihr und sah ihr fragend nach oben gewandtes Gesicht und zuckte unwillkürlich zusammen, denn er nahm zum erstenmal bewußt wahr, wie sehr sie sich verändert hatte: kaum noch wiederzuerkennen. Ohne daß es ihm aufgefallen war, hatte sie aufgehört, sich zu schminken; jetzt war ihre Haut frisch, sonnengebräunt und strahlend. Sie hatte auch erheblich abgenommen – er hatte einen dicken, aufge-

schwemmten Klumpen Wut aus der Kellerwohnung in Brixton geholt und hatte auf einmal ein schlankes und geschmeidiges junges Mädchen vor sich, strotzend vor Gesundheit und – zumindest im Moment – mit sich und der Welt völlig im reinen.
Er warf einen Blick über ihre Schulter und sagte: »Ein Elefant.« Dann kniete er ebenfalls nieder und fuhr vorsichtig mit dem Finger über den Fußabdruck: der scharfe Rand sagte ihm, daß er frisch war. Er sah sich um. Zwischen dem Busch und dem Wasser verlief ein breiter, ausgetretener Pfad.
Nach Violets Tod war die Herde fortgezogen. Natürlich hatte ihr Aufbruch nichts mit dem schrecklichen Ereignis am Fluß zu tun, das war Billy klar, sondern gehörte zur Dynamik ihrer Ernährungsgewohnheiten. Sie waren flußabwärts nach Westen weitergewandert.
Jetzt kehrten sie zurück. Bald würden sie wieder in der Nähe des Lagers zum Fluß kommen.
»Ich hab' doch noch gar keine Elefanten gesehen«, sagte Rose.
»Nein«, antwortete Billy, »die waren eine Zeitlang fort.«
»Du hast mir nie gesagt, daß es hier Elefanten gibt.«
»Stimmt«, gab er zu.
»Warum nicht?«
»Ich dachte, wir warten einfach, bis sie zurückkommen.«
Sie sah ihn mit einem scharfen, eindringlichen Blick an, und zum erstenmal fühlte Billy sich an die Augen ihrer Mutter erinnert, in Roses blauen Augen erkannte er ein Echo von Violets offenem und zugleich gebieterischem Blick.
»Hat das irgendwas mit meiner Mutter zu tun?« fragte sie.
Billy wurde es unbehaglich zumute – auch in ihrer plötzlichen intuitiven Wahrnehmungsfähigkeit, der Treffsicherheit ihrer Ahnungen war sie Violet sehr ähnlich.
»Deine Mutter hat die Elefanten sehr gemocht, das stimmt«, antwortete er lahm.
»Das ist mir verdammt zuwenig!«
Sie hatte die Bresche erkannt, seine Verletzbarkeit, seine Unsicherheit, und stürzte sich darauf mit derselben Skrupellosigkeit, wie ein Falke sich vom Himmel herabstürzt, um eine verwundete Taube zu packen.
»Ich will's wissen. Was haben die Elefanten mit meiner Mutter zu tun? Erzähl!«
Billy stand auf. Schweigend gingen sie zum Lager zurück. Dann fing er an zu erzählen.

50

Rose starrte Billy wortlos an. Diesmal hatte es ihr sogar die abgenutzten Kraftausdrücke verschlagen, mit denen sie sonst jeden Satz einzuleiten pflegte. Statt dessen strich sie sich das Haar aus der Stirn und fragte leise: »Warum hast du mir das nicht vorher erzählt?«

»Das wollte ich ursprünglich«, antwortete Billy. »Aber als ich dich zum erstenmal gesehen habe, in diesem Haus in London, mit deinem Freund und den Hunden, da hab' ich's mir anders überlegt. Es wäre unpassend gewesen in der Situation.«

»Und deswegen hast du mir erzählt, Mama sei bei einem Autounfall gestorben?«

Billy nickte. Er hatte sich die Geschichte damals spontan ausgedacht und seither kaum noch einen Gedanken daran verschwendet. Er hatte sie aus seinem Bewußtsein verdrängt, während er auf den rechten Moment wartete, um Rose die Wahrheit zu sagen. Es kam kein rechter Moment. Rose hatte ihm die Entscheidung abgenommen.

»Scheiße!«

Ihr Lieblingswort war wieder da. Diesmal aber benutzte sie es nicht im Zorn, sondern eher aus Verwirrung, als eine Interpunktion im Durcheinander ihrer Gedanken und Gefühle.

»Was ist noch wahr, und was ist gelogen?«

»Sonst ist alles wahr«, antwortete Billy. »Alles, was ich dir sonst erzählt habe – das Testament deiner Mutter, Boy Cameron und seine Pläne mit dem Tal – das stimmt alles.«

»Und dieser Mister Cameron, Mamas neuer Mann, weiß er überhaupt, daß sie tot ist?«

»Nein.«

Auch das war eine Entscheidung, die er getroffen hatte. Cameron war im Fernen Osten unterwegs. Nachdem Violet einmal beschlossen hatte, im Tal zu bleiben, war Cameron sich im klaren, daß sie keine Möglichkeit hatte, Kontakt mit ihm aufzunehmen, und hätte nicht erwartet, von ihr zu hören. Außer Billy und Rose, den Anwälten und Sir Michael wußten von Violets Tod nur noch die Boys – die sich davon nicht weiter aus der Fassung bringen ließen: für Afrikaner ist ein jäher Tod nichts Außergewöhnliches.

»Natürlich wird man es ihm bald sagen müssen«, fuhr Billy fort. »Aber ich wollte, daß du es zuerst erfährst, und vor allem wollte ich, daß du vor ihm hierher kommst.«

»Ist Mama auch hier begraben, wenn sie hier gestorben ist?« fragte Rose stirnrunzelnd.

»Ja.«

»Wo?«

»Du willst das Grab sehen?«

»Natürlich will ich es sehen!« fuhr sie ihn an. »Man hat schließlich nur eine Mutter, auch wenn man sie nicht wirklich gekannt hat! Zeig's mir!«

Billy stand auf. Er führte sie zum Flußufer und in den Busch bis zu dem Steinhügel, den er mit den Boys über Violets Grab aufgetürmt hatte.

Rose stand stumm vor dem Grab und regte sich nicht.

Minuten später drehte sie sich um, ging zum Fluß hinunter und kehrte mit einem Armvoll gelblich-weißer Lilien zurück, die sie wohl am Flußufer gepflückt hatte. Sie kniete nieder und legte die Blumen auf den Steinhügel.

»Hallo, Mama, ich bin's, Rose«, sagte sie, so leise, daß Billy sie kaum hörte. »Liebe Mama. Schlaf gut.«

Lange verharrte sie reglos. Dann stand sie auf, schüttelte den Kopf und starrte in den Busch.

Die brennende Sonne Afrikas hatte die schwarze Farbe aus ihren Haaren gebleicht, mit jedem Tag wurden sie blonder. Billy dachte an Violet, die mit fliegendem Rock in ausladenden Schwüngen wie eine Schwalbe auf der Schaukel hin- und herflog und ihr Haar hinter sich wehen ließ – goldene Wellen im Bergwind des Aberdare. Und er erkannte die Tochter ihrer Mutter, sie wurde ihr immer ähnlicher.

Er schloß die Augen und dachte an seine letzten Tage mit Violet. Auf einmal hörte er Roses Stimme: »Wieso gehst du nicht einfach und läßt mich allein?«

Er riß die Augen auf und sah sie an. Rose stand vor ihm, und in ihrem Blick lag soviel Wildheit, soviel Wut, Kummer und Verwirrung, daß er zurückwich, als hätte sie ihn geschlagen.

Aber er gewann rasch seine Fassung zurück, drehte sich um und ging.

Er kehrte zum Lager zurück. Er suchte sich ein paar Sachen zusammen, die er im Busch brauchen würde – verschiedene Messer, einen eisernen Kochtopf, eine Schachtel Streichhölzer, den Schlafsack. Dann machte er sich auf den Weg zur Steppe.

Rose brauchte Zeit und Raum für sich allein. Er konnte es ihr nach-

fühlen und gestand ihr die Einsamkeit gern zu. Alles andere, jede weitere Entscheidung war ihre Sache.
Auf dem Weg entlang dem Ufer bemerkte Billy Fußabdrücke im Sand. Aus Gewohnheit blieb er stehen und besah sie näher. Sie stammten von einer Löwin. Es war Frühling, in der Steppe hatte das Gras zu wachsen begonnen, und die Antilopen kehrten zurück. Die Löwin hatte wahrscheinlich Junge. Vermutlich war sie nicht nur des Wassers wegen zum Fluß gekommen, sondern war auf der Suche nach Beute.
Eine Weile bedachte er die verschiedenen Möglichkeiten, aber er fand, daß er weiter nichts tun konnte. Er hatte Rose den Umgang mit dem Gewehr beigebracht, wie er ihr gezeigt hatte, die Angelrute zu benutzen, und vor seinem Aufbruch hatte er ihr zuletzt noch den Aufbewahrungsort des Gewehrs genannt – unter dem Feldbett in dem Zelt, das einst seines war und jetzt ihres.
Er richtete sich ein neues Lager ein, einen Außenposten am Rand der Steppe, eine Meile entfernt. Er war bereit, auch mehrere Tage hierzubleiben, um Rose die nötige Zeit und den Frieden zu lassen, die sie brauchte.
Er blieb nur vierundzwanzig Stunden.

Die Löwin lag im hohen Gras nahe dem Flußufer auf der Lauer, das Kinn auf den Tatzen. Immer wieder schnellte ihre Zunge hervor und fuhr über die ausgetrockneten Lippen. Sie hatte Hunger, verzweifelten Hunger, und nicht so sehr um ihrer selbst willen, obwohl sie auch in ihrem Bauch den bohrenden Hunger spürte, sondern wegen der fünf Neugeborenen, die im Busch hinter ihr lagen – sie mußte fressen, damit ihre Zitzen schwollen und genug Milch für die Jungen gaben.
Die Löwin hob den Kopf und prüfte die Witterung. Die Brise, die über den Fluß wehte, trug ihr ein Gewirr vielfältiger Gerüche zu, Botschaften vom Wasser und aus dem Busch zu beiden Seiten des Ufers. Sie blähte die Nüstern und öffnete die Schnauze und begann sorgfältig die Botschaften zu entschlüsseln.
Ein katastrophales Jahr lag hinter ihr. Die Regenfälle waren spärlich gewesen, und in der darauf folgenden Trockenzeit war das Steppengras verdorrt, so daß die Antilopenherden, die unverzichtbare Nahrungsquelle der Löwin, auf der Suche nach ihrer eigenen Nahrung sich weithin zerstreuten. Dann hatte sie die vier jüngeren Löwinnen verloren, ihre Jagdgefährtinnen. Zwei waren nach einem fehlgeschlagenen Angriff auf eine junge Büffelkuh von der Herde zu Tode getrampelt worden. Eine war bei einem nicht minder unbedachten

Angriff auf ein Stachelschwein verletzt worden und an der Infektion der Wunden eingegangen. Die Vierte, die wegen einer angeborenen Mißbildung des Hinterbeins ohnehin langsamer war, hatte nicht mithalten können, als die Jagd weiterging, und war einer Gruppe Hyänen zum Opfer gefallen, den wildesten und tüchtigsten Jägern im afrikanischen Busch.

Unterdessen trug die Löwin die Frucht im Leib, die ein vagabundierender Einzelgänger ihr hinterlassen hatte, ehe er sich wieder aus dem Staub machte. Jetzt war sie allein – ohne Jagdgefährtinnen, aber mit fünf Jungen.

Der Fluß war ihre letzte Hoffnung. Sie wußte, daß nahezu jedes Tier, Beute oder Räuber, hierher kommen mußte, um zu trinken; ohne Wasser überlebte keines. Das Flußufer bot ihr noch eine letzte Möglichkeit, um zu töten und sich selbst und ihren Wurf zu retten.

Sie prüfte die Botschaften, die der Wind ihr zutrug, aber sie roch kein Fleisch – die Brise war so unergiebig wie der staubbedeckte Steppenboden ringsum; stundenlang hielt die Dürre an. Und dann auf einmal, als es schon auf den Abend zuging, versteifte sich ihr Körper und wurde wachsam, und im Nacken sträubte sich ihr das Fell. Ein riesiges Wesen, weiblich wie sie selbst, bahnte sich seinen Weg zum Wasser hinab. Ein Elefant.

Die Löwin witterte einen Geruch, der ihr unmißverständlich mitteilte, daß die Elefantenkuh trächtig war, mehr noch: kurz vor der Niederkunft stand.

Der Löwin lief das Wasser im Maul zusammen. Ein Elefantenkalb seiner Mutter zu entreißen war das gefährlichste aller räuberischen Unterfangen. Ein Elefantenkalb war aber auch die dickste und nahrhafteste aller Beuten, und am verwundbarsten war ein Elefant, wie jedes Säugetier, kurz nach der Geburt.

Unter anderen Umständen hätten die in Jahrmillionen im Gehirn der Löwin eingeprägten Jagdstrategien ihr niemals erlaubt, einen einsamen Angriff gegen ein Elefantenkalb auch nur in Betracht zu ziehen. Jetzt aber hatte sie keine andere Wahl. Hinter sich hörte sie ihre ausgezehrten Jungen wimmern, sie waren am Verhungern; und sie selbst war nicht nur ausgehungert, sondern verzweifelt.

Ihr Schwanz zuckte hin und her.

Die Elefantenkuh kam näher. Der Löwenschwanz zuckte ein letztes Mal und erstarrte. Der Wind kam ihnen beiden entgegen; er enthielt keine Warnung. Die Kuh schritt an ihr vorbei und weiter zum Fluß.

Die Löwin lag so ruhig und reglos im trockenen Gras wie ein Felsen und wartete geduldig auf den Augenblick der Geburt.

Die Elefantenkuh war Uhurus Enkelin und seit einem Jahrzehnt die Stammesführerin der Herde.
Sie bahnte sich ihren Weg durch das niedrige Gestrüpp, und unter ihrem Schritt legten die dicken Dornbüsche sich um wie Papier. Wachsam schwang ihr Rüssel hin und her, und ihre großen, breiten Füße zermalmten die Papyrusstauden am schlammigen Ufer des Flusses. Dick und rund war ihr Bauch und so schwer, daß er nach unten zog. Ihre Stunde war gekommen.
Sie hatte die Herde in der Ebene zurückgelassen und sich entschlossen, allein zu gebären, was für einen Elefanten durchaus ungewöhnlich ist. Sogar die Gruppe junger Kühe und die alten unfruchtbaren Tanten, die sie mit dem Eintritt der Wehen geschützt und unterstützt hätten, hatte sie fortgeschickt. Sie war die Stammesführerin. Sie fürchtete nichts und niemanden. Der Fluß und das Tal gehörten ihr. Seit jeher waren ihre Ahnen hierhergekommen, um zu trinken, zu gebären, zu sterben. Sie tat es ihnen gleich, und weil sie die Anführerin war, kam sie allein und stolz und brauchte keine Hilfe.
In der Dunkelheit begann sie die Stelle zu suchen, an der sie ihr Kalb auf die Welt bringen wollte.

Rose schlief kaum in dieser Nacht. Irgendwann, als der Mond hoch am Himmel stand, verließ sie das Zelt und ging noch einmal zum Grab ihrer Mutter, ungeachtet aller Ermahnungen, sich in der Dunkelheit nicht vom Lager zu entfernen. Eine Weile stand sie vor dem Grab, lauschte den Rufen der Eulen und dem Plätschern des Wassers und sah auf den trostlosen kleinen Steinhügel hinab.
Merkwürdigerweise erschien die Mutter ihr im Tod viel wirklicher und lebendiger, als sie je gewesen war. Als Kind hatte Rose sie als ferne Gestalt erlebt, die sie kaum je zu Gesicht bekam, schön und romantisch zwar, aber auch merkwürdig kühl, teilnahmslos und selbstbezogen. Rose hatte sich leidenschaftlich danach gesehnt, mit ihr zusammenzusein, mit ihr zu sprechen, ihre Arme um sich zu spüren, um sich ihren Kummer von der Seele zu reden und sich von ihr trösten zu lassen.
Das war nie geschehen. Ihr Leben lang hatte Rose ihre Alpträume allein durchgestanden und ihre Tränen allein vergossen.
Während sie heranwuchs, war sie zuerst verwirrt und verunsichert, dann fühlte sie sich betrogen, und schließlich empfand sie nur noch Zorn und bitteren Groll – keine Mutter behandelte ihr Kind mit derart gefühlloser Kälte. Diese Frau mußte ein Ungeheuer sein. Und mit derselben Leidenschaft wandte Rose sich nun gegen alles, wofür ihre

Mutter stand – ihren gesellschaftlichen Status, ihre Werte, ihren Reichtum, ja sogar ihre Schönheit.

So war sie in das verwahrloste Haus in Brixton und an den schwarzen Crack-Dealer Sammy mit seinen Bullterriern geraten. Sie dachte, sie könnte ihre Vergangenheit abwerfen und vergessen, aber das war unmöglich – es war alles, was sie hatte: die Vergangenheit und aller dazugehöriger Ballast, auch die Hinterlassenschaft ihrer Mutter.

Und das alles hatte Billy ihr in Brixton wieder an den Kopf geworfen.

Jetzt begriff sie gar nichts mehr, sie wußte nur, daß Violet anscheinend kein Ungeheuer war. Sie war einfach ihre Mutter, eine merkwürdige, eigenwillige, fremde Frau, die in afrikanischer Erde begraben lag, – von einem Elefanten zermalmt, laut Billys Worten. Rose hatte noch nicht einmal einen Elefanten gesehen. Und von Billy wußte sie nichts – nur daß er und Violet vor Urzeiten, als Kinder, dieses Tal hier besucht hatten und daß sie es erhalten wollten.

Sie begann zu weinen; lief weinend zurück zum Zelt und warf sich aufs Bett. Irgendwann fiel sie in unruhigen Schlaf.

Frühmorgens wachte sie auf, in der Schlucht war es noch dunkel. Sie fühlte sich wie betäubt, leblos. Dumpf war ihr bewußt, daß sie die Routinearbeiten des Lagerlebens hinter sich bringen mußte, wenn sie den Tag überstehen wollte: als erstes galt es den Wasservorrat aufzufüllen. Sie hob den Kanister auf und machte sich auf den Weg zum Fluß.

Rose entdeckte den Elefanten, als sie kaum noch fünfzig Meter vom Wasser entfernt war.

Die Stammesführerin der Herde hatte sich das Flußufer zum Wochenbett erkoren. Sie hatte sich eine Stelle zwischen Schilf und Lilien im Schatten der Akazienzweige gesucht, wo der weiche, braunrote Schlamm ihren geschwollenen Leib trug und sie mit dem Rüssel die Strömung erreichen und Wasser aufsaugen konnte, um ihre heiße Haut zu kühlen.

Als Rose die dunkle, wasserglänzende Masse zwischen den Lilien erblickte, dachte sie zunächst, ein Felsblock sei von der Klippe herabgestürzt. Dann sah sie, daß der Felsen sich hob und senkte, daß die Masse lebte, und sie erstarrte vor Entsetzen.

So stand sie und wartete, zitternd, Minuten vergingen. Allmählich wurde ihr klar, daß es nur ein Elefant sein konnte – ein Elefant, dachte sie, der sich zum Wasser geschleppt hatte, zusammengebrochen war und im Sterben lag. Lautlos schob sie sich näher heran, immer näher, am Ufer kauerte sie nieder, nur knapp einen Meter über dem Tier, das unter ihr im seichten Wasser lag.

Die Stammesführerin ahnte nichts von Roses Gegenwart. Sie merkte überhaupt nicht, was rings um sie vorging, sie wußte nur, daß sie in der letzten Phase ihrer Wehen lag und das Kalb in ihrem Bauch ins Freie drängte.
Rose spähte hinab. Jetzt sah sie die krampfhaft gespreizten Beine und eine schimmernde Schleimspur, gemischt mit Blut von zerrissenen Membranen, die aus dem Geburtskanal herausrann, und mit jähem Schrecken erkannte sie, daß das Tier keineswegs im Sterben lag – sondern im Begriff war, ein Junges zu werfen.
Jetzt bäumten die Flanken sich auf, ein Krampf wie ein gewaltiges Beben lief durch den großen Körper, und fast im selben Augenblick erblickte Rose das Kalb – das neugeborene Wesen, zuerst kaum mehr als ein Gewirr runzeliger Glieder, zerbrechlich und formlos, als es herausglitt ins silbrige Licht des Morgens und prustend ins Wasser rutschte. Die Beckenmuskeln der Mutter indes zogen sich weiterhin rhythmisch zusammen.
Wie gebannt, mit angehaltenem Atem, sah Rose zu, und vor Mitleid mit dem geschundenen Leib der Mutter schmerzte ihr eigener Körper.
Denn die Geburt war noch nicht vorüber. Mühsam stemmte die Kuh sich auf die Beine und ließ einen Schwall von Gischt auf die Lilien herabregnen. Mit dem Rüssel hob sie das Kalb auf, pflückte die Nabelschnur ab und stellte ihr Kind ans Ufer. Dann ließ sie sich ins Wasser zurückfallen, um die Nachgeburt auszustoßen.
Das Kalb, nur eine Armeslänge von Rose entfernt, taumelte und fiel beinahe um. Aber es fand sein Gleichgewicht, hob den winzigen Rüssel und stieß seinen ersten Schrei aus – einen jämmerlichen, herzzerreißenden Hilferuf an die Mutter.
Rose stiegen die Tränen in die Augen.
Von den langen Minuten, die sie reglos am Ufer verharrt und das sich vor ihren Augen abspielende Wunder der Geburt beobachtet hatte, waren ihre Muskeln steif und kalt geworden. Instinktiv streckte sie die Hand aus, um das Kalb mit einer tröstenden Geste zu berühren, und strich mit den Fingern über die feuchte Haut in seinem Nacken. Als sie das tat, hob die Mutter den Kopf.
Einen Augenblick lang trafen sich die Blicke des Menschen und des Elefanten. Sie starrten einander an.
In einem entfernten Winkel ihres Verstandes war Rose sich bewußt, daß es das Gefährlichste war, was sie tun konnte – ein neugeborenes Elefantenkalb vor den Augen seiner Mutter zu berühren. Es war eine Aufforderung zum Tod, die Herausforderung der augenblicklichen

instinktiven Reaktion der Mutter, aufzuspringen und sich auf den Feind zu stürzen, der ihr Kind bedrohte. Aus viel geringerem Anlaß hatte dasselbe Tier Roses eigene Mutter umgebracht.

Rose wußte es und konnte dennoch nicht aufhören. Wie in Trance streichelte sie weiter den Hals des kleinen Kalbs.

Die mächtige Stammesführerin sah sie an.

Sie griff nicht an, wie sie Violet angegriffen hatte. Anscheinend hatte sie Rose akzeptiert – als hätten sie miteinander den wichtigsten Augenblick im Dasein aller warmblütigen weiblichen Lebewesen geteilt: die Freude der Geburt, den Triumph des Lebens über den Tod. Rose hätte eine der Jungkühe aus der eigenen Familie der Matriarchin sein können, die sie in der Steppe zurückgelassen hatte; aber jetzt war sie froh, sie bei sich zu haben.

Die Elefantenkuh trompetete leise und gab die Nachgeburt von sich. Sie übergoß sich mit Wasser und drehte sich um und wollte das Ufer heraufsteigen, um ihr Kalb zu säugen. Aber auf einmal blieb sie stehen, wo sie war, und stieß eine laute Warnung aus.

Rose hätte später nicht sagen können, ob es ihr eigener Instinkt war oder eine geheimnisvolle, außergewöhnliche Kommunikation zwischen ihr und der Stammesführerin. Sie wußte nur, daß sie auf einmal Angst und Gefahr witterte, so scharf und mächtig und durchdringend, daß der Geruch sie fast überwältigte.

Die wartende Löwin kannte keine Gefühle wie Angst. Sie kannte nur Hunger. Hunger und Geduld. Lautlos und tief geduckt hatte sie sich angeschlichen und war bis auf wenige Meter dem Mädchen und der gebärenden Elefantenkuh nahegekommen. Auch sie hatte zugesehen und hatte die ganze Nacht und den Morgen hindurch auf der Lauer gelegen. Die Gegenwart des Menschen am Ufer hatte sie gestört, doch die Geburt fand gleichwohl statt, das Kalb stand vor ihr, und sie konnte nicht länger warten. Sie setzte zum Sprung an.

Rose sah nicht mehr als eine zuckende schwarze Ohrspitze, die Bewegung des Schwanzes. Das genügte. Fast immer hatte sie Billys Warnungen in den Wind geschlagen, aber dieses eine Mal wenigstens hatte sie das Gewehr mitgenommen. Es lag neben ihr im Gras. Sie riß es an sich, entsicherte und legte den Finger auf den Abzug.

Sie begann zu feuern, und später staunte sie über ihre Ruhe und Beherrschtheit in diesem Augenblick. Sie wußte kaum, wie man mit einem Gewehr umging – sie hatte lediglich ein paarmal geschossen, als Billy ihr gezeigt hatte, wie der Mechanismus funktionierte und wie das Visier zu benutzen war. Jetzt verspürte sie keinerlei Unsicherheit – als hätte sie ihr Leben lang mit Waffen zu tun gehabt.

Noch später wurde ihr klar, warum. Der kurze Moment, in dem ihre Blicke einander trafen, hatte ein unzerstörbares Band zwischen ihr und der Elefantenkuh geschmiedet. Um ihrer beider willen konnte sie nicht zulassen, daß das Kalb getötet wurde.

Die erste, die zweite, die dritte Kugel prallten an Felsbrocken ab, ohne das Tier zu treffen, aber die Explosionen waren laut genug, um es zu verunsichern. Für den Bruchteil einer Sekunde verharrte die Löwin im Lauf. Dann knurrte sie und setzte erneut zum Sprung an. Sie schnellte vorwärts, und ihr sehniger Leib spannte einen lohfarbenen Bogen vor dem Nebel, als ihre Pranken sich nach dem Kalb streckten.

Rose feuerte noch einmal. Sie war aufs äußerste konzentriert und völlig ruhig und gewiß, die Löwin im Visier zu haben. Vielleicht war es auch nur Glück, aber das zählte nicht. Diese Kugel jedenfalls traf: sie erwischte das Tier im Rücken über dem Schulterblatt.

Halb in der Luft riß es die Löwin herum wie von einem Hammerschlag getroffen. Ein wütendes Brüllen drang aus ihrem offenen Schlund, und sie stürzte zu Boden. Einen Augenblick lag sie wie betäubt; dann raffte sie sich mühsam auf und hinkte zurück in den Busch, noch immer mit wütendem Knurren.

Rose sah ihr nach, bis sie verschwunden war. Dann ließ sie das Gewehr fallen und brach in Tränen aus.

51

In seinem Lager am Rand der Steppe, zehn Meilen flußabwärts, fuhr Billy aus dem Schlaf und lauschte.

Der Lärm in der Ferne hatte die Stille des Morgens zerrissen. Der Trichter des Flußbetts und die steilen Felswände der Schlucht verstärkten und verzerrten den Laut, und doch hatte er ihn sofort erkannt: ein Gewehrschuß.

Er lauschte wieder und strengte seine Ohren aufs äußerste an. Gleich darauf vernahm er weitere Schüsse in rascher Folge, dann das Brüllen eines Löwen, das Trompeten eines Elefanten. Die Geräusche folgten so rasch aufeinander, daß sie beinahe zu einem einzigen verschmolzen. Billy drehte sich der Magen um. Es gab nur ein einziges Gewehr im Tal, sein eigenes; und er hatte es Rose gegeben.

Kaum vier Wochen waren vergangen, seit er das Gewehr zum letzten Mal abgefeuert hatte: als Violet zermalmt worden war, am selben Ort, von dem jetzt die Schüsse erklangen. Die Elefanten waren zurückgekehrt.

Er fing an zu laufen, die Kehle zugeschnürt von dem abscheulichen Gefühl, daß die Vergangenheit sich wiederholte, dieselbe Tragödie ein zweites Mal geschah.

Er war stark und durchtrainiert und an den afrikanischen Busch gewöhnt; dennoch dauerte es fast drei Stunden, bis er das Lager erreicht hatte. Schweißüberströmt und nach Atem ringend sah er sich um.

Von dem Mädchen keine Spur.

Perplex ging er hinüber zum Zelt und schlug die Plane zurück. Nach dem harten, weißen Sonnenlicht draußen war er im Halbdunkel zunächst beinahe blind, doch dann erkannte er Rose: sie lag auf dem Bett und schlief, bleich, mit verquollenem Gesicht, als hätte sie geweint.

Billy seufzte erleichtert auf. Zumindest war sie unversehrt. Er setzte sich in den Zelteingang auf den Boden und wartete, bis sie erwachte.

»Ich hab' den kleinen Elefanten auf die Welt kommen sehen«, sagte Rose.

Es waren ihre ersten Worte, eine Stunde später. Ihr Schlaf war so tief gewesen, daß Billy, der von Zeit zu Zeit zu ihr hinsah, einmal sogar glaubte, sie läge im Koma, denn sie war völlig reglos, ihre Brust hob sich nicht, kein Atem war zu hören. Doch dann war sie mit einem Schlag hellwach und sah ihn an. Welches traumatische Erlebnis auch immer sie gezwungen hatte, mitten am Vormittag in Tiefschlaf zu fallen, schien jetzt jedenfalls überwunden. Sie war geheilt. Ihre Augen waren hell und klar und ihre Stimme fest.

Billy wußte, wovon sie sprach. Trotz seiner Eile hatte er unterwegs die Fußabdrücke des großen Elefanten bemerkt, die zurück in den Busch führten, und daneben die kleinen, unsicheren Schritte des neugeborenen Kalbs.

»Was ist passiert?« fragte er. »Warum hast du geschossen?«

Rose wälzte sich aus dem Bett. Wegen der Hitze hatte sie sämtliche Kleider abgeworfen und stand einen Augenblick nackt vor ihm, reckte selbstvergessen die Arme, gähnte und schüttelte den Kopf, und in dem Lichtstrahl, der durch den offenen Zelteingang fiel, schimmerte ihr Haar wie ein goldener Fächer.

Billy erschrak.

Kaum drei Wochen hatte Rose mit ihm in Afrika verbracht. Gewiß, er hatte bemerkt, daß sie sich veränderte, aber ihm war nicht bewußt gewesen, wie tiefgreifend die Veränderungen waren. Er erinnerte sich an das mürrische, angriffslustige, pummelige Mädchen mitten im Gestank der Brixtoner Kellerwohnung, an die dicken Schichten Schminke über einer bleichen, fleckigen Haut, an die schwarzgefärbten Haarstacheln und den säuerlichen Geruch, den sie selbst verströmte – beinahe so intensiv wie der Unrat zu ihren Füßen.

Nichts davon war mehr zu bemerken – sie war vollständig verwandelt. Schlank und geschmeidig war sie geworden, ihre Brüste waren wohlgeformt und fest, der Körper sonnengebräunt, und anstelle kalkweißer Fettpolster traten Muskeln und Sehnen hervor. Noch wies ihr Haar eine Spur schwärzlicher Farbe auf, doch es bleichte zunehmend aus, und das natürliche Goldblond wuchs nach: immer lockiger, je länger es wurde, und mit jedem Tag schimmernder.

So lang hatte Billy sich vergeblich bemüht, in ihr die Tochter ihrer Mutter zu erkennen, und jetzt stand auf einmal Violets Ebenbild vor ihm – Violet mit Anfang Zwanzig, Violet, wie er sie nie kennengelernt, aber jahrelang erträumt und ersehnt hatte. Er schloß die Augen und schüttelte verwundert den Kopf.

»Scheiße!« hörte er sie sagen.

Billy blickte auf. Sie hatte sich abgewandt und nach einem Handtuch gegriffen, das sie um ihren Körper wickelte. Er atmete erleichtert auf.

Selbst wenn sie aussah wie Violet, würde sie doch nie aufhören, Rose zu sein – daran würde sich nie etwas ändern, ebensowenig wie an ihrer Sprache. Billy erinnerte sich an die Schimpfwörter, mit denen er und Violet als Kinder voreinander geprahlt hatten, und dachte, vielleicht sei auch das ein Teil von Roses Erbe und gehöre zu ihrer Identität und der Einzigartigkeit, die Violet an sie weitergegeben hatte. Weder Mutter noch Tochter kümmerten sich um die Höflichkeitsregeln der Gesellschaft, beide gebrauchten mit Lust die Sprache der Straße. Er lächelte in sich hinein und folgte Rose ins Freie.

Dann standen sie nebeneinander und sahen auf den Fluß hinunter.

»Das gehört wirklich mir, Billy, nicht wahr?« Mit ausgestrecktem Arm zog sie einen Kreis, der die Schlucht und das Tal bis hinaus auf die Ebene umfaßte. »Das alles?«

»Ja.«

»Und Mama hat es ihrem Mann geschenkt, diesem Mister Cameron, für seine Stiftung. Aber am Ende nahm sie es wieder zurück. Als sie starb, hat sie ihr Testament geändert und es statt dessen mir vermacht.«

»Ja«, sagte Billy. »Wir mußten ein wenig schummeln, denn es sind zwei Zeugen notwendig, damit ein Testament rechtskräftig ist, und außer mir war niemand da. In der Lodge gibt es aber eine Frau, die Enkelin des alten Ngoro, mit der deine Mutter sich angefreundet hatte; ihr habe ich die Sache erklärt und sie um die zweite Unterschrift gebeten. Ich meine, das ist so in Ordnung.«

»Sie wollte das Tal für die Elefanten erhalten, und ihr Ehemann will es aufgraben.« Rose verstummte. »Bist du religiös, Billy?« fragte sie nach einer Weile.

Billy runzelte die Stirn. »Ich glaube an Gott, wenn ich unter Beschuß stehe und wenn ich fliege. Das tun die meisten Soldaten. Ansonsten halte ich eher Distanz.«

»Also bist du's nicht. Aber wenn du wirklich religiös wärst«, beharrte sie, »und wenn hier wirklich der Garten Eden wäre, dann wäre das hier doch der heiligste Ort der Welt, oder nicht?«

»Das ist er, wenn das Leben für dich heilig ist«, antwortete er. »Er ist es nicht, wenn du die Religion für heilig hältst. Es gibt viel wichtigere Orte als den Garten Eden – Jerusalem, Bethlehem... oder Mekka...«

»Aber was glaubst du?« fragte Rose.

»Ich glaub' an das Leben, und ich mag die Elefanten«, sagte Billy mit seinem typischen schiefen Grinsen. »Vielleicht ist es dasselbe. Vielleicht hat der alte Ngoro recht, der sagte, wenn es das eine nicht mehr gibt, verschwindet auch das andere.«

Rose schwieg nachdenklich; ihre Miene war unergründlich. Billy fragte sich, wie sie am Ende entscheiden würde – er hätte es nicht vorhersagen können. Er wußte, er hatte sein Bestes getan, er war sich klar, daß sie sich bis zur Unkenntlichkeit verändert hatte, und gewiß nicht nur äußerlich, aber er wußte nicht, ob er sich ihr wirklich verständlich gemacht hatte und mit seinem Anliegen zu ihr durchgedrungen war. Alles weitere war ihre Sache.

»Ich sag' dir was«, begann sie schließlich. »Ich hatte vier gottverdammte Abtreibungen. Die letzte vor einem Jahr. Ich hab' zu lang gewartet und mußte zu einem Pfuscher. Eine Woche später fing ich an zu bluten wie verrückt. Sammy hat mich in die Notaufnahme gebracht. Eine Woche behielten sie mich in der Klinik und nähten mich wieder zusammen. Kurz bevor sie mich rauswarfen, fragte ich die Ärztin, warum zum Teufel sie kein wirklich zuverlässiges Verhütungsmittel erfinden könnten.« Rose starrte in die Ferne. Ihre verbitterte Miene, die abgehackte Sprechweise verrieten, daß sie das Erlebnis noch längst nicht verarbeitet hatte.

»Weißt du, was die alte Kuh gesagt hat?« fuhr sie fort. »Das gäbe es doch längst. Wieso ich denn nicht die Pille genommen hätte. Ich kann das Scheißzeug nicht vertragen, deshalb! – Aber jetzt müßte ich mir sowieso keine Gedanken mehr machen, sagte sie, meine Innereien seien so versaut, daß ich nie wieder schwanger werden würde.«

Sie sah ihn an, und in ihrem Blick lag auf einmal eine erschreckend tiefe Trauer; und eine grenzenlose Einsamkeit.

»Hältst du mich für bescheuert?« fragte sie.

»Nein«, antwortete er ruhig.

»Dann wirst du's jetzt tun, glaub mir. Denn als ich aus diesem Krankenhaus rausmarschiert bin, hab' ich mir geschworen, daß ich's der alten Kuh zeigen würde. Daß ich ein Kind kriegen würde und daß es von mir alles kriegt, was meine Mutter mir nie gegeben hat. Daß ich eines Tages mit meinem Kind vor sie beide hintreten würde, vor die Ärztin und vor Mama, und ihnen sagen: Schaut her, ihr Miststücke, schaut, was ich geschafft habe, obwohl ihr alles getan habt, um mich dran zu hindern. Ich habe gewonnen, nicht ihr... Das geht natürlich jetzt nicht mehr.«

In ihren Augen standen Tränen – keine Tränen der Wut oder des Selbstmitleids, sondern der Ausdruck einer tiefen, qualvollen Frustration. Sie wollte mit ihrer Mutter abrechnen, endlich quitt sein – so war sie, trotzig und herausfordernd und nie bereit, sich zu fügen. Aber noch viel mehr als das, erkannte Billy, wollte sie ein eigenes Kind haben.

Er seufzte. Trotz aller Veränderungen, die mit ihr vorgegangen waren, war sie für ihn die trotzige, fluchende, aggressive Rebellin geblieben, die er in dem Brixtoner Kellerloch angetroffen hatte – der erste Eindruck prägt eben. Danach war er auf alles gefaßt gewesen, aber nicht darauf. Nicht auf dieses bestürzende Eingeständnis ihrer Einsamkeit und Verzweiflung.

Aber Rose schüttelte entschlossen den Kopf und wischte sich die Tränen aus den Augen. »Na, jetzt hab' ich ja ein Kind!« rief sie aus. »Ein verdammtes Elefantenbaby! Nicht ganz meins, aber das beste, was ich je kriege. Ich war dabei, als es auf die Welt kam. Ich hab' alles beobachtet. Ich hab seiner Mutter in die Augen gesehen, und sie hat mich akzeptiert. Und dann, als dieser Löwe es umbringen wollte, hab' ich ihm das Leben gerettet. Ist das etwa nicht mein Kind, Billy?!« Sie lachte und sah ihn an mit zerzaustem, schweißfeuchtem Haar.

»Ich hab's dir ja gesagt, daß ich bescheuert bin«, fügte sie hinzu.

»Nein, Rose, du bist nicht bescheuert«, antwortete Billy. »Im Gegenteil, ich halte dich für sehr gesund.«

»Gesund oder bescheuert, eins sag' ich dir: Keiner wird mir dieses Elefantenbaby wegnehmen, und das Tal genausowenig.« Sie zögerte. »Jetzt hast du, was du wolltest, Billy«, sagte sie leise.

Billy gab keine Antwort. Er starrte zu den Felsklippen auf der anderen Seite des Flusses hinüber. Von irgendwo dort oben hatte Ngoro vor unendlich langer Zeit – ein ganzes Menschenalter schien ihm seither vergangen – ihm und Violet das Tal der Elefanten gezeigt. Jetzt gehörte das alles Rose, sogar die Elefanten, die mit dem Leben des Tales so unauflöslich verbunden waren. Sie würde für ihr Überleben bürgen – daran zweifelte er nicht mehr.

Ein Kreis hatte sich geschlossen. Das Tal und seine Tiere waren in Sicherheit. Damit hätte es für ihn zu Ende sein können.

Manche Versprechen sind sehr schwer zu halten, aber er hatte es geschafft, er hatte sein Wort gehalten: gegenüber Violet, sich selbst, den Elefanten, und in gewisser Weise sogar gegenüber Rose. Er hätte davongehen und den Rest ihr überlassen können, die soviel jünger und leidenschaftlicher war und eben erst erwachsen wurde, – nicht mehr das orientierungslose und einsame Wesen, das er in London gefunden hatte, sondern Violets wahre Tochter, mit all den Fehlern ihrer Mutter, aber auch mit ihren Stärken.

Es war aber nicht zu Ende.

Billys Gedanken waren nicht bei Rose oder Violet oder den Elefanten. Er dachte an Cameron, und eine unbestimmte, aber finstere, beunruhigende Vorahnung stieg in ihm auf. Der Mann war mächtig, konnte sehr einnehmend, ja betörend sein, und er war unermeßlich reich. Vor allem war er besessen. Violet hatte ihm einiges erzählt, und Billy hatte selbst genug gesehen, um in dieser Hinsicht keine Zweifel zu hegen. Cameron war sein Leben lang auf der Jagd nach den »Knochen und Steinen« gewesen, die ihm den Ursprung der Menschheit verrieten; es war eine Zwangsvorstellung für ihn und die Suche danach eine Art persönlicher Kreuzzug. Jetzt glaubte er sich endlich am Ziel und in seinem Garten Eden. Würde ein Mann wie er sich einer willkürlichen Testamentsänderung seiner sterbenden Frau fügen?

»Ich denke«, sagte Billy, »daß Mr Cameron endlich erfahren sollte, was passiert ist. Immerhin war deine Mutter seine Frau. Er ist immer noch irgendwo unterwegs auf Geschäftsreisen. Ich finde, du solltest ihm schreiben und ihm alles berichten, auch Violets Testamentsänderung. Wir können deinen Brief vom Laager aus an eins seiner Büros faxen, dann hat er ihn innerhalb von Stunden.«

Rose zögerte. Sie sah ihn unsicher an. »Hast du dabei irgendwelche Hintergedanken, Billy?«

»Nein«, antwortete er. »Natürlich würde ich gern denken, daß er sich damit zufrieden gibt, aber ich glaub's nicht. Ich glaube im Gegenteil, daß er alles liegen und stehen läßt und auf der Stelle zurückkommt, um dich noch anzutreffen. Ich glaube, er wird versuchen, dich umzustimmen.«

»Damit ich ihm den Fluß ausliefere und das Tal und ihn alles aufgraben lasse? Nur über meine Leiche!« rief sie empört. Dann lächelte sie mit der unerschütterlichen Zuversicht der Jugend und sagte: »Scheiße, Billy, du kennst mich immer noch nicht!«

»Mag sein«, gab er düster zurück. »Aber *ihn* kenne ich!«

Noch am selben Tag verfaßten sie gemeinsam den Brief. Der Text war kurz und einfach.

»Lieber Mr Cameron«, begann er, »ich bin Rose Somerset und, wie Sie wahrscheinlich wissen, die einzige Tochter Ihrer Frau. Vor vier Wochen kam meine Mutter hier in dem Tal, aus dem ich Ihnen schreibe, auf tragische Weise durch einen Elefanten ums Leben. Sie wurde am Ufer des Flusses begraben.

Billy Ramsden, der Kindheitsfreund meiner Mutter, hat mich aus London geholt und hierhergebracht. Ich glaube, Sie haben ihn kennengelernt. Er war mir eine große Hilfe. Er fand, ich sollte als erste von der Tragödie erfahren, und überließ es mir, Sie zu benachrichtigen, was ich mit großer Trauer hiermit tue. Sie war ein wunderbarer Mensch. Aber das wissen Sie ja so gut wie ich.

Ich habe jetzt das Grab meiner Mutter gesehen und fange allmählich an, meine Gedanken zu ordnen, obwohl ich immer noch sehr durcheinander bin. Meine Mutter hat vor ihrem Tod eine Testamentsänderung vorgenommen. Ich glaube, sie wollte das Land hier, das ihr gehörte, Ihrer Stiftung überlassen. Statt dessen hat sie es mir vermacht. Sie liebte die Elefanten hier im Tal und wollte ihren Lebensraum erhalten. Sie hielt es für besser, wenn das Land mir gehört. Ich werde mein Bestes tun, um ihre Wünsche zu respektieren, und hoffe, Sie sind damit einverstanden.

Ich hoffe auch, Sie bald kennenzulernen, – ich werde noch eine Zeitlang hier in Afrika bleiben.

Ich schließe in Trauer über ein gemeinsames Leid, Ihre Rose Somerset.«

Am nächsten Morgen setzten Rose und Billy über den Fluß, stiegen den Berg hinauf und fuhren mit dem Landrover zur Lodge. Per Fax schickten sie den Brief an das Hauptbüro der Gesellschaft in Harare und kehrten gleich darauf ins Tal zurück.

»Was machen wir jetzt?« fragte Rose, während sie über die holprige Piste fuhren.

»Wir leben weiter wie bisher und warten auf den Hubschrauber.«

»Bist du sicher, daß er kommt?«

»Absolut.«

»Ich seh' nicht ein, was er damit bezweckt. Mama ist tot, das Tal gehört mir – was will er denn tun, um das noch zu ändern?«

Billy gab keine Antwort. Daran wollte er nicht einmal denken.

52

»Rose!« rief Cameron, während er mit großen Schritten auf sie zuging, beide Arme ausgebreitet; der Wirbelwind, den die laufenden Rotoren des Hubschraubers verursachten, wehte ihm die weiße Haarmähne aus dem zerfurchten Gesicht.

Rose sah ihm bleich und mit zwiespältigen Gefühlen entgegen. Cameron aber ignorierte ihre Unsicherheit, sondern umfing sie in einer Umarmung, die eine Mischung aus Herzlichkeit, Mitgefühl und Fürsorglichkeit war.

Billy stand abseits und beobachtete ihn. Selbst aus einer Entfernung von zwanzig Metern war seine mächtige Ausstrahlung beinahe überwältigend. Cameron hielt Rose eine Zeitlang fest. Dann trat er zurück und musterte sie liebevoll mit schräggeneigtem Kopf.

»Violets Tochter«, sagte er sanft. »Wie könnte es anders sein. Wie traurig ist es, daß wir uns in einer solchen Situation kennenlernen müssen, aber es ist doch auch ein Glück und eine große Stütze. Deine Mutter habe ich verloren, aber wenigstens habe ich dich.«

»Danke«, sagte Rose nervös, beinahe schroff.

Cameron wandte sich um und erblickte Billy. »Mr Ramsden«, hob er an, »oder darf ich Sie jetzt Billy nennen? Und nennen Sie mich bitte Boy. Ich bin sehr froh, Sie zu sehen, selbst unter diesen tragischen Umständen.« Mit ausgestreckter Hand ging er auf ihn zu. »Natürlich will ich alles im einzelnen wissen, aber eins weiß ich und muß ich gar nicht erst fragen: ich bin sicher, daß Sie für Violet alles getan haben, was in Ihrer Macht stand. Dafür bin ich Ihnen sehr dankbar.«

Mit einigem Unbehagen ergriff Billy die dargebotene Hand und schüttelte sie.

Nur drei Tage waren vergangen, seit sie den Brief abgeschickt hatten. Es war später Nachmittag, als der Helikopter landete. Cameron war allein gekommen. Billy hatte keine Ahnung, wo der Brief ihn erreicht haben mochte, aber offensichtlich hatte Cameron alle weiteren Pläne gestrichen und die nächste Maschine nach Nairobi genommen.

Nichts anderes hatte Billy erwartet.

»Gibt es mein Lager und die Boys noch?« fragte Cameron.

»Ja«, antwortete Billy.

»Ausgezeichnet. Ich denke, Rose und ich, vielleicht wir drei, müssen miteinander reden. Sicher brauchen wir eine Zeitlang Ruhe. Ich schicke den Helikopter fort, ich habe einen Wagen bestellt, der auf der anderen Seite des Flusses auf mich wartet. Ich fahre dann selbst zur Lodge zurück, sobald wir uns einig sind, was als nächstes zu tun ist.«

Cameron rief den Piloten, der damit beschäftigt war, sein Gepäck auszuladen, und sogleich herbeieilte. Cameron gab ihm einige kurze Anweisungen. Zehn Minuten später hob der Helikopter wieder ab und flog über die Schlucht nach Osten davon.

»Meine Liebe«, sagte Cameron und ergriff Roses Arm. »Können wir uns mit dem Schlimmsten zuerst befassen? Ich würde gern das Grab deiner Mutter sehen. Führst du mich hin?«

»Natürlich«, antwortete Rose.

Billy sah, daß sie jetzt leichenblaß war. Camerons Ankunft, die Wirkung seiner körperlichen Präsenz und die wiedererwachte Erinnerung an den Tod ihrer Mutter hatten sie aufgewühlt und verwirrt.

»Ach, Billy!« Cameron drehte sich noch einmal um. »Würden Sie uns bitte entschuldigen? Ich denke, das ist etwas, das Rose und ich allein erledigen sollten. Würden Sie den Jungs Bescheid sagen, damit sie die Sachen hier zum Lager bringen? Ich habe ein bißchen Proviant mitgebracht – sagen Sie ihnen, sie sollen uns was zu essen herrichten. Ich finde, wir sollten uns bei einem ordentlichen Abendessen zusammensetzen.«

Ehe Billy antworten konnte, hatte er sich abgewandt, legte Rose tröstend den Arm um die Schultern und führte sie davon.

Billy sah ihnen nach, während sie das Ufer entlanggingen. Rose bewegte sich steif, fast wie eine Marionette; Cameron, der sie um Haupteslänge überragte, neigte den Kopf zu ihr hinab und sprach eindringlich auf sie ein, aber sie waren schon zu weit entfernt, als daß Billy verstehen konnte, was er sagte.

All die Kraft und die Anmut, die Rose seit ihrer Ankunft im Tal gewonnen hatte, die Energie und die Entschlossenheit ihrer Mutter schienen verschwunden. Neben Cameron wirkte sie wie ein verschüchtertes und ängstliches Kind. Billy sank das Herz.

Er wartete, bis sie außer Sichtweite waren. Dann stieß er einen Fluch aus und rief nach den Boys.

»Rose und Billy«, begann Cameron und beugte sich vor. »Ich möchte mit euch beiden sprechen. Was ich zu sagen habe, geht vor allem dich an, Rose, aber vielleicht betrifft es in gewisser Weise auch Sie, Billy.«

Billy, der das Mädchen angesehen hatte, spürte, wie Camerons stechende Augen sich auf ihn hefteten.
»Ich möchte über das Tal sprechen.«
Mittlerweile war es Nacht geworden, sie hatten zu Abend gegessen und saßen am Feuer im Hauptlager – in Violets Lager. Bei Einbruch der Dunkelheit waren Rose und Cameron von Violets Grab zurückgekehrt. Billy wußte nicht, worüber sie gesprochen hatten, denn er hatte keine Gelegenheit gehabt, mit Rose allein zu sein, aber sie schien ihm noch angespannter und argwöhnischer als zuvor. Erst als sie sich zum Essen setzten und sie unter dem Tisch rasch seine Hand drückte, fühlte Billy eine Spur Erleichterung. Offensichtlich hatte Cameron die ganze Macht seiner Persönlichkeit auf sie einwirken lassen, aber sein Ziel noch nicht erreicht.
»Deine Mutter ist tot, Rose«, fuhr Cameron fort. »Das ist ein Kummer, den du und ich für den Rest unseres Lebens gemeinsam tragen werden. Ihr bestes Vermächtnis an uns sind unsere Erinnerungen an sie, als sie lebendig war. Sie wird uns stets unvergeßlich sein. Doch sie hat uns noch weitere Vermächtnisse hinterlassen, und dazu gehört natürlich auch das Tal, das sie letztendlich dir hinterlassen hat. Billy war dabei, und er hat mir den Grund dafür erklärt.« Er warf einen zustimmungheischenden Blick auf Billy, der wortlos nickte.
Die beiden Männer hatten vor dem Abendessen eine halbe Stunde allein miteinander verbracht, während Rose sich wusch. Cameron hatte ihn höflich, aber mit der gnadenlosen Beharrlichkeit eines Inquisitors über den exakten Hergang des Unfalls und die Umstände des Todes ausgefragt. Billy hatte ihm in allen Dingen die Wahrheit gesagt, bis auf eine Ausnahme – daß Violet morgens beim Erwachen nicht aus ihrem eigenen, sondern aus seinem Zelt verschwunden war. Ob Cameron einen Verdacht hatte, ob es ihn überhaupt kümmerte, hätte Billy nicht zu sagen vermocht: der Mann ließ sich nichts anmerken. Aber alles andere erzählte er so, wie es vorgefallen war, und Cameron schien damit zufrieden.
»Sie litt Qualen, sie lag im Sterben«, sagte Cameron zu Rose, »und machte sich Gedanken über die Elefanten. Sie dachte, bei dir seien sie besser aufgehoben. Ich glaube, darin hat sie sich geirrt, Rose, aber ich verstehe und respektiere ihre Entscheidung. Eins ist jedoch zu bedenken: es gibt nicht nur Elefanten in diesem Tal.« Er legte eine bedeutungsschwere Pause ein; dann fuhr er fort: »Ich war, muß ich gestehen, beim letztenmal nicht ganz offen zu Billy. Das weißt du jetzt. Ich hatte gute Gründe dafür und bin sicher, daß Billy sie akzeptieren wird. Deine Mutter hat ihm den wahren Grund genannt, und

er wiederum hat ihn dir weitererzählt. Du weißt, was sich meiner Ansicht nach unter dem Fluß befindet.«

»Der Garten Eden...«, antwortete Rose.

»Der Garten Eden«, wiederholte Cameron nachdenklich. »Die Knochen von Adam und Eva, von Kain und Abel und allen ihren Nachkommen. Der erste Apfelbaum und die erste Schlange. Die Wiege, die Kinderstube, aus der die ersten echten Menschen, die Jäger und Sammler, herausgetreten sind, um sich die Erde untertan zu machen. Die Geburtsstätte der Menschheit.«

Er stand auf, und während er sprach, umrundete er gemessenen Schrittes das Feuer.

Billy hörte ihm fasziniert zu und wußte, daß es Rose nicht anders erging: Cameron übte eine hypnotische Wirkung aus, der man sich nicht leicht entzog. Und jetzt, da es ihm besonders darum zu tun war, seine Zuhörer für sich zu gewinnen, lieferte er eine so mitreißende, ja atemberaubende Vorstellung, wie keiner von beiden sie je erlebt hatte.

Cameron sprach von seiner eigenen Vergangenheit und den Anfängen seiner Leidenschaft, die Finlay Hamptons kleine Stein- und Fossiliensammlung in ihm geweckt hatte, und fuhr fort mit der unendlich viel größeren und gewaltigeren Vergangenheit, der Geschichte der gesamten Menschheit, deren Spuren er ein halbes Jahrhundert hindurch gesucht und verfolgt hatte. Er sprach von Galaxien, Sternen und Meteoren, von der Wechselwirkung zwischen Sauerstoff und Wasserstoff, von der Entstehung primitiver Organismen aus der Ursuppe am Beginn der Welt, von den ersten Lebewesen im Wasser und später an Land, von der fortwährenden Veränderung und Vervielfältigung der Lebewesen und ihrer Evolution über Jahrmillionen hinweg zu einer unendlichen Anzahl unendlich verschiedener Arten. Eine dieser Arten, sagte er, seien Primaten geworden – Affen und Menschenaffen. Viele Zweige an diesem Stamm seien verdorrt und abgestorben, manche jedoch hätten überlebt, hätten sich an die Veränderungen des Klimas, der Landschaft und der Vegetation angepaßt, bis sich schließ-lich in den Steppen Afrikas eine Linie – das letzte Glied in der Kette, die bis in die dunkle Urzeit des Universums zurückreiche – als *Homo sapiens* herausgebildet habe: als der bewußte, denkende, moderne Mensch.

»Hier war es«, schloß er, »genau hier. Ich habe deiner Mutter einmal einen Schädel gezeigt, Rose, den Schädel einer Frau. Ich sagte ihr, es sei der Schädel Gottes. Das glaube ich wirklich. Ich glaube, sie wurde irgendwo hier geboren, in dieser Gegend. Aber ich will es genau wissen, und ich denke, wir können es herausfinden. Ich möchte dich bei dieser großartigen Entdeckung dabeihaben.«

Cameron hielt in seinem Gang inne und sah sie beide über das Feuer hinweg starr an.

Sie saßen reglos und stumm und starrten zurück. Rose zitterte, auch Billy stand wie unter einem Bann. Auf einmal ertönte irgendwo in weiter Ferne das Trompeten eines Elefanten.

Billy schüttelte den Kopf. Der Laut, der klagend und zugleich respekteinflößend war, hatte den Zauber gebrochen. Die Wirklichkeit kehrte zurück, die Wirklichkeit des Lebens in diesem Tal. Billy er-wachte und durchschaute mit einemmal Camerons Methode. Unter Aufbietung seiner gesamten Eloquenz und Überzeugungskraft hatte er versucht, sie zu betören – Rose vor allem, aber auch Billy. Er hatte versucht, sie mitzureißen und auf seine Seite zu ziehen, ihnen mit der Macht seiner Worte, seines Tonfalls, seiner Gesten die Gewißheit aufzuzwingen, daß die unter dem Tal verschütteten Überreste unendlich viel wichtiger seien als alles, was auf der Oberfläche lebte. Er hatte Rose eine Partnerschaft angeboten, einen Anteil am Ruhm und an der Aufregung über alles, was sie vielleicht fanden. Er hatte ihr klargemacht, daß es ihre Pflicht und ihr Schicksal sei, sich ihm anzuschließen.

Billys Vorahnung bestätigte sich: Cameron hatte keineswegs aufgegeben. Wie weit er tatsächlich gehen würde, ließ sich nicht vorhersagen, aber eines war klar: dieser Mann machte vor nichts halt.

»Aber die Elefanten...«, begann Rose.

»Für die Elefanten ist gesorgt«, fiel Cameron ihr ins Wort. »Natürlich brauchen sie Wasser. Gut, legen wir einen See für sie an. Du kannst ihn gemeinsam mit mir planen.«

»Aber das Tal wird sich vollkommen verändern...«

Wieder ließ Cameron sie nicht ausreden. »Meine Liebe, das Tal verändert sich ständig. Das war von Anfang an so. Es verändert sich auch jetzt, während wir hier sitzen und reden, und das wird auch noch so sein, wenn wir beide, du und ich, längst nicht mehr da sind.«

Rose zögerte, verschreckt, verwirrt und verunsichert. »Aber es kommen Unmengen von Menschen her«, versuchte sie es noch einmal. »Sie sind es, die alles verändern.«

»Rose, die Menschen breiten sich überall aus«, antwortete er. »Auch das ist nichts Neues, das war so, seit die ersten Menschen aus diesem Tal kamen. Das können wir nicht verhindern. Aber ich biete zumindest die Möglichkeit, sie eine Zeitlang unter Kontrolle zu halten.«

Rose schloß die Augen. Eine innere Kälte erfüllte sie. Sie war nicht in der Lage, ihm Widerstand zu leisten. Er war zu stark, zu intelligent, zu zielbewußt. Jedes Argument, das sie vorzubringen versuchte, entkräftete er durch ein anderes, das viel logischer und überzeugender klang und in einer Weise formuliert war, daß sie sich wie ein dummes, unartiges Kind vorkam, das von einem Erwachsenen zurechtgewiesen wird.

Billy saß stumm neben ihr. Er fühlte sich ohnmächtig, ein Zuschauer, der mit gebundenen Händen einen zutiefst ungleichen und ungerechten Kampf miterlebt. Er hatte einst gedacht, er kämpfe um Roses Seele. Cameron tat dasselbe, aber seine Waffenkammer war erheblich besser bestückt.

Auch Billy war mit einemmal kalt geworden.

»Rose.« Cameron ging um das Feuer herum und trat vor sie hin; Rose schien in sich zusammenzusinken. »Das Tal ist die allerwichtigste archäologische Fundstätte, die je auf der Erde entdeckt werden kann«, sagte er. »Sie wird auf jeden Fall freigelegt werden, was immer geschieht. Nichts und niemand wird das verhindern, auch du nicht. Aber ich biete dir an, dabei meine Partnerin zu werden. Nichts anderes würde deine Mutter sich wünschen, das weiß ich. Wir können durchaus auch für die Elefanten sorgen. Und außerdem weiß ich, daß du noch dein ganzes Leben vor dir hast, und dieses Leben willst du nicht in einer gottverlassenen afrikanischen Steppe verbringen, gleichgültig, wie du jetzt denkst.« Er beugte sich über sie. »Ich frage dich zum letztenmal, meine Liebe: Willst du meine Partnerin sein?«

Rose wich noch weiter zurück. Es schien ihr, als würde sie immer kleiner, immer schwächer, ängstlicher und verwundbarer.

Cameron hatte all seine Argumente in einer letzten Aussage konzentriert, die sowohl Appell wie auch Befehl war. Seine Stimme war noch immer einschmeichelnd und unwiderstehlich, und doch schwang jetzt ein bedrohlicher Ton darin mit. Sie sah zu ihm hinauf. Er lächelte, aber seine Augen waren kalt und grausam.

Rose glaubte ohnmächtig zu werden. Mit aller Macht kämpfte sie gegen das Schwindelgefühl, das in Wellen über sie hereinbrach, und biß sich so fest auf die Zunge, bis sie Blut schmeckte. Und auf einmal stand ihr das Bild des neugeborenen Elefantenjungen vor den Augen – sie sah das faltige, feuchte Wesen zwischen Wasserlilien liegen, sah das Auge seiner Mutter sie anblicken, hörte das Knurren der Löwin im Sprung und die Detonation des Gewehrs.

»Nein!« rief Rose laut und warf sich mit einer heftigen Bewegung zur Seite – nur fort aus seiner Reichweite. Aber sie stürzte unglücklich und landete in der Glut, und der üble Geruch von verbranntem

Fleisch stieg ihr in die Nase – es war ihr eigenes Fleisch, wie ihr vage bewußt wurde. Sie rappelte sich auf und streifte hektisch die Funken von Kleidern und Haut, ohne den Schmerz zu spüren.
Der panische Schrecken, der sie ergriffen hatte, schwand mit jeder Sekunde, aber sie mußte sich dieser übermächtigen, übelwollenden Ausstrahlung entziehen, die sie zu ersticken drohte. Sie zitterte noch immer und wich immer weiter zurück, aber sie hielt seinem Blick stand und starrte ihn mit offener, unversöhnlicher Verachtung an.
»Nein«, wiederholte sie. Noch bebte ihre Stimme, wurde aber mit jedem Augenblick sicherer. »Niemand, kein Mensch auf der Welt wird dieses Tal bekommen. Es gehört den Elefanten.«
»Das ist dein letztes Wort?« fragte Cameron.
»Ja«, sagte sie fest, obwohl sie nicht in der Lage war, das Zittern zu kontrollieren, das ihren Körper erschütterte.
»Auch gut«, antwortete Cameron. »Aber merk dir das für die Zukunft. Denk daran, daß ich eine andere Lösung gesucht habe. Denk daran, daß ich dir alles geboten habe und du alles abgelehnt hast.«
Er langte in die Tasche seiner Safarijacke und zog ein Bündel Papiere heraus, die er auf den Tisch warf.
»Das sind die Kopien des Antrags auf Enteignung des gesamten Landes, das deine Mutter dir hinterlassen hat«, sagte er. »Der Antrag wurde in Nairobi gestellt auf der Grundlage der internationalen archäologischen Bedeutung dieser Fundstätte und ihres Wertes für den heimischen Fremdenverkehr. Einspruch zu erheben kannst du dir sparen. Ich habe viele Freunde in der Regierung. Der Enteignungsbefehl wird erfolgen, das kann ich dir garantieren.« Cameron lächelte sie an. »Das Tal gehört dir schon nicht mehr. Der Rest ist bloße Formsache. Binnen weniger Wochen gehört es meiner Stiftung in Zusammenarbeit mit dem Staat. Das heißt mit anderen Worten: Es gehört mir.«
Ein jäher Windstoß erfaßte die Glut und ließ die Flammen auflodern. Kein anderer Laut als das Knistern des Feuers war zu hören. Billy war aufgesprungen, als Rose sich zu Boden geworfen hatte. Jetzt standen alle drei und verharrten einen Augenblick lang völlig reglos. Doch dann geschah etwas.
Cameron hatte alles bekommen, was er wollte, – schon bevor er ins Tal kam, hatte er dafür gesorgt. Er hätte zu Bett gehen und am nächsten Morgen seelenruhig davonfahren können. Aber er tat es nicht. Vielleicht war der eigensinnige Trotz in Roses Miene daran schuld, die Tollkühnheit ihres Ungehorsams. Vielleicht genügte es ihm nicht zu siegen, vielleicht brauchte er zudem die Demütigung des Verlierers

– und darin war er gescheitert: all seinen Begabungen, seiner silberzüngigen Beredtsamkeit, seiner Autorität, der Schärfe seines Verstandes und all seinem Reichtum hatte dieses Mädchen – dieses Kind! – sich zu widersetzen gewagt.
Vielleicht lag der Grund noch tiefer. Vielleicht hatte er Violet nie besessen und hätte, indem er Rose das Tal wegnahm, über die Tochter die Kontrolle gewonnen, die er über ihre Mutter nie hatte ausüben können. Es war ihm nicht gelungen. Nicht Rose war die Gedemütigte, sondern er selbst. Und so verließen ihn alle Vernunft und Kaltblütigkeit, und er ließ sich zu einer Tat hinreißen, die unter seiner Würde stand.
Mit drei, vier Sätzen war er bei ihr, so schnell, daß er sie überrumpelte, ehe sie fliehen konnte. Er packte ihr Hemd mit seiner massigen Faust, riß sie an sich und schüttelte sie wie eine Stoffpuppe.
»Du eingebildetes, dummes kleines Flittchen!« schrie er sie an. »Ich biete dir alles, und du bist zu blöd, um zu kapieren, was das heißt!«
Mit der freien Hand begann er sie ins Gesicht zu schlagen, so heftig, daß ihr Kopf von einer Seite zur anderen schleuderte.
Billy hörte den ersten Schlag, sah eine dünne Blutspur aus ihrem Mundwinkel rinnen und stürzte sich auf ihn. Mit einem Arm umklammerte er Camerons Taille, mit dem anderen hielt er die schlagende Hand fest. Dann drehte er sich herum, holte mit dem Fuß aus und versuchte, Cameron die Beine unter dem Körper wegzutreten.
Der Mann aber war schwer und ungemein stark, viel stärker, als Billy ihm angesichts seines Alters zugetraut hätte. Überdies hatte er anscheinend gelernt, sich im Nahkampf rücksichtslos zu behaupten: er strauchelte kurz, fand sein Gleichgewicht aber rasch wieder, schleuderte Rose von sich, und es gelang ihm, sich aus Billys Umklammerung zu befreien. Dann holte er seinerseits aus.
Billy hatte seinen Gegner eine Sekunde aus den Augen gelassen, um nach Rose zu sehen, und Cameron ergriff seine Chance. Mit der metallverstärkten Spitze seines Stiefels traf er genau den Nerv unterhalb von Billys Knie.
Eine Welle von Schmerz überwältigte Billy, seine Beine gaben unter ihm nach, und während er noch kämpfte, um nicht zusammenzubrechen, sah er, wie Cameron den Eisenholzpfosten, der das Zelt aufrecht hielt, herausriß und hoch über dem Kopf schwenkte. Im nächsten Augenblick spürte er die Wucht des Schlages auf den Schultern und dem Nacken und verlor das Bewußtsein.

Er kroch bäuchlings in schwärzester Finsternis durch einen Tunnel, einen erdrückenden, beängstigend engen Schlauch – der ein unterirdischer Gang sein mußte, in den Felsen gehauen, nicht breiter als ein Mensch: immer wieder stieß er mit dem Kopf gegen einen Stein, der aus der Wand ragte, und ein stechender Schmerz lief von der Schädeldecke abwärts zu den Knöcheln. Aber er robbte weiter, mit dröhnendem Kopf und betäubtem Hirn, die Nase voller Staub. Endlich sah er einen Lichtschein vor sich und schob sich mit quälender Langsamkeit darauf zu. Das Licht wurde heller und größer und war bald weißglühend wie die Sonne, so grell und gleißend, daß er es trotz geschlossener Augen nicht länger ertragen konnte.

Billy ächzte und wälzte sich auf den Bauch.

»Billy!«

Undeutlich wurde ihm bewußt, daß er die Stimme kannte. Schwerfällig hob er den Kopf und starrte in das fürchterliche Flutlicht, hinter dem offensichtlich jemand stand. Nach einer Weile merkte er, daß es gar kein Flutlicht war, sondern bloß eine Kerze, und dann erkannte er auch das Gesicht über der Flamme. Es war Rose.

Langsam, Stück für Stück kehrte die Erinnerung zurück. Mühsam richtete er sich auf.

»Wo bin ich?«

»Neben dem Lagerfeuer.«

Blinzelnd starrte er auf die glühende Feuerstelle, und nun kehrte das letzte noch fehlende Stück seiner Erinnerung zurück.

»Wo ist Cameron?«

»Fort«, antwortete Rose. »Seit fünf Minuten. Er hat seine Sachen gepackt und sich von einem der Boys über den Fluß rudern lassen. Jetzt ist er auf dem Weg zu seinem Wagen, dann fährt er zum Laager.«

»Woher weißt du das?« fragte Billy, ächzend – das Sprechen fiel ihm schwer. In seinen Schläfen hämmerte es, und er spürte einen riesigen, schmerzhaften Bluterguß im Nacken und auf der Schulter.

»Er war vorher noch hier. Er sagt, er wird dich wegen Mordversuch verhaften lassen. Er hat noch alles mögliche andere gefaselt. Billy, ich glaube, er ist wahnsinnig...« Sie brach ab und sah ihn prüfend an. »Wie geht's dir?« fragte sie und streckte die Hand aus, um seinen Nacken zu befühlen, aber Billy wehrte sie ab.

Er sah zum Himmel hinauf. Der Mond stand hoch und voll, aber alle paar Sekunden fegten Wolkenbänder über ihn hinweg. Fieberhaft dachte er nach. Fünf Minuten. Cameron konnte bestenfalls bis zur Mitte des Flusses gelangt sein, nicht weiter. Billy lauschte: ja, er hatte recht, in der Ferne war das rhythmische Klatschen eines Paddels im Wasser zu hören.

»Rose«, sagte er. »Lauf zum Lager. Hol das Gewehr aus dem Zelt.

Bring mir auch die Gewehrtasche mit, die daneben liegt, und eine Schachtel Munition aus dem Rucksack.«

»Aber Billy...«

»So lauf schon, um Himmels willen!« fuhr er sie wütend an.

Rose machte auf dem Absatz kehrt und verschwand in der Dunkelheit.

Billy stemmte sich mühsam hoch und stand endlich auf schwankenden Beinen. Er machte ein paar Schritte, beugte sich nieder, bis die Hände den Boden berührten, richtete sich wieder auf und reckte sich, drehte sich langsam in den Hüften und beugte mehrmals den Rumpf nach beiden Seiten. Er nahm den Krug vom Tisch und goß sich Wasser über den Kopf. Dann entdeckte er den Brandy, den Cameron zum Abschluß des Essens hervorgeholt hatte, langte nach der Flasche und trank und spürte, wie der starke Alkohol in seinem Magen brannte und sich durch den ganzen Körper ausbreitete.

Dann hielt er inne. Er holte tief Atem und schätzte mit dem Blick eines Mediziners seine Lage ab. Ihm war noch immer schwindelig, seine rechte Schulter war geprellt und wurde zusehends steif, und der Arm zuckte unter Wellen von Schmerz, die wie Pfeile durch die Muskeln schossen. Aber zumindest wußte er, daß er funktionierte. Als Soldat war er dafür bezahlt worden: daß er im Kampf funktionierte. Um nichts anderes ging es auch jetzt.

Er hörte Rose im Laufschritt zurückkehren und drehte sich um. Sie trug das Gewehr, die Tasche, die Munition und drückte ihm alles in die Hand.

»Was hast du vor, Billy?« fragte sie keuchend. Ihr Gesicht war schweißüberströmt, und sie sah ihn besorgt an.

»Inzwischen wird er am anderen Ufer sein«, antwortete Billy. Er steckte das Gewehr in die Tasche und verstaute die Munition. »Bis zum Wagen hat er immer noch einen zweistündigen Fußmarsch vor sich. Ich schwimme rüber, das geht schneller. Ich kann ihn einholen – ich kenn' den Weg, er nicht.«

Billy war schon unterwegs zum Fluß, während er sprach; Rose lief hinter ihm her. Am Ufer angelangt, drehte er sich zu ihr um und sagte: »Männer wie Cameron gehen über Leichen, sie treten alles nieder, was ihnen im Weg ist. Mich kann er gern umbringen, aber nicht das Tal und nicht die Elefanten. Ich werde ihn aufhalten.« Damit sprang er ins Wasser.

53

Billy watete aus dem Fluß, duckte sich und lauschte. Nichts war zu hören als das Rascheln und Knistern, die Laute und Schreie der afrikanischen Nacht und das Wasser, das von ihm herabrann und leise in den Sand tropfte.

Er packte sein Gewehr fester und sah sich um. Ein halbes Dutzend Wildpfade führten vom Ufer zu dem Plateau oberhalb der Schlucht; zwei oder drei davon hatte er anläßlich seiner Fahrten zur Lodge während des letzten Monats genauer erkundet. Einer, der breiter und weniger vom Dornengestrüpp überwuchert war als die anderen, wurde offensichtlich derzeit von den Tieren auf ihrem Weg zur Tränke bevorzugt; höchstwahrscheinlich hatte Cameron sich für diesen Weg entschieden. Also wählte Billy einen anderen, steileren und schmaleren Pfad, der sich in Richtung Süden aufwärts schlängelte. Als erstes untersuchte er ihn nach menschlichen Fußspuren, aber es war nichts zu sehen als die Abdrücke von Pfoten und Hufen.

Billy begann den Aufstieg: vornübergebeugt, mit kurzen, gleichmäßigen Schritten, denn der Pfad war steil; das Dröhnen in seinem Kopf und den pochenden Schmerz in der Schulter versuchte er zu ignorieren. Gelegentlich stemmte er sich auf sein Gewehr und zog sich damit hoch – was man ihm während seines Soldatenlebens immer streng verboten hatte, aber jetzt war es ihm gleichgültig.

Wenn Cameron entkam, würde er eine große Zerstörung anrichten. Es gab nur eine Möglichkeit, ihn daran zu hindern – ihn umbringen, bevor er den Geländewagen erreichte. Diesen Entschuß hatte Billy in der ersten Sekunde gefaßt, in der er nach seiner Bewußtlosigkeit wieder halbwegs klar denken konnte. Rose hatte recht: Cameron war wahnsinnig. Verrückt, rachsüchtig und besessen – das war deutlich erkennbar an seiner zwanghaften Art zu sprechen, an der Wildheit, mit der er über Rose hergefallen war, und der Raserei seines Angriff gegen ihn selbst. Er war besessen von irgendeinem dunklen, seltsamen Traum, einem Dämon, der ihn vielleicht schon seit vielen Jahren gefangenhielt, sich in sein Gehirn und sein Bewußtsein fraß und alle seine Gedanken verzerrte und pervertierte, bis der Wahnsinn seinen

Verstand völlig beherrschte. Jetzt, nachdem er das Tal entdeckt hatte und endlich am Ziel seiner Wünsche stand, würde er kein Hindernis auf seinem Weg dulden, bis sein Traum Wirklichkeit geworden war.
Billy stieg weiter. Alle zehn Minuten blieb er stehen und lauschte. Er kannte die Pfade, aber nicht gut genug, um genau zu wissen, wo sie zusammenstießen und ineinander übergingen, ehe sie sich wieder trennten. Er strengte seine Ohren aufs äußerste an und horchte auf irgendein menschliches Geräusch. Eineinhalb Stunden lang war nichts zu hören. Doch dann, kurz vor dem oberen Ende der Schlucht, vernahm er etwas – schwere Schritte und rhythmisches Keuchen.
Billy erstarrte. Das Geräusch kam von oben, dreißig oder vierzig Meter links von ihm. Cameron war schneller gestiegen, als Billy für möglich gehalten hatte: nur noch ein paar hundert Meter fehlten ihm bis zu Finlay Hamptons ehemaligem Lagerplatz, dem nächstliegenden Ort, um ein Fahrzeug abzustellen.
Billy schlich weiter, immer noch bemüht, sich so leise wie möglich zu bewegen, doch er beschleunigte jetzt sein Tempo. Er mußte Cameron überholt haben, ehe der Mann den Wagen erreichte.
In Strömen rann ihm der Schweiß, Dornen griffen nach seiner Hose und zerkratzten ihm die Beine, ein Zweig, scharf wie ein Speer, verfing sich in der Gewehrtasche und verursachte geräuschvoll einen langen Riß. Auf einem beinahe senkrechten Wegabschnitt stolperte er, rutschte aus und mußte wiederum das Gewehr benutzen, um sich hochzuziehen.
Dann stand er auf einmal am Rand der Schlucht, vor ihm erstreckte sich das sanft abfallende Plateau. Die Wolken hatten sich verzogen, und der Mond stand hoch am Himmel. Er begann zu laufen, im Zickzackkurs von einem Baum zum nächsten, und duckte sich in den Schatten unter den Zweigen. Dann entdeckte er vor sich den Geländewagen, genau an der Stelle, an der er ihn vermutet hatte.
Billy rannte darauf zu. Im Laufen riß er die Hülle vom Gewehr, dann warf er sich zu Boden, legte den Kolben auf dem Kotflügel auf und versuchte, seinen Atem wieder unter Kontrolle zu bringen.
Er spähte durchs Visier und wartete.
Cameron erschien in etwa achtzig Metern Entfernung, gut sichtbar im Mondlicht. Zuerst tauchte sein Kopf über dem Rand der Schlucht auf, dann seine mächtigen Schultern, schließlich der ganze Körper. Er bewegte sich gleichmäßig und zielsicher vorwärts, ohne ein Anzeichen von Erschöpfung nach dem zweistündigen steilen Aufstieg. Einmal blieb er stehen und hielt Ausschau, und als er den Wagen entdeckte, ging er weiter.

Billy zielte auf die Mitte seiner Brust und schoß.
Noch ehe er die Detonation hörte, war ihm klar, daß etwas nicht stimmte. Der Abzug knirschte, als er abdrückte, und der Lauf zog leicht nach rechts. Billy sah auf, gerade rechtzeitig, um zu sehen, wie Cameron strauchelte, nach seinem Arm griff und verschwand.
Billy versuchte, erneut zu laden, aber es knirschte wieder, gleich darauf verklemmte sich der Mechanismus und blockierte. Wütend zerrte Billy am Hebel, dann gab er es auf. Er wußte, was passiert war: als er während des Aufstiegs ausgerutscht und gefallen war, mußte durch den Riß in der Schutzhülle Sand ins Schloß geraten sein. Damit war die Waffe unbrauchbar.
»Um Himmels willen, hören Sie auf! Ich bin Mr Cameron! Wer zum Teufel sind Sie?«
Keine Spur von Angst schwang in der Stimme, die laut und deutlich über die Ebene scholl, nur Wut und Empörung.
Billy legte das Gewehr beiseite und wartete.
Eine Zeitlang geschah nichts.
Zwar hatte er Cameron getroffen, aber mehr als eine Fleischwunde konnte er ihm nicht zugefügt haben. Bei der leichten Rechtsabweichung hatte die Kugel den Arm wahrscheinlich glatt durchschlagen und zwar eine kleine und höchst schmerzhafte Wunde hinterlassen, ihn aber nicht außer Gefecht gesetzt.
Nach der anfänglichen Überraschung und dem Schock brauchte Cameron nicht lang, um zu begreifen, was er sich ohnehin ausrechnen konnte – daß niemand anderes als Billy auf ihn geschossen haben konnte.
»Sind Sie das, Ramsden?«
Billy antwortete nicht. Er nahm nur zur Kenntnis, daß er mittlerweile wieder zu »Ramsden« geworden war und daß Cameron sich weiterbewegt hatte: die Stimme kam jetzt aus einer anderen Richtung.
»Wenn Sie's sind, Ramsden, hören Sie mir zu! Sie sind beide verrückt, Sie und das kleine Flittchen dort unten. Das Mädel interessiert mich nicht weiter. Sie übrigens auch nicht, aber eins sag' ich Ihnen: ich wollte Sie festnehmen lassen wegen Ihres Mordversuchs. Das ist jetzt schon der zweite.«
Cameron war noch immer in Bewegung, er ging nach Norden, wo die Steilkante zur Steppe hin abfiel.
»Ich bin aber bereit, die Anzeige fallenzulassen«, rief er weiter. »Gehen Sie zum Fluß zurück und nehmen Sie mein Boot. Holen Sie Ihre Sachen und verschwinden Sie aus dem Land. Sobald ich höre, daß Sie im Wasser sind, gebe ich mich zufrieden. Auch dem Mädchen geschieht nichts. Verstanden?«

Billy gab keine Antwort. Er tastete nach seinem Jagdmesser, das im Gürtel steckte, zog es heraus und strich mit der Klinge leicht über die Handfläche. Erleichtert stellte er fest, daß das Messer unbeschädigt und scharf wie eine Rasierklinge war.
»Hören Sie mich, Ramsden?« rief die Stimme wieder. »Hierzulande werden die Leute wegen versuchten Mordes lebenslänglich eingesperrt. Herrgott nochmal, das wissen Sie doch selber! Seien Sie vernünftig, Mann! Antworten Sie!«
Camerons Stimme entfernte sich immer weiter, während Billy versuchte, sich in seinen Gegner hineinzuversetzen und sich auszurechnen, was Cameron vorhatte.
Der Mann war stark, einfallsreich und verschlagen. Mittlerweile konnte er sicher sein, wer auf ihn geschossen hatte. Wahrscheinlich wußte er auch, daß er mit einer Antwort auf sein Angebot keinesfalls zu rechnen brauchte – es gab keinen Grund, weshalb Billy ihm mehr trauen sollte, als er umgekehrt Billy traute.
Billy warf einen Blick auf sein Gewehr. Er konnte es zwar zerlegen und säubern, aber dazu brauchte er Licht, Öl und vor allem Zeit. Nichts davon stand ihm zur Verfügung. Das wußte Cameron freilich nicht, dachte Billy, deshalb versuchte er, Zeit zu schinden, denn in der Annahme, daß Billy mit seinem Gewehr hinter ihm her sei, wollte er soviel Abstand wie möglich zwischen sie beide bringen; und wenn er glaubte, weit genug gekommen zu sein, würde er seine Spuren verwischen und sich im Busch verstecken.
Das Laager war Camerons Zuflucht – seine einzige Zuflucht. Im Morgengrauen würde er in die Steppe hinuntersteigen: er hatte den größten Teil seines Lebens in Afrika verbracht und wußte, daß er in der Steppe unmöglich aufzuspüren war, denn das Gestrüpp verbarg ihn den Blicken, und der dicke Grasteppich verschluckte alle Spuren. So konnte er sich in Ruhe seinen eigenen Weg zurück zur Lodge suchen.
Wenn Billy dennoch seine Spur aufnahm – was im Schatten des Gestrüpps trotz des Mondlichts extrem schwierig wäre –, würde Cameron ihn hören, lange bevor Billy ihn fand. Billy war so gut wie sicher, daß er keine Schußwaffe besaß, aber er hatte in seinem Gürtel ein schweres Jagdmesser gesehen.
Billy fluchte innerlich. Cameron in der Dunkelheit zu verfolgen hieß, wissentlich in eine tödliche Falle zu laufen: Menschen waren nicht für die nächtliche Jagd ausgerüstet – aber Katzen sehr wohl. Es blieb ihm nichts anderes übrig, als es Cameron gleichzutun, zu warten und auf eine Veränderung der Lage zu hoffen.
Billy kroch vom Wagen auf den Busch zu. Dort angelangt, stand er

auf und schlug die Richtung ein, in der er Camerons Stimme zuletzt gehört hatte. Er folgte einem der Wildpfade und stieß auf eine Mulde unter einem Akaziendickicht, die eine Warzenschweinfamilie sich als Zuflucht vor dem Winterregen auserkoren hatte. Billy schnitt einen belaubten Zweig von einem jungen Schößling ab und kehrte zur Lichtung zurück, um seine Fußspuren zu verwischen. Dann legte er sich zusammengerollt in die Mulde.

Der Bluterguß in seinem Nacken war blau und dick angeschwollen. Bei jeder Bewegung durchzuckte ihn Schmerz – und er konnte nicht stillhalten, denn die Flöhe, die Hinterlassenschaft der Warzenschweine, plagten ihn sehr. So warf er sich rastlos hin und her, zerquetschte Flöhe und versuchte, wenigstens sein Gesicht mit den Armen zu schützen.

Irgendwo in der Nähe, dachte Billy, wahrscheinlich nicht einmal einen Kilometer entfernt, tat Cameron wahrscheinlich dasselbe, ebenfalls verwundet. Doch noch mehr als Schmerz und Unbehagen verband sie die gemeinsame Absicht: sich gegenseitig umzubringen.

Auf der Grenze zwischen Schlaf und Wachen versuchte Billy, ein wenig Ruhe zu finden.

Als am Himmel der erste zaghafte Streifen Helligkeit erschien, kroch Billy aus seiner Mulde und reckte sich. Insgesamt hatte er wohl nicht mehr als eine Stunde geschlafen. Seine Augen waren rot und brannten, und seine Schulter war in der feuchten Kälte der Nacht so steif geworden, daß er seinen Arm nur wenige Zentimeter zu heben vermochte. Eine zehnminütige Massage und einige Übungen waren erforderlich, bis er seinen Kreislauf so weit in Schwung gebracht hatte, daß die Muskeln sich halbwegs wieder bewegen ließen.

Dann machte er sich auf den Weg in Richtung Norden.

Eine Stunde später hatte er Camerons Spur gefunden. Er kauerte sich nieder und studierte die Fußabdrücke. Sie waren entstanden, als die Luft von der Nacht her noch so feucht war, daß an den äußeren Rändern und rund um das Profil der Sohlen der Sand zusammengeklebt war. Mit dem Ansteigen der Temperatur und der aufgehenden Sonne begannen die Abdrücke bereits in sich zusammenzufallen.

Billy rechnete nach. Cameron verhielt sich exakt so, wie er erwartet hatte: beim ersten Morgengrauen war er aufgebrochen und steuerte auf die Steppe zu. Er hatte eine Stunde Vorsprung – was im Busch etwa drei Kilometern entsprach.

Billy stand wieder auf. Er hatte nach wie vor einen gewaltigen Vorteil auf seiner Seite: Cameron glaubte ihn mit einem Gewehr bewaffnet.

Bei Nacht hätte er versuchen können, ihn aus dem Hinterhalt zu überfallen, bei Tag war das viel zu riskant; jetzt blieb ihm nichts anderes übrig als zu fliehen. Zumindest dieses eine Mal in seinem Leben, dachte Billy, war Cameron nicht der Jäger, sondern der Gejagte.

Nach einer weiteren Stunde erreichte Billy den nördlichen Rand der Steilkante. Er spähte hinab. Unter ihm fiel der Boden ab und ging in die Steppe über. In der Ferne sah er das metallisch schimmernde Band des Flusses, der sich träge aus dem Tal herauswand und in Richtung Westen verschwand.

Bis hierher war er den Wildpfaden am Rand des Bergwaldes gefolgt und hatte sich auf nackter Erde fortbewegt, auf der Camerons Spuren gut zu sehen waren. Aber nun war der Wald zu Ende, und statt der Bäume wogte ihm das hohe Binsengras entgegen, das unter der Morgenbrise Wellen schlug und gegen die Inseln aus Dornbusch brandete. Von jetzt an gab es keine Spur mehr, der er folgen konnte: die dicke Schicht aus Gras und abgestorbener Vegetation verschluckte jeden Abdruck. Von jetzt an mußte er Cameron blind folgen.

Wolken von Sand und Pollen stoben aus dem Gras und trudelten wie kleine Staubteufel auf sein Gesicht zu, und mit dem nächsten Atemzug überkam ihn ein heftiger Hustenanfall, an dem er fast er-stickte, weil er ihn unterdrücken wollte. Er würgte und spuckte den Staub aus, aber seine Kehle war so trocken und rauh, daß er eine Zeitlang kaum atmen konnte.

Er erholte sich wieder und stand keuchend da. Nichts auf der Welt wünschte er sich mehr als Wasser – trinken, nur trinken wollte er, sich den Mund ausspülen, in großen Zügen das Wasser schlucken, seinen ausgedörrten Körper vollsaugen, sich darin wälzen und bis über den Kopf eintauchen, den schmerzenden Nacken und die Schulter kühlen – und gestärkt und geheilt daraus hervorkommen. Wasser. Es war das einzige, was er übersehen hatte.

Erst jetzt, als die Sonne aufging und die stechende afrikanische Hitze begann, wurde ihm bewußt, daß das unbrauchbare Gewehr kaum eine Rolle spielte. Vor ihnen lagen Stunden zermürbender, auszehrender Dürre. Wie die Elefanten brauchten sie den Fluß. Ohne Wasser würden sie zuerst bewegungsunfähig werden, dann sterben.

Cameron konnte unmöglich bis zur Lodge gelangen. Wie Billy mußte er zum Fluß zurück.

Billy machte sich auf den Weg, den Abhang hinunter.

Nach zwei Dritteln der Strecke entdeckte er Cameron. Er duckte sich und starrte angestrengt in die Richtung. Der Mann war ihm gar nicht so weit voraus, wie er gedacht hatte, – ein Kilometer mochte es sein,

nicht mehr: vielleicht hatte die Wunde oder die zunehmende Hitze sein Tempo verlangsamt. Aber er marschierte in stetigem Rhythmus, und wie erwartet hielt er auf den Fluß zu.
Billys Gedanken arbeiteten fieberhaft. Er war auf der Jagd, und bei jeder Jagd ist es notwendig, die Situation ständig neu einzuschätzen, manchmal stündlich, manchmal sogar jede Minute. In der vergangenen Nacht war er davon ausgegangen, daß Cameron auf seiner Flucht durch die Steppe kreisen und irgendwann in die Aberdare-Berge zurückkehren würde, um die Lodge zu erreichen. Der Wassermangel aber vereitelte vorerst jeden Plan: vor allem anderen mußte er zum Fluß gehen und trinken.
Wahrscheinlich, dachte Billy, hatte Cameron vor, sich am Fluß aufzuhalten, bis es wieder dunkel wurde, und sich dann im Schutz der Nacht erneut auf den Weg zu machen, denn bei Tag hatten Billy und sein Gewehr die Oberhand. Nachts veränderte sich die Lage: dann konnte er entweder entkommen oder hatte zumindest eine gleichwertige Chance, seinen Jäger im Dunkeln zu überfallen und zu töten.
Also gab es nur eins: Noch vor Einbruch der Nacht mußte Cameron tot sein.
Falls es ihm nicht gelang, ihn umzubringen, wäre am nächsten Morgen entweder Cameron verschwunden oder Billy selbst tot.

Die Sonne stieg über den Horizont, der letzte Nebel hob sich von der Steppe, und allmählich wurde es heiß.
Stunde um Stunde, den ganzen Vormittag hindurch und während der erbarmungslosen Gluthitze des frühen Nachmittags heftete Billy sich an seine Fersen. Gelegentlich zogen ein Geier, ein Adler am Himmel ihre Kreise. Eine Buschlerche sang, einmal ließ ein Schakal ein alarmiertes Bellen hören, und ein Löwe, der im Schatten döste und sich in seiner Ruhe gestört fühlte, brüllte zornig, bevor er den Kopf wieder auf die Pfoten legte und weiterschlief.
Sonst gab es nichts – nur Afrika, eine ausgedorrte, goldene einsame Weite.
Billy versuchte, sich bedeckt zu halten, indem er sich so oft wie möglich hinter Dornengestrüpp versteckte, und er fragte sich, ob Cameron ihn gesehen hatte, – aber je mehr Stunden vergingen, desto unwichtiger wurde die Frage. Gleichgültig, ob sie einander sehen konnten oder nicht, wußten sie doch beide, daß der andere in der Nähe war.
Es war ein Zermürbungskrieg, körperlich wie geistig. Sie waren beide verwundet und zunehmend erschöpft, und vor allem waren sie ausgetrocknet und brauchten dringend Wasser. Auf geistiger Ebene führten

sie eine strategische Schlacht, die nur mit dem Tod des einen oder des anderen enden konnte: um zu überleben, wollte Cameron die Dunkelheit, Billy brauchte Licht.

Den ganzen Tag war er Cameron gefolgt und von einem Schattenfleck zum anderen, von einem Dickicht zum nächsten geschlichen und seiner Beute immer nähergerückt. Jetzt hatten sie den Fluß beinahe erreicht, und obwohl Cameron wieder einmal außer Sichtweite war, wußte Billy, daß ihn nur noch hundert Meter von ihm trennten. Als die Sonne zu sinken begann, hob er plötzlich witternd den Kopf und stand auf.

Ein warmer, strenger Geruch stieg ihm in die Nase. Er erkannte ihn auf der Stelle – dazu brauchte er gar nicht erst nach Spuren zu suchen: Büffel. Er fuhr sich mit der Zunge über die aufgesprungenen, geschwollenen Lippen, wischte sich den Schweiß aus den Augen und sah sie direkt vor sich – eine Herde von zwei- oder dreihundert Tieren, Schulter an Schulter aneinandergedrängt.

Sie waren kaum hundert Meter entfernt, genauso weit, wie er Cameron vermutete. Sie blickten ihm entgegen, ein dunkler, bedrohlicher Halbkreis, wie die furchterregende Phalanx der Zulukrieger. Sie kamen vom Fluß herauf, und ihre Leiber schimmerten vor Nässe; Billy sah ihr Fell dampfen und die ausladenden Hörner wütend hin und her schwingen, sah die kleinen bösen Augen und hörte sie stampfen und brüllen.

Er verharrte vollkommen reglos. Als Einzeltier mochte ein Nashorn oder eine Elefantenkuh unberechenbarer sein, eine Büffelherde jedoch war die gefährlichste Konzentration von Kraft und Gewalt, die es in Afrika gab. Wenn sie angriffen, mähten sie alles nieder, was ihnen im Weg stand, wie ein rasender Wirbelsturm.

Billy wartete. Er rechnete damit, daß auch Cameron gleich auftauchen würde. Zunächst war nichts zu sehen. Dann aber erhob sich eine Gestalt aus dem Gras auf halber Strecke zwischen ihm und der Herde, und Billy erkannte, daß Cameron genau dasselbe getan hatte wie er – auch er war sich der Nähe seines Gegners sehr bewußt gewesen und hatte sich bedeckt gehalten.

Den linken Arm hielt er merkwürdig abgespreizt vor seinem Körper, und Billy sah, daß der Ärmel blutgetränkt war. Cameron aber achtete anscheinend nicht weiter darauf. Er sah sich nicht um. Er stand nur still und starrte auf die Büffelherde, und der Wind zerzauste sein weißes Haar. Dann begann er langsam und mit gleichmäßigen Schritten auf die Herde zuzugehen.

Billy sah ihm fassungslos zu.

Durch die Herde lief eine Welle der Unruhe. Hörner hoben und senkten sich und blitzten eisenholzbraun und elfenbeinweiß gegen den Himmel. An beiden Enden der Phalanx drängten die Tiere vorwärts, stockten, blieben stehen – Cameron ging weiter, ohne zu zögern. Der strenge Geruch der Tiere, verstärkt durch die Ausdünstungen von Furcht und Verwirrung, nahm mit jeder Sekunde an Schärfe zu.

Ungläubig sah Billy, daß Cameron nun von den Tieren beinahe eingeschlossen war. Aus dem Gras unter den stampfenden Hufen stiegen die Staubwolken auf, während sie stetig auf ihn zumarschierten, und auch Cameron hielt nicht inne. Aber dann geschah es – ein letztes großes Beben, das sich durch die gesamte Herde fortpflanzte, und die Tiere begannen vorwärtszustürmen, panisch, alle zur selben Zeit – eine gigantische Welle blinder, mörderischer Zerstörungswut.

Billy wußte nicht, wie ihm geschah. Er hörte das Donnern der trampelnden Hufe, sah die aufbrandende grau-schwarze Sturzflut auf sich zurasen und warf sich zu Boden. Er hatte Glück: dort, wo er Schutz suchte, ragte der Stumpf einer vom Blitz gefällten Akazie aus der Erde, und an diesem Stamm teilte sich die Herde in zwei Ströme wie ein Brecher im Meer um einen Felsen, und galoppierte davon.

Als das markerschütternde Dröhnen verklang, stand Billy auf, betäubt und den Mund voller Sand. Er spuckte aus. Sämtliche Schleimhäute waren derart ausgedörrt, daß er Mühe hatte zu atmen, er würgte und rang nach Luft und sah, daß seine Schulter blutüberströmt war – vielleicht hatte er sich an einer scharfen Wurzel gerissen, vielleicht hatte ein Büffelhuf ihn getroffen, jedenfalls hatte der Bluterguß sich geöffnet, und das Blut rann ihm feucht und heiß über den Arm.

Als er Cameron fand, glaubte er zuerst, ein umgeranntes Büffelkalb vor sich liegen zu sehen. Doch dann erkannte er die Stiefel und die zerfetzten Überreste einer Safarijacke. Cameron lag tief in den Boden gerammt und halb begraben zwischen Grasbüscheln und aufgerissener Erde, sein Körper zerbrochen und zermalmt.

Billy kniete neben ihm nieder. Er befreite ein Handgelenk aus den Erdschollen – einen blutigen, lehmverschmierten Fleischklumpen – und fühlte nach dem Puls. Unter der zerschundenen Haut war noch eine schwache Bewegung spürbar.

Billy hielt die zerfetzte Hand und fragte: »Hörst du mich, Cameron?«

Lange Zeit kam keine Antwort. Endlich vernahm er ein Flüstern: »Ja«, gefolgt von Würgen und Husten; dann trat wieder Stille ein. Nach einer Weile aber flüsterte es erneut: »Gibt es Wasser?«

»Ich gehe zum Fluß«, sagte Billy und legte die Hand auf den Boden zurück.

Er lief zum Fluß, watete hinein und tauchte unter bis über den Kopf, gierig trank er das Wasser und kühlte seinen gequälten Körper, und als er wieder auftauchte, seufzte er tief vor Erleichterung und Dankbarkeit. Dann zog er sein Hemd aus, tränkte es mit Wasser und kehrte zu Cameron zurück. Mit erheblicher Mühe und Entsetzen über den Anblick drehte er ihn auf den Rücken und wrang das nasse Tuch über seinem Gesicht und seinem Mund aus.

Das Wasser belebte ihn für einen Augenblick. Die Lider hoben sich mühsam, er richtete den Blick auf Billy und murmelte: »Mußte trinken. Dachte, sie würden mich lassen.«

Billy gab keine Antwort, sondern ließ weiter Wasser auf Camerons Gesicht träufeln. Offenbar war der Mann aus Wassermangel bereits im Delirium gewesen, als er auf die Büffelherde zumarschierte, oder er war tatsächlich so arrogant und selbstsicher, daß er glaubte, die Tiere würden ihm Platz machen.

»Du wolltest mich umbringen«, gurgelte die Stimme unter krächzendem Husten, und ein Krampf lief durch seinen Körper. »Die Arbeit haben sie dir abgenommen.«

Billy war sich bewußt, daß Cameron nur noch wenige Augenblicke zu leben hatte. Er zögerte, kämpfte mit sich, er hatte das Gefühl, daß er trotz all seines Hasses dem Mann noch etwas sagen sollte. Die letzten Worte, die Violet zu ihm gesprochen hatte, fielen ihm ein.

»Bevor deine Frau gestorben ist«, begann er, »sagte sie, ich soll dir ausrichten, du hättest sie gerettet, und sie sei dir dankbar und liebte dich dafür. Verstehst du, was ich sage?«

Cameron gab einen ächzenden Laut von sich, zum Zeichen, daß er gehört hatte. Billy wartete, aber es kam nichts mehr.

»Kann ich noch was für dich tun?« fragte Billy nach einer Weile.

Wieder wartete er, den Kopf zu Camerons Mund geneigt. Diesmal dachte er, es sei vorbei. Aber als er nach dem zerquetschten Handgelenk faßte, um noch einmal den Puls zu fühlen, lief ein letztes krampfartiges Beben durch den vernichteten Körper, und eine brüchige Stimme murmelte: »Mehr Wasser«, und nach einer Pause, abwesend: »Wie deine Elefanten.« Billy sah auf ihn hinab und runzelte die Stirn. Einen Augenblick lang kam es ihm vor, als hätte er den Anflug eines spöttischen Lächelns auf Camerons Gesicht gesehen.

Er stand auf. Der letzte Hitzeschub des Tages war derart intensiv, daß sein Hemd bereits wieder trocken und steif war, gezeichnet von grauen, salzigen Schweißrändern. Er ging noch einmal zum Fluß und tränkte das Hemd im seichten Wasser.

Als er zurückkam, war Cameron tot.

54

Erschöpft und zermürbt vom Flüssigkeitsentzug verbrachte Billy den größten Teil der Nacht in der Steppe. Er schlief auf dem Boden im Gras neben dem Fluß, immer wieder stand er auf, um zu trinken. Einmal, in der dunkelsten Stunde der Nacht, hörte er das Zetern der Hyänen und das Bellen von Schakalen: die Aasfresser hatten Camerons Leiche gefunden. Er legte sich zurück ins Gras und fiel wieder in einen unruhigen Schlaf.

Vor Tagesanbruch erreichte er das Lager.

Er ging nicht bis zum Zelt. Auf der niedrigen Böschung an einer Schleife des Flusses blieb er stehen und sah zur Feuerstelle hinüber, die noch schwach glomm, während die Sterne verblaßten und der Morgen graute. Eine dunkle Ahnung sagte ihm, daß Rose ihm entgegenkommen würde. Er hatte sich nicht geirrt. Nach kaum zehn Minuten wurde die Zeltplane zurückgeschlagen, und sie trat ins Freie.

Sie war barfuß und hatte sich zum Schutz gegen die morgendliche Kühle einen langen, weiten Pullover angezogen. Sie sah sich um – nicht schlaftrunken, sondern hellwach, als sei sie schon lange auf. Dann hob sie den Kopf und blickte zum anderen Ufer hinüber. Sie sah ihn sofort – fast als hätte sie erwartet, ihn dort zu sehen.

Billy sah, wie ihr Körper sich versteifte. Bevor sie etwas tun oder sagen konnte, bedeutete er ihr mit einer befehlenden Geste zu schweigen. Rose verstand. Sie zog ihre Stiefel an, die neben dem Zelt standen, und lief zu ihm.

»Billy, was ist passiert?« fragte sie mit angstvoller Miene und starrte auf seinen Arm.

Er blickte an sich hinunter. Er hatte vergessen, daß der Bluterguß in seinem Nacken aufgerissen war. Auf dem Rückweg hatte die Wunde sich erneut geöffnet, und seine ganze rechte Körperseite war voller Blut. »Mach dir keine Sorgen«, sagte er. »Ich bin in Ordnung. Aber geh bitte zurück zum Zelt und hol meinen Verbandskasten und die kleine Tasche neben dem Bett. Ich warte auf dich am großen Felsen beim Tümpel. Und weck um Himmels willen nicht die Boys.«

Sie öffnete den Mund, um etwas zu sagen, aber dann nickte sie bloß stumm, drehte sich um und lief zurück.

Wenige Minuten später war sie wieder bei ihm. Billy lag am Flußufer im Sand oberhalb des Tümpels, an den Felsen gelehnt. Rose kniete neben ihm, säuberte, desinfizierte und puderte seine Wunde und legte ihm einen Verband an.
Als sie fertig war, lehnte sie sich zurück und fragte: »Ist das gut so?«
In Billys Gesicht stand ein gequälter, angespannter Ausdruck. Er hob versuchsweise die Schulter und ächzte. Die Prellung war stark geschwollen, der Riß brannte wie Feuer, aber er war mit genügend Antibiotika versorgt, um keine Infektion befürchten zu müssen. Die Wunde würde gut verheilen, auch wenn es eine Zeitlang dauerte.
Er grinste schief. »Ich bin schon so oft in den Fleischwolf geraten, öfter, als du warme Mahlzeiten bekommen hast, Mädchen«, sagte er. »Aber untergekriegt hat mich noch keiner. Das sind alles bloß Kratzer.«
»Was ist passiert, Billy?« fragte Rose noch einmal.
Er begann zu berichten.
»Das ist alles«, schloß er. »Es ist vorbei.«
»Heißt das – ?«
Er ließ sie nicht ausreden. »Das heißt alles, was du willst. Cameron ist tot, nur das zählt. Alles andere ist deine Sache.«
Sie sah ihn lange stumm an. Schließlich fragte sie: »Glaubst du, er hat meine Mutter geliebt?«
Billy dachte ebenso lang nach, bevor er antwortete: »Ich möchte es gern glauben, weil es für beide besser wäre, für ihn und für Violet. Aber ich glaub's nicht. Ich denke, er hat nur sich selber gesehen und seine Pläne.«
Sie runzelte die Stirn. »Hat denn irgendwer meine Mutter geliebt?«
Billy lächelte. »Fragst du das mich?«
Errötend erwiderte sie sein Lächeln. »Außer dir, meine ich.«
»Man sollte besser fragen, was oder wen sie geliebt hat. Aber das weißt du ja – dieses Tal und die Elefanten. Paß gut darauf auf, um ihretwillen. Das ist wahrscheinlich die einzige Antwort, die du brauchst. – Einfach wird es nicht«, fügte er nach einer Pause nachdenklich hinzu. »Aber du bist jung, stark und reich. Wenn in der Regierung von Kenia wenigstens ein paar vernünftige Leute sitzen, arbeiten sie mit dir zusammen. Ich denke, das schaffst du. Ich denke, das Tal ist in guten Händen.«
Billy stand auf und strich ihr über die Wange. Dann stieg er zum Ufer hinunter und blickte über den Fluß.
Mittlerweile war die Sonne aufgegangen, und das Wasser funkelte und blitzte im Licht des frühen Morgens. Im Sand erkannte er die

Spuren nächtlichen Treibens – ein Leopard war an der Tränke gewesen, über seine Pfotenabdrücke hatten Bachstelzen ein zartes, blattähnliches Krallenmuster gelegt, und ein Flußpferd hatte auf dem Rückweg von seinem Weidegrund tiefe Mulden in den Boden gefurcht.

Er schloß die Augen und atmete tief die klare, saubere, kühle Morgenluft ein. Über ihm schrie ein Fischadler, und in der Ferne trompetete ein Elefant. Seine Haut begann zu prickeln. Es war wieder der erste Morgen – nicht nur seines Lebens, wie damals als Kind –, sondern der erste Morgen der Welt.

Ein afrikanischer Morgen. So war es gewesen im Garten Eden, so waren Adam und Eva erwacht. Um dies zu retten, war er bereit gewesen, zu töten.

Billy drehte sich um. Rose war ebenfalls zum Ufer herabgekommen und stand direkt hinter ihm.

»Ich gehe weg«, sagte er.

»Du gehst?« fragte sie erschrocken. »Wohin denn? Warum?«

Sie wollte noch mehr fragen, verwirrt und verständnislos, aber er unterbrach sie.

»Früher oder später, jedenfalls ziemlich bald, werden die Leute anfangen, nach Cameron zu suchen. Finden werden sie ihn nicht, aber es ist auch nicht notwendig, überflüssige Fragen zu beantworten. Von dem Moment an, in dem wir das Lager verlassen haben, hast du weder Cameron noch mich je wiedergesehen. Auch die Boys haben nichts gesehen. Verstehst du?«

Rose nickte.

»Cameron und ich sind fortgegangen und nicht mehr zurückgekommen. Mehr weißt du nicht. Vergiß, was passiert ist. Statt dessen bringst du mich über den Fluß, ich hol' mir meinen Wagen und fahre nach Süden, in der Nähe der tansanischen Grenze lasse ich ihn stehen und gehe zu Fuß weiter. Von Tansania aus fliege ich nach Europa.«

Rose protestierte und begann eine hektische Rede, um ihn von seinem Vorhaben abzubringen.

Billy aber ging nicht auf sie ein, sondern bestieg das Schlauchboot, das Cameron mitgebracht hatte und das noch im Fluß verankert lag. Fünf Minuten später standen er und Rose am anderen Ufer.

»Mach das Boot gleich wieder fest«, wies er sie an. »Und verwisch meine Fußspuren – die Boys werden sich zwar nicht drum kümmern, aber man sollte lieber vorsichtig sein. Dann geh zum Lager zurück. Wenn du Glück hast, stehen sie jetzt erst auf.«

»Aber Billy – « Rose ergriff seinen Arm. Aufgeregt und flehend sah sie

ihn an. »Du kannst nicht einfach so gehen. Du kannst doch nicht einfach verschwinden!«
»Doch«, sagte er knapp. »Natürlich kann ich. Deinetwegen, deiner Mutter, mir selber, dem Tal und den Elefanten zuliebe.«
Rose schüttelte stumm den Kopf, in ihren Augen standen Tränen. »Und wo kann ich dich finden?« fragte sie.
Billy dachte nach. Fast hätte er *Le P'tit Canard* in Marseille genannt, aber nach den Erfahrungen in Zimbabwe wollte er lieber nicht dorthin zurückkehren. »Paris«, sagte er schließlich. »In der Rue Maubert am linken Seineufer gibt es eine Bar namens *La Vieille Rose*. ›Die alte Rose‹«, sagte er und lachte. »Ich kenn sie aus Legionärszeiten. Jedes Jahr im Oktober marschiert die Legion zum Gedenken an Kamerun die Champs-Elysées hinunter. Anschließend geht man einen heben.«
Er dachte an Paris, an den grauen Fluß im Herbst, die toten Blätter, die trudelnd von den Bäumen fielen, an die Stände der Antiquare entlang dem Ufer, die Paare, die engumschlungen durch den Nebel wanderten, – Liebespaare, die meisten sehr jung, Studenten von der Sorbonne oder der Kunstakademie.
Er selbst hatte das nie getan. Wäre sein Leben anders verlaufen, wäre die Welt anders, hätten nicht Gesellschaft, Verbrechen, Kriege und Geld zwischen ihnen gestanden, dann hätte auch er es erleben können, vor langer Zeit, und das süß duftende Haar an seiner Wange hätte Violets Haar sein können, der Arm um seine Hüften der ihre, und auch das Lachen im Herbstwind ihr Lachen.
Aber die Welt ist anders, brutaler und einfacher, und hat ihr System. Sie trennt Paare und hält sie voneinander fern. Sie hatte ihn und Violet voneinander ferngehalten, bis es zu spät war. Aber, dachte er, ist es je zu spät für etwas?
Er blickte Rose an. Auch unter Tränen waren es immer noch die Augen ihrer Mutter, die er sah.
Die Menschen sind verschieden, aber die Seine fließt noch immer, in den altmodischen Hotels riechen die Laken noch immer nach Lavendel, der Kaffee schmeckt bitter und stark, und in den Tuilerien spielen die Kinder mit Murmeln und Bällen.
»Ich seh' dich in Paris«, sagte er.
Noch einmal strich er ihr über die Wange, dann drehte er sich um und stieg das Ufer hinauf.
»Billy!« rief Rose ihm nach. »Was ist, wenn du nicht da bist?«
Er blieb stehen und sah noch einmal zurück.
»Ich bin ein Soldat«, sagte er. »Soldaten ziehen in den Krieg. Wenn ich dieses Jahr im Oktober nicht da bin, wird es schon einen Grund

haben. Vielleicht bin ich auch im nächsten Oktober verhindert. Aber irgendwann komme ich. Soldaten halten Verabredungen immer ein.«
Während er sprach, erklang wieder das Trompeten eines Elefanten. Er hob den Blick: drüben am anderen Ufer traten gemächlich und majestätisch die großen grauen Wesen mit taufeuchtem Rücken zwischen den Bäumen hervor und stiegen zum Fluß hinunter. Wie immer schritt die Stammesführerin an der Spitze der Herde, ihr kleines Kalb neben sich.
Billy drehte sich um und ging.

Kari Köster-Lösche

Die Hakima

Ärztin zwischen Kreuz und Halbmond.
Roman.
4. Auflage. 400 Seiten. Geb.
ISBN 3-431-03352-0.

Anfang des 13. Jahrhunderts: eine junge Frau gerät unter Mordverdacht. Auf abenteuerlichen und beschwerlichen Wegen flieht sie aus Norddeutschland über Frankfurt am Main nach Südfrankreich, mitten hinein in die Katharerkriege, und weiter bis nach Toledo. Unter schwierigsten Bedingungen gelingt es ihr, Schülerin des dortigen Hospitalarztes zu werden. Sie wird die HAKIMA, die Ärztin von Toledo. Währenddessen stürmt ein Kreuzzugheer die Stadt; Unduldsamkeit und Fanatismus gegenüber Juden und Muslimen beginnen übermächtig zu wachsen. Nur knapp der Exkommunikation entgangen, kann sich die junge Ärztin unter großen Gefahren zurück in ihre Heimat durchschlagen und dort mit der Leitung des neugegründeten Hospitals ein segensreiches Werken beginnen.

In diesem Roman wird die schillernde Welt des Mittelalters wieder lebendig. Er zeigt die kulturelle Vielfalt jener Zeit, die Wirren der Kreuzzüge und Glaubenskriege mit blindem Gottesglauben und unbarmherziger Verfolgung der Andersgläubigen. Mit seiner einfühlsamen Schilderung von Personen und Zeitumständen zieht der neue große Roman von Kari Köster-Lösche die Leser unweigerlich in seinen Bann.

Ehrenwirth Verlag München

Renata Petry

Die falsche Reliquie

Roman.

224 Seiten. Geb.

ISBN 3-431-03366-0.

Mitte des 15. Jahrhunderts: Hartnäckig halten sich Gerüchte, nach denen im Kloster Cismar mit einer gefälschten Reliquie unlautere Geschäfte mit den ahnungslosen Wallfahrern gemacht werden. Der Bischof von Lübeck entsendet seinen jungen Neffen Martinus – als Novizen getarnt – in das Kloster, um diesen Gerüchten nachzugehen.

Martinus nimmt seine verdeckten Recherchen auf und kommt schließlich der Wahrheit über die falsche Reliquie und dem Geheimnis eines vor langer Zeit ermordeten Mönches auf die Spur.

Dabei gerät er selbst in höchste Gefahr.

Im Laufe von Martinus' Recherchen lichtet sich der Nebel über dem Weg der Blutreliquie aus dem Kaiserlichen Palast zu Konstantinopel in das abgelegene Kloster an der Ostsee.

Spannend und mitreißend schildert dieser Roman auf der Grundlage authentischer Ereignisse die geheimnisvollen Vorgänge hinter den Klostermauern von Cismar.

Die Autorin Renata Petry, Juristin und Schriftstellerin mit besonderem Interesse an historischen Themen, hat mit der „Falschen Reliquie" ihren ersten Roman vorgelegt.

Ehrenwirth Verlag München